HEYNE<

BASTIAN ZACH · MATTHIAS BAUER

DAS BLUT DER PIKTEN

FEUERSTURM

HISTORISCHER ROMAN

WILHELM HEYNE VERLAG
MÜNCHEN

Sollte diese Publikation Links auf Webseiten Dritter
enthalten, so übernehmen wir für deren Inhalte keine
Haftung, da wir uns diese nicht zu eigen machen,
sondern lediglich auf deren Stand zum Zeitpunkt der
Erstveröffentlichung verweisen.

📕 Dieses Buch ist auch als E-Book erhältlich.

Verlagsgruppe Random House FSC® N001967

Vollständige deutsche Erstausgabe 03/2018
Copyright © 2017 by Bastian Zach und Matthias Bauer
Copyright © 2018 der deutschsprachigen Ausgabe
by Wilhelm Heyne Verlag, München,
in der Verlagsgruppe Random House GmbH,
Neumarkter Straße 28, 81673 München
Printed in Germany
Redaktion: Thomas Brill
Umschlaggestaltung: Nele Schütz design, München,
unter Verwendung eines Motivs von
© shutterstock/Stefano Termanini und Arcangel/Collaboration JS
Grafiken: Copyright © 2017 by Bastian Zach
Satz: KompetenzCenter, Mönchengladbach
Druck und Bindung: GGP Media GmbH, Pößneck
ISBN: 978-3-453-43914-6

www.heyne.de

Bastian Zach – *für meine Kriegerin*

Matthias Bauer – *für meine Familie*

Vorwort

»Das Blut der Pikten – Feuersturm« ist wie sein Vorgänger ein historischer Roman. Wie viele andere Autoren in diesem Genre erschaffen wir beim Schreiben zunächst einen geschichtlichen Bilderrahmen, in dem reale Persönlichkeiten und Länder vorkommen. Das ist aber nur der Rahmen; das Bild selbst malen wir mit erdachten Farben aus. Reale Personen treffen somit auf fiktionale, wahre historische Begebenheiten erhalten einen neuen Dreh. Im besten Fall gelingt die Mischung aus Fakten und Erfundenem so überzeugend, dass die Leser das Gefühl haben, dass wirklich alles so geschehen sein könnte.

Viele unserer Leser haben sich nach dem ersten Teil der »Pikten-Saga« gefragt, ob die letzten der Pikten wirklich in Grönland gestrandet sind. Das sind sie nicht – aber solche Fragen freuen und ehren uns, weil wir unser Bild dann offenbar sehr überzeugend gemalt haben. Fakt ist: Die Pikten gab es, und sie beherrschten im Altertum und dem frühen Mittelalter den Norden des heutigen Schottlands. Wir wissen einiges über sie, aber nicht sehr viel, da sie uns keine direkten schriftlichen Aufzeichnungen hinterlassen haben. Deshalb ranken sich um die »Bemalten«, wie die Römer sie wegen ihrer Tätowierungen genannt haben, eine Vielzahl von Rätseln und Legenden, die vornehmlich von fremden Eroberern oder späteren Chronisten gesponnen wurden. Die Geschichte dieses Volkes ist damit in vielerlei Hinsicht »unentdecktes Land« und natürlich eine wunderbare Grundlage für Autoren.

Es hat uns unglaubliche Freude bereitet, uns mit dem zweiten Teil der »Pikten-Saga« erneut in dieses unentdeckte Land zu begeben und Kineth, Ailean, Egill und ihre tapferen Mitstreiter ein weiteres großes Abenteuer erleben zu lassen. Wir sind uns sicher, dass Sie, liebe Leser, etwas von dieser Freude spüren werden und wünschen Ihnen nun spannende Unterhaltung!

Bastian Zach/Matthias Bauer

DIE HAUPTCHARAKTERE

Einige der Pikten, die von Grönland nach Schottland
aufgebrochen sind, auch genannt die »Neunundvierzig«:
Caitt, ältester Sohn von Brude
Ailean, Caitts Schwester
Kineth, Ziehkind von Brude, von diesem wie sein
eigener Sohn aufgezogen
Flòraidh, Kriegerin
Unen, Krieger, Spitzname Mathan (Bär)
Elpin, Krieger
Bree, Kriegerin, ältere Schwester von Moirrey
Moirrey, Kriegerin, Spitzname Mally, Schwester von
Bree

Die Pikten in Grönland:
Brude, Sohn des Wredech, der verbannte Herrscher
Iona, Brudes Weib
Eibhlin, Brudes Schwester
Beacán, Priester
Keiran und *Kane,* Brüder und Beacáns Schergen
Gràinne, Beacáns Vertraute
Brion und *Tyree,* Gràinnes Söhne

England:
Æthelstan, König von Britannien
Oda, Bischof von Ramsbury
Edmund, Bruder von König Æthelstan
Alfgeir, Aldermann (Earl) von Nordumbrien
Egill Skallagrimsson, Wikinger-Söldner und Freund der Pikten
Thorolf Skallagrimsson, Wikinger-Söldner, Bruder von Egill

Die »Allianz des Nordens«:
Wikinger:
Olaf Guthfrithsson, Wikingerkönig von Dublin und Jorvik
Ivar »der Gütige« Starkadsson, Anführer der Elitetruppe der »Finngaill«

Alba (Schottland):
Konstantin, Sohn des Áed, König von Alba (Schottland)
Cellach, Konstantins bevorzugter Sohn
Indulf, jüngster Sohn Konstantins
Kenneth, ältester Sohn Konstantins

Strathclyde:
Eòghann (Owen), Sohn des Donald, König von Strathclyde
Hring, Jarl (Earl), Vetter von Athils
Athils, Jarl (Earl), Vetter von Hring

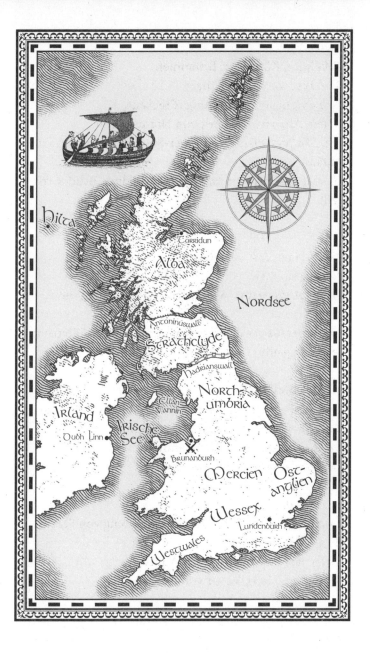

Anno Domini 937

Die schwarzen Knopfaugen des Baummarders visierten die Beute an. Lautlos lag er auf dem Ast, schien mit ihm zu verschmelzen.

Das Eichhörnchen verharrte in einiger Entfernung des Loches, das sich im Baumstamm auftat und seine Behausung war.

Seine Behausung, über der der Tod in Gestalt des Marders lauerte.

Das Eichhörnchen hielt eine Nuss in seinen Pfoten, doch es zögerte noch, sie in das Loch zu bringen. Wie die anderen Tiere des Waldes war es von dem gewaltigen Schein des Feuers, das jenseits der Bäume die ganze Nacht in den Himmel loderte, in Unruhe versetzt worden. Aber im gleichen Maße wie das Feuer herunterbrannte, hatte sich auch die Aufregung unter den Tieren des Waldes gelegt. Das Eichhörnchen hatte eine Nuss gesammelt und sie eben in seinen Unterschlupf bringen wollen, als es auf einmal innehielt. Es konnte die Bedrohung nicht sehen, spürte nur einen unbestimmten Instinkt, aber der genügte.

Deshalb saß das Eichhörnchen immer noch auf dem Ast, wie erstarrt.

Und deshalb verharrte auch der Marder immer noch. Nur sein Fell hob und senkte sich unmerklich, weil er seine Gier kaum bezähmen konnte und heftiger zu atmen begann.

So verging eine Weile. Dann bewegte sich das Eichhörnchen, machte einen Schritt auf das Loch zu. Als nichts geschah, folgten weitere Schritte.

Einen Herzschlag später sprang der Marder auf seine Beute herab, bohrte seine scharfen Zähne in den Nacken des Eichhörnchens. Er schüttelte es in seinem Maul, bis das jämmerliche Fiepen verstummte und das kleine Tier starb.

Der Marder begann seine Beute noch an Ort und Stelle gierig zu fressen, er war blind für seine Umwelt, für den unmerklichen Feuerschein im Himmel. Und für die Gestalten, die sich weit unter ihm lautlos über den Boden des uralten Waldes bewegten...

Feuer und Eis

Das rhythmische Stampfen der Hufe ließ Harold wie in Trance dahinreiten.

Er liebte dieses Gefühl, wenn er eins war mit seinem Pferd, eins war mit dem Wald, durch den er ritt, eins mit der Welt, die ihn umgab – und die während seiner dreißig Lenze besser zu ihm gewesen war als zu den meisten seiner Landsleute. Er hatte eigentlich immer genug zu essen gehabt, sein Weib war eine arbeitsame, gottesfürchtige Schönheit, und von seinen sechs Kindern hatten immerhin vier die ersten zehn Winter überlebt. Und so wusste Harold, dass der Herr zeit seines Lebens seine schützende Hand über ihn gelegt hatte.

Was er nicht wusste, war, dass der Herr am heutigen Tag anderweitig beschäftigt war und keine Zeit haben würde, ihn zu beschützen. Aber Harold würde dies in Kürze schmerzlich erfahren.

Sein Ziel war die Festung von Torridun, hoch oben im Norden Albas, jenem unwegsamen Gebiet, das einst von den Völkern mit den blauen Bemalungen in der Haut beherrscht wurde und in dem erst seit knapp einhundert Jahren Frieden und Recht herrschten. Harolds Aufgabe als Kurier war das Überbringen einer Nachricht von König Konstantin, Herrscher über Alba, an dessen Neffen Máel Coluim. Dieser residierte wie jedes Jahr kurz vor Einbruch des Winters in dieser Festung, um dem dortigen Fürsten die Macht und Präsenz seines Onkels zu vergegenwärtigen. Denn sonst vergaßen die Grafen und Aldermannen[1] allzu schnell, wo ihre Gefolgschaft lag, das wusste Harold.

Doch dies bedeutete nicht, dass er die Strecke im wilden Galopp nahm. In der Ruhe lag die Kraft, da war er sich sicher, und daher war Harold dafür bekannt, nicht der schnellste Bote, aber der zuverlässigste zu sein. Denn von dieser Zuverlässigkeit hing sein Leben ab. Also mied er Straßen ob der hiesigen Wegelagerer, und er wusste, wann es besser war, eine Münze springen zu lassen, statt mit dem Siegel des Königs zu drohen. So ritt er seit Jahren durchs Land, hatte in dem einen Dorf Freunde, mit denen er sich betrank, in dem anderen Dorf ein Liebchen, das ihn verwöhnte. Das Leben meinte es gut mit ihm.

Das Knacken eines Astes riss den Kurier aus seinen Gedanken. War da ein Tier? Ein Bauer, der Holz sammelte?

Mit einem Mal stieg Harold der stechende Geruch von verkohltem Holz in die Nase, als ob er von Dutzenden Lagerfeuern umgeben war. Nun war der Kurier hellwach. Kein Lagerfeuer der Welt würde so einen alles durchdringenden Gestank erzeugen – hier brannte etwas Größeres ...

Harold zügelte sein Pferd, bis es stand, legte die Hand auf den Griff seines Schwerts und sah sich um. Rings um ihn ragten braunrote Waldkiefern empor. Ihre Wurzeln versanken in dem mit Moos bedeckten Boden, der ob des

---

[1] Englisch: Ealdorman, Earl. Adelstitel. Die »Earldormen« oder »Aldermannen« standen im angelsächsischen Britannien an der Spitze einer Grafschaft und verfügten über persönliche, in ihrem Sold stehende Kämpfer.

morgendlichen Regens, der erst vor Kurzem aufgehört hatte, immer noch dampfte. Alles schien friedlich zu sein.

Trotzdem keimte in Harold ein beklemmendes Gefühl auf, bemächtigte sich rasch seines gesamten Körpers. Sein Atem beschleunigte sich, Schweiß trat ihm auf die Stirn. Sein Blick schnellte hektisch zwischen den Bäumen hin und her.

Mit festem Griff nahm Harold die Zügel in die Hand und wollte seinem Pferd gerade in die Flanken schlagen, als er aus dem Augenwinkel wahrnahm, wie eine absonderliche, mit Laub und Ästen bestückte Gestalt auf ihn zusprang.

Er wurde vom Pferd gerissen, schlug hart auf dem weichen Boden auf. Wirre Eindrücke prasselten auf ihn ein.

Das Geschrei von Kriegern –

Eine Gestalt – eine Frau? –, die sich über ihn beugte –

Ein Schwertgriff, der rasch näher kam –

Ein dumpfer Schlag.

Eine kleine Flamme züngelte auf der verkohlten Oberfläche eines Holzbalkens, reckte sich in den grauen Himmel. Erst in der Nacht zuvor war sie zum Leben erweckt worden, als die Männer und Frauen, die von weithergekommen waren, die Festung angegriffen und das Feuer entfesselt hatten. Gierig hatten die Flammen damit begonnen, alles zu verschlingen, was in greifbarer Nähe gewesen war, hatten sich über Gebälk und Firste, über Dächer und Palisaden gefressen und für einige Zeit den

Eindruck erweckt, als könnte nichts und niemand auf der Welt sie aufhalten. Dann fielen die ersten Regentropfen. Abseits des Kampfes zwischen den Angreifern und den Verteidigern der Festung hatte auch im Feuer ein verbissenes Ringen um Leben und Tod begonnen. Doch je mehr Wassertropfen die Flammen verdampften, umso mehr schienen aus der Wolkendecke zu fallen – und der Gegner hatte den Sieg davongetragen.

Ein letztes Mal loderte die Flamme an diesem Morgen empor, dann erlosch sie, zischend und endgültig.

Unweit des verkohlten Balkens verharrten Gestalten, schattige Umrisse im morgendlichen Regen, Statuen gleich. Sie hatten gekämpft und obsiegt, haltlos gefeiert und besannen sich nun wieder derer, die nicht mehr unter ihnen weilten. Denn zu ihren Füßen lagen die schwelenden Überreste der im Feuer bestatteten Gefallenen. Krieger einer fernen Insel, die gekommen waren, um zurückzuerobern, was ihren Vorfahren einst geraubt worden war.

Krieger, die in einem Land bestehen wollten, das sie weder kannten noch verstanden, nur um es irgendwann Heimat nennen zu können.

Krieger, die alles gegeben hatten.

Ihr Anführer Kineth, Sohn des Brude, stand noch immer an der Brüstung der Festungsmauer und blickte aufs Meer hinaus. Selbst als Ailean ihn aufforderte, mit ihr und den anderen den Sieg gebührend zu feiern, war er geblieben und seine Stiefschwester alleine gegangen.

Zu viel war in den letzten Tagen geschehen. Dem Krieger war, als wäre er schneller gereist, als seine Seele ihm hatte folgen können, als wäre mehr passiert, als sein Geist zu begreifen vermochte.

Das listreiche Einschleichen in diese Festung.
Die schmachvolle Gefangennahme.
Der Kampf um sein Leben, um ihrer aller Leben, gekrönt vom Verrat seines Stiefbruders Caitt.
Die Euphorie am Ende der Schlacht war schnell verflogen. Zurück blieb eine innere Leere, die mit dem Gefühl einherging, dass womöglich alles umsonst gewesen war. Ja, sie hatten sich in diesem fremden Land behauptet. Ja, sie hatten den Beweis ob ihres rechtmäßigen Anspruchs auf dieses Land gefunden, wie auch den Ring des Königs. Aber sie hatten auch erkennen müssen, dass Papier und Schmuck keinen Anspruch begründen, kein Schwert schlagen und keine Festung halten konnten.

Wofür bist du dann gekommen?

Kineth wischte sich energisch über das regennasse Gesicht, als könnte er damit nicht nur den Ruß und das getrocknete Blut seiner Gegner abwaschen, sondern auch die düsteren Gedanken vertreiben. Einen Moment später zuckte er schmerzverzerrt zusammen – er hatte mit seinem Ringfinger, der nur noch an wenigen Sehnen hing und dick einbandagiert war, sein Ohr berührt, dem seit dieser Nacht ein Stück fehlte. Sein Körper schien innerlich darum zu wetteifern, welche Verletzung schwerer wog – und entschied sich dann stattdessen, einen allumfassenden Schmerz auszustoßen, der durch den gesamten Körper des Kriegers schoss. Nach einer schier endlosen Zeitspanne richtete sich Kineth wieder auf, denn er wollte vor seinen Kameraden keine Schwäche zeigen. Es gab kaum einen unter ihnen, der ohne Verletzung aus der Schlacht um die Festung ihrer Vorfahren hervorgegangen war.

Wofür bist du in dieses Land gekommen?

Erneut die Stimme in seinem Inneren. Seine Gelenke schmerzten vom stundenlangen Ausharren in ein und derselben Position. Kineth wandte sich vom Meer ab. Im kalten Licht des Morgens sah er die Männer und Frauen seines Volkes um die mittlerweile niedergebrannten Scheiterhaufen stehen, die inmitten eines weitläufigen Platzes lagen.

Dessen Ende säumten die Überreste der Befestigungsmauern und der Palisaden, der Ställe und Häuser. Ihre Wände voll Ruß, ihre Dächer nicht viel mehr als rauchendes Sparrenwerk, das wie der dampfende Brustkorb eines ausgeweideten Tieres wirkte. Und überall lagen die Leiber der dahingeschlachteten Feinde, manche scheinbar unversehrt, andere grausam gebrochen, verkohlt wie Holzscheite oder in Stücke gehackt.

Hinter dem Eingangstor der Festung begann der schmale Küstenstreifen, der durch drei Erdwälle gesichert war und das Bollwerk mit dem Festland verband. Diesen Landsteg hatte die Flut nun völlig in Besitz genommen und knietief überspült, sodass jeder, der in die Festung Torridun hinein- oder wieder hinauswollte, warten musste, bis der Weg wieder begehbar war.

Zu Kineth' linker Hand erstreckte sich das tiefer gelegene Plateau, das die Handwerker und Bauern der Festung beheimatete. Kein Laut drang mehr zu ihm herauf – vermutlich hatten sich die Überlebenden vor dem Feuer und den bemalten Kriegern in die Wälder in Sicherheit gebracht, mutmaßte Kineth und musste sogleich schmunzeln. Nie wäre er auf den Gedanken gekommen, sich am Gesinde zu vergehen. Immerhin waren sie alle bis vor Kurzem noch selbst kaum mehr als Bauern gewesen.

Langsam bemerkte Kineth, wie sich die Blicke seiner Leute ihm zuwandten, wie ihre Gespräche verstummten. Er war es, von dem sie zu erfahren hofften, was sie als Nächstes tun würden – jetzt, da sie scheinbar erreicht hatten, wofür sie losgezogen waren.

Nichts haben wir erreicht. Aber das werden sie nicht hören wollen.

Zu neunundvierzigst waren sie aufgebrochen. Éimhin und Gaeth hatten sie an die See verloren, Heulfryn bei der Schlacht um den Turm. Gair starb bei dem Versuch, Caitt zu töten, und Caitt hatte Dànaidh auf dem Gewissen, bevor er sich davonstahl. Sechs Verluste unter so vielen. Kineth sah zur Scheune, in deren Schutz eine Handvoll Krieger schwer verwundet lagen. Und weitere würden hinzukommen. Von neunundvierzig Mann standen nur noch neunundzwanzig auf eigenen Füßen.

Neunundzwanzig, verdammt noch mal.

Der Krieger atmete einmal tief durch, füllte seine Lunge mit der rauchigen Luft.

»Ich weiß, ihr seid erschöpft«, begann Kineth mit ruhiger Stimme. »Denn ich bin es auch. Doch bevor wir daran denken, was morgen sein wird, müssen wir uns das Heute sichern.« Kineth blickte zu Unen, der von der Größe her neben den anderen Kriegern wie ein Bär wirkte. »Mathan, nimm dir fünf Mann, teilt euch in drei Gruppen, und sichert Wald und Weg vor der Festung. Gebt Zeichen, wenn Gefahr droht.« Unen brummte zustimmend.

»Flòraidh ...« Kineth wandte sich der Kriegerin zu, die mit ihren blonden, kurz geschnittenen Haaren und der

Bemalung in der Haut über Schläfe, Hals und Arm weniger wie eine Frau als vielmehr wie eine Furie wirkte, die nur darauf harrte, entfesselt zu werden. »... nimm dir ein Dutzend Mann und verstärkt die Posten auf der Ringmauer, Pfeil und Bogen bereit. Und schießt auf jeden, der nicht nach einmaliger Warnung umkehrt.«

Flòraidh nickte.

Kineth wandte sich schließlich seiner Stiefschwester zu. Sie sah ihn erwartungsvoll an. »Ailean. Sieh nach, wie viele Tiere das Feuer überlebt haben, und lasse sie hier in der Mitte des Platzes in Sicherheit bringen. Dann durchkämme mit sechs Mann die Ruinen. Holt alles heraus, was uns noch von Nutzen sein kann. Waffen, Kleidung, Werkzeug, Essen, Schmuck.« Ailean nickte ebenfalls, doch Kineth konnte in ihrem Gesicht deutlich die Enttäuschung lesen. Offenbar hatte sie sich mehr erwartet. »Die anderen«, fuhr Kineth unbeirrt fort, »legen sich zum Ausruhen ins Trockene. Ihr müsst später die Wachen ablösen. Also dann –«

»Was ist mit Caitt geschehen?« Es war Elpin, der die Frage stellte.

Jene Frage, die Kineth zu vermeiden gehofft hatte. Er tauschte einen kurzen, wissenden Blick mit Ailean, die ihm mit einem knappen Kopfschütteln zu verstehen gab, dass auch sie es nicht für den richtigen Zeitpunkt hielt, die anderen zu informieren.

»Caitt ist nicht mehr bei uns«, begann Kineth.

»Das haben wir auch bemerkt«, rief Moirrey, die von allen Mally genannt wurde, frech in die Runde. Bree, ihre Schwester, sah sie unwillig an, wie so oft, wenn Mally über das Ziel hinausschoss.

»Und ich werde euch auch sagen, warum.« Kineth war bemüht, seinen aufkeimenden Ärger zu unterdrücken. »Aber zuerst gilt es, den Boden zu sichern, auf dem wir stehen. Sonst brauchen wir uns alsbald über nichts und niemand mehr Fragen zu stellen.« Er funkelte Moirrey an. »Einverstanden?«

Die junge Kriegerin wollte etwas entgegnen. Doch dann verstand sie, dass Kineth ihr keine Frage gestellt, sondern einen Befehl erteilt hatte.

»Also los!«

Die Gruppe löste sich auf. Nur Ailean kam auf Kineth zu.

»Wann wirst du ihnen sagen, was unser Bruder getan hat?«, sagte sie bedacht leise.

»Bald.«

Ailean verzog das Gesicht. Kineths Antwort war für sie alles andere als befriedigend. »Und wann wirst du mir sagen, wie es mit uns weitergehen soll?«, setzte sie nach. »Nun, da wir alles und doch nichts erreicht haben?«

»Was willst du von mir, verdammt noch mal?«

Ailean stellte sich unwillkürlich auf die Zehen. »Ich will, dass du handelst, wie unser Vater es von dir wollte und wie du es Dànaidh versprochen hast.«

»Ich habe gar nichts versprochen«, entgegnete Kineth zornig.

»Ach nein? Du hattest die ganze Nacht lang Zeit, dir zu überlegen, wie es mit uns weitergeht. Und die einzige Entscheidung, die du getroffen hast, ist, dass du keine treffen wirst?«

Kineth starrte die junge Frau an. Ihr Gesicht war mit Ruß und Blut verschmiert, die schulterlangen dunkelblonden Locken waren verklebt und noch immer für den Kampf mit einer Spange zusammengebunden. Ihr ganzer Körper war von der Schlacht gezeichnet, und ihr Blick wirkte erschöpft und abgestumpft. Und doch sah Kineth niemand anders vor sich als jene lebenslustige Frau, die in der alten Heimat jeden Unfug mitmachte, die für jeden Streich zu haben war und die er seit seiner Kindheit –

»Habe ich recht?« Ailean ballte die Fäuste.

»Morgen. Nach Tagesanbruch in der Kapelle. Sag es den anderen.«

Ailean rempelte Kineth im Losgehen unsanft an. »Zu Befehl«, sagte sie spöttisch und ließ den Krieger allein zurück.

Kineth stieß ein tiefes Seufzen aus. Dann ging er in Richtung der Ställe, wo die Verwundeten lagen.

Mit einem spitzen Schrei, der wie der eines Kindes klang, stürzte das Pferd zu Boden. Es schlug hart mit Schulter und Kopf auf der steinigen Wiese auf, während seine Vorderhufe in einer Grube stecken blieben. Nach einem kurzen Moment der Benommenheit versuchte es wieder auf die Beine zu kommen, rollte sich widerspenstig von einer Seite auf die andere, schnaubend, als wollte es das Unabwendbare nicht anerkennen.

Dann, langsam, aber stetig, wurde das Schnauben leiser.

Da beide Fesseln gebrochen waren, kniete sich das Pferd schließlich auf die Vorderfüße senkte den Kopf und blickte ermattet zu dem Reiter, der regungslos neben ihm am Boden lag.

Zwei Tage waren seit jener Nacht vergangen, in der Caitt auf einen Schlag alles verloren hatte, wofür er gelebt und gekämpft hatte. Ailean, seine Schwester. Kineth, seinen Stiefbruder. Seine Gefährten.

Und am schlimmsten: seine Ehre.

Noch immer konnte der hünenhafte Krieger nicht verstehen, wie man Egill, den dreckigen Nordmann, ihm hatte vorziehen können. Caitt hatte doch nur gewollt, dass er selbst und seine Krieger etwas in der Hand hatten, ein Pfand, das ihnen einen Vorteil verschaffen könnte. Was war dagegen schon ein flüchtig ausgesprochenes Versprechen, noch dazu, wenn man es einem Nordmann gegeben hatte, der selbst keine Ehre besaß?

Für Caitt war der Bruch des Versprechens Mittel zum Zweck gewesen – für Kineth galt dieses Versprechen scheinbar mehr als die Familie.

Damit hatte er sich in Caitts Augen selbst gerichtet, es nicht verdient, weiter an seiner Seite zu kämpfen. Hinterlistig hatte sein Stiefbruder ihm die Worte im Mund umgedreht, ihn so hingestellt, als würde er nicht für die Seinen einstehen. Kineth hatte den Tod verdient, und doch starb ein anderer – Dànaidh, der Schmied, den alle nur Òrd, den Hammer, nannten. Ein Freund und Beschützer, von Kindestagen an, und einer, mit dem Caitt keinen Disput hatte.

Als Caitts Dolch in Dànaidhs Leib steckte, wurde ihm bewusst, dass es von nun an kein Zurück mehr gab. Es schien, als hätte dieser Dolch auch das Band zwischen ihm und seinem Volk durchtrennt. Er war das Beiboot, dessen Tau sich auf stürmischer See durchgescheuert hatte und das nur noch zusehen konnte, wie das Schiff, an das es eben noch gebunden war, davonsegelte. Und das ab sofort nur noch für sich selbst verantwortlich war, wollte es nicht gegen die nächstbesten Klippen geschmettert werden und zerschellen.

Noch während der Schmied zusammensackte, rannte Caitt blindlings davon, ließ die Festung und seine Kampfgefährten hinter sich. Kurz darauf traf er auf ein erblindetes Häufchen Elend, das sich nur Stunden zuvor noch Parthalán, Herr der Festung, genannt hatte. Trotz seiner Aufgewühltheit war Caitt geistesgegenwärtig genug gewesen, Parthalán den Gnadentod zu schenken und ihn auch von jedem irdischen Ballast in Form seiner fünf goldenen Ringe zu befreien.

Die darauffolgenden Stunden war der Krieger umhergeirrt und hatte sich im angrenzenden Wald immer wieder hinter Bäumen versteckt. Denn wer konnte schon wissen, was die Tölpel von Bauern mit ihm gemacht hätten, wären sie seiner habhaft geworden? Immerhin war es ihr Zuhause, das gerade von einer Feuersbrunst verzehrt wurde, für die Caitt und sein Volk verantwortlich waren.

Irgendwann hatte er sich erschöpft hinter einen Baum gesetzt und einfach nur dagesessen, während die Gedanken an das, was geschehen war, immer noch wild und ungeordnet durch seinen Kopf wirbelten.

Ein Schnauben hatte Caitt schließlich aus seiner Starre gerissen – von hinten hatte sich ein Pferd angeschlichen und ihn mit den Nüstern angestupst. Es war eine edle dunkelbraune Stute, zu Caitts Überraschung war sie aufgezäumt und gesattelt. Vermutlich war ihr Besitzer verwundet oder tot von ihr heruntergefallen. Caitt hatte dem Tier über den Nasenrücken gestreichelt, es am Hals getätschelt und dann entschieden, dass er auf dem Pferd das Inferno aus Flammen und Enttäuschung schneller hinter sich lassen konnte, als wenn er zu Fuß weiterging. Zwar hatte er noch nie ein Pferd geritten, genauer gesagt noch überhaupt kein Tier, aber nachdem er sich auf den Sattel geschwungen und unsicher die Zügel gegriffen hatte, trabte das Pferd von alleine los, ohne dass der Krieger Angst hatte, dass es mit ihm durchgehen würde.

So waren er und sein neuer tierischer Begleiter die Nacht über durchgeritten, hatten sich am Morgen einige Stunden Rast gegönnt und waren dann weiter nach Süden gezogen. Caitt wusste nicht, wohin er sollte, aber das Pferd schien ein Ziel vor Augen zu haben – und alles war besser als das, was hinter ihnen lag. Auch wenn dem Krieger am Ende des Tages sein Hintern so schmerzte, als wäre er stundenlang mit einem Lederriemen geschlagen worden, und sich sein Rücken anfühlte, als hätte er Gesteinsbrocken geschleppt, so ermutigte ihn zumindest die Gewissheit, dass ihm keiner seiner ehemaligen Gefährten folgen konnte – zu schnell war er unterwegs gewesen.

Als sich der gegenwärtige Tag dem Ende zugeneigt hatte, als die Schatten größer und die Farben weniger wurden, wollte Caitt einen Unterschlupf finden, da die Wolken am Himmel Regen versprachen. Schon bald waren sie zu einer Lichtung gekommen, an der der Krieger überrascht festgestellt hatte, dass der Wald hier endete, als würde man ihn schnurgerade abholzen, in einer Linie von Osten nach Westen, so weit das Auge reichte. Von Caitts Standort verlief eine Wiese leicht ansteigend, bis sie in der Ferne in einem Erdwall mündete, in dem vereinzelte Palisaden steckten. Der Krieger hatte angenommen, dass man von dem Erdwall aus einen guten Überblick über das angrenzende Gelände haben musste, und ließ dem Pferd die Zügel locker, sodass es selbst bestimmen konnte, wie schnell es den Weg zurücklegen mochte.

Das Tier begann im gemächlichen Trab, steigerte sich immer mehr, bis es schließlich schneller dahingaloppierte, als es Caitt recht war. Er wollte gerade an den Zügeln ziehen, als plötzlich der Horizont verrutschte, die Erde sich eigentümlich drehte und es nach einem Aufprall still und schwarz um ihn herum geworden war.

Caitt riss die Augen auf. Der Kopf des Kriegers schmerzte, als hätte ihm jemand mit einem Prügel eins übergezogen. Er setzte sich auf, sah sein Pferd neben sich verkrümmt knien. Seine Umgebung nahm er nur verschwommen wahr.

Was war geschehen? Warum lag er hier? Und was waren das für Gestalten, die aus dem Unterholz schreiend auf ihn zuliefen?

Er stand auf, machte schwankend einen Schritt auf das Pferd zu, stützte sich ab. Das Tier war wie ein Schutzwall vor jenen, die mit gezückten Schwertern lautstark über die Wiese gerannt kamen.

Drei Mann und eine Frau.

Caitt zog ebenfalls sein Schwert und wartete ab. Auch wenn sich immer noch alles um ihn herum drehte, so glaubte er, dass die Bande von Wegelagerern kaum eine ernsthafte Gefahr für ihn darstellte. Zu laut waren sie, zu unorganisiert.

Augenblicke später hatten die vier ihn erreicht, bildeten einen Halbkreis. Caitt drückte sich mit dem Rücken an sein Pferd. Erst jetzt konnte er die Fremden besser sehen, ihre zerschlissenen Lumpen, ihre schmutzigen und verkrätzten Gesichter, ihre rostigen und verbogenen Schwerter und Messer.

»Deinen Besitz und dein Pferd«, lispelte der Älteste von ihnen, »dann lassen wir dich vielleicht am Leben.«

Caitt zog die Brauen zusammen. »Vielleicht?«

Ein anderer gluckste. »Wir würden es uns zumindest überlegen.«

»Dann überlegt nicht zu lange.« Der Krieger ging in eine breitbeinige Stellung, schob den linken Fuß nach vorn, die rechte Schulter nach hinten und sah die Diebe herausfordernd an. Die versuchten offenbar einzuschätzen, welchen Gegner dieser seltsam bemalte Mann vor ihnen wohl abgeben würde.

Eine Überlegung, die Caitt ihnen abnahm.

Er machte einen schnellen Schritt auf den Dieb rechts von ihm zu, schnitt ihm mit einem schnellen Hieb den Hals durch, drehte sich und packte den Mann neben ihm. Der Dritte im Bunde wollte Caitt zuvorkommen und stieß seine Waffe in dessen Richtung, nur um einen Moment später entsetzt zu erkennen, dass die Klinge im Bauch seines Kameraden steckte, den Caitt in seine Richtung gestoßen hatte. Der Krieger wirbelte herum, schlug dem Wegelagerer, der das Schwert geführt hatte, die Hand ab und spaltete ihm mit einem weiteren Hieb den

Schädel. Er ließ das Schwert im Kopf des Diebes stecken, während der zu Boden sackte, und wandte sich nun mit gezücktem Dolch der Frau zu.

Diese stand wie gelähmt da. Schließlich ließ sie das Kurzschwert, das wie eines der beiden Gladii[2] aussah, mit denen seine Schwester Ailean kämpfte, ins Gras fallen. An der Innenseite ihrer Beine lief es nass herunter.

Caitt starrte die Diebin abwartend an. Ihr Alter war schwer zu schätzen, aber wie alt sie auch immer sein mochte, das Leben hatte es offensichtlich nie gut mit ihr gemeint.

»Wie viele von euch sind noch im Wald?«, wollte Caitt wissen.

»Niemand.« Die Frau schüttelte ruckartig den Kopf. »Nur meine Brüder und ich.«

»Und ihr habt gedacht, es sei eine redliche Idee, für Vorbeireisende eine Grube auszuheben, und ...«

»Die Gruben waren schon immer da, ehrlich!«, unterbrach sie ihn schrill. »Sieh nur, sie sind hier überall.«

Caitt blickte über das Gelände und erkannte, dass die Frau zumindest teilweise die Wahrheit sprach. Die Wiese war mit einer Vielzahl von Fallgruben übersät, in einem seltsam gleichmäßig angeordneten Muster aus fünf Punkten. Viele der fünf Fuß breiten und drei Fuß langen Löcher waren behelfsmäßig zugeschüttet worden, aber einige waren noch intakt.

»Die Besatzer, die früher hier waren, diese Römer, haben sie ausgehoben. Wir haben sie nur benutzt ... bitte –« Die Frau brach ab.

---

2 Standardwaffe der römischen Infanterie.

Caitt senkte seinen Dolch. »Wo ist das nächste Dorf?«

Die Frau deutete nach Südwesten. »Nicht mehr weit, bis zu der steinernen Straße und dann immer geradeaus. Bitte ...« Sie griff mit beiden Händen den abgewetzten Kragen ihres zerlumpten Obergewandes und riss es mit einem Ruck bis zum Bauch auf. Ihre schlaffen Brüste hingen heraus, die weiße Haut mit roten Flecken und Schmutz bedeckt.

Sie packte ihren Busen, drückte ihn zusammen, um ihn üppiger und vermeintlich begehrenswerter erscheinen zu lassen. »Wenn du mich verschonst, tue ich alles, was du willst. Alles.« Sie fiel auf die Knie in den Matsch, rang ihren Lippen ein bitteres Lächeln ab.

»Gut«, sagte Caitt. Er dachte einen Augenblick nach, strich sich dabei über seinen geflochtenen Kinnbart. Plötzlich stieß er der Frau den Dolch in die Kehle. »Dann stirb.« Ruckartig zog er die Klinge wieder heraus.

Die Diebin blickte ihn ungläubig an, während Blut und damit ihr Leben aus dem Hals pulsierte. Röchelnd sackte sie zusammen, kam neben dem Maul des Pferdes und der Grube zu liegen. Das Tier stupste sie an, als wollte es ihr aufhelfen, aber Caitt gab dem noch zuckenden Körper der Frau einen Tritt, der sie in die Grube rutschen ließ.

Der Krieger wischte den Dolch im Gras sauber und steckte ihn in seinen Gürtel zurück, dann kniete er sich neben das Pferd, strich ihm sanft über den Nasenrücken. Er spürte das warme Fell, wusste, was er zu tun hatte. Das Tier hatte sich beide Vorderläufe beim Sturz in die Grube gebrochen und würde nie mehr laufen können.

»Es tut mir leid«, sagte er leise, »aber ich kann dir nicht helfen.« Er drückte seinen Kopf gegen den des Pferdes, verharrte, während er das warme Fell des Tieres an seiner Stirn spürte. Das Pferd ließ sich schließlich zur Seite fallen, atmete kurz und stoßartig. Caitt stand auf, ging zu dem toten Wegelagerer und zog sein Schwert aus dessen Schädel.

Dann erlöste er das Tier von seinen Schmerzen.

Die Wolken hatten den Mond und die Sterne verschlungen, die darauffolgende Dunkelheit war allumfassend. Einzig der kaum wahrnehmbare Glanz, der von den zerklüfteten Eismassen ausging, wies zwei einsamen Gestalten den Weg.

Die Frau, die voranging, orientierte sich an dem fahlen Schimmer, stolperte allerdings immer wieder über Steine und Büsche, die sich am Boden verbargen.

Ein Keuchen hinter ihr.

Sie blieb stehen, blickte halb über ihre Schulter zurück. Dann streckte sie ihre Hand aus. Dahin, wo ihr Mann sein sollte.

Doch ihre Hand fuhr ins Leere.

»Brude?«

Es war nur ein Wort, aber selbst das schien ihren Mund nicht verlassen zu wollen, verfing sich zwischen blauen, steif gefrorenen Lippen, quälte sich dann doch heraus, nur um vom heulenden Wind davongetragen zu werden.

Langsam drehte sich die Frau ganz um. Der Wind

schlug ihr jetzt mit voller Wucht ins Gesicht, biss und zerrte an ihr, ließ ihre Augen brennen und tränen, obwohl sie sie zu schmalen Schlitzen zusammengekniffen hatte. Seit sie denken konnte, hatte der Wind ihr Volk begleitet, tauchte über das Jahr auf und verschwand wieder. Aber so stark wie jetzt war er noch nie gewesen. Die Frau fragte sich mittlerweile, ob sie es mit einem lebendigen, bösartigen Wesen zu tun hatten, das sie nicht nur daran hindern wollte, weiterzukommen, sondern daran weiterzuleben.

Lass es. Denk an das Ziel.

Sie wusste, dass die Stimme in ihrem Inneren recht hatte. Hier und jetzt zählte nur eines: diese Nacht überleben, den nächsten Tag erreichen.

Auf einmal gab die Dunkelheit eine Gestalt frei, die mit jedem Schritt eine vertrautere Form annahm. Die Form wurde zum Körper, den die Frau in ihre Arme nahm. Er war eiskalt.

»Iona ...« Mehr ein Krächzen als eine Stimme.

»Sprich nicht. Ruh dich aus.«

Sie umarmte ihn fester, hätte ihm ohne zu zögern jedes bisschen Wärme geschenkt, das sie noch im Leibe hatte, denn er war Brude, Sohn des Wredech, ihr Gemahl – und sie liebte ihn mehr als alles auf dieser grausamen Welt.

Zitternd strich sie über sein langes, verfilztes Haar. Ihre Hände wanderten hinunter, das abgewetzte Wolfsfell entlang, das er über den Kleidern trug. Sie spürte, wie mager ihr Gemahl geworden war, und dachte sogleich an den kraftstrotzenden Mann, der er gewesen war – bevor die Krankheit ihn ereilt hatte, bevor sie beide verbannt worden waren.

Als alles noch gut gewesen war.

Erinnerungen blitzten vor Iona auf, sie sah ihre beiden Körper, in Leidenschaft vereint, die prasselnde Feuerstelle in der Halle, Platten mit gebratenem Fleisch, Trinkhörner voll Ql[3]. So lebhaft waren die Bilder, dass Iona für einen Augenblick wirklich dort war, in einer glücklicheren Zeit. Sie aß, trank und liebte, alles in diesem einen Augenblick, bevor die Erinnerung wieder in Kälte und Dunkelheit zerfloss.

Bevor sie wieder hier war, in Nacht und Eis.

»Iona, ich kann nicht mehr.« Kraftlos sank Brude auf die Knie.

Sie beugte sich zu ihm hinab, nahm seinen Kopf in beide Hände und kniff energisch in den struppigen Bart, der seine Wangen und seinen Hals bedeckte. »Du kannst, und du wirst. Ich lasse dich nicht sterben, heute nicht und morgen auch nicht. Die Nacht wird nicht ewig dauern, und in der Morgendämmerung werden wir einen Weg finden.«

Täuschte sie sich, oder blitzte so etwas wie ein Lächeln im Gesicht ihres Gemahls auf?

»Sturköpfiges Weib.«

Jetzt lächelte auch sie. »Ja, und zwar dein sturköpfiges Weib. Und jetzt hoch mit dir.«

Brude erhob sich ächzend und stützte sich wieder auf den Stab, der ihm als Gehhilfe diente. Er brauchte ihn, seit ihn die Krankheit, die die versprengten Nordmänner auf das Eiland gebracht hatten, in ihren Krallen gehabt hatte. Es sprach für Brudes Kraft und seinen unbeug-

---

3 Bier, sprich: Öl

samen Willen, dass er die nässenden Pusteln und das glühende Fieber überhaupt überlebt hatte. Doch er war immer noch geschwächt, und die Tage und Nächte unter freiem Himmel forderten ihren Tribut.

In den ersten Nächten nach ihrer Verbannung aus Dùn Tìle[4] hatten Iona und Brude versucht, Unterschlupf zwischen den niedrigen Felsformationen zu finden, die sie auf ihrem Weg durch die Hügel gelegentlich passierten. Aber der Wind schien immer zwischen dem Gestein hindurchzufinden.

Die beiden Gestalten, die in der Nacht am Boden kauerten und in den Böen zitterten, hatten keine Decken, nur die Kleidung, die sie am Leib trugen. Es war die Kleidung eines Herrschers und einer Herrscherin, das Untergewand aus dickem Leinen, die Mäntel aus Leder, mit Symbolen ihres Volkes verziert. Die Pelzumhänge von Robbe und Wolf wurden von prächtigen goldenen Spangen zusammengehalten. Doch all das konnte gegen die Kälte der Nacht wenig ausrichten.

Nach drei Tagen beschlossen Brude und Iona, in der Dunkelheit zu gehen und sich am Tag, wenn es wärmer war, auszuruhen und nur kleinere Strecken zurückzulegen. Sie hofften, dass sie auf diese Weise den weiten Weg, der noch vor ihnen lag, bewältigen konnten. Wenn sie das nicht schafften, würde man sie aufgreifen und töten.

Doch der Wind hatte zwei Gefährten, die genauso hartnäckig waren, aber um vieles tödlicher – Hunger und Durst.

---

4   Name des Dorfes, in etwa »Eisfestung«

Als Brude und Iona nach einigen Nächten die riesige Woge aus Eis erreichten, die das Innere von Innis Bàn[5] bedeckte, war die wenige Nahrung aufgebraucht, auch der Trinkschlauch war leer. Danach versuchten sie, aus den kleinen Bächen zu trinken, die in unregelmäßigen Abständen aus den hohen Eiswänden heraustraten und mancherorts sogar kleine Seen bildeten. Das Wasser stillte ihren Durst jedoch nicht. Im Gegensatz zu der Quelle im Dorf schmeckte es unangenehm schal, und es entzog den beiden nur die Kraft, indem sie sich dauernd erleichtern mussten. Also vermieden sie, es zu trinken, benetzten damit nur Lippen und Mundhöhle, um es sofort wieder auszuspucken. Der Mangel an Wasser ließ ihre Köpfe schmerzen und die Welt um sie herum immer wieder in Schwindel versinken.

Der Hunger war beinahe genauso schlimm.

Er riss und grollte in ihren Eingeweiden wie ein wildes Tier, das eingesperrt und kurz vor dem Ausbrechen war. Die Beeren, Pilze und Flechten, die sie dann und wann fanden, machten es nur noch wütender und führten zu stechenden Bauchschmerzen. Das Tier wollte richtige Beute, und angesichts dieses Mangels stieg sein Zorn ins Unermessliche.

Natürlich hatten sie versucht zu jagen, zumindest Iona, denn Brude war zu schwach dafür. Doch sie hatten keine Waffen, und der Weg, den sie nehmen mussten, bot auch keine Materialien dafür. Iona stellte schon bald fest, dass lose Steine zu wenig waren, um die flinken Hasen oder

---

5 Der Name, den die Pikten Grönland gegeben hatten, in etwa »Weißes Eiland«.

Schneehühner zu erlegen. Wenn sie überhaupt welche zu Gesicht bekamen; denn je näher sie dem Eis gekommen waren, desto einsamer war es geworden. Nur die Seeadler am Himmel und das Heulen der Wölfe begleiteten den verbannten Herrscher und sein Weib auf ihrem Weg.

Wann immer sie die Rufe der Raubtiere in der Ferne hörte, spürte Iona Furcht in sich aufsteigen, ein urtümliches Gefühl, das jeden überkam, der sich schutzlos durch eine fremde Landschaft schlagen musste. Keine Waffen zu haben bedeutete nicht nur, dass sie nicht jagen konnten, es bedeutete auch, dass sie sich nicht verteidigen konnten. Iona mochte gar nicht daran denken, was geschehen würde, wenn sie auf einen Bären oder ein Rudel Wölfe treffen würden. Ihre einzige Hoffnung war, dass auch diese Tiere die Eismassen mieden und sich eher an die Küstengebiete hielten, wo es nicht so unwirtlich war und es mehr Beute für sie gab.

Und doch – trotz ihrer hoffnungslos scheinenden Lage glaubte die Frau des Brude fest daran, dass noch nicht alles verloren war. Wenn sie erst einmal den Einflussbereich des verhassten Priesters hinter sich gelassen hatten, würden sie versuchen, sich Werkzeuge herzustellen und eine Kule in der harten Erde zu graben, die sie die Nacht zumindest überstehen ließ. Dann irgendeine Waffe, Jagd, Nahrung. Aber um dies alles zu erreichen, mussten sie noch eine Zeit lang durchhalten, und Iona hoffte, dass ihr Gemahl dazu in der Lage war.

Er ist immer noch Brude, und er wird wieder über das Eiland herrschen.

Es war allein dieser Gedanke, der sie weitertrieb, besonders in den dunkelsten Stunden, so wie jetzt.

»Lass mich noch einen Augenblick ausruhen.« Brudes Stimme war brüchig.

Iona schüttelte den Kopf. »Du wirst noch mehr ausfrieren. Wenn wir gehen, dann leben wir. Zum Ruhen ist noch genug Zeit im Grab.«

»Das klingt wie ein Versprechen.«

Sie trat näher zu ihm. »Denk nicht einmal daran. Wer sonst soll meine Bettstatt wärmen, wenn ich Beacán verjagt habe und unser Volk regiere?«

Brude nahm sie in die Arme und drückte sie fest an sich. Dann legte er seine Wange an die ihre. Es war nur ein kleiner, inniglicher Moment, aber er reichte aus, um Iona schmerzhaft bewusst zu machen, wie sehr sie ihren Gemahl, ihren *Mann*, vermisste.

»Deine Worte in aller Götter Ohren.«

Die beiden lösten sich aus der Umarmung. Der Moment der Verbundenheit war so schnell verflogen, als wäre er nie da gewesen. Iona drehte sich um und ging wieder voran.

Sie versuchte, sich erneut nur auf das heutige Ziel zu konzentrieren, aber ihre Gedanken kreisten stattdessen unablässig um den Mann, der sie in diese Lage gebracht hatte. Beacáns Urteil war eindeutig gewesen: Verbannung in das Innere von Innis Bàn, zwei mal sieben Tage vom Dorf entfernt. Seine Männer würden immer wieder die Gegenden zwischen Küste und Eis durchstreifen, das hatte er vor versammelter Dorfgemeinschaft verkündet. So wollte er sichergehen, dass der frühere Herrscher und sein Weib nicht in der näheren Umgebung Unterschlupf suchten. Wenn sie sich diesem Gottesurteil, und dafür hielt der Priester sein Wort, widersetzten, verdienten sie nur eine Strafe – den Tod.

Aber dazu würde es nicht kommen, das schwor sich Iona.

Die Wolken stoben auseinander, der Mond warf sein bleiches Licht auf die Eismassen. Der Wind wehte über sie hinweg, bildete in der Luft Schneewirbel und zerstörte diese wieder. Die Kälte nahm er mit und trug sie weiter, in den Mann und die Frau hinein, die unweit des Eises mit eingezogenen Köpfen dahinstolperten.

Er ließ sie hinter sich, strich über Hügel, schwarze Grasflächen und verwitterte kleine Steinformationen.

Und er zerrte an den beiden Gestalten, die zwischen den Hügeln schliefen, in dicke Felle gehüllt, die Griffe ihrer Schwerter fest in den Händen.

Bree, Moirrey und Flòraidh standen auf der Ringmauer der Festung von Torridun und wärmten sich zitternd die Hände über den Flammen, die aus einer Feuerschale loderten. Doch so sehr sie es auch versuchten, die Kälte, die ihnen während der letzten Nacht im Freien in die Knochen gezogen war, ließ sich nicht vertreiben.

Trotzdem verließ Flòraidh immer wieder das Feuer und ging ans östliche Ende der Mauer, um in dem tiefer gelegenen Teil der Festungsanlage, der vom Feuer verschont geblieben war, nach den Handwerkern und Bauern Ausschau zu halten, die hier lebten – vergebens. Offenbar war die Furcht vor den Bezwingern der Feste größer als der Wunsch nach einem Dach über dem Kopf.

»Wir werden doch hierbleiben, oder, Bree?«, fragte Moirrey zögerlich und unterbrach damit die Stille, die seit Beginn ihrer Wache zwischen ihnen geherrscht hatte.

Ihre Schwester zuckte mit den Schultern. »Torridun mit einer List einzunehmen war eine Sache. Die Festung zu halten ist eine andere.«

»Ich nehme an, der König von Alba wird nicht tatenlos zusehen, wie man ihm sein Gebiet streitig macht«, warf Flòraidh ein. »Ich würde es jedenfalls nicht dulden.«

Moirrey verzog das Gesicht. »Dann ziehen wir also wieder weiter, und es war alles umsonst?«

»Umsonst ist es nur, wenn man nichts daraus macht.« Flòraidh blickte in den Wolkenhimmel, der wie eine bleierne Decke über ihnen hing. Die Kriegerin musste daran denken, wie Kineth ihr am Morgen den Befehl für die Wache erteilt hatte, und wie erleichtert sie darüber gewesen war. Bis gestern hätte sie wohl mit todesverachtendem Grinsen nur darauf gewartet, dass sie ihre Kampfkunst unter Beweis stellen konnte. Aber nach letzter Nacht hoffte sie, dass niemand sie heute herausfordern würde. Sie wollte nach Hause. »Wir haben nicht nur Kineth und Ailean befreit, wir haben auch Waffen, Proviant und Gold erbeutet. Damit könnten wir nach Innis Bàn zurücksegeln.«

»Lass das nicht Ailean hören«, sagte Bree müde. Auch sie fühlte sich innerlich leer, seitdem die Aufregung des Kampfes abgeklungen war.

»Ihr wollt also beide aufgeben?« Moirrey spuckte abschätzig über die Brüstung.

»Sieh uns doch an«, entgegnete Bree. »Keiner von uns ist unversehrt geblieben, auch wenn es nur kleine Wunden sind. Es ist nur eine Frage der Zeit, bis sich uns ein Heer aus Kriegern entgegenstellt, denen wir unterlegen sind.« Sie machte eine kurze Pause und fuhr daraufhin sanft fort. »Der Herr über diese Festung hat sich auch überschätzt, und jetzt sind alle seine Leute so tot wie er selbst. Und er hatte eine Festung zum Schutz und saß nicht zwischen rauchenden Ruinen so wie wir.«

»Weil er töricht war!« Moirrey spie die Worte geradezu aus. Sie hasste es, wenn ihre ältere Schwester sie belehrte – und recht dabei hatte.

»Also lass uns nicht ebenfalls töricht sein.« Bree legte ihrer Schwester die Hand auf die Schulter. Moirrey erstarrte. Dann riss sie sich los und schritt demonstrativ die Mauer entlang.

Nachdem Kineth nach den Verwundeten gesehen und auch in ihren Blicken die bedingungslose Hoffnung erkannt hatte, die sie in seine Führung legten, wusste er, dass er seinen Leuten aus dem Weg gehen wollte. Zumindest bis zum nächsten Morgen. Er ging zu einem der toten Pferde, die es nicht mehr aus den brennenden Stallungen geschafft hatten und jetzt dalagen, als wären sie stundenlang über einem riesigen Lagerfeuer gebraten worden. Er stach in die verkohlte, spröde Haut, schnitt einige Stücke Fleisch ab und steckte diese in seinen Lederbeutel. Dann griff er sich eine Decke aus Filz, füllte einen Krug mit Wasser und stapfte an den nördlichsten Punkt der Verteidigungsanlage, wo ein kleiner hölzerner Turm emporragte.

Kineth kletterte hinauf, stellte den Krug ab und legte den Beutel mit Proviant daneben.

Er sah sich um; rings um ihn erhoben sich fünf Fuß hohe Palisaden. Hinter der einen Seite tobte die raue See, vor der anderen erstreckte sich die Festung, oder was von ihr übrig geblieben war. Das Haupttor und die Befestigungsanlagen aus Holz davor waren völlig niedergebrannt, ebenso die meisten Gebäude, die sich dicht aneinandergedrängt hatten. Die Waffenkammer mit dem Kerker, das Haupthaus und die angrenzenden Ställe – nichts davon war vom Feuer verschont geblieben. Einzig die Kapelle, in der er, Ailean, Caitt und Egill die Belehrungen von Máel Coluim, dem Neffen des Königs, über sich hatten ergehen lassen, war wie durch ein Wunder unversehrt geblieben.

Der Herr beschützt die Seinen.

Beacáns Worte. Dumpfer Ärger beschlich Kineth, als er an den Priester in seiner alten Heimat dachte. Seine Predigten darüber, wie gütig und doch zornig der eine wahre Gott sei. Hier hat der Herr jedenfalls die Seinen nicht beschützt, nur die Behausung, die sie zu Seinen Ehren errichtet hatten, sagte der Krieger grimmig zu sich selbst.

Wie alle Götter.

Kineth setzte sich. Der Turm, der gerade einmal zwei Mann stehend Platz bot, würde bis morgen Früh sein Zuhause darstellen. Er nahm aus dem Beutel ein Stück Pferdefleisch, das noch immer warm war, und biss kräftig ab. Während er das faserige Fleisch kaute, war ihm, als würden seine Lebensgeister langsam, aber sicher wieder in ihn zurückkehren. Nachdem er fertig gegessen hatte, zog er sich die Decke bis zum Hals hoch, lehnte den Kopf an die grob behauenen Palisaden und war einen Augenblick später eingeschlafen.

Unen trat hinter Elpin, der im Vergleich zu ihm wie ein kleiner Junge neben einem aufgerichteten Bären wirkte. Er steckte ihm ein Büschel purpurfarbenes Heidekraut in den Gürtel, dann machte er einen Schritt zurück und begutachtete sein Werk: Der schmächtige Krieger war so mit Zweigen und Büschen ausgestattet, als habe die Natur selbst ihn vereinnahmt und sei über ihn gewachsen. Unen nickte zufrieden. Auch aus ihm ragten vielerlei Zweige und Büschel.

In stillem Einvernehmen legten sich die Männer auf den kühlen, mit Moos überwucherten Waldboden und blickten auf einen schmalen Pfad, der sich durch das Gehölz schlängelte. Beide waren sich sicher, dass sie sogar ein Reiter nicht erspähen würde, denn sie sahen aus, als wären sie eins mit dem Wald. Unen wurde warm ums Herz bei der Erinnerung daran, wie sie sich das letzte Mal so getarnt hatten – es war in ihrer alten Heimat gewesen, als sie die Nordmänner, die furchtlos, aber dumm durchs offene Gras gestampft waren wie eine Herde Schafe, einen nach dem anderen abgestochen hatten. Die List ist eben der stärkste Waffenschmied, dachte Unen und genoss die Stille, das Zwitschern der Vögel und das sanfte Knacken der Bäume, die sich im Wind bogen.

»Brude wäre gestern stolz auf uns gewesen«, sagte Elpin.

Und schon war es mit der Stille wieder vorbei.

Unen verzog griesgrämig das Gesicht, aber das schien den anderen nicht zu beeindrucken.

»Wir«, fuhr Elpin fort, »die wir bis vor Kurzem noch nie mehr als einen handfesten Streit ausgetragen haben, haben jene besiegt, die den Kampf von Kindesbeinen an gewohnt waren.«

Unen brummte zustimmend.

»Kurz bevor es losgeht, hat man natürlich Todesangst«, fuhr Elpin unbeirrt fort. »Aber dann verfällt man in einen Rausch, in eine Begeisterung, von der man hofft, dass sie niemals enden wird.«

Wieder brummte Unen zustimmend.

»Natürlich würgt einen zwischendurch immer wieder die Todesangst, gewaltig sogar, das gebe ich zu ...« Elpin verstummte, schien auf eine Reaktion zu warten. »Ergeht es dir auch so?«

Unen schloss die Augen und schnaubte. Dann blickte er zu Elpin, der ihn mit wachen Augen erwartungsvoll anstarrte. »Natürlich ergeht es mir auch so«, sagte der alte Krieger. »Jedem geht es so, der nicht wie ein Feigling flieht oder bereits tot ist.«

»Als der Kampf jedoch vorbei war, da war mir, als hinge ich über einem bodenlosen Abgrund, in den ich augenblicklich hineinzufallen drohte.«

Unen zog die Augenbrauen nach oben und hoffte, dass diese Reaktion ausreichend war.

War sie nicht.

»Daher frage ich mich, ob es das alles wert ist. Der Schweiß, das Blut, die Schmerzen. Weißt du, was ich meine?«

Unen schüttelte den Kopf.

»Ob dieser Rausch, der einen ja auch das Leben kosten kann, die Leere aufwiegt, die man danach spürt.«

Unen hatte genug. »Weißt du, was ich glaube? Dass man es sich nicht aussuchen kann, ob man kämpfen will oder nicht. Jeder, der bei Verstand ist, würde ein Leben in Frieden und den sanften Tod im Schoß eines Weibes vorziehen, als irgendwo im Dreck liegend in Stücke gehackt zu werden.«

Elpin überlegte kurz. »Tod im Feuer. So hat Egill es genannt, und dass es nichts Schöneres für Nordmänner –«

»Egill und seine Krieger sind ja nicht bei Verstand. Das sind Berserker, die sich selbst nur den Tod wünschen«, knurrte Unen. »Und wenn du auch alt werden und im Schoß einer Dirne das Zeitliche segnen willst, dann schlage ich vor, du schweigst jetzt, und wir beide tun, wofür wir hier sind. Nämlich den verdammten Pfad nach Feinden auszuspähen, einverstanden?«

Elpin sah Unen mit prüfendem Blick an, ob der wirklich meinte, was er sagte. Er entschied für sich, dass der alte Brummbär wohl eher einen Scherz gemacht hatte, hielt aber gehorsam den Mund. Die Wache war lang, und sie hatten noch genug Zeit, sich über Gott und die Welt zu unterhalten.

Kineth schreckte hoch, als hätte man ihm einen Schlag gegen den Kopf versetzt. Orientierungslos sah er um sich, die Augen weit aufgerissen. War er nicht eben noch in einem Kampf auf Leben und Tod gewesen? Die Bilder des Traums verschwammen, machten der Wirklichkeit Platz. Die Wolken hatten sich gelichtet, die Sonne erreichte den Horizont.

Der Krieger stand auf, blickte über die Mauer. Ein Dutzend Pferde standen angebunden in der Mitte des ringförmigen Platzes der Festung, neben ihnen waren Ziegen,

Schafe und Schweine zusammengetrieben worden – alle, die nicht verbrannt waren oder sich losreißen und durch das Haupttor in die Wildnis retten konnten. Unter einem Vordach lag ein Berg aus Waffen und Rüstungsteilen, manche schwarz vom Ruß, andere blank poliert.

Dànaidh hätte seine wahre Freude daran gehabt, kam Kineth in den Sinn. Der Gedanke an den gefallenen Schmied, der sein Freund gewesen war, versetzte ihm einen Stich in die Brust. Unwillkürlich suchte der Krieger nach dem Platz, an dem Dànaidh gestern verbrannt worden war, aber bis auf einen geschwärzten Flecken Erde zeugte nichts mehr von der Feuerbestattung.

Er hat dir das Leben gerettet. Du solltest an seiner statt sein.

Der Krieger spähte zu den Mauern, auf denen seine Leute Wache standen. Eine Handvoll von ihnen marschierte gerade Richtung Wald, wohl um die Posten dort abzulösen. Kineth spürte, dass es Zeit war, nach den anderen zu sehen. Sich zu zeigen.

Der Wind trug die sanfte Melodie einer Knochenflöte zu ihm. Unen, der seine Wache wohl beendet hatte, spielte für die Verwundeten. Oder für sich selbst.

Steh auf und gehe eine Runde.

Aber je mehr ihn seine innere Stimme drängte, desto weniger schaffte er es, sich aufzuraffen. Kineth schloss für einen kurzen Moment die Augen, aber die Erschöpfung nahm ihn erneut gefangen.

Die Nacht war hereingebrochen, die Sterne wurden immer wieder von Wolken verdeckt.

Nachdem Caitt das Zaumzeug abgenommen sowie den Sattel abgeschnallt und geschultert hatte, war er vorbei an den Gruben bis zum Erdwall gestiegen und hatte diesen erklommen. Die Waffen der Diebe hatte er liegen lassen, da sie seiner Einschätzung nach kaum zu gebrauchen waren.

Auf der Kuppe des Erdwalls stehend sah Caitt sich jetzt um.

Warum sich der Wall so geradlinig durch die Landschaft schnitt, oder wer ihn zu welchem Zwecke erbaut hatte, konnte der Krieger nicht erkennen. Doch er vermutete, dass dies ebenfalls die Romani gewesen waren, oder Römer, wie man sie in diesem Land anscheinend nannte. Das Dorf, von dem die Diebin gesprochen hatte, musste hier irgendwo liegen. Im fahlen Licht des Mondes erkannte Caitt zumindest den Steinweg, der parallel zum Erdwall verlief.

Der Krieger rückte noch einmal den schweren Sattel auf seiner Schulter zurecht, dann marschierte er los.

Ebenso schnurgerade wie der Wall verlief auch die Straße von Osten nach Westen. Aber im Gegensatz zu allen anderen Wegen und Pfaden, auf denen Caitt in seinem Leben marschiert war, war dieser mit behauenen Steinen gepflastert und in der Mitte leicht aufgewölbt, sodass der Regen, der nun fiel, abfließen konnte und in Spurrinnen zu beiden Seiten versickerte. Bei der Breite von knapp drei Mann wunderte sich Caitt allerdings, wer solch eine Straße überhaupt brauchte und wofür.

Richtung Westen konnte er bereits erahnen, wo das Dorf lag, da ein Lichtschein zwischen den Wipfeln glomm. Er beschleunigte seinen Schritt.

Die gepflasterte Straße führte an einem übel riechenden Haufen Abfall vorbei, der sich bis weit in den angrenzenden Wald erstreckte und aus verwesendem Fleisch, Eingeweiden, Tierknochen und Exkrementen bestand. Trotz der klaren Regenluft hielt Caitt kurzzeitig den Atem an, so stechend war der Gestank.

Wenig später sah er, dass die Straße in der Öffnung eines Walls endete, dessen Palisaden nur noch vereinzelt dastanden und an einen Hornkamm erinnerten, bei dem die meisten Zinken abgebrochen waren. Von dem hölzernen Turm, der einst die Wallöffnung bewacht haben musste, waren nicht mehr als drei verfaulte Steher übrig. Hinter dem Wall reihten sich gemauerte Häuser zu beiden Seiten des Wegs.

Während Caitt näher kam, erwartete er die mahnenden Worte einer Wache oder zumindest das Läuten einer Glocke als Zeichen, dass sich ein Fremder näherte, aber nichts dergleichen geschah.

So schritt der Krieger zwischen den beiden Seiten des Walls hindurch und sah sich um. Das Dorf war menschenleer. Die Häuser waren mit Holzschindeln oder Stroh gedeckt, die meisten Mauern aus Holz, manche aus Stein, die Oberfläche stellenweise seltsam glatt verputzt. Bei genauerer Betrachtung gab es jedoch kaum eine Stelle, die nicht ausgebessert war, und so wirkten die Gebäude wie ein merkwürdiges Flickwerk.

Vor dem Eingang des größten Hauses brannte ein

Feuer in einem eisernen Käfig, darüber hing ein hölzernes Schild. Mit verblassten Farben war ein Strauß aus Zweigen und Blattwerk darauf gemalt, in dessen Mitte ein gelber Helm prangte.

Caitt hörte Stimmen, Gelächter und Musik aus dem Haus dringen. Er vermutete, dass es das Versammlungshaus des Clans sein musste, der in dem Dorf lebte. Ohne zu zögern, trat der Krieger vor die schwere Eingangstür aus dunklem Eichenholz mit Eisenbeschlägen und drückte sie auf.

Innerhalb eines Augenblicks verstummten Gäste und Musikanten, alle sahen den durchnässten Mann mit den seltsamen Bemalungen auf den Armen an, der mit einem Sattel auf der Schulter und einem Zaumzeug in der Hand in der Tür stand.

Der Wirt, ein grobschrötiger Mann mit dünnem braunem Haar und geröteter Nase, stellte den Tonbecher ab, den er eben mit einem schmutzigen Lappen ausgewischt hatte. Er trocknete sich die wulstigen Hände an seinem rostbraunen Hemd ab und trat dann hinter dem Schank hervor.

»Willkommen im Haus zum goldenen Helm«, rief er mit heiserer Stimme. »Der Platz zum Übernachten des Gesindes ist am Ende der Straße in der Scheune mit dem löchrigen Dach. Wenn du es dir leisten kannst!«

Ein Dutzend Gäste, die rund um grob gezimmerte Tische hockten, auf denen sich Krüge und Essensreste stapelten, lachten auf, woraufhin die Musikanten wieder Fidel, Flöte und Trommel zu traktieren begannen.

Caitt bemühte sich, ein Lächeln hervorzupressen. Er

ließ den Sattel auf den geschwärzten Steinboden fallen, der mit losen Binsen bedeckt war, legte das Zaumzeug darauf und schloss ruhig die Tür hinter sich. Dann wandte er sich um. Erst jetzt wurde ihm bewusst, wie schwer die Luft in der Schenke war, wie durchdringend es nach Feuerholz und Schweiß roch, nach ranzigem Essen und abgestandenem Ale.

Mit festen Schritten ging Caitt auf den Wirt zu. »Ich suche einen trockenen Schlafplatz.«

Der Wirt wollte etwas entgegnen, doch der starre Blick des Kriegers ließ ihn zögern. »Das – das kostet aber eine Kleinigkeit.«

»Ach ja?«

Der dicke Wirt blinzelte nervös, dann streckte er drei Finger aus. »Drei Silberpennys für eine Nacht.«

Caitt blickte zur Decke, als würde er den gesamten Betrag abwägen. Das Zucken in den Augenwinkeln des Mannes hatte ihm jedoch verraten, dass dieser mehr Geld rauszuschlagen versuchte als üblich.

»Zwei Pennys, wenn du länger als drei Nächte bleiben willst«, setzte der Wirt hastig nach und zog einen Finger wieder ein.

Caitt schwieg. Der Wirt wusste nicht, was er aus dem Gesicht des Fremden lesen sollte, der nur dastand und ihm mit seinen Kleidern den Boden nass machte. Missmutig ging er wieder hinter den Tresen.

»Nur dass ich keine Pennys besitze«, sagte Caitt schließlich und legte seine rechte Hand auf die Theke, einen Goldring am Ringfinger. Als der Wirt den Ring erblickte, erhellte sich seine Miene wie bei einem Jungen, der einen Topf voll Honig erspäht.

»Dafür kannst du – äh, könntet Ihr dieses Haus beinahe kaufen«, scherzte er und stellte Caitt schnell einen Becher hin. »Wenn ich denn verkaufen würde.«

Caitt nahm den Becher und trank einen großen Schluck. Es war Ale, aber keins, wie sie es an Comgalls Hof bekommen hatten. Das hier war lauwarm und bitter, doch Caitt war durstig und leerte den Becher mit zwei weiteren Schlucken.

Der Wirt schielte zu Boden. »Ich würde auch das Zaumzeug als Bezahlung annehmen.« Er überlegte kurz. »Für zwei Nächte sowie Speis und Trank. Was sagt Ihr?«

Caitt nickte zustimmend. Er hatte im Moment sowieso keine Verwendung dafür. »Und der Sattel?«

»Lasst uns das morgen besprechen, Herr. Ihr seht hungrig aus, wollt Ihr zu essen? Wir hätten noch zart geschmorten Lammbraten mit Nierchen und sämigen Gerstenbrei.«

Caitt nickte erneut. Er legte dem Wirt das Zaumzeug auf die Theke, nahm den Sattel und schleifte ihn an einen der Tische, an denen niemand saß. Er öffnete den Nadelring seines Überwurfs, der trotz des dicken Filzes aus Schafwolle völlig durchnässt war, und breitete ihn über einen Hocker. Dann nahm er mit dem Rücken zur Wand auf der Holzbank Platz.

Der Krieger sah sich um und stellte zufrieden fest, dass er es weitaus schlechter hätte erwischen können. Die Gäste, die zu einem Großteil aus Frauen und alten Männern bestanden, machten einen ausgelassenen, aber friedfertigen Eindruck, auch wenn sie ihm verstohlene Blicke zuwarfen, die eine Mischung aus Furcht und Respekt verrieten. Vermutlich hat König Konstantin auch hier alle waffenfähigen Männer für seinen Krieg im Süden abgezogen, mutmaßte Caitt.

Die Wände dieses Hauses waren mit einem verschmutzten Belag glatt geputzt, hüfthoch waren sie mit verblasster blauer Farbe vollflächig bemalt, darüber rankte sich handbreit ein Muster, das wie die Wellen des Meeres aussah. Über den Raum spannte sich eine Konstruktion aus Dachsparren, die sich zwar bereits stark verbogen hatte, aber trotzdem noch meisterlich gefertigt wirkte. Im Gegensatz dazu stand an der gegenüberliegenden Wand ein Kamin aus groben Steinen, in dem ein Feuer prasselte und der so windschief aussah, als hätte ihn ein Kind gemauert. Auf manchen der Tische brannten Talgkerzen.

Der Wirt kam, einen vollen Becher in der einen, einen Holzteller mit einem wässrigen Brei in der anderen Hand. Beides stellte er vor Caitt ab, sichtlich darauf bedacht, nichts zu verschütten. Er ging zur Theke zurück und kam gleich darauf wieder, legte einen hölzernen Löffel und ein Stück dunkles Roggenbrot neben Teller und Becher.

»Mein Name ist Floin. Ruft einfach, wenn Ihr etwas begehrt«, sagte er in leicht gebeugter Haltung und deutete auf die Seite. »Eure Kammer ist durch diese Tür hindurch, den Gang entlang die letzte Tür. Ich lasse gleich Líadáin, mein Weib, alles Nötige herrichten.«

»Danke.« Caitts Stimme klang gelangweilt.

Der Wirt entfernte sich wieder.

Der Krieger nahm den Löffel, betrachtete ihn kurz. Seine Oberfläche hatte Bissspuren und war aufgeweicht, vermutlich hatte ihn an diesem Tag schon mehr als eine Person im Mund gehabt. Caitt zuckte mit den Schultern, fuhr dann mit dem Löffel durch den Brei, wobei vereinzelte Stücke Fleisch und Innereien an die Oberfläche traten. Offenbar das Lamm, dachte Caitt und nahm einen Löffel voll zu sich. Zu seiner Überraschung schmeckte das Gericht herzhaft würzig mit einer leicht süßen Note, wie von Honig. Er aß noch einen Löffel voll und hatte zum ersten Mal seit Tagen das Gefühl, dass sich sein Körper zu erwärmen begann. Gierig löffelte er den Teller aus.

Der Krieger lehnte sich zurück, spürte, wie seine Wangen heiß wurden. Er leerte den Becher in einem Zug, dann bestellte er noch einen Teller Essen und ein weiteres Ale.

Das Krähen eines Hahnes weckte Caitt. Genüsslich streckte er sich auf dem Bett aus Stroh, gähnte lautstark und kratzte sich am Sack.

Die Filzdecke und das Fell, mit denen er sich zugedeckt hatte, hatten ihn die ganze Nacht lang wohlig warm gehalten. Der zweite Teller Lamm mit Gerstenbrei hatte seinen Bauch zur Gänze gefüllt, die fast ein Dutzend Becher Ale hatten für einen tiefen Schlaf gesorgt. Nach dem letzten Becher war alles schon ein wenig verschwommen gewesen, aber er konnte sich noch daran erinnern, wie er hier hereingekommen war, und –

Plötzlich ereilte Caitt ein entsetzlicher Verdacht. Hektisch fuhr er mit der rechten Hand unter das Stroh, an der Stelle, wo er mit den Schultern gelegen hatte. Immer fahriger wurden seine Bewegungen, bis er mit einem Mal innehielt – und einen kleinen dunkelbraunen Lederbeutel hervorholte. Er zog die Kordel auf, die den Beutel verschloss, griff hinein.

Die Goldringe waren noch da.

Der Krieger zählte sie, stellte erleichtert fest, dass sie vollzählig waren. Jetzt sah er auch, dass der Sattel in der Ecke lag, wo er ihn in der Nacht offenbar hingeschleift und liegen gelassen hatte.

Caitt musste über sich selbst schmunzeln und legte sich wieder nieder. Sein Blick wanderte, er begutachtete die Kammer, durch deren großes, mit einem kunstvoll gemauerten Bogen umfasstes Fenster das Morgenlicht hereinfiel, in dessen Strahlen die ersten Mücken aufblitzten. Der Raum war ungewöhnlich groß, seine Wände waren ebenfalls verputzt und mit dem gleichen Muster wie der Schankraum verziert, wenn auch mit verblasster roter Farbe. In der Ecke stand ein Eimer, in den er sich in der Nacht zweimal erleichtert hatte, wie er sich jetzt erinnerte.

Der Krieger kreuzte die Arme hinter dem Kopf, überlegte, was er an diesem Tag tun würde.

Es war das erste Mal, seit er mit den Neunundvierzig von Innis Bàn aufgebrochen war, dass seine ersten Gedanken nicht den Gefahren galten, die ihn womöglich erwarteten. Zunächst wollte er sich das Dorf und dessen Bewohner näher ansehen, herausfinden, ob es ein Haufen Diebe war, wie die Bewohner des Sumpfes, oder redliche Leute. Wenn Letzteres zutraf, so überlegte Caitt weiter, sprach eigentlich nichts dagegen, sich hier für einige Tage einzurichten. Seine Gedanken zu sammeln, reichlich zu essen und zu saufen. Das Gold dafür hätte er.

Caitt streckte sich noch einmal. Dann stand er auf,

schob mit dem Fuß den Eimer vor das Fenster und blickte hinaus, während er in den Behälter pisste.

Die Sonne ging gerade auf. Das Gackern von Hühnern und das Blöken von Schafen waren die einzigen Laute, die die Stille brachen. Erinnerungen an Dùn Tìle kamen Caitt in den Sinn, an seine Mutter, aber besonders an Brude, seinen Vater, der ihn zum Anführer der Neunundvierzig gemacht hatte ... was würde er wohl von ihm denken, wenn er wüsste, wie kläglich Caitt gescheitert war?

Es war nicht deine Schuld. Du hast dein Bestes gegeben.

Das hatte er, weiß Gott. Der Krieger ballte unbewusst die Fäuste, zwang sich aber, nicht an das Vergangene zu denken. Hier und jetzt ergab das keinen Sinn.

Er zog sich an, befestigte den Lederbeutel an seinem Gürtel und verließ die Kammer.

Im Schankraum des Gasthauses war die Luft noch immer stickig, auch wenn die Tür sperrangelweit offen stand. In einer Ecke war eine Frau in einem grauen, speckigen Leinenkleid damit beschäftigt, Scherben und Unrat mit einem Besen aus Reisig zusammenzukehren. Vermutlich war sie Líadáin, das Weib des Wirts, dachte Caitt, da sie einen ähnlichen Bauchumfang aufwies wie ihr Gatte. Auf dem Kopf trug sie eine schmutzige Haube, ihr Gesicht jedoch war zart. Als sie den Krieger erblickte, stellte sie den Besen zur Seite und zupfte sich den Kittel zurecht.

»Ich hoffe, Ihr habt gut geschlafen, Herr«, sagte sie mit freundlicher, wenn auch leicht schriller Stimme. »Darf es eine Schüssel Brei oder Milch sein?«

Caitt winkte ab. »Ich werde mir erst die Füße vertreten, wenn es recht ist.«

Líadáin deutete einen gehorsamen Knicks an, nahm den Besen und setzte ihr Werk fort.

Caitt trat vor das Gasthaus. Die Luft war kühl, der Himmel wolkenlos. Der Regen musste die ganze Nacht angedauert haben, denn das Wasser stand noch in den Spurrinnen der Straße, voll mit losem Stroh und gelbroten Blättern.

Auf der gegenüberliegenden Straßenseite stand eine Handvoll kleiner Häuser, die Wände aus Holz, die Dächer mit Stroh gedeckt. Im Gegensatz zu dem Wirtshaus wirkten sie eng und schäbig. Caitt blickte in jene Richtung, aus der er gestern gekommen war und von wo ihn jetzt die aufgehende Sonne blendete, dann folgte er der gepflasterten Straße entlang in die andere Richtung. Schon bald mündete die Straße in eine Öffnung eines weiteren Erdwalls, dahinter standen Hütten und Ställe, dunkel und verwinkelt. Dieser Bereich wurde wieder von einem Wall umschlossen, aus dem die Straße schließlich in einen Wald führte und sich irgendwo im Unterholz verlor.

Zwei voneinander getrennte Bereiche, genau wie in der Festung Torridun, dachte Caitt. Ob dieser Ort hier auch von den Vorfahren seines Volkes errichtet worden war?

Er ging die Straße entlang auf den mittleren Wall zu, sah, wie zwei Kinder Hühner fütterten und dabei kicherten, eine Frau fluchend Holz schlichtete und eine andere mit einem Tragjoch zwei Eimer voll Wasser in ihre Hütte schleppte.

Als Caitt die Öffnung des Walls durchschritten hatte, konnte er die Scheune aus der Nähe sehen, zu der ihn der

Wirt gestern Nacht schicken wollte. Jeder Balken, jede Strebe war aus dem Lot, das Dach hatte dunkle Stellen, durch die der Regen drang, und der ranzige Gestank von feuchtem Stroh ließ den Krieger die Nase rümpfen. Da hatte er es letzte Nacht wahrlich besser gehabt. Wahrscheinlich sogar besser als Kineth, Ailean und die anderen Verräter, die ihn im Stich gelassen hatten, kam Caitt in den Sinn. Denn die Behausungen der Festung waren alle in Flammen gestanden, als der Krieger das letzte Mal zurückgeblickt hatte.

Sie haben dich nicht nur im Stich gelassen, sie haben dich verstoßen!

Caitt spuckte zur Seite, wollte die dunklen Gedanken vertreiben. Er sah zu einem gebeugten alten Mann, der sich damit abmühte, das Feuer für seine Schmiede anzuheizen. Der Alte zuckte beim Anblick des Fremden unwillkürlich zusammen, nickte ihm dann jedoch mit gesenktem Blick zu. Caitt erwiderte den Gruß. Neben der Schmiede schaufelte eine junge Frau Mist aus dem Schweinegatter, Gesicht und Arme beinahe ebenso schmutzig wie ihre Tiere.

Am Ende des Dorfes grenzte eine umzäunte Wiese an den Erdwall, auf der ein Dutzend Schafe grasten oder schliefen. In der Öffnung des Walls standen morsche Holzpfosten.

Caitt ging zu den Pfosten, lehnte sich gegen einen von ihnen. Er legte die flache Hand an die Stirn, um nicht von der Sonne geblendet zu werden. Das Dorf war klein, die Leute ängstlich und mögliche Gefahren für Leib und Leben gering, sagte er zu sich selbst.

Der Entschluss war leicht. Er würde hierbleiben und

überlegen, wie es mit ihm weitergehen sollte. Und währenddessen sprach nichts dagegen, dass er sich etwas Vergnügen verschaffte.

Caitts Blick fiel auf die schmutzige Frau, die immer noch den Mist aus dem Schweinekoben schaufelte. Es schüttelte ihn innerlich. Vergnügen war gut, aber nicht um jeden Preis.

Er löste sich von dem Pfosten und schlenderte den Weg zurück in der Hoffnung, dass das Dorf ein bisschen mehr zu bieten hatte als Mistweiber und bitteres Ale.

»Dem Volk das Leben, den Wagemutigen die Ehre ...«

So sprach Brude zu den Neunundvierzig, zu seinen besten Kriegern, die ausgewählt waren, mit dem Schiff der toten Nordmänner loszusegeln, um das Volk von Innis Bàn vor dem Untergang zu bewahren.

»... den Helden die Ewigkeit.«

Seltsamerweise konnte er seine eigenen Worte kaum verstehen. Der Wind, der plötzlich aufgekommen war, schien sie fortzutragen. Die Gewänder all derer, die am Strand nahe dem Schiff standen, flatterten in den starken Böen. Das Geräusch war überdeutlich laut, tat in Brudes Ohren weh.

Verwirrt schweifte sein Blick von den Neunundvierzig zum bleigrauen Meer, das sich träge an die Küste wälzte und das Schiff hin und her schaukeln ließ, dann weiter zum Drachenkopf am Vordersteven.

Das Ungeheuer blickte teilnahmslos zurück.

Brude riss sich von der Kreatur los, wandte sich seinen Söhnen Kineth und Caitt und seiner Tochter Ailean zu, die die Neunundvierzig anführten. Sie würden die Prophezeiung des Uuradach erfüllen, den Schwarzen Stein und das Grab des Letzten Königs finden und damit ihr Volk retten. Er öffnete den Mund, um ihnen Glück zu wünschen, aber bevor er etwas sagen konnte, hörte er den Singsang des Priesters hinter sich, fremdartig, bedrohlich. Brude wollte sich umdrehen, konnte es jedoch nicht, er war wie gelähmt.

Plötzlich ging die Sonne am Horizont unter, schnell, viel zu schnell. Durch ihr rotes Licht schienen die Neunundvierzig wie in Blut getaucht, ihre Augen waren schwarze Abgründe, und –

»Brude, wach auf!«

Er zog sich aus dem Abgrund des Traums, mühsam, als ob er sich aus einem Schlammloch herauskämpfte. Sein Herz schlug krampfartig in seiner Brust, keuchend öffnete er die Augen.

Die ersten Sonnenstrahlen blitzten bereits hinter den Hügeln auf.

Brude rieb sich die Augen. »Was – was ist geschehen?« Jetzt erst merkte er, dass er am Boden lag, spürte die Nässe am Rücken.

Iona beugte sich über ihn. »Du konntest nicht mehr. Wir haben uns hinter diesen Stein gelegt.« Sie klopfte auf den kleinen, mit Flechten überwachsenen Fels. »Du warst wie weggetreten, zum Glück war es schon fast Morgen.«

Brude sah Ionas blasses Gesicht, die Augen todmüde, die Lippen blau. Ihr Körper zitterte wie Espenlaub. Sie musste ihn gegen die Kälte so gut sie konnte abgeschirmt haben. Er packte seinen Stab, stand mühsam auf, wobei Iona ihm behilflich war. Er nahm sie in die Arme, drückte sie fest an sich.

Sie erwiderte die Umarmung, löste sich dann von ihm. »Was hast du geträumt? Du hast gestöhnt, vor dich hin gemurmelt und dich hin und her gewälzt.«

Brude zog die Stirn in Falten. »Es war wieder jener Tag, als unsere Kinder Innis Bàn verlassen haben.« Er erzählte Iona nicht, wie beunruhigend der Traum gewesen war.

Sie seufzte. »Ich bete zu Gott, dass sie am Leben sind.«

»Sie werden es schaffen.« Brude umklammerte seinen Stab fester. »Sie müssen es schaffen.« Unwillkürlich rammte er den Stab in den Boden.

Iona blickte sich um. »Ich werde versuchen, etwas zu essen zu finden. Wenn wir Glück haben, Kräuter oder Beeren.«

»Ich werde mitkommen, warte –« Auf einmal wurde Brude schwindlig. Unbeholfen sank er auf den Stein zurück.

Iona beugte sich über ihn, presste ihre Lippen an seine Stirn. »Bleib. Ich bin bald zurück.«

Gedankenverloren sah Brude zu der Hügelkuppe, hinter der sein Weib vor einiger Zeit verschwunden war. Seine rechte Hand ruhte auf dem kleinen Felsen, seine Finger spielten mit einem der scharfkantigen Zacken. Die Kuppen bohrten sich immer wieder in die raue Spitze. Der Schmerz konnte weder den Hunger noch den Durst stillen, aber er bot eine gewisse Ablenkung.

Der Himmel war grau geworden, verbarg die Sonne. Die Silhouette eines Vogels kreuzte die Wolken, verschwand wieder. Ein Krächzen, dann Stille, nur unterbrochen von den Böen des Windes. Diese rissen an den Wolken, veränderten unablässig deren Form, bildeten ein Gesicht. Brude kannte es nur zu gut, es verfolgte ihn, ob er wach war oder schlief.

Es war das Gesicht von *ihm*.

Beacán.

Wie immer fühlte Brude unbändigen Hass, aber es war eben dieser Hass, der ihm die Kraft gab, sich auf den Beinen zu halten und zu überleben. Überleben, um Rache zu üben an dem Mann, der ihm alles genommen hatte – sein Heim, den Thron, das Leben.

Beacán ...

»Ihr habt unauslöschliche Schuld auf euch geladen. Aber der Herr, in Seiner unermesslichen Gnade, wird den Seinen immer beistehen.«

Der Priester und neue Herrscher von Dùn Tìle faltete die knochigen Hände und lächelte den Mörder und die Kindsmörderin an, die vor ihm standen. Der Mörder knirschte mit den Zähnen. Die Kindsmörderin drückte warnend seine Hand. Er erwiderte die Geste, deutete damit an, dass er sich beherrschen würde.

»Kasteit euch, bereut eure Sünden«, fuhr Beacán fort, »und Er wird euch verzeihen.«

Brude wusste, dass nicht alle im Dorf mit der Verbannung einverstanden waren. Während Beacán sprach, spuckte der alte Balloch, der schon unter Brudes Herrschaft das Gemüt eines gereizten Walrosses gehabt hatte, geräuschvoll auf den Boden. Seine Miene unterstrich seine Geringschätzung. Gràinne hingegen, die Frau von Dànaidh dem Schmied, der mit den Neunundvierzig gegangen war, hatte Brude und Iona voller Schadenfreude angeblickt. Ihre beiden Söhne Brion und Tyree machten dafür einen fassungslosen Eindruck, als könnten sie nicht glauben, dass das alles geschah.

So zogen sich Gräben durch das Dorf, die aber nicht breit genug waren, um Beacán zu schwächen. Vor allem weil Eibhlin, Brudes Schwester und die Mutter des toten Thronfolgers, rückhaltlos hinter dem Priester stand. Eibhlin, deren Augen auch jetzt, an diesem schicksalhaften Tag, kalt waren. Der Tod ihres Sohnes, des kleinen Nechtan, hatte sie gebrochen, einzig Beacán hatte ihr so etwas wie Trost spenden können. Es war dieser Trost gewesen, da war Brude sich sicher, der die Saat für seinen Untergang gesät hatte.

Als Iona des Giftmordes an Nechtan beschuldigt worden war, hatte ihr Gemahl für sie gesprochen, hatte die Beweise entkräftet. Er war äußerst überzeugend gewesen, obwohl er eben erst die Krankheit überstanden hatte, und wer weiß, vielleicht wäre es ihm auch gelungen, alle von Ionas Unschuld zu überzeugen, wenn nicht –

Wenn nicht Eibhlin, seine eigene Schwester, ihn verraten hätte. Der anklagende Ruf, den sie ihm vor allen entgegengeschleudert hatte, hallte ihm in den Ohren wider.

Du hast deine Herrschaft mit Blut an den Händen besudelt!

Sie hatte seine lange zurückliegende Schuld, nämlich

die ungerechtfertigte Hinrichtung Drests, des Sohnes von Dànaidh, offenbart. Und damit war sein Schicksal besiegelt, denn wenn er schon einmal sein Volk belogen hatte, was würde ihn davon abhalten, es wieder zu tun? Und mit seiner Schuld, die tatsächlich bestand und erst jetzt enthüllt worden war, war für die anderen auch Ionas Schuld bewiesen, obwohl sie nichts für Nechtans Tod konnte.

Hinter allem stand Beacán, da war sich Brude sicher. Als er selbst noch herrschte, hatte der Mann Gottes stets in seinem Schatten gestanden. Mit dem Fall des Herrschers war er aus diesem Schatten getreten – die Verbannung in das Innere des Eilands war gleichbedeutend mit dem sicheren Tod. Und mit dem Tod des alten Herrschers war der Weg für den neuen frei.

»So gehet und nehmt das Gottesurteil an.« Beacán hob seine Hände.

»Nur mit den Kleidern, die wir tragen, einem Laib Brot und etwas Wasser? Das ist kein Gottesurteil, das ist ein Todesurteil.« Die Leute horchten auf – mochte Brude geschwächt sein und sich auf einen Stab stützen, so war seine Stimme doch immer noch kräftig, und die Einwohner von Dùn Tìle waren es ein Leben lang gewohnt, dieser Stimme zu gehorchen.

Der Priester setzte eine mitfühlende Miene auf. »Der Herr verlässt die Seinen nicht. Nur die, die nicht bereuen.« Seine Stimme verlor ihren leichten Klang. »Also bereut. Und geht.«

Keiran und Kane, die beiden hochgewachsenen, kahlköpfigen Männer mit den geflochtenen Bärten, deuteten mit ihren Schwertern unmissverständlich zu den Hügeln, die hinter dem Dorf lagen. Während seiner Herrschaft hatte Brude nie viel von den beiden Brüdern gehalten und sie nur mit niederen Aufgaben betraut. Beacán hatte den Groll erkannt, der in ihnen schwelte, und sie nach dem Abschied der Neunundvierzig immer mehr an sich gebunden, bis sie ihm rückhaltlos vertrauten und dienten. Mit Gràinne und Eibhlin waren die beiden Männer die Eckpfeiler seines Aufstiegs gewesen, und Brude wusste, dass sie jeden Augenblick ihrer neuen Macht genossen.

Er wusste auch, dass der Priester, sobald sie aus dem Dorf waren, in die Festhalle gehen und sich voll selbstgerechter Zufriedenheit auf den Thron aus Birkenholz setzen würde, den Brude ein Leben lang innegehabt hatte. Die spinnengleichen Finger des Priesters würden über die kunstvoll geschnitzten Verzierungen gleiten, die sich um den Thron rankten, liebkosend, triumphierend ...

»Komm.« Iona hatte sich zu Brude gedreht. »Es hilft nichts.«

Er nickte, nahm alles noch einmal in sich auf: das Dorf, die Menschen, die Stele auf dem Dorfplatz, die von einem wuchtigen Kreuz überragt wurde. Die grauen Wolken am Himmel, der Wind, der plötzlich aufgekommen war und über sie hinwegfegte.

Alles war wie erstarrt, schien auf das Unabänderliche zu warten.

Dann gingen Brude und Iona los, in jene Richtung, in die die beiden Schwerter wiesen ...

Eine Bewegung riss Brude aus dem Tag der Schande heraus. Unmerklich war sie gewesen, auf dem grasbewachsenen Hügel vor ihm. Oder hatte er sich getäuscht?

Nein, da war sie wieder!

Brude verharrte regungslos.

Ganz langsam hoben sich zwei buschige Ohren, dann wurden zwei dunkle Augen und eine Schnauze sichtbar.

Ein Schneehase.

Sein weißgraues Fell konnte man aus einiger Entfernung auch für einen Stein halten, deshalb hatte Brude das Tier erst jetzt bemerkt. Er wusste, dass die leiseste Bewegung von ihm dazu führen würde, dass das Tier ihn als Bedrohung ansehen und das Weite suchen würde.

Die Kälte, die Brude vereinnahmt hatte, seit sie verbannt worden waren, schien sich mit einem Mal noch stärker in seinem Körper auszubreiten, trachtete danach, ihn erzittern zu lassen und sich damit zu verraten. Aber er gab ihr nicht nach. Da, genau vor ihm, schnuppernd, arglos, war Leben – Leben, welches das seine und Ionas verlängern konnte.

Der Hase hoppelte näher. Er war offenbar neugierig, wahrscheinlich hatte er noch nie einen Menschen getroffen. Er kannte den Geruch seiner tierischen Feinde, versteckte sich vor Wölfen und Raubvögeln, aber das hier, das Wesen, das mit dem Stein verschmolzen zu sein schien, das kannte er offenbar nicht.

Langsam, so langsam, dass Brude seine eigene Bewegung beinahe selbst nicht wahrnahm, glitt seine linke Hand seitlich am Fels entlang, auf den Stab zu, der auf der Erde lag. Das Tier konnte die Bewegung nicht sehen, da der Stab auf der anderen Seite des Felsens lag.

Der Hase hoppelte wieder etwas näher. Brude wusste, dass das, was er vorhatte, eigentlich unmöglich war.

Ihr Götter. Gott. Helft mir.

Brude fühlte den Stab, seine Finger legten sich um die Mitte, umklammerten ihn.

Immer noch hatte der Hase nichts bemerkt.

Der ehemalige Herrscher des Eilands legte all seine Wut und Kraft, die noch in ihm steckte, in die eine Bewegung, die jetzt folgte. Er riss den Stab in die Höhe und warf ihn wie einen Speer in die Richtung des Hasen.

Dieser erstarrte, wenn auch nur kurz, und das besiegelte sein Schicksal. Er setzte gerade zum Sprung an, da traf ihn der Stab mit voller Wucht in die rechte Flanke. Das Tier wurde zur Seite geschleudert und blieb reglos liegen.

Brude konnte es kaum glauben – er hatte den Hasen erlegt. Wenn es einen Augenblick seit der Verbannung gab, in dem er nicht mutlos, nicht erfroren, nicht voller Schmerz war, dann jetzt. Er war Brude, Sohn des Wredech, er hatte gejagt und gesiegt. Er war immer noch ein mächtiger Mann, nicht nur jemand, der sich von seinem Weib durch die Einöde schleifen ließ –

Der Hase zuckte.

Brude erstarrte.

Das Tier stellte sich auf die Hinterläufe, schüttelte sich benommen. Dann hoppelte es ungelenk von Brude weg, aber nur langsam, da seine rechte Flanke über den Boden schleifte.

Verzweiflung durchströmte Brude, und sie gab ihm ein weiteres Mal Kraft. Er stürzte zum Stab, packte ihn.

Das Tier wurde schneller.

Der Stab zuckte herab. Einmal, dann noch einmal.

Der Hase zuckte, dann war er still. Blut lief ihm dampfend aus der Schnauze.

»Brude?«

Iona kam über die Hügelkuppe gelaufen, sah mit sorgenvoller Miene ihren Gemahl in Kampfeshaltung dastehen. Er reckte den Stab in die Höhe, stieß einen Triumphschrei aus.

Er war der Herrscher des Eilands. Und für heute würde er es auch bleiben.

Die Bewohner von Dùn Tìle hatten sich auf dem Hügel eingefunden, der unweit ihres Dorfes lag.

Der Wind strich über sie hinweg, wie immer in dieser Zeit des Jahres. Tyree fand, dass er ungewohnt stark war, aber er sprach es nicht laut aus – es war besser, den Mund zu halten und keinen Unmut zu äußern, nicht einmal über die Naturgewalten. Mochten der ehemalige Herrscher und seine Gemahlin erst seit etwas über sieben Tagen verbannt worden sein, so hatte sich doch schon einiges geändert.

Vor Tyree, der mit seinem jüngeren Bruder Brion in der ersten Reihe stand, wie ihre Mutter Gràinne es befohlen hatte, hob Beacán die Hände. Wie gewohnt war Eibhlin zur Linken des Priesters und Gràinne zu seiner Rechten.

Hinter dem Priester und den beiden Frauen ragte die mächtige Stele empor, die von einem noch mächtigeren, rohen Holzkreuz in den Schatten gestellt wurde.

»Lobet den Herrn!«

Wieder einmal bemerkte Tyree, wie sich Beacáns Stimme verändert hatte. Sie war volltönend und klar, ohne das Stottern, das sie zeitlebens verunziert hatte und Tyree und die anderen, als sie noch kleine Kinder gewesen waren, heimlich zum Lachen gebracht hatte. Mit dem Niedergang Brudes war der Priester gewachsen, als Mensch wie als Machtmensch. Aus dem hageren, unsicheren Mann mit der Tonsur und der unzählige Male geflickten Kutte war ein Herrscher geworden, den man besser nicht infrage stellte, denn er verkündete das Wort des einzig wahren Gottes. Und seine Augen und Ohren schienen überall zu sein.

»Lobet den Herrn und Seinen Sohn, den Er uns in Seiner unermesslichen Güte geschickt hat!«

Die Gemeinde wiederholte die Worte des Priesters, die einen mit mehr, die anderen mit weniger Inbrunst. Brion und Tyree gehörten zu Letzteren, zwangen sich jedoch, ihren Widerwillen nicht zu offensichtlich zu zeigen. Der Großteil der Dorfbewohner stand ohnehin hinter Beacán, was Tyree nicht billigte, aber verstand. Welche Wahl hatten sie denn schon? Die Neunundvierzig hatten Innis Bàn verlassen, Brude und Iona waren in der Verbannung. Mochte die Schuld der beiden eindeutig sein oder nicht, das Dorf brauchte in jedem Fall einen, der es anführte. Und Beacán schien für die meisten der Bewohner der Einzige zu sein, der in der Lage war, diese schwierige Aufgabe zu bewältigen. Denn schwierig war sie in der Tat: Da die Krieger und damit die stärksten Männer und Frauen weit weg waren, musste ihre Arbeit von denen erledigt werden, die noch da waren. Also sorgten die Frauen für ihre Familien und holten Wasser vom weit entfernten

Fluss, weil die Quelle des Dorfes immer noch versiegt war. Die Nahrung ging ebenfalls zur Neige; ein Teil war bei dem Brand vernichtet worden, der Rest schwand im täglichen Verbrauch dahin. Das war natürlich ein ständiger Quell der Unruhe, aber Beacán war dieser Unruhe vom ersten Tag der Verbannung Brudes an schnell Herr geworden. Eibhlin und Gràinne verliehen ihm die Rechtfertigung der Macht, Keiran und Kane die Stärke. Der Priester sorgte so für Stabilität, versprach Abhilfe durch strenges Gebet und das Vertrauen auf Gott, und damit bot er vielen Menschen im Dorf zumindest eine Aussicht auf Hoffnung.

»Auf dass Er die Sünder verfolge und denen, die für uns in die Fremde aufgebrochen sind, beistehe.« Beacán faltete die Hände, senkte den Kopf, um der Neunundvierzig zu gedenken. Dies war der einzige Teil des Gebetes, in den die ganze Gemeinde, auch Brion und Tyree, laut und rückhaltlos einstimmte, denn sie alle, sogar die überzeugtesten Anhänger des Priesters, wussten in ihrem Innersten, dass ihr Schicksal von den Neunundvierzig abhing. Ohne die Krieger war Innis Bàn verloren, das Dorf würde elend zugrunde gehen, wenngleich Beacán nicht müde wurde zu betonen, dass der Herr auch bei einem Scheitern der Krieger auf die Seinen achten würde.

»Auf dass Er die Sünder verfolge!« Gràinne übertönte alle anderen, sie jubelte die Worte heraus, dass ihre schwarzen Locken flogen. Der Blick, den sie Beacán dabei zuwarf, hatte etwas so Ekstatisches, dass Tyree sich ihrer wie so oft in letzter Zeit schämte. Doch der Priester bemerkte den Blick nicht, zumindest tat er so.

Eine besonders starke Bö fegte über die Gemeinschaft.

Tyree schob sich die blonden Haare aus dem Gesicht und zog unwillkürlich den Kopf ein wie die meisten anderen auch. Nur Beacán stand ungerührt vor ihnen, vor der Stele und dem Kreuz, die beiden Frauen an seiner Seite. Er blickte in den Himmel.

»Nachdem das Reich des Todes zerstört wurde, hat Er über uns Seine Hand gehalten. Halleluja!« Die Worte schallten über die Gemeinde, behaupteten sich gegen den Wind.

Mittlerweile mussten sich die Dorfbewohner jeden Abend zur Messe einfinden. Den Ort der Messe hatte der Priester bewusst ausgesucht, da war sich Tyree sicher. Hier, an diesem mythischen Platz, der mit der fast zehn Fuß hohen und kunstvoll verzierten Stele an die Geschichte des Volkes erinnerte, hatte die alte Mòrag die Prophezeiung des Uuradach gedeutet. Der Ort strahlte damit Hoffnung aus, denn mit der Prophezeiung war der Grundstein für den Fortgang der Neunundvierzig und die mögliche Rettung gelegt worden; und er strahlte Tradition aus, die Tradition ihres Volkes und der alten Heimat.

Aber für diese Tradition war kein Platz mehr auf Innis Bàn, dachte Tyree grimmig. Mòrag war tot, Brude vertrieben, und damit waren die zwei Säulen, auf denen der alte Glaube beruht hatte, zerstört.

Unter Beacán war nur mehr Platz für einen Glauben. Das wussten alle, doch Tyree musste dem Priester zugestehen, dass er klug handelte. So hatte er die Stelen, die im und um das Dorf aufgestellt waren, bewusst nicht wegschaffen lassen. Natürlich waren den Stelen Kreuze beigestellt worden, die sie überragten. Beacán betonte jedoch stets, dass dies das Nebeneinander von Tradition und Neubeginn für Innis Bàn symbolisiere.

Tyree vermutete, dass auf das Nebeneinander schon bald die Vorherrschaft folgen würde. Sie kündigte sich bereits durch das Verbot der Feste an – als wenn es im Dorf etwas zu feiern gäbe –, das Gebot der Abendmesse und die »Ermahnungen«, die jeder über sich ergehen lassen musste, der ein abfälliges Wort über den einen Gott oder die Lage im Dorf äußerte. Diese Ermahnungen fanden in der Halle statt, und wer einmal dabei gewesen war, überlegte sich jedes weitere Ausscheren aus der Herde gut. Beacán konnte sehr überzeugend sein, und Keiran und Kane, die neben dem Thron standen, auf dem ihr Herr seit der Verbannung Brudes saß, schienen nur auf Widerworte zu warten.

Aus diesem Grund trachtete Tyree sorgsam danach, sich seine wahren Gefühle gegenüber dem Priester und dessen Herrschaft nicht anmerken zu lassen. Er hatte keine Lust, von Beacán gemaßregelt zu werden, und noch weniger, dass es seinen Bruder traf, den es ohnehin schon sehr mitnahm, dass Dànaidh, ihr Vater, nicht da war. Tyree blickte liebevoll neben sich, wo Brion stand, die Schultern eingezogen, die schwarzen Locken, die er von seiner Mutter hatte, vom Wind zerzaust.

Er würde seinen Bruder vor allen beschützen, die ihm Böses wollten, und wenn er es mit Beacáns Gott persönlich aufnehmen musste.

»Denn der Herr ist gerecht, und wer immer Sein Wort verkündet...«

Brion hörte Beacán nicht mehr zu, er konnte es nicht

mehr. Die endlosen, salbungsvollen Worte des Priesters verblassten, gingen in andere über, die so lange an diesem Ort weitergegeben worden waren. Denn es war hier gewesen, auf diesem Hügel, vor der mächtigen Stele ihres Volkes, wo Brude den Kindern des Dorfes von den Ahnen erzählt hatte.

Brion erinnerte sich mit Wehmut an den ehemaligen Herrscher und dessen Geschichten, denen er und sein Bruder, als sie selbst noch Kinder gewesen waren, mit angehaltenem Atem gelauscht hatten. Stets war es erst nach Einbruch der Dunkelheit geschehen. Wenn der Mond über einem flackernden Feuer schien, stand Brude neben den knisternden Flammen, das Schwert in die Erde gerammt, das Piktische Tier auf seiner Brust, mit kunstvollen Linien und Kreisen gezeichnet, für immer.

Und dann – dann waren Geschichten im Funkensturm des Feuers zu Bildern geworden ... von der alten Heimat und Uuen, dem letzten, legendären König, der nahe der sturmumtosten Küste gegen eine Übermacht antrat und diese in blutigem Kampf bezwang.

Wie hinter ihm plötzlich eine Flotte von Wikingerschiffen aus dem Nebel auftauchte, wie er feige verraten wurde und fiel.

Wie die Skoten unter dem Sohn des Alpin die Gelegenheit beim Schopf ergriffen und das Reich der *Picti*, der Bemalten, eroberten und diese mit Mann und Maus niedermetzelten.

Und wie die letzten Überlebenden der Bemalten hierher gesegelt waren und in Innis Bàn eine neue Heimat gefunden hatten.

An diese Erzählungen und an ihren Herrscher erinnerte sich Brion, Sohn von Gràinne und Dànaidh, während Beacán betete und seine Gemeinde mit ihm. Brion sprach die Worte teilnahmslos mit und flehte doch insgeheim die alten Götter an, dass die alten Zeiten zurückkämen.

Dass die Neunundvierzig und Brude zurückkämen, ein starker, mächtiger Brude, der Bart gesträubt, das Schwert gezogen, und mit ihm das Piktische Tier, um wiederherzustellen, was gewesen war und immer sein sollte.

Langsam verebbte das Schnarchen, machte den Geräuschen vom Hin- und Herwälzen der Leiber Platz, wurde unterbrochen von unkontrolliertem Husten und gereiztem Murren. Die Schlafenden im Innenraum der schmucklosen Kirche erwachten allmählich, während das dunstige Licht der Morgensonne durch die schmalen Fenster fiel.

Vor dem Altar stand Kineth, Sohn des Brude, und wartete schweigend.

Plötzlich wurde die Eingangspforte mit einem polterndem Ruck aufgerissen. Die Männer und Frauen der Nachtwache kamen herein, setzten sich wortlos auf die groben Holzbänke, die Blicke müde, die Leiber zitternd.

Geduldig wartete Kineth, bis sich all jene, die in der Kirche übernachtet hatten, ebenfalls auf die Bänke gesetzt oder an die Seiten gestellt hatten.

Das Knarren der Pforte, als sie geschlossen wurde, hallte drohend durch den Raum, dann war es totenstill.

Kineth überflog die Gesichter der Anwesenden. In der

vordersten Reihe hatte Ailean Platz genommen, die Arme verschränkt, den Blick immer noch voll Zorn. Daneben saßen Unen und Elpin, dahinter die Breemally-Schwestern. Flòraidh war nicht zu sehen, vermutlich schob sie Wache. Die anderen hatten sich in der Kapelle verteilt, sahen den Krieger erwartungsvoll an.

»Ich weiß nicht ...«, begann Kineth mit heiserer Stimme und räusperte sich kurz, dann brach er ab. Er überlegte, begann von Neuem. »Ich weiß nicht, ob ich eure Fragen zu eurer Zufriedenheit beantworten kann. Aber ich will es versuchen. Es ist kein Geheimnis, dass Caitt und ich seit Anbeginn unserer Reise unterschiedliche Meinungen darüber hatten, wie wir vorgehen sollten. Aber er war von Brude dazu bestimmt, uns zu führen, und das habe ich, das haben wir alle so hingenommen. Letzten Endes hat sich mein Stiefbruder jedoch nicht als der Mann erwiesen, der wir glaubten, dass er war. Einer von uns, ein Mann der Ehre. Einer, dessen Wort etwas galt.« Seine Stimme wurde lauter. »Wie ihr wisst, hatte er dem Nordmann Egill versprochen, dass dessen Leibschuld getilgt sei, sollte er uns unbemerkt in diese Festung bringen. Das hat Egill auch getan. Aber anstatt ihn daraufhin seiner Schuld zu entbinden, hat Caitt ihn verraten. Schlimmer noch. Er hat damit uns alle verraten.«

Ein ungläubiges Raunen ging durch die Reihen der Krieger.

»Ich hatte ihm die Hand gereicht, doch Caitt erwiderte die Geste mit dem Dolch.« Kineth blickte zu Ailean, die den Blick traurig senkte. »Wäre Dànaidh nicht gewesen, dann ...« Der Krieger brach ab, sammelte seine Gedanken, schluckte den Schmerz hinunter. »Dànaidh ist nicht einfach im Kampf gefallen. Er hat mich schützen wollen, und er hat es mit seinem Leben bezahlt. Er ist in Aileans Armen gestorben, und Caitt hat ihn auf dem Gewissen.«

»Wo ist Caitt jetzt?« Elpin kam mit seiner Frage jedem anderen im Raum zuvor.

»Ich weiß es nicht, er ist feige geflohen.«

Mit einem Mal legte sich eine drückende Schwere über den Raum. Auch wenn das eine oder andere Gerücht bereits die Runde gemacht hatte, so konnte doch kaum einer der Krieger glauben, dass Caitt so schändlich gehandelt hatte.

»Und der Nordmann?«, knurrte Unen und rieb sich dabei über sein glatt rasiertes Kinn, das bis gestern noch ein prächtiger Bart geziert hatte.

»Wir ließen Egill ziehen. Er hat sein Versprechen gehalten, seine Leibschuld war getilgt.«

Zustimmendes Gemurmel ging durch die Runde.

»Was soll nun aus uns werden?« Es war Bree, die diese Frage stellte.

Kineth blickte der Kriegerin mit den feuerroten Haaren in die Augen. »Deswegen haben wir uns heute versammelt.« Er machte eine kurze Pause in der Hoffnung, dass ihn irgendetwas oder irgendwer an seinen weiteren Ausführungen hinderte. Als nichts geschah, fuhr er fort. »Wir haben diese Festung eingenommen, aber wir werden sie nicht halten können. Zumindest würden wir keiner längeren Belagerung standhalten, dafür hat der Brand zu stark gewütet. Wir können also versuchen, uns erneut landeinwärts durchzuschlagen in der Hoffnung, einen Flecken Erde zu finden, den man uns überlässt.«

»Aber der Ring ...«, setzte Moirrey an.

»Ein goldener Ring und ein Schriftstück, das unseren Anspruch auf Land legitimiert, sind leider zu wenig, das wissen wir nun«, fuhr Kineth fort. »Nur was man sich mit dem Schwert nimmt, scheint in Alba von Dauer zu sein.«

»Schwerter und ein Flecken Land für uns – das klingt vernünftig, finde ich.« Wieder Elpin, und den Gesichtern der anderen nach zu schließen waren sie mit ihm einer Meinung.

Kineth hob die Hand. »Oder wir ziehen wieder zur Küste, wo wir unser Boot versteckt haben, laden so viele Vorräte, Waffen und Gold auf, wie es trägt, und segeln zurück nach Innis Bàn, zurück in die Heimat.«

Erneut erfüllte ein Raunen den kalten, steinernen Raum.

»Was willst *du* tun?« Unens donnernde Stimme ließ alle anderen verstummen.

Kineth biss die Zähne zusammen. Er wusste, gleich welcher Möglichkeit er den Vorzug gab, er würde Leute für sich haben und andere, die gegen ihn waren. Die Frage war nur, in welchem Verhältnis.

»Ich bin dafür, dass wir zurücksegeln«, sagte der Krieger schließlich mit einer Bestimmtheit, die ihn für einen kurzen Moment selbst überraschte.

»Und ich bin dafür, zu bleiben und uns jedem zu stellen, der uns im Wege ist«, rief Moirrey, sprang dabei auf und zückte ihr Schwert.

»Aye!« Elpin stand ebenfalls auf.

»Nein.« Unen, der Krieger aus Brudes Garde, richtete sich überlebensgroß auf und würdigte Moirrey und Elpin keines Blickes.

Kineth bemerkte, wie sich unter den Anwesenden in

Windeseile zwei Lager bildeten – etwas, das sie im Augenblick so wenig brauchen konnten wie die Krätze. Offenbar war sich keiner bewusst, dass die einen keinen Fußbreit Boden verteidigen könnten, die anderen nicht die lange Überfahrt auf hoher See überleben würden. Nur geeint würden sie bestehen, wenn überhaupt, davon war Kineth überzeugt.

Das plötzliche Rumpeln in einer großen Truhe, die hinter dem Altar stand, ließ Kineth blitzschnell das Schwert zücken. Als Reaktion darauf sprangen einige der Krieger auf und zogen ebenfalls ihre Waffen. Für den Herzschlag eines Moments sah Kineth vor seinem geistigen Auge, wie sich sein Volk gegenseitig abschlachtete. Er streckte ihnen die linke Hand als Zeichen der Warnung entgegen, dann bedeutete er allen, ruhig zu sein.

Die Krieger senkten ihre Schwerter.

Kineth wandte sich wieder der Truhe zu. Mit einem kräftigen Tritt ließ er den Deckel aufspringen. Einige Augenblicke später erhob sich ein alter Mann in einer grauen, fleckigen Robe aus ihr, gleich so, als würde ein Geist aus einem toten Körper fahren.

Der Alte erblickte die Krieger, dann ihre gezückten Waffen. »Hinfort mit euren Werkzeugen des Todes!«, rief er mit polternder Stimme. »Dies ist immer noch das geheiligte Haus Gottes, ihr verteufelten Heiden!«

Kineth war für einen Moment lang erstarrt, dann hielt er dem Mann sein Schwert an die Kehle. »Wer bist du, dass du befiehlst?«

»Ich bin Pater Bláán, Priester dieser Abtei und Diener des einzig wahren Gottes.« Der alte Mann umklammerte das goldene Kreuz, das er an einer Kette um den Hals trug, und richtete es gegen Kineth, als benutzte er einen Schild. Dieser ließ sich jedoch weder von der lächerlichen Drohgebärde irritieren noch von dem schneidenden Schmerz, der seit dem Griff zum Schwert von der Wunde an seinem rechten Ringfinger ausstrahlte und ihm beinahe die Sinne raubte. Behutsam drückte er dem Priester die Schneide gegen den Hals und führte ihn so um den Altar herum, bis er ihm gegenüberstand. In den geröteten, glasigen Augen des Mannes las Kineth mehr Furcht als Trotz, zudem ging ein beißender Gestank von ihm aus.

»Seit wann hast du dich in der Truhe versteckt, alter Mann?«

Bláán senkte sein Haupt mit der Tonsur. »Als der Angriff kam und das Feuer ausgebrochen ist, habe ich mich in die Truhe zurückgezogen, um für unser aller Rettung zu beten.«

»Hat nicht viel gebracht, was?«, stieß Unen dröhnend hervor und genoss das Gelächter seiner Kameraden.

»Aber viele von uns glauben auch an deinen Gott«, gab sich Kineth versöhnlich und senkte sein Schwert. »Wir hätten auch ein Haufen Nordmänner sein können, die dir bei lebendigem Leibe die Haut abgezogen hätten, und das wäre erst der Anfang gewesen.« Der Krieger erinnerte sich an Egill und die Erzählungen über dessen Raubzüge an den Küsten Britanniens.

»Ich fürchte euch nicht, denn ich wusste, dass ihr nicht zu diesen Heiden gehört. Erstens sprecht ihr nicht die Sprache der Berserker«, erwiderte der Priester unbeeindruckt, »und zweitens legt der Herr immer seine schützende Hand über mich. »

»Tut er das?« Kineth betrachtete den Mann mit Argwohn. Die Lachfalten in dessen Gesicht verrieten, dass der Priester mehr Freude als Zorn oder Kummer erlebt hatte, auch Anzeichen von Verbissenheit suchte man vergeblich. Und er war überzeugt von dem, was er sprach. Trotzdem störte er sich an der Arroganz des Priesters.

»Sieh an, der Herr legt also seine schützende Hand über dich.« In einer blitzschnellen Bewegung schlug Kineth dem Priester mit dem Schwertknauf gegen die Stirn, dass dieser zu Boden stürzte. Ein feines Rinnsal aus Blut lief ihm über den Kopf.

»Ich denke, du irrst«, bemerkte Kineth knapp. »Dich beschützt er offenbar genauso wenig wie eure Festung, denn die ist niedergebrannt.«

»Die Festung mag lichterloh gebrannt haben«, ächzte Bláán trotzig und rappelte sich auf, indem er sich am Altar abstützte. »Aber das Haus des Herrn ist völlig unversehrt geblieben. Erkennst du nicht Gottes Wunder, wenn du sie siehst?« Der Priester schaute nun mit einem seltsam verklärten Blick in die Gesichter der Krieger. »Erkennt ihr sie denn alle nicht?«

»Das ist ja ein feiner Gott, den du dir da ausgesucht hast.« Kineth steckte sein Schwert weg. »Einer, der eher ein steinernes Grab beschützt als die Menschen, die es für ihn erbaut haben. Denn sie sind alle tot. Es scheint, als ob dein Gott den Stein dem Leben vorzieht.«

Der Priester wollte gerade etwas entgegnen, aber eine Handbewegung von Kineth ließ ihn verstummen.

»Genug jetzt, alter Mann.« Dann wandte sich der Krieger wieder an seine Leute. »Als ich euch vorhin sagte, dass ich dafür bin, dass wir zurücksegeln, dann meinte ich damit, dass wir zurücksegeln *werden*.«

»Aber ich bleibe!« Moirrey schlug mit ihrem Schwert klirrend auf den Steinboden, als wollte sie ihren Worten mehr Gewichtung geben. Sie blickte zu ihrer Schwester, die hin- und hergerissen war. Doch dann sprang Bree plötzlich auf. »Ich stehe zu Mally.«

Die anderen Krieger begannen wieder unruhig zu werden. Der Priester blickte angsterfüllt von einer Gruppe zur anderen.

Unen stand ebenfalls erneut auf. »Und ich sage, wir segeln zurück!«

Die Rufe unter den Kriegern wurden immer lauter, für die eine als auch für die andere Seite. Als Kineth die hitzigen Gemüter beruhigen wollte, war es zu spät. Odhrán gab Tòmas einen Stoß. Augenblicke später flogen die Fäuste.

»Wirklich großartig gemacht, Mally!«, rief Ailean zornig.

Moirrey kam auf sie und Kineth zu. »Ich bin doch nicht den ganzen Weg hergekommen, um nun mit eingekniffenem Schwanz wieder nach Hause zu segeln!«

Ailean baute sich vor der jungen Kriegerin auf, doch diese schubste sie zurück. Noch bevor sich Ailean wehren konnte, hatte Kineth Moirrey mit der Linken gepackt und schleuderte sie mühelos zu Boden.

»Noch ein Wort, Mally, und ich ...«

»Und was?« Moirrey starrte Kineth hasserfüllt an. »Nur weil du nicht führen willst und nicht mehr kämpfen kannst ...«

Als Antwort richtete Kineth das Schwert auf sie. Doch Moirrey sprang blitzschnell auf, wirbelte herum und schlug Kineth mit der Faust auf seinen verwundeten

Finger. Der Krieger schrie auf, ließ das Schwert fallen und ging in die Knie. Blitze tanzten vor seinen Augen, die Sicht verschwamm. Ihm war, als würde sein ganzer Körper aus Schmerzen bestehen.

Anstatt nachzusetzen, trat Moirrey einen Schritt zurück, einen Ausdruck von Triumph in den Augen. »Der große Kineth auf den Knien ...« Als dieser sie nicht beachtete, fügte sie an: »Was jetzt? Verbannst du mich nun auch, so wie Caitt?«

Bevor Kineth antworten konnte, dröhnte ein ohrenbetäubender Lärm durch die Kirche. Wie auf Kommando hielten die Krieger inne und blickten zur Tür, wo Flòraidh stand und mit dem Schwertknauf auf einen eisernen Kerzenständer einhämmerte. Erst als sie sich der Aufmerksamkeit aller gewiss war, ließ sie davon ab.

»Was zur Hölle ist denn hier los?«

Keine Antwort. Alle schienen schlagartig zur Besinnung zu kommen, ließen voneinander ab, noch den Hall der dröhnenden Schläge in den Ohren.

Kineth führte zitternd sein Schwert in die Scheide zurück, richtete sich auf und bemühte sich zugleich, den Schmerz hinunterzuschlucken. Er sah erst zu Flòraidh, dann zu dem Mann, der mit einem Seil gefesselt hinter ihr im Freien stand.

»Wer ist das?«, rief Kineth durch die Kirche.

Als Antwort erhielt er ein breites Grinsen auf Flòraidhs Gesicht.

»Floin!« Caitt winkte den Wirt zu sich, der gerade einige Scheite Holz ins Kaminfeuer gelegt hatte. Der tat wie ihm geheißen und schlurfte bedächtig auf den Krieger zu, bis er mit seinem Bauch am Tisch anstand.

»Floin«, wiederholte Caitt, »es sind keine Gäste da. Möchtest du uns nicht zwei Ale holen und mir ein bisschen was von hier erzählen?«

Der Wirt stutzte erst, nickte dann aber gefällig, denn er hatte die Worte des Fremden so verstanden, wie dieser sie gemeint hatte – als Aufforderung, nicht als Bitte.

Kurze Zeit später stellte er zwei volle Tonkrüge ab und setzte sich auf einen Schemel, der ob der Belastung grausam knackte. Die beiden Männer prosteten, tranken und teilten einen Moment der Stille.

»Was möchtet Ihr wissen?«, fragte Floin schließlich.

»Was ist das hier?« Caitt breitete die Hände aus, erkannte am Gesichtsausdruck des Wirts aber sogleich, dass dieser die Frage nicht verstand. »Dein Dorf ist von einem Wall umgeben, der keinerlei Befestigung aufweist. Die Straße, die hindurchführt, ist so breit, dass zwei Karren nebeneinander Platz hätten, nur dass sie kaum befahren wird. Und dein Haus sieht so gänzlich anders aus als …«

»Als die Baracken, in denen man sonst in diesem Land haust?«, unterbrach Floin und führte den Satz mit einem schmierigen Grinsen zu Ende.

Caitt nickte.

»Wir sind vielleicht einfache Leute«, fügte Floin an, »aber wir sind nicht dumm. Schon als ich Euch in der Tür erblickt hatte, war mir klar, dass Ihr nicht von hier seid. Und ich meine nicht das Dorf oder das Königreich. Ich meine das gottverdammte Land.«

Caitt gab sich unbeeindruckt.

»Die Bemalungen auf Eurer Haut jedoch bezeugen, dass Ihr eine Verbindung mit diesem Land habt. Ich kenne noch die alten Erzählungen, die Lieder und Gedichte. Und ich kenne die Symbole, die Ihr auf Eurer Haut tragt. Sie sind auch auf den uralten Steinen, die im ganzen Land verteilt stehen.«

Der Wirt brach ab. Er räusperte sich geräuschvoll, dann spuckte er einen Batzen Schleim in die nächste Ecke und wischte sich mit dem Ärmel mehrmals über den Mund.

»Sei es, wie es sei«, fuhr er fort, »die Straße, von der Ihr gesprochen habt, war einst der nördlichste Teil des Römischen Reiches. Und der Wall, den sie Wall des Antoninus nannten, war die letzte Verteidigungslinie gegen die wilden Völker im Norden, wie es hieß.«

»Sieht aber nicht so aus, als hätte der Wall standgehalten.«

»Hat er auch nicht. Genauso wenig wie die Mauer im Süden. Mein Großvater erzählte mir oft, dass die römischen Legionen, so nannten sich die Truppen, lange Zeit als unbezwingbar galten. Die Männer waren klein von Wuchs, aber ausgestattet mit Ringpanzern, großen rechteckigen Schilden und kurzen Schwertern. Ein einzelner Kämpfer hätte wohl kaum eine Gefahr dargestellt. Aber sie traten immer in geschlossener Schlachtordnung auf, Schild an Schild.« Der Wirt untermalte mit den Handflächen theatralisch das Gesagte. »Niemand drang durch diesen Schildwall, und wenn doch einer der Römer fiel, nahm der Mann dahinter sogleich seinen Platz ein.«

Caitt war beeindruckt ob der Schilderung. Es klang

nach einer ganz anderen Art zu kämpfen. Eine, bei der nur die Gruppe zählte. Und gegen die man als einzelner Krieger vermutlich kaum eine Chance hatte.

»Aber nichts hält ewig. Als die Legionen schließlich abzogen, haben sie alles zurückgelassen, wie es war. Unser Dorf war einst ein Kastell. Und dieses Haus, in dem wir jetzt sitzen, Freund, war etwas ganz Besonderes. Es war ein Badehaus.«

Caitt nahm seinen Becher und trank einen Schluck. Er runzelte die Stirn. »Ein Badehaus? Das Haus war voller Wasser?«

Der Wirt lachte auf. »Natürlich nicht das ganze Haus. Aber Teile davon. Und diese Teile waren nicht nur voll Wasser, sie waren voll mit *warmem* Wasser.«

Mit einem Knall stellte Caitt den Becher auf den Tisch. »Verscheißerst du mich?«

Der Wirt fuhr erschrocken zusammen, streckte entschuldigend die Hände aus. »Nicht doch, Herr, ganz und gar nicht, ich ...« Er überlegte einen Moment. »Kommt mit«, sagte er schließlich und stand auf. »Folgt mir.«

Caitt stand ebenfalls auf. Seine rechte Hand lag unmerklich auf dem Griff des Dolches, der in seinem Gürtel steckte.

Der Wirt führte Caitt durch einen Nebenraum, der bis auf einige Fässer leer war, in einen weiteren Raum. In dessen Boden befand sich eine gemauerte Grube, die mit Dutzenden Steinplatten ausgekleidet war. Am linken Rand war ein Teil der Platten abgebrochen und offenbarte eine Öffnung, die sich unter dem Becken befand und gerade hoch genug war, dass man hätte durchkriechen können.

»Dieses Becken war einst mit Wasser gefüllt«, erklärte Floin mit einem Stolz, als hätte er es mit eigenen Händen errichtet. »Und in dem engen Raum darunter wurde Feuer gemacht, welches die Steinplatten und damit das Wasser erwärmte.«

Caitt war erstaunt. Ein warmes Bad zu nehmen, wann immer man wollte! Es kam ihm vor, als hätten Götter es gebaut und Könige hier residiert.

»Eine wahre Wohltat, zumal die Winter hier sehr kalt werden können«, schwärmte Floin und fügte mit einem Grinsen hinzu: »Natürlich nicht für die Sklaven, die durch die Hohlräume darunter kriechen mussten, um sie von der Asche zu säubern.«

Caitt teilte das kurze Lächeln des Wirts, wurde dann aber wieder ernst. »Warum in aller Welt nutzt ihr das alles nicht für euch selbst?«

»Die Römer haben nicht nur ihre Legionen mitgenommen«, sagte Floin auf einmal kleinlaut, »sondern auch ihr Wissen. Es genügte nicht, einfach Feuer zu machen. Es gab unzählige Riegel und andere Vorrichtungen, die man zu bedienen wissen musste. Glaubt Ihr, hier im Dorf könnte noch irgendjemand so ein Haus betreiben? Wir sind froh, dass wir es so weit instandhalten können, dass uns das Dach nicht auf den Kopf fällt.« Der Wirt fuhr sich durch das spärliche Haar, als sein Blick auf die hölzernen Waschzuber fiel, die am anderen Ende des Beckens standen.

»Aber ich kann Euch anbieten, in einem der Zuber ein heißes Bad zu nehmen. Dann könnt Ihr vielleicht annähernd nachempfinden, wie es dereinst gewesen sein muss.«

Caitt überlegte einen Moment, doch das Jucken auf seiner Haut, das ihm in diesem Moment am ganzen Körper bewusst wurde, gab die Antwort bereits vor. »Gegen einen Aufpreis, wie ich annehme?«

Floin breitete gönnerhaft die Arme aus. »Nur ein geringer Aufpreis für Euch, Herr.«

»Was wäre dir ein Pferd wert?«

Floin runzelte die Stirn. »Ihr seid auf einem Pferd hergeritten? Wo...«

»Zum Essen, meinte ich. Das Pferd ist tot.«

»Und wie lange ist es schon tot?«

»Seit gestern Abend.«

Der Wirt überlegte einen Moment, wiegte den Kopf hin und her. »Hier in der Nähe?«

Der Krieger nickte.

»Das wäre mir einige Bäder wert«, meinte Floin. »Vorausgesetzt, der Gaul ist nicht eine niedergerittene Schandmähre, die die Wölfe bereits halb aufgefressen haben.«

»Ist es nicht. Ihr geht die Straße Richtung Osten. Jenseits des Walls liegt es, bei den Fallgruben.«

»So sei es.« Der Wirt klatschte erfreut in die Hände. »Muirín!« Er wartete einen Augenblick. »Muirín, verdammt noch mal!«

Ein hochgewachsenes Mädchen von vielleicht siebzehn Lenzen kam in den Raum gelaufen, den Blick eigenartig abgewandt. Das lange dunkelblonde Haar hatte sie in Zöpfe geflochten und über den Ohren aufgesteckt. Der vordere Haaransatz war ausrasiert, was ihr eine hochgewölbte, kahle Stirn verlieh und ihr Gesicht schmal und anziehend wirken ließ. Sie ähnelte stark der Wirtin. Was bei ihrer Mutter jedoch der Bauch war, war bei ihr der Busen.

»Muirín, meine Tochter«, murmelte der Wirt und wandte sich ihr zu. »Der Herr möchte ein Bad nehmen. Und sorg dafür, dass es schön heiß ist!«

Die junge Frau nickte gehorsam, warf Caitt einen seltsamen Blick zu, den dieser nicht zu deuten vermochte, und eilte davon.

Caitt ging zu den Waschzubern, die unterschiedliche Größen hatten, und machte vor einem von ihnen halt. »Dieser ist so groß, da passen mindestens zwei Leute hinein.«

»In Gesellschaft badet es sich angenehmer.«

»Und in schöner Gesellschaft erst recht.«

Das Grinsen des Wirts wurde breiter, er ahnte, worauf der Krieger hinauswollte. »Wenn Ihr wollt, finde ich Euch eine solche Gesellschaft.«

Caitt zögerte, dachte kurz an das schmutzige Mistweib, das er am Morgen gesehen hatte. Doch er hatte sich bereits entschieden, bevor er auf seinen Goldring blickte. »Dann tu dies.«

Floin nickte eifrig. »Trinkt in Ruhe Euer Ale. Ich hole Euch, sobald Euer Bad fertig ist.«

Nachdem Caitt zwei ganze Krüge lang gewartet hatte, bis sein Bad bereit war, holte Líadáin ihn schließlich ab und führte ihn wieder in den Raum mit dem Becken. Die Luft war dunstig, in der Mitte des Beckens stand ein Zuber, der bis über die Hälfte mit dampfendem Wasser befüllt war. Unweit davon war ein Lager aus Stroh errichtet worden, wohl um sich nach dem Bade ausruhen zu können.

Caitt sah sich genauer um, hoffte, jene Gesellschaft zu

erspähen, die ihm der Wirt zugesichert hatte. Doch er war allein mit dessen Frau.

Der Krieger zog den Nadelring auf und ließ den Überwurf zu Boden fallen. Als er seinen Gürtel öffnen wollte, ging ihm Líadáin zur Hand – und Caitt ahnte auf einmal, wer ihm beim Bade Gesellschaft leisten würde. Ihn störte dies jedoch nicht im Geringsten. Er hatte schon lange kein Weib mehr genossen, und Líadáin machte zumindest einen erfahrenen Eindruck. Sie würde ihr Geschäft verstehen, da war sich Caitt sicher.

Nachdem er Stiefel, Übergewand, Hemd und Hosen ausgezogen hatte, stand er nackt im Raum. Líadáin half ihm, in den Zuber zu steigen, nicht ohne den Mann von oben bis unten mit begehrlichen Blicken zu messen.

Das Wasser reichte Caitt bis zu den Knien. Es war herrlich warm und erzeugte ein Kribbeln auf seiner Haut. Er fasste mit beiden Händen den Rand des Zubers, dann ließ er sich langsam in den Bottich gleiten. Die Rückwände waren höher gezogen als die beiden Seiten, wodurch Caitt den Kopf anlehnen konnte. Er schloss für einen Moment die Augen, genoss die alles umfassende Wärme, die dunstige Luft sowie den feinen Duft von Minzblättern, die im Wasser schwammen.

Das Leben konnte herrlich sein, dachte der Krieger.

Aber niemals so herrlich, dass man es nicht noch besser machen konnte.

Er neigte den Kopf und blickte herausfordernd zur Seite, wo Líadáin geduldig wartete.

Sie öffnete ihren Ledergürtel, streifte die Haube und das Kleid aus Leinen ab und wischte sich den Schweiß aus dem Gesicht. Caitt betrachtete die Frau, ihren zierlichen Kopf, den weißen, flachen Busen, der auf einem ebenso weißen Bauch aus mehreren Speckringen auflag, ihre hellblonde Scham und die festen, stämmigen Oberschenkel. Aufgrund ihrer Leibesfülle war ihre Haut so glatt und straff wie die einer jungen Frau.

Caitt nickte Líadáin unmerklich zu.

Behäbig kletterte sie in den Zuber und ließ sich ins Wasser sinken, das Caitt nun plötzlich bis zum Hals reichte. Auch Líadáin schien das bezahlte Bad zu erfreuen. Ohne Scheu streckte sie ihre Füße aus, schob sie zwischen die seinen, bis ihre Zehen sein Gemächt berührten, und spielte sanft damit. Dann wusch sie sich die wulstigen Oberarme, Schultern und das Gesicht.

»Möchtet Ihr, dass ich Euch mit Aschenlauge abreibe?«

Caitt lächelte. »Auch.«

Sie hielt einen Moment lang inne, als würde sie innerlich mit sich ringen. Dann lächelte sie ihn an. »Was möchte ein schöner Mann wie Ihr wohl sonst noch von einer Frau wie mir?«

»Das, was jeder Mann möchte.«

Líadáin schnaubte. »Nicht der meine. Nun, nicht mehr. Das Einzige, was Floin begehrt, ist eine warme Mahlzeit und die Zeche der Gäste.«

Caitt zog die Brauen gespielt in die Höhe, denn genau so hatte er den Wirt eingeschätzt. »Dann sag mir, Weib, was *du* begehrst.«

Das Lächeln auf dem Gesicht der Frau wurde neckisch, glich dem eines jungen Mädchens.

»Ich«, sagte sie und rutschte dabei auf die Knie. »Ich begehre noch so einiges.« Líadáin beugte sich nach vorn, ihre Brüste hingen ins Wasser.

»Sollte ich von etwas wissen, das dir nicht gefällt?«, fragte er, ohne es so zu meinen.

Líadáin kroch auf den Krieger zu, richtete sich vor ihm auf und packte seinen Schwanz. »Oh, mir gefällt so ziemlich alles, mein Junge.«

Brude und Iona schnitten dem Hasen mit der spitzen Kante eines Felsens den Bauch auf und tranken gierig das noch warme Blut. Zum ersten Mal seit Tagen spürten sie wieder Wärme in sich, fühlten sich so dankbar wie kleine Kinder, die mit etwas gefüttert wurden, was sie lange entbehren mussten.

Anschließend zogen sie dem Hasen das Fell ab und aßen ihn roh, auch die Innereien, die dermaßen stanken, dass Iona sich zunächst weigerte. Aber Brude zwang sie dazu, denn sie wussten nicht, wann sie wieder etwas erlegen konnten. Der Hase war klein, zu klein, um ihren Hunger ganz zu stillen, trotzdem behielten sie einen Teil für die kommende Zeit zurück.

Mochte es auch nur wenig Fleisch sein, so kehrte mit ihm doch eine gewisse, wenn auch nicht übermäßige Kraft wieder. Der Blick wurde klarer, das Blut schien heißer durch ihre Adern zu strömen. Auch der Verstand ließ sie nicht im Stich; sorgfältig sammelten Brude und Iona alle Reste des Tieres ein, die sie verraten konnten, und verscharrten sie in der Erde.

Als schließlich nichts mehr bei dem Felsen davon kündete, dass hier zwei Menschen gewesen waren, zogen sie weiter.

»Wie weit noch?« Iona ging voran, wie immer. Aber ihre Schritte waren schneller als sonst, was nicht nur an dem unverhofften »Festmahl« lag, sondern auch am Himmel über ihnen, der immer schwärzer wurde und in unregelmäßigen Abständen ein Grollen hervorstieß. Brude konnte mit seiner Frau kaum Schritt halten, doch er biss die Zähne zusammen und folgte ihr.

Es war das eingetreten, was er seit der Vertreibung aus dem Dorf befürchtet hatte, aber von dem sie bisher verschont geblieben waren – ein Unwetter zog auf. Sie brauchten dringend einen Unterschlupf, doch das Bild der Landschaft blieb unverändert: auf der einen Seite die Masse des ewigen Eises, auf der anderen die graugrünen Hügel, durch die er und Iona zogen.

Brude überlegte. »Zwei mal sieben Tage, das hat Beacán gesagt. Ich glaube nicht, dass wir so weit gehen müssen. Von hier aus ein oder zwei Tage müssten genügen, denn er wird nicht damit rechnen, dass wir überhaupt noch am Leben sind. Seine Männer werden halbherzig suchen und bald wieder ins Dorf zurückkehren.«

Der Himmel war mittlerweile pechschwarz, die Sturmböen wurden immer stärker. Blitze zuckten in der Ferne, das Donnergrollen wurde lauter.

Die beiden Verbannten begannen zu laufen, soweit es ihre Kraft zuließ. Ohne Unterschlupf waren sie verloren, denn wenn sie nicht vom Blitz erschlagen wurden, würde der Regen sie bis auf die Knochen durchnässen. Ohne ein wärmendes Feuer war es nur mehr eine Frage der

Zeit bis zum Fieber und damit bis zu dem Zeitpunkt, an dem einer von ihnen liegen bleiben würde – der Anfang vom Ende, denn sie würden sich nicht trennen. Der Sohn des Wredech und seine Gemahlin würden gemeinsam leben oder gemeinsam sterben, etwas anderes gab es nicht.

Brudes Herz raste. Sein Mund war wie ausgedörrt, die Stärke, die er verspürt hatte, nachdem sie den Hasen verspeist hatten, war verflogen. Aber er machte einen Schritt nach dem anderen, schaltete alles Denken aus, konzentrierte sich nur auf das Vorwärtskommen. Wenn die Blitze sich durch die Wolken schnitten, sah er seinen Schatten am Boden, ein verzerrtes Bild, das einen Augenblick später wieder ausgelöscht war.

Ob wir auch schon bald ausgelöscht sind? Ihr Götter. Gott. Helft uns!

Auf einmal blieb Iona vor ihm stehen. Er stieß in sie hinein, öffnete unwillig den Mund. »Was...«

Sie zeigte stumm den Hügel hinunter.

Dort unten lag etwas, das nicht die Natur erschaffen haben konnte. Brude kniff die Augen zusammen, dann erkannte er es: Es waren ohne Zweifel Behausungen, oder zumindest das, was die Zeit von ihnen übrig gelassen hatte.

»Das ist doch nicht möglich.« Iona flüsterte, obwohl es dazu keinen Grund gab.

Brude wusste, was sie meinte. In all den Jahren hatten sie nie einen anderen Menschen auf Innis Bàn zu Gesicht bekommen, bis auf die Nordmänner, die es vor Kurzem hierher verschlagen hatte, Schwert in der Hand, Krankheit im Körper, Verderben im Sinn. Brude und sein Volk waren immer davon überzeugt gewesen, dass niemand sonst auf dem Eiland lebte. Andererseits hatten ihre Streifzüge sie meist auch nur die Küste entlanggeführt und nicht hierher, in die Nähe des Eises.

Brude und Iona tauschten einen kurzen Blick aus, dann nahmen sie all ihre Kraft zusammen und rannten den Hügel hinab, während der Himmel seine Schleusen öffnete, der Regen auf sie herunterzuprasseln begann und die Blitze wie lebendige Wesen durch das grollende Wolkenmeer zuckten.

Die beiden Steine lagen halb in der Erde versunken da, wie zwei große, schlafende Tiere. Regentropfen klatschten unablässig auf ihre Oberfläche, liefen in kleinen Bächen an ihnen hinab und flossen über die Lederhaut, die zwischen ihnen aufgespannt war.

Ein Tropfen fand jedoch einen winzigen Riss im Leder. Er rann hindurch und traf auf die Klinge eines Schwertes, das an einem der beiden Steine lehnte.

Der Tropfen floss die Klinge hinunter und versickerte im Erdreich.

Eine klobige, behaarte Hand griff zu dem Schwert. Prüfend schabte der Daumen an der Schneide des Schwertes, hielt in der Mitte kurz inne, fuhr weiter bis zur Spitze. Wenig später wurde ein Schleifstein herausgeholt und über die Klinge gezogen, vor, zurück, immer wieder, in einem unzählige Male geübten Rhythmus ...

Kineth trat vor die Kirche, atmete tief die kühle, noch immer nach verbranntem Holz riechende Morgenluft ein, die augenblicklich seine Schmerzen zu lindern schien. Er betrachtete den Mann, den Flòraidh an einem Strick gebunden hielt und der dreinsah wie ein Lamm, das zur Schlachtbank geführt wurde. Er musste etwa Kineths Alter haben, auch wenn das dunkle kurz geschorene Haar an den Schläfen stellenweise schon weiß war. Seine Nase hatte mehrere Höcker, die von früheren Auseinandersetzungen zeugten, sein Kinn zierte ein gepflegter Spitzbart. Aus einer Platzwunde auf dem Kopf war Blut geronnen, das bereits getrocknet war. Seine Augen zuckten unstet, der Mann hatte Angst.

»Wer bist du?« Kineth sah den Gefangenen scharf an.

Der Mann machte keine Anstalten zu antworten. Flòraidh riss an dem Seil, als würde sie einem störrischen Esel ein Zeichen geben. »Er ist uns diesen Morgen in die Arme gelaufen. Oder besser gesagt geritten.«

»Ich ... ich ...«, begann der Mann. »Ich war auf dem Weg hierher, und ...« Er brach ab. Flòraidh trat ihm in die Kniekehle, sodass er zu Boden ging. »Antworte auf das, was du gefragt wirst!«

Der Gefangene blickte sich um, als wollte er sich vergewissern, dass er keine Möglichkeit mehr hatte, sich aus dieser misslichen Lage zu befreien. Dann räusperte er sich. »Ich heiße Harold, Sohn des Egbert. Ich wurde von König Konstantin, Sohn des Áed, Herrscher über Alba, mit einer Botschaft für seinen Neffen Máel Coluim hierhergeschickt.«

Kineth machte ein überraschtes Gesicht. »Máel Coluim? Vor zwei Tagen hatte ich das zweifelhafte Vergnügen, ihn kennenzulernen. Griesgrämiges Antlitz, zu kurzer Vollbart. Weiß alles besser.«

Der Bote schluckte. »Ist er ... habt Ihr ihn ...«

»Getötet?« Kineth lachte kurz auf. »Nein, das haben wir nicht. Er ist auf seinem Pferd aus der Festung geritten, als wäre der Leibhaftige hinter ihm her.«

Harold wirkte erleichtert.

»Nun?« Kineth blickte den Mann, der vor ihm kniete, erwartungsvoll an. Doch der schien nicht zu verstehen, was von ihm erwartet wurde.

»Wie – lautet – die – Botschaft?«, fragte Flòraidh, als ob sie es mit einem Kind zu tun hatte, und packte den Gefangenen unsanft an den Haaren.

»Ich ... darf sie nur Máel Coluim ... selbst überbringen«, stammelte der Bote.

Kineth gab Flòraidh ein Zeichen, den Mann loszulassen, was diese auch tat. Er trat nun unangenehm dicht an den Gefangenen heran. Er beugte sich zu ihm, legte ihm die Hand auf die Schulter und raunte ihm ins Ohr. »Hör zu, kleiner Mann. Ich glaube dir, dass du auf Befehl deines Königs handelst, und ich vermute, dass du dich bei ihm nie wieder blicken lassen kannst, wenn du deine Aufgabe nicht erfüllst. Dass deine Familie in Gefahr ist und so weiter.« Er trat wieder einen Schritt zurück und machte eine ausholende Geste. »Aber entweder sagst du uns freiwillig, was du zu überbringen hattest, oder ich überlasse es Flòraidh, es aus dir herauszubekommen.«

»Ich wäre nicht Bote des Königs, wenn ich mich von jedermann einschüchtern ließe«, sagte Harold und presste die Lippen zusammen.

Wie auf Kommando zog Flòraidh ein kleines, leicht

gebogenes Messer aus ihrem Gürtel und hakte es in Harolds rechten Nasenflügel ein. »Ich bin aber nicht jedermann. Ich bin eine Frau. Und das Messer hier verwende ich zum Häuten von Tieren.«

Der Bote wurde bleich.

»Mach es doch nicht schwerer, als es ist«, legte Kineth mit einem Seufzen nach.

Einen Moment lang zögerte der Bote, dann besann er sich. Langsam zog er die Nase von der Klinge. Dann holte er ein gefaltetes Stück Papier aus seinem Stiefelschaft, das mit einem Siegel aus rotem Wachs verschlossen war. Mit zitternder Hand streckte er es Kineth entgegen. Dieser tat beeindruckt, nahm das Schreiben und brach das Siegel. Er faltete das gelbliche Papier auf und überflog die Zeichen aus pechschwarzer Tinte, die er nicht lesen konnte. Dann gab er dem Boten das Schriftstück zurück.

»Lies«, befahl Kineth.

Harold tat wie ihm geheißen. »Die Botschaft lautet: Ich, Konstantin, Sohn des Áed, König von Gottes Gnaden und Herrscher ... und so weiter, befehle ihm, Máel Coluim, Mormaer von Moray ... und dessen ganze Titel, unverzüglich mit seiner gesamten Heerschar gen Süden aufzubrechen, um sich mit meinem Heer in zwanzig Tagen zu vereinen. Die Tage des niederträchtigen Despoten Æthelstan sind gezählt, der Tag der Entscheidung ist gekommen. Möge uns der Herr zum Siege geleiten.«

»Máel Coluim hat angedeutet, dass es eine große Schlacht geben werde«, sagte Kineth nachdenklich. »Wie viele Mann stehen sich gegenüber?«

»Über zehntausend, Herr«, antwortete Harold kleinlaut.

Kineth runzelte die Stirn.

»Über zehntausend«, wiederholte der Bote hastig. »Auf beiden Seiten, so wahr mir Gott helfe! Vielleicht sogar mehr.«

Der Krieger konnte diese Zahl nicht begreifen. Und er sah, dass es seinen Leuten ebenfalls so ging. »Wenn dies stimmt, dann sage mir, wie viele Hundert Mann man braucht, um diese Stärke zu erreichen.«

Harold zögerte, dann verstand er. »Hundert Mann, die man hundertfach hintereinander reiht, Herr. Also hundert, und hundert, und …«

»Ist mir klar«, unterbrach ihn Kineth ruppig. Diese unbegreiflich große Zahl ließ ihn innerlich erstarren. Zehntausend. Wenn alle Heere in diesem Land so groß waren, wie hatten sie jemals auch nur daran denken können, dass die neunundvierzig von ihnen etwas erreichen könnten?

Kineth seufzte und blickte zu Moirrey. »Möchtest du noch immer dafür kämpfen, hierzubleiben? Allen zehntausend die Stirn bieten?«

Moirrey schwieg.

»Noch einer von euch«, sagte Kineth, »der denkt, es sei besser für uns, nicht mit unserer Beute heimwärts zu segeln?«

Der Krieger sah seine Leute an. Es regte sich nicht der leiseste Widerspruch.

»Ich danke dir, Harold, Sohn des Egbert.« Kineth half dem Boten, aufzustehen. »Ich werde mir von dem Priester dort drinnen die Botschaft noch einmal vorlesen lassen. Sollte sie mit der deinen übereinstimmen, bist du frei, sobald wir abziehen. Wenn nicht, schlagen wir dir den Kopf ab.«

Harold nickte stumm, doch die Erleichterung, die sich in seinem Gesicht abzeichnete, verriet, dass er die Wahrheit gesagt hatte.

Kineth wandte sich erneut seinen Leuten zu. »Damit ist es beschlossen. Wir ziehen ab!« Er blickte zu Flòraidh. »Verladet Waffen, Vorräte und alles andere, was wir noch in Innis Bàn gebrauchen können, auf zwei Wagen, und zwar in Truhen und Fässer, damit nichts über Bord gehen kann. Lass Unen vier Ochsen auswählen, die die Wagen ziehen. Die Verwundeten kommen auch mit. Wir brechen noch vor Mittag auf.«

Kineth schaute zur Kirche, in der der Priester wahrscheinlich immer noch in der Ecke kniete und betete. »Und holt mir den Priester. Er soll endlich aufstehen, sich etwas anziehen, das nicht so stinkt, und dann zu mir kommen!«

Das Abendlicht schnitt durch das kleine Fenster in die rauchige Luft, die in der Schenke hing. Bis auf zwei ältere Frauen und einen gebrechlichen Mann, die an einem Ecktisch hockten und Würfel spielten, war Caitt der einzige Gast.

Nachdenklich ließ er den Löffel durch den Teller mit Erbsenbrei kreisen, der wesentlich mehr Fleischstücke enthielt als am Tage seiner Ankunft. Der Krieger hing in Gedanken noch immer den Stunden des Badens und anschließenden Ausruhens auf dem Stroh hinterher. Er dachte daran, wie warm und fleischig sich Líadáin angefühlt hatte, wie er genussvoll seine Hände in ihre Falten versenken konnte, wie sie ihren Leib so fest auf sein Gesicht gedrückt hatte, dass er nach Luft ringen musste ... es war ganz anders als bei den ausgemergelten Weibern gewesen, die er bisher unter sich gehabt hatte. Ihr Körper hatte eine ungeheure Wollust ausgestrahlt, ihre Lippen waren gewandt gewesen, ihre Bewegungen ebenso. Líadáin hatte ihn dreimal gefordert, ihn dreimal kommen lassen, aber nicht ohne zuvor ihre eigene Lust zu stillen. Bis auf ihre schrille Stimme, musste Caitt sich eingestehen, gefiel sie ihm in allen Belangen sogar besser als sein eigenes Weib, das er in Dùn Tìle zurückgelassen hatte.

»War alles zu Eurer Zufriedenheit, Freund?« Die Stimme des Wirts riss Caitt jäh aus seinen Gedanken. Er blickte auf, sah das rotnäsige Gesicht und das angespannte Lächeln seines Gastgebers.

Ja, dein Weib hat es mir zu meiner vollsten Zufriedenheit besorgt, mein lieber Freund!

»Danke, es geht mir gut«, gab Caitt von sich.

»Wenn Ihr mir die Frage gestattet: Was treibt Euch eigentlich in diese Gegend?«

»Die Familie«, sagte der Krieger schnell.

»Ah, Ihr habt Blutsbande hier?«

Caitt wurden die Fragen lästig. »Ich *hatte*. Nun möchte ich Richtung Süden ziehen.«

Die Miene des Wirts versteinerte. »Ihr *wollt* in den Krieg ziehen? Was ist so schlecht bei uns?«

»Beispielsweise, dass mir nicht nachgeschenkt wird«, sagte Caitt gefährlich leise und drückte dem Wirt seinen leeren Becher in die Hand. Floin nickte untertänig und schlurfte davon.

Caitt sah, wie der Wirt seiner Frau zufrieden zunickte und dann den Becher füllte, während sich die Tochter der Wirtsleute ungeschickt bückte, um einen Pfriem aufzuheben, den sie unter einem der Tische entdeckt hatte.

Auch Líadáin schien zufrieden zu sein, immer wieder blinzelte sie verstohlen zu dem Krieger. Vielleicht hatte er den beiden unrecht getan, sinnierte Caitt, während er seinen Eintopf weiterlöffelte. Vielleicht hatte das Wirtspaar ja eine Abmachung. Er versorgte die Gäste mit Speis und Trank, sie besorgte es ihnen auf ihre Art. Beide waren am Ende des Tages zufrieden.

Mehrere Aufschreie, die von Sieg und Niederlage am Tisch der Würfler kündeten, riefen Caitts Aufmerksamkeit wieder ins Hier und Jetzt zurück. Er nahm Floin den frisch eingeschenkten Becher aus der Hand und trank ihn zur Hälfte aus. Während ihm das bittere Getränk die Kehle hinunterglitt, entschied der Krieger, dass morgen ein trefflicher Tag für ein weiteres Bad sein würde.

Die flachen Brüste, ihre weiße Haut, die Falten in ihrem Bauch, selbst ihr Atem – all das, was Caitt am Tag zuvor an Líadáin so begehrenswert empfunden, was seine Lust zur Gier gesteigert hatte, war nun einer eigenartigen Gleichgültigkeit gewichen. Einem Gefühl, als würde man in die Kruste eines Bratens beißen, die gestern noch heiß war und knusprig zwischen den Zähnen knackte, heute jedoch nur noch zäh schmeckte.

Am Einsatz der Frau lag es nicht. Caitt, der inmitten

des Wasserdampfs im Zuber stand, blickte hinunter, wo Líadáin mit sichtlichem Eifer bei der Sache war, Lippen und Zunge gekonnt einsetzte und dabei angenehm vibrierende Laute erzeugte. Als sie zu ihm hochsah, zog er das Becken zurück. Er schenkte ihr ein Lächeln, beugte sich zu ihr und gab ihr einen Kuss auf die schweißnasse Stirn. Dann ließ er sich in das dampfende Wasser zurückgleiten.

Líadáin lehnte sich an den Rand des Zubers, blickte ihn fragend an. »Was hast du? Gefalle ich dir nicht mehr?«

»Es liegt nicht an dir«, sagte Caitt. »Es ist nur …«

»Ja?«

»Es ist nur … wir haben sehr viel Platz in diesem Bottich, findest du nicht?«

Der Ausdruck in Líadáins Gesicht zeigte deutlich, dass sie nicht wusste, worauf der Krieger hinauswollte.

»Ich fühle mich sehr wohl bei euch«, fuhr er fort. »Und ich würde gern mehr bezahlen, damit du und deine Familie mehr habt. Natürlich muss dann auch ich mehr haben.«

Líadáin schwieg weiterhin.

Caitt fixierte die Frau. »Badet deine Tochter auch so gern?«

Eine schlanke Gestalt näherte sich durch den dampferfüllten Raum. Muirín, die Tochter der Wirtsleute, stand vor ihnen, blickte fragend zu ihrer Mutter.

»Der Herr ist so großzügig, mehr zu bezahlen. Und wir wollen doch das Geld in der Familie halten«, sagte diese so selbstverständlich, dass sogar der hartgesottene Krieger sprachlos war.

Zum ersten Mal betrachtete er Muirín aus der Nähe. So wohlgeformt ihr Körper und so fein gezeichnet ihr Gesicht auch war, ihr Blick wirkte, als wüsste das eine Auge nicht, wohin das andere gerade sah. Sie schielte so gewaltig, dass Caitt keinen Blickkontakt mit ihr herstellen konnte. Schließlich sah er dorthin, wo es für ihn am angenehmsten war – auf ihren Ausschnitt.

Auf ein Nicken der Mutter hin zog sich die junge Frau ihr Kleid über den Kopf. Sie lächelte schüchtern und war einen Moment lang offenbar versucht, Brust und Scham mit den Händen zu verdecken, schien sich dann aber eines Besseren zu besinnen.

Caitt musste sich beherrschen, nicht breit zu grinsen. Er rutschte in der Wanne nach vorn, um Muirín Platz zu machen. Diese kletterte hinter den Krieger, ließ sich langsam in die Wanne gleiten. Caitt spürte die weiche Haut ihres Busens, der gegen seine Schulterblätter drückte. Er spürte ihre Hände, die sich nun gar nicht mehr scheu um seinen Oberkörper schlangen und begannen, seine Brust und seinen Bauch zu streicheln. Der Krieger legte seinen Kopf zurück und schloss die Augen. Die Wirtin massierte seine Füße, während er den sanften Atem ihrer Tochter an seinem Ohr hörte.

Was für ein herrliches Land, dachte Caitt, in dem der Wert des Goldes über allem zu stehen schien. Über Ehre, über Loyalität, selbst über Freunden und Familie. Wer besitzt, beherrscht. Und wer beherrscht, besitzt immer mehr.

Während er die Bewegungen der Frauen genoss, musste Caitt innerlich über den Zwiespalt schmunzeln, der ihn beschäftigt hatte, seit sie aus Innis Bàn aufgebrochen waren. Geliebt oder gefürchtet, das hatte er sich gefragt. Wie wollte er, dass ihn seine Leute sahen? Aber wie hatte er erwarten können, die richtige Antwort zu finden, wenn er die falsche Frage stellte?

Reich oder arm.

Das definierte, was alles andere entschied. Und wenn man wie er selbst Ersteres war, dann stellte sich auch diese Frage nicht.

Caitt richtete sich auf und drehte sich im Zuber um. Er hatte genug von den gut gemeinten, aber zu sanften Streicheleinheiten der beiden. Er ignorierte den fragenden Silberblick der jungen Frau, ließ sich stattdessen mit dem Rücken auf ihre Mutter sinken. Dann bedeutete er Muirín, sich auf ihn zu setzen, was diese mit einem wollüstigen Lächeln auch tat.

Ein Schrei gellte durch den dunstigen Raum. Jede Faser in seinem Körper war angespannt. Mit einem Mal ließ die Anspannung schlagartig nach, er sank zurück und legte keuchend den Kopf auf Muiríns Brust. Er atmete schwer und erschöpft. Wieder hatte man ihn dreimal kommen lassen, gerade eben waren es die beiden Hände der jungen Frau gewesen, die ihn gekonnt befriedigt hatten. Nun trieb sein Samen wie eine kleine Wolke im Wasser, gleich Fischlaich.

Der Krieger lugte zu Líadáin, die ihn mit gerötetem Gesicht anlächelte. Er deutete mit dem Kopf Richtung Wasser. Das Lächeln wich einer gewissen Unsicherheit.

»Wir möchten doch nichts verschwenden«, sagte Caitt herausfordernd.

Die Frau des Wirts verzog das Gesicht.

Caitt nahm eine von Muiríns Brustwarzen zwischen Daumen und Zeigefinger und begann, diese zu drücken und zu drehen. »Findest du, dass wir Gutes verschwenden sollten?«

Muirín schüttelte verwirrt den Kopf. »Meint Ihr Essen, oder ...«

»Gut ist, wenn ich sage, dass es gut ist«, sagte Caitt und drückte die Brustwarze fester.

»Herr, es war doch ein wirklich schöner Abend ...«, warf Líadáin ein.

»Bezahle ich etwa nicht genug?« Er drückte die Brustwarze noch fester, Muirín begann sich zu winden. »Findest du, dass ich geizig bin?«

»Nein, Herr, ganz und gar nicht.« Die Stimme der jungen Frau zitterte.

»Wenn es also nicht die Bezahlung ist, ist es dann etwa Unwillen?«

Líadáin schüttelte energisch den Kopf und sah Caitt durchdringend an. Sie schien abzuwägen, ob es sich lohnen würde, ihren Mann zu rufen, dem Fremden selbst Paroli zu bieten oder seiner unverschämten Aufforderung nachzukommen.

»Wenn du es nicht machst«, sagte Caitt weiter zu Líadáin, »dann wird es deine Tochter tun.« Die Brustwarze war bereits weiß, die junge Frau biss sich auf die Unterlippe.

Líadáins Blick schnellte zwischen ihrer Tochter und dem Mann an ihrem Busen hin und her, dann beugte sie sich vor, trank mehrere Schlucke des trüben Badewassers mit Caitts Erguss. Trotzig richtete sie sich auf und fixierte den Krieger, der die Brustwarze wieder losgelassen hatte.

Caitt schwieg.

Muirín kicherte unsicher, bevor auch sie still war.

Wer würde es als Erste wagen, aufzubegehren, fragte sich der Krieger. Schließlich schlug er mit der flachen Hand ins Wasser und lachte schallend auf.

»Ich dachte nicht, dass du das wirklich tust, Weib«, prustete er heraus. »Ihr Götter, die Habgier kann einen wirklich zugrunde richten!«

Einen Moment später lachte auch Líadáin auf, ihre Tochter stimmte mit ein. Die unangenehme Stimmung war blitzschnell verflogen.

Caitt tauchte mit dem Kopf unter Wasser, verharrte einige Momente. Als er wieder auftauchte, bedeutete er Muirín, sich umzudrehen. Er hatte erneut Lust bekommen.

Brude und Iona konnten nicht sagen, wie lange das Unwetter gedauert hatte. Die Zeit und alles um sie herum verloren an Bedeutung, als Blitz und Donner so ohrenbetäubend wurden, dass die beiden Verbannten nur mehr den Kopf einzogen, in enger Umarmung dasaßen und warteten.

Aber schließlich war es vorbei. Der Sturm legte sich, das Heulen des Windes verstummte. Tiefe Ruhe kehrte ein.

Die Überreste des Hauses, das Brude und Iona gerade noch rechtzeitig erreicht hatten, waren ihre Rettung gewesen. Natürlich waren die Steinmauern nicht mehr dicht, gab es am Dach keine Grassoden und Torf mehr, die die Unbilden der Natur draußen hielten. Aber die Mauern waren noch einigermaßen stabil, und zwei Steine, die aus ihnen herausragten, bildeten so etwas wie einen Vorsprung, unter den sich die beiden Schutzsuchenden hatten kauern können.

Das Wasser war zwar von überall her gekommen und hatte den Erdboden in Schlamm verwandelt. Aber mit dem Vorsprung und ihren Ledermänteln, die sie über sich hielten, waren sie vor dem Unwetter einigermaßen geschützt gewesen.

Brude strich Iona über die nassen Locken. »Es scheint vorbei zu sein. Lass uns hinausgehen.«

Sie schmiegte sich an ihn. »Warte noch einen Augenblick.« Ihre Stimme klang dünn.

Brude merkte, dass sein Weib zu Tode erschöpft war. Wegen seiner Schwäche hatte sie die letzten Tage stark sein müssen. Doch nun, nachdem sie zum ersten Mal seit Tagen in so etwas wie Sicherheit waren, hatte Iona offenbar die Grenze dessen erreicht, was sie zu leisten vermochte. Brude wusste, dass nun wieder er gefordert war, und er wollte sich der Herausforderung stellen.

Er zog die letzten Reste des Hasen hervor und hielt sie Iona hin.

»Iss, und dann ruh dich aus.«

Sie kaute gehorsam, er selbst aß nur einen kleinen Bissen. Das Fleisch war schnell verzehrt, dann bettete Iona ihren Kopf an Brudes Brust und schloss die Augen. Sanft hielt er sie umarmt, ihr Atem wurde leiser und regelmäßiger.

Eines Tages, dachte Brude, würde seine Frau wieder in einer anständigen Bettstatt schlafen, unter dicken Fellen, ein Feuer in Reichweite, das einen mit dem Knacken der Scheite in den Schlaf wiegte, nachdem sie getrunken und sich geliebt hatten.

Es mochte dauern, aber der Tag würde kommen.

Das schwor sich der verbannte Herrscher, während seine Gemahlin ruhig in seinen Armen schlief.

Nachdem Iona aufgewacht war, wirkte sie sichtlich gestärkt, der kurze Schlaf hatte ihr gutgetan. Die beiden verließen die Nische und traten ins Freie. Gegenüber dem Gemäuer, das ihnen Schutz geboten hatte, stand eine zweite Behausung, ähnlich verfallen. Weitere Bauten gab es nicht. Wenn es welche gegeben hatte, waren sie der Zeit zum Opfer gefallen.

Der Himmel über Brude und Iona war von einem tiefen Blau. Die Sonne ließ das Eis, das sich in einiger Entfernung befand, grell erstrahlen. Am Horizont zeichnete sich eine Bergkette ab.

Brude stand einfach da, ließ sich von der Sonne das Gesicht wärmen. Es tat so gut, wie er es auch in einer seiner Geschichten nicht hätte beschreiben können. Manches konnte man eben nur fühlen und nicht erzählen.

Im Gegensatz zu den letzten Tagen wehte der Wind nicht mehr so stark. Vielleicht holte ihr alter Feind nach dem Unwetter auch nur kurz Luft, Brude wusste es nicht. Und es kümmerte ihn auch nicht. Er schloss die Augen, gab sich ganz dem Augenblick hin, der Wärme, der Sicherheit, wie lange oder kurz sie auch dauern mochte.

»Wer mag hier gewohnt haben?« Ionas Stimme klang ratlos.

Brude öffnete unwillig die Augen – wenn es nach ihm gegangen wäre, hätte er ewig so dastehen können. Für einen Moment hatte er sogar den Hunger vergessen. Den Durst hatten sie während des Sturms einigermaßen gestillt, indem sie den Regen mit den Handflächen aufgefangen und gierig getrunken hatten. Aber auch das war schon länger her. Und gegen den Hunger hatten die letzten Reste des Hasen nur wenig ausrichten können.

»Ich weiß nicht, wer das hier gebaut hat.« Brude runzelte die Stirn. »Vielleicht ...«

»Hör doch«, unterbrach ihn sein Weib und umklammerte seinen Arm.

»Was?«

»Hörst du es nicht?«

Jetzt hörte auch er es, leise zwar, aber unverkennbar. Es war das Plätschern von Wasser, kam von irgendwoher hinter dem zweiten Haus.

Sie gingen um die Mauern herum, und da lag er vor ihnen – ein schmaler Bach, der aus Richtung der weit entfernten Berge zu kommen schien. Er schnitt sich durch das gelbbraune Gras, seine Oberfläche spiegelte sich im Sonnenlicht, das Wasser gluckerte verheißungsvoll.

»Ah! Kein Ol, aber besser als die Brühe, die aus dem Eis kam.« Brude wischte sich die Wassertropfen aus seinem struppigen Bart. Neben ihm trank Iona ebenfalls mit Genuss aus dem Bach.

Brude steckte noch einmal den Kopf ins Wasser. Es

war eiskalt und brannte auf seiner Haut. Der Sohn des Wredech wusch sich das Gesicht, wusch sich die letzten Tage, die Demütigungen, die Not hinweg. Dann schüttelte er sich wie ein Bär, die langen Haare flogen. Er fühlte sich –

Gut?

Ja, gut. Sie hatten überlebt, sie hatten einen Unterschlupf, sie hatten wohlschmeckendes Wasser. Sie würden weitermachen, sie würden überleben.

Der kleine gezackte Felsen vor dem Hügel war immer noch nass vom Regen, ebenso das Gras um das Gestein. Wo nur Erde den Boden bedeckte, hatten sich Schlammlöcher gebildet. In einem dieser Löcher trieben kleine Knochen an der Oberfläche.

Die beiden Gestalten erreichten den Felsen. Eine von ihnen bückte sich, nahm einen Knochen und betrachtete ihn von allen Seiten.

»Den hat jemand erst vor Kurzem abgenagt.«

Die andere Gestalt nickte knapp.

Schlamm spritzte auf, schwere Schritte entfernten sich, dann lag der Felsen wieder ruhig da.

Ailean und Flòraidh lagen auf ihren Bäuchen im hohen, saftig grünen Gras einer Hügelkuppe und blickten auf den Strand, der sich in einer sanften Mulde vor ihnen erstreckte.

Wo der Strand ins Meer mündete, ließen die Algen, die

die Steine bedeckten, diese smaragdgrün schillern und damit wie Edelsteine wirken. Das Wasser der Brandung umspielte die Steine in langsamen Vor- und Rückwärtsbewegungen und begrub sie in kurzer Zeit völlig unter den schäumenden Spitzen der Wellen. An beiden Seiten wurde der Strand von majestätischen Felsformationen begrenzt, die weit ins Meer hineinragten, steil und unbezwingbar.

An ihrer Westseite schaukelte der dunkle Umriss eines Schiffes auf den Wellen vor Anker, den Mast umgelegt.

Flòraidh vergewisserte sich ein letztes Mal, dass sich keine Menschenseele am Strand aufhielt, dann wandte sie den Kopf zurück und imitierte mit drei gleichklingenden Pfiffen den Ruf eines Seeadlers aus ihrer Heimat. Sie blickte wieder zum Strand und wartete auf das Eintreffen der Vorhut.

Ein zufriedenes Lächeln machte sich auf ihrem vom Kampf gezeichneten Gesicht breit. Seit am Morgen entschieden worden war, dass sie mit reicher Beute wieder zurück in die Heimat segeln würden, war ein spürbarer Ruck durch alle Krieger gegangen. Vorbei war die Zeit der Ungewissheit, was der nächste Tag bringen würde, wie man den kommenden Winter überleben könnte und welch Unheil die kommenden Jahre bringen würden. So aufregend noch vor kurzer Zeit der Gedanke daran war, das Altbekannte hinter sich zu lassen und ins Neue, Unbekannte aufzubrechen, so alles verschlingend war nun die Verlockung, wieder so zu leben, wie man es kannte, und dort zu sein, wo die Natur der einzige Gegner war, der sich einem in den Weg stellte. Immerhin kamen sie nicht mit leeren Händen zurück – sie brachten Proviant,

Waffen und Gold. Und sie hatten die Gewissheit, dass sie mit dem Schiff jederzeit erneut aufbrechen konnten, um zu erkaufen oder zu erstreiten, was sie benötigten.

Plötzlich bemerkte Flòraidh, wie sich eine kleine Gruppe von Kriegern am Rande der westlichen Felsformation entlang Richtung Strand schlich, angeführt von Kineth. Bevor sie aufgebrochen waren, hatte er den alten Priester laut von dem Papier, das der Bote bei sich trug, lesen lassen – und tatsächlich hatte der Bote Wort gehalten und nichts ausgelassen oder hinzugedichtet. Daraufhin hatte Kineth ihn und den Priester bei ihrem Auszug aus der Festung laufen lassen, da weder er noch sonst irgendjemand einen Sinn darin sah, die beiden zu töten. Was hätten sie schon ausrichten können, wen alarmieren? Die Besatzer der Festung waren geschlagen und vermutlich in alle Winde zerstreut, und sie selbst würden bereits am nächsten Morgen in See stechen.

»Was ist da los?« Aileans Worte rissen Flòraidh aus ihren Gedanken. Sie sah zu ihrer Überraschung, dass die Vorhut angehalten hatte. Irgendetwas schien dort unten nicht zu stimmen. Unwillkürlich griff die Kriegerin zum Knauf ihres Schwertes.

Kineth, Unen und Bree waren die Ersten, die den Strand erreichten. Vor ihnen wiegte sich das Schiff in den auslaufenden Wellen, genau wie sie es verlassen hatten. Beim Anblick der grün glitzernden Steine in der Brandung musste Kineth unbewusst schmunzeln. Zu genau hatte er noch das Bild vor Augen, wie Moirrey trotz Egills Warnung an den Strand gelaufen und auf den spiegelglatten Algen ausgerutscht war, als würde ihr ein unsichtbarer

Gegner die Füße wegfegen. Ihr Fluchen, während sie sich den schmerzenden Hintern rieb, hatte sie alle die folgenden Tage begleitet.

Doch es war nicht die Erinnerung an ihre Landung, die Kineth innehalten ließ, es war etwas anderes. Zuerst war es kaum wahrnehmbar, aber dann wurde es unüberhörbar – seltsam hallende Laute, von denen es unmöglich war zu sagen, woher sie kamen oder wer sie machte.

Verwundert sahen sich nun auch Unen und Bree um, während fünf weitere Krieger zu ihnen stießen.

Wieder ein seltsam klingender, klagender Laut.

Ein unbekanntes Tier?

Kineth versuchte zu erkennen, ob ihnen womöglich jemand eine Falle stellte. In einiger Entfernung zu den Steinen war eine Feuerstelle im Sand, davor klaffte eine schmale, mehrere Mann hohe Spalte im Fels. Ob die Geräusche von dort kamen?

Die Klagelaute verdammter Seelen, die irgendwo jämmerlich ersoffen sind und hier aus dem Fels dringen?

Kineth schüttelte seinen Kopf, als wollte er damit die Gedanken vertreiben. Er konzentrierte sich, versuchte sich einen Überblick zu verschaffen. Das Schiff schien unbemannt, die Feuerstelle erkaltet. Aber wo war die Wache, die sie zurückgelassen hatten – wo war Goraidh?

Erneut schwoll ein Stöhnen an, grauenvoll, schmerzverzerrt ...

»Was zur Hölle mag das sein?«, flüsterte Kineth Unen zu, der hinter ihm stand.

»Ich ...« Der alte Krieger machte keine Anstalten, seine Furcht zu verbergen. »Ich habe so etwas Schauerliches noch nie gehört.«

Bedacht darauf, keinen Laut zu machen, zog Kineth sein Schwert aus der Scheide. Den Männern hinter sich gab er das Zeichen, ihm nicht zu folgen. Er blickte wieder nach vorn, fixierte die Spalte im Fels, die ihm auf einmal vorkam wie das Tor zum ewigen Fegefeuer, vor dem Beacán immer gewarnt hatte.

Dann stürmte er los.

Kineth spürte, wie sein Herz wild zu schlagen begann. Ihm war heiß und kalt zugleich, während das Unbekannte immer näher kam, und mit ihm die markerschütternden Laute. Als er die Felskante erreicht hatte, hielt er kurz inne. Tatsächlich kamen die Laute von dort. Kineth fasste all seinen Mut zusammen. In Erwartung des Unaussprechlichen machte er die ersten Schritte in den Spalt – und blieb wie angewurzelt stehen. Er riss die Augen auf, konnte nicht glauben, was er sah.

Augenblicke später hatten Unen und Bree ihn eingeholt, die Waffen gezückt. Sie starrten ebenfalls in die Dunkelheit, versuchten zu erkennen, worauf Kineth ungläubig starrte.

Der Spalt im Fels bildete einen Durchgang zu einem weiteren Strand. In seiner Mitte verbreiterte sich der Durchgang zu einer kleinen Höhle, deren Boden mit allerlei Tierfellen und Häuten bedeckt war.

Und auf ihnen Goraidh, der sich leidenschaftlich mit einer unbekannten Frau vergnügte, die eben diese Laute von sich gab. Hier in der Höhle klangen sie jedoch weder unheimlich noch Angst einflößend, sondern fordernd und lusterfüllt. Vermutlich trug sie der Wind, der unaufhörlich durch die Felsspalte fegte, mit nach draußen und machte aus ihnen jene geisterhaften Geräusche. Und vermutlich war er es auch, der die Ankunft von Kineth und den anderen vor Goraidhs Ohren verbarg.

Schließlich war es Unen, der dem Treiben ein jähes Ende setzte. Er schlug mit seinem Schwert auf Kineths Klinge und brüllte los. »Was verdammt noch mal geht hier vor, Goraidh, Sohn des Cimoiod?«

Goraidh wirbelte herum, einen Ausdruck im Gesicht wie ein Junge, den die Mutter erwischt hatte, wie er an sich Hand anlegte. Sein Blick schoss von einem seiner Kameraden zum nächsten, sein Mund stand offen, unfähig, einen Ton von sich zu geben.

»Du solltest hierbleiben und beim verfluchten Schiff Wache stehen!«, donnerte Unen. »Und nicht in einer Höhle deinen Mann! Her mit dir, und nimm das Weibsstück mit!«

Bree schielte auf Goraidhs Schwanz, der während Unens Donnerwetter erheblich an Größe eingebüßt hatte. »Mach dir nichts draus«, sagte sie grinsend. »*Damit* hätte kein Weib ihre Freude.«

Der Rest der Krieger hatte sich vor dem Felsspalt versammelt, nur eine Handvoll Wachen flankierten neben Ailean und Flòraidh die Felsen über ihnen. Goraidh hatte sich sein Hemd aus Leinen übergezogen und stand nun barfuß vor Kineth, das Gesicht krebsrot. Hinter ihm stand die Frau, die eben noch unter ihm gelegen hatte. In ein Fell gehüllt, starrte sie mit weit aufgerissenen Augen die Krieger an, als würde sie eine unbekannte Tierart betrachten. Trotz ihrer verfilzten braunen Haare und der ledrigen Haut, die sie älter aussehen ließ, als sie vermutlich war, machte sie keinen feindseligen Eindruck und schien sich ihrerseits auch nicht vor dem Haufen Krieger zu fürchten, der rund um sie stand.

Goraidh betrachtete seine Kameraden, sah von einer Wunde zur anderen, von einem Verband zum nächsten. »Ihr ... seht furchtbar aus. Was ist mit euch geschehen?«

»Schnauze!« Unen schäumte noch immer vor Zorn. Er hatte kein Verständnis dafür, wenn jemand seinen Posten verließ. »Die Frage ist: Was ist *hier* los? Warum bewachst du nicht das Schiff?«

»Ihr wisst doch selbst, dass ich allein hier nichts ausrichten kann«, begann Goraidh kleinlaut und wischte sich die verschwitzten Haare aus dem Gesicht. »Ihr habt mich doch hiergelassen, damit ich sicherstelle, dass unser Schiff geschützt vor Anker liegt. Und genau das habe ich getan.«

»Und wenn wir nun feindliche Krieger gewesen wären, was dann? Und glaube mir, von denen gibt es hier genug!« Unen ballte die Fäuste, aber Kineth gab ihm mit einem Zeichen zu verstehen, dass er sich beruhigen sollte. Der Hüne schnaubte noch einmal, dann drehte er sich um, verließ den Kreis der Krieger und stapfte zum Meer.

Kineth besah sich die Frau genauer, die hinter Goraidh stand, und sie erwiderte mit einem Mal seinen Blick.

»Ich frage dich noch mal in aller Ruhe: Was ist hier vorgefallen?«

»Nachdem ihr weg wart«, begann Goraidh, »habe ich zunächst nach einem Unterschlupf gesucht. Diese Höhle war trocken, und an das seltsame Heulen des Windes, der auch dann durch sie zog, wenn es draußen windstill war, hatte ich mich schnell gewöhnt. Tagsüber bin ich meine Runden am Strand und in der unmittelbaren Umgebung gegangen, in der Nacht habe ich mich in die Höhle zurückgezogen und von dort aus die Bucht beobachtet. Wären Feinde gekommen, wäre ich schnell durch den Spalt im Felsen auf den angrenzenden Strand gelangt, von dem aus ich dann gesehen hätte, wer gekommen war oder was derjenige vorgehabt hätte.«

»So schnell, wie du eben getürmt bist?«, warf Bree ein.

Goraidh verstand nicht.

»Nämlich überhaupt nicht, weil du das Weib da in Arbeit hattest!«

»Es ist anders, als ihr denkt«, rechtfertigte sich der junge Mann.

Kineth zog eine Augenbraue nach oben. »Da bin ich aber gespannt.«

Goraidh nickte eifrig. »Ich bin also meine Runden gegangen und habe dabei nichts und niemand entdeckt, nicht einmal einen Weg oder Pfad, geschweige denn eine Behausung. Es war, als wäre ich weit und breit der einzige Mensch gewesen. Als ich eines Nachts wieder in der Höhle saß und hinaus in den Sternenhimmel blickte, waren sie plötzlich da.« Er machte eine kurze Pause. Dann drehte er sich um und deutete auf die Frau. »Ihre Leute waren plötzlich da. Alte Männer, spärlich bewaffnet, aber eben auch Weiber. Weder haben sie mich bedroht, noch machten sie den Eindruck, als würden sie mir nach dem Leben trachten, im Gegenteil – nach kurzer Zeit bewunderten sie meine Bemalungen und strichen darüber, als würden sie über ein kostbares Metall streichen.« Er lachte auf.

Kineth und die anderen stutzten. Die Blicke wanderten nun zu der Frau im Fell, die leicht eingeschüchtert nickte.

»Versteht ihr nicht?«, sagte Goraidh. »Sie halten uns für die zur Erde gekommenen Geister ihrer Vorfahren, nennen uns die Ath-Sealghaìrean. Für Jäger, die aus gutem Grund zurückgekehrt sind.«

Kineth suchte nach den richtigen Worten. Er hatte mit vielem gerechnet: einer halbherzigen Lüge, einer durchdachten Ausrede – aber *das*?

»Und was für ein Grund mag das sein, aus dem wir zurückgekehrt sind?«

»Nun, ich habe ihnen gesagt, weshalb wir hier sind.« Goraidh schmunzelte schelmisch. »Um zu vollenden, wozu ihre Vorfahren nicht mehr imstande waren. Um die Ehre unseres Volkes wiederherzustellen.«

Kineth dämmerte, worauf Goraidh hinauswollte. »Und dafür ...«

»Und dafür haben sie mich mit allem versorgt, wonach ich verlangte.« Er strich der Frau über die Wange. »Catriona hier und manch andere auch, wonach ich nicht verlangte.«

Bree setzte eine gespielt süßliche Miene auf. »Ist es wahr?«

»Für die Ath-Sealghaìrean«, sagte Catriona in einem fremdartig rauen, aber doch verständlichen Dialekt und drückte Goraidh an sich.

Der wurde ernst. »Das heißt aber nicht nur für mich. Für uns alle. Und ihr seht aus, als könntet ihr etwas Zuwendung brauchen.«

Kineth blickte in die Gesichter seiner Krieger. Es überraschte ihn nicht, dass so gut wie jeder den Eindruck erweckte, als wollte er jene Menschen kennenlernen, die sie als Geister verehrten. Und gleichzeitig Goraidh dafür eine reinhauen, weil der eine ruhige Kugel hatte schieben dürfen.

»Wie weit ist euer Dorf von hier entfernt?« Bree musterte die Frau sorgfältig.

»Nicht weit, gar nicht weit«, entgegnete Catriona, bemüht, ihre Aufregung zu verbergen. »Kommt mit. Es ist mir eine Ehre, euch dem Dorfältesten vorzustellen.«

Kineth verdrehte die Augen. »Dann los.«

Der Tag war im Nu vergangen, dachte Caitt und stützte seinen Kopf auf die rechte Hand. Der Krieger hatte nichts anderes getan, als alleine in der Wirtstube zu sitzen, gelegentlich einen Happen Roggenbrot mit ein paar Stücken frisch gebratenem Pferdefleisch zu essen und ein Ale nach dem anderen zu trinken. Selbst auf den Rat der Wirtin, doch kurz einmal den Kopf in die frische Luft zu hängen, hatte er nur mit einer patzigen Handbewegung reagiert. Was wusste sie schon von den Sorgen, die ihn plagten?

Die Nacht hatte er unruhig verbracht, schwitzend und von Albträumen begleitet. Immer wieder waren Kineth und Ailean vor ihn getreten, hatten ihm Beschuldigungen an den Kopf geworfen, ihn ausgelacht und davongejagt. Immer wieder hatte Caitt an sich hinuntergesehen, seinen ausgestreckten Arm mit dem Dolch in der Hand, der im Leib von Dànaidh steckte. Und jedes Mal, wenn er ihn herausgezogen hatte, war ein gewaltiger Blutschwall aus der Wunde geschossen, der die Welt um ihn herum ertränkt hatte. Nur ihm selbst war es nicht vergönnt gewesen zu ertrinken. Er hatte das Blut geschluckt, es wieder ausgespien und war kurz vor dem Eintreten des erlösenden Todes aufgewacht.

Beim ersten Hahnenschrei war er bereits in der Stube gewesen und hatte sich von Líadáin, die ihm seit dem letzten Bad mit etwas mehr Kühle begegnete, den ersten Becher Ale bringen lassen.

Allmählich war es draußen heller und betriebsamer geworden, und irgendwann wieder dunkler. Nun überschlugen sich die Gedanken in Caitts Kopf, schienen an unsichtbaren Wänden abzuprallen und wieder zurückzukommen. Und noch ein Gefühl machte sich in ihm breit. Etwas, das ihm sagte, dass es Zeit war weiterzuziehen.

Die Augen nur noch halb offen, sah er, wie Líadáin hinter der Theke einen verstohlenen Schluck aus einem Trinkschlauch nahm, den sie schnell wieder verschloss. Dann nahm sie etwas aus einem kleinen Lederbeutel und schob es sich in den Mund.

»Was versteckst du da vor mir, Süße?«, rief Caitt mit schwerer Zunge.

Die Frau des Wirts kicherte, ihr Groll auf den Krieger schien verflogen zu sein. Sie eilte zu ihm, den Beutel in der Hand. »Traumpilzchen. Floin will aber nicht, dass ich sie den Gästen anbiete.«

»Ach nein?«, gab sich Caitt gespielt empört und zog Líadáin ruckartig am Kittel, dass sie neben ihm auf der Bank zu sitzen kam. »Mir wirst du doch einen Happen nicht verweigern, oder?«

Ohne auf eine Antwort zu warten, entriss er der Frau den Beutel, öffnete ihn und nahm einen kleinen getrockneten Pilz mit spitzkegeliger Kappe heraus. »Was ist an dem so traumhaft?«

Statt einer Antwort schob Líadáin Caitt den Pilz in den Mund. Er biss auf die Pflanze, die ledrig war und bitter schmeckte, dann schluckte er sie hinunter.

Der Krieger wartete, ob er etwas spürte.

Nichts.

Daraufhin hielt er den Beutel wieder Líadáin hin, die jedoch den Kopf schüttelte. »Man darf nicht zu viele essen, sonst wird es kein schöner Traum.« Ihr Blick fiel auf das Ale am Tisch.

Caitt drückte íhren Busen. »Nur zu!«

Líadáin trank mehrere große Schlucke, als wäre sie dem Verdursten nahe gewesen. Sie setzte ab, grinste den Krieger an.

»Ich glaub, ich brauch erneut ein Bad«, sagte dieser langsam.

»Ich werde aber nicht mehr das Wasser saufen, verstanden?« Ihre Miene wurde ernst.

»War doch nur ein Spaß ... nein, das Einzige, was wir heute noch saufen, ist das da!« Er nahm ihr den Becher aus der Hand, der beinahe leer war, und hielt ihn demonstrativ in die Höhe.

»Floin! Floin!«

Líadáin sprang auf. Hastig zupfte sie sich die Kleidung zurecht, während der Wirt behäbig um die Ecke schlurfte und sich die schlaftrunkenen Augen rieb.

»Floin, ich möchte heute noch einmal einen ganz besonderen Abend erleben«, sagte der Krieger überschwänglich.

Der Wirt sah ihn ungläubig an. »Noch besonderer als

die letzten beiden Abende? Was stellt Ihr Euch vor? Soll ich Euch einen Drachen einfangen?«

Caitt lachte schallend auf. »Das, oder du hörst zu, was ich dir sage: den größten Zuber, den du hast, voll mit heißem Wasser, die wunderschöne Gesellschaft von gestern, eine weitere Schönheit aus dem Dorf und so viel Gesöff, wie ich und die Weiber trinken mögen. Und mehr *davon*.« Caitt hielt den Beutel in die Höhe.

Der Wirt warf seiner Frau einen giftigen Blick zu, was wohl eher an den Pilzen als dem Begehr des Fremden an ihrem Körper lag. Diese erwiderte den Blick trotzig.

Floin rieb sich die Nase. »Nun ja, Freund, Eure Anzahlung reicht dafür aber nicht mehr.«

Ohne zu überlegen, zog sich der Krieger einen der goldenen Ringe von der Hand und knallte ihn auf den Tisch.

»Und wie ist es jetzt? Kriege ich jetzt verdammt noch mal alles, was ich will?«

Flink wie ein Eichhörnchen, das eine Nuss einsammelt, griff sich Floin das Schmuckstück und ließ es in einen Ledersack an seinem Gürtel gleiten.

»Das und noch viel mehr, Freund!«, tönte der Wirt und eilte davon.

Caitt lehnte sich zurück und verschränkte gebieterisch die Hände hinter dem Kopf. »Man muss nur freundlich mit den Leuten sein, dann verstehen sie, was man will«, sagte er zu Líadáin.

Floin kehrte mit einem vollen Becher Ale zurück, stellte ihn vor Caitt ab und eilte wieder davon. Der nahm das Getränk und drückte es Líadáin an die Lippen. Dann kippte er den Becher, sodass sich ihr Mund schneller füllte, als sie schlucken konnte. Das Gebräu ergoss sich über ihr Kleid, rann in den Spalt zwischen ihren Brüsten. Caitt setzte ab, aß noch einen Pilz und begann danach, ihr das Ale von der Haut zu lecken.

Floin brachte einen weiteren vollen Becher, den Líadáin dem Krieger reichte. Und noch einen. Immer und immer wieder, dazu Pilze, bis das Bad –

Auf einmal stand Caitt nackt inmitten des dunstigen Raums. Muirín und Líadáin, beide ebenfalls nackt, hatten sich links und rechts an ihn geschmiegt, als eine dritte Frau den Raum betrat. Sie schien nur ein wenig jünger als Caitt zu sein, ihre kurzen blonden Haare waren verfilzt, die Wangen eingefallen. Nachdem sie sich ihrer Kleider entledigt hatte, erschien dem Krieger ihr ausgezehrter Körper wenig begehrenswert. Die dreiste Art, wie sie ihn anschaute, jedoch schon eher –

Nicht enden wollendes Gelächter. Leiber, die sich aneinanderrieben ... feucht, lüstern, fordernd, und –

Caitt schlug am Steinboden auf. War er aus der Wanne gefallen? Ein kurzer Aufschrei der Weiber, gefolgt von mehr Gelächter, dann helfende Hände –

Stoßartige Bewegungen, brennend. Der Blick auf den Rücken der einen, von hinten der Druck des fülligen Körpers der anderen. Eine Dritte, die sich mit beiden Händen zwischen den Schenkeln entlangstrich und –

Ale, das Caitt aus dem Mund sprudelte und einer anderen in den Mund lief. Noch ein Pilz. Gier. Euphorie –

Caitt wirbelte herum.

Wo war er? Was war geschehen? Wo waren die drei Weiber?

Er rutschte auf dem glitschigen Steinboden aus, fiel

wieder hin. Kälte umfing ihn, die Stille war ohrenbetäubend. Warum klebte das Wasser an seinem Körper? Warum war es so dunkel?

Der Krieger sprang erneut auf, hielt sich nur schwankend auf beiden Beinen. Er tastete sich ab, sein Körper schien unversehrt zu sein. Alles um ihn herum drehte sich, seine Sicht war verschwommen, eigenartig, wabernd. Er presste die Augen zu Schlitzen, zwang sich, irgendetwas zu erkennen. Er erblickte den Zuber, mit spiegelglattem Wasser.

Ein Poltern, von draußen.

Caitt packte mit der einen Hand sein Hemd, mit der anderen umfasste er den Griff seines Schwerts, zog ruckartig daran. Dann stürzte er aus dem Raum.

Floin kam ihm in der Stube entgegen, das feiste Gesicht höhnisch verzerrt, ein wahnsinniges Blitzen in den Augen. Was hatte ihn so aufgebracht? Der Wirt holte mit der einen Hand aus. Ein todbringender Schlag. Aber Caitt kam ihm zuvor. Der massige Körper des Wirts fiel schwer zu Boden. Jetzt quiekte Floin wie ein abgestochenes Schwein, versuchte, sich die klaffende Halswunde zuzudrücken.

Caitt spuckte ihm verächtlich ins Gesicht. Eine niederträchtige Sau wie er hatte nichts anderes verdient.

Dann sah Caitt etwas am Gürtel des Wirts, war für einen Augenblick klar im Kopf: Es war der Beutel, in dem der Wirt seinen Goldring verstaut hatte. Er riss ihn an sich und stürmte aus der Schenke.

Ohne sich noch einmal umzudrehen, verschwand er nackt in der Schwärze der Nacht.

Brude und Iona durchstöberten die beiden Häuser, die halb in den Boden gegraben waren, wie die Häuser in ihrem Dorf. Es gab Überreste von Feuerstellen, einige verrottete Häute, Teile von Kesseln und Bruchstücke von Werkzeugen. Iona fand auch ein seltsames Messer – die Klinge sah aus wie ein Fisch, an dessen Rücken der Griff angebracht war. Es schien sich nicht so sehr um eine Waffe als eher um ein Werkzeug zu handeln. Ein Teil der Klinge war abgebrochen, Iona nahm das Messer trotzdem mit.

Aber ansonsten waren die Hütten leer. Merkwürdig waren allein die tiefen Kratzer, fünf nebeneinander, die sich in unregelmäßigen Abständen auf einigen der Steinmauern abzeichneten. Doch wie so vieles an diesem verlassenen Ort blieb auch das rätselhaft.

Brude kratzte sich den Bart, während er die Ruine verließ. »Wer auch immer hier gelebt hat, ist schon lange fort.«

»Aber *wir* müssen nicht mehr fliehen.« Iona nahm seine Hand. »Wir haben Wasser, wir können uns mit den Resten der Steine einen Unterschlupf bauen. Und wir werden es schaffen zu jagen. Bis der Winter kommt, werden wir genug Vorräte haben.«

»Das werden wir.«

Nicht weit von ihnen hörten sie das schrille Kreischen eines Vogels. Brude blickte beiläufig hin, dabei fiel ihm etwas auf.

Eine kaum wahrnehmbare Linie im Gras zog sich von den Häusern zum Eis. Brude formte die Augen zu Schlitzen, dann stapfte er darauf zu. Iona ging ihm hinterher.

Es war ein Pfad, gewissenhaft mit Steinen gelegt, die mittlerweile fast völlig vom Gras überwachsen waren. Pfeilgerade bohrte er sich in Richtung der Eismassen.

Die beiden Verstoßenen hatten das Eis schon fast erreicht, als der Pfad in ein schmales Geröllfeld mündete, das sich neben den schmutzig grauen, riesigen Eiswänden in beide Richtungen ausbreitete.

Iona war verärgert. »Hier endet der Weg?«

Brude ließ seinen Blick prüfend über das Geröll gleiten, dann weiter, die Eiswand hinauf.

War da ein dunkler Schatten?

Brude überquerte das Feld, ging näher auf den Schatten zu, der in etwa zwanzig Schritt Höhe lag. Aber immer noch konnte er nichts Genaues erkennen.

»Wir sollten wieder zurück und versuchen, etwas Essbares zu finden.« Ionas Stimme klang ungeduldig.

Brude antwortete nicht, sondern suchte fieberhaft die Wand ab. Dann hatte er entdeckt, wonach er gesucht hatte. »Da!« Er deutete auf die Wand.

Jetzt sah auch Iona, was er sah: In die Eiswand waren schmale Tritte geschlagen, fast nicht zu erkennen. Und sie führten unzweifelhaft zu dem Schatten hinauf.

Die Tritte waren früher mit Sicherheit größer gewesen, dachte Brude, denn nun boten sie kaum Halt und waren spiegelglatt. Aber wer immer sie angelegt hatte war so klug gewesen, sie schräg ins Eis zu schlagen, sodass man trotzdem Halt fand. Dennoch war der Aufstieg gefährlich, und Brude und Iona mussten darauf achten, nicht abzurutschen.

Als die beiden das Ende der Tritte erreicht hatten, erkannten sie, dass der »Schatten« eine mannshohe Spalte im Eis war, sorgfältig mit aufeinandergetürmten Steinen verschlossen. Darüber zog sich eine dünne Schicht aus Eis.

Brude strich mit der Hand prüfend über die spiegelglatte Fläche. »Soll das ein Zugang sein?«

Iona zuckte mit den Schultern.

Daraufhin schlug Brude mit der Faust mehrmals dagegen, aber erfolglos – das Eis hatte nicht einmal Sprünge davongetragen.

»Lass es mich versuchen.« Iona zog das Messer heraus, das sie aus der Behausung mitgenommen hatte, und hieb auf das Eis ein. Es dauerte eine Weile, aber schließlich zogen sich feine Risse über die Oberfläche. Schon bald gelang es Iona, erste Stücke des Eises herauszubrechen und einige Steine dahinter freizulegen.

Brude trat neben sie, schlug mit der Handfläche auf das Mauerwerk. Ein Stein wackelte. Daraufhin zog der Krieger daran, so fest er konnte – und hatte ihn mit einem Mal in der Hand. Brude und seine Gemahlin tauschten überraschte Blicke. Dann lugte Iona in die Lücke.

Dunkelheit. Die Dunkelheit einer Höhle. Und eisige Kälte, die Iona ins Gesicht schlug.

Als sie die letzten Steine entfernt hatten, strömte noch mehr eiskalte Luft aus dem Inneren der Spalte. Brude und Iona zögerten kurz, dann traten sie ein.

Um gleich darauf überwältigt stehen zu bleiben.

Vor ihnen tat sich eine Höhle auf, die Wände und Decke aus Eis, der Boden mit losen Steinen bedeckt. Das Licht, das durch die Spalte hereinfiel, brach sich an den Wänden, ließ sie in Farben von Weiß bis Nachtblau schimmern, gleich einem Edelstein. Ihre Oberfläche war jedoch schartig, wie der gefrorene Schuppenpanzer eines urzeitlichen Reptils. Teile des Reptils blieben im Dunkeln verborgen, denn die Höhle war so groß wie Brudes Halle in Dùn Tìle, und das Tageslicht vermochte nicht in jeden Schatten zu kriechen.

Es war so kalt, dass die beiden Eindringlinge sofort zu zittern begannen. Aber sie verschwendeten keinen Gedanken daran, gingen weiter in die Höhle hinein. Sie sprachen kein Wort, trachteten danach, den rätselhaften Ort mit allen Sinnen in sich aufzunehmen.

Überall an den Wänden waren Zeichnungen ins Eis gemeißelt, mit breiten Linien, die mit kleinen Steinen gefüllt waren, sodass sich Bilder ergaben, grobflächig und fremdartig, aber eindeutig als Menschen und Tiere erkennbar.

Gegenüber dem Eingang war der knöcherne Schädel eines riesigen Tieres an der Wand befestigt, darunter lag ein breiter Steinhaufen. Der Schädel war unzweifelhaft der eines Eisbären, auch wenn Brude noch nie einen so großen gesehen hatte. Andererseits waren er und seine Krieger auch nur sehr selten auf dieses Raubtier getroffen, das letzte Mal vor einigen Jahren. Der Bär war über sie hergefallen, sie hatten sich trotz ihrer Waffen nur mit Mühe retten können. Die Bestie hatte drei Männer mit ihren Krallen getötet und war anschließend zum Glück verschwunden, und –

Krallen.

Brude durchfuhr es blitzartig.

Fünf tiefe Kratzer, in den Steinen der verfallenen Häuser. Konnte es das sein? War irgendwann ein Eisbär über diejenigen hergefallen, die dort unten gelebt hatten? Aber wie hatten sie es geschafft, das Tier zu töten, wenn es ihm selbst und seinen Männern damals nicht gelungen war?

Brude trat näher zu dem Schädel. Darüber, das sah er erst jetzt, war eine Lanze an der Wand angebracht. Sie lag auf mehreren Metallstiften, die ins Eis getrieben waren. Brude machte einige Schritte auf den Steinhaufen, streckte sich und nahm die Lanze herunter. Sie war schwer, die Spitze bestand aus einem dunklen, fremdartigen Metall, das er noch nie gesehen hatte.

Plötzlich spürte er, wie ein Stein unter seinem linken Fuß nachgab. Er taumelte kurz, dann hatte er sich wieder gefangen.

»Sieh nur!« Iona zeigte neben seinen Fuß, wo etwas zwischen den Steinen herausragte. Sie kniete sich hin und zog daran. Ein Teil eines Robbenfells kam zum Vorschein. Iona begann, die Steine zur Seite zu räumen, Brude half ihr dabei.

Schließlich legten sie sieben Bündel frei, vier davon mannsgroß, drei etwas kleiner, alle in dicke Robbenfelle gewickelt. Iona entrollte eines der größeren Bündel, darunter kam eine weitere Schicht aus Leder zum Vorschein.

»Die Felle sind noch in gutem Zustand«, bemerkte Brude zufrieden.

Iona antwortete nicht. Sie schnitt die Lederhaut mit ihrem Messer auf, stülpte sie zurück.

Und sah sich einem eingefallenen Gesicht gegenüber, dessen Mund in einem stummen, verzweifelten Schrei geöffnet war.

Die Überreste der beiden kreisrunden Häuser lagen stumm im Boden. Der Bach gluckerte. Die letzten Reste des Regens versickerten im Erdreich.

Nichts störte die Ruhe des Ortes.

Nichts bis auf die beiden Gestalten, die den Hügel herabgestiegen kamen und sich mit gezogenen Schwertern zielstrebig auf die eingestürzten Mauern zubewegten ...

Die Krieger rund um Kineth hatten die Ochsen von den Karren abgespannt und in der Nähe unter einer Gruppe Bäume grasen lassen. Die Waren lagen in kleineren Höhlen versteckt, die in den Felsen rund um den Strand klafften. Eine Handvoll Krieger blieb als Wachen und Hüter der Tiere zurück, ebenso die Verwundeten. Der Großteil der Männer und Frauen jedoch hatte sich zu jenem Dorf aufgemacht, von dem Goraidh so begeistert erzählt hatte.

Zunächst mussten sie sich aber einer nach dem anderen durch den engen Spalt im Fels drängen, der die beiden Abschnitte des Strandes verband.

Von dort waren sie die steinige Küste entlangmarschiert, die von steilen Felswänden gesäumt war. Bei Anbruch des Abends erreichten die Krieger unter Catrionas Führung schließlich ein kleines Dorf, das, umringt von morschen Palisaden wie auf einem felsigen Podest dastand. Das Gestade davor verlief flach ins Meer, wobei Dutzende Buhnen[6] in den sandigen Boden gerammt waren. Die Pfähle erinnerten in ihrer Formenvielfalt an einen verwachsenen Wald, der keine Blätter trug. Am Ende des Strandes ragten ein Dutzend hölzerne Stege ins Wasser, an die einige Boote festgebunden waren.

Die Hütten bestanden aus geschwärztem Holz, zwischen einigen waren Fischernetze gespannt, vor anderen lagen Riemen, Tröge und Reusen, auf denen graubraun gefiederte Raubmöwen laut schreiend Platz genommen hatten. Das Ganze erweckte den Eindruck, als hätte ein Unwetter alles, was der Mensch im Meer gelassen hatte, hier an Land gespült, und das schon seit Generationen.

Je näher die Krieger den Hütten kamen, desto stärker wurde der stechende Geruch nach getrocknetem Fisch.

Zuerst schien das Dorf menschenleer, dann traten zögerlich die ersten Einwohner vor ihre Hütten und verharrten, als würden sie nicht glauben, was sie sahen – über zwei Dutzend Männer und Frauen kamen auf sie zu, die eine ähnliche Hautbemalung hatten wie jener Ath-Sealghaìr, der seit Kurzem in der Felsspalte hauste.

Catriona winkte ihren Leuten und rief ihnen etwas in einem Dialekt zu, den Kineth und die anderen nicht verstanden. Nun kamen die Dorfbewohner den Kriegern entgegen, Kinder liefen laut schreiend vor Freude voraus. Als sie Kineth erreichten, versammelten sie sich um ihn, rieben mit Handflächen und Fingern über die Muster und Formen in seiner Haut, als wollten sie sich überzeugen, dass diese nicht einfach aufgemalt waren.

---

6   Holzpfähle zum Brechen der Strömung

»Wer hätte gedacht, dass uns in diesem Land noch jemand willkommen heißt«, sagte Ailean trocken.

»Vielleicht wollen sie uns ja fressen«, scherzte Elpin.

»An dir findet bestimmt kein Mann Geschmack«, gab Flòraidh zurück.

»Und an dir nur die Weiber.«

Goraidh schlug Elpin mit der flachen Hand auf den Hinterkopf und zischte: »Macht so weiter, dann verlieren sie auch noch den letzten Funken an Respekt, ihr Narren. Denkt dran, wir sind die zu Leib gewordenen Vorfahren ihres Volkes. Also benehmt euch auch dementsprechend.«

Elpin zwinkerte Flòraidh herausfordernd zu, die ihm als Antwort die geballte Faust entgegenreckte. Aber beiden war klar, dass Goraidh recht hatte.

Nun standen sich die beiden Gruppen gegenüber. Und obwohl sie äußerlich nicht verschiedener sein konnten – die einen bewaffnet, ihre Körper übersät mit Blessuren und Bandagen, die anderen friedfertig, die Haut von Wind und Wetter gegerbt, die Hände vom Fischfang so rau wie brüchiges Leder –, herrschte doch eine seltsame Vertrautheit. Aus der Mitte der Fischer humpelte ein gebeugter, hagerer alter Mann, dessen linker Fuß steif war. Das schüttere Haar trug er zu einem dünnen Zopf geflochten, seine Unterlippe hing ob der fehlenden Zähne schlaff herab. Die Rechte hatte er auf einen knorrigen Stock gestützt, die Linke zum Gruß gehoben.

»Seid willkommen, Ath-Sealghaìrean«, lispelte er mit einem ähnlich fremdartigen Dialekt wie Catriona und versprühte dabei nicht wenig Spucke. »Mein Name ist Irb. Ich kann die Freude, euch zu sehen, kaum in Worte fassen ... ich –« Der Alte ergriff Kineths Hand, senkte tief das Haupt und versuchte, in die Knie zu gehen. »Dass ihr nach all den Monden zu uns kommt ...«

Kineth ignorierte den Schmerz in seinem Finger. Die Geste des alten Mannes war ihm jedoch aufgrund ihrer Unterwürfigkeit zutiefst unangenehm. Nicht, dass er es nicht genoss, zur Abwechslung mit ehrlicher Freude statt mit Misstrauen und gezogenen Waffen empfangen zu werden, aber dies ging ihm zu weit. Er griff dem Alten unter die Arme und richtete ihn auf.

»Die Ehre ist ganz auf unserer Seite«, sprach er und meinte es so. »Und wir haben ein Fass Ale und etwas zu essen mitgebracht.« Kineth gab ein Zeichen, woraufhin Unen ein Fass zu ihm rollte und ein anderer Krieger einen Weidenkorb voll getrocknetem Fleisch darauf abstellte. Der Alte sah aus, als hätte er einen Goldschatz erblickt. Die restlichen Bewohner des Fischerdorfes strahlten ebenfalls vor Freude.

»Dann kommt, bitte«, sagte er. »Kommt alle! Unsere Hütten sind die euren.«

Einer der Fischer begann auf seiner Flöte eine schwungvolle Melodie zu spielen. Die Krieger und die Leute aus dem Dorf mischten sich untereinander und erweckten den Eindruck, als hätten sie sich seit Jahren endlich wiedergefunden und nun eine Menge Abenteuerliches zu erzählen.

Mit der Kühle des anbrechenden Abends verschwanden sie nach und nach in den einzelnen Hütten, aus denen alsbald der Schein von Feuer flackerte und Gelächter drang. So laut, dass es nicht einmal die Brandung zu übertönen vermochte.

Irb hatte Ailean und Kineth in seine Hütte gebeten, da es im Dorf kein Gemeinschaftshaus oder ein ähnlich großes Bauwerk gab, um alle zu versammeln. Das Innere der Behausung beherbergte gerade das Nötigste, was der Alte zum Leben brauchte – einen hölzernen Eimer, eine mit Schnitzereien verzierte Truhe, der irgendwann der Deckel abhandengekommen war, und eine Bettstatt aus Stroh und Fellen.

Der Alte entfachte in einem Kreis aus Steinen, der sich in der Mitte der Hütte befand, ein Feuer. Ailean stellte die drei mit Ale gefüllten Becher aus Horn ab, die sie von draußen mitgenommen hatte, Kineth legte eine tönerne Schale mit Trockenfleisch daneben. Dann nahmen sie neben Irb Platz, der mit seinem steifen Bein seltsam abgewinkelt kauerte. Sie starrten in die Flammen, genossen die Wärme und aßen und tranken in stiller Zusammenkunft.

Nach einiger Zeit sah Kineth zuerst zu dem Alten, anschließend zu Ailean. Mit einem Mal spürte er, dass er unwillkürlich zu jenem in der Runde blicken wollte, der wohl nie mehr an ihrer Seite sein würde – Caitt, sein Stiefbruder. Der Krieger wurde schwermütig, als die Trauer über den Verlust plötzlich in Ärger umschlug. Ärger darüber, dass er sich so sehr in Caitt getäuscht hatte, aber auch, dass dieser derart ehrlos und niederträchtig gehandelt hatte. War denn gar nichts, was ihnen Brude einst gelehrt hatte, in dem Mann übrig geblieben? Kineth wurde immer zorniger. Könnte er das Rad der Zeit zurückdrehen, dann würde er ihn eigenhändig töten, das Leben aus ihm schlagen oder seinen letzten Atemzug im Wasser ersäufen. Wenn er nur könnte, dann würde er –

»Was ist mit dir?« Ailean legte ihre Hand auf sein Knie und blickte Kineth besorgt an.

Dem Krieger war, als würde ihn jemand unsanft aus einem Albtraum wachrütteln. Er trank einen Schluck aus seinem Becher, bevor er der Frau, die neben ihm saß, ein gezwungen unbesorgtes Lächeln schenkte. Doch der Groll in ihm verebbte nur langsam.

»Nun sagt mir«, begann Irb, während er noch immer an jenem Stück Trockenfleisch lutschte, das er sich anfangs genommen hatte, »was hat euch dazu bewogen, diese lange und gefahrvolle Reise auf euch zu nehmen?«

Ailean blickte bemüht unwissend zu Kineth. »Die lange Reise aus –«

»– aus dem Reich unserer Ahnen«, vollendete der Alte den Satz.

»Nun, es war in der Tat eine gefahrvolle Reise«, bekräftigte Kineth, dem bewusst wurde, dass er seinen Gastgeber nicht belügen, nur eben nicht die ganze Wahrheit sagen musste. »Wir hatten grauenhafte Stürme zu überwinden. Wasser und Wind schienen mit abtrünnigen Göttern im Bunde zu stehen, um uns daran zu hindern, die alte Heimat zu erreichen.«

»Aber ihr habt obsiegt, wie ich sehe.« Irb stieß ein pfeifendes Lachen aus, das klang, als würde jegliche Luft aus seinem Brustkorb entweichen.

»Das haben wir«, sagte Kineth mit einem Schmunzeln. »Aber das weißt du bestimmt schon von Goraidh?«

Irb nickte und bemühte sich zugleich, wieder zu Atem zu kommen.

»Aber die größte aller Prüfungen stand uns noch bevor«, fuhr der Krieger fort. »Denn wir suchten das Grab unseres letzten Königs.« Er blickte den Alten erwartungsvoll an. Der schien nicht zu verstehen, was Kineth von ihm erwartete. Plötzlich weiteten sich die müden Augen des Mannes.

»Uuen. Ihr habt Uuens Grab gesucht. Verflucht sei Alpins Sohn!« Irb spuckte in die Flammen.

Kineth trank einen Schluck Ale. »Ja, wir haben Uuens Grab gesucht, und wir haben es gefunden –«

»Habt ihr ... *ihn* gesehen? König Uuen, meine ich.«

Ailean lächelte. »Das haben wir. Nun, was von ihm übrig war. Er saß noch immer auf seinem Thron, schien auf jemanden zu warten.«

Irb rieb sich mit beiden Händen das Gesicht, als müsste er sich überzeugen, dass er nicht träumte.

»Wir haben nicht nur Uuen gefunden«, fuhr Kineth fort. »Auch seinen Ring.«

»Doch wem der Worte zu wenig, der möge geblendet werden durch den Ring des Königs«, sprach der Alte leise und im Rhythmus eines auswendig gelernten Gedichts.

Kineth und Ailean erstarrten, als hätte neben ihnen ein Blitz eingeschlagen. »Das stand auf diesem Stück beschriebener Haut. Das Gleiche hat dieser verfluchte Hippolyt gesagt«, zischte Ailean, aber Kineth ließ sich nichts anmerken.

»Du kennst die ... alte Prophezeiung?«

Irb nickte. »Natürlich. Ein jeder von uns kennt sie.«

»Natürlich«, wiederholte Kineth, während ihm dämmerte, dass sie es vermutlich um vieles leichter gehabt hätten, wären sie bei ihrer Landung gleich auf dieses Fischerdorf gestoßen. »Du weißt nicht zufällig, wo wir den Ring gefunden haben könnten?«

»Verborgen im Quell der Erkenntnis, tief unter Torridun«, antwortete der Alte mit einer Sicherheit, als hätte er den Ring höchstpersönlich dort versteckt.

Kineth schnaubte. Dann griff er in einen Lederbeutel, der an seinem Gürtel hing, und holte etwas daraus hervor. Er streckte Irb die geschlossene Faust hin. Der Alte beugte sich näher zu ihm, worauf Kineth die Faust drehte und öffnete. Auf seiner Handfläche lag der goldene Ring, dessen Ringplatte Anfang und Ende bildete und in den rundum Symbole eingraviert waren.

»Uuens Ring«, entfuhr es Irb ehrfürchtig. Zitternd streckte er seinen Zeigefinger aus, der von der Gicht knorrig geworden war, und verharrte einen Moment lang, als fürchtete er, durch das Berühren des Rings entsetzliches Unheil auszulösen. Kineth nickte ihm zu. Der Alte berührte sanft den Ring, verharrte einen Atemzug lang so. Dann formte er Kineths Hand wieder zu einer Faust.

»Ich danke dir«, sagte er heiser.

In dem Moment, als Irb seine Hand berührte, war dem Krieger, als hätte er etwas gefunden, was er schon verloren geglaubt hatte –

Zuversicht.

Zuversicht in die Menschen in diesem Land. Darin, dass man mit Weisheit und Güte regieren konnte und nicht nur mit dem Schwert. Darin, dass im Leben alles vorherbestimmt und nichts umsonst war.

Und dass demjenigen Gutes widerfuhr, der anderen Gutes tat.

Gwenwhyfars Worte.

Kineth verspürte mit einem Mal Sehnsucht nach der Geborgenheit, die er in ihren Armen empfunden hatte.

»Wo bist du nur am heutigen Abend mit deinen Gedanken?«, fragte Ailean ruppig und stieß ihren Stiefbruder in die Seite.

»Ich denke, wir sind auf dem richtigen Weg«, gab dieser leise zurück, ohne jedoch Anstalten zu machen, sich näher zu erklären.

»Jeder Weg ist der richtige. Vorausgesetzt, man ist bereit, ihn zu Ende zu gehen«, sagte der Alte mit einem Lachen und schlug sich dabei auf sein steifes Bein. Dann trank er seinen Becher mit einem Zug aus.

Vor dem Erdwall, der das nächtliche Dorf umgab, stolperte Caitt. Er fiel in den Schlamm, spürte, wie ihm Steine das Gesicht aufschürften. Aber der Schmerz rüttelte ihn wach. Er setzte sich auf, streifte sich hastig sein Hemd um, schnallte den Gürtel fest. Die panische Beklemmung, die er verspürte, machte seine Bewegungen fahrig und ungeschickt wie die eines Kindes. Er tastete um sich, drehte sich im Kreis – wo war seine Hose, wo die Stiefel? Er hatte doch alles neben den Waschzuber gelegt –

Aus dem Dorf dröhnte das Geschrei von Stimmen, von Metall, das immer wieder hektisch gegeneinandergeschlagen wurde. Ein Warnzeichen.

Der Krieger umklammerte fest sein Schwert, dann stürmte er ohne Hose in den Wald hinein.

Krampfartig und qualvoll musste Caitt sich übergeben, bereits zum dritten Mal, seit er in das Unterholz gelaufen war. Den Braten, das Ale und die Pilze hatte er bereits ausgespien, aber sein Magen wollte wohl auch noch den letzten Rest von allem, was er je zu sich genommen hatte, aus sich herauspressen.

Als die Wellen des Schmerzes schließlich abklangen, stolperte er weiter benommen durch das Dickicht.

Langsam, im Rhythmus seines Herzschlages, erwachte Caitt. Bevor er seine Augen öffnete, begann er seine Umwelt langsam wahrzunehmen.

Die wärmenden Strahlen der Sonne ... Vogelgezwitscher ... das Summen von Insekten ... die herrlich frische Luft.

Ohne Erinnerung, nur im Hier und Jetzt.

Er lag zusammengekauert auf der rechten Seite, der weiche Grund unter ihm schien aus Moos und Blättern zu bestehen. Die Augen noch immer geschlossen, streckte er sich, als seine Hände und Füße die raue Oberfläche von Stein berührten.

Gedanken, schwerer werdend, beinahe erdrückend. Wo war er? Wie kam er hierher? Was war geschehen?

Jetzt öffnete Caitt die Augen, auch wenn das wenige Tageslicht in ihnen wie Feuer brannte. Er war umgeben von Steinen – eine Mauer? Neben ihm lagen allerlei Tierknochen, Hörner und sogar Geweihe, die mit ihren nach oben ragenden Spitzen wie der tödliche Boden einer Fallgrube wirkten.

Der Krieger rappelte sich mühsam auf, spürte im gleichen Augenblick, wie jeder Knochen in seinem Leibe schmerzte. Er lag in einem Schacht, einem tiefen Schacht. Vielleicht ein ausgetrockneter Brunnen? Er fuhr die Steinwand entlang, wandte den Blick nach oben. Gut zehn Mann hoch erstreckten sich die Mauern aus grob behauenen Steinen, die ihn umgaben und aus denen einzelne Stücke hinausragten, wie die Ansätze von Stufen. Oben mündeten die Mauern in einer Öffnung, über der sich das grüngelbe Laub von Bäumen im Wind hin und her wiegte.

Wie war er hier heruntergelangt? Mit Sicherheit war er nicht gefallen, denn das hätte er kaum überlebt. War er geklettert?

Caitt wischte sich über die rechte Wange, an der Haare und Erbrochenes klebten. Langsam wurde er wieder Herr seiner Sinne. Sein Magen tat schrecklich weh und fühlte sich an, als hätte er sich auf die Größe eines Kieselsteins zusammengezogen. Sein linker Arm war voll von getrocknetem Blut. Sein Hemd war zerschlissen, der Gürtel lag am Boden, das Schwert daneben. Caitt riss das Hemd hoch, erkannte, dass seine gesamte linke Seite voll getrocknetem Blut war, die Beine mit unzähligen feinen Striemen zerkratzt. Vermutlich hatte ihn das Unterholz nicht so passieren lassen, wie er es wollte.

Caitt lehnte sich an die Mauer, blickte auf seine blutigen Hände. Was zur Hölle war geschehen? Jede Erinnerung an die letzte Nacht hatte sich spurlos aufgelöst.

Den Krieger überkam ein seltsames Gefühl der Beklemmung. Sein Kopf begann zu pochen, sein Atem ging schneller. Schweiß brach aus allen Poren seiner Stirn. Er legte sich wieder auf den moosigen Fleck, auf dem er erwacht war, kauerte sich zusammen und hoffte, dass ihn der Schlaf schnell von seinem Leid erlösen würde.

Der Schlaf oder der Tod.

Es waren sieben Tote, drei davon offenbar Kinder. Alle hatten schreckliche Wunden am ganzen Körper, aber insgesamt waren die Leichname, vielleicht wegen der Kälte, erstaunlich gut erhalten. Die Haut war lederartig, das Haar noch schwarz, nur die Augen waren leere, dunkle Höhlen.

Brude und Iona betteten die Toten auf den Boden neben dem Steinhaufen. Die Felle und Häute, in die die Toten eingewickelt waren, legten sie auf die andere Seite des Haufens. Mit den Häuten konnten sie ein Dach für eine der Behausungen anfertigen, ebenso Schlingen für die Jagd. Ihr Überleben schien auf einen Schlag in greifbare Nähe gerückt.

Mittlerweile hatte die Dämmerung eingesetzt. Das Licht der untergehenden Sonne fiel in die Höhle, das Eis nahm einen blutroten Farbton an und verlieh den Bildern an der Wand etwas Magisches. Brude, den Speer in der Hand, betrachtete sie noch einmal genauer.

Die eingemeißelten Darstellungen zeigten Tiere, vor allem Vögel und Bären. Und Menschen, die diese Tiere jagten. Über jeder Zeichnung stand ein sichelförmiger Mond, er musste offenbar eine große Bedeutung gehabt haben für jene, die die Darstellungen geschaffen hatten.

»Vielleicht sind sie, bevor sie sich hier niedergelassen haben, ebenso durch die Nächte gewandelt wie wir vor Kurzem?«, scherzte Iona, die neben ihn getreten war.

Brude antwortete nicht. Er blickte von den Bildern zu dem Schädel an der Wand, dann zu dem Speer mit der Spitze aus dem fremden Metall, und verharrte schließlich bei den Leichnamen. Er schloss die Augen, fühlte die Kälte der Höhle, dachte an die Kratzer draußen in den Steinen der Häuser, an die Toten hier drinnen ...

Auf einmal wusste er es.

Sah es so deutlich vor sich, als ob es jetzt gerade geschehen würde.

»Er hat alles verloren und ist gegangen.« Brudes Stimme klang fremd in seinen Ohren.

Iona sah ihn erstaunt an. »Wer?«

»Der Mann, der diese Höhle von außen verschlossen hat. Einen heiligen Ort, den er und die anderen, die hier ruhen, vermutlich zuvor geschaffen haben. Sie müssen sehr lange damit beschäftigt gewesen sein, die Zeichnungen im Eis, der Boden, und dann –« Er brach ab.

Iona spürte, wie gefesselt sie war. Ihr Gemahl hatte diese Gabe, ob vor den Kindern im Dorf oder hier in der Höhle – wenn Brude eine Geschichte erzählte, hörte man zu.

»Dann fiel etwas über sie her.« Brude deutete auf den Schädel. »Vielleicht dieser Eisbär, vielleicht etwas anderes. Aber was auch immer es war, es tötete sie alle.« Er blickte zu den Toten. »Dann tötete er es mit dieser Waffe.« Brude hob seine Hand mit dem Speer. »Und brachte alles hierher, was ihm in seinem Leben etwas bedeutet hatte. Er verschloss die Höhle und ging, vielleicht ins Eis, vielleicht ins Meer. Es spielt keine Rolle, denn das Leben hatte wohl keine Bedeutung mehr für ihn.«

Iona spürte, dass ihr Gemahl recht hatte, dass sich

alles wohl so zugetragen hatte. Trauer umfing sie, mit einem Male konnte sie mit diesem Mann mitfühlen, konnte seinen Verlust spüren. Sie sah den Schädel, die Toten –

Hörte das Geräusch.

Es war unzweifelhaft das Scharren von Schritten.

Iona reagierte noch vor ihrem Gemahl. Sie stieß ihn in Richtung der Robbenfelle, er verstand sofort. Binnen weniger Augenblicke waren sie daruntergeschlüpft und bedeckten sich damit, so gut es ging. Brude hielt noch den Speer in der Hand, verbarg ihn ebenfalls unter den Fellen. Dann hielten sie den Atem an.

Schritte, in der Höhle.

»Niemand hier.«

Brude erkannte die Stimme sofort. Es war Keiran, Beacáns Scherge. Was machte diese Ratte hier, und wie hatte er sie gefunden?

»Was ist das da hinten?«

Kanes Stimme. Natürlich. Wo der eine war, war auch der andere nicht weit.

»Nur ein paar Tote. Diese verdammte Höhle ist ein Grab, nichts weiter.« Wieder Keiran, viel näher. Wahrscheinlich untersuchte er die Leichname.

»Ich habe dir gesagt, dass es sinnlos ist, hier heraufzuklettern.«

»Die Ruinen waren menschenleer. Ein Versuch war es wert.«

Brude kam es vor, als ob Keiran wieder weiter weg war. Wenn sie Glück hatten, würden sie unentdeckt bleiben.

»Lass uns die beiden finden und töten, wie er es befohlen hat, ich will endlich wieder ins Dorf.« Kane klang erschöpft.

Töten, wie er es befohlen hat.

Brude knirschte unhörbar mit den Zähnen, fühlte heiße Wut in sich. Er hatte Beacán unterschätzt – der Mann Gottes wollte offenbar um jeden Preis, dass ihm niemand mehr in die Quere kam. Und er musste sich seiner Macht im Dorf sehr sicher sein, wenn er seine beiden kampferprobtesten Männer schickte und damit längere Zeit auf sie verzichtete. Andererseits, dachte Brude grimmig, hätte diese Aufgabe wahrscheinlich niemand im Dorf sonst auf sich genommen. Verbannung war die eine Sache, die Ermordung des ehemaligen Herrschers und seines Weibes eine andere. Dafür gaben sich nur diese beiden Männer her, die hier in der Höhle waren und nicht wussten, dass sie nur eine Haaresbreite von der Erfüllung ihres Auftrags entfernt waren.

»Du willst nur zurück, damit du so schnell wie möglich deinen Schwanz in Líobhan stecken kannst.« Keiran, auf einmal ganz nahe. Er musste direkt über ihnen stehen!

Brude wagte kaum mehr zu atmen, krampfte die Hand um den Speer.

Ein dreckiges Lachen. »Worauf du wetten kannst.«

Neben Brude umklammerte Iona den Griff ihres Messers. Auf einmal bewegten sich die Felle über ihr, sie verbiss sich einen Aufschrei.

»Was haben wir denn hier?« Jetzt klang Keiran neugierig.

Einen Moment später, als das letzte Fell zur Seite gezogen wurde, ließ Iona einen Schrei los und stieß das Messer in die Höhe, mitten in Keirans Gesicht. Der brüllte auf, taumelte zurück.

Jetzt schnellte Brude hoch, auf Kane zu. Er hob den Speer, aber sein Gegner hatte die Waffe schon gepackt. Die beiden rangen, Brude spürte sofort, wie ihm der Speer langsam und unerbittlich aus der Hand gewrungen wurde. Er war ein großer Mann, aber Kane war nicht nur noch größer, er war auch jünger, kräftiger, und er hatte gegessen und geschlafen. Brude brach ob der Anstrengung der Schweiß aus, alles verschwamm, als würde ihm der Boden unter den Füßen weggezogen.

Iona sprang Keiran unterdessen hinterher. Sie hatte ihm zwar ein Auge und die Wange zerschnitten, aber er lebte, und der Zorn in ihm lebte noch mehr. Blitzschnell schlug er ihr die Klinge aus der Hand, riss sie zu Boden und drückte ihr brutal die Kehle zu.

Brude sah seine Frau in Bedrängnis, aber er konnte ihr nicht zu Hilfe eilen. Kane hatte ihn mit dem Speer so fest an die eisige Wand gedrückt, dass er sich nicht befreien konnte. Dann stieß Kane ihm sein Knie zwischen die Beine. Brude wurde fast ohnmächtig, keine Luft, nur mehr ein reißender Schmerz, so allumfassend ...

Iona wand sich röchelnd in Keirans eisernem Griff, ihr wurde schwarz vor den Augen. Keiran ließ sie kurz los, aber nur, um ihr gleich darauf die Faust gegen den Schädel zu schmettern. Ein Blitz zuckte vor Ionas Augen auf, dann wurde sie besinnungslos.

Hinter Kane sah Brude verschwommen Iona, Keiran über ihr, dann die Wand, die Zeichnungen, der Schädel des Bären –

Der Bär.

Brude atmete tief ein. Noch einmal durchflutete ihn Kraft, die letzte, die sein geschwächter Körper aufbieten konnte. Er stöhnte laut, ließ sich zusammensacken, sodass Kane dachte, er hätte den Kampf gewonnen. Für einen Augenblick lockerte er seinen Griff. Dieser Augenblick genügte – Brude schlug Kane wuchtig in den Magen, der japste und knickte ein. Brude löste sich von seinem Gegner, schnellte auf den Schädel des Bären zu, riss ihn von der Wand und schmetterte ihn in Kanes Gesicht.

Der schrie auf, ließ den Speer los und taumelte zurück. Blut lief ihm in Strömen über das Gesicht und aus der Nase, die zertrümmert war. Nur einen Augenblick später hatte Brude auch schon den Speer gepackt und durchbohrte Kane damit.

Der Todesschrei von Beacáns Scherge gellte durch die Höhle.

Jetzt ertönte ein anderer Schrei. Es war Keiran, der rasend vor Wut auf Brude zustürmte. Brude riss den Speer aus Kanes Körper, wirbelte herum und schlug den Schaft der Waffe gegen Keirans Schädel. Der Speer zerbrach. Keiran verdrehte die Augen, fiel bewusstlos um.

Mit einem Mal herrschte Stille in der Höhle.

Brude ließ den zerbrochenen Speer fallen, taumelte auf Iona zu, die immer noch regungslos am Boden lag. Er kniete sich zu ihr, umarmte sie und hielt sie in den Armen, während draußen die Sonne endgültig unterging und sich Dunkelheit in der Höhle ausbreitete.

Das Rauschen der Brandung hatte Ailean schon als Mädchen so beruhigend empfunden, als würde sie im Schoß ihrer Mutter schlummern. Ihr war, als würde das Meer sich in einem Moment etwas holen, um im nächsten etwas anderes wieder zurückzugeben. Unaufhörlich. Ein Kommen und Gehen, das, da war sie sich sicher, wohl auch noch da sein würde, wenn alles andere nicht mehr war.

Die Kriegerin lehnte auf einen Riemen gestützt unweit der Behausung des Alten, blickte auf die dunkle nächtliche See hinaus. Aus den anderen Hütten drangen immer noch Gelächter und vereinzelte Melodien von Flöte oder Fidel.

An diesem Abend war Ailean von einer tiefen inneren Freude erfüllt. Einer Freude, die sie lange nicht mehr verspürt hatte und deren Grund die Zusammenkunft in der Hütte war. Denn so verschroben ihr der alte Dorfvorsteher im ersten Moment auch vorgekommen war, so seltsam sein Dialekt angemutet hatte und so feucht seine Aussprache war, so unglaublich geborgen hatte sie sich doch bei ihm gefühlt, so sicher und abgeschottet von all den Grausamkeiten, die sie seit ihrer Ankunft hatten erleben müssen.

Hier, an diesem Abend, an diesem Ort, war die Welt so, wie sie sein könnte. Voller Wärme und Lachen. Und war ihr Stiefbruder anfangs auch etwas gedankenverloren, so schien er die Gesellschaft des Alten mit Fortdauer des Abends immer mehr zu genießen, bis er so unbeschwert wie früher gewesen war.

Ailean erwischte sich dabei, wie ihre Gedanken zu jenem Abend abschweiften, bevor sie Dùn Tìle verlassen hatten. Wie sie sich Kineth in seiner Hütte hingeben wollte und dann doch einen Rückzieher gemacht hatte, was weniger an dem übermäßigen Genuss des Ql lag, sondern vor allem an ihren widersprüchlichen Gefühlen für ihn. Doch heute Abend war die Vertrautheit, dieses Besondere, das sie so sehr liebte, wieder da gewesen. Dieses starke Gefühl hatte sie außer für Kineth nur noch einmal in ihrem Leben verspürt – für Egill, den Nordmann.

Vielleicht hatte sie deshalb die Hütte verlassen. Um sich endlich klar zu werden –

Das Knirschen von Schritten hinter ihr ließ Ailean aus ihren Gedanken aufschrecken. Sie musste sich nicht umdrehen. Sie wusste, wer gekommen war.

»Bist du vor Irb geflüchtet?«, fragte die Stimme hinter ihr.

Ailean lächelte. »Nein, es war mehr die stickige Luft und ein wenig zu viel Ale. Irb ist wohl einer der gütigsten alten Männer, mit denen ich seit Langem gesprochen habe. Wie ein Großvater, wenn du weißt, was ich meine.«

»Ich verstehe sehr gut, was du meinst.« Kineth blickte auf die Wellen, die sich am Ufer verloren. »Ich spüre einen inneren Drang, heimzukehren, in unser Dorf, zu unseren Leuten. Unserer Arbeit nachzugehen …«

»Zurück zu denen, die wir kennen und lieben.«

Kineth nickte.

»Das nennt man wohl Heimweh«, sagte Ailean neckisch.

»Weibergewäsch.« Kineth machte eine Pause. »Aber das ist es vermutlich.«

»Du willst jedoch nicht, dass die anderen das wissen.«

»Ich möchte nicht den Eindruck erwecken, selbstsüchtig zu führen.«

Ailean schwieg einige Augenblicke, dachte nach. Endlich war Kineth ehrlich zu ihr.

»Das muss ja nicht im Widerspruch zueinander stehen.« Sie strich ihm über die Wange, die ihr glühend heiß vorkam. »Zu viel Ale?«

Kineth musste schmunzeln. »Zu nah am Feuer.«

Ailean zog unbewusst die Hand zurück. Wie hatte er das gemeint?

So wie du es hören willst. Und was jetzt?

Ailean spürte, wie das viele Ale, das sie getrunken hatte, alles um sie herum ins Wanken brachte. »Wollen wir einen klaren Kopf bekommen?« Sie sah ihm in die Augen. Kineth nickte.

Sie gingen zum Strand, wo die Buhnen im Mondlicht wie die borstigen Rückenhaare eines riesigen Schweins aus dem Boden ragten. Vereinzelt hatten sich darauf Muscheln eingenistet, ihre Oberfläche war jedoch vom Kommen und Gehen des Wassers glatt gespült.

»Die fühlen sich ganz weich an«, sagte Ailean, nahm Kineths linke Hand und strich damit über die Holzpfähle.

»Irgendwann wird sie sich das Meer ganz holen.«

»Heute Nacht?«

Kineth stieß ein Lachen aus. »Doch nicht heute Nacht!« Er merkte, dass Aileans Zunge etwas schwerfällig wirkte, er selbst spürte das Gesöff jetzt auch.

Ailean machte einige Schritte zurück und breitete die

Arme aus. »Wer sich öfter drehen kann, bevor er hinfällt.« Als Kinder hatten sie das oft gespielt. »Oder hast du Angst?«

»Höchstens, dass du verlierst«, entgegnete Kineth und breitete ebenfalls die Arme aus.

»Dann los!« Ailean begann, sich so schnell sie konnte am Strand zu drehen, zählte dabei laut mit. Kineth tat es ihr gleich. Beide sausten um die eigene Mitte, sahen bruchstückhaft die Buhnen, die Brandung, den anderen. Für eine kurze Zeit verhielten sich beide wieder wie jene unbeschwerten Kinder des Brude, die sie einst gewesen waren.

Kineth bemerkte überrascht, dass ihn sein verletzter Finger nicht mehr schmerzte – doch dieser Moment der Unaufmerksamkeit reichte aus. Er stolperte, schlug mit der Stirn gegen einen der Pfähle und stürzte zu Boden.

»Ha!« Ailean stoppte und lehnte sich augenblicklich an einen Stamm. »Hat sich der kleine Kineth schon wieder wehgetan?«, stichelte sie mit verstellt tiefer Stimme.

Kineth rieb sich den Kopf, verzog schmerzverzerrt die Stirn. »Sehr witzig.«

Ailean kniete sich neben ihn. »Wo tut es denn weh?«, fragte sie gespielt mitfühlend. Kineth schwieg. Dann deutete er auf seine Stirn.

Sie nahm seinen Kopf in ihre Hände und küsste ihn auf die Stirn. Von sich selbst überrascht, wollte sie wieder aufspringen, als sie seine Hand auf ihrer Hüfte spürte, die sie zurückhielt. Dann küsste sie seine Schläfe, seine Wange, schließlich seinen Mund. Ihre Lippen berührten sich zuerst langsam und scheu, dann immer fester, immer fordernder und leidenschaftlicher.

Ailean spürte, wie ihr am ganzen Körper heiß wurde, wie sich ihre Nackenhaare aufstellten, wie sie die Gier nach mehr übermannte. Sie rutschte auf Kineth, ohne seinen Kopf loszulassen, rieb mit ihrem Becken auf dem seinen. Zu lange hatte sie dieses körperliche Verlangen schon verdrängt, zu lange darauf gewartet, es endlich wieder zu spüren. Aber Egill war offenbar zu einfältig gewesen, um die eindeutigen Zeichen zu erkennen und danach zu handeln.

Vergiss den Nordmann.

Sie hatte ihre Entscheidung getroffen. Mit fahrigen Handgriffen schlüpfte sie aus der Hose, so schnell sie konnte, und öffnete die seine. Sie griff seinen Schwanz, beugte sich zu seinem Ohr.

»Wenn du mir ein Kind machst, schneid ich ihn dir ab.«

Kineth nickte knapp – dann ließ sie ihn langsam gewähren.

Mit einem Mal schien die Welt um sie herum nicht mehr zu bestehen. Ailean war, als wäre sie in Trance, so wie die alte Mòrag, wenn sie den Rauch ihrer Kräuter einatmete. Ein Zustand völliger Glückseligkeit, der sich weiter steigerte, wenn sie sich schneller auf ihm vor- und zurückbewegte.

Ailean keuchte immer lauter, aber es war ihr einerlei, ob jemand sie hörte. Dieser Moment gehörte ihr, und sie bestimmte, wie lange er zu dauern hatte. Sie blickte in Kineths Augen, versicherte sich, dass er ihr gab, was sie wollte. Dann überließ sie sich völlig ihrer Lust.

Erst als das Wasser sie umspülte, wachte Ailean auf. Sie waren am Strand eingeschlafen. Das Zwielicht des aufkeimenden Morgens zeichnete einen feinen silbernen Streifen am Horizont. Mit leichtem Pochen im Kopf blickte sie auf den Mann, der neben ihr lag und schnarchte. Was hatte sie nur getan?

Das, was du immer schon tun wolltest.

Wenn das so war, warum hatte sie dann beim Aufwachen an jemand anderen gedacht? An –

An Egill. Verdammt.

Aber sie wollte nichts bereuen. Trotzdem war ihr, als wäre sie dem Nordmann untreu gewesen. Als hätte sie ein unausgesprochenes Übereinkommen gebrochen. Ailean wusch sich mit einer Handvoll Meerwasser das Gesicht, schalt sich, was für ein dummes Weib sie war, solche Gedanken überhaupt zu spinnen. Aber vielleicht waren das ja noch die Nachwirkungen des gestrigen Ales.

Sie weckte Kineth, der im ersten Moment ebenfalls den Eindruck machte, als wüsste er nicht, wo sie waren. Sie rappelten sich auf und gingen zur Hütte des Alten zurück.

Panisch riss Caitt die Augen auf. Sein Schlaf war traumlos gewesen, rabenschwarz und unergründlich, und doch – irgendetwas hatte sich vor Caitts geistigem Auge aufgebaut, ihn gepackt und verschlungen. Ein Ungetüm ... es veränderte die Form, floss auseinander und wieder zusammen, bis es die Gestalt von Floin annahm, dem Wirt, der wie ein Berserker auf ihn zugestürmt war.

Was ist in der Schenke geschehen, verdammt noch mal?

Verwirrt sah Caitt sich um, blickte in die Finsternis, da kaum mehr Licht in den Schacht fiel. Der Tag neigte sich wohl seinem Ende zu. Der Krieger hielt die Hand an die Mauer, an der sich ein feines Rinnsal aus Wasser seinen Weg zurück in die Erde bahnte. Er trank einige Schlucke, bis endlich der bitter-pelzige Geschmack in seinem Mund erloschen war. Caitt dachte an das, was geschehen war, aber seine Erinnerung wollte nicht zurückkehren.

Beginne am Anfang, du Narr.

Caitt setzte sich auf, zog die Knie an den Leib und das Hemd darüber. Was hatte dazu geführt, dass er frierend und halb nackt in einem Loch in der Erde hocken musste?

Am Anfang...

... der Beginn eines ganz besonderen Abends.

Deine Worte.

Líadáin hatte ihn zu diesen Traumpilzchen, wie sie sie nannte, verführt. Und als sie gemeinsam in der Schank saßen, scherzten und ausgelassen lachten, da war alles noch, wie es hätte sein sollen.

Caitt rieb sich die Augen, die nun nichts mehr zu sehen vermochten, so sehr sie sich auch anstrengten. Die Nacht war hereingebrochen, wie am Tage zuvor auch.

Der dunstige Raum, das Bad. Líadáin und ihre Tochter Muirín, die sich nackt an ihn schmiegten, während er die Wärme ihrer Körper und die Geilheit ihrer Hände genoss. Zwei Weiber, die er danach –

Zwei?

Caitt zog die Stirn in Falten. Halt, es waren doch drei Frauen gewesen. Die dritte war so eine ausgehungerte Dirne –

Die du auch sehr genossen hast.

Sie hatte sich ausgezogen. Erregung. Leidenschaft, dann ... eine seltsame Traurigkeit.

Tröstende Worte.

An dich gerichtet.

Der schielende Blick von Muirín, gepaart mit ihrem verschmitzten Lächeln.

Gelächter.

Líadáins feste Titten in seinen Händen.

Lust. Nicht enden wollende Lust.

Und dann?

Dann kam der Wirt wie ein Wahnsinniger hereingestürmt, und –

Tatsächlich?

Ja ... Nein. Der zerbrechliche Körper einer Frau.

Ein Schrei.

Du hast geschrien?

Nein. Eine der drei. Danach ... ungläubige Blicke.

Ein panischer Gesichtsausdruck.

Ein Schwert?

Süße Stille.

Erneut euphorische Lust.

Wessen Lust?

Nicht die der Frauen. Die waren mit einem Mal verstummt.

Dann bist du erwacht.

Ja, dachte Caitt, dessen Kopfschmerzen immer stärker wurden, dann bin ich hier unten erwacht.

Du bist doch nicht hier unten erwacht. Neben dem Zuber bist du erwacht.

Richtig. Langsam kam die Erinnerung zurück, wenn

auch ungeordnet und vage. Er war erwacht, war auf dem glitschigen Steinboden ausgerutscht und mehrmals hingefallen. Hatte sich gewundert, warum das Wasser wie Blut an seinem Körper klebte.

Warum wohl?

Aber er hatte sich keine Wunden zugezogen, davon hatte er sich überzeugt.

Es waren auch nicht deine Wunden.

Caitt zitterte plötzlich, als hätte er Schüttelfrost. Wieder überkam ihn eine Welle von Bildern. Das Wasser im Zuber war spiegelglatt, und –

Spiegelglatt und dunkelrot.

Nein. Aber im Zuber lag der Körper einer Frau, völlig reglos.

Und daneben?

Ein zweiter Körper, der kraftlos über den Rand hing, den Kopf unter Wasser. Nein! Caitt schossen Tränen durch die zugepressten Augenlider.

Und die dritte Frau?

Die dritte ... sie lag am Boden, starr und verwinkelt. Etwas steckte in ihrem Bauch ...

Etwas?

Was war geschehen? Das konnte doch unmöglich sein.

Und doch weißt du, dass es so war.

Warum? Er hätte doch nie –

Und doch hast du.

Es musste ein Traum sein!

Ja, das war es. Aber ein Albtraum, den du verursacht hast.

Caitt begann zu schluchzen.

Und was war danach geschehen?

Danach war er geflohen, einfach so. Ohne einen weiteren Gedanken zu verschwenden, hatte er sich sein Gewand gegriffen und war –

Hast du nicht etwas vergessen?

Das Schwert. Er hatte sein Schwert mit einem festen Ruck aus dem leblosen Leib der jungen Frau gezogen, die ihn trotz ihres Schielens entsetzlich direkt anstarrte. Ein Poltern. Anschließend war er nach draußen gestürzt, hatte die drei einfach zurückgelassen.

Einfach zurückgelassen.

Dann war jedoch der Wirt auf ihn losgegangen, und –

Nicht doch.

Aber ja. Floin war ihm in der Stube entgegengestürzt, das schweineähnliche Gesicht höhnisch verzerrt, ein wahnsinniges Blitzen in den Augen.

Oder er ist dir einfach entgegengestapft, und als er dich blutverschmiert dastehen sah, ist ihm sein dämliches Grinsen vergangen, und er hat die Hände gehoben, um sich zu verteidigen.

Jetzt wusste Caitt, dass er einen weiteren Unschuldigen auf dem Gewissen hatte.

Eine niederträchtige Sau hast du ihn in deinen Gedanken genannt. Ausgerechnet du.

Caitt sprang auf, ballte die Fäuste in schierer Verzweiflung. Doch er wusste sogleich, dass er nichts tun konnte. Gar nichts.

Du könntest dich deiner Verantwortung stellen.

Der Krieger drehte sich mehrmals im Kreis, dann schlug er so hart er konnte mit der Stirn gegen die Mauer.

Roter, pochender Schmerz. So allumfassend, dass nicht auszumachen war, woher er kam. Und mit jedem Herzschlag wurde er stärker ...

Kineth schreckte hoch. Gehetzt blickte er sich um. Wo war Irb? Wo Ailean?

Die gestrige Nacht ...

Aber er war allein in der Hütte des Alten. Sein ganzer Körper zitterte, die Stirn war schweißnass. Was war das für ein seltsamer Albtraum gewesen, was für ein alles überbordender –

Wieder schoss der Schmerz durch seinen Körper. Diesmal wusste der Krieger allerdings, woher er kam. Er biss die Zähne zusammen und wickelte die Bandage ab, die so fest um seine rechte Hand gewickelt war, dass Kineth glaubte, sie wäre die Ursache für seine Pein. Doch die Bandage war nicht der Grund – es war der Wundschmerz seines verletzten Fingers, der diese Höllenqualen verursachte.

Kineth fluchte. Er wusste, er musste handeln. Gierig leerte er die Reste des Ales aus dem Becher, der neben ihm am Boden stand, erhob sich und trat vor die Tür.

Im ersten Moment blendete ihn das Tageslicht. Erst nach wenigen Augenblicken sah Kineth wieder klar. Einige der Krieger wuschen sich in der Brandung. Unen und Elpin saßen vor einer der Hütten und schärften ihre Waffen. Moirrey flocht Bree einzelne Zöpfe in die roten, taillenlangen Haare.

Ailean konnte er nirgends ausmachen.

Kineth bemühte sich, seine Gedanken zu ordnen. Die gestrige Nacht, der Strand –

»Na, auch schon wach?«, sagte Flòraidh schnippisch, blickte dann auf Kineths Hand und erschrak. »Verdammt, das sieht ja schrecklich aus!« Sie verzog das Gesicht, als könnte sie seine Schmerzen spüren.

Kineth nickte dankend für die Feststellung des Offensichtlichen. Noch bevor er etwas entgegnen konnte, winkte Flòraidh den Alten her. »Irb, sieh dir das an!«

Der Dorfobere kam gemächlich herbeigehumpelt und untersuchte Kineths Finger. »Bei allen Göttern, das muss aber gehörig schmerzen!« Er deutete auf die letzte Hütte im Dorf. »Geh lieber zu Feidlimid. Sie wird wissen, was zu tun ist.«

Kineth blickte zu der Hütte, unsicher, ob er dem Rat Folge leisten sollte – doch ein weiterer stechender Schmerz erstickte jeden Zweifel im Keim.

Zaghaft steckte Kineth den Kopf durch einen Spalt im ledernen Vorhang, der den Eingang zur Hütte der Heilerin verschloss. Ein Schwall aus intensiven Gerüchen schlug ihm entgegen, Harz, Kräuter und Gewürze, vermischt mit dem Rauch glosender Kienspäne, die in kleinen tönernen Gefäßen steckten. Die Hütte war eng und fensterlos, das einzige Licht fiel wie ein weicher Strahl aus dem kreisrunden Abzugsloch im Dach auf den steinernen Boden. Von der Decke hingen Dutzende Bündel mit Kräutern, manche frisch, andere so trocken, dass Teile von ihnen allein durch den Luftzug herunterrieselten. Hinter der Säule aus Licht saß eine Gestalt, vom Schein des Feuers neben ihr erhellt, und zermahlte Wurzeln mit einem Stein.

»Tritt näher. Was kann ich für dich tun?«, fragte sie mit sanfter, beinahe singender Stimme, ohne den Blick zu heben.

In gebückter Haltung betrat Kineth das Innere, bemüht, nirgends anzustoßen, und setzte sich auf ein Fell, das am Boden lag. Überall an den Wänden hingen getrocknete Fischköpfe, Seepferdchen und die Knochen einer Vielzahl kleiner Tiere. Er streckte seine verletzte Hand aus, hielt sie in den Lichtstrahl.

Erst jetzt sah die Frau auf. Ihr Gesicht war fein gezeichnet, mit beinahe makelloser milchweißer Haut. Stirn und Hals waren jedoch von dunklen Flecken durchsetzt.

Feidlimid wollte Kineths Hand begutachten, doch der zuckte zurück. »Sie ist erst seit heute Morgen so«, erklärte er sich. »Ich heiße Kineth, Sohn des Brude. Irb meinte, ich sollte ...«

»Ist schon gut«, entgegnete Feidlimid einfühlsam und blickte Kineth in die Augen. »Ich helfe, wer meiner Hilfe bedarf, gleich, wer er ist.« Sie machte eine kurze Pause. »Du hast zwei Möglichkeiten. Die eine ist, ich bereite dir eine Salbe zu, mit der du die Wunde stetig einschmierst. Sollte damit die Entzündung zurückgehen, wird sich die Wunde wieder schließen.«

Kineth nickte. Das hörte sich vielversprechend für ihn an.

»Allerdings befürchte ich«, fuhr sie fort, »dass du den Finger nie wieder anwinkeln können wirst. Er wird sich versteifen und abstehen wie ein lästiger Stachel.«

Kineths Lächeln erlosch schlagartig. Wie sollte er mit solch einem Finger je wieder eine Waffe halten?

»Oder du trennst den Finger unterhalb der Entzündung ab.«

Der Krieger zog seine Hand aus dem Licht, betrachtete sie, als würde er den Wert eines Schmuckstücks schätzen.

Warum zögerst du? Du hast die Entscheidung doch schon getroffen ...

Kineth gab sich innerlich einen Ruck. »Ich kann meine Leute auch ohne Ringfinger führen. Aber mit einem steifen Finger nie wieder ein Schwert.«

Feidlimid lächelte verständnisvoll. »Du bist ein Mann von schneller Entscheidung. Das spricht für dich.« Sie legte einen Holzblock zwischen sich und Kineth. Dann schob sie eine Eisenstange in das offene Feuer. »Lass uns sehen, ob du auch ein Mann der Tat bist.«

Kineth zückte wortlos ein kleines Messer aus seinem Gürtel und rammte es in das Holz. Er betrachtete noch einmal seinen Finger, als hegte er die Hoffnung, die Wunde könnte sich doch noch auf wundersame Weise schließen. Als nichts dergleichen geschah, legte er seine Hand auf den Block, dessen Oberfläche mit unzähligen Schnitten und Scharten überzogen und mit dunklen Flecken besprenkelt war – offenbar bereitete Feidlimid darauf ihr Essen zu.

Er blickte zur Heilerin, die ihm zunickte und die Eisenstange aus dem Feuer zog, deren Ende nun glühend rot war.

Kineth packte mit der Linken den Griff des Messers. Alles, was er noch zu tun hatte, war, es nach unten zu drücken. Die Klinge würde den Finger zwischen sich und dem Holz wie eine Bügelschere einklemmen und dann durchtrennen. Er atmete tief ein und wieder aus.

Worauf wartest du, du verdammter –

Kineth drückte.

Ein knirschendes Geräusch verriet, dass das Metall durch den Knorpel drang. Mit aufgerissenen Augen starrte der Krieger die Heilerin an. Nach einem kurzen Moment des Schocks spürte er nun überhaupt keinen Schmerz mehr. Er richtete seinen Blick nach unten, sah, wie ein Finger abgetrennt neben dem Messer lag – war das der seine? Rote Flüssigkeit pumpte rhythmisch aus dem Stumpf, vergrößerte die Lache auf dem Holzblock.

Feidlimid packte die Hand und drückte das glühende Eisen gegen den Fingerstumpf.

Der Schrei aus der Hütte der Heilerin war im ganzen Dorf zu hören. Flòraidh schauderte kurz. »Die arme Sau.«

»Der wird schon wieder«, sagte Unen ruhig. »Vielleicht müssen wir noch ein paar Tage hierbleiben.«

»Wenn jeder Abend wie der gestrige voller Musik und Ale wird, dann gern«, warf Elpin ein.

»Ihr könnt reden, was ihr wollt. Ich freue mich, unser Dorf wiederzusehen«, beharrte Flòraidh. »Wieder fischen oder auf die Jagd zu gehen, ohne dass man befürchten muss, von irgendwelchen Wegelagerern angegriffen zu werden.«

»Bei der Feldarbeit einfach seinen Gedanken nachhängen zu können, ohne Waffen und Ausrüstung mit sich herumzuschleppen«, spann Elpin den Gedanken weiter. »Oder sein Weib zu besteigen, wenn es einem in den Sinn kommt...«

»Damit sie wieder so herumläuft«, sagte Flòraidh, machte ein Hohlkreuz und formte mit ihren Händen eine Halbkugel vor ihrem Bauch.

Elpins Blick wurde schwärmerisch. »Ganz recht.«

»Die Träumerin und der Narr ... Ihr beide habt wohl vergessen, weshalb wir aufgebrochen sind?«, brummte Unen. »Die Vorräte, die wir mit dem Schiff nach Hause bringen, werden uns zwar über den Winter helfen, aber machen wir uns nichts vor – das nächste Jahr wird erneut so schwer zu meistern sein wie dieses. Wenn nicht schwerer. Ich hoffe nur, dass Brude wohlauf ist. Das erste Ale mit ihm anzustoßen, darauf freue *ich* mich.«

Irgendwann war der Krieger wieder zu Bewusstsein gekommen. Wie lange er mit blutender Stirn am Boden des Schachts gelegen hatte, wusste er nicht. Der Verkrustung nach zu urteilen konnte es aber gut ein halber Tag gewesen sein.

Nun lief Caitt die Mauer entlang, ein paar Schritte, dann eine Drehung, wieder ein paar Schritte und so weiter. Seit Stunden. Im Rhythmus seines pochenden Schädels und des Knackens der Tierknochen, die sich immer wieder in seine Fußsohlen bohrten.

Die Bilder und Erinnerungen, die ihm am Tag zuvor offenbar geworden waren, hatten sich nicht mehr verändert, sondern nur noch stärker in sein Innerstes gebrannt. Caitt war daher zu der Überzeugung gelangt, dass sich tatsächlich alles so abgespielt haben musste.

Die Beklemmung, die mit den erschreckend deutlich gezeichneten Gesichtern der Toten einherging, wollte jedoch nicht verschwinden. Wann immer Caitt das Gefühl der Schuld so weit von sich weggedrückt hatte, dass er hoffen konnte, an etwas anderes denken zu können, kam es noch stärker zurück, wie die Brandung, die unaufhörlich gegen eine felsige Küste schlug.

Dànaidh. Floin. Líadáin. Muirín.

Immer wieder flüsterte der Krieger die Namen, immer wieder sah er den Ausdruck in den Augen dieser Menschen, die er auf dem Gewissen hatte. Sosehr er es auch wollte, aus einem unerfindlichen Grund war es ihm unmöglich, seine Taten vor sich selbst zu rechtfertigen.

Dànaidh. Floin. Líadáin. Muirín.

Was, wenn er nie wieder einen klaren Gedanken fassen konnte? Was, wenn das seine Bestimmung –

Dànaidh. Floin. Líadáin. Muirín.

In seinem Dorf würde Caitt wohl zu Beacán gehen, aber was würde der predigen? Vermutlich würde er irgendeine Stelle aus dem verlorenen Buch zitieren, dann würde er mehrere Kreuzzeichen machen und ihm schließlich sagen, er solle Buße tun. Sich seinen Taten stellen. Nicht das Vergessen galt es zu erreichen, sondern sich zu vergegenwärtigen, was man getan hatte.

Dànaidh. Floin. Líadáin. Muirín.

»Kineth?« Ailean blickte in die Hütte des Alten. Der Krieger saß auf einem der Felle und starrte auf seine rechte Hand, wo der Ringfinger fehlte. »Der kleine Finger wäre mir lieber gewesen.«

Ailean schnaubte. »Es hätte aber auch der Daumen sein können, also hör auf zu jammern.« Ihr mitfühlender Blick strafte ihre schroffen Worte Lügen.

»Wegen gestern Nacht...«

»Ich habe sie sehr genossen«, sagte Ailean schnell.

Kineth wusste sofort, was sie eigentlich damit sagen wollte – es war schön gewesen, aber mehr nicht. Und es würde auch nie mehr zwischen ihnen sein.

Was hattest du erwartet?

»Sind alle zum Aufbruch bereit?«, wechselte Kineth das Thema.

Ailean nickte. In dem Moment humpelte Irb in die Hütte.

»Ihr wollt uns wieder verlassen?«, fragte er. »Aber wir haben doch noch gar nicht...« Er brach ab, sah die Entschlossenheit in den Gesichtern der beiden Krieger. »Natürlich, ich verstehe.« Die Augen des Alten spiegelten seine Traurigkeit wider.

Ailean streckte ihm den Arm entgegen. »Gehab dich wohl, Irb. Und danke für alles.«

Irb winkte ab. Dann packte er Ailean bei der Hüfte und drückte sie an sich, sodass er aufgrund seiner geringen Größe den Kopf an ihren Busen pressen konnte. Ailean starrte mit einer Mischung aus Überraschung und Hilflosigkeit zu Kineth, der sich ein Schmunzeln nicht verkneifen konnte.

Nachdem sich der Alte wieder gelöst hatte, hielt er den Blick auf Höhe ihres Busens, nicht ihrer Augen. »Ihr segelt bestimmt zu eurem Dorf zurück, habe ich recht?«

»Ja«, entgegnete Kineth zögerlich und stand mit einigen Mühen auf. »Sofern wir die Seefahrt überleben.«

»Ach was!« Irb machte eine verharmlosende Handbewegung, »So gefährlich ist es nun auch wieder nicht, entlang der Küste zu segeln. In jungen Jahren habe ich das mindestens ein Mal im Jahr getan.«

Kineth schaute ungläubig auf den alten Mann herab. »Du ... hast uns also schon besucht?«

Der kicherte. »Nicht euch selbst, aber euresgleichen, ja. Ist aber schon viele Winter her. Sehr viele.«

»Und wie hast du damals zu uns gefunden?«, fragte Ailean mit dem Wissen, dass sich noch nie jemand in ihre alte Heimat verirrt hatte – mit Ausnahme der Nordmänner natürlich, die ihre waghalsige Reise erst in Gang gesetzt hatten.

Irb hielt inne und blickte an die Decke der Hütte, als fände er dort eine Antwort. »Es war damals ...«, begann er und brach wieder ab. »Ein Gedicht ... das ...«

Kineth klopfte ihm mitleidig auf die Schulter und gab Ailean gerade das Zeichen zum Aufbruch, als der Alte wieder ansetzte. »Ich hatte mir die Strecke mit einem Gedicht eingeprägt ... Zur Linken, die ... nein ... zur ...« Irb begann Unverständliches zu murmeln, wirkte eigentümlich zerstreut. Plötzlich erstrahlten seine Augen, jugendlich und wach.

»*Die Küste zur Linken, dem Nordlicht entgegen.*
Im Rücken den Aufgang der Sonne erleben.
Überbrücke die Schlucht voll der Klippen Gefahr,
bis die steinernen Zwillinge sind dir nah.
Des Tages Abend im Blicke, voran,
zieht dich Hilta von nun an in ihren Bann.«

Kineth stutzte. Wovon –

»Was soll das heißen, alter Mann?« Ailean nahm Kineth die Worte aus dem Mund.

»Hilta, die Insel Hilta. Dort, wo die anderen Ath-Sealghaìrean leben, die so wie ihr mit den Zeichen unserer Vorfahren bemalt sind. Ich erinnere mich daran, als wäre es gestern gewesen... die grünen Hügel, die vielen Vögel... Ich dachte, ihr wüsstet...«

»Die anderen? Wie viele von uns leben dort?«

Der Alte kratzte sich die faltige, schlaffe Haut seiner Wangen. »Viele, würde ich sagen. Mehr als unsere und eure Leute zusammen. Viel, viel mehr... damals zumindest.« Er schaute an sich herunter, verharrte mit seinem Blick einen Moment lang auf seinem steifen Bein. »Ein unwirtlicher Ort ist das. Raue Leute. Schöne Weiber.« Bei den letzten beiden Worten musste er kichern.

Kineth sah zu Ailean, die seinen Blick erwiderte. War es möglich, dass ihr Volk damals nicht die Einzigen waren, die der Vernichtung durch die Skoten und durch Cinead, Sohn des Alpin, entkommen konnten?

»Ich danke dir, für alles«, sagte Kineth zu Irb und drückte ihn kurz, aber herzlich an sich. Dann verließen die drei die Hütte.

Das ganze Dorf hatte sich versammelt. Sie wollten von den bemalten Kriegern Abschied nehmen, von denen die einen im Dorf glaubten, sie seien aus den Hallen der Ahnen zurückgekehrt, um Rache am Schicksal ihres Volkes zu nehmen, und von denen die anderen wussten, dass sie nur aus Fleisch und Blut waren. Goraidh verabschiedete sich von vielen der Frauen, besonders innig jedoch von

Catriona, die ein tapferes Lächeln aufsetzte, obwohl ihr Tränen über die Wangen liefen.

»Wir lassen euch auch die Ochsen und den Karren hier«, rief Kineth in die Runde. »Und alles, was das Schiff nicht trägt.«

Irb deutete gerade eine Verbeugung an, als sich Feidlimid, die Heilerin, an ihm vorbeidrängte, einen ledernen Handschuh in der Hand.

»Damit wirst du nicht nur besser ein Schwert führen können«, sagte sie, als sie Kineth erreicht hatte, »damit wird auch die Wunde besser verheilen.«

Sie streifte ihm den Handschuh über, der wie angegossen passte. Erst jetzt bemerkte der Krieger, dass das Futteral des Ringfingers ebenfalls abgeschnitten und vernäht war. Zur Probe ergriff Kineth sein Schwert und streckte es in die Höhe. Die Krieger rund um ihn johlten ihre Zustimmung und taten es ihm gleich.

Nachdem sich alle wieder beruhigt hatten, gab Feidlimid Kineth noch zwei Muscheln, so groß wie eine Handfläche, die mit getrocknetem Seetang zusammengebunden waren. »Schmiere dir mit der Salbe darin die Wunde morgens und abends ein. Es wäre schade, wenn du dir noch mehr von deinem Körper abschneiden müsstest.« Kineth schob das Schwert in die Scheide, nahm mit der Linken Feidlimids Wange und gab ihr einen Kuss auf die fleckige Haut.

Dann wandte er sich um. »Wir rücken ab!«

Die Krieger setzten sich in Bewegung.

Unen wartete, bis Ailean neben ihm ging, dann packte er sie am Arm. »Ich frage mich, was die Blicke bedeuten, die du und Kineth austauscht, seit ihr aus der Hütte des Alten getreten seid.«

Sie schüttelte seinen Griff ab. »Warte, bis wir in der Höhle sind, dann werden wir es allen mitteilen.«

Unen zog die Stirn in Falten. »Muss ich mir Sorgen um uns machen?«

Ailean streckte sich und tätschelte ihm den Hinterkopf. »Nicht mehr als sonst.«

Ein innerer Ekel vor sich selbst, vor seinen Taten, war seit der gestrigen Erkenntnis über Caitt gekommen, hatte ihn an der Kehle gewürgt, ihn in den Bauch getreten, ihn beinahe seiner Sinne beraubt. Langsam, aber sicher war dieser Ekel jedoch abgeklungen, machte einer Leere Platz, gleich einem verödeten Land, das von nur einem Gedanken bevölkert wurde.

Was sollte er nun tun?

Seltsamerweise verspürte Caitt nicht den Drang, den Schacht zu verlassen, im Gegenteil – irgendetwas hielt ihn hier unten, feuerte seinen schmerzenden Körper und seine Gedanken an. Es war eine Kraft, die vielleicht auch die Erbauer dieses Ortes gespürt hatten. Ein Ort der Tieropfer, der Abgeschiedenheit – ein Ort der Besinnung.

Caitt wusste mit einem Mal, dass er diesen Schacht erst verlassen würde, wenn ihm klargeworden war, was mit seinem Leben geschehen sollte. Natürlich war es nicht das erste Mal, dass er sich fragte, wohin ihn die

Wogen des Schicksals treiben würden und wie er den Kurs beeinflussen könnte. Noch vor wenigen Tagen hatte er sich vor die Entscheidung gestellt, gefürchtet oder geliebt zu werden. Aber gefürchtet von wem? Von den armseligen Bauern, die er im Rausch einfach abgestochen hatte, als wären sie Vieh? Caitt wusste, dass daraus weder Ehre noch Ruhm entstehen konnte. Irgendwann würde er einfach von einem Gegner überrascht werden, und dann wäre alles auf dieser Erde zu Ende ...

Nein, so konnte sich der Krieger seinen Tod nicht vorstellen.

Caitt hielt inne.

Er presste den Mund gegen die Mauer, über die das Rinnsal seine Bahnen zog, trank das Wasser langsam und in kleinen Schlucken. Die Kopfschmerzen wurden allmählich schwächer, auch sein Magen schmerzte kaum noch. Der Krieger zupfte einige Flechten von den Steinen und begann sie bedächtig zu kauen. Der erdig-bittere Geschmack riss ihn kurz aus seinen Gedanken, doch irgendetwas sagte ihm, dass er hier unten seine Bestimmung oder seinen Tod finden würde.

Er musste nur die Kraft aufbringen, das eine zu suchen. Denn das andere würde ihn von allein ereilen.

Die Nacht war über Dùn Tìle hereingebrochen.

Die meisten seiner Bewohner hatten sich in ihre Häuser zurückgezogen, die durch ihre grasbewachsenen

Dächer mit der Umgebung zu verschmelzen schienen. Vereinzelt drang flackerndes Licht aus den schmalen Schlitzen der Fenster, war das Schreien eines Kleinkindes zu hören, gefolgt von gemurmelten Beruhigungen. Ansonsten herrschte Ruhe im Dorf.

Eibhlin stand in der Kammer, ihre Finger spielten gedankenverloren mit einer glanzlosen Haarsträhne. Starr blickten ihre kalten Augen aus dem blassen Gesicht auf die Wiege, in der ihr Sohn Nechtan bis zu seinem Tod gelegen hatte.

Sie dachte an seine dunklen Augen, die kräftigen Ärmchen, an die zarten Locken auf seinem Kopf, an seinen Geruch, der an Süße und Unschuld gemahnte ...

An die schreckliche Stille an jenem Tag.

An die Wiege, die im flackernden Licht der Öllampe dagestanden hatte. Wie sie über ihre Bettstatt auf allen vieren zur Wiege gekrochen war und hineingegriffen hatte.

Wie sie die kalte, tote Haut ihres Sohnes gefühlt hatte.

Und dann der Schrei, ihr Schrei, der von ihrem schrecklichen Verlust kündete und in die Seelen aller im Dorf gedrungen war, sie berührt hatte. Ausgenommen die Seelen der Mörderin und des Mörders.

Eibhlin bereute nicht, wie sie gehandelt hatte, war froh, dass sie Brude verraten hatte, froh um den Beistand, den Beacán ihr seither tagtäglich schenkte. Auch wenn der Beistand wenig half, aber das würde sie dem Priester nicht sagen. Sie wollte ihn nicht enttäuschen.

In Wahrheit war sie seit jenem schicksalhaften Tag innerlich tot und würde es immer sein. Nichts mehr konnte sie zum Leben erwecken, keine Gerechtigkeit, keine Bestrafung der Schuldigen, nichts. Ihr Leben war mit ihrem Sohn gegangen. Sie konnte nur bis zu ihrem Ende warten, das hoffentlich nicht mehr fern war.

Eibhlin zog das Messer aus der Tasche ihres Gewandes und entblößte ihren Arm, der von vielen verkrusteten Schnitten übersät war. Niemand ahnte etwas davon, und wenn Beacán ihr endlich die Nachricht überbrachte, auf die sie sehnlichst wartete, dann würde sie das Messer zum letzten Mal ansetzen.

Heute jedoch noch nicht. Heute würde sie ihrem Sohn wie immer nur ein wenig opfern. Aber schon bald würde sie ihm alles geben, denn es stand ihm zu. Sie schnitt sich quer zu den Sehnen in den Unterarm, begann ein Kinderlied zu summen, das schon ihre Mutter und davor deren Mutter gesungen hatte.

Blut tropfte in die leere Wiege. Frische Tropfen rannen über getrocknete Flecken, bildeten Muster und flossen wieder auseinander, begleitet von den uralten Klängen des Liedes.

Brion und Tyree hockten in der leeren Schmiede. Es war dunkel, die beiden Jungen hatten bewusst keine Talglichter angezündet, denn sie wollten sich nicht verdächtig machen. Nur die schon lange erloschene Feuerstelle in der Mitte des Raumes war im wenigen Licht, das von außen hereinfiel, zu erkennen. Die Werkzeuge und alles andere lagen im Schatten verborgen, aber die beiden Söhne des Schmieds mussten nichts sehen – sie kannten jeden Winkel des großen Raumes auswendig.

Stumm saßen sie da, an der ehemaligen Wirkungsstätte ihres Vaters, und dachten an ihn. Òrd – der Hammer –

wurde Dànaidh von den meisten im Dorf genannt, und es gab keinen besseren Namen für ihn. Seine Söhne waren, wann immer sie konnten, bei ihm in der Schmiede gewesen, hatten die Blasebälge betätigt, die das Feuer am Leben hielten, und mit dem Dànaidh den Stahl bearbeitete. Auf seinem verschwitzten, kahlen Kopf hatten die blauen Zeichnungen geglänzt, während er die muskulösen Arme geschwungen hatte. Brion und Tyree erinnerten sich, wie er dröhnend gelacht hatte, als er die Waffen der Nordmänner für die Fahrt der Neunundvierzig wieder in Form brachte. Das war ein Auftrag nach seinem Geschmack gewesen – Waffen für Helden, von ihm geschmiedet.

Die Jungen liebten diesen Mann, obwohl er nicht ihr leiblicher Vater war. Gràinne hatte die beiden in die Ehe mit Dànaidh gebracht, nachdem ihr Mann bei der Jagd gestorben war. Doch der Schmied hatte sie wie seine eigenen Söhne aufgezogen. Bald war er ihnen näher als ihre leibliche Mutter, die sich Mann und Söhnen immer mehr entfremdete, indem sie sich Beacáns Glauben rückhaltlos hingab.

Dafür hassten Brion und Tyree den Priester. Sie wünschten sich nichts sehnlicher, als dass ihr Vater mit den Neunundvierzig zurückkehrte, Beacán in seine Schranken verwies und ihre Mutter in die Familie zurückholte.

Brion nahm eine seiner Locken in den Mund, kaute gedankenverloren daran, wie er es schon als kleiner Junge getan hatte. »Glaubst du, dass er wiederkommt?«

Tyree legte die Hand auf die Schulter seines jüngeren Bruders. »Natürlich kommt er wieder. Wahrscheinlich befreit er mit Unen gerade zu zweit die alte Heimat von allen Feinden. Du kennst ihn ja.« Er ahmte wild mit beiden Armen gestikulierend den Schmied bei der Arbeit nach und grinste im Dunkeln. Brion stimmte mit ein.

Plötzlich hörten sie ein Geräusch hinter sich, fuhren herum.

»Was macht ihr beiden Tagediebe hier?«

Brion und Tyree erblickten zu ihrem Schrecken den alten Balloch. Er war ein missmutiger, streitsüchtiger alter Knochen, aber niemand kannte das Dorf und dessen weitere Umgebung so gut wie er. Der Alte hatte damals den Trupp angeführt, der die Ursache der versiegten Quelle zu erkunden suchte. Bei diesem Trupp waren auf Gràinnes Geheiß auch Brion und Tyree dabei gewesen. Balloch hatte keine Gelegenheit ausgelassen, die beiden zu schikanieren.

»Was tut ihr hier?«, wiederholte er, und seine Stimme war scharf. »Wollt ihr eurer Mutter nicht beten helfen?«

Jetzt hatte Tyree genug. Er stellte sich vor Brion. »Halt dein Maul! Was unsere Mutter tut, ist ihre Sache, wir gedenken unseres Vaters. Wenn er hier wäre, würdest du nicht so mit uns reden.« Er reckte das Kinn trotzig in die Höhe. Sein Bruder stand wie erstarrt hinter ihm.

Der alte Mann schaute ihn an, und dann blühte zur Überraschung der beiden ein Lächeln auf seinem Gesicht auf. Sie hatten Balloch zuvor noch nie lächeln sehen, und für einen Augenblick glaubten sie, dass ein anderer vor ihnen stand.

»Euer Vater ist ein guter Mann. Die Guten müssen zusammenhalten. Ob bei den Neunundvierzig oder hier im Dorf.«

Das Lächeln verschwand, der Alte drehte sich um und ging. Brion und Tyree starrten sich verblüfft an.

Gràinne lag nackt auf ihrer Bettstatt. Die Fenster waren mit Lederhäuten verhängt, es war still in der Hütte. Die Glut in der Feuerstelle knisterte und verbreitete angenehme Wärme im Raum.

Die füllige Frau rekelte sich genüsslich auf den weichen Fellen. Bébhinn hatte sie ihr gebracht, mit einem falschen Lächeln, das ihre wahren Gefühle verbergen sollte, aber das war Gràinne einerlei. Früher hatte Bébhinn kein Wort mit ihr gewechselt, doch diese Zeiten waren vorbei. Jetzt hatten einige im Dorf eingesehen, dass man sich besser gut mit Gràinne stellte und ihr ab und an kleine Gefälligkeiten erwies.

Sie war nicht mehr nur die Frau des Schmieds, sie war die Vertraute von Beacán, und damit hatte sie mehr Einfluss als jedes andere Weib im Dorf. Und sie würde alles tun, um diesen Einfluss zu behalten. Im Gegensatz zu ihrem Mann und ihren Söhnen, die die Augen vor dem wahren Glauben verschlossen, liebte sie diesen Glauben, und sie liebte den, der ihn verkörperte.

Ihr Blick fiel auf das Kruzifix, das gegenüber der Bettstatt an der Wand hing.

Gott.

Beacán.

Ihre Hand glitt an ihren massigen Brüsten hinab, zwischen ihre Schenkel. Sie liebkoste sich genüsslich an dem empfindsamen Punkt, den meist nur die Frauen kannten, erst sanft, dann stärker, dann wieder langsamer. Mit der anderen Hand rieb sie eine ihrer Brustwarzen, genoss die Erwartung, bis sie es nicht mehr aushielt. Die Hand zwischen ihren Schenkeln wurde schneller, Gràinne wurde von Zuckungen geschüttelt und stöhnte kehlig auf, während sich ein Schweißtropfen seine Bahn zwischen ihren Brüsten suchte. Dann sackte ihr Körper in sich zusammen.

Gott.

Beacán.

Der Priester saß in sein Gebet versunken auf dem Thron in der Halle. Er war allein, hatte Cian und Nathair, die ihm untertags zu Diensten waren, weggeschickt.

Beacán beendete sein Gebet, stand auf und stieg vom Thron herab. Er bückte sich und zog die geschwärzte, mit Ornamenten und einem Kreuz verzierte Truhe unter dem Thron hervor. In ihr ruhten die Gebeine des Heiligen Drostan, des Schutzheiligen von Innis Bàn, so hatten Beacán und seine Vorgänger es zumindest beschlossen. Drostan war einer der Wegbereiter des neuen Glaubens in der alten Heimat gewesen und hatte viele Wunder bewirkt, und was für die alte Heimat gut genug gewesen war, musste auch für die neue taugen.

Das hagere Gesicht des Priesters verzog sich zu einem glückseligen Lächeln, als er die Truhe öffnete und ein Kreuzzeichen schlug. Er ließ die in kostbares Tuch gewickelten Gebeine ehrfürchtig, wo sie waren, es genügte ihm, ihnen nahe zu sein. Unter Brude war ihm dies kaum möglich gewesen, aber dieser weilte nicht mehr auf dem Thron und in Kürze auch nicht mehr in der Welt der Lebenden.

Wenn Keiran und Kane zurückkamen und ihm den Beweis vom Ableben des ehemaligen Herrschers und dessen Weibes brachten, konnte er endgültig darangehen, die Herrschaft des Einen in Innis Bàn zu errichten. Die Tötung in Auftrag zu geben war ihm eigentlich zuwider gewesen, denn sie verstieß gegen die Gebote Gottes. Aber gleich nachdem der Mörder und die Kindsmörderin in die Verbannung gegangen waren, hatte Beacán zu zweifeln begonnen. Albträume ließen ihn in der Nacht in Schweiß gebadet hochfahren, von Brude, der mit Macht zurückkehrte, die Kreuze ausriss und alle, die sich gegen ihn gestellt hatten, ins Meer jagte.

Also hatte der Priester einen Entschluss gefasst. Brude musste sterben, um den Weg, den Beacán für das Eiland vorgesehen hatte, den Weg Gottes, den *reinen* Weg, nicht zu gefährden. Sein Gewissen quälte ihn trotzdem, doch er beruhigte sich damit, dass Gottes Vertreter auf Erden immer wieder zu harten Entscheidungen gegenüber denen gezwungen waren, die sich ihnen entgegenstellten.

Der Vertreter Gottes auf Innis Bàn bekreuzigte sich erneut, schob die Truhe unter den Thron zurück und verließ gemessenen Schrittes die Halle des verbannten Herrschers, der schon bald ein toter Herrscher sein würde.

»Hört mir zu!«, rief Kineth und war überrascht, wie stark seine Stimme in der Höhle dröhnte. Die Männer und Frauen seines Volkes hatten sich um ihn geschart. Einige standen oder hockten, andere saßen auf dem Felspodest, auf dem Goraidh am Tag zuvor Catriona beglückt hatte. »Bevor wir aufgebrochen sind, hat uns Irb, der Dorfälteste, noch von etwas erzählt, das unsere Pläne beeinflussen könnte. Um nicht zu sagen, dass es alles über den Haufen wirft.«

Kineth machte eine Pause, ließ bewusst Spannung aufkommen. Als ihm Ailean zunickte, fuhr er fort. »Irb sprach davon, dass er in jungen Jahren immer wieder zu einer Insel gesegelt ist. Einer Insel, auf der, wie er es nannte, ›unseresgleichen‹ lebte.«

Unter den Kriegern machte sich Unruhe breit.

»Er erzählte weiter, dass es sich nicht um eine Handvoll Leute handelte, sondern um viele. Um sehr viele.«

»Was willst du damit sagen?«, rief Moirrey ungeduldig.

»Ich will damit Folgendes sagen: Uns allen ist klar geworden, dass wir zu wenige sind, um uns in diesem Land zu behaupten. Und dass uns niemand folgen wird, denn der König hat seine Untertanen fest im Griff. Niemand scheint zu kümmern, wer die rechtmäßigen Nachfolger derer sind, die hier einst herrschten. Aber jene, denen damals ebenfalls die Flucht gelang, so wie unseren Ahnen, würden den rechtmäßigen Erben König Uuens die Gefolgschaft nicht verweigern. Stellt euch vor, was wir erreichen könnten, wenn wir vielleicht zehnmal so viele wären wie jetzt. Ein König, so mächtig er auch sein mag, müsste mit uns verhandeln, denn seine Kräfte sind für den Krieg im Süden gebunden ... er könnte also wählen, ob er uns als Feinde oder als Verbündete hat. Und Verbündete entlohnt man, das hat Egill immer wieder bekräftigt. Er und seine Nordmänner kämpfen dort nicht für die Ehre oder für Freiheit. Sie kämpfen für Gold. Das ist es, was in diesem Land scheinbar jeder respektiert. Mit genügend Gold können wir uns einen Platz in diesem Land erkaufen und mit genügend Mann auch verteidigen.«

Flòraidh verschränkte die Arme vor der Brust. »Was,

wenn dort, wohin wir segeln, niemand mehr am Leben ist?«

»In dem Fall würden wir einfach weiter gen Westen segeln, bis wir Innis Bàn erreicht haben, denn die Insel soll ebenfalls im Westen liegen.« Die Antwort schien die Kriegerin zu beruhigen. Kineth sah in die Runde, bemerkte die unsicheren Blicke, die vielen Fragen, die unausgesprochen blieben. »Ich verspreche euch, wenn wir dort nicht vorfinden, was wir uns erhoffen, segeln wir nach Hause. Was sagt ihr?«

Eisernes Schweigen.

»Ich sage, wir wagen es!« Moirrey stieß einen Kampfschrei aus.

Bree tat es ihrer jüngeren Schwester gleich und schrie ebenfalls. Immer mehr stimmten in das Gebrüll ein.

Nachdem sich der Lärm gelegt hatte, stellte Flòraidh eine weitere Frage, an die offenbar niemand sonst dachte. »Wie finden wir diese Insel?«

Kineth blickte zu Ailean. »Die Küste zur Linken«, wiederholte sie Irbs Worte, »dem Nordlicht entgegen. Im Rücken den Aufgang der Sonne erleben. Überbrücke die Schlucht voll der Klippen Gefahr, bis die steinernen Zwillinge sind dir nah. Des Tages Abend im Blicke, voran, zieht Hilta dich von nun an in ihren Bann.«

Unen kratzte sich die weißen Bartstoppeln. »Schon wieder ein Rätsel? Was zur Hölle soll das bedeuten?«

»Das ist kein Rätsel«, meinte Ailean.

Unens zweifelnder Blick verriet, dass er ihr nicht folgen konnte.

Sie setzte mit einem Lächeln an: »›Die Küste zur Linken, das Nordlicht erleben‹ – wenn man in der Nacht lossegelt, muss man sich entlang der Küste Richtung Norden halten. Sobald es diese zulässt, Richtung Westen, also ›im Rücken den Aufgang der Sonne erleben‹. ›Überbrücke die Schlucht voll der Klippen Gefahr‹ – ich nehme an, dass dies auf eine Spalte oder Ähnliches in der Küstenbeschaffenheit hindeutet, dann weiter, bis man zwei gleich aussehende Felsen sieht, eben die ›steinernen Zwillinge‹. Weiter Richtung Westen, ›des Tages Abend im Blicke‹, erreicht man die Insel Hilta.«

Unen stieß ein zustimmendes Brummen aus.

»Nach Hilta!«, stimmte Moirrey an und streckte die Faust in die Höhe. Die anderen schlossen sich ihr an.

Ein Ruf der Hoffnung, dachte Kineth und reckte ebenfalls die Faust.

Langsam wurde die raue Oberfläche der Steine sichtbar, ihre Maserung, die Risse, die Flechten, die darauf wuchsen. Nach der Stille der Nacht mehrten sich auch die Tierlaute. Caitt hatte kein Auge zugetan, hatte an ein und demselben Fleck gesessen und war nicht einmal zum Pissen aufgestanden. Er hatte ohnedies kein Beinkleid an. Der Krieger verfolgte nur ein Ziel: seine Bestimmung zu finden. Und während er wieder und immer wieder sein Leben vor seinem geistigen Auge vorbeiziehen sah, seine Familie, seine Freunde, auch wenn er sie nicht als solche bezeichnen würde, so blieb er stets bei dem Gedanken an jemand Bestimmten hängen – Egill, den Nordmann.

Es war nicht die Gestalt, die Caitt faszinierte, es waren

die Worte. Der Kämpfer aus dem Norden war nicht nur völlig überzeugt davon, wie er sein Leben zu leben hatte, sondern besonders, wie er seinen Tod zu begehen hatte. »Tod im Feuer« hatte er es genannt und damit den Tod im Feuer des Kampfes gemeint.

Tod im Feuer.

So und nicht anders ergab für ihn das Leben einen Sinn. Alles, was er tat, zielte auf diesen einen Moment ab, der ihm sodann ein weiteres Leben gewähren würde, in der Halle seiner Ahnen, wie er es nannte. Nicht das Leben als Kampf, sondern ein Leben für den Kampf.

Leben für den Kampf. Tod im Feuer.

Caitt hatte es wortlos ausgesprochen, tief in sich gehört, und es klang so richtig wie schon lange nichts mehr. Denn er wusste um seine Kampfkunst, er wusste um seine Stärke und seinen Mut. Und all jene, die daran zweifelten, würde er schnell eines Besseren belehren.

Caitt stand auf. Er blickte den Schacht hoch in den orangefarbenen Morgenhimmel. Dann griff er sich seinen Gürtel, vergewisserte sich, dass noch alle Goldringe im Lederbeutel waren, nahm sein Schwert und begann den Aufstieg.

Verschwitzt und außer Atem erkletterte Caitt den Rand des Schachtes, wuchtete sich empor und richtete sich auf. Erstaunt sah er um sich. Er stand inmitten einer Lichtung, von deren Rand Steine spiralförmig auf den Mittelpunkt zuliefen, wo er stand und wo sich auch der Schacht befand. War dies eine Begräbnisstätte?

Caitt folgte mit seinem Blick den langen, weichen Schatten, die die Bäume zu seiner Rechten warfen, sah die Morgenröte durch die Wipfel schneiden. Dann wandte er seinen Blick wieder nach vorn, denn er wollte Richtung Süden. Der Krieger ignorierte seine schmerzenden Glieder und lief los.

»Ich weiß nicht, was geschehen ist, denn wir müssten eigentlich tot sein. Zwei starke Männer wie ihr gegen einen geschwächten Mann, der doppelt so alt ist, und ein Weib.« Brude prüfte mit dem Daumen die Schneide des Schwertes, das er Keiran abgenommen hatte. Frisch geschliffen, bemerkte er wohlgefällig.

Der ehemalige Besitzer des Schwertes spuckte verächtlich einen Batzen Blut aus, schwieg aber. Er kniete gefesselt am Eingang der Höhle, mit Riemen, die Iona hastig aus den Häuten der Toten geschnitten hatte, nachdem sie wieder zur Besinnung gekommen war. Die linke Gesichtshälfte und der geflochtene Bart des Gefesselten waren blutverkrustet.

Das Licht des Mondes fiel auf Keirans kahlen Schädel, ließ das Blut darauf schwarz aussehen.

»Ich weiß nicht, ob uns die Alten geholfen haben«, fuhr Brude fort, »oder der Geist desjenigen, der den Bären besiegt hat. Aber letztlich ist das ohne Bedeutung. Wir haben gesiegt, nur das zählt.«

Dann beugte er sich über Keiran und blickte ihm direkt ins Gesicht. »Und wir haben eure Schwerter, eure Kleidung, eure Vorräte.«

Der Mann wich seinem Blick nicht aus, sein Mund war trotzig verzogen. Immer noch sprach er kein Wort.

Brude nickte wie zu sich selbst. »Ich schätze, du wirst mir nichts erzählen, aber das ist auch nicht nötig. Ich kann mir ohnehin vorstellen, was in Dùn Tìle vor sich geht.« Er trat von Keiran zurück, sah zu Iona, zu Kanes Leichnam, dann wieder zur Keiran. »Was hier passiert ist, ist ein Zeichen. Ich bin der rechtmäßige Herrscher, und als solcher werde ich auch wieder handeln.«

Keiran sah ihn stumm an.

Brude richtete das Schwert gegen ihn. »Du hast Hochverrat gegen deinen Herrscher begangen, und darauf gibt es nur eine Strafe.«

»Du bist nicht mein Herrscher«, entgegnete Keiran herablassend. »Der wahre Herrscher regiert das Dorf, von Gottes Gnaden und in Seinem Namen.« Er reckte den Kopf empor. »Töte mich. Nach mir werden andere kommen.«

»Wir sind bereit.« Brude tauschte einen kurzen Blick mit Iona, die ihm zunickte.

»Ihr seid bereit? Du und dein Weib?« Keiran grinste herablassend.

Anstatt einer Antwort bewegte sich die Klinge des Schwertes blitzartig. Der Kopf des Verräters fiel zu Boden, kurz darauf folgte der übrige Körper. Beide lagen still da, während sich unter ihnen eine Blutlache ausbreitete.

»Und jetzt?« Ionas Stimme war ruhig.

Ihr Gemahl wischte das Schwert an dem Toten ab. »Jetzt werden wir erst einmal wieder zu Kräften kommen.«

»Und dann?«
»Dann wird sich für so manchen auf diesem Eiland das Tor zur Hölle auftun.«

Die Raubmöwe glitt ruhig durch den grauen Himmel. Unter ihr breitete sich das scheinbar unendliche Meer aus, bauten Wellen mit Schaumkronen sich auf, um gleich darauf wieder zusammenzufallen und mit der See eins zu werden.

Nicht weit vor der Möwe tat sich eine Nebelwand auf. Sie hielt keinen Augenblick inne, flog hinein.

Das Weiß verschluckte sie, auch die Geräusche des Meeres wurden leiser.

Die Möwe hob die Flügel, wurde langsamer. Genau in dem Augenblick, in dem der Nebel lichter wurde und die Felswand vor ihr auftauchte, hatte sie sich so weit verlangsamt, dass sie in ihrem Nest, das auf einem Vorsprung lag, landen konnte.

Die Möwe beugte sich in das Nest hinein, sah die beiden Eier, die unversehrt waren, so wie sie sie verlassen hatte. Sie stieß ein zufriedenes Krächzen aus, während der Nebel wieder dichter wurde und Fels und Tier verschlang.

Der Weg des Kriegers

Lass – nicht – los!

Nur dieser Gedanke, diese drei Worte waren es, die den Mann beherrschten, der unter der Brücke hing und sich mit Armen und Beinen verzweifelt an den alten Tauen und morschen Holzbohlen festklammerte.

Lass – nicht – los!

Sein Herz raste, Schweiß rann ihm trotz der Kälte der Nacht über die Stirn. Er spürte, wie seine Hände aufgrund der Anstrengung taub wurden. Wie seine Beine, die er an den Halteseilen unter den Bohlen eingehakt hatte, abzurutschen drohten. Doch er gab nicht auf – der Wachposten über ihm würde nicht ewig auf der Brücke verweilen. Er durfte sich nur nicht verraten, nicht durch lautes Atmen und auch nicht durch das Zittern seiner Muskeln, von dem ihm schien, dass es sich von seinem angespannten Körper auf die ganze Brücke übertrug. Aber natürlich war das nur Einbildung, geboren aus dem gewaltigen Kraftaufwand, den es brauchte, um nicht abzustürzen.

Also biss Egill Skallagrimsson, Herrscher der Eislande, die Zähne zusammen und krallte sich weiter an der Hängebrücke fest, die sich im Licht des Mondes über die zerfurchte Schlucht spannte.

Als Egill die Brücke erreicht hatte, war er erschöpft gewesen. Seit der Schlacht um die Festung Torridun, die er mit

Kineths Kriegern siegreich beendet hatte, war er fast ununterbrochen auf den Beinen gewesen und hatte sich auch in den Nächten nur eine kurze Rast gegönnt. Er musste so schnell wie möglich in den Süden, zu seinem Bruder Thorolf und König Æthelstan. Musste Seite an Seite mit Thorolf gegen Konstantin kämpfen. Musste siegreich mit üppigem Lohn in die Eislande heimkehren, und sei es nur, um zu vergessen, was hinter ihm lag.

Um *sie* zu vergessen ...

Vielleicht waren es die Gedanken an sie, vielleicht Erschöpfung. Jedenfalls hatte Egill nicht bemerkt, wie morsch die Bohlen waren, hatte einfach das Halteseil, das in Hüfthöhe gespannt war, gepackt und begonnen, darüber zu gehen.

Etwa in der Mitte der Brücke war er auf einmal krachend eingebrochen. Im letzten Augenblick hatte er sich festhalten können, hing mit pochendem Herzen über dem Abgrund.

Dann, gerade als Egill darangegangen war, sich wieder nach oben zu ziehen, hatte er die Schritte gehört. Sie kamen von der anderen Seite der Schlucht. Fast gleichzeitig nahm er auch den schwachen Feuerschein wahr, weiter hinten im Wald. Wahrscheinlich handelte es sich um ein Lager, und ebenso wahrscheinlich war die Gestalt, die durch den Wald auf die Brücke zuging, ein Wachposten. Ein Wachposten, der gehört haben musste, wie Egill eingebrochen war.

Das alles war dem Nordmann blitzschnell durch den Kopf gegangen, während er einen Ausweg aus seiner Lage suchte. Doch es gab keinen, für eine Flucht war es zu spät. So blieb ihm nur eines – verstecken, unter der Brücke.

Lautlos war er unter die Bohlen geklettert, während auf der anderen Seite jemand den ersten Schritt auf die Brücke machte ...

Egill hörte ein Husten, dann spuckte der Mann über ihm aus. Der Klumpen aus Speichel und Rotz flog an dem Nordmann vorbei, hinunter auf den Grund der Schlucht, in der kein Bach floss. Mit dem Geräusch von fließendem Wasser hätte Egill nicht so leise sein müssen, hätte er das Ächzen, das sich zwischen seinen zusammengebissenen Zähnen herauspressen wollte, freisetzen können.

Aber so war es nicht. Es war still.

Der Wachposten verharrte. Egill verharrte.

Was würde der Mann tun? Er stand dicht neben dem Loch, dem er offenbar nicht viel Bedeutung zumaß, sonst hätte er genauer hingesehen. Trotzdem rührte er sich nicht von der Stelle, während die Kräfte des Nordmannes mehr und mehr erlahmten.

Warum verpisst du Hundesohn dich nicht endlich? Warum –

Ein weiteres Husten.

Dann, ganz langsam, entfernte sich der Mann mit knarrenden Schritten. Die Brücke schwankte ein wenig, wurde wieder ruhig.

Egill wartete, obwohl jede Faser seines Körpers danach drängte, sich nach oben zu ziehen und auszuruhen. Doch er gab dem Drängen nicht nach. Der Wachposten war offenbar ein misstrauischer Bursche, sonst hätte er sich gar nicht erst auf die Brücke gewagt. Es war also sicherer, noch ein wenig auszuhalten.

Regungslos versuchte der Nordmann, die Schmerzen

zu ignorieren, die durch seinen verkrampften Körper wogten.

Plötzlich das Knacksen von Ästen. Schritte, die sich im Wald entfernten.

Der Wachposten hatte tatsächlich gewartet, ob das Geräusch, das ihm vorhin zu Ohren gekommen war, nicht doch etwas zu bedeuten hatte. Egill würde später, wenn er sich dem Lager näherte, aufpassen müssen. Denn wenn alle Wachmänner des Trupps so aufmerksam waren, würde das, was er sich vorgenommen hatte, ein schwieriges Unterfangen werden.

Aber das kam später. Jetzt musste er erst einmal auf die Brücke und wieder zu Kräften gelangen.

Der Nordmann atmete tief durch. Dann hangelte er sich zu dem Loch vor. Er griff durch die Öffnung nach oben, erst mit der einen, dann mit der anderen Hand, und krallte sich an den vorderen Bohlen fest. Unter Aufbietung aller Kräfte, die er noch besaß, zog er seinen Oberkörper hinauf, während seine Beine lose über dem Abgrund baumelten. Er griff weiter nach vorne, zu den nächsten Bohlen, zog und zerrte seinen ganzen Körper nach und nach aus dem Loch. Als er es endlich geschafft hatte, drehte er sich auf den Rücken und blieb keuchend liegen.

Sein Herz raste, sein Atem war nur schwer unter Kontrolle zu bringen. Egill fühlte sich zu Tode erschöpft, und doch machte sich ein Gefühl des Triumphes in ihm breit.

Dem Tod entkommen. Nicht das erste Mal in diesem Land.

Langsam kehrten seine Kräfte wieder. Als er sich dazu in der Lage fühlte, stand der Nordmann auf und hielt sich an dem rauen Halteseil fest. Er holte tief Luft, dann ging er, noch etwas wacklig auf den Beinen, über die Brücke.

Als er die andere Seite und damit endlich sicheren Boden erreichte, atmete Egill erleichtert auf. Er hatte es geschafft, und er würde auch alles andere schaffen, würde einen Weg finden, sich an das Lager heranzupirschen, und dann –

»Beeindruckend, in der Tat. Wie die Angst vor dem Tod doch den Menschen Flügel verleiht.«

Egill erstarrte, als er die Stimme hörte. Vor ihm tauchte der Wachposten aus der Dunkelheit auf, der Stahl einer Schwertklinge schimmerte fahl im Mondlicht.

Dem Tod entkommen. Von wegen.

»Ganz langsam.« Der Wachposten bedeutete ihm mit einer Bewegung seines Schwertes, näher zu kommen.

Wie befohlen, ging Egill auf den Mann zu. Er erkannte jetzt in der Entfernung wieder den flackernden Lichtschein des Lagers, weiter hinten im Wald.

»Hinknien.«

Egill gehorchte. Seine Sinne waren bis auf Äußerste gespannt, er wartete auf die Gelegenheit, die kommen musste. Denn sie würde kommen, da war er sich sicher – die Asen hatten ihrem Nordmann nicht bei so vielen Gefahren zur Seite gestanden, um ihn jetzt fern der Heimat jämmerlich verrecken zu lassen.

»Sieh mich an.«

Anstandslos tat Egill wie ihm geheißen. Der Mann trug einen Schuppenpanzer, einen Umhang und einen Spangenhelm, unter dem durchdringende Augen aus einem vernarbten Gesicht blitzten.

Die Augen schienen Egill zu durchbohren. Dann rümpfte der Mann die Nase. »Du stinkst wie ein Tier. Und jetzt erklär mir, warum sich dieses Tier, das wie ein dreckiger Nordmann aussieht, mitten in der Nacht hier herumtreibt.«

Egill senkte den Kopf. »Ich wurde bei einem Raubzug von meinen Kameraden getrennt. Dann habe ich mich in diesen verdammten Bergen verirrt.« Er legte alles daran, so niedergeschlagen wie möglich zu klingen und den Wachposten glauben zu lassen, dass er es mit keinem gleichwertigen Gegner zu tun hatte. Während er sprach, tastete seine rechte Hand nach dem Dolch, der unter dem Umhang an seinem Gürtel hing. Es war ein Geschenk von Thorolf und die einzige Waffe, die ihm seit seinem Aufbruch aus den Eislanden geblieben war. Sein Schwert hatte er vor Kurzem verloren, als er bei der Überquerung eines Flusses von einer Strömung überrascht worden war.

»In den Bergen verirrt ... Warum bist du nicht an der Küste geblieben? Da hättest du mehr Chancen, von einem deiner Schiffe gerettet zu werden.« Die Stimme des Mannes klang amüsiert.

Egill knirschte innerlich mit den Zähnen. Ein misstrauischer Bursche, wahrhaft. Die meisten Wachposten, mit denen er sich bisher hatte herumschlagen müssen, waren Dummköpfe gewesen, die man leicht übertölpeln konnte.

»Das hatte ich vor, aber ich wurde von Dorfbewohnern entdeckt, die sich offenbar nur zu gern an einem Nordmann rächen wollten. Sie haben mich immer weiter ins Innere des Landes getrieben. Als ich sie abschütteln konnte, war es schon zu spät, ich hatte keine Ahnung mehr, wo ich mich befand.« Egill bemühte sich noch einmal, so mutlos zu klingen, wie er nur konnte. »Das ist die Wahrheit.«

Der Mann blickte schweigend auf seinen Gefangenen hinab. Dann spuckte er ihm ins Gesicht. »Eine schöne Geschichte. Du wirst sie in Kürze anderen erzählen, die nicht so geduldig sind wie ich.« Der Wachposten trat einen Schritt zurück. Immer noch zielte er mit dem Schwert auf Egill, aber er wirkte nicht so, als ob er den Nordmann als große Bedrohung ansah. Vielleicht hatte das Flehen ihn getäuscht?

»Davor wirst du sämtliche Waffen ablegen, die du bei dir hast. Denn ich habe noch nie einen Nordmann getroffen, der keine dabeihatte, einerlei ob auf der *Flucht*« – bei diesem Wort grinste der Mann – »oder auf dem Weg zu einem Kloster, das sich ausrauben lässt.«

Er hatte ihn nicht getäuscht.

Odin. Rabengott. Steh mir bei. Jetzt!

Egill hielt den Kopf immer noch demütig gesenkt.

»Bitte, Herr, ich bin wirklich nur ...«

Blitzschnell zog der Nordmann den Dolch, schleuderte ihn gegen den Wachposten und warf sich selbst zur Seite. Der Wachposten stieß einen Schrei aus. Sein Schwert fiel zu Boden, seine Hände fuhren zum Oberschenkel, an dessen Innenseite der Dolch durch das Beinkleid gedrungen war. Einen Augenblick später war Egill bei ihm, riss ihn zu Boden und presste ihm die Hand auf den Mund. Die andere Hand legte er auf den Griff des Dolches, horchte aufmerksam, ob sich jemand aus dem Wald näherte. Aber es war kein Laut zu hören.

Der Nordmann wandte sich der Wache zu. »Wenn du dich wehrst und um Hilfe rufst, ziehe ich das Messer aus deinem Schenkel, und du verblutest innerhalb weniger Augenblicke. Lasse ich es drin, wirst du wahrscheinlich leben. Wähle!«

Der Wachposten wand sich einen Augenblick lang unter Egills eisernem Griff, dann brach seine Gegenwehr. Mit einem Kopfnicken signalisierte er, dass er aufgab, seine weit aufgerissenen Augen zeugten von Todesangst.

Für einen Moment hatte der Herrscher der Eislande ein anderes Bild vor Augen ... blutige Kehlen, die Todesschreie von Männern, in einem Kerker auf einer sturmumtosten Insel im Norden.

Die Todesschreie *seiner* Männer.

Er schüttelte das Bild ab und nahm die Hand ein Stück weit vom Mund des Mannes. »Du und deine Kameraden – was macht ihr hier?«

»Wir gehören zu König Konstantins Garde«, stieß der Mann ächzend hervor.

Egill packte den Griff des Dolches fester. »Lüg nicht. Konstantins Männer sind alle im Süden.«

Der Mann schüttelte in Panik den Kopf. »Es gab noch einige Fürsten, die sich unserem König nicht anschließen wollten. Wir haben sie dazu gezwungen, und jetzt geht es auch für uns nach Süden.«

»Wohin genau?«

Der Mann schwieg. Er litt ohne Zweifel unter großen Schmerzen, seine Augen irrten wild umher. Aber Egill hatte keine Zeit für Schmerzen. Er musste wissen, wo die Schlacht stattfinden würde, denn wo die Schlacht war, war auch Thorolf.

Der Nordmann presste seinem Gefangenen wieder die Hand auf den Mund. Erbarmungslos drehte er den Griff des Dolches ein wenig, und mit ihm die Klinge, die sich tiefer in das gemarterte Fleisch schnitt. Der Verwundete bäumte sich auf, versuchte, sich loszureißen, jedoch vergebens.

»Du bist ein Mann der Garde und ich dein Feind. Ich verstehe, dass du mir nichts verraten willst. Aber hier noch einmal die Wahl – rede oder stirb.« Erneut nahm Egill die Hand vom Mund des Wachpostens. »Wohin reitet ihr? Wo findet die Schlacht statt?«

»Brunanburh.« Ein schwaches, resignierendes Flüstern. »Nördlich von Brunanburh sammelt König Konstantin sein Heer.«

»Ich danke dir.«

Der Nordmann zog den Dolch aus der Wunde und hielt dem Mann den Mund zu. Der riss überrascht die Augen auf, wehrte sich schwächlich. Doch schon nach kurzer Zeit waren Blut und Leben aus ihm herausgeströmt.

Ohne Zeit zu verlieren, entkleidete Egill den Wachposten. Der Mann hatte recht gehabt, er stank in der Tat wie ein Tier – weil er immer noch die Gewänder der Fischer anhatte, die er mit Kineth und den anderen benutzt hatte, um sich in Torridun einzuschleichen. Die Kleidung des Wachpostens war auf alle Fälle besser, denn sie würde ihm hier im Norden eine hervorragende Tarnung sein. Er zog Wams, Beinkleid und Schuppenpanzer an, in dem er einen Beutel mit Silberpennys entdeckte, setzte den Spangenhelm auf und nahm das Schwert. Danach schleifte er den Toten zum Rand der Schlucht und warf ihn und seine alten Kleider in die Tiefe.

Stille, dann ein dumpfer Aufprall, weit unten in der Finsternis.

Jetzt brauchte er nur noch ein Pferd.

Der Nordmann wandte sich dem Feuerschein im Wald zu und verschwand zwischen den Bäumen.

Ein kalter Wind zerrte an dem kleinen Zelt, das Bree an Deck aus Stoffbahnen aufgespannt hatte, ließ es hin und her schlagen, wie ein Vogel, dessen Flügel viel zu schnell flatterten.

Schlaftrunken öffnete Ailean die Augen, streifte das wärmende Fell ab. Sie kniete sich hin und streckte den Kopf aus dem Zelt. Die Wolken hingen schwer und kalt am Himmel, das Meer war aufgewühlt und schlug unaufhörlich mit schäumender Gischt gegen die Bordwand. Das Rahsegel hing nun voll gebläht auf Halbmast, zog das Schiff unter sich förmlich mit. Die Ruder lagen im Kielraum verstaut. Die Krieger saßen durchnässt auf ihren Bänken, jeder klammerte sich fest, um nicht fortgerissen zu werden. Zwischen ihnen standen Truhen und Fässer, alle eng vertäut und prallvoll mit den Vorräten, die sie aus der Festung geschafft hatten.

Ailean stand auf, streckte sich und bahnte sich dann mühsam ihren Weg zwischen den Proviantkisten achtern zum Steuerruder, das Kineth fest im Griff hielt.

»Solltest du deine Hand nicht ein wenig schonen?«, warf sie ihm lautstark entgegen.

Der grinste schief. »Dir auch einen guten Morgen. Kei-

ne Sorge, ich habe Elpin erst vor Kurzem abgelöst.«
Kineth schaute neben sich, wo dieser zusammengerollt wie ein kleines Kind auf den dunklen Bohlen lag und so tief schlief, als würde ihn seine Mutter sanft hin und her wiegen. Auch Ailean musste bei diesem Anblick lächeln.

»Hast du die Wunde eingeschmiert?«

Kineth warf seiner Stiefschwester einen Blick zu, als wäre er ein trotziger Junge, der der Zurechtweisungen seiner Mutter überdrüssig war.

Ailean hob abwehrend die Hände. »Ich habe es ja nur gut gemeint. Wie weit sind wir?«

»Die Nacht über haben wir im Schutz der Steilküste gelegen und sind beim ersten Morgengrauen weitergesegelt. Ist noch nicht lange her, dass die See rauer geworden ist.«

»Schon wieder ein Sturm?« Ailean schauderte bei dem Gedanken an das Unwetter, das sie auf ihrer Herfahrt von Innis Bàn nur knapp überlebt hatten.

»Ich denke, wir müssten diese Schlucht bald sehen«, sagte Kineth. »Sofern wir sie nicht schon passiert haben.«

Ailean zog die Stirn in Falten. »›Überbrücke die Schlucht voll der Klippen Gefahr‹. Was auch immer das bedeutet.« Obwohl sie vollmundig verkündet hatte, dass sie den genauen Kurs kannte, wusste sie insgeheim, dass es vielleicht nur die Erinnerung eines alten Mannes an ein Gedicht war. Ailean wischte sich über das Gesicht, das von der Gischt nass gespritzt war, und schmeckte das salzige Wasser.

»Kineth! Sieh!« Bree stand am Bug und deutete nach vorn.

Kineth nickte. Ailean kniff die Augen zusammen, dann

sah sie es auch: Die Küste, die immer flacher ins Meer abfiel, erhob sich ein letztes Mal und brach danach ab, als hätte man ihr das letzte Stück mit der Axt abgespalten.

Das Schiff segelte gerade an diesem Einschnitt vorbei, als am Horizont erneut Felsen sichtbar wurden.

»Sieht aus, als wurde das Land von einem Riesen durchschnitten«, bemerkte Ailean erleichtert. »Da hast du deine Schlucht.«

»Offensichtlich.« Kineth zwinkerte ihr zu und korrigierte den Kurs Richtung Südwest. »Hungrig?«

Sie schüttelte den Kopf, nahm aber trotzdem ein Stück Trockenfleisch aus dem Beutel an ihrem Gürtel und begann daran zu kauen, um den schlechten Geschmack der Nacht und den des Meerwassers zu tilgen. Doch je länger Ailean kaute, desto flauer wurde ihr im Magen. Sie verstand nicht, warum, denn auf der Herfahrt hatte sie den Sturm ohne Seekrankheit überstanden. Aber damals hatte sie auch etwas Wichtigeres zu tun gehabt, als an Übelkeit zu denken – damals hatte sie das Schiff und die Neunundvierzig aus dem Unwetter retten müssen. Heute stand ihr Stiefbruder am Steuer und gedachte offenbar nicht, seinen Platz zu räumen.

»Gib mir Bescheid, wenn ich dich ablösen soll«, rief sie Kineth zu und war bereits auf dem Weg zum Bug.

Ailean spannte das Zelt ab, das nur von einigen Tauen gehalten wurde, und verstaute die feuchten Stoffplanen in einer Truhe. Dann schritt sie zu Bree, die sich mit einer Hand am Steven festhielt und mit dem Oberkörper über den Bug lehnte.

»Wo ist Mally?«

Bree blickte über die Schulter, um zu erkennen, wer mit ihr sprach. »Der ist speiübel«, entgegnete sie mit einem Augenzwinkern und deutete auf ihre Schwester, die hinter ein paar Truhen hockte und kreidebleich war. Dann wandte sich Bree wieder nach vorn. »Du hast übrigens auch nicht gerade eine rosige Gesichtsfarbe.«

Ailean hatte zu Bree aufgeschlossen und hielt sich ebenfalls am Steven fest. »Du täuschst dich, ich ...«

In dem Moment revoltierte ihr Magen so stark, dass sie sich über die Bordwand beugen musste und eine Mischung aus Galle und Trockenfleisch ausspie.

Bree lachte auf.

Nachdem sich ihr Magen wieder beruhigt hatte, spuckte Ailean noch einmal kräftig ins Wasser, dann richtete sie sich auf und wischte sich den Mund mit dem Ärmel ab.

»Was werden wir auf dieser Insel finden?«, fragte Bree, ohne den Blick vom Horizont abzuwenden.

»Das weiß ich nicht«, antwortete Ailean. »Mich kann gar nichts mehr überraschen. Selbst ein fünfköpfiger Drache nicht.«

»Hat der Alte gesagt, dass es dort Drachen gibt?«, gab Moirrey mit dünner Stimme von sich und sah mit großen Augen zu den beiden Kriegerinnen auf.

»Ja, und die streiten sich gerade darüber, wer von ihnen dich fressen darf, du dumme Kuh.« Bree schüttelte den Kopf. »Manchmal frage ich mich, ob wir tatsächlich denselben Vater haben.«

Moirrey wollte etwas Freches entgegnen, aber ein Würgereiz ließ sie verstummen.

Allmählich beruhigte sich die See. Die Wellen wurden flacher, der Wind flaute ab. Alle an Bord waren erleichtert und standen von ihren Plätzen auf, an die sie sich zuvor noch geklammert hatten.

Unen holte seine aus einem Tierknochen geschnitzte Flöte hervor und spielte eine schwermütige Melodie. Manche der Krieger hörten nur zu, andere sangen leise die Strophen eines uralten Liedes dazu. Doch alle waren für den Moment ihrer Ängste beraubt und vergaßen die Zeit.

Wenig später tauchten im Westen zwei Felsen auf, die wie die Stümpfe zweier riesiger Bäume aus dem Wasser ragten.

»Die steinernen Zwillinge. Der Alte hat recht gehabt«, sagte Ailean wie zu sich selbst und wandte sich zu Kineth.

Der zog am Steuerruder, worauf das Schiff langsam in Richtung der Felsen drehte.

Der Nebel kam plötzlich und unerwartet, verschlang ebenso gierig die Sicht wie alle Geräusche. Mit einem Male bestand die Welt rund um das Schiff nur noch aus grauen, dumpfen Schwaden. Von der Küstenlinie, die noch vor Kurzem achtern deutlich zu sehen war, war nichts mehr geblieben als eine ferne Erinnerung. Die Luft fühlte sich feucht an, der Wind flaute weiter ab, sodass Kineth das Segel voll aufziehen ließ. Doch anstatt sich aufzublähen, wurden die eingefetteten Stoffbahnen immer schlaffer, bis sie scheinbar leblos an der Rah hingen.

Kineth zog eine missmutige Grimasse und nickte Unen zu.

»An die Riemen!«, rief der riesige Krieger.

Die Besatzung öffnete die Klappen, die das Eindringen von Wasser bei hohem Wellengang verhinderten, steckte die Riemen durch die mit Leder umringten Löcher und begann so gut es ging im gleichen Rhythmus mit den Ruderschlägen.

Als die Riemenblätter die glatte See wieder und wieder zerteilten, nahm das Schiff allmählich an Fahrt auf. Beinahe lautlos glitt es über die Wasseroberfläche, wären da nicht das Stöhnen der Ruderer, das Knarren der Riemen und das gelegentliche Platschen des Wassers gewesen, wenn eine flache Welle gegen den Rumpf schlug. Jene, die nicht auf den Ruderbänken saßen, starrten in das milchige Grau und hielten schweigend nach allem Ausschau, was ein Anhaltspunkt sein konnte – vergebens. Der Rest der Welt war wie vom Erdboden verschluckt. Alles, was blieb, war der Flecken Wasser rund um das Schiff.

Nachdem Unen ihn geweckt hatte, war Elpin auf den Mast geklettert in der Hoffnung, mehr sehen zu können als die anderen. Eine trügerische Hoffnung, wie er schnell feststellen musste. Doch es war nicht die fehlende Sicht, die ihn plötzlich innehalten ließ, sondern etwas anderes. Der junge Mann zögerte einen Moment. »Hört ihr das?«

Kineth blickte irritiert zu Elpin hinauf. »Was meinst du?«

»Die Vögel!«

Alle an Bord hielten inne und begannen zu lauschen, manche schlossen dabei die Augen. Dann hörten sie es auch – das Krächzen und Zetern, das Schreien und Rufen unzähliger Vögel.

»Von wo kommt das?«, rief Moirrey und blickte in alle

Richtungen, während das Schiff durch eine kaum spürbare Brise wieder Fahrt aufnahm.

Wie als Antwort schälte sich vor den Kriegern eine dunkle Masse aus dem Grau, formte sich zu einem monströsen Bug eines noch monströseren Schiffes – ein gewaltiges Ungetüm, das direkt auf sie zusteuerte!

»Wenden!«, schrie Bree panisch und lehnte sich unwillkürlich nach Steuerbord.

Auf Backbordseite wurden hektisch die Riemen eingeholt, auf Steuerbordseite ließen die Ruderer die Blätter ins Wasser sausen und zogen gegen die Fahrtrichtung. Kineth riss das Steuer herum, Unen eilte ihm zu Hilfe.

Während das Geschrei der Vögel ohrenbetäubend wurde, kam der Koloss dem Schiff immer näher. Rund um Elpin, der sich immer noch oben am Mast festhielt, schossen Dutzende Basstölpel, Wellenläufer und Papageitaucher aus der Nebelwand, um gleich darauf wieder in ihr zu verschwinden. Manche sausten nur um Haaresbreite an Elpin vorbei. Er wedelte wild mit einer Hand, um die Vögel zu verscheuchen. Dabei verlor er das Gleichgewicht und stürzte ab. Während er nach unten fiel, konnte er im letzten Moment eins der Taue greifen, packte es, so fest er konnte, und bremste damit seinen Sturz ab. Trotzdem schlug er hart mit der linken Schulter am Deck auf. Er stöhnte und merkte sogleich, dass der Schmerz in seiner Schulter nichts gegen das Brennen in seinen Handflächen war, die er sich mit dem Tau blutig gescheuert hatte.

Das Schiff neigte sich so stark nach Steuerbord, dass Wasser durch die Riemenlöcher schwappte, als die ersten Ausläufer des Ungetüms auch schon an der Bordwand vorbeischrammten – und sich als riesiger Felsen entpuppten, dessen Steilklippen sich im Nebel verloren.

Die Gefahr war vorüber, und Kineth brachte das Drachenboot schnell wieder auf Kurs. Er ließ die verbleibenden Riemen einholen und das Schiff in sicherem Abstand an dem grauschwarzen Ungetüm vorbeigleiten. Alle reckten die Köpfe nach oben, voller Ehrfurcht vor dem gewaltigen Felsen und seinen gefiederten Bewohnern, die nun den Mast lautstark umkreisten, als wäre er ihr Leitvogel.

Plötzlich stürzte sich ein Papageitaucher aufs Deck. Mit seinem hellroten Schnabel schnappte er sich ein Stück Trockenfleisch aus einer der Truhen, die aufgeklappt waren, und flüchtete sogleich wieder mit seiner Beute. Noch ehe jemand an Bord reagieren konnte, taten es dem Räuber Dutzende seiner Artgenossen gleich und pickten alles auf, was ihnen fressbar erschien.

Während die Besatzung noch überrascht herumstand, packte Moirrey bereits eines der Rundschilde, die außen an der Bordwand hingen, und begann es wie verrückt hin und her zu schwingen. »Kisten zu, verdammt noch mal!« Sie gab Goraidh einen herzhaften Tritt, der ihn aus seiner Erstarrung löste. Hastig tat er wie ihm geheißen.

Allmählich verzogen sich die Vögel. Die Krieger sahen sich ungläubig an, manche brachen in spontanes Gelächter aus.

Unen schüttelte den Kopf. »Nordmänner. Der Herrscher von Cattburgh. Die Bewohner dieses Landes – niemand hat uns etwas wegnehmen können. Aber ein paar verdammte Vögel schaffen es mühelos.«

Der Nebel lichtete sich ein wenig. Nun konnte man das Plateau des Felsen erahnen und erkennen, dass an seinen stark verwitterten Steilwänden Vogelnester gebaut waren, die in ihrer Vielzahl wie Sterne am nächtlichen Firmament wirkten.

»Kineth!« Bree deutete nach vorn. Die Steilwand endete abrupt, nur ein schmaler Steinbogen führte von dem Felsen weiter wie eine Brücke ins Nichts. Während sich der Nebel weiter auflöste, sah die Besatzung allmählich, dass der Steinbogen in weitere Klippen mündete, die in eine Hügellandschaft übergingen. Diese bestand aus vier Anhöhen, die einen Halbkreis bildeten und zur Mitte hin abflachten wie bei einem Krater. Dieser löste sich in einer Bucht auf, deren steiniger Strand ins Meer abfiel.

»Dort könnten wir anlanden, was meinst du?«, sagte Kineth und strich sich nachdenklich über den kurzen Vollbart.

Unen brummte zustimmend.

Elpin stellte sich neben die beiden Männer, die noch immer gemeinsam das Steuer hielten. Er ließ seinen Blick über die Bucht wandern, während er sich die schmerzende Schulter rieb. »Landeinwärts kann ich einige Bauten aus Stein erkennen, ein paar niedrige Mauern, vereinzeltes Vieh auch. Aber Menschen sehe ich keine.«

Kineth stellte sich unwillkürlich auf die Zehen und erkannte, dass sein Freund recht hatte – die Bucht war menschenleer. Er holte tief Luft. »Wir gehen an Land! Alles klarmachen!«

Die Männer und Frauen an Bord wussten, was sie zu tun hatten. Als das Schiff grollend und ächzend auf den Strand auflief, kletterten zwei Dutzend von ihnen an den Bordwänden hinab, packten die Taue, die aus Seehundhaut gefertigt waren, und zogen das Boot mithilfe der anbrandenden Wellen so weit sie konnten ans Ufer. Dann sicherten sie die Taue mit Pflöcken, die sie in den steinigen Untergrund trieben. Der Rest der Mannschaft an Bord holte das Segel ein, schlug den Holzkeil aus dem Kielschwein und legte den Mast um.

Erst jetzt sprang Kineth von Bord, zog sein Schwert und sah sich um. Die Hügel, die sie umgaben, waren mit dichtem, saftig grünem Gras bewachsen. Erinnerungen schossen ihm in den Kopf... Nordmänner, die noch wenige Monate zuvor auf die gleiche Art an Land gegangen waren... die Geduld, mit der Brude und die Seinen die Krieger hatten in die Falle laufen lassen... und die Schnelligkeit, mit der sie die Falle zuschnappen ließen und niemanden verschont hatten.

Nun waren Kineth und die Seinen die Fremden.

Sie waren es, die allein auf unbekanntem Land standen und denen nichts anderes übrig blieb, als landeinwärts zu ziehen, in der Hoffnung, dass sie die Bewohner der Insel nicht ebenso raffiniert in eine tödliche Falle locken würden.

»Wie gehen wir vor?« Ailean trat ungeduldig zu Kineth.

Der steckte sein Schwert zurück in die Scheide. »Zunächst werden wir hierbleiben, bis die Sonne ihren Höchststand erreicht hat. Vielleicht wird ja der eine oder andere Bewohner ungeduldig, und es sind nicht wir, die den ersten Schritt tun müssen«, wies er seine Leute an.

»Und wenn nicht?«

»Dann werden wir jene suchen, die hier leben.«

»Vielleicht lebt hier aber schon lange niemand mehr«, entgegnete Elpin. Kineth packte ihn am Kinn und drehte seinen Kopf zu den steinernen Behausungen. »Wenn hier niemand mehr lebt, wer hat dann Feuer gemacht?«

Elpin kniff die Augen zusammen – tatsächlich stieg aus mancher der Hütten feiner Rauch auf.

Rastlos und lediglich mit seinem Hemd bekleidet, war Caitt den ganzen Tag lang durch den Wald gelaufen. Er hatte nur haltgemacht, um Beeren zu essen, Wasser zu trinken oder sich zu erleichtern. Am Nachmittag erspähte der Krieger schließlich einen Weg, dessen tiefe Spurrillen in der Erde davon zeugten, dass er häufig genutzt wurde. Der Krieger war dem Weg gefolgt, hielt sich jedoch immer im angrenzenden Wald in sicherem Abstand verborgen.

Schließlich erspähte er durch die Bäume einen weiteren Weg, der jenen kreuzte, dem er gerade folgte. Irgendetwas schien an dem Kreuzungspunkt festgemacht zu sein, wenngleich Caitt es noch nicht erkennen konnte. Langsam schritt er darauf zu, hielt immer wieder inne, um zu hören, ob sich jemand zu Fuß oder mit einem Wagen näherte – aber bis auf das Zwitschern der Vögel und das Plätschern eines nahe gelegenen Baches blieb es ruhig.

Allmählich erkannte Caitt, dass an der Kreuzung ein Pfahl in den Boden geschlagen war, an dem ein Mann seltsam verkrümmt und reglos hing. Der Krieger vergewisserte sich noch einmal, dass er wirklich allein war, bevor er aus dem Dickicht hervortrat. Der Mann am Pfahl war noch jung und offenbar schon länger tot. Seine

Augen waren aus den Höhlen gepickt, die Haut von der Sonne ledrig. Seine linke Gesichtshälfte wies alte, wulstige Narben auf, wie man sie nur durch Feuer bekommen konnte. Er war mit den Handgelenken am oberen Ende des Pfahls festgebunden, seine Arme waren verdreht, als hätte sie jemand an den Schultern aus den Gelenken gebrochen. Sein Oberkörper war von tiefen, dunklen Furchen gezeichnet, die man ihm wohl als zusätzliche Qual hineingeschnitten hatte, mutmaßte Caitt. Außer einer zerschlissenen Hose, die im Schritt völlig verkrustet war, war der Mann unbekleidet.

Offenbar die Zurschaustellung eines Verbrechers, dachte Caitt. Er ertappte sich dabei, dass er sich mit dem Mann verglich, und für einen Augenblick wogen seine Taten im Gasthaus wieder erdrückend schwer. Doch dann riss er sich von seinen Gedanken los, blickte mehrmals die menschenleeren Wege entlang und holte tief Luft. Mit angehaltenem Atem lief er auf den Toten zu, knüpfte eilig das Seil auf, das die Hose hielt, und zog sie ihm aus, während Fliegen aus allen Wunden und Körperöffnungen stoben und ihn umkreisten, als wäre er ihr nächster Wirt. Der Krieger hastete mit dem Fetzen Stoff zum Bach und tauchte ihn so fest er konnte unter Wasser. Erst jetzt schnappte er wieder nach Luft.

Nachdem Caitt die Hose eine gefühlte Ewigkeit lang unter Wasser gedrückt hatte, zog er sie schließlich heraus, wrang sie aus und schlüpfte hinein. Dann band er sie mit der Schnur um seinen Bauch. Danach wusch er sich Haare, Gesicht und den Rest seines Körpers und fühlte sich zum ersten Mal seit Tagen wieder angenehm erfrischt und voller Tatendrang.

Die Straße hatte ihn weiter Richtung Süden geführt, als Caitt einen Jungen erblickte, der mühsam einen leeren Leiterwagen hinter sich herzog. Er war vielleicht dreizehn Lenze alt, hatte kurze rote Haare und trug zu seiner Langhose und dem Überhemd eine speckige Joppe aus Schafsfell, die ihm viel zu groß war.

Caitt beschleunigte seine Schritte. Als der Junge den Fremden kommen hörte, blieb er stehen und drehte sich keuchend um. Seine Stupsnase, die wie die Wangen voller Sommersprossen war, rümpfte er fragend in die Höhe.

»Sei gegrüßt, junger Freund«, rief Caitt und winkte mit der rechten Hand, während er mit der Linken sein Schwert möglichst wenig bedrohlich hielt.

»Là math«[7], antwortete der Junge lautstark.

»Ich bin auf der Suche«, sagte Caitt und bemühte sich, langsam zu sprechen. »Nach einer Schmiede, einem Waffenschmied, verstehst du?«

Der Junge kratzte sich stumm am Kopf.

»Kannst du mir vielleicht helfen?«, legte Caitt nach und setzte ein Lächeln auf.

Der Junge musterte ihn von oben bis unten, ließ den Blick zu dem Schwert und wieder zurück zu den Bemalungen auf der Haut des Fremden wandern. »Brèagha.«[8]

Caitt zögerte. »Verstehst du mich überhaupt?«

Der Junge grinste und entblößte dabei seinen beinahe zahnlosen Mund. »Ja.«

»Kannst du mir helfen?«

Der Junge schien einen Moment lang zu überlegen,

---

7 Gälisch: »Guten Tag.«
8 Gälisch: »Schön.«

denn hielt er dem Krieger die Deichsel des Leiterwagens hin. »Ja.«

Die Dämmerung legte sich bläulich über das Land, langsam wurde es still. Nur Caitt keuchte lautstark, denn der Junge vor ihm hüpfte und lief, ohne auf ihn und den Leiterwagen Rücksicht zu nehmen.

Schließlich erspähte der Krieger ein dunkles Bauwerk auf der Hügelkuppe vor ihnen – einen dunklen Turm, um den einige niedrige Schuppen standen.

Während sie näher kamen, erkannte Caitt eine Steintreppe, die zum Eingang des Turms führte und an deren Fuße ein alter Mann stand. Als der Junge den Mann erblickte, lief er zu Caitt, entriss ihm die Deichsel und zog den Karren die letzten hundert Schritte selbst.

Der Krieger sah sich um, aber bis auf den Alten konnte er niemanden sehen. Wie eine Schmiede sah das Ganze jedenfalls nicht aus. Er blieb schließlich in einiger Entfernung zum Turm stehen und wartete ab.

Der Alte nahm den Jungen in Empfang, indem er ihm das Ohr lang zog, dann aber mit einem väterlichen Klaps auf den Hintern davonschickte. Der Junge lief die Stufen hinauf und verschwand in der Eingangspforte. Erst jetzt wandte sich der Alte dem Fremden zu.

»Gott zum Gruße«, sagte er mit kehliger Stimme und verschränkte die Arme vor der Brust. Die dunklen, matten Farben seiner Kleidung zeugten von einfacher Herkunft, auch wenn sein Auftreten herrisch wirkte.

»Seid ebenfalls gegrüßt«, antwortete Caitt und näherte sich mit langsamen Schritten. »Euer Sohn war so freundlich, mir den Weg zu weisen.«

»Ihr sprecht seltsam«, entgegnete der Alte. »Woher kommt Ihr?«

»Aus dem Norden«, antwortete Caitt instinktiv. »Von einer kleinen Insel weit im Norden.«

Der Alte schwieg, während er Caitt argwöhnisch musterte. Dann räusperte er sich kräftig und setzte erneut an. »Ich nehme an, Ihr sucht einen Platz zum Schlafen und etwas zu essen?«

Caitt schüttelte den Kopf. »Ich suche einen Waffenschmied.«

Der Alte legte die runzelige Stirn in Falten. »So jemanden gibt es hier weit und breit nicht.«

»Genau genommen suche ich eine Rüstung zu kaufen. Schild, Brustpanzer, Ringbrünne, Helm. Alles bis auf ein Schwert.«

Der Alte ließ seinen Blick nach unten wandern, auf Caitts bloße Füße. »Und Schuhwerk.«

Die beiden Männer teilten ein Grinsen. Dann strich sich der alte Mann über das stoppelige Kinn. »Vielleicht kann ich Euch helfen. Kommt morgen wieder, bei Sonnenaufgang.«

Caitt bezwang seine Ungeduld und nickte.

»Und verfallt besser nicht irgendwelchen seltsamen Ideen«, fügte der Alte merkwürdig laut hinzu.

Einen Moment später bohrte sich ein Pfeil zu Caitts Füßen in den Boden. Der Krieger wollte instinktiv zu seinem Schwert greifen, besann sich jedoch und sah sich um. Schließlich bemerkte er eine Gestalt, die sich hinter einer schmalen Scharte im Turm oberhalb des Eingangs verbarg.

»Seid unbesorgt! Ich werde Euch kein Leid zufügen«,

antwortete Caitt und wusste im selben Moment nicht, ob er es auch so meinte.

Der Alte brummte Unverständliches. Dann machte er auf der Stelle kehrt, stieg die abgetretenen Stufen zum Eingang hoch und verschloss die Pforte donnernd mit einem schweren Holztor.

Die Sonne hatte sich gegen den Nebel durchgesetzt, strahlte nun im Zenit stehend mit aller Kraft auf die Insel, an deren Strand das Schiff und die Krieger ausharrten.

Aber nichts geschah.

Als sich erste Ungeduld unter den Kriegern breitmachte, raffte sich Kineth schließlich auf. »Goraidh, du und ein halbes Dutzend Mann bleibt hier beim Schiff. Solltet ihr in Bedrängnis geraten, gib mit dem Horn ein Signal.«

Goraidh nickte, wenn auch sichtlich widerwillig. Er wäre lieber mit in das Abenteuer gezogen, anstatt Wache schieben zu müssen. Aber natürlich gehorchte er Kineth.

»Der Rest kommt mit mir. Wir sehen uns die Hütten an, aber wir lassen alles an seinem Platz, verstanden?« Kineth blickte zu seinen Leuten, die ihm der Reihe nach zunickten. »Wir werden auch nicht mit gezogenen Waffen gehen. Bogenschützen, tragt einen Pfeil in der Hand, mit der ihr auch den Bogen haltet, alle anderen legen die Hand auf den Griff ihres Schwertes. So können wir uns schnell verteidigen, sehen aber nicht aus, als wollten wir hier gleich ein Blutbad anrichten.« Wieder nickten die Krieger, auch Unen. Dann schritt Kineth voran und ging auf die gerade einmal hüfthohe Steinmauer zu, die in der Ferne um die kleinen Häuser herum verlief.

Auch wenn sie bereits mehrere Hundert Fuß vom Strand entfernt waren, war das Geschrei der Seevögel allgegenwärtig. Und je näher sie den Behausungen kamen, desto stärker wurde ein stechender Geruch, eine Mischung aus verfaultem Fisch, dem Gestank der Vögel und von allem möglichen Unrat, vermischt mit muffigem Torfgeruch.

Moirrey rümpfte die Nase. »Wer verdammt noch mal haust nur in solch einem Gestank?«

Kineth sprang über die Mauer. Mit einem mulmigen Gefühl im Magen schritt er zwischen den Schafen hindurch, die unbändig herumliefen. Mit ihrer wildfarbenen Zeichnung und den Hörnern, die die meisten von ihnen hatten, wirkten sie wie kleine braune Teufel, die auf der Suche nach Streit waren.

Der Krieger war froh, die Herde hinter sich zu lassen, und näherte sich nun den gut vier Dutzend kuppelförmigen Behausungen, die wie aufgefächert an den Hängen der Bucht gebaut waren. Weiter hangaufwärts lag ein lang gezogenes Gebäude mit stark bewachsenem Dach, das man leicht mit einem kleinen Hügel verwechseln konnte.

Kineth kam zum ersten der Häuser, deren dicke Wände aus flachen Felsbrocken errichtet worden waren und deren Dächer aus Torfstücken bestanden. Vor dem Eingang befand sich ein einfacher Schemel. Kineth warf einen schnellen Blick ins Innere des Hauses, in der Erwartung, dass ihm jemand entgegenspringen oder einen Pfeil in seine Richtung abfeuern würde – aber nichts dergleichen geschah. Er bückte sich und machte einen Schritt hinein.

Die Wände waren pechschwarz vom Ruß, ein kleines Fenster und eine noch kleinere Öffnung zum Rauchabzug im Dach ließen kaum Licht herein. An einer Wand lagen Felle, daneben mehrere Brocken getrockneten Torfs. Auf einer Steinschale zeugten die dünnen, abgenagten Knochen eines Vogels von einem vergangenen Mahl. Kineth hielt die Hand über die Feuerstelle in der Mitte des Raumes, spürte die Wärme und sah damit seine Vermutung bestätigt, dass die Bewohner ihre Häuser in Eile verlassen hatten.

Als Kineth wieder herauskam, schauten ihn seine Leute neugierig an. »Niemand da«, sagte er knapp. »Werft einen Blick in die anderen Häuser, zur Sicherheit.«

Die Krieger schwärmten aus, steckten mehr oder weniger mutig den Kopf in die engen Behausungen, alle mit dem gleichen Ergebnis – die Siedlung war menschenleer. Dann marschierten sie geschlossen zu dem Gebäude, das weiter hangaufwärts lag und vermutlich die Versammlungshalle war. Die Wände, die in einem lang gezogenen Oval verliefen, waren aus dem gleichen Gestein errichtet worden wie die der anderen Häuser und hatten auch nur schmale Luken als Fenster. Das Dach war ebenfalls mit Torf gedeckt. Dort, wo das Oval spitz zulief, hingen drei mächtige Schafsschädel mit spiralförmigen Hörnern, darunter standen zwei schwere Tore aus Holz sperrangelweit offen.

Unen trat als Erster in die Halle, deren Wände ebenfalls rußgeschwärzt waren und durch deren Mitte ein langer, wenn auch sehr niedriger Tisch aus Stein verlief.

Rund um ihn lagen Dutzende weißer und brauner Schaffelle am Boden, auf denen man anscheinend saß, wenn man tafelte. Der Hüne blickte nach oben und erkannte, dass die Decke der Halle aus einem umgedrehten Schiffsrumpf bestand, den man einfach auf die Mauern gesetzt hatte.

»Jemand hier?«, rief Unen lautstark, ohne eine Antwort zu bekommen. »Mehr Geister als Menschen«, sagte er missmutig zu den anderen. »So wie es der alte Irb geschildert hat. Ich weiß nicht, was wir hier verloren haben.«

Kineth klopfte ihm auf die Schulter. »Dann lass es uns herausfinden.«

Sie verließen die Halle. Ailean blickte hinauf zu den Hügelkuppen, ließ ihren Blick über die Wiesen schweifen und verharrte schließlich beim Anblick einer feinen Schneise, die in das Gras getrampelt war und Richtung Nordwest führte.

»Auch wenn sie es eilig hatten«, sagte sie und zeigte auf die Fährte, »so sind sie doch im Gänsemarsch den Hügel hinaufgestiegen.«

Als die Krieger die Hügelkuppe erreicht hatten, malten Sonnenstrahlen, die durch die vorbeiziehenden Wolken fielen, goldene Muster auf die Wiesen.

Flòraidh atmete nach dem anstrengenden Aufstieg tief durch und sah sich um. Vor ihr erstreckte sich ein sanfter Hügelrücken, der die Insel von Nord nach Süd durchzog. Im Osten blickte sie auf die Siedlung und die Bucht herab, in der das Schiff vertäut lag. Im Westen machte sich eine Senke breit, die in einem scharfkantigen Kamm endete, der steil ins Meer abfiel. Im Norden verjüngte sich die Insel und nahm die Form eines Fingers an, der auf eine kleine, angrenzende Insel deutete. Flòraidh konnte das gesamte Eiland überblicken und doch keine Menschenseele entdecken.

»Wo sind die Bewohner?«

»Wo sind die Bäume?«, warf Moirrey ein.

Nun erkannten auch die anderen, dass es auf der ganzen Insel keinen einzigen Baum gab, nicht einmal einen größeren Busch. Es war ganz anders, als sie es bisher in der alten Heimat erlebt hatten.

»Da können wir froh sein, dass unser Schiff heil geblieben ist. Hier könnten wir es mit nichts erneuern«, stellte Flòraidh fest und verließ die Gruppe, um in der Umgebung nach Hinweisen zu suchen. Die Spur, die durch das Gras getrampelt war, endete abrupt auf der Hügelkuppe, auch weil das Gras immer niedriger wurde und in Moose und Flechten überging. Flòraidh sah nicht weit von ihr den schmalen Felsensteg, der wie eine Steinbrücke rund vierzig Fuß über eine schroffe Schlucht zu weiteren, immer zerklüfteter werdenden Felsen führte und den sie vom Schiff aus bereits gesehen hatten.

Plötzlich krabbelte an ihrem Fuß ein kleines Tier vorbei und blieb unweit auf einem Stein sitzen. Es war eine braune Feldmaus, die größer wirkte als ihre Artgenossen, die Flòraidh auf dem Festland gesehen hatte, und deren Fell und Schwanz ebenfalls länger waren. Die Feldmaus schnupperte an etwas, das die Kriegerin nicht erkennen konnte. Dann putzte sie sich hektisch die Schnauze und huschte weiter hangabwärts, wo ihr das Gras wieder genügend Schutz vor möglichen Angreifern bot.

Flòraidh schritt zu jener Stelle, an der die Feldmaus gesessen hatte, und bemerkte einen kleinen roten Fleck an der Kante des Steins.

Die Kriegerin strich darüber, rieb die dunkelrote Flüssigkeit zwischen Zeigefinger und Daumen und roch daran. Die Farbe und der eherne Geruch verrieten ihr, dass es sich um Blut handelte. Blut, das noch nicht geronnen war. Flòraidh pfiff, Bree wandte ihr den Kopf zu. Sie hielt Daumen und Zeigefinger ausgestreckt in die Höhe.

»Ich glaube, dass die Leute über den Felsensteg geflohen sind und sich einer von ihnen verletzt hat«, sagte sie, nachdem der Rest der Gruppe zu ihr aufgeschlossen hatte.

»Dieser Steg wäre auch der perfekte Platz für einen Hinterhalt«, sagte Bree. »Man kann nur hintereinander darüberlaufen. Wenn man gut und schnell mit Pfeil und Bogen ist, schießt man eine Menge Angreifer herunter, bevor irgendwer einen Fuß auf die andere Seite der Schlucht setzen kann.«

Unen nickte bedächtig.

Moirrey trat ungeduldig von einem Fuß auf den anderen. »Wenn wir schnell genug sind, gelingt es uns sicher, die andere Seite zu erreichen.«

»Selbst wenn du dort heil ankommst, Mally«, sagte Elpin ruhig, »führt der Hügel nach dem Steg bergauf. Du läufst also gegen eine höhere Stellung an. Das wäre dein Todesurteil.«

Moirrey erkannte, dass er recht hatte.

»Ich werde alleine gehen«, sagte Kineth bestimmt.

»Zur Hölle, das wirst du nicht«, zischte Ailean.

Kineth sah sie an. »Hör zu, ich habe dir vertraut, als du beim Dorf der Frauen gespürt hast, dass sie nicht auf einen Kampf aus sind. Und nun glaube *ich*, dass sich dort nicht Feinde verbergen, sondern Menschen, die uns wohlgesonnen sind.«

»Nur weil der verrückte Alte das angedeutet hat?« Ailean sah ihren Stiefbruder entgeistert an.

Der nickte. »Ganz genau.«

Kineth breitete die Arme aus, als wollte er eine unsichtbare Grenze ziehen. »Keiner von euch macht einen Schritt weiter als bis hier«, sagte er und ging los, ohne weitere Einwände abzuwarten. Moirrey zog ihren Bogen, nockte den Pfeil ein und spannte die Sehne, um dem Krieger Deckung zu geben.

»Runter damit«, befahl Kineth, ohne sich umzudrehen. Er hatte das Ächzen des Bogens und das Knirschen der Sehne gehört.

Moirrey tat verärgert wie ihr geheißen.

Kineth ging weiter, bis er vor der Schlucht stand, und schaute hinunter. Ein gut dreißig Mann hoher Steilfelsen, dann würde man am Wasser aufschlagen. Er wandte den Blick wieder nach vorn. Die Steinbrücke, die vom Schiff aus schmal und brüchig ausgesehen hatte, machte von hier oben einen noch schlechteren Eindruck. Er atmete tief ein und aus. Wenn Irb doch nur ein alter Spinner gewesen war?

Finde es heraus.

Kineth gab sich einen Ruck, setzte einen Fuß vor den anderen. Der Stein war nicht rutschig, der Wind kaum zu spüren.

Warum rast dann dein Herz?

Es war nicht die Brücke, die Kineth fürchtete, sondern die, die auf der anderen Seite mit Sicherheit auf der Lauer lagen. Noch drei Schritte, dann hatte er die Hälfte des Weges hinter sich gebracht.

Zwei.

Eins.

Und weiter.

In dem Moment tauchte ein gutes Dutzend Bogenschützen an der gegenüberliegenden Hügelkante auf, legte auf ihn an. Kineth wusste, dass es keinen Sinn hatte zu fliehen. Er musste beenden, was er begonnen hatte. Langsam hob er die Arme und ging festen Schrittes voran. Wenn nur einem der Bogenschützen die Nerven oder der Übermut durchgingen, dann würde der heutige Tag mit einem Blutbad enden, das wusste der Krieger. Seine Leute würden seinen Tod nicht ungesühnt lassen.

Kineth hatte die andere Seite der Brücke erreicht. Er machte noch zwei Schritte, blieb stehen und wartete.

Langsam wurden die Bogen gesenkt.

Aus den Reihen der Bogenschützen erhob sich eine Gestalt und ging zögerlich auf Kineth zu. Der Mann musste fast zwei Kopf größer sein als er, seine Schultern und sein Oberkörper wirkten unverhältnismäßig stärker, so als ob sie nicht auf den unteren Teil seines Körpers passen würden. Er trug einen abgewetzten, hüftlangen Umhang aus rotbraunen Luchsfellen, der von einer Schmucknadel vor der Brust zusammengehalten wurde. Darunter war ein mit Eisenringen verstärkter Lederharnisch zu erkennen. In seinem breiten Gürtel steckte eine Vielzahl von Messern, ein dunkelgrüner Faltenrock reichte ihm bis zu den Knien. Seinen rechten Arm zierte eine Vielzahl von massiven goldenen Armreifen. In seinen gesenkten Händen hielt er zwei Schwerter.

Als der Mann fünf Schritte von Kineth entfernt war, blieb er stehen. Ein buschiger Schnurrbart hing ihm bis zur Unterlippe, seine Augen wirkten flink und wachsam. Die Schläfen hatte er rasiert, die Haare am Rest seines Hauptes waren lang und zu einem dicken Zopf geflochten. Die Haut seines gesamten Halses war mit bläulichen Bemalungen verziert.

Die beiden Männer blickten einander abwartend an. Keiner wusste, wie er den anderen einschätzen sollte.

Kineth kamen die Worte von Irb in den Sinn.

Ich spreche von der Insel Hilta. Dort, wo die anderen Ath-Sealghaìrean leben, die so wie ihr mit den Zeichen unserer Vorfahren bemalt sind –

Die Zeichen der Vorfahren.

Kineth streckte die Hände aus, um zu signalisieren, dass er etwas tun würde. Auch wenn sein Gegenüber kurz zusammenzuckte, schien er doch zu verstehen, was der andere vorhatte. Dann öffnete Kineth die Spange seines Umhangs, ließ ihn auf den Erdboden fallen. Er löste die Bebänderung seines Harnischs und zog ihn aus. Im sehnigen Gesicht seines Gegenübers konnte Kineth erkennen, dass dieser nicht wusste, wie er reagieren sollte. Dafür umklammerte er die beiden Schwerter in seinen Händen immer stärker, wie Kineth bemerkte.

Nun entledigte sich der Krieger des groben Leinenhemdes, sodass er mit nacktem Oberkörper dastand, und deutete auf seine linke Brust, die das Piktische Tier zierte. Der andere senkte den Blick. Als hätte er einen Geist gesehen, blickte er wieder hoch zu Kineth, musterte ihn eindringlich.

Schließlich hob er eines seiner Schwerter und drückte

die Spitze knapp oberhalb des Piktischen Tieres erst auf die Haut, dann in sie hinein. Kineth biss die Zähne zusammen, spürte, wie sein Herz immer schneller schlug. Aber er wollte sich nicht nur keine Blöße geben, sondern vor allem keine unbedachte Reaktion von Moirrey oder irgendeinem anderen seiner Bogenschützen provozieren.

Ein feines rotes Rinnsal bildete sich unterhalb der Schwertspitze, lief Kineths Oberkörper hinab, der noch immer von blauen Flecken übersät war.

Kineths Gegenüber sah ihn noch einmal durchdringend an, dann setzte er das Schwert wieder ab. »Ein Geist scheinst du nicht zu sein«, sagte der Mann herausfordernd in einem Dialekt, der dem von Kineth ähnlich war.

»Du hättest mich das auch fragen können«, entgegnete der Krieger mit unbewegter Miene.

»Ohne Blut keine Ehre«, sagte der Mann mit beschlagener Stimme und drehte seinen rechten Arm, sodass Kineth die Bemalung auf der Innenseite sehen konnte – das piktische Tier, wenn auch in leicht veränderter Form und Verzierung.

Der Mann zögerte noch einen Moment, dann breitete er die Arme aus und grinste breit. Kineth schritt auf ihn zu, umarmte ihn, als würde er einen Freund begrüßen, den er seit Jahren endlich wiedersah.

»Ich kann es kaum glauben«, sagte der Mann und schlug Kineth so fest auf den Rücken, als wollte er Ungeziefer aus einem Fell klopfen. »Nach so vielen Monden ...«

Die beiden Männer lösten sich voneinander.

»Ich bin Broichan, Sohn des Carvorst.«

»Kineth, Sohn des Brude.«

Broichan wandte sich seinen Leuten zu, hob die Arme

und stieß einen Schrei aus, der Kineth zusammenzucken ließ. Gleich darauf kamen Broichans Leute einer nach dem anderen mit gesenkten Waffen über die Hügelkuppe und bildeten einen Halbkreis um ihren Anführer.

»Die Legende erzählt«, begann Broichan lautstark, »dass wir nicht die Einzigen waren, die dem Zorn Cineads, Sohn des Alpin, entkommen konnten!« Er legte Kineth die Hand auf die Schulter. »Und ihr seid der lebende Beweis dafür. Mir scheint, unser Volk ist wieder vereint!«

Kineth fand, dass Broichan maßlos übertrieb, aber dessen Krieger schien das nicht im Geringsten zu stören, denn sie stimmten ein Kriegsgebrüll an. Der Sohn des Brude hoffte, dass seine eigenen Leute nicht annahmen, man würde über ihn herfallen, und mit einem Hagel aus Pfeilen antworteten. Doch zum Glück geschah nichts dergleichen.

Nach und nach kamen weitere Menschen über den Hügel, manche langsam, gebeugt und hinkend – die Frauen und Alten des Dorfes. Andere wiederum rannten flink wie Windhunde, vornehmlich die Kinder.

»Wo haben sich die vielen Menschen versteckt?«, wollte Kineth wissen.

Broichan grinste. »Die Vögel haben uns vor eurer Ankunft gewarnt, der Nebel hat uns vor euch verborgen. Hinter dem Hügel liegt der Eingang zu weit verzweigten Höhlen.«

»Die alle vom Meer umgeben sind. Wir hätten euch belagern und aushungern können.«

Broichan wurde ernst. »Du glaubst doch wohl nicht, dass wir uns feige wie Kaninchen in den Bau geflüchtet haben? Willst du uns herausfordern, oder ...«

Kineth war überrascht, wie schnell die Stimmung des Anführers umschlug. Es war so, als würde man einen Funken auf trockenes Reisig springen lassen, das einen Augenblick später von lodernden Flammen verzehrt wurde.

Der Krieger wiegelte ab. »Ich wollte euch gar nichts unterstellen.«

Broichan schnitt eine Grimasse, schien aber wieder besänftigt. »Natürlich wolltest du das nicht. Du musst wissen, wir können von hier aus jederzeit in See stechen, wenn wir wollen.«

Nun grinste Kineth. Er hatte gehofft, dass es noch weitere Schiffe geben würde. »Lass mich dir meine Krieger vorstellen«, sagte er, während er seine Kleidung und Rüstung wieder aufsammelte.

Broichan schob seine beiden Schwerter in den Gürtel zurück, dann nickte er Kineth zu und folgte ihm über die Brücke, wo Ailean und die anderen ungläubig warteten.

Nachdem das Aufeinandertreffen der Krieger aus Hilta und Dùn Tìle weniger freundschaftlich ausgefallen war als jenes ihrer Anführer, schlug Kineth vor, dass es wohl für alle das Beste sei, den Rest des Tages getrennt voneinander zu verbringen. Zu tief saß die Angst, die Neuankömmlinge könnten sich doch als Gefahr entpuppen. Broichan stimmte zu, die Krieger sollten auf ihrem Schiff am Strand bleiben, die Inselbewohner in ihren Hütten. Am nächsten Morgen würde man sich wieder treffen, denn da würden zwei Jungen ihren Wert für das Dorf unter Beweis stellen können, und danach könnten sich alle besser kennenlernen.

Kineth schärfte seinen Leuten ein, die Hütten zu meiden. Niemand wollte riskieren, dass es aufgrund eines dummen Missverständnisses zu einem Streit oder Schlimmerem kam.

Als die Dunkelheit hereinbrach, schienen sich auch beide Gruppen daran zu halten.

Alle bis auf Elpin, der neugierig in Richtung des Dorfes schlenderte.

Noch bevor die Morgenröte den Himmel erhellte, stand Caitt bereits an jenem Fleck, an dem ihn der Alte am vorigen Abend verabschiedet hatte. Die Nacht hatte er unter einem schmalen Felsvorsprung in der Nähe verbracht und erschöpft geschlafen.

Die bloßen Füße im taunassen Gras, wartete er geduldig auf den Herrn dieser eigenartigen Behausung, die ihn an den verfallenen Turm erinnerte, bei dem sie die Nordmänner besiegt und wo sein eigenes Schicksal mit der Gefangennahme von Egill Skallagrimsson eine erste unvorhergesehene Wendung genommen hatte.

Das Schwert hatte Caitt zu seinen Füßen liegen und hoffte, dass er es nicht brauchen würde. Noch wusste er schließlich nicht, wer alles in dem Turm hauste.

Irgendwann hörte er die ersehnten Geräusche: ein Riegel, der weggehoben wurde, gefolgt vom Knarren der Pforte. Der Alte stand im Eingang, hinter ihm hielt sich der rothaarige Junge auffällig unauffällig versteckt.

»Ihr seid also wiedergekommen«, sagte der Alte, gefolgt von einem rasselnden Husten. »Nun denn.« Er stieg die Stufen hinab, wirkte dabei jedoch steifer und ungelenker als am Abend davor. Dann ging er auf den Krieger zu. »Ich heiße Wihtgils.«

»Caitt, Sohn des Brude.« Er streckte die Hand aus.

Der Alte packte die Hand, hielt sie jedoch fest und drehte sie, sodass er die Bemalungen auf der Haut des Fremden besser sehen konnte. »Diese Zeichen habe ich schon eine Ewigkeit nicht mehr gesehen«, sagte er nachdenklich. »Eine wahre Ewigkeit ... Aus dem Norden, sagtet Ihr?«

»Mehrere Tagesreisen von der Küste entfernt, ja.«

Der Alte sah aus, als würde er sich an irgendetwas erinnern. Dann schüttelte er den Kopf. »Lasst uns ein paar Schritte gehen, um uns aufzuwärmen. Meine Gelenke sind morgens biegsam wie eine Eisenstange.«

Caitt wollte sich zu seinem Schwert bücken, aber Wihtgils legte ihm die Hand auf die Schulter. »Das werdet Ihr nicht brauchen.«

Caitt überlegte kurz, dann tat er, wie ihm der Alte geheißen hatte, und schritt an dessen Seite langsam auf einen Brunnen zu, der unweit zwischen zwei Eiben stand.

»Euer Schwert zeugt von feinster Schmiedekunst«, begann Wihtgils unverblümt. »Der schäbige Rest weist Euch jedoch nicht gerade als Edelmann aus.«

»Das Schicksal prüft einen eben manchmal auf sonderbare Weise.«

Wihtgils hustete zustimmend. »Ihr wollt vermutlich nach Süden, dorthin, wo das große Schlachten stattfindet.«

Caitt nickte. »Ich habe gehört, dass Söldner gesucht und gut bezahlt werden.«

»Das werden sie in der Tat. Wenngleich unsereins sich nicht aussuchen kann, an wessen Seite man sein Leben lässt.«

Wihtgils und Caitt waren am Brunnen angekommen, an dem ein Holzeimer mit einem langen Seil daran lehnte. Der Alte schien auf etwas zu warten.

»Erlaubt«, sagte Caitt schließlich, griff das Seil und ließ den Eimer in den Schacht hinunter, bis er ein Platschen hörte. Er wartete einige Augenblicke, bevor er den gefüllten Eimer wieder hochzog und ihn an den Rand stellte.

»Ich danke Euch«, sagte Wihtgils, wusch sich das Gesicht und trank gierig mehrere Hände voll Wasser. Caitt tat es ihm gleich.

»Eigenartig, dass Ihr vorhin gemeint habt, wie einen das Schicksal prüft«, sagte der Alte und lehnte sich mit dem Hintern gegen die Brunnenmauer. »Oder wie Gott einen prüft. Mir hat der Herr erst kürzlich meinen ältesten Sohn genommen.« Wihtgils Augen wurden glasig. »Dass einen viele Söhne verlassen, bevor sie zehn Winter auf dem Buckel haben, ist nichts Besonderes. Aber wenn sie erst einmal Männer sind, dann hofft man doch, dass sie es sind, die einen beerdigen. Nicht umgekehrt.«

»Ich ...« Caitt schluckte. Seltsamerweise ging ihm die Trauer und Aufrichtigkeit des Alten nahe. »Es tut mir leid.«

»Schon gut.« Wihtgils drehte sich um und wusch sich noch einmal das Gesicht, das nun gerötet war. »Der Grund, warum ich Euch das alles erzähle«, fuhr er fort, »ist, dass Sibert, mein Ältester, nicht nur zum Krieg in den Süden musste, sondern unbedingt wollte ... Aber am Tag bevor er abreisen wollte, um sich im Kampf zu beweisen und ruhmreich zurückzukehren ... Da ist es einfach passiert.«

Caitt spürte, wie die Ungeduld ihn innerlich zu zerreißen drohte, da der Alte sein Ansinnen noch immer nicht beantwortet hatte. Aber er verstand, dass er sich beherrschen musste, dass an diesem Morgen Geduld seine Waffe war.

Wihtgils deutete nach Westen, wo der Hügel flach abfiel und in ein Waldstück mündete. »Sibert ist mit seinem Rappen, den er so sehr liebte, unseren Besitz abgeritten, da hat sich das Tier plötzlich verstiegen. Es stürzte, und mit ihm Sibert. Er muss mit dem Schädel auf einen Stein aufgeschlagen sein. Ein kurzer Augenblick nur, aber er durchschnitt das Lebensband meines Ältesten.«

Der Alte rang nach Luft. Caitt legte ihm die Hand auf die Schulter.

»Ihr ahnt bestimmt schon, weshalb ich Euch das alles erzähle ... in der Tat habe ich Rüstzeug, für das ich in den nächsten Jahren keine Verwendung mehr habe. Osthryd ist eine begnadete Bogenschützin, aber eben ein Weib. Und Oswine, der Euch geleitet hat, ist noch viel zu jung.« Wihtgils blickte Caitt in die Augen. »Was wollt Ihr dafür geben?«

Caitt spürte an seiner direkten Art, dass der Alte keine Spielchen mit ihm spielte und dass er es wohl gewohnt war, Geschäfte hart, aber gerecht abzuschließen.

Ein neuer Anfang.

Der Krieger griff in den Lederbeutel an seinem Gürtel und holte einen der Goldringe hervor. Dann gab er ihn dem Alten. Der begutachtete das Schmuckstück, wog es in der Hand, sah sich interessiert die Ziselierungen an.

»Der Ring eines Herrschers«, meinte er, »aber nicht der Eure.«

»Jetzt schon. Sein Besitzer hat keine Verwendung mehr für ihn.«

Wihtgils blickte skeptisch auf. »Ich hätte Euch nicht für einen Dieb gehalten.«

»Und das solltet Ihr auch nicht«, entgegnete Caitt barsch.

»Ich müsste ihn einschmelzen, denn so bekomme ich nichts dafür. So kostet er mich höchstens etwas. Im schlimmsten Falle meinen Kopf.«

»Dann schmelzt ihn ein.«

Wihtgils wiegte den Kopf hin und her, gab Caitt den Ring schließlich zurück. »Zuvor solltet Ihr Euch ansehen, was ich dafür zu bieten habe.«

Der Himmel war tiefblau. Das riesige Eisfeld blitzte in den Strahlen der Sonne, die nur mehr wenig Wärme gab, obwohl es mitten am Tag war.

Die Rentiere, die im Hügelland unweit des Eises grasten, hielten in unregelmäßigen Abständen inne, hoben die Köpfe und schnupperten. Die Luft war kalt und roch nach Schnee. Als die Herde vor mehreren Wochen aufgebrochen war, hatte die Luft noch anders geschmeckt, aber trotzdem hatten die Tiere gewusst, dass die Zeit gekommen war. Die dunklen Tage nahten.

Also hatten die Rentiere wie jedes Jahr ihre Reise angetreten. Aber diese war von Beginn an anders gewesen, es schien, als läge ein Schatten über ihr. Als würde der Tod seine Finger nach der Herde ausstrecken, in der Gestalt von hungrigen Schneewölfen.

Schon in den ersten Tagen hatte das besonders große Rudel angegriffen, und obwohl das Leittier und die kräftigsten Rens ihre Herde verteidigt hatten, war es den Wölfen gelungen, ein Jungtier zu reißen. Die meisten der männlichen Rentiere hatten ihre mächtigen Geweihe bereits abgeworfen, wie sie es immer im Herbst taten, sodass ihnen zur Verteidigung nur ihre Hufe oder die Flucht blieben. Gewöhnlich gelang die Flucht auch, denn es gab wenige Tiere auf dem Eiland, deren Laufstärke der der Rentiere gleichkam. Aber in diesem Jahr hatte die Herde viele Kälber und auch einige kranke Tiere bei sich, und so war sie langsamer als gewöhnlich.

Die Wölfe rissen, fraßen und blieben den Rentieren auf der Spur. Mit ihrem weißen Fell, den schwarzen Augen und den blutigen Schnauzen wurden sie zum Albtraum der Herde. Es war ein ungleicher, heimtückischer Kampf, der sich auf dem Eiland abspielte und der immer ähnlich ablief: erst das Belauern und die trügerische Ruhe, gefolgt von weißen Silhouetten im blitzschnellen Lauf, und schließlich Blut, das im Boden versickerte, während die Jäger ihre spitzen Zähne in das Fleisch ihrer Beute schlugen.

Und doch weigerte sich die Herde, ihr Schicksal anzunehmen. Sie verteidigte sich, floh, fand wieder zusammen und zog weiter, wie ihre Art es seit Jahrtausenden tat. Nur die alten Tiere, die Veteranen vieler Winter und Überlebende zahlloser Angriffe von zahllosen Feinden, spürten instinktiv, dass es aufgrund der Vielzahl der Wölfe diesmal anders war, dass es vielleicht die letzte Reise der Herde war.

Dass sich noch jemand anderes im Hügelland aufhielt, der ebenfalls bereit war zu töten, spürten sie aber nicht.

Der Rentierbulle stand etwas abseits der anderen männlichen Tiere und rupfte die braunen Flechten von den niedrigen Büschen. Obwohl er schon in die Jahre gekommen war, hatte er sich stets geweigert, mit den weiblichen Tieren und den Kälbern in der Mitte der Herde zu grasen. Der Alte war schon viele Male durch das Eiland gezogen, einst als Leittier, dann als Wächter und schließlich nur mehr als einer, dessen Zeit abgelaufen war. So hatten ihn die jüngeren, kräftigeren Tiere der Herde zu Beginn der Reise auch behandelt, aber dann hatte er es ihnen gezeigt, hatte beim ersten Angriff seine Hufe auf die Wölfe gesenkt, dass sie jaulend davonliefen, hatte sein Geweih, das er erst zur Hälfte abgeworfen hatte, in ihre Seiten gebohrt. Letztendlich war es zwecklos gewesen, denn die Wölfe kamen zu ihrer Beute, doch der Alte hatte sich zumindest wieder etwas Respekt verschafft. Und deshalb würde er die Reise so verbringen, wie er es früher getan hatte: mit den kräftigen Tieren am Rand der Herde, als Beschützer.

Gierig füllte er sein Maul erneut mit den bitteren Flechten, die in den dunklen Tagen, wenn es keine Pilze mehr gab und das Moos unter dem harten Schnee verschwunden war, die einzige Nahrung für die Rentiere darstellen würden. Aber noch war es nicht so weit. Noch stand die Sonne am Himmel, und der Sturm hatte ihnen offenbar eine Atempause vor ihren Widersachern verschafft, denn die Wölfe waren nicht mehr aufgetaucht. Über der Herde lag fast so etwas wie Frieden, und wie die anderen genoss auch der Alte ihn sehr.

Plötzlich hob er den Kopf, schnupperte. Einen Moment lang hatte ein Geruch in der Luft gelegen, den er nicht kannte. Scharf und stechend, aber nicht so wie der der Wölfe.

Das Fell des Alten, am Hals weiß und am Rumpf graubraun, begann zu zittern. Er scharrte mit einem Huf, zog die Luft tief durch die Nüstern ein. Doch der Wind hatte wieder gedreht, der Geruch war verschwunden. Der Bulle ließ seinen Blick ein letztes Mal über die Hügel schweifen, dann senkte er den Kopf und fraß weiter.

Im gleichen Augenblick wusste er instinktiv, dass er einen Fehler begangen hatte.

Er musste nicht den Kopf heben, um den Schatten zu sehen, den der Speer, der durch die Luft zischte, auf den Boden warf.

Musste nicht davonstieben, wie es die anderen Tiere der Herde jetzt taten.

Er musste nur langsam einknicken, überwältigt von dem Schmerz in seiner Seite, die der Speer mit furchtbarer Wucht durchbohrt hatte. Musste nur zu Boden stürzen und aus seinen brechenden Augen die Gestalt wahrnehmen, die über ihm auftauchte und sich mit einem Messer seiner Kehle näherte.

Musste nur mehr in der Dunkelheit versinken.

»Die Götter meinen es gut mit uns. Feuer und Fleisch – was wollen wir mehr?« Brude riss mit seinen Zähnen ein großes Stück aus der Keule, die er eben über dem Feuer fertig gebraten hatte, zerbiss krachend die Kruste und kaute genüsslich.

Iona aß ebenfalls mit großem Appetit. Sie wusste jedoch, dass die gute Stimmung ihres Gemahls nicht an dem Essen lag. Es lag daran, dass er mit jedem Tag, der verstrich, wieder der Mann wurde, der er vor der Verbannung gewesen war – Brude, Sohn des Wredech, Herrscher von Innis Bàn.

Nach dem Kampf mit Keiran und Kane hatten Brude und Iona alles, was ihnen nützlich sein konnte, aus der Höhle gebracht. Mühsam hatten sie die Robbenfelle und Lederhäute, in die die Toten gewickelt waren, sowie die Waffen von Beacáns Schergen über die Tritte nach unten geschleift. Am Fuße der Eiswand waren sie zu ihrer Freude auf die Vorratstaschen der Brüder gestoßen, die diese dort abgelegt hatten, wohl um besser nach oben klettern zu können. Die Taschen waren zu wenig mehr als einem Drittel mit Brot, gedörrtem Fleisch, Beeren und Trinkschläuchen mit etwas Ql gefüllt – aber im Namen des einzigen Gottes, wie hatten sie und Brude geschlemmt. An Ort und Stelle hatten sie zu essen begonnen, hatten die würzige Rinde des Brotes genossen und jeden Bissen Fleisch unzählige Male gekaut, um auch den letzten Rest an Saft und Geschmack darin herauszuholen. Das war kein stinkender Hase, den sie roh verschlingen mussten, das war das Fleisch von Robben, gewürzt und getrocknet von den kundigen Händen der Frauen von Dùn Tìle. Das Fleisch schmeckte so sehr nach der Vergangenheit, einer *besseren* Vergangenheit, dass Iona fast die Tränen gekommen wären. Und auch das Ql weckte Erinnerungen an vergangene Feste und ein Leben in Frieden.

Der Herrscher und sein Weib hatten natürlich nicht alles gegessen und getrunken, auch wenn sie sich nur mit Mühe beherrschen konnten. Gleich darauf hatten sie damit begonnen, die Überreste des Hauses, in dem sie schon den Sturm verbracht hatten, instand zu setzen. Sie hatten Mauern mit den Steinen des anderen Hauses ausgebessert und aufgestockt und die Hohlräume dazwischen mit Erde und Grassoden ausgestopft. Dann hatten sie die Lederhäute aus der Höhle durch Seile aus geflochtenem Gras miteinander verbunden und über einen Teil der Ruine gespannt. Den Boden hatten sie mit Fellen ausgekleidet und eine Feuerstelle angelegt. Zwar verfügten sie nun über Feuerstein und Zunder, die Keiran und Kane dabeigehabt hatten, aber es fehlte an richtigem Holz. So beschränkten sich Brude und Iona darauf, die dünnen Zweige der Büsche zu sammeln, die dann und wann die Hügel säumten. Das Feuer, das sie damit anfachten, war klein und rauchte stark, aber es war ein Feuer, und seine winzigen Flammen reichten, die klammen Finger der beiden Verbannten zu wärmen und den Unterschlupf behaglicher zu machen.

Dies alles war ein Anfang – aber es war Brude gewesen, der dem ganzen einen krönenden Abschluss verliehen hatte. Er war es, der seinen Wanderstab eingekerbt und die Spitze des zerbrochenen Speers aus der Höhle darauf angebracht hatte. Die neue Waffe lag gut in der Hand, die Spitze mit dem dunklen, fremdartigen Metall war immer noch erstaunlich scharf. Brude hatte sie mit Keirans Schleifstein weiter geschärft, bis sie einen Grashalm spaltete, wenn man ihn an ihr entlangzog.

Den Unterschlupf auszubauen, Feuer zu machen und

eine Waffe für die Jagd herzustellen hatte in den Händen des Herrschers und seines Weibes gelegen. Die Herde von Rentieren, die Brude bald darauf nicht weit von ihnen in den Hügeln entdeckte, war hingegen ein Geschenk der Götter gewesen, wie er es ausgedrückt hatte. Iona war dabei aufgefallen, dass er nie mehr von dem einen Gott sprach, es schien, als ob Beacán ihm das Vertrauen in den einen Glauben für immer genommen hatte. Iona selbst dachte anders. Der eine Glaube war gut, und wenn seine Vertreter auf Erden nicht in seinem Sinne handelten – durfte man das Gott anlasten? Oder sollte man besser darauf vertrauen, dass *Er* für Gerechtigkeit sorgen würde? Denn immerhin hatten Brude und sie die Verbannung und die Verfolgung durch Keiran und Kane überlebt, mehr noch – sie hatten eine Chance, sich ihr altes Leben wiederzuholen. Sprach das nicht für den einen Gott? Oder sprach das für die anderen Götter, die dafür Sorge tragen wollten, dass Brude den gegnerischen Gott auslöschte und sie selbst wieder Einzug in Dùn Tìle halten konnten?

Iona schüttelte die Gedanken ab. Sie führten zu nichts, nicht heute. Die Zeit, um über den Glauben zu reden, würde kommen. Und wer immer auch von oben oder unten auf das Eiland blickte, er hatte beschlossen, die Rentierherde in die Nähe der Verbannten zu führen. Die Tiere bedeuteten nicht nur Nahrung, sie hatten zudem eine große Menge Dung hinterlassen, der teils bereits getrocknet war. Der Dung brannte hervorragend, besser als die dünnen Zweige der Büsche. Zwar stank er beißend, aber wie das bittere Fleisch machte Iona auch das nichts aus. Der Dung sorgte für Feuer und damit für Leben.

Brudes Weib schluckte den letzten Bissen Fleisch hinunter, wischte sich die Hände an ihrem Umhang ab und lächelte ihrem Gemahl zu. »Du willst wissen, was wir noch mehr wollen außer Feuer und Fleisch? Ist es dir ernst mit dieser Frage?«

»Ja. Denn im Augenblick brauchen wir nicht mehr, als wir haben.« Brude nahm den Trinkschlauch.

Iona bedeutete ihm, ihr den Schlauch zu geben. »Sollte ein Herrscher nicht immer über den Augenblick hinausdenken?« Sie meinte es nicht ernst; sie wusste, warum er sich gut fühlte, aber irgendwie hatte sie Lust, ihn ein wenig zu necken.

Brude grinste. »Ihr Weiber. Kaum aus der gröbsten Gefahr heraus, verlangt ihr schon wieder mehr und treibt uns vor euch her.«

Iona nahm einen kleinen Schluck, dann reichte sie ihm das Ql. »Aber dafür sind wir da. Sonst werdet ihr faul und fett.«

In der Ferne war das Heulen von Wölfen zu hören.

Brude verharrte, den Trinkschlauch in der Hand. Das Heulen klang unheilvoll, nicht wie sonst, lang gezogen und von einem einzelnen Wolf, sondern von vielen, schnell hintereinander. Jetzt mischten sich auch andere Laute darunter – eine Art klägliches Blöken. Ob die Raubtiere auf die Herde getroffen waren? Wenn er den Bullen nicht getötet hätte, wären die Rentiere vielleicht noch in den Hügeln, dachte Brude, und damit von ihren Feinden verschont geblieben.

Das Heulen der Wölfe erinnerte den Herrscher auch an Tynan, den Schneewolf, der seinem Ziehsohn Kineth gehörte und mit ihm gegangen war. Wo mochten die

Neunundvierzig sein? In der alten Heimat, gar bereits beim Grab des Letzten Königs? Im Kampf gegen gesichtslose Horden, die über sie herfielen? Lagen sie tot unter einem fremden Himmel, der von Aasfressern gesäumt war, die krächzend auf das Schlachtfeld herunterstießen und sich an der Beute labten?

Was bist du für ein Anführer und Vater deiner Kinder? Hoffe und bete, dass sie siegreich heimkehren, und denke niemals an ein Scheitern. Niemals!

Wie nach einer Ewigkeit hob Brude nun den Schlauch, trank und legte ihn zur Seite. Viel war nicht mehr übrig, aber das war nicht weiter schlimm. »Das nächste Öl dann wieder im Dorf. In meiner Halle. Und mit unseren Kindern und Kriegern.« Er blickte ins Feuer.

Ionas Hand fand die seine. Ihre Finger waren trocken und warm. »Du denkst wieder an sie?«

»Du etwa nicht? Sie sind in einer Welt, die sie nicht kennen. Unzählige Gefahren, an jedem Tag. Fremde Heere, Krieger, Könige…«

»Wir können nichts tun, außer ihnen zu vertrauen.«

»Das tue ich. Aber –«

Sie legte ihm einen Finger auf den Mund, blickte ihm in die Augen »Glaubst du nicht, dass auch ich unzählige Tode sterbe, an jedem Tag? Wenn ich daran denke, dass mein Fleisch und Blut, mein *Leben*, da draußen ist, vielleicht schon in kalter Erde oder einem nassen Grab? Doch wenn ich zu viel an sie denke, dann werde ich von Sinnen. Und dafür haben wir keine Zeit, denn wir haben eine Pflicht zu erfüllen. Wenn unsere Kinder zurückkehren, dann werden wir und nicht Beacán sie empfangen. Sie werden in ihr gewohntes Heim zurückkehren, sie werden sich stärken und wärmen, sie werden schlafen und wieder zu Kräften kommen, und dann werden sie uns mitnehmen, in die neue Welt, die sie für uns erkämpft haben.«

Wieder heulten die Wölfe, diesmal weiter entfernt.

Iona rückte ganz nah an Brude heran, ihre Lippen lagen fast auf den seinen, als sie weitersprach. »Keine Zweifel mehr, Brude. Du hast die Krankheit besiegt, und wir beide haben die letzten Tage überlebt, die alles darangesetzt haben, uns zu vernichten, ob mit Sturm oder Schwert. Ab jetzt keine Zweifel. Nur mehr Hoffnung.« Nach einer kurzen Pause fuhr sie fort. »Du hast gefragt, was wir noch mehr wollen außer Feuer und Fleisch.« Ein schelmisches Lächeln umspielte ihre Lippen. »Noch mehr Fleisch.«

Sie nahm ihre Hand von der seinen, schob sie unter sein Hemd, auf seinen Oberkörper, fuhr zart darüber. Er wusste, dass sie die Umrisse des Piktischen Tieres nachzeichnete, von der schnabelartigen Schnauze über den Hinterkopf und den Zopf bis zu den Gliedmaßen und dem Schwanz. Sie hatte dieses Symbol ihres Volkes so viele Male berührt, dass sie ihren Weg blind fand. Auch jetzt glitten ihre Finger über seine Brust, verharrten, bewegten sich weiter nach unten ...

Brude sah ihr dunkles, gelocktes Haar, das ihr sanft über die Schultern fiel. Sah die blaue Schlange, die sich unter ihrer Haut den Hals hinauf bis zu ihrem rechten Ohr schlängelte, und verlor sich wie so oft schon in seinem Leben im tiefen Grün ihrer Augen.

Augen, die ihn herausfordernd lockten.

Er grinste. »Du verstehst es wirklich, einen Mann zu überzeugen.«

»Dann zeig mir, wie sehr du überzeugt bist.« Sie presste ihre Lippen auf die seinen, er erwiderte den Kuss gierig. Ihre Zungen berührten sich, verschlangen sich ineinander, lösten sich wieder. Iona griff Brude an den Schwanz, ließ ihre Hand auf und ab gleiten. Drückte sanft zu, ließ los, drückte wieder, bis Brude es nicht mehr aushielt. Er legte sich auf sie, dann war er in ihr, bewegte sich vor und zurück. Iona stöhnte und wand sich unter ihm, während in der Ferne noch einmal das Heulen der Wölfe erklang.

Und während eine einzelne Schneeflocke vom Himmel fiel, die neben den steinernen Mauern, in denen sich der Herrscher und sein Weib liebten, auf den kalten Boden traf und sich nach wenigen Augenblicken auflöste ...

Du hast mir geholfen, Rabengott. Jetzt helfe ich dir, deine Halle zu füllen.

Egill atmete die frische Morgenluft ein und trieb sein Pferd an. Es war ein prächtiges Tier, ein edler Hengst und sicher ein vorzügliches Streitross. Der Nordmann dachte vergnügt daran, wie leicht es gewesen war, dem Trupp das Pferd zu stehlen. Die meisten hatten geschlafen und laut geschnarcht. Einer, der pissen gegangen war, war offensichtlich betrunken gewesen, denn er hatte ihm schwankend zugewunken, weil er glaubte, den Wachposten bei seiner Runde zu erkennen. Der gesamte Trupp hatte sich wohl sehr sicher gefühlt und es offenbar nicht zu eilig gehabt, zur Schlacht zu kommen. Wenn alle von Konstantins Garde so waren, dachte Egill, als er eines der

Pferde losband und unbemerkt vom Lager wegführte, dann wird die Schlacht nicht lange dauern. Aber in seinem Inneren wusste er, dass es nicht so war. Der Wachposten, den er getötet hatte, zeugte davon.

Und so hatte sich der Herrscher der Eislande auf sein Pferd geschwungen und war in Richtung Süden losgeprescht, zu einem Ort namens Brunanburh.

Bald lagen die Berge mit ihren verschneiten Spitzen weit zurück, und herbstlich bunte Hügel breiteten sich vor ihm aus, glitzernd vom morgendlichen Tau.

Weiter ging es, immer weiter ...

Er ritt an Seen vorbei, die sich sanft in die Landschaft schmiegten, ließ sein Pferd über niedrige Steinmauern springen, duckte sich in Wäldern unter den tief hängenden Ästen der Eichen und wich riesigen Steinen aus, die über und über mit Moos bedeckt waren. Der Hengst schnaubte, die Hufe klapperten auf uralten Wegen, und als der Wind durch sein langes Haar fuhr und die Sonne vom tiefblauen Himmel strahlte, da war Egill Skallagrimsson, als würde das Land ihm gehören.

Das kleine Feuer knisterte. Die niedrigen Flammen waren durch die Steine, die rundherum aufgeschichtet waren, von weiter weg nicht zu erkennen. Der Hengst stand etwas abseits, an einen Baum gebunden. Er hatte den Kopf gesenkt und fraß mit sichtlichem Wohlbehagen das saftige Gras, das den Boden des kleinen Hains bedeckte.

Egill fand weit weniger Geschmack an seinem Essen als das Pferd. Lustlos kaute er an Fleisch und Brot, das er in der Satteltasche gefunden hatte, und starrte dabei ins

Feuer. Die Freude, die er in den vergangenen Tagen bei seinem rasanten Ritt verspürt hatte, war verflogen. Er hatte nicht viel nachgedacht, hatte einzig danach getrachtet, Alba hinter sich zu lassen und unerkannt nach Süden vorzudringen. Das war ihm auch gelungen, was er nicht nur seinem Glück und den Göttern zuschrieb, sondern auch der Tatsache, dass sich nahezu jeder kämpfende Mann im Sold Albas und Strathclydes in Richtung Brunanburh bewegte. Das Land hatte anderes zu tun, als sich um einen einzelnen Reiter zu kümmern, und das konnte Egill nur recht sein.

Aber je weiter er sich seinem Ziel näherte und je mehr Zerstörungen er sah – König Olaf hatte von Dubh Linn aus übergesetzt, sich mit den Truppen von Konstantin und Eòghann vereinigt und bei seinem Zug durch Nordumbrien eine Schneise der Verwüstung hinterlassen –, desto mehr dachte er über die Schlacht nach, die sein und das Schicksal Britanniens erfüllen würde.

Und desto mehr dachte er an das, was geschehen war, seit er mit seinen Männern die Eislande verlassen hatte.

So auch jetzt, als ein Ast im Feuer barst, die Sonne unterging und den Himmel in dunkles Rot tauchte. Rot wie die Blätter der Eichen in dem kleinen Hain, in dem der Nordmann lagerte, rot wie das Blut seiner Krieger, die auf Hjaltland ihr Leben gelassen hatten.

Bilder zogen vor seinen Augen vorbei, verschwammen mit dem Feuer, nahmen Form, Leben an ...

Er sah Comgalls Festung, sah seine Männer im Kerker sterben und hörte die letzten Worte seines Freundes Bjorn.

Sag Thora, dass ich sie mehr als alles geliebt habe. Sag,

dass ich es nicht bereut habe, wegen ihr fast einen Krieg angezettelt zu haben. Und dass ich alles wieder so machen würde, wenn ich die Gelegenheit dazu hätte.

Egill sah, wie Bjorn die Kehle aufgeschnitten wurde und sein Blut in einer pulsierenden Fontäne aus seinem Hals schoss.

Er sah das »Totenschiff« – so hatte es der riesenhafte Unen genannt –, mit dem er und Kineths Krieger das Meer gekreuzt hatten und das Drachenboot Erik Blutaxts mit ihren Feuerpfeilen versenkt hatten.

Er sah die dunklen Wasser von Clagh Dúibh, sah den Stein mit der blutroten Inschrift.

Sah Torridun fallen – und *sie*, immer nur *sie*, wie er sie in dem Inferno aus Flammen küsste und dann zurückließ, weil ihre Wege nicht die gleichen waren.

Sie.

Ailean.

Er sah sie, wie sie am Steuerruder des Totenschiffes stand, stark und anmutig zugleich, mit den blauen Zeichnungen, die sich an ihrem Hals hinaufschlängelten, die dunkelblonden Locken flatternd im Wind, die grünen Augen voller Leben.

Und wieder Torridun, der Kuss inmitten der brennenden Festung, ihr letztes Lächeln, ihre letzten Worte – »Ich danke dir für alles« –, und er, wie er sich umdrehte und durch die brennende Festung nach draußen lief.

Ailean.

Er wusste nicht, ob er sie je wiedersehen würde, aber er wusste eines mit Sicherheit: Er liebte diese Frau, und wenn er sie je wieder traf, würde er sie nicht mehr zurücklassen. Das schwor er sich.

Doch um sie wiederzusehen, musste er erst zu Thorolf und mit ihm in Brunanburh kämpfen. Egill hatte keine Ahnung, wie sein Bruder es aufnehmen würde, wenn er erfuhr, dass alle seine Männer tot waren und nur er, ihr Anführer, überlebt hatte. Er konnte ihm unmöglich die Wahrheit erzählen, über Kineth und dessen Krieger, die ihn beim Broch von Mousa besiegt hatten, und dass Comgall, der Herrscher von Cattburgh, sie dann alle betrogen hatte, Egills Männer töten ließ und auch Kineth und die Seinen gefangen nahm und versklaven lassen wollte. Dazu war es zwar nicht gekommen, aber das würde Thorolf nicht interessieren. Er würde nur sehen, dass Kineths Krieger die Nordmänner beim Broch besiegt hatten und damit schuld an allem waren. Er würde nicht ruhen, bis er sie gefunden hatte. Und dann wäre der Blutadler[9] noch das Harmloseste, das er an seinen Gefangenen vollstrecken würde. Obwohl Egill der Herrscher der Eislande und sein Bruder ihm unterstellt war, kannte er Thorolfs hitziges Gemüt, das im Kampf schnell in einen Blutrausch ausarten konnte. Unter gewissen Umständen würde Thorolf über Egills Kopf hinweg entscheiden und handeln. Kineth und die Seinen waren so ein Umstand.

Nein, er würde Thorolf nichts davon erzählen. Nur dass sie in einen Hinterhalt geraten waren und er sich hatte retten können. Am besten nach einem Unwetter, ja, so würde er es darstellen: Die beiden Schiffe waren im

---

9 Hinrichtungsart der Nordmänner. Dem Opfer wurde bei lebendigem Leib der Rücken aufgeschnitten, die Rippen entlang der Wirbelsäule aufgetrennt und wie die Schwingen eines Adlers zur Seite geklappt.

Sturm untergegangen, und er und die wenigen Überlebenden waren, nachdem sie sich an Land gerettet hatten, in einen Hinterhalt geraten. Nur er hatte sich retten können, nachdem er viele Feinde zur Hölle geschickt hatte. Das würde Thorolf akzeptieren, denn niemand konnte mehr zählen, wie viele Nordmänner trotz ihrer einzigartigen Drachenboote und ihrer hervorragenden Kenntnis der Schifffahrt durch Stürme in die Tiefen der Meere, in Ráns[10] Reich, gezogen worden waren.

Egill warf die Reste seines kargen Mahls ins Feuer, schürte es dann ein wenig.

Vielleicht machte er sich auch zu viele Gedanken, vielleicht war das alles nicht mehr wichtig. Wer wusste schon, ob sie Brunanburh überleben würden? Würde überhaupt jemand die Schlacht überstehen? Die Worte eines alten Mannes klangen in seinen Ohren, ausgesprochen in einer kleinen Hütte, in der ebenfalls ein Feuer geflackert und in der er mit Ailean, Kineth und den anderen dem Alten gelauscht hatte.

Seit einiger Zeit lag es wie ein Pesthauch über dem Land – die Ahnung einer erderschütternden Schlacht, wie man sie noch nie gesehen hatte, der Kampf um den Fortbestand des Reiches. Dann wurde die Ahnung zur Gewissheit, und jetzt erzählt man überall von Bannern, die im Sturm flatternd gen Süden getragen werden, von marschierenden Heeren und Waffen so zahlreich, dass man meinen könnte, alles Eisen dieser Welt wäre dafür geschmiedet worden.

---

[10] Nordische Göttin und Herrscherin über das Totenreich am Grund des Meeres.

Und von der Schlacht der Schlachten, die uns alle im Blut ersaufen wird.

Das Pferd schnaubte. Egill blickte kurz zu ihm hinüber, aber es war alles ruhig. Er legte sich auf den Rücken, auf seinen Umhang.

Der Himmel, der mittlerweile dunkel geworden war, spannte sich allumfassend über dem Nordmann, ebenso die Sterne und der Mond, so unerschütterlich, wie sie immer gewesen waren. Unerschütterlich. Das musste er auch sein bei dem, was ihm bevorstand.

Bei der Schlacht der Schlachten.

Er schloss die Augen, spürte, wie sein Atem ruhiger wurde. Hörte die Flammen knacksen, das Pferd kauen.

Du hast mir geholfen, Rabengott. Jetzt helfe ich dir, deine Halle zu füllen.

Egill Skallagrimsson schlief ein.

Das Innere des Turms war dunkel und kalt, die Luft roch verraucht und modrig. Eine einfache, halbkreisförmige Feuerstelle mit einem Rost befand sich in der Mitte des kargen Raumes und war mit einem seltsamen Eisengitter umrandet, das wie ein kleiner Zaun wirkte. Neben einem klobigen Holztisch mit vier Schemeln lagen drei Säcke, aus deren Rissen Stroh quoll. Eine Truhe, über die ein verziertes Tuch geworfen war, stand dem Eingang gegenüber. Über dem Tor führte ein Laufsteg im Halbkreis von einer Schießscharte zur nächsten und mündete schließlich in einer schiefwinkeligen Holztreppe.

Der rothaarige Oswine hatte sich frech vor seine ältere Schwester Osthryd gestellt, die Arme verschränkt, das Gesicht grimmig. Das Gesicht des Mädchens war ebenfalls von Sommersprossen übersät, ihre roten Haare hatte sie zu Zöpfen geflochten. Ihr Blick spiegelte eine Mischung aus Neugierde und Furcht wider. In der Hand hielt sie Pfeil und Bogen.

»Hier entlang«, sagte der Alte und führte Caitt quer durch den Raum auf die Truhe zu. Der Krieger folgte ihm, grüßte mit einem Lächeln im Vorbeigehen die beiden Kinder, die jedoch keine Reaktion zeigten.

Vor der Truhe blieb Wihtgils stehen. Einen Moment lang betrachtete er das Tuch mit den kreisrunden Stickereien, die sich ineinanderschlangen und wieder auseinanderstoben und alles bedeckten, bis auf eine kleine unbestickte Stelle. Der Alte lächelte kurz, dann hob er den Stoff weg, faltete ihn behutsam zusammen und legte ihn auf den Tisch. »Hier drin ist alles, was Ihr benötigt«, sagte er und trat einen Schritt von der Truhe weg. Die beiden Kinder senkten die Köpfe, das Mädchen begann leise zu weinen.

Caitt wusste nicht, wie er die Reaktion der Geschwister deuten sollte. Er kniete sich nieder und öffnete den schweren Deckel. Im Inneren der Truhe lag eine Ringbrünne, die aussah, als hätte man einfach nur Hunderte Metallringe zusammengetragen und auf einen Haufen geschüttet. Daneben standen zwei Wendeschuhe aus dunkelbraunem Leder mit Riemenverschluss, die noch tadellos in Ordnung waren, obwohl sie offensichtlich bereits getragen worden waren. Caitt holte einen leicht verbeulten Spangenhelm hervor, wendete ihn und prüfte das

Innenfutter, das sich steif, aber nicht brüchig anfühlte. Das dick wattierte Gambeson aus Leinentuch war mit Flecken übersät, jedoch weder rissig noch zerschlissen. Es würde unter der Ringbrünne einen guten Schutz bieten, dachte Caitt erfreut. Alte Lederhandschuhe vervollständigten die Ausstattung.

Der Krieger legte alles in die Truhe zurück. Dann stand er mit einer schnellen Drehung auf, die Wihtgils zurückschrecken und seine Hand zu dem Dolch fahren ließ, der in seinem Gürtel steckte.

Doch als Caitt sprach, lag Ehrfurcht in seinem Blick. »Es wäre mir eine Ehre, das Rüstzeug Eures Sohnes kaufen zu dürfen.«

Der Alte entspannte sich wieder.

»Ihr habt einen Rappen erwähnt …«, fügte Caitt hinzu.

Wihtgils schüttelte traurig den Kopf. »Der hat sich bei dem Sturz so schwer verletzt, dass wir ihn von seinem Leiden erlösen mussten.« Er blickte Caitt in die Augen. »Ihr könnt es wohl nicht erwarten, das Schwert zu heben, was?«

»Das Leben wartet nicht auf einen«, antwortete Caitt.

Der Alte blickte kurz zu seinen Kindern, bevor er sich wieder dem Krieger zuwandte. »Ich kann Euch zwei Tagesreisen Richtung Süden mit dem Eselskarren mitnehmen.«

»Athair![11]« Osthryd blickte ihren Vater entsetzt an, doch der zeigte sich unbeeindruckt.

»Dann nehme ich Euer Angebot dankend an«, erwiderte Caitt. Noch wenige Tage zuvor wäre die Angst des

---

11 Gälisch: »Vater!«

Mädchens völlig berechtigt gewesen, kam ihm in den Sinn, aber er hatte sich geändert.

Hast du das?

Wihtgils spuckte sich in die rechte Handfläche und streckte sie Caitt entgegen. Der stutzte ob des fremden Rituals, dann tat er es dem Alten gleich und schüttelte dessen Hand.

Das mehrmalige Aufeinanderschlagen von Steinen riss Elpin aus dem Schlaf. Noch benommen von der viel zu kurzen Nacht und irgendwelchen Beeren, die er gekaut hatte, sah er sich langsam um.

Durch die dicken Wände, die nur eine kleine schlitzartige Öffnung aufwiesen, fiel kaum Licht in die enge, kreisrunde Kammer. Als Elpin das leise Atmen neben sich hörte, fiel ihm wieder ein, wie sein gestriger Spaziergang geendet hatte. Er hatte sich mit einem ebenso neugierigen, blutjungen Mädchen bekannt gemacht, mit langen roten Haaren und winzigen Sommersprossen im Gesicht, die von ihrer Mutter schneller weggeschickt worden war, als er seinen Namen nennen konnte. Daraufhin hatte er sich eben dieser Frau vorgestellt, hatte mit ihr dunkle Beeren genascht und war dann durch Umstände, die sich seinem Gedächtnis entzogen, mit ihr auf den Fellen hier gelandet. Als Elpin sich zu erinnern versuchte, blitzten immer wieder Bilder voll gieriger Fleischeslust auf. Er griff unter die Felldecke, spürte warme Haut. Ja, dachte er, er hatte die Nacht richtig genossen.

Als erneut Steine aufeinandergeschlagen wurden, streifte er sich sein Leinenhemd über und trat vor die Hütte, nur um im selben Augenblick zurückzuschrecken. Davor hatten sich nämlich Broichan sowie das halbe Dorf versammelt. Alle starrten ihn an.

»Wie heißt du, mein Junge«, wollte Broichan mit ernster Miene wissen und legte Elpin den Arm so fest um die Schulter, dass dieser unwillkürlich zusammenzuckte.

»Elpin«, stammelte er. »Elpin, Sohn des Cailtarni.« Er verstand die Welt nicht mehr – was im Namen der alten Götter wollten all diese Leute von ihm?

»Elpin, uns ist bewusst, dass ihr unsere Regeln und Bräuche nicht kennt, deshalb wollten wir uns auch erst heute richtig mit euch bekannt machen. Aber du warst schneller.«

Elpin lächelte unsicher. Worauf würde diese Ansammlung hinauslaufen? Würden sie ihn bestrafen?

»Nichtsdestotrotz«, fuhr Broichan unbeirrt fort, »bevor bei uns ein Junge zum Mann wird, muss er sich beweisen.«

»... zum Mann ... was soll das heißen? Ich habe ein Weib und drei Kinder!«, rief Elpin entrüstet.

Broichan machte einen gespielt verständnisvollen Gesichtsausdruck. »Also für mich siehst du aus, als würdest du noch an den Titten deiner Mutter nuckeln.« Er wandte sich zu seinen Leuten. »Was meint ihr?«

Die Dorfbewohner begannen plötzlich zu grölen. Elpin wurde flau im Magen.

»Sei jedoch unbesorgt«, sagte der Anführer weiter, »du bist nicht allein. Patraicc und Rian werden heute ebenfalls den Schritt zum Manne machen.«

Zwei Jungen, die höchstens vierzehn Lenze auf dem Buckel haben konnten, traten mit kahl geschorenen Köpfen und stolzgeschwellter Brust hervor. Sie waren mit wollenen Hemden bekleidet, die ihnen bis zu den Knien reichten.

»Diese beiden Kinder? Ich könnte ihr Vater sein.«

Die Dorfbewohner lachten auf.

»Fragt ...« Elpin hielt inne, überlegte gehetzt – wie war doch gleich der Name der Frau in der Hütte? Es fiel ihm nicht ein. »Fragt das Weib in der Hütte.« Er zeigte hinter sich. »Ihr gegenüber habe ich mich heute Nacht bereits als Mann erwiesen!«

Broichan schob die Brauen zusammen und spitzte die Lippen. »Diese Prüfung musst du ja auch nicht bestehen, damit du vögeln darfst«, sagte er mit väterlichem Ton. »Sondern weil du gevögelt hast.«

Elpin war außer sich. Warum wurde er zu etwas genötigt? Und wo waren überhaupt seine Leute? Er blickte um sich. Schließlich erspähte er die Breemally-Schwestern, die zwischen den Dorfbewohnern standen. »Mally, unternimm doch etwas!«

Moirrey betrachtete ihn belustigt. »Warum sollte ich? Du konntest es wieder mal nicht abwarten, nun will ich auch sehen, wie du deinen Mann stehst.«

Elpin blickte zu Bree, doch die zuckte nur hilflos mit den Schultern.

Jetzt trat Kineth zu ihnen, gefolgt von Unen und den anderen. Schnell versuchte der Krieger, sich ein Bild des Tumults zu machen. »Broichan, was geht hier vor?«

»Schön, dass du zu uns gekommen bist, mein Freund«, sagte dieser. »Elpin hat nicht wie alle anderen die Nacht dort verbracht, wie man ihnen geheißen hat. Elpin hat die Nacht hier im Dorf mit Muirne verbracht, vermutlich sogar *in* Muirne. Und das, so munkelt man, obwohl er doch ihre Tochter besteigen wollte.«

Elpin bekam schlagartig einen roten Kopf. »Das ist nicht wahr, ich …«

»Ach nein?« Broichan deutete auf das rothaarige Mädchen, das in erster Reihe neben ihrer Mutter stand. »Nein?«

Elpin senkte den Blick, wurde kleinlaut. »Ach so, die, ja.«

»Deshalb muss der junge Mann eine Prüfung ablegen, seinen Mut und seine Männlichkeit beweisen«, erklärte Broichan. »Etwas, das alle Männer hier tun mussten, habe ich recht?«

Wieder grölten die Dorfbewohner auf, diesmal hauptsächlich die Männer.

Kineth war unwohl bei dem Gedanken, Elpin einer unbekannten Prüfung auszusetzen. Schließlich seufzte er. Wie schwierig konnte diese Prüfung schon sein, im Vergleich zu dem, was er seit ihrer Abreise erlebt hatte? Immerhin würden auch die beiden Jungen antreten. Und vielleicht würde Elpins Entschlossenheit Broichan zeigen, wie entschlossen sie alle waren.

»Was gilt es zu beweisen?«, fragte Elpin.

»Es ist eine Mischung aus Wagemut und Geschicklichkeit, pass auf.« Broichan breitete die Arme aus und drehte sich im Kreis, um sich mehr Raum zu verschaffen. Dann fixierte er Elpin. »Du musst auf dem linken Fuß stehen, dann streckst du den rechten Fuß aus und verharrst.« Während der Anführer sprach, machten die beiden Jungen die Bewegungen vor. »In dieser Stellung ballst du deine Hände zu Fäusten, beugst dich nach vorn und streckst beide Fäuste so weit du kannst Richtung der rechten Zehenspitze.«

Elpin runzelte die Stirn. Er blickte von den beiden Jungen, die so gut wie regungslos in ihrer Position verharrten, zu Broichan und wieder zurück. Das sollte die ganze Prüfung sein? »Soll das heißen, dass die beiden Jungen gerade die Prüfung bestanden haben?«

Der Anführer und alle seines Dorfes lachten schallend auf. Dann deutete Broichan so ernst nach Süden, als wollte er zeigen, wo sich der Abgrund zur Hölle auftat. Elpin folgte seiner Hand, konnte schließlich einige Felsbrocken erkennen, die eine Art Tor bildeten und am Rande der Steilwand standen.

»Dort oben, am Witwenfels, musst du dich beweisen«, sagte Broichan und begann erneut breit zu grinsen. »Und die linke Fußsohle darf dabei nicht mehr als zur Hälfte auf dem Stein ruhen. Besser weniger.«

Die beiden Jungen jubelten frenetisch.

Elpin wurde blass.

Auf dem Weg zu dem Felsen war Elpin vorausgegangen. Die beiden Jungen waren zunächst brav neben ihm geblieben, dann liefen sie immer weiter voraus und ließen sich wieder zurückfallen, bis Elpin sie eingeholt hatte. Und den gesamten Weg lang hatten sie ihm in den Ohren gelegen, wie sehr sie sich darauf freuten, wie lange sie darauf hingearbeitet hätten und was es für sie bedeutete: nicht nur durften sie sich dann eine Frau zur Gemahlin nehmen, auch durften sie mit den anderen Männern auf

Vogeljagd gehen. Schon bei der Beschreibung war es Elpin kalt den Rücken runtergelaufen – die Männer ließen sich nämlich nur mit einem Seil um die Hüfte herum die Steilwände an der Küste hinab, bis sie einen der Vögel packen konnten, der gerade achtlos war. Dann kletterten sie an dem Seil wieder nach oben, schlugen dem Vogel den Kopf an einem Stein auf, und kletterten wieder hinab, um den nächsten Vogel zu fangen. Zumindest wusste Elpin nun, warum Broichan und die anderen Männer im Dorf derart muskulöse Oberkörper hatten.

Schließlich hatten Elpin und die Jungen den Felsen erreicht, dessen schroffes, mit Moosen bewachsenes Gestein derart zerklüftet wirkte, als hätte es jemand mit einer riesigen Axt behauen. Zur rechten Hand fiel das Gelände steil zum Meer hin ab, gut fünf Dutzend Mann tief, wie Elpin schätzte. Zur Linken führte eine mannshohe Wand zu dem Felsentor. Dies war vermutlich jener Punkt, auf den Elpin hinaufklettern musste. Der junge Mann spürte, wie ihm kalter Schweiß auf der Stirn stand.

Wenige Augenblicke später kamen auch die anderen, bis das gesamte Dorf und alle von Elpins Gefährten hier versammelt waren. Elpin konnte hören, wie Kineth versuchte, Broichan von der Prüfung abzubringen, aber der zeigte sich unnachsichtig.

»So tritt hervor, Patraicc«, sagte Broichan mit feierlicher Stimme. Der tat wie ihm geheißen. Broichan breitete die Arme aus, der Junge entledigte sich seines wollenen Hemdes und machte nun nackt einen Schritt auf den Anführer zu. Der drückte seine Handflächen auf verkohlten Torf, den ihm eine Frau in einer Schale hinhielt, und legte sie dann dem Jungen auf den kahl geschorenen Kopf.

»Mit dem Segen derer, die waren, die sind und die sein werden.« Broichan löste seine Hände vom Kopf des Jungen, hinterließ kohlschwarze Abdrücke, die wie die Flügel eines Raben aussahen.

Patraicc wandte sich dem Tor zu, dann lief er los. Geschickt wie eine Katze kletterte er an der rechten Seite hinauf, stellte sich an den Rand und blickte aufs Meer hinaus.

Elpin merkte, wie nun auch seine Handflächen schweißnass wurden.

Der Junge breitete die Arme wie ein Vogel aus. Dann machte er einen halben Schritt nach vorn, sodass nur noch seine Fersen den Felsen berührten. Er streckte seinen rechten Fuß nach vorn, ging dabei mit dem linken Bein in die Hocke und streckte seine zu Fäusten geballten Hände Richtung der Zehen. Er hatte die Prüfung bestanden. Doch anstatt so schnell wie möglich den Felsen wieder zu verlassen, hielt er sich in dieser Stellung, ließ den aufkommenden Wind um seinen sehnigen Körper streichen. Langsam brandete Jubel auf, die Bewohner johlten, klatschten und riefen den Namen des Jungen.

Patraiccs Fuß begann zu zittern. Er versuchte, das Gleichgewicht mit seinem Becken zu halten, geriet immer mehr ins Schwanken, kippte – und machte einen Satz nach hinten. Nun stand er auf dem Felsendach, sprang mehrmals vor Freude in die Luft und kletterte dann genauso flink hinab, wie er hinaufgeklettert war. Er lief auf die Menge zu und drückte sich an eine Frau, die wohl seine Mutter war und ihn nun stolz in den Armen hielt.

Elpin fuhr sich nervös durch sein schulterlanges strohblondes Haar, als Kineth zu ihm kam.

»Tut mir leid, mein Freund«, sagte er leise zu ihm. »Hättest du dich nur an meine Worte gehalten und nicht bei der nächstbesten Gelegenheit wieder irgendein Weib beglückt. Herrgott noch mal!«

»Es tut mir leid, ehrlich«, entgegnete Elpin, dessen Blick immer wieder zum Felsen hinaufirrte und nun zusehends verzweifelter wirkte.

»Das nützt jetzt auch nichts mehr. Broichan will dich offenbar für uns alle prüfen. Und wie soll ich ihm erklären, dass sich einer von uns einer Prüfung verweigert, die hier die Jungen bestehen? Er würde uns für Feiglinge halten, wir brauchen ihn und seine Männer aber noch.«

Elpin senkte den Kopf. Er hatte Kineths Worten nichts mehr hinzuzufügen. Der klopfte seinem Gefährten auf die Schulter, während Broichan hinter ihnen Rian, dem zweiten Jungen, die Hände auflegte.

»Mit dem Segen derer, die waren, die sind und die sein werden.«

Rian war gut einen halben Kopf kleiner als Patraicc, jedoch genauso flink oben auf dem Felsen.

Auch er streckte den Fuß aus, ging in die Hocke und reckte die Fäuste. Der Wind schien nun stärker geworden zu sein, denn der Junge schwankte merklich. Wieder brandete Jubel auf.

Als Rians Fuß bereits hin und her schlenkerte, sprang dieser plötzlich in die Luft. Die Zurufe stoppten abrupt, die Zuschauer hielten den Atem an. Rian landete auf seinem Hintern, ließ die Füße über dem Abgrund baumeln und riss siegreich die Arme in die Höhe. Danach stand er auf und kam johlend zu seiner Familie gelaufen, die ihn lautstark feierte.

Broichan wandte sich Elpin zu. Dieser schloss die Augen, hörte einen Moment lang in sich hinein – er, der als Bauer aufgewachsen war, hatte schon mehr erlebt, als sich noch vor einem Jahr irgendjemand hätte erträumen lassen. Er würde auch diese Herausforderung meistern.

Oder sterben.

Elpin dachte an seine Frau, die wohl in der Heimat auf ihn wartete, an seine Kinder, die hoffentlich wohlauf waren. Er dachte an Sulgwenn, die ihn so liebevoll im Dorf der Frauen gepflegt hatte. Und er dachte an den nassen, eiskalten Tod, der ihn hier an dieser Steilwand ereilen könnte.

Elpin vernahm ein Räuspern, er wusste, dass er nun einzustehen hatte – für sich und sein Volk. Er öffnete die Augen, straffte sich und entledigte sich seiner Kleidung. Die neugierigen Blicke der Dorfbewohner waren ihm einerlei – er wusste, dass er ein stattlicher Mann war, und vom Brustbein bis zum Gemächt mit Bemalungen verziert.

Nackt trat er zu Broichan und senkte den Kopf.

Der legte Elpin die rußigen Hände aufs Haupt. »Mit dem Segen derer, die waren, die sind und die sein werden.«

Elpin machte ein flüchtiges Kreuzzeichen, blickte zu Unen, der ihm aufmunternd zunickte. Zu Moirrey, die ihm spöttisch die Zunge zeigte. Zu Ailean, die ihn gespannt anstarrte. Und zu Kineth, der kurz auf seine Brust klopfte. Dort, wo das Herz schlug und das Piktische Tier darüber wachte.

Elpin drehte sich um und lief auf das Felsentor zu. Er wägte kurz ab, ob er nicht besser auf der landinneren Seite hochklettern sollte, entschied sich jedoch dagegen, denn die beiden Jungen waren auch hier hinaufgestiegen. Um die schweißnassen Hände loszuwerden, griff er eine Handvoll Erde und zerrieb sie zwischen den Handflächen. Er ignorierte das Brennen, das die Wunden des gestrigen Sturzes vom Mast verursachten, dann blickte er hinauf – besonders weit musste er nicht klettern, höchstens zwei Mann hoch. Er durfte nur nicht nach rechts schauen, dorthin, wo es schnurgerade bergab ging. Er setzte seinen rechten Fuß auf die raue Oberfläche des Gesteins, streckte seine linke Hand aus und begann seinen Aufstieg.

Mit festen Griffen zog Elpin sich immer weiter nach oben, bis er sein Ziel schließlich erreicht hatte. Es war leichter gewesen, als er dachte, er hatte die ganze Zeit über nur auf den Fels vor und über sich gestarrt. Aber das Schlimmste lag noch vor ihm, denn er wusste, dass er sich jetzt umdrehen musste. Er sandte ein stummes Stoßgebet in den Himmel, holte tief Luft, kniete sich auf das Plateau und wandte sich dem Meer zu.

Der Schwindel war so stark, dass Elpin sich fast wieder hingesetzt hätte. Sein Körper schien aus jeder Pore Schweiß auszustoßen, seine Hände zitterten, sein Magen war ein kleiner, heißer Knoten in seinem Bauch.

Beherrsche dich, du notgeiler Narr.

Doch es half nicht, dass er sich innerlich beschimpfte. Dieses Gefühl, das einer Todesangst nahekam, verschwand nicht.

Elpin blickte erneut zur Gruppe, die ihn aus einiger

Entfernung anstarrte. Schweigend und abwartend. Vielleicht wünschte ja der eine oder andere, dass er abstürzte.

Beherrsche dich!

Elpin fasste sich ein Herz. Er richtete sich auf, ging bis zur Felskante vor. Er wusste, dass er nun hinabblicken sollte, um festzustellen, wie weit er noch Platz nach vorn hatte. Doch er entschied sich, dies auf anderem Wege zu prüfen. Elpin fixierte den Horizont, dort, wo das Meer den Himmel durchschnitt. Er ballte seine Zehen, bis er keinen Untergrund mehr spürte, rutschte auf den Fersen voran, bis nur noch sie Halt boten. Dann streckte er den rechten Fuß aus, langsam, aber endgültig. Er missachtete den Warnschrei seines Körpers in Form eines heftigen Pochens in seiner Brust, missachtete das zitternde linke Knie, auf dem nun sein ganzes Gewicht ruhte. Er ballte die Hände, verfluchte innerlich Gott und die Welt und streckte seine Fäuste in Richtung seiner Zehen.

Eigenartig gedämpft, als wäre er unter Wasser, hörte er den aufkeimenden Jubel, die Rufe seines Namens – hatte er es etwa geschafft?

Elpin wandte den Kopf dorthin, woher der Lärm kam. Im gleichen Moment wusste er, dass dies ein Fehler gewesen war, doch zu spät – er verlor das Gleichgewicht.

Die Zuschauer verstummten augenblicklich. Moirrey war die Erste, der ein stilles »Nein« entfuhr, als Elpins Körper hinter der Felswand verschwand. Niemand wagte sich zu regen, die Zeit schien stillzustehen.

Moirrey riss die Hände zum Mund. Warum mussten die letzten Worte, die sie an Elpin gerichtet hatte, Spott und Hohn sein? Sie hatte diesen lustigen, wenn auch hässlichen Kerl gemocht.

»Mutter!« Patraicc, der einige Schritte nach vorn gelaufen war, deutete auf den Felsen. Nun konnten es alle sehen. Eine Gestalt zog sich über die Felskante nach oben, erst der Kopf, dann der Oberkörper, schließlich die Beine. Elpin hatte sich wohl im letzten Moment festhalten können. Nun schrien und jubelten die Zuschauer umso lauter.

Elpin rollte sich über das Plateau, fiel mehr den Abstieg hinunter, als dass er kletterte, und kam auf die Gruppe mit einem Ausdruck im Gesicht zu, der eine Mischung aus Triumph und Beinahe-Tod war.

»Nun bist du würdig«, schmetterte ihm Broichan entgegen.

Elpin verzog das Gesicht. »Kein Gevögel der Welt ist das wert.« Dann grinste er breit. »Außer vielleicht...«

Moirrey schlug ihm auf den Hinterkopf. »Hast du immer noch nichts gelernt?« Verstohlen wischte sie sich eine Träne aus dem Auge.

Kineth sah zu Broichan. »Wohlan?«

Dieser nickte ihm zu. »Wohlan.«

Mit wiegenden Schritten ging Gràinne zwischen den Hütten des Dorfes entlang. Die kleinen, halb in das Erdreich gegrabenen Gebäude mit ihren Wänden aus Stein, Grassoden und Torf waren schon an einem schönen Tag kein erhebender Anblick, aber heute, unter dem grauen, kalten Himmel, schienen sie sich regelrecht zu ducken.

Gràinne war das einerlei – sie war beseelt von einem inneren Feuer, dem Feuer des einen Gottes, das jedem Tag, und mochte er auch noch so düster sein, einen besonderen Glanz verlieh.

In Dùn Tìle war es ruhig, bis auf das vereinzelte Lärmen von Kindern. Einige der Männer waren auf der Jagd, die Frauen holten Wasser oder kümmerten sich um die mittägliche Mahlzeit. Gràinne tat nichts dergleichen, denn Beacán hatte sie rufen lassen, und wie immer hatte sie alles stehen und liegen lassen, um seinem Ruf zu gehorchen. Sie hätte gerne noch mehr für ihn getan – für einen kurzen Augenblick dachte sie schuldbewusst an die Nächte, in denen sie sich befriedigte und dabei an ihn dachte –, doch er ging nie darauf ein. Gràinne tröstete sich damit, dass es so vielleicht besser war, denn ein Mann Gottes durfte nun einmal nur für Gott leben. Das hatten die meisten im Dorf nie verstanden und sich insgeheim lustig über den Priester gemacht; waren es nicht Unen und sogar ihr eigener Mann Dànaidh gewesen, die einst, die Zungen benebelt von Ol, gespottet hatten: »Einmal ein Weib, dann würde er nicht mehr stottern!«

Beim Gedanken an die ruchlosen Worte schüttelte Gràinne verbissen den Kopf. Aber sie wusste, dass der eine Gott für Gerechtigkeit sorgte, denn wo war Brude, der Mörder? Wer regierte an seiner statt das Dorf? Und die anderen, wie Unen und ihr Mann, die an dem einen Gott gezweifelt hatten, waren sie überhaupt noch am Leben?

Es war seltsam – der Gedanke an Dànaidh war kurz da gewesen und dann sofort wieder verflogen, wie Rauch in der Luft. Es erschien ihr fast nicht mehr wirklich, dass sie vermählt waren. Sicher, Dànaidh war stark gewesen und hatte für sie und ihre beiden Söhne gesorgt. Und auch sein Spitzname »Òrd« war wohl gewählt; der Schmied wusste seinen Hammer einzusetzen und hatte seinem Weib durchaus Lust bereitet. Aber diese Lust war mit der Zeit immer mehr vergangen, auch weil Gràinne spürte, dass ihr Mann seine erste Frau Cena und seinen leiblichen Sohn Drest nicht vergessen konnte.

Also hatte sie sich Beacán und dem einen Glauben zugewandt, und sie fühlte mit ihrem ganzen Herzen, dass sie die richtige Entscheidung getroffen hatte. Was passieren würde, wenn Dànaidh zurückkam, daran mochte sie nicht denken. Aber er würde es verstehen, würde es verstehen müssen, ebenso Brion und Tyree. Gràinne gehörte Gott, gehörte Beacán, für ihn hatte sie viel getan ... Oh, die anderen im Dorf wussten nicht, wie viel sie getan hatte. Und sie würde auch weiterhin alles tun, solange sie lebte.

Ihr Gesicht verzog sich zu einem Grinsen, so boshaft, dass ihr ein kleines Mädchen, das ihr entgegenkam, schnell auswich.

Solange ich lebe.

»Ich danke dir, dass du gekommen bist.« Beacán stand vor dem Thron, wie immer in seiner Kutte, die er bewusst nicht hatte ausschmücken oder gar neu machen lassen. Gràinne hatte es ihm angeboten – es wäre ihr ein Vergnügen gewesen, den Frauen der Gardekrieger zu befehlen, für den neuen Herrn von Dùn Tìle eine Kutte zu nähen, die seiner würdig war –, aber der Priester hatte scharf abgelehnt. Die Demut vor Gott war es, die für ihn zählte, und kein irdischer Hochmut. Die Frau des Schmieds hatte sich nach dieser Zurechtweisung mit hochrotem Gesicht zurückgezogen, und seitdem trug sie wie ihr Gebieter dunkle, einfache Kleider, die ihren üppigen Körper unvorteilhafter aussehen ließen, als er eigentlich war. Doch das war Gràinne einerlei.

»Setz dich, wir haben Wichtiges zu bereden.« Ein Lächeln huschte über Beacáns hageres Gesicht, er deutete zur Tafel, an deren Ende Eibhlin bereits Platz genommen hatte.

Ein großes Feuer prasselte neben der Tafel und verbreitete wohlige Wärme. Eine Wärme, die dringend nötig war, denn die Tage wurden jetzt schnell kälter, und der erste Schnee würde nicht mehr lange auf sich warten lassen. Gràinne ließ sich auf einem der Felle nieder, die auf den Bänken lagen. Früher hatten die Felle die großen, flachen Steine unmittelbar neben dem Feuer und dem Thron bedeckt. Dies waren die Plätze der Garde gewesen, und natürlich die von Caitt, Ailean und Kineth. Nach Brudes Verbannung hatte der Priester die Steine an eine der hinteren Wände der Halle bringen lassen. Die Felle lagen seitdem auf den Bänken für die Gelegenheiten, wenn Beacán sich mit seinen Vertrauten besprach.

Gràinne nickte Eibhlin unbestimmt zu, die den Gruß ebenso lustlos erwiderte. Eibhlins Gesicht war sehr blass, schien mit ihren farblosen Haaren in ihrem farblosen Kleid zu verschmelzen. Die Schwester des verbannten Herrschers bildete wie immer einen tiefen Gegensatz zu der Frau des Schmieds, deren große Augen und rabenschwarze Locken vor Leben zu bersten schienen. Gràinne hielt nicht viel von Eibhlin, denn was sollte man schon von einer Frau halten, deren Brüste wie leere Trinkschläuche waren und die nicht einmal imstande gewesen war, dem Thronfolger Milch zu geben? Das hatte Iona, die Frau des Mörders, übernehmen müssen. Bis –

Bis der kleine Nechtan gestorben war.

Und bis sie, Gràinne –

»Ich habe Großes vor«, die Stimme des Priesters riss sie aus ihren Gedanken. »Nun, da Dùn Tìle von der Gnade unseres Herrn erleuchtet wird« – er bekreuzigte sich, die beiden Frauen taten es ihm gleich –, »werden wir Ihm ein würdiges Haus errichten.« Er blickte Gràinne und Eibhlin erwartungsvoll an.

Gràinne runzelte die Stirn. »Ist es dazu nicht zu spät im Jahr? Der Boden ist hart, und die dunklen Tage …«

»Das weiß ich selbst, Weib«, schnitt Beacán ihr das Wort ab. »Wir werden es natürlich erst im nächsten Jahr erbauen, und es wird dem Herrn zur Ehre gereichen. Aber für den Winter mag es genügen, dass wir das hier«, er machte eine ausladende Handbewegung um sich, »zu Seinem Haus umgestalten.«

Gràinne fühlte zum ersten Mal, seit der Priester alle Entscheidungen im Dorf traf, Unbehagen in sich aufsteigen. »Aber Herr – diese Halle war ein Leben lang für all jene, die das Dorf bewohnen, ein Ort des Zusammenseins, des Feierns, ein Ort der …«

»Gemeinschaft?« Beacáns Gesichtsausdruck war geradezu mitleidig. »Nichts anderes wird das Haus des Herrn sein. Wir alle werden hier weiterhin zusammenkommen und natürlich auch Belohnung für unsere harte Arbeit und Hingabe an den Allmächtigen erfahren. *Haltet ein festliches Mahl und trinkt süßen Wein!*, so spricht der

Herr, und ich werde Seinen Worten nicht widersprechen.« Die Augen des Priesters blitzten. »Nie wieder aber werden Feste, wie sie an diesem Ort gefeiert wurden, in sündige Ausschweifung ausarten. Niemals wieder!«

»Du tust recht.« Eibhlin rührte sich das erste Mal, ihre Stimme klang müde. »Brudes Halle sollte endlich einen rechtschaffenen Zweck erfüllen. Zur Glorie des einen Glaubens.«

Schweigen folgte auf diese Worte. Der Name des verbannten Herrschers, den Eibhlin ausgesprochen hatte, schien immer noch da zu sein, schien gleichsam in der Luft zu schweben. Wie ein Hall aus der Vergangenheit durchdrang er die drei Menschen, zwang sie, bewegungslos zu verharren.

Dann durchbrach ein Geräusch den Bann, es kam von dem kleinen Fenster an der Nordseite. Der Priester stutzte, ging mit schnellen Schritten hin, stieg auf eine der Truhen, die unter dem Fenster standen, und blickte hinaus. Aber er sah niemanden, vermeinte nur eine Bewegung zwischen den weiter entfernten Hütten wahrzunehmen, einen Schatten, der einen Lidschlag später verschwunden war.

Beacán stieg mit nachdenklicher Miene von der Truhe herunter. Die beiden Frauen sahen ihn erwartungsvoll an.

»Nichts.« Er schüttelte den Kopf. »Wahrscheinlich nur eines der Kinder.« Der nachdenkliche Ausdruck verschwand von seinem Gesicht, er wandte sich energisch an Gràinne. »Teile den anderen mit, dass es, sobald die Männer von der Jagd zurück sind, eine Versammlung geben wird.«

»Ja, Herr«, erwiderte Gràinne eifrig, »und wenn sie fragen, warum?«

»Kein Wort, das hier zwischen uns gesprochen wurde, darf diese Halle verlassen.« Die Augen des Priesters bohrten sich in die der Frau. »Das würde nur für Unmut sorgen. Ich werde es ihnen selbst erklären, dann werden sie es begreifen. Hast du verstanden? Kein Wort!«

»Ja, Herr«, wiederholte die Frau des Schmieds, drehte sich um und eilte aus dem Raum.

Beacán wandte sich Eibhlin zu, die sitzen geblieben war. »Es ist doch immer wieder erbaulich zu sehen, welchen Eifer der Herr in Seinen Schäfchen erweckt, findest du nicht?«

»Nicht alle sind Schafe.«

»Was meinst du damit?«

»Ich meine, dass manche sich leichter fügen und manche weniger leicht. Und manche bleiben ein Leben lang der Wolf, der sich für ein Schaf ausgibt.«

»Spielst du auf jemand Bestimmten an?« Beacáns Stimme wurde schärfer. »Wenn ja, dann verlange ich...«

»Du *verlangst*?« Eibhlin klang erstaunt. »Du solltest nicht vergessen, dass es meine Worte waren, die meinen Bruder zu Fall brachten und dich zum Herrscher von Dùn Tìle machten. Ich mag schwach sein, aber ich bin nicht dumm. Ich habe ein gewisses Ansehen in diesem Dorf, und...«

»Ich bitte dich um Verzeihung, ich war respektlos.« Der Priester hob beschwichtigend die Hand. »Aber es wäre mir eine große Hilfe, wenn du mir Bescheid gibst, sobald sich jemand gegen den Herrn wendet.«

»Sicher weiß ich es nur von Balloch, du weißt ja, wie er ist.«

Beacán stieß verächtlich die Luft aus. »Der alte Griesgram ist doch grundsätzlich gegen alles. Und wenn es Gold regnen würde, würde er es sich aus den Haaren schütteln und nach Silber verlangen.«

»Ich werde die Augen offen halten.« Eibhlin stand auf und wandte sich zum Gehen.

Der Priester sah sie prüfend an. »Du wirkst mit jedem Mal schwächer, wenn ich dich sehe. Isst du ordentlich, und betest du, wie ich es dir geraten habe?«

»Unablässig.« Eibhlin mühte sich, Begeisterung in ihre Worte zu legen, aber es gelang ihr nur unzureichend.

Der Priester nickte trotzdem zufrieden. »Dann ist die Kraft des Herrn in dir und wird in dir wirken.«

»Ich bin dir für deine Anteilnahme dankbar. Aber noch mehr Kraft würde es mir geben …« Eibhlin zögerte, verstummte.

»Ja?« Beacán neigte den Kopf.

»Du weißt, auf welche Nachricht ich mehr als alles andere warte.«

Der Priester nickte. »Sei versichert, dass es nicht mehr lange dauern wird. Keiran und Kane werden ihre Aufgabe schon bald erfüllt haben und ins Dorf zurückkehren. Dann wirst du Genugtuung und endgültig Frieden finden.«

»Ich bete, dass deine Worte wahr werden.« Eibhlin wollte die Halle verlassen, doch die Worte, die Beacán als Nächstes aussprach, hielten sie zurück.

»Ich wollte dich übrigens vor Kurzem in deiner Kammer besuchen, um dir Beistand zu leisten. Aber du warst nicht da.«

Etwas in der Stimme des Priesters ließ Eibhlin innerlich erstarren.

»Ich habe gesehen, dass du die Wiege deines toten Sohnes noch immer nicht hast wegbringen lassen, wie ich es dir geraten habe?«

Sie drehte sich um, blickte Beacán verunsichert an. »Ich – ich konnte nicht. Noch nicht.«

»Es ist eine schöne Wiege. Auch wenn ich es nicht billige, kann ich doch verstehen, warum du dich nicht davon trennen willst. Nechtan hat sich gewiss sehr wohl darin gefühlt, bevor der Herr entschied, ihn zu sich zu holen.«

Eibhlin fühlte ihr Herz schneller schlagen. Was wusste der Priester?

»Ein Kind zu verlieren ist einer der schmerzlichsten Verluste, die uns treffen können«, fuhr er mit ruhiger Stimme fort. »Aber wir dürfen uns nicht in diesem Schmerz verlieren. Wir müssen nach vorne sehen und den Willen des Herrn vollziehen. Denn er hat Sein Blut für uns vergossen. Es wäre Todsünde, wenn man das eigene leichtfertig opfern würde, zumal für einen Toten.«

Sie schluckte, ihr Mund war trocken. Unwillkürlich fuhren die Finger ihrer rechten Hand über ihren linken Unterarm, wo unter dem Ärmel des Kleides die Narben verborgen waren.

Beacán schritt langsam zum Thron. »Und wer eine Todsünde begeht, brennt in den Feuern der Hölle und wird nie vereint sein mit seinen Lieben«, sagte er, ohne sich umzudrehen.

Eibhlin verharrte noch einen Augenblick, dann ging sie wortlos aus der Halle.

Der Priester hatte den Thron erreicht und setzte sich gemessen hin. Wie immer glitten seine Finger spinnenartig über die Armlehnen, wie immer erschien ein triumphierendes Lächeln auf seinem Gesicht. Eibhlin sollte sich nur nichts einbilden – er, Beacán, sah alles, was im Dorf vor sich ging. Es wusste, was Brudes Schwester vorhatte, aber das würde er zu verhindern wissen, denn er brauchte sie noch. Im nächsten Jahr, wenn das Haus des Herrn erbaut war, würde sie nicht mehr vonnöten sein, und er würde sie nicht von ihrer Sünde abhalten. Und wenn ihr Verlangen nach der Sünde bis dahin abgeklungen war – nun, es gab Mittel und Wege, diesem Verlangen nachzuhelfen.

Beacán lehnte sich zurück, schloss die Augen und begann, lautlos zu beten.

Die Nacht war hereingebrochen, wolkenlos und sternenklar. Stumm hatte sie sich um die kleine Insel gelegt, als wollte sie sie vor all dem Unheil und Bösen in der Welt beschützen und ihr ins Ohr flüstern, dass sie ruhigen Gewissens schlafen könne. So zumindest hatte Broichan es immer empfunden, wenn er in Nächten wie dieser auf den höchsten Hügel gestiegen war und den Blick in alle Himmelsrichtungen gerichtet hatte.

Nordöstlich ragte Boraraigh empor. Eine Insel, die wirkte, als hätten die Götter einen groben Stein achtlos ins Meer fallen lassen. Aufgrund der Entfernung war Broichan nur einmal in seinem Leben dort gewesen, war zwischen den beiden Felsnadeln, die wie zwei Torsäulen zur Insel anmuteten, hindurchgesegelt und hatte schnell feststellen müssen, dass es keinen leicht zugänglichen Ankerplatz gab. Die steilen, mit Gras bewachsenen Hänge waren schwer zu erklimmen und die wenigen dort lebenden Schafe die Mühe nicht wert. Einzig fünf Altäre und ein Kreis aus Steinen zeugten davon, dass diese unwirtliche Insel früher bewohnt gewesen war. Von ihren Bewohnern fehlte jedoch jede Spur.

Im Nordwesten erhob sich Soaigh, die Schafsinsel, aus dem Wasser. Dorthin setzten Broichans Leute über, um Jagd auf die vielen dort lebenden Tiere zu machen, wenn die Nahrung auf der Insel knapp wurde.

Ansonsten war Broichans Heimat nur von Wasser umgeben, dessen glatte Oberfläche in einer Nacht wie dieser die Sterne widerspiegelte. Doch heute Nacht wollte der Herrscher der kleinen Insel nicht die klare Nachtluft genießen. Heute Nacht wollte er jene besser kennenlernen, die wie aus dem Nichts in der Bucht gelandet waren und die ähnlich aussahen und sprachen wie er und sein Volk – oder was von ihnen übrig geblieben war. Seine Vorfahren hatten sich mit einer Handvoll Schiffe retten können, waren von der zerklüfteten Küste Albas aus aufgebrochen und hatten auf diesem Eiland Schutz gefunden, das aus der Ferne gesehen viel zu klein und unbedeutend wirkte, als dass man die Mühe der Überfahrt auf sich nehmen würde.

Seine Vorfahren jedoch waren geblieben, hatten ihr neues Leben auf uralten Steinbauten errichtet, die Zeugnis von einer früheren Besiedlung ablegten, hatten sich der rauen Natur angepasst und gelernt, dass Vögel leichter und schneller zu fangen waren als Fische und mindestens ebenso gut schmeckten. Das Fehlen jeglicher Bäume und jeglichen Buschwerks auf dieser und den benachbarten Inseln hatte die Geflüchteten zunächst vor ein schier unlösbares Problem gestellt, denn wer kein Feuer hatte, konnte nicht überleben. Doch der Reichtum an Torf hatte diesen Nachteil wieder wettgemacht, da man mit ihm sowohl bauen als auch Feuer machen konnte.

Die Bewohner vermieden es auch, wie ihre Vorfahren die alten Symbole auf markanten Stelen zu verewigen – zu groß war die Furcht davor, dass doch einmal jemand hier landen und sie verraten könnte. Obwohl sie die alte Heimat schmerzlich vermissten, lernten sie über die Jahrzehnte – so hatte es Broichans Großmutter immer erzählt – zu schätzen, dass sie so frei waren wie die unzähligen Vögel, die auf der Insel nisteten. Sie erkannten, wie glücklich man wurde, wenn man sich nicht vor anderen Völkern und der Bedrohung durch Kriege fürchten musste. Nicht, dass Broichan und die Seinen die Kunst des Kampfes verlernt hätten – man musste schließlich auf alles vorbereitet sein –, aber die vermeintliche Gewissheit, dass es zu den eigenen Lebzeiten nicht dazu kommen würde, ließ die meisten von ihnen langsam vergessen, was ihrem Volk einst angetan worden war.

Die meisten. Nicht jedoch Broichan.

Genauestens hatte er sich bei Irb, wenn dieser ihn früher besuchte, erkundigt, wer denn gerade die einstige Heimat beherrsche und ob es Aussicht auf Rache gäbe. Zu seinem Missfallen hatte Irb derlei Ansinnen immer gleich im Keim erstickt und gemeint, dass nur der Narr Streit suche, wenn er doch an sich in Frieden leben könne.

Als ob ich jemals Frieden finden würde nach dem, was sie meinem Volk einst angetan haben.

Broichan schulterte den schweren Umhang aus Luchsfell, der noch aus der alten Heimat stammte. Er wandte sich Síle zu, seiner Frau, die geduldig hinter ihm gewartet hatte. Er liebte sie seit seiner Kindheit. Sie war für ihn nicht nur ein schönes Mädchen gewesen, sie hatte ihm auch beinahe jedes Jahr seit ihrer Vermählung ein Kind geschenkt, dreizehn an der Zahl. Dass fünf von ihnen noch am Leben waren, empfand Broichan als wohlwollendes Zeichen der Götter.

»Bist du dir sicher?«, fragte sie ihn und sah ihren Mann dabei mit ihren durchdringenden blauen Augen an.

Er strich ihr über die Wange, küsste ihre Stirn. »Das bin ich.«

Síles Gesichtszüge wurden hart. »Dann ist die Zeit endlich gekommen?«

»Wir werden sehen, Liebste. Wir werden sehen.«

In der dunstigen Halle hing der Rauch der Torfstücke, die in den steinernen Feuerstellen brannten und einen herben Geruch verbreiteten. Auf der Tafel, die quer durch den Raum verlief, waren knusprig gebratene Schafe und eine Vielzahl von Vögeln aufgetischt. Manche von ihnen mit viel weißem Fleisch an den Knochen, andere nur so groß, dass sie als schneller Happen reichten. Dazu gab es dünne, hart gebackene Brotfladen.

Die Krieger und ihre Gastgeber saßen auf den Fellen am Boden, kleine Becher aus Schafshorn vor sich. Zu trinken gab es Ale, da Kineth eines der Fässer an Bord dafür freigegeben hatte. Und da die Inselbewohner keinerlei berauschende Getränke gewohnt waren, war die Stimmung bereits ausgelassen. Drei Frauen musizierten auf Knochenflöten flotte und abwechslungsreiche Melodien, die besonders die Kinder zum Tanzen brachten.

An der Stirnseite, gegenüber der Eingangspforte, hatte Broichan Platz genommen. Síle saß an seiner rechten Seite. Zu seiner Linken hockten Kineth, Ailean und Unen.

»So sag mir«, begann Broichan und blickte Ailean an, »wie habt ihr uns gefunden?«

Ailean schluckte den flachsigen Bissen Schafsfleisch hinunter, an dem sie schon länger kaute, ohne sich entschieden zu haben, ob ihr das Essen denn schmeckte oder nicht. »Wir sind auf ein kleines Fischerdorf gestoßen. Dort empfing uns der Dorfälteste, ein humpelnder Mann, der sich Irb nannte.«

Broichan musste bei dem Namen schmunzeln. Nachdem die Besuche des Mannes immer spärlicher geworden waren und schließlich ganz aufgehört hatten, hatten sich viele im Dorf gefragt, was aus ihm geworden war. Aber er wusste, warum Irb nie mehr wiedergekommen war.

»In der Tat war dieser Mann früher ein gern gesehener Gast meines Onkels«, sagte Broichan. »Er wusste immer, wie es um unsere alte Heimat bestellt war. Auch die Weiber hier waren ihm nicht abgeneigt, hatten sie doch endlich einmal ein anderes Gesicht vor Augen.« Er zwinkerte Kineth eindeutig zweideutig zu. »Und Irb ließ sich nicht lange bitten.«

»Diese Tage sind für Irb vermutlich vorbei«, fügte Ailean lächelnd hinzu.

Das hoffe ich, dachte Broichan. Hatte er doch eines

Tages Irb dabei überrascht, wie er über seiner stöhnenden Síle zugange war – Gestöhne des Unwohlseins, wie Síle ihm nachträglich versicherte. Daraufhin hatte er Irb das linke Knie zertrümmert, auf dass dieser nie wieder ohne Schmerzen ein Weib besteigen könne. Das zu seinem Boot humpelnde Häufchen Elend war das Letzte, was er je wieder von Irb gesehen hatte.

»Ein gütiger Mann«, fuhr Ailean fort, »der mehr weiß, als er zugibt.«

Broichan lächelte kurz. Diese Frau, dachte er, ist sowohl hübsch als auch klug. Eine gefährliche Mischung, denn einer Hässlichen konnte man schmeicheln, einer Dummen das Blaue vom Himmel lügen.

Aber bei dir, junge Ailean, wirkt weder das eine noch das andere. Wir werden sehen, was deine schwache Stelle ist.

Das Lächeln des Anführers verschwand. »Ihr seid also von jenseits der Eislande auf einem Schiff der Nordmänner gekommen, die ihr zuvor besiegt habt, so viel habe ich verstanden. Aber welcher Teufel hat euch geritten, einen Fuß in die alte Heimat setzen zu wollen?«

Kineth zögerte, tauschte einen kurzen Blick mit Ailean aus.

»Was ist?«, brauste Broichan auf und schlug mit der Faust auf den Tisch. »Brauchst du etwa die Erlaubnis deiner Schwester? Vielleicht sollte ich mich mit ihr näher besprechen?«

Síle war das Aufbrausen ihres Gemahls sichtlich unangenehm, aber sie schwieg. Auch die anderen sprachen kein Wort.

Der Anführer sah Kineth herausfordernd an. Dann wandelte sich sein zorniger Blick mit einem Augenschlag in ein breites, freundschaftliches Lächeln. »Lass dich nicht einschüchtern, mein Junge! Es ist nie verkehrt, auf den Rat eines Weibes zu hören«, sagte er und fasste seiner Frau an den üppigen Busen, der durch die enge Verschnürung ihres dunkelgrünen Leinenkleids noch betonter wirkte. »Hab ich recht?«

Síles Blick verschleierte sich umgehend, sie stöhnte leise. So liebe ich mein Weib, dachte Broichan und genoss, dass die Fremden offenbar nicht wussten, was sie von ihm halten sollten.

»Nun lasst uns auf unsere neuen Freunde trinken«, schmetterte Broichan lautstark den Gästen an seiner Tafel entgegen und fügte leise an Kineth gerichtet hinzu: »Und dann beantwortest du gefälligst meine Frage, verstanden?«

Nach einigen Hörnern Ale beugte sich Kineth zu Broichan. »Es ist die Prophezeiung des Uuradach, die uns in die alte Heimat gebracht hat«, sagte er leise.

Der Anführer legte die Stirn in Falten, strich sich immer wieder über seinen Schnauzbart. Irgendetwas sagte ihm dieser Name, aber er hatte ihn schon seit Ewigkeiten nicht mehr gehört, geschweige denn daran gedacht.

Uuradach...

»Wenn die Ernte verkommt«, begann Kineth zu zitieren, »wenn das Vieh darbt und die Quelle versiegt, dann bricht endgültig Nacht über das Volk herein. Nur das Grab des Letzten der Könige vermag diese Nacht zu vertreiben und ein letztes Reich zu erschaffen.«

Broichans Blick erhellte sich. »Das Grab... Uuens Grab! Habt ihr etwa...«

»Wir haben es gefunden«, sagte Kineth. »Wir haben *ihn* gefunden.« Er blickte Broichan mit einem Funkeln in den Augen an.

Dieser merkte, dass der Krieger etwas von ihm erwartete, aber er wusste nicht, was. »Schön, ihr habt unseren toten König gefunden. Aber was wollt ihr dann *hier*?« Er verschränkte die Arme, gab sich unnahbar.

»Wir sind hier, weil wir erkannt haben, dass wir zu wenige sind, um unser Land oder einen Teil davon für uns zurückzufordern.«

»Warum, glaubt ihr, haben wir seit unserer Flucht keinen Fuß mehr auf Alba gesetzt? Wenn man dort mit solchen Bemalungen, wie wir sie tragen, entdeckt wird, dann wird einem schneller der Garaus gemacht, als man die alten Götter um Hilfe rufen kann. Hier leben wir in Frieden, hier …«

»Unser Volk hungert«, sagte Kineth schnell. »Wir können nicht hierbleiben.«

Broichan stieß ein abfälliges Lachen aus. »Das war auch keine Einladung, bei *uns* zu bleiben.«

Kineth wusste nicht, was er antworten sollte. Die Unterredung lief anders, als er es sich vorgestellt hatte.

Hast du wirklich geglaubt, dass es so leicht geht? Dass sie dir um den Hals fallen und mit dir in die Schlacht ziehen? War denn irgendetwas leicht, seit wir das Eiland verlassen haben?

»Im Süden der alten Heimat, so heißt es, bahnt sich eine gewaltige Schlacht an«, mischte sich Ailean nun ein.

»Ach ja«, sagte Broichan betont gleichgültig. »Woher wollt ihr das wissen?«

Ailean schob ihr Essen beiseite und sah sich möglichst

unauffällig um. Es wäre nicht das erste Mal, dass man versucht hätte, sie an einer Tafel zu hintergehen. Aber nichts geschah, weniger noch – niemand schien sich dafür zu interessieren, was Broichan, Kineth und sie zu bereden hatten.

»Máel Coluim, der Neffe von König Konstantin, dem Herrscher über Alba, erzählte uns, dass sein Onkel im Süden Britanniens mit einem Heer aus Söldnern gegen König Æthelstan in die Schlacht ziehen will.«

»König Konstantin?« Broichan wurde hellhörig. »Und ihr wollt euch ihm anschließen?«

Ailean schüttelte den Kopf. »Wir wollen uns unser Land zurückerkämpfen. An der Seite von König Æthelstan.«

Broichan sah die Kriegerin an, als wollte sie ihm den Vollmond als Sonne verkaufen. Dann lachte er lauthals auf. »An der Seite ... von König Æthelstan? Und warum glaubt ihr, dass dieser König anders ist als jener von Alba? Warum glaubt ihr, dass er euch etwas von seinem Land gibt, euch, einer Handvoll bemalter, vergessener Krieger?«

»Er soll es ja nicht nur uns geben«, sagte Kineth ernst. »Er soll es uns allen geben. Uns ... und euch.«

»Wir haben Land. Diese Insel hier.« Broichan war nicht mehr zu lachen zumute. Kineth schien jetzt sehr selbstsicher zu sein, und das machte den Anführer misstrauisch. »Warum sollten wir unsere Heimat verlassen?«

Kineth zog das Schriftstück hervor, das ihm der Abt übersetzt hatte. »Weil diese Schrift besagt, dass unser aller König Uuen, Sohn des Óengusa, einen Sohn namens Deoord hatte. Dieser Deoord floh einst mit unseren Leuten und war der Bruder der Mutter meines Stiefvaters

Brude. Somit hat unser Herrscher Brude einen legitimen Anspruch auf den Thron von Alba.«

Broichan starrte Kineth an, als wollte er ihm im nächsten Augenblick das Genick brechen.

»Ihr wollt doch sicherlich nicht eurem König die Gefolgschaft verweigern, oder?«, fuhr der Krieger unbeeindruckt fort.

Broichan schlug erneut mit der Faust auf den Tisch. »Unser König ist tot!«

»Sein Nachfolger ist es nicht. Und Ailean ist seine Tochter.« Nun wurde Kineth ebenfalls zornig.

»Ein paar dahergelaufene Lumpen und ein Stück Haut mit irgendwelchen Zeichen darauf, die kein Mensch lesen kann«, stieß Broichan verächtlich hervor. »Ohne Insignien könnte jeder kommen.« Trotz seiner Worte hatte der Anführer das Gefühl, als ob sich eine unsichtbare Schlinge um seinen Hals legte und immer enger wurde. Warum sollte er für irgendeinen anderen Herrscher in den Kampf ziehen? Er würde hintergangen und verraten werden, wie so viele vor ihm. Wie König Uuen selbst.

Kineth zog etwas aus dem Beutel an seinem Gürtel und streckte es Broichan triumphierend entgegen. Der sah es und wusste mit einem Mal, dass die Entscheidung besiegelt war.

»Doch wem der Worte zu wenig, der soll geblendet werden durch des Königs Ring«, murmelte Broichan, als er den goldenen Ring betrachtete und die alten Zeichen seines Volkes erkannte, die darin eingraviert waren.

Er sah von dem Ring zu Kineth und dessen Kriegern. Dann zu seinem Volk, das unwissend schmauste und trank.

Er wusste, was er zu tun hatte.

»Ich glaube, ich habe euch unterschätzt«, sagte er und senkte sein Haupt. »Was verlangt ihr?«

»Wir werden gemeinsam gen Süden segeln, werden unsere Kriegskunst König Æthelstan anbieten, so wie Konstantin sich die Nordmänner zunutze macht. Und wenn Æthelstan mit unserer Hilfe siegreich aus der Schlacht hervorgeht, wird unser Volk endlich dort leben können, wo einst unsere Vorfahren gelebt hatten. Im Frieden geeint. Seid ihr mit uns?«

Broichan zögerte einen Moment lang. »Wenn auch die Götter auf unserer Seite sind – dann sind wir mit euch!« Broichan erhob seinen Becher.

Er, Kineth und Ailean stießen an. Dann leerte Broichan den Becher in einem Zug, ohne den ernsten, fragenden Blick seiner Frau zu beachten.

Kurze Zeit später stand Broichan hinter dem Langhaus. Leicht schwankend genoss er die kühle Nachtluft, das Säuseln des Windes und das Geschrei der Vögel, das immer spärlicher wurde. Er holte seinen Schwanz heraus, um in die Grube vor ihm zu pissen.

Plötzlich trat jemand von hinten an ihn heran, packte ihn am Gemächt. Broichan wollte herumwirbeln, aber der Druck auf seine Hoden besann ihn eines Besseren. Er erkannte den Geruch seiner Frau.

»Willst du mir helfen?«, fragte er grinsend.

»Bist du dir im Klaren darüber, was du den Fremden da drinnen versprochen hast?«

Broichan stutzte.

»Warum sollten wir für Æthelstan kämpfen?«, raunte

Síle. »Warum für den einen König kämpfen, wenn es doch der andere ist, zu dem wir wollen?«

»Aber genau das werden wir tun«, entgegnete Broichan leise. »Nachdem du den Willen der Götter gedeutet hast. Und nun lass meine Eier los und tritt zurück, Weib. Oder bleib und pack mit an.«

Síle kicherte und ließ ihn los. Sie drückte ihren Kopf auf die breiten Schultern ihres Mannes, während der sich erleichterte.

»Du wirst sehen«, sagte Broichan voller Überzeugung. »Alles wird sich zu unseren Gunsten fügen.«

Seine Beine brannten vor Anstrengung, sein Herz raste. Doch er lief und lief, bis er das Dorf weit hinter sich gelassen und den Friedhof erreicht hatte. Verwitterte Holzkreuze ragten aus den Steinhaufen, die die Gräber derer bedeckten, die dahingegangen waren, seit das Volk aus der alten Heimat geflohen und hier auf Innis Bàn gestrandet war.

Auf dem ersten der Hügel, über die sich der Friedhof zog, sank Brion schweißgebadet nieder, bemüht, wieder Luft zu bekommen. Stumm lagen die Grabstätten unter dem grauen Himmel, in dem Möwen ihre Bahnen zogen, krächzten und wieder verschwanden.

Brudes Halle sollte endlich einen rechtschaffenen Zweck erfüllen.

Die Worte hallten in Brions Kopf wider. Die Schwester

des Herrschers – für ihn gab es nur einen Herrscher, und das würde immer so sein – verriet ihren Bruder ein weiteres Mal. Wie konnte sie nur?

Langsam kam Brion wieder zu Kräften, er setzte sich auf. Erst jetzt sah er, dass er sich neben dem Grab von Cena und Drest befand, der Frau und dem Sohn seines Ziehvaters. Er fragte sich, ob es ein Zufall war oder ob ihn seine Beine ganz bewusst zu einem Platz geführt hatten, der mit Dànaidh verbunden war – mit einem Mann, der, wenn er hier wäre, das Vorhaben des Priesters verhindern würde.

Wenn Brion nicht wegen eines kurzen Fiebers geschwächt gewesen wäre, hätte er nie von diesem Plan erfahren. Aber so hatten ihn die anderen, unter ihnen sein Bruder Tyree, nicht mit auf die Jagd genommen. Gelangweilt war Brion, nachdem die Männer das Dorf verlassen hatten, zwischen den Hütten hin und her geschlendert, als er auf einmal seine Mutter in der Halle verschwinden sah. Weil er nichts Besseres zu tun hatte, schritt er unauffällig zu einem der Fenster, lehnte sich darunter gegen die Wand und gab vor, die Sohle eines seiner Stiefel zu untersuchen, während er in Wahrheit die Ohren spitzte. Er konnte die Stimmen von Beacán und seiner Mutter ausmachen, aber nicht genau hören, worüber sie sprachen. Es ging wohl um zukünftige Feste und die Halle. Seltsamerweise waren es dann die Worte einer dritten Person – die Brion sofort als Eibhlin erkannte –, die klar aus dem Fenster nach außen drangen, in die kalte Luft, die vom Winter kündete.

Brudes Halle sollte endlich einen rechtschaffenen Zweck erfüllen.

Zur Glorie des einen Glaubens.

Auf diese Worte war Stille gefolgt. Brion hatte sich nicht zu rühren gewagt. Er verharrte bewegungslos, die eine Hand an die Wand gestützt. Und auf einmal hatte sich unter seiner Handfläche einer der kleineren Steine und etwas Erde aus der Wand gelöst. Seine Hand rutschte ab, der Stein fiel zu Boden. Das Geräusch schien überlaut, Brions Herz hatte kurz ausgesetzt. Dann war er kopflos auf die gegenüberliegenden Hütten zugelaufen. Wenn er die Wand der Halle entlang und um die Ecke geeilt wäre, hätte ihn mit Sicherheit niemand gesehen. So konnte er nicht sicher sein, denn er hatte in seinem leicht geschwächten Zustand einige Zeit gebraucht, bis er zwischen schützenden Hütten verschwunden war. Dann war er gelaufen und gelaufen, und nun war er hier, auf dem Friedhof.

Er ließ seinen Blick über die Hügel schweifen. Drei der Gräber waren erst in letzter Zeit angelegt worden, eines für Nechtan, die anderen für die Opfer der Krankheit, welche die Nordmänner mit sich gebracht hatten: Lugh und der kleine, namenlose Sohn von Gair und Fenella.

Brion dachte an Gair, dessen fröhliche Art mit seinem Sohn begraben worden war und der sich den Neunundvierzig angeschlossen hatte, genau wie Dànaidh. Wenn sie wüssten, dass Brude, dem sie ewige Treue geschworen hatten, nicht mehr im Dorf herrschte, was würden sie tun? Und was, wenn sie erfuhren, was mit seiner Halle geschehen sollte? Denn so viel konnte sich Brion aus dem Gehörten zusammenreimen – Brudes Halle würde schon bald nicht mehr dieselbe sein, Beacán schien irgendetwas mit ihr vorzuhaben. Und so wie er den Priester einschätzte, würde es nur seinem Gott dienen und damit nicht mehr dem Volk.

Aber Gair und Dànaidh waren nicht hier, also war es sinnlos, darüber nachzudenken. Niemand war hier, außer Beacán und denen, die ihm vertrauten. Und die, die das nicht taten, wie sein Bruder Tyree und der alte Balloch, waren zu wenige. Sie brauchten die Neunundvierzig, sie brauchten Brude und Iona.

Brion ging mit langsamen Schritten die Gräber entlang. Sein Traum fiel ihm ein, den er in der Fiebernacht gehabt hatte. Er war bei einem der Abendgottesdienste gewesen, aber statt Beacán hatte Brude gesprochen. Seine Worte waren vom Wind verschluckt worden, und dann waren auf einmal Keiran und Kane hinter ihm aufgetaucht. Schwerter hatten sich in den Körper des Herrschers gebohrt, waren wieder herausgezogen worden. Dann ein roher Tritt, und der Körper rollte den Abhang hinunter auf das Dorf zu, blutend, tot ...

Brude und Iona.

Keiran und Kane.

Wo waren eigentlich die beiden Schergen des Priesters tatsächlich? Es war zwar möglich, dass sie nur die Gegend um das Dorf sicherten, wie der Priester es befohlen hatte. Aber war es nicht wahrscheinlicher, dass sie den Verbannten hinterhergeschickt worden waren, um diese ein für alle Male zu beseitigen? Brion erschrak bei dem Gedanken – denn er selbst würde es wahrscheinlich auch so machen.

Plötzlich hörte er einen Ruf. In einiger Entfernung tauchten Gestalten auf, die über die Hügel kamen. Er kniff die Augen zusammen, dann erkannte er die Männer, die von der Jagd zurückkehrten. Tyree ging vorneweg. Brion sah die blonden Haare seines Bruders, der jetzt die Hand hob und winkte.

Sollte er ihnen erzählen, was er gehört hatte? Aber was würde es bewirken? Würde es zu einem Umdenken hinsichtlich des Priesters führen? Oder zu gar nichts, außer dass der Priester erfahren würde, wer ihn belauscht hatte?

Schneeflocken schwebten aus dem grauen Himmel herab. Brion hob die Hand, fing die Flocken auf. Für einen Augenblick verblieben sie auf seiner Handfläche, bevor sie zerflossen, und Brion fühlte die Kälte.

Er ließ die Hand sinken. Sah die Gräber, die Männer, den Schnee, der vom Himmel fiel.

Erst zögernd, dann immer schneller, ging er auf die Jäger zu …

Auf einem Plateau, das nahe den Klippen lag, hatten sich sowohl die Bewohner der Insel als auch die Neuankömmlinge aus Dùn Tìle versammelt und einen großen Kreis gebildet. In ihrer Mitte stand Síle. Ihr knöchellanges Obergewand mit spitz endenden Ärmeln hatte eine ausgebleichte, blaue Farbe und war mit einer Vielzahl von rostbraunen Flecken bedeckt. Reglos stand sie seit einer gefühlten Ewigkeit da und starrte in den wolkenlosen Himmel. Die Sonne war kurz davor, ihren Zenit zu durchkreuzen.

»Worauf genau warten wir?«, flüsterte Ailean zu Kineth.
»Ich kann dir auch nicht mehr sagen als heute Morgen.

Broichan erwartet den Segen der Götter, um an unserer Seite zu kämpfen, und hier will er ihn erhalten.«

»Indem sein Weib in die Sonne starrt und erblindet?«

Kineth zuckte mit den Schultern.

Plötzlich klatschte Síle dreimal hintereinander in die Hände. Zwei kräftige junge Männer gingen auf die Steinplatte zu, die zu Füßen von Broichans Gemahlin lag, stemmten sie in die Höhe, drehten sie um und legten sie wieder ab. Dann kam ein dritter und schüttete einen Eimer voll Wasser über den mit Erde bedeckten Stein. Das Wasser schwappte den Schmutz hinfort, legte eine eingemeißelte Triskele frei, gut fünf Fuß im Durchmesser. Sie war von zahlreichen Symbolen umgeben, die Ailean teilweise noch nie gesehen hatte.

Die jungen Männer reihten sich wieder in den Kreis der Bewohner ein. Schließlich kam Broichan, der einen blökenden Ziegenbock an den Hörnern gepackt hatte, und zerrte das sich windende Tier in die Mitte des Steins. Er zwang den Bock in die Knie, drehte ihn mit einer ruckartigen Bewegung auf die Seite.

Erst jetzt richtete Síle ihren Blick auf das, was vor ihr geschah. Erneut klatschte sie in die Hände. Langsam stieg aus mehreren Feuerschalen nach Torf riechender Rauch auf, hüllte die Anwesenden immer stärker ein. Als der Rauch schließlich so stark war, dass Ailean kaum noch die Hand vor Augen sehen konnte, kam ein kalter Wind von der Küste her auf, begann den Qualm aufzureißen und in immer schnellere Drehungen zu versetzen. So weitete sich der Rauch stetig weiter aus, bis die Bewohner und Síle schließlich wie im Auge eines Orkans standen, der rund um sie tobte.

Ailean beobachtete, wie Síle sich zu dem Tier kniete und ihm eine hölzerne Schale vor den Hals stellte.

Broichans Frau schien sich mit einem unmerklichen Blick bei ihrem Gemahl zu versichern, dass es das war, was er wollte, und zückte einen Dolch. Während er das Tier am Boden festhielt, drückte sie die Klinge an den Hals des Ziegenbocks.

Síle sprach kurze, stoßartige Riten, bevor sie dem Tier die Hand auf die Stirn legte. Dieses blökte noch kurz, dann endete seine Gegenwehr, und es wurde völlig ruhig. Sie flüsterte dem Bock etwas ins Ohr und schnitt ihm mit einem Ruck den Hals auf. Während sich sein Blut stoßweise in die Schale ergoss, begann er, stumm zu zucken, erst kaum erkennbar, dann immer heftiger. Schließlich rutschten seine Hufe auf dem kreisrunden Stein hin und her, als würde das Tier einen absonderlichen Tanz vollführen, bis es kurz darauf endgültig zusammensackte.

Sofort tauchte Síle drei Finger ihrer linken Hand in das dampfende Blut und strich sich damit sorgfältig über die Stirn, als könnte eine falsche Bewegung alles zunichtemachen. Sie hielt einen Moment lang inne, bevor sie ihrem Gemahl zunickte, der das leblose Tier immer noch festhielt. Dieser legte es behutsam vor seine Frau auf den Steinboden und trat zurück.

Mit gezielten Schnitten trennte Síle dem Tier nun den Kopf ab und legte ihn neben sich, sodass es aussah, als würde der Bock seinen eigenen Leib betrachten. Dann tauchte sie die Finger ein weiteres Mal ins Blut, strich damit dem Bock über das helle Fell seines Bauches. Sie betrachtete die drei roten Striche, die sie gemacht hatte, sprach erneut kaum hörbar einen Ritus, schnell und stoßartig. Anschließend schnitt sie mit einer ruckartigen Bewegung ihres Dolches dem Bock den Bauch auf. Für einen Augenblick schien es, als würde sich der Körper des Tieres dagegen wehren, sein Innerstes preiszugeben, dann quollen die Innereien mit einem Schmatzen heraus. Síle verharrte regungslos, starrte wie gebannt auf die klaffende Wunde und die herausquellenden Gedärme, atmete tief den stechenden Geruch ein.

Keiner der Anwesenden, ob Inselbewohner oder Neuankömmling, wagte, die Ruhe zu stören, die seit Beginn des Rituals herrschte. Es war, als hielte die ganze Welt den Atem an.

Erst als das Innere des Tieres zur Ruhe kam, legte Síle den Dolch beiseite. Sie streifte ihre Ärmel zurück, tauchte beide Hände in die Schüssel voll Blut, beugte sich nach vorn und legte die rot gefärbten Finger auf die Flanke des Tieres. Schließlich senkte sie den Kopf, was auf Ailean wie eine Geste der Dankbarkeit wirkte.

Síle griff erneut den Dolch, hob mit der einen Hand den Bauchraum, während sie mit der anderen die Leber herausschnitt. Sie betrachtete das Organ von allen Seiten, strich behutsam über die glitschige Innerei, drückte an unterschiedlichen Stellen in das weiche und doch widerstandsfähige Gewebe, bevor sie sich der Leberinnenseite zuwandte und diese kreisförmig nach nicht erkennbaren Merkmalen absuchte. Es schien, als würde sie darin lesen. Síle neigte ihren Kopf zurück und schloss die Augen, drückte mit beiden Daumen so lange auf die Leber, bis das Gewebe nachgab und ihre Daumen mit einem Ruck darin versanken. Sie nickte bedächtig, dann legte sie das Organ so behutsam neben die herausgequollenen Gedärme, als würde sie ein Neugeborenes neben seine Mutter betten.

Ein Windstoß zerriss den Strudel aus Rauch, der sich noch immer um die Bewohner drehte, und löste ihn mit einer weiteren Bö auf.

Síle verharrte so lange, bis die Torffeuer gelöscht waren. Unmittelbar danach richtete sie sich auf und sah zu ihrem Gemahl.

»Nun?« Broichan konnte seine Ungeduld kaum verbergen.

»Die Götter wollen, dass wir kämpfen«, sagte Síle ruhig.

Eine Last schien von dem Herrscher der Insel abzufallen, auch wenn Ailean noch etwas anderes bemerkte, einen kurzen Blick der Übereinkunft zwischen ihm und seiner Frau, einen Blick, den sie nicht zu deuten vermochte.

»Die Götter haben gesprochen«, rief Broichan mit voller Stimme. »Unsere Ahnen haben uns ermöglicht, in Frieden zu leben, ungeachtet des Verrats, der ihnen widerfahren ist. Doch die Zeit des Friedens ist vorbei. Die Zeit der feigen Zurückhaltung ist vorbei. Denn die Zeit der Bewährung für unser Volk ist gekommen! Gemeinsam mit unseren Brüdern und Schwestern werden wir Richtung Süden segeln und an der Seite König Æthelstans erreichen, was unseren Ahnen versagt geblieben ist. Ein neues Reich auf dem Boden der Alten, ein geeintes Reich unter der Führung der Nachkommen König Uuens. In den Krieg!«

Die Anwesenden brachen in Jubel aus. Kriegsgeschrei schallte über die grünen Wiesen der kleinen Insel, wurde vom Wind über das Meer fortgetragen.

Kineth zwinkerte Ailean zu, als wollte er sagen: »Wir haben es geschafft.« Die Kriegerin nickte bestätigend zurück, auch wenn sie irgendetwas in ihrem Inneren warnte, sie anschrie, sich nicht mitreißen zu lassen, sondern wachsam zu bleiben. Sonst wären sie alle dem Untergang geweiht.

Brude blickte in den Himmel. Er war von Wolken bedeckt, wie schon den ganzen Tag. Der Schnee, der noch am Morgen die Hügel und das behelfsmäßige Dach von ihrem Unterschlupf mit einer dünnen weißen Schicht bedeckt hatte, war wieder verschwunden. Der Herrscher wusste jedoch, dass der Schnee schon bald mit Macht zurückkommen und bleiben würde.

Aber dann waren er und sein Weib nicht mehr hier.

Er trat von hinten an Iona heran, die auf den Fellen kniete und das Bündel mit den Vorräten ordentlich zusammenschnürte. Seine Hand glitt unter ihr Leinenkleid, spielte mit einer ihrer Brustwarzen, fühlte, wie sie hart wurde. »Die letzte Nacht war, wofür es sich zu leben lohnt, Weib.«

Iona legte ihre Hand auf die seine. »Das war sie. Wie die davor.« Ihre Stimme hatte einen zufriedenen, satten Unterton, wie immer, wenn sie sich geliebt hatten. Brude hatte ihn schon länger nicht mehr gehört, nun spürte er, wie gut es ihm tat. In diesem Ton klang ihrer beider gemeinsames Leben wider, in dem er seiner Gemahlin immer zu geben bemüht war, was ihr gebührte.

»Es wird immer schön sein zwischen uns, auch wenn ich eine Halle und eine warme Bettstatt bevorzuge.«

Brude dachte daran, wie Iona in der Ruine in seinen Armen geschlafen hatte, als der Sturm zu Ende gegangen war. Als er sich ebendas geschworen hatte – seiner Gemahlin wieder eine Bettstatt zu bieten. Nun, der Schwur war getan, und er würde alles daransetzen, ihn zu halten.

»Wir brechen bald auf. Ich will nicht in den Schnee kommen.«

»Wie hast du dir unsere Rückkehr überhaupt vorgestellt?« Iona hatte das Bündel fertig verschnürt und stellte es zu den Waffen, die nebeneinander aufgereiht lagen.

»Keiran und Kane sind tot. Ich nehme Speer und Schwert und ...«

»Und was?« Iona schüttelte den Kopf. »Du gehst in das Dorf, jagst Beacán davon oder tötest ihn, und alles ist wieder so wie bisher?«

Brudes Gesicht nahm einen ärgerlichen Zug an. »Nun ...«

»Brude«, sie trat zu ihm, nahm seinen Kopf in ihre Hände und blickte ihn eindringlich an, »wir sind verbannt, als Mörder und Kindsmörderin. Wir sind in den Augen unseres Volkes schuldig, ein Verbrechen begangen zu haben. Denn auch wenn Keiran und Kane tot sind – viele in Dùn Tìle sind auf Beacáns Seite, sie glauben daran, dass der eine Gott durch ihn spricht. Jetzt liegt es an uns, das Vertrauen dieses Volkes wiederzugewinnen. Wir werden nicht alle von unserer Unschuld überzeugen können, und das müssen wir auch nicht – solange wir nur alle von Beacáns Lügen überzeugen können. Vielleicht sogar davon, dass er ein Mörder ist.«

Brude runzelte die Stirn. »Ein Lügner ist er allemal. Er behauptet, dass du Nechtan getötet hast, und wir wissen beide, dass das nicht stimmt. Aber ein Mörder? Wenn du auf Keiran und Kane anspielst, werden wir es schwer haben. Beacán kann immer behaupten, dass sie auf eigene Faust gehandelt haben.«

»Ich meine nicht Keiran und Kane.« Ihre Stimme wurde zornig. »Hast du dir nie die Frage gestellt, ob Mòrags Tod nicht etwas zu günstig kam? Sie war es, die für die alten Götter einstand, sie hat die Prophezeiung offenbart, sie hat ein Gegengewicht zu Beacán gebildet. Wenn es nach dem Fortgang der Neunundvierzig jemanden gab – neben uns natürlich –, der dem Priester im Weg stand, dann sie. Und es ist einfach, jemanden niederzuschlagen und ihn mitsamt seiner Hütte zu verbrennen. Niemand wird je erfahren, was wirklich geschehen ist. Genauso Nechtan ...«, Ionas Stimme schwankte, sie brach ab.

Er nahm ihre Hand, sagte jedoch nichts.

»Ich weiß nicht, wie er gestorben ist«, fuhr sie leise fort. »Aber es war mein Tuch, in dem sich die Kräuter befanden. Wenn es ein natürlicher Tod gewesen ist, dann hat der, der mir das Tuch gestohlen hat, sich den Tod zumindest zunutze gemacht.«

Mit einem Mal erinnerte sich Brude wieder an den Tag, als in der Halle über sie gerichtet worden war.

Als Gràinne auf Beacáns Zeichen hin das Tuch in der Mitte der Halle ausgebreitet hatte, damit alle die gelben Blätter sehen konnten, mit denen Iona angeblich Nechtans Tod herbeigeführt hatte.

Als Eibhlin ihn des Mordes an Drest, Dànaidhs Sohn, anklagte.

Wieder und wieder sah Brude diese Bilder, sie verschwammen mit den Rufen, die in der Halle aufgebrandet waren.

Mörder! Mörder! Mörder!

Eine Ahnung, ein leiser Verdacht regte sich in ihm. Er versuchte krampfhaft, weiter hinter diesen Verdacht zu blicken, aber es war zwecklos – alles war noch zu undeutlich, zu schwach. Brude zwang sich, nicht mehr daran zu denken. Er konnte es nicht erzwingen, es würde sich ihm schon noch offenbaren.

»Ich glaube trotzdem nicht, dass Beacán mit seinen eigenen Händen zu einem feigen Mord fähig ist«, sagte er kopfschüttelnd. »Ich kenne ihn mein Leben lang, und ich weiß, was in ihm vorgeht.«

»Wenn du das weißt, warum sind wir dann verbannt worden?« Iona bereute die Worte im gleichen Augenblick, in dem sie sie ausgesprochen hatte, doch es war zu spät.

Brude schwieg.

Sie drückte seine Hand. »Es tut mir leid, ich ...«

Der Herrscher ließ sie los. Die Bilder waren wieder da, stärker als zuvor.

Mörder! Mörder! Mörder!

Plötzlich waren die Bilder verschwunden, und Brude wusste, wie er sein Dorf und sein Volk zurückgewinnen konnte. Der ganze Plan stand klar vor seinen Augen – es war ein gefährlicher Plan, mit etwas Glück jedoch würde er gelingen.

Brude neigte sich zu Iona und gab ihr einen Kuss. »Nein, du hast recht, Weib. Vielleicht war ich blind, ob von der Krankheit oder den Entbehrungen, aber nun sehe ich. Ich werde beweisen, dass ich der rechtmäßige Herrscher von Innis Bàn bin.«

»Ich bin froh, dass du mit mir einig bist.«

Bei diesen Worten stahl sich ein Lächeln in Brudes Gesicht. »Bin ich das nicht immer?«

»Immer.« Iona lächelte zurück, dann fiel ihr Blick auf das Bündel und die Waffen. »Wann werden wir gehen?«

»Schon morgen. Aber davor haben wir noch etwas zu tun.«

Iona schien, dass sich alles wiederholte. Wieder tauchte die untergehende Sonne die Eiswände der Höhle in rotes Licht, wieder spürte sie die Kälte, das Magische dieses Ortes.

Sie legte den letzten Stein auf den Haufen. »Ist es so recht?«

Brude nickte zufrieden. Sie hatten die Leichname ordentlich nebeneinander aufgebahrt und wieder mit Steinen bedeckt, etwa so, wie sie sie vorgefunden hatten. Irgendwie schien ihm das notwendig zu sein – sie waren in die Höhle eingedrungen, die jemand als letzte Ruhestätte für die Seinen vorgesehen hatte. Mit ihrem Eindringen waren Kampf und Blut über die Höhle gekommen, aber jetzt war alles vorbei, und die Toten hatten das Recht, wieder in Frieden zu ruhen.

Auch die Leichname von Keiran und Kane konnten diesen Frieden nicht stören. Sie lagen am Fuß der Tritte, wo Brude und Iona sie hinuntergeworfen hatten und mit Steinen bedecken würden. Brude wollte vermeiden, dass Wölfe oder Bären angelockt wurden; es wäre ein Hohn, wenn sie in der letzten Nacht, die sie in der Ruine verbrachten, ihr Leben bei einem Angriff von Raubtieren verlieren würden.

Ionas Blick fiel ein letztes Mal auf die Zeichnungen an den Wänden, auf die Menschen, die unter einem riesigen Mond jagten. »Ein fremdes Volk. Ob sie schon immer auf dem Eiland lebten oder wie wir durch das Schicksal hierher verschlagen wurden?«

»Ich weiß es nicht. Ich weiß nur, dass sie uns mit ihren Häusern und dieser Höhle gerettet haben. Ihnen zu Ehren werden wir das Recht auf Innis Bàn wiederherstellen.«

Der Herrscher und sein Weib stiegen die Tritte hinunter. Sie häuften Steine über die toten Schergen des Priesters, dann gingen sie den Pfad zurück. Wenig später hatten Brude und Iona den Rand des Eisfeldes und die Höhle hinter sich gelassen.

Das wilde Geschrei der Vögel dröhnte allen noch lange in den Ohren, sogar als nichts mehr von Hilta zu sehen war. Als der Wind von Norden her auffrischte, zogen Kineths und Broichans Krieger die Riemen ein und ließen sich Richtung Küste treiben.

Sobald sie die beiden steinernen Zwillinge wiedersahen, änderten sie den Kurs und hielten fortan die Küstenlinie zu ihrer Linken. Nachdem die Dämmerung hereingebrochen war, steuerten sie einen schmalen Strand an, der von Steilklippen gesäumt war, warfen die Anker aus und schlugen ihr Nachtlager an Deck auf. Beim ersten Morgenlicht stachen sie wieder in See.

Die salzige Luft des Meeres, die der Kriegerin seit zwei Tagen durch die dunkelblonden Haare fuhr, verklebte die Strähnen und machte sie filzig. Auch ließ der Wind sie immer wieder wie die Fransen einer zerfetzten Fahne tanzen, worauf Ailean jene Spange nahm, die ihre Mutter ihr geschenkt hatte, und sich die Haare mürrisch zusammenband.

Seit ihrem Aufbruch war sie am Bug des Schiffes gestanden und hatte in die Ferne geblickt, denn sie wollte nichts übersehen. Keine Bucht, in der sich Feinde versteckt halten konnten, keine Untiefe, die ihr Schiff hätte beschädigen können, und keine Fischer, die ihre Ankunft hätten verraten können.

Ailean sah zu ihrer Linken, wo die Schiffe der Bewohner von Hilta durch die See schnitten, erspähte Broichan, der ebenfalls am Bug eines der Schiffe stand, den Blick nach vorn gerichtet.

Nachdem Síle die Unterstützung der Götter verkündet hatte, war alles sehr schnell gegangen – die Bewohner von Hilta hatten Vorräte, Ausrüstung und Waffen gepackt. Manche der Männer hatten so viele Vögel gefangen, wie sie nur konnten, andere hatten die Schiffe repariert, die seit Ewigkeiten in den Höhlen versteckt lagen. Zu ihrer Enttäuschung mussten sie feststellen, dass die Witterung dem Holz der Rümpfe stark zugesetzt hatte, und so waren nur noch drei der zehn Schiffe seetüchtig. Genug für die kurze Überfahrt, wie Broichan versichert hatte, nachdem er gut einhundert Mann in drei Gruppen eingeteilt und den Schiffen zugewiesen hatte. Takelwerk und Segel waren in einer der Hütten gelagert gewesen und noch gut erhalten, auch wenn der Segelstoff nachgefettet werden musste. Mithilfe Unens und seiner Kameraden wurden die drei Schiffe daraufhin – mit dem der Nordmänner als Vorbild – wieder seetüchtig gemacht und zum ersten Mal seit einer Generation wieder zu Wasser gelassen. Es war ein denkwürdiger Augenblick für die Menschen von Hilta gewesen.

Ailean erinnerte sich mit einem Schmunzeln an Elpins Bemerkung, er sei dann doch heilfroh, dass er schwimmen könne. Unter den Kriegern Hiltas hatte er damit nicht gerade für Erheiterung gesorgt, weshalb er den letzten Abend im Dorf nicht mit Feiern, sondern in der Hütte von Muirne verbracht hatte.

Am Morgen darauf hatten Unen, Elpin und die anderen das eigene Schiff vom Strand in die Brandung gezogen, waren an den Seilen die Bordwand hinaufgeklettert und hatten sich ebenfalls bereit gemacht, die Insel wieder zu verlassen.

»Broichan hat erkannt, wofür es sich zu kämpfen lohnt«, hatte Kineth festgestellt, ohne den Stolz in seiner Stimme zu unterdrücken. Ailean hingegen konnte ein unbestimmtes Gefühl in sich nicht verdrängen, dass ihr Stiefbruder vielleicht zu vertrauensselig gegenüber dem Anführer von Hilta war. Sie wollte es aber nicht aussprechen, und so hatte sie ihrem Stiefbruder nur kurz in die Augen gesehen und gemurmelt, dass sie hoffe, dass er recht behalten werde.

Doch als Broichan sich von jenen verabschiedet hatte, die auf Hilta zurückblieben, war Ailean, als wäre es ein Abschied für immer gewesen. Kein »Bis wir uns wiedersehen«, kein »Auf unsere ruhmreiche Rückkehr«, nichts. Seine Kinder hatte er der Obhut von Síles Mutter anvertraut, dann waren er und sein Weib zu den Schiffen gegangen, ohne sich ein einziges Mal umzudrehen. Ailean war wieder der Blick eingefallen, den Broichan und Síle bei der Opferung getauscht hatten.

Was habt ihr vor? Warum ...

»Wassereinbruch!« Flòraidhs Stimme riss Ailean jäh aus ihren Gedanken. Die Kriegerin fuhr herum. Elpin hatte einen Eimer in den Händen und war bereits damit beschäftigt, das eingedrungene Wasser abzuschöpfen.

»Es wird immer schlimmer«, sagte Flòraidh und deutete auf die Planken des Rumpfs. Unen kniete nieder, sah sich die Stelle genauer an.

»Können wir das Leck nicht mit Werg[12] stopfen?«, wollte Kineth wissen, sichtlich bemüht, seine Anspannung zu verbergen.

Unen schüttelte den Kopf. »Nicht auf See. Wir sollten das Schiff anlanden, und das so bald wie möglich.«

Ailean sah um sich – sie hatten gerade eine Meerenge passiert, waren Richtung Osten abgedreht und hielten sich in Sichtweite der weitläufigen, wenn auch flachen Küste Albas. Vor ihnen lag eine schmale Insel, in deren Mitte eine sanfte Hügelkette verlief.

Broichans Schiff schloss auf.

»Was ist los bei euch?«, schrie er aus voller Kehle, um den Wind und das Schlagen des flatternden Segels zu übertönen.

»Wir haben ein Leck«, rief Kineth ebenfalls, so laut er konnte. »Wo können wir anlegen?«

---

12 Grobe Faserstücke, die beim Hecheln (Reinigen) von Leinen oder Hanf anfallen.

»Was ist mit der Insel da vorn?«, fragte Ailean und deutete Richtung Süden. »Vermutlich laufen wir dort weniger Gefahr, auf Gegner zu treffen, als auf Alba.«

Kineth warf einen prüfenden Blick zu der Insel, die keinerlei Behausungen zu haben schien, nickte Ailean zu und wandte sich wieder an Broichan. »Folgt uns!« Der signalisierte mit der Hand, dass er verstanden hatte.

Mit einem Mal flaute der Wind ab, auch das Meer wurde ruhiger, und so glitten die vier Schiffe alsbald beinahe lautlos durch das Wasser.

»Halte Ausschau nach einer Bucht, die uns verbirgt«, rief Kineth Ailean vom Ruder aus zu. Die nickte. Nachdem aber bereits vier Mann Wasser schöpften, wusste sie, dass sie nicht viel Zeit hatte, etwas zu entdecken.

Endlich kam eine Bucht mit sanft ansteigendem Strand in Sicht, die sich wie eine Sichel bog und durch die Enge der Öffnung nur von einer Seite des Meeres einsehbar war.

Ailean gab Kineth ein Signal.

Mit einem Knirschen unter dem Bug liefen sie wenig später mit eingeholtem Rahsegel auf den steinigen Strand auf. Die drei Schiffe der Krieger aus Hilta ankerten in einem Halbkreis davor.

Unen, Elpin und Flòraidh begannen sogleich, die lecken Stellen zwischen den sich überlappenden Planken mit Werg zu stopfen und mit Holzteer zu verschließen. Beides hatten sie von Giric mit auf die Reise bekommen, als sie Hjaltland verlassen hatten. Diese Arbeit würde den Rest des Tages beanspruchen, wie Unen missmutig feststellte.

Ailean kletterte an einem Seil an der Bordwand zum

Strand hinunter und machte sich ein Bild von der Umgebung. Die Küste war voll kleiner, dunkelbrauner Steine und wurde von einem Gürtel aus rostroten Algen gesäumt, die an Land gespült worden waren. In der Ferne erhoben sich sanfte Hügel, die mit violett und gelb blühendem Heidekraut farbenprächtig übersät waren. Dörfer, Hütten oder sonstige vom Menschen erschaffene Dinge waren keine zu sehen.

»Sieht friedlich aus.« Bree war neben Ailean getreten und strich sich die roten Haare, in die einzelne Zöpfe geflochten waren, aus dem Gesicht.

Moirrey kam ebenfalls hinzu, den Bogen umgeschnallt, den Köcher am Rücken. »Knurrt euch auch der Magen?«

Erst jetzt bemerkte Ailean, wie groß ihr Hunger war.

Bree nickte. »Was schlägst du vor, kleine Schwester?«

»Wir könnten Broichan um eins seiner Schafe bitten«, meinte Moirrey und sah die anderen beiden Frauen an. Einen Augenblick später brachen alle drei in Gelächter aus.

»Da fress ich vorher diese Algen«, sagte Ailean. »Gehen wir.«

Sie lief in Richtung der Hügel los, gefolgt von den beiden Schwestern.

Beacán musterte ungerührt die fünf Männer, die sich vor ihm aufgebaut hatten und von deren Umhängen der geschmolzene Schnee auf den Boden der Halle tropfte. Es waren Balloch, der junge Tyree und Sioann, der Vater von Elpin, der mit den Neunundvierzig gegangen war. Zudem Cesan, der sogar noch älter als Balloch war und dessen lange graue Haare offen über den Kragen seines Ledermantels fielen, und Peadair, im gleichen Alter wie Tyree, aber bei der Jagd noch am ungeübtesten. Was ihm an Geschick fehlte, machte Peadair jedoch durch Ehrgeiz wett. Sein kahl rasierter Schädel war wie sein ganzer Körper mit kunstvollen Zeichnungen bedeckt, seine blauen Augen musterten intensiv alles, was um sie herum vorging. Der Priester wusste, dass Tyree und er Freunde waren, seit sie laufen konnten. Was er nicht wusste, war, dass diese Freundschaft seit Brudes Verbannung einen empfindlichen Einbruch erlitten hatte. Denn Peadair hatte sich Beacáns Weg verschrieben, und Tyree war nicht bereit, diesen Weg mit ihm zu gehen.

Die Jäger waren gereizt, Gràinne hatte Beacán vorgewarnt. Es lag nicht nur an dem, was ihnen offenbar jemand auf dem Weg zum Dorf über seine Pläne erzählt hatte. Es war vor allem die erfolglose Jagd, die sie aufbrachte. Keine Rentiere, keine Walrosse, nicht einmal ein Bär hatte ihren Weg gekreuzt. Wobei sie bei Letzterem nicht traurig waren, denn er hätte wahrscheinlich mindestens einen Verletzten unter den Jägern gefordert. Aber sein Fell und sein Fleisch wären jetzt, wo die dunklen Tage begannen, mehr als willkommen gewesen. Zwei Schneehühner und ein Eissturmvogel, der sich wohl in das Landesinnere verirrt haben musste, waren die magere Ausbeute und nicht einmal als ein Tropfen auf dem heißen Stein zu bezeichnen.

Die Männer würden also schon bald wieder aufbrechen

müssen, und wenn es weiter so schneite, würde es eine anstrengende und vor allem gefährliche Jagd werden, denn die dunklen Tage waren auch die Tage der Schneewölfe. Die Schneelandschaft war ihr ureigenes Revier, in dem sie sich verstecken konnten, und mit jedem Beutetier mehr, das sie schlugen, wurden sie dreister. In den vergangenen Jahren war es ab und an vorgekommen, dass sich ein Rudel dem Dorf genähert hatte und auf Kinder oder andere Schwache lauerte, die sich zu weit von den Häusern entfernten. Tynan, Kineths Wolf, hatte seine Artverwandten allerdings schon sehr früh gewittert und die Krieger von Dùn Tìle jedes Mal rechtzeitig gewarnt. Die Pfeile der Garde hatten die Wölfe schnell in die Flucht geschlagen, sodass noch nie Opfer unter den Dorfbewohnern zu beklagen waren. Doch diesmal waren die besten Krieger nicht mehr da, um das Dorf zu schützen, und auch Tynan fehlte.

Einer der Ledervorhänge, die über den Fenstern hingen, bauschte sich in einer heulenden Windböe auf, Schneeflocken stoben in das Innere der Halle. Die Blicke der Männer schweiften kurz ab, von Beacán zu den Flocken, die am Boden rasch schmolzen, denn der Priester hatte das Feuer nach der Ankunft der fünf noch einmal besonders stark schüren lassen. Beacán nahm die Unterbrechung als Zeichen und räusperte sich. Die Blicke der Jäger kehrten wieder zu ihm zurück.

Der Priester öffnete den Mund, aber Balloch kam ihm zuvor. »Wir haben gehört, dass du vorhast, diese Halle nicht mehr unserem Volk, sondern dem einen Gott zu weihen?« Die Art, wie er seine Worte betonte, verriet nur zu deutlich, was er davon hielt.

Der Priester fühlte Zorn in sich aufsteigen, aber er bezwang ihn mit eiserner Willenskraft. Er würde sich von diesem alten Störenfried nicht seine Pläne durchkreuzen lassen, nicht heute, niemals.

»Darüber sprechen wir gleich. Aber zuvor wollen wir uns noch einmal besinnen, warum eure Jagd so erfolglos war.« Der Priester stand von seinem Thron auf und näherte sich Balloch mit gemessenen Schritten. Gràinne, die wie immer neben dem Thron gestanden hatte, blieb auf ein Zeichen von ihrem Herrn, wo sie war. Eibhlin, die Beacán ebenfalls hatte holen lassen, saß an der Tafel, und zwar so, dass sie alle im Blick behalten konnte.

Das Gesicht des alten Mannes wurde noch mürrischer, wenn das überhaupt möglich war. »Es ist müßig, Gründe für etwas zu suchen, das bereits geschehen ist. Wir haben nicht versagt – es waren einfach keine Tiere zu finden. Es scheint, dass sie alle das Weite gesucht haben.« Er zuckte mit den Schultern. »Müssen wir beim nächsten Sonnenaufgang eben wieder hinaus.«

»Wenn die dunklen Tage es zulassen.« Beacán blieb stehen, auf Armeslänge von Balloch entfernt. Seine Stimme war sehr ruhig.

»Es ist nicht das erste Mal, dass wir im Winter jagen.« Der alte Mann verschränkte die Arme.

»Es ist aber das erste Mal, dass wir zu wenig Vorräte haben und deshalb mehr als sonst auf euch angewiesen sind.«

Balloch blickte den Priester herausfordernd an. »Predigst du nicht dauernd, dass wir auf den Herrn vertrauen sollen? Nun, bei dieser Jagd hat er uns wohl im Stich gelassen.«

Tyree, der neben Balloch stand, erstarrte. Wusste der alte Mann nicht, was er da sagte?

Jetzt stürzte Gràinne herbei, die dunklen Augen blitzend vor Zorn. Sie stieß Balloch ihre Hand vor die Brust, der blieb ungerührt stehen. »Das ist ein Sakrileg!«, rief sie, »das ist ...«

»Gràinne!« Nur ein Blick und ein Wort, immer noch in dem gleichmütigen Tonfall, den Beacán seit der Ankunft der Jäger beibehalten hatte. Aber das Wort bewirkte, dass die Frau zurückzuckte und sich wieder neben den Thron begab, ohne aufzumucken.

Tyree sah von ihr zu dem Priester. Der Wind heulte um die Halle, und auf einmal kam es dem Jungen vor, als würden Beacáns Augen rot aufglühen. Er erschrak, erkannte jedoch schnell, dass es nur das Feuer war, das sich für einen Moment in den Augen des Priesters gespiegelt hatte. Er schalt sich, dass er kein kleines Kind war und Beacán nur ein Mensch. Nun galt es, sich gegen diesen Menschen zu behaupten und vor allem herauszufinden, ob Brion ihm draußen beim Friedhof die Wahrheit zugeflüstert hatte.

Der Priester wandte sich wieder Balloch zu. »Sag mir, Balloch – zweifelst du den Willen des Herrn an?«

»Das habe ich nicht gesagt. Ich habe nur gesagt, dass es wohl nicht der Wille des Herrn war, uns in den letzten Tagen Beute zu bescheren.«

Wieder Stille. Wieder das Prasseln des Feuers, das Rascheln der Lederhäute, die sich vor den schmalen Fenstern im kalten Wind bewegten.

»Du kennst also den Willen des einen Gottes besser als ich?« Beacán ging langsam um den alten Mann herum.

Balloch verzog das Gesicht. »Erneut – das habe ich nicht gesagt. Ich spreche nur aus, was offenkundig ist.«

»Und offenkundig ist?« Der Priester war sichtlich amüsiert.

»Manchmal hilft uns niemand, außer wir uns selbst.«

»Du hast offenbar auf alles eine Antwort.« Beacán blieb stehen, sah den alten Mann interessiert an. Tyree kam es wie der Blick eines Fischers vor, der einen Wurm musterte, kurz bevor er ihn an den Haken hängte. »Ist dir nie in den Sinn gekommen, dass der Herr einen ganz bestimmten Zweck verfolgt bei allem, was Er tut?«

»Nun ...«

»Dass Er«, die Stimme des Priesters wurde lauter, »die Jagd nicht gelingen lassen wollte, weil *du* dabei warst?«

»Lächerlich.« Balloch wirkte jetzt leicht verunsichert.

»Der Herr hilft denen, die Ihn lieben, Ihn verehren und Ihm ihren Respekt erweisen. Und ist es da verwunderlich, wenn Er einem Trupp, der vom größten Zweifler im Dorf angeführt wird, nicht die Gnade der erfolgreichen Jagd schenkt?«

Balloch öffnete den Mund, schloss ihn wieder.

Die beiden Männer standen sich bewegungslos gegenüber, die anderen verfolgten die Auseinandersetzung mit angehaltenem Atem. Dies war kein harmloser Disput, dies war ein gnadenloser Kampf, mit Worten geführt.

»Wenn es nicht in *Seinem* Sinne ist«, stieß Balloch schließlich hervor, »dann werde ich bei der nächsten Jagd nicht mehr dabei sein. Mögen sie ohne mich gehen, ich muss meine alten Knochen nicht mehr dem Schnee und der Kälte aussetzen.«

»Du verstehst nicht.« Die Stimme des Priesters klang

seidenweich. »Du wirst dabei sein, aber als treuer Anhänger des Herrn. Du wirst Abbitte für deine Zweifel leisten, und du wirst es hier tun, hier in dieser Halle, die schon bald das Haus Gottes sein wird.«

»Aber ...«

»Wenn wir überleben wollen«, unterbrach Beacán den alten Mann und wandte sich an die anderen Jäger, »dann müssen wir noch mehr als bisher den Weg des Herrn gehen. Wenden wir uns *Ihm* zu, preisen wir Ihn, hier, an einem Ort, der Ihm würdig ist. Er wird es mit Wohlgefallen sehen, und Er wird uns bei der nächsten Jagd reichlich beschenken. Tun wir das nicht, werden wir und damit auch unsere Familien hungern. Wollt ihr das?« Sein Blick glitt langsam über die Männer, verharrte auf Balloch.

Einer nach dem anderen schüttelten die Männer den Kopf. Balloch hielt dem Blick des Priesters kurz stand, dann sah er zu Boden.

Der Triumph stand Beacán im Gesicht geschrieben »Also sag mir, Balloch, Sohn des Greum – wirst du deine Zweifel ablegen und mit uns dieses Haus zum Haus Gottes machen, zum Wohle aller?«

Alle sahen zu Balloch. Eine Ewigkeit schien zu vergehen, dann hob er den Kopf. Ein düsteres Lächeln umspielte seine Lippen. »Zum Wohle aller werde ich es tun.«

Die Worte des alten Mannes trafen Tyree bis ins Mark, und bevor er wusste, wie ihm geschah, schien sich seine Zunge von selbst in Bewegung zu setzen. Vielleicht war es aus Zorn, weil nicht einmal Balloch gegen Beacán ankam, vielleicht war es wegen seiner Mutter, die wie immer mit einem Lächeln an den Lippen des Priesters hing, vielleicht war es wegen allem, was seit der Ankunft der Nordmänner in Innis Bàn geschehen war. Was auch immer es war, Tyree wusste nur eines mit Sicherheit: Er musste sprechen, und wenn es das Letzte war, was er in dieser Halle tat.

»Wie kann es an Balloch liegen, ob eine Jagd erfolgreich ist oder nicht?« Tyrees Stimme zitterte unmerklich. »Er lebte schon unter Brude und Iona hier, und damals hatten wir immer genug zu essen.«

Die Worte fielen wie Steine in die Halle. Alle wandten sich dem zu, der sie ausgesprochen hatte.

Gràinne schnappte nach Luft und machte Anstalten, sich auf ihren Sohn zu stürzen. Beacán gebot ihr mit einer Geste Einhalt, doch es war Eibhlin, die jetzt aufstand. Sie ging zu Tyree und sah ihn ernst an. »Du bist noch jung, Tyree«, sprach sie wie zu einem Kind, »sodass ich dir deine unbedachten Worte verzeihe.« Sie legte ihm zart die Hand auf die Wange. »Aber du solltest den Namen dieses Mörders und seines Weibes, das meinen Sohn und unseren künftigen Herrscher tötete, nicht mehr in den Mund nehmen.« Nun gab sie ihm mit aller Kraft eine Ohrfeige. »Nie wieder.«

Eibhlin ging wieder an den Tisch. »War es nicht so, dass unter Brudes Herrschaft die Vorräte immer weniger wurden? Dass die Nordmänner Verderben über Innis Bàn brachten, die Quelle versiegte und die halben Vorräte verbrannten? Nennst du das eine gute, eine fruchtbringende Herrschaft?«

Tyrees Wange glühte rot, sein Herz klopfte ihm bis zum Hals, als er ihr antwortete. »Jede Herrschaft ist ein Kampf. Brude hat ihn so gut gekämpft, wie er konnte.« Er holte tief Luft. »Und er wird sich auch aus der Verbannung kämpfen.«

Jetzt lächelte Eibhlin, aber es war ein Lächeln ohne jede Wärme. »Du glaubst also, dass es der Wille des Herrn ist, dass der Mörder und die Kindsmörderin überleben? Und wenn uns offenbart wird, dass die beiden tot sind – würdest du dann den Willen des Herrn anerkennen?«

Tyree gefiel gar nicht, wie die Frau das sagte, doch er hatte keine andere Wahl. »Nun, das würde zumindest belegen, dass ich falschlag.«

Beacán hob seine Hand, Eibhlin setzte sich wieder. »Der Herr wird über die Verbannten urteilen, und dieses Urteil wird uns offenbar werden. Bis dahin machen wir diese Halle zu *Seinem* Haus. Wir werden schon bald hier zusammenkommen und beten, jeden Tag, und wenn der Herr sieht, dass unsere Herzen sich Ihm voller Inbrunst zuwenden, wird die Jagd auch erfolgreich sein.«

»Amen«, rief Gràinne begeistert.

»Ich werde auch den anderen mitteilen, was wir hier besprochen haben. Und sollte jemand von euch doch nicht einverstanden sein – Keiran und Kane werden schon bald zurückkehren, und ihr alle wisst ja, wie sie über Widerspruch denken.« Die Stimme des Priesters wurde süffisant. »Aber ich denke nicht, dass es Widerspruch geben wird, habe ich recht?«

Die Männer murmelten ein »Ja«, auch Tyree und Balloch. Dann verließen sie einer nach dem anderen die Halle, Gràinne ging mit ihnen. Beacán gab Peadair ein Zeichen, dazubleiben. Der junge Mann gehorchte anstandslos.

»Sag mir, Peadair, mein Junge – ihr wusstet doch schon

vor eurer Ankunft, was ich mit dieser Halle vorhabe. Wer hat euch das gesagt?«

»Niemand«, schüttelte dieser den Kopf. »Erst im Dorf kam auf einmal das Gerücht unter uns auf, dass Ihr hier ...«

Der Priester winkte ab. »Habt ihr auf eurem Weg jemanden getroffen?«

Peadair dachte nach.

»Nun?« Leichte Ungeduld schlich sich in die Stimme des Priesters.

»Nur Brion. Er ist in der Nähe des Friedhofs zu uns gestoßen. Er hat ein paar Worte mit seinem Bruder gewechselt, aber ich bin mir sicher, dass ...«

»Brion.« Beacán nickte, tauschte einen Blick mit Eibhlin aus. »Das dachte ich mir schon.« Dann wandten sich seine Augen wieder Peadair zu, schienen sein Gegenüber festzunageln.

»Hör mir jetzt gut zu ...«

»Es wird bald dunkel«, bemerkte Moirrey und sah zum dämmrigen Horizont.

»Und weit und breit nichts, was man bekämpfen oder fressen könnte«, ergänzte Bree. »Es scheint, dass niemand Herr über diese Insel ist.«

»Besser niemand als noch ein Mann wie Broichan.« Ailean bahnte sich entschlossen einen Weg durch das kniehohe Gras.

»Der Mann ist mir einerlei. Ich bin von seinem Weib

beeindruckt«, sagte Moirrey. »So eine Gabe wie sie, einfach in die Zukunft blicken zu können, hätte ich auch gern.«

»Wenn es denn eine ist.«

»Was weißt du schon von Síle?« Moirreys Blick verfinsterte sich.

»Nichts weiß ich von ihr, Mally, außer dass ihre Götter das unterstützen, was ihr Mann verlangt«, versuchte Ailean zu beschwichtigen. »Aber ich weiß auch, dass ich kein gutes Gefühl bei ihr habe, erst recht nicht bei ihrem Gemahl. Ich bin mir nicht sicher, ob er wirklich an unserer Seite kämpfen wird, wenn es drauf ankommt.«

»Warum sonst würde er die Mühsal einer solchen Reise auf sich nehmen? Er hätte ja auch einfach ...«

»Ruhe!«, fauchte Bree und deutete zu einer kleinen Gruppe mannshoher Wacholdersträucher, die sich seltsam ruckartig bewegten.

Die drei Frauen waren mit einem Mal wie erstarrt. Moirrey nahm lautlos Pfeil und Bogen in die Hände, Bree und Ailean zogen ihre Kurzschwerter. Ailean gab Bree ein Zeichen, dass sie mit ihr gemeinsam die Büsche umkreisen sollte, während Moirrey von hier aus Deckung gab.

Ein kurzes Nicken, dann schwärmten die zwei Frauen aus.

Ailean setzte in gebückter Haltung einen Fuß vor den anderen, bedacht darauf, nicht auf einen Ast oder etwas anderes zu treten, was sie verraten konnte. Aus dem Augenwinkel sah sie, dass Bree es ihr gleichtat.

Nur noch wenige Schritte, dann würde sie die Büsche erreicht haben. Was, wenn dahinter gleich eine ganze Gruppe feindlicher Krieger lagerte? Was, wenn ... Ailean schüttelte kaum merklich den Kopf. Sorgen konnte sie sich später noch genug machen.

Sie versuchte zu riechen, ob jemand hinter den Sträuchern Feuer gemacht hatte – aber außer dem Duft des Grases und dem leicht salzigen Wind, der von der Küste her wehte, konnte sie nichts erkennen. Instinktiv umfasste sie ihr Gladius fester und legte gleichzeitig die linke Hand auf den Griff ihres zweiten Schwerts.

Sie streckte die Hand aus, bog mit der Schwertklinge die Zweige zur Seite.

Ein Lächeln machte sich auf ihrem Gesicht breit.

Auf der anderen Seite der Wacholderbüsche stand eine Handvoll Schafe und graste. Hellbraune Wolle bedeckte ihre Körper. Die meisten von ihnen hatten vier Hörner, zwei von ihnen sogar sechs, gebogene und gerade, die in den unterschiedlichsten Richtungen abstanden.

Ailean bedeutete Moirrey näher zu kommen, was diese umgehend tat, den Bogen gesenkt.

Das Knacksen eines Zweiges ließ sowohl die Tiere als auch Ailean hellhörig werden. Doch der Schimmer von roten Haaren durch das Buschwerk verriet, dass es Bree war, die sich unachtsam näherte.

Nachdem die Schafe keinen Anschein machten, die Flucht zu ergreifen, umrundete Ailean nun auch die Sträucher und wartete, bis die beiden anderen Kriegerinnen zu ihr aufgeschlossen hatten.

Bree verzog das Gesicht. »Die Viecher sehen mit ihren vielen Hörnern aus, als wären sie allesamt missgebildet.«

»Oder direkt aus den Abgründen der Hölle, von der Beacán immer gesprochen hat«, ergänzte Ailean.

»Egal, ich sage: Gegrüßet seist du, Festmahlsbraten«, gab Moirrey mit einem diebischen Grinsen von sich, während sie die Schafe nicht aus den Augen ließ.

Ein weiteres Knacksen hinter ihnen ließ die Frauen jedoch augenblicklich herumwirbeln. Unweit von ihnen ragten weitere Sträucher aus der Wiese.

»Noch mehr Schafe?« Bree kniff die Augen zusammen.

»Komm heraus!« Aileans Stimme klang scharf, die Frauen gingen in Angriffsposition.

Dann erneut ein Knacksen – gefolgt von einer Gestalt, die hinter den Büschen hervorbrach und so schnell sie konnte davonlief.

»Mally«, befahl Ailean.

In einer einzigen Bewegung hob Moirrey ihren Bogen, nockte den Pfeil ein, hielt an und schoss. Einen Atemzug später sauste der Pfeil in den Rücken der fliehenden Gestalt und ließ sie mit einem Schrei zu Boden gehen.

Bree und Ailean rannten los, während Moirrey bereits einen weiteren Pfeil eingenockt hatte und dorthin zielte, wo die Gestalt im Gras verschwunden war.

Ailean erreichte als Erste den Fliehenden, einen kränklich aussehenden, jungen Burschen, das Gesicht schmutzig, den Kopf stoppelig geschoren. Der Pfeil hatte seine Schulter durchschlagen und ragte aus der Brust heraus. Er reckte die Hände abwehrend in die Luft, stammelte unverständliche Worte.

Bree war nun auch bei ihnen, senkte jedoch wie Ailean ihr Schwert, als sie den Jungen sah.

Ailean bedeutete ihm, langsam zu sprechen. »Wer bist du?«

Wieder ein undefinierbarer Schwall aus Worten.

Die Kriegerin blickte Bree fragend an, die wiederum zu Moirrey sah, die gerade zu ihnen aufschloss. Moirrey senkte Pfeil und Bogen, zuckte mit den Achseln.

»Was sollen wir mit ihm machen?« Bree klang besorgt.

Ailean kniete sich ins Gras. »Wer – bist – du«, wiederholte sie mit so viel Ruhe, wie sie aufbringen konnte.

Der Junge starrte sie entgeistert an. Blut sickerte aus der Wunde, die der Pfeil geschlagen hatte. Doch er schien es nicht zu spüren, deutete von ihnen weg ins Landesinnere und stammelte Wörter, die Ailean nicht verstand.

»Er will uns etwas mitteilen.« Bree blickte in die Richtung, in die der Junge zeigte, konnte aber nichts erkennen.

»Irgendwas mit ›Soithicheán‹«, sagte Moirrey zögernd. »Meint er ein Schiff ... oder Schiffe?«

Als der Junge das Wort hörte, wiederholte er es immer wieder, während er hektisch in ein und dieselbe Richtung deutete. »Soishichen, Soishichen!«

Die Frauen sahen sich verständnislos an.

Was zur Hölle soll dort sein?

Kaum hatte Ailean den Gedanken zu Ende gedacht, war der Junge aufgesprungen und rannte erneut los.

»Was zur ...« Noch bevor Ailean weitersprechen konnte, hatte Moirrey dem Flüchtenden den nächsten Pfeil hinterhergejagt. Diesmal traf sie seinen Hinterkopf.

Blut spritzte, der Junge fiel zu Boden und blieb liegen.

Ailean warf Moirrey einen bösen Blick zu, dann lief sie los und kniete sich hin, als sie den Jungen erreicht hatte. »Den können wir nichts mehr fragen.« Sie seufzte tief. »Verdammt, Mally!«

»Wie wäre es mit ›Danke, Mally‹?«, rief diese verärgert. »Er hätte weiß Gott wen alarmieren können. Wäre er geblieben, wäre er noch am Leben.«

»Wir hätten ihn vielleicht so oder so nicht am Leben lassen können«, mischte sich Bree ein. »Und das weißt du auch, Ailean. Mally hat vielleicht vorschnell gehandelt, aber richtig.«

Ailean seufzte erneut. Sie wusste, dass Bree recht hatte, auch wenn es ihr nicht passte.

Sie wartete, bis Moirrey ihre Pfeile aus dem Toten gezogen hatte, packte ihn an den Händen und schleifte ihn in Richtung der Büsche. »Wir verstecken ihn unter dem Gestrüpp, soll ihn einer der Männer holen.«

»Und was machen wir?« Erst jetzt steckte Bree ihr Schwert weg.

»Wir treiben zwei oder drei Schafe zu unserem Schiff«, meinte Ailean. »Ich hab da was von ›Festmahlsbraten‹ gehört.«

Sie waren am Tag nach ihrer Vereinbarung frühmorgens aufgebrochen. Von seinen Kindern hatte sich der Alte übertrieben liebevoll verabschiedet, wie Caitt fand, besonders seine Tochter war ihm um den Hals gefallen. Wo Wihtgils den Goldring versteckt hatte, wusste Caitt nicht, und es war ihm auch einerlei. Er hatte etwas geboten und dafür etwas bekommen. Den abgesteppten Gambeson und die Ringbrünne hatte er seitdem den ganzen Tag über an, um seinen Körper an das Gewicht zu gewöhnen.

Ansonsten würde es ihn im Kampf nur verlangsamen. Den Rest der Rüstung hatte er in einen alten Sack gepackt.

Der graue Esel, der den Karren und die beiden Männer darauf zog, war ein gutmütiges Tier, das nur dann stehen blieb, wenn es Hunger hatte. So waren sie den ganzen Tag durchs Land gezogen, ohne eine andere Menschenseele zu treffen und ohne viele Worte zu verlieren. Wihtgils schien seinen Gedanken nachzuhängen, und Caitt versuchte, sich auf das vorzubereiten, was vor ihm lag – Schmerz und Tod, hoffentlich der anderen.

Die Dämmerung war hereingebrochen, und die beiden Männer hatten beschlossen, ihr Nachtlager aufzuschlagen. Caitt hatte ein Feuer gemacht, Wihtgils den Esel abgespannt und an einen Baum gebunden, um den das Gras saftig grün wucherte.

Nun wärmten sie sich im flackernden Schein der Flammen und aßen trockenes Brot, das der Alte von zu Hause mitgenommen hatte.

»Osthryd«, sagte Caitt schließlich, »sie schien nicht erfreut darüber gewesen zu sein, dass Ihr die Rüstung verkauft habt.«

»Sie hat Sibert sehr geliebt und wollte seinen Besitz behalten, um sich immer an ihn zu erinnern. Ich habe mit ihr am Abend davor lange darüber gesprochen und ihr gesagt, dass man sich hiermit an einen lieben Menschen erinnert.« Wihtgils legte seine rechte Hand auf die Brust, dort wo sein Herz schlug. Dann streckte er die andere Hand aus. »Nicht hiermit.«

Caitt schluckte einen Bissen Brot hinunter. »Und doch

hängt Ihr an dem Tuch, das auf der Truhe lag. Ich nehme an, Eure Frau hat es bestickt?«

Wihtgils musste lachen, was in einem Hustenanfall endete. »Euch entgeht aber auch gar nichts«, sagte er, nachdem er sich beruhigt hatte. »Ja, das hat sie. Am Abend vor der Geburt unseres Jüngsten hatte meine Frau es beinahe vollendet. ›Nur noch ein paar Stiche, dann habe ich auch den letzten Kreis geschlossen‹, hat sie gesagt. Am nächsten Tag gebar sie Oswine. Tags darauf war sie tot. Sie hatte einfach zu viel Blut verloren.«

»Dann hatte Eure Tochter nicht unrecht.«

»Nein, hatte sie nicht. Deshalb habe ich mir erlaubt, aus Eurer Brünne einen Ring zu entfernen, damit sie ein Andenken hat. Ich habe ihn ihr bei der Verabschiedung gegeben. Ich hoffe, Ihr verzeiht.«

Caitt nahm noch einen Bissen Brot. »Natürlich.« Ihm wäre es vermutlich nicht einmal aufgefallen.

»Nein, Sibert ... tu das nicht«, murmelte der Alte im Schlaf. »Das könnt ihr nicht ... das ist doch mein Junge ... Sibert ... nein, nein!«

Caitt rüttelte Wihtgils an der Schulter, bis der die Augen aufriss und langsam erkannte, dass er geträumt hatte.

»Es war nur ein Traum«, sagte der Krieger mit ruhiger Stimme und blickte wieder in die Flammen.

»Nein, war es nicht«, meinte Wihtgils.

Caitt seufzte. »Wenn Ihr mir etwas ...«

»Er ist nicht vom Pferd gefallen«, unterbrach ihn der Alte hastig und wirkte, als wollte er sich einer Last entledigen. »Sibert war ein guter Junge, wisst Ihr. Mir war er ein gelehriger Sohn und seinen Geschwistern ein geduldiger Bruder. Niemals hätte ich gedacht, dass er ...«

Caitt sah durch die Flammen das Gesicht des Alten, das immer trauriger wurde.

»Als kleines Kind ist Sibert beim Spielen hingefallen und mit dem Gesicht voran in die offene Glut unseres Herdfeuers gestürzt. Die Narben zogen sich über seine ganze linke Gesichtshälfte, das eine Auge wurde blind. Ich liebte ihn natürlich wie zuvor, auch Oswine und Osthryd haben sich nie über sein Aussehen lustig gemacht. Anders als die Kinder im nächsten Dorf. Aber Sibert hatte über die Jahre gelernt, damit zu leben, ich hatte sogar den Eindruck, dass es ihn stärker gemacht hat. Und er wollte sich beweisen und ruhmreich aus dem Kampf heimkehren.«

»Um sich Euch zu beweisen?«, warf Caitt ein.

Wihtgils schüttelte den Kopf. »Nein, mir brauchte er sich nicht zu beweisen. Aber im Dorf gab es eine junge Frau, Ariid. Sibert war in sie verliebt, seit er ein Junge war. Am Tag vor seiner Abreise wollte er sich von ihr verabschieden, und obwohl ich ihm davon abgeraten hatte, weil sie einen zweifelhaften Ruf genoss, ist er zu ihr ins Dorf geritten. Und dann ...«

Wieder brach Wihtgils ab, wischte sich über die Augen, um die Tränen zu vertreiben. »Sie sagten, Sibert hätte sich Ariid mit Gewalt genommen. Er sei über sie hergefallen wie ein Tier. Ich kann das bis heute nicht glauben, aber ihre beiden missratenen Brüder haben die Anschuldigungen bestätigt. Gleich am Tag danach haben sie über ihn im Dorf Gericht gehalten. Mit glühenden Stäben haben sie ihn gequält, bis er alles gestanden hatte, was man ihm zur Last legte. Hätte man ihn der Sodomie mit dem Teufel persönlich beschuldigt, hätte er auch dies zugegeben, nur damit die Befragung ein Ende hat.«

»Das tut mir unendlich leid«, sagte Caitt und wusste gleichzeitig nicht, woher sein Mitgefühl rührte.

»Schließlich schleiften sie ihn durchs Dorf, weiter die Straße entlang«, schluchzte Wihtgils, »wo sie ihn als Warnung an alles Gesindel aufgeknüpft haben.«

Caitt traf es wie ein Schlag in die Magengrube. Der Tote am Pfosten an der Kreuzung. Sein gemarterter Körper. Er strich sich mit den Händen über die Hose, die er ihm geraubt hatte.

Der Alte schwieg, rieb sich erneut die Augen.

Der Krieger schluckte. »Ich habe Eure beiden anderen Kinder erleben dürfen«, sagte er in die erdrückende Stille. »Und ich kann mir beim besten Willen nicht vorstellen, dass Euer Sohn so schändlich gehandelt hat. Ich glaube vielmehr, dass er das Opfer von Verleumdung und Neid geworden ist.«

Wihtgils nickte zaghaft. »Aber ich hätte etwas tun müssen ... hätte ich gehandelt, dann ...«

»Dann wäret Ihr neben ihm gelandet«, unterbrach ihn Caitt, »und Oswine und Osthryd hätten nun keinen Vater mehr. Ihr habt richtig gehandelt.« Und da erkannte Caitt, warum ihn die Geschichte so berührte – es war die Zuneigung des Alten zu seinen Kindern, etwas, wozu Brude nie fähig gewesen war.

Zumindest nicht ihm gegenüber.

»Macht Euch ab morgen Mittag wieder auf den Rückweg«, sagte der Krieger. »Und eilt zu Euren Kindern heim, sie können von Glück reden, Euch zu haben.«

Auf mehrere Lagerfeuer verteilt brutzelten die drei Schafe, die Elpin gekonnt zerteilt hatte. Die kalte Luft der sternenklaren Nacht war vom intensiven Geruch des gebratenen Fleisches erfüllt. Zur Verwunderung der Krieger hatten Broichan und seine Leute es jedoch vorgezogen, auf ihren Schiffen zu bleiben, dort zu essen und nicht dem geselligen Zusammensitzen am Feuer beizuwohnen.

Die Stimmung war fröhlich, es wurde gescherzt und gelacht.

»Kaum haben sie einen guten Braten im Maul, schon sind alle Strapazen vergessen«, sagte Kineth mit einem schiefen Grinsen. Er und Ailean saßen abseits der anderen, so wie es die Kriegerin wollte. »Aber das war ja schon immer so und wird vermutlich auch immer so bleiben.« Dann biss er herzhaft von dem Stück Fleisch ab, das er in der Hand hielt.

»Sag bloß, dass das bei dir anders ist«, entgegnete Ailean schmatzend. »Was habt ihr mit dem Jungen gemacht?«

»Dort hinten am Rand der Bucht vergraben. Da wird ihn so schnell keiner finden. Aber ich nehme nicht an, dass diese Frage der Grund dafür ist, weshalb du wolltest, dass wir nicht bei den anderen sitzen.«

»Der Grund ist, dass ich mich mit dir absprechen wollte.« Die Kriegerin leckte sich die fettigen Finger ab.

Kineth sah sie erwartungsvoll an.

»Wir haben die Sprache, die der Junge gesprochen hat,

nicht verstanden«, sagte sie schließlich. »Aber Mally glaubt, das Wort ›Schiffe‹ vernommen zu haben.«

»Wir sind immerhin auf Schiffen hierhergekommen. Er wird uns beobachtet haben.«

Ailean verzog keine Miene. »Nur dass der Bursche nicht hierher, sondern in die entgegengesetzte Richtung gezeigt hat.« Sie wies Richtung Westen, wie der Junge.

Kineth folgte ihrer Bewegung und runzelte die Stirn. »Schiffe ... landeinwärts?«

Ailean zuckte mit den Schultern. »Ich weiß ... trotzdem möchte ich der Sache auf den Grund gehen.«

»Wir legen in der Morgendämmerung wieder ab.«

»Viel Zeit bis dahin«, erwiderte Ailean unbeeindruckt.

Der Krieger sah seiner Stiefschwester in die Augen. »Ein Spähtrupp?«

»Ich und drei Mann, höchstens vier.« Ailean spürte, wie Aufregung in ihr aufkeimte. Hatte sie sich nach der Schlacht um Torridun nichts sehnlicher als Ruhe und Frieden gewünscht? Was war aus diesem Wunsch geworden?

Er hat deiner Natur nachgegeben.

»Was meinst du?«, setzte sie nach.

Kineth überlegte, starrte in die Flammen des kleinen Feuers, das zu ihren Füßen brannte.

»Ich komme mit«, sagte er schließlich.

»Solltest du nicht bei unseren Leuten bleiben?«

Kineth schüttelte den Kopf. »Hier wird sowieso bald jeder schlafen. Von Meeresseite her sind wir durch Broichans Schiffe geschützt, und vom Land her soll Unen einige Männer auswählen, die sich mit der Wache abwechseln.«

»Also gut«, stimmte Ailean zu und spürte in dem Moment, wie stark ihr Herz in ihrer Brust schlug. »Flòraidh, Bree und Mally.« Sie machte eine Pause, ließ Kineth warten. »Und du.«

Der nickte knapp. »Was hoffst du zu finden?«

Die Kriegerin stand auf, wandte ihren Blick in die nächtliche Landschaft. »Nichts. Ich hoffe, nichts zu finden.«

»Wie lange willst du noch laufen?«, fragte Moirrey keuchend.

»So lange, bis wir etwas gefunden haben. Oder bis wir nicht mehr weiterkönnen«, antwortete Ailean, ebenfalls außer Atem.

Sie liefen bereits eine geraume Zeit lang in jene Richtung, in die der Junge gezeigt hatte und an deren Ende zwei Hügel eine sachte Schneise bildeten. Die übrige Landschaft war flach, es gab kaum Bäume oder Sträucher, keine Felsen oder andere Hindernisse. Alles schimmerte kalt und blau unter dem Licht des Mondes, alles war ruhig.

Gleich nachdem die fünf aufgebrochen waren, hatte sich zu ihrer Linken eine halbkreisförmige Bucht geöffnet, bar jeden menschlichen Lebens. Ailean hatte die Truppe weiter angetrieben, bald darauf durchquerten sie eine weitläufige Landzunge, deren Ausläufer in der pechschwarzen See endete. Nun begann eine weitere, lang gezogene Bucht.

Erschöpft machten die fünf Krieger halt.

»Die zweite Bucht, in der nicht einmal ein Fischerboot liegt«, schnaubte Flòraidh hörbar verärgert. »Und selbst wenn hier ein anderes Schiff ankert, warum sollte uns das kümmern?«

Ailean wischte sich den Schweiß von der Stirn. »Ich weiß auch nicht genau. Es war die Art und Weise, wie der Junge gesprochen hat, wie er ...«

»Mit einem Pfeil durch die Schulter hätte ich vermutlich auch gestammelt«, unterbrach Flòraidh sie unwillig.

»Es war noch etwas anderes.« Ailean blickte zu Moirrey, erwartete sich Hilfe. Aber die zuckte nur mit den Schultern.

»Flòraidh hat nicht ganz unrecht«, meinte Kineth gepresst. »Bei eurem Anblick, die Hosen voll, hätte er euch wohl seine Mutter als seinen Vater verkauft.«

Ailean schnaubte verächtlich, sagte aber nichts.

»Außerdem sollten wir alle noch etwas Schlaf bekommen«, fuhr Kineth fort. »Morgen wird ein harter Tag.«

»Und wenn schon.« Ailean band sich trotzig die Haare zusammen. »Ich werde nicht umkehren.«

Kineth nahm sie an der Hand, doch die Kriegerin riss sich los. »Was zur Hölle ist bloß los mit euch? Hätte ja keiner mitkommen müssen!«

»Es konnte ja auch keiner ahnen, dass du das ganze verdammte Land durchqueren willst«, maulte Moirrey.

Ailean funkelte sie an. »Hör auf zu jammern!«

»Ich geb dir gleich was zum ...«

»Mally, Ailean! Es ist genug!« Kineth war entschlossen. »Wir kehren um.«

»Dann kehrt eben um.« Ailean drehte den anderen

den Rücken zu. Alleine war sie ohnedies schneller, dachte sie und ärgerte sich darüber, Kineth ihre Pläne überhaupt mitgeteilt zu haben.

»Starrköpfige Ziege!« Es waren unverkennbar Moirreys Worte, die ihr hinterherschallten.

Zielstrebig lief die Kriegerin auf eine leichte Anhöhe zu. Sie wusste, dass sie, wenn das Land dahinter ebenso menschenleer war wie bisher, bald umkehren würde. Denn es waren nicht nur die Menschen, die es zu fürchten galt, es waren die Tiere, die in der Nacht auf der Jagd waren. Sie erinnerte sich nur zu gut an Tynan, Kineths weißen Wolf, den es in der Abenddämmerung fortgetrieben hatte und der nicht selten mit blutverschmierter Schnauze erst im Morgengrauen zurückgekehrt war.

Die Anhöhe war schnell erklommen. Ailean blieb stehen.

Am Horizont funkelte dunkel das Meer, links und rechts vor der Kriegerin erhoben sich die Hügel, die sie schon aus der Ferne gesehen hatten. In ihrer Mitte lag eine halbrunde Bucht – und dazwischen leuchteten beinahe so viele kleine Feuer wie im Himmel darüber Sterne.

»Rühr es um, dann lass es ruhig noch etwas kochen.« Gràinne strich sich die Locken aus dem verschwitzten Gesicht. Es war heiß in der Hütte, zwei große Kessel dampften über der Feuerstelle. »Er hat gesagt, dass sie bis zur ersten Messe fertig sein müssen. Und diese wird schon bald stattfinden.«

Sie blickte zum einzigen Fenster, durch das trotz der straff gespannten Lederhaut immer wieder Wasser hereindrang, so stark war der Regen. Nach Beacáns Disput mit den Jägern hatte es bis tief in die Nacht geschneit, aber danach war der Schnee in Regen übergegangen, der Dùn Tìle immer mehr in ein Schlammloch verwandelte.

»Was für eine armselige Hütte. Konnte sie dein tapferer Mann nicht einmal dichtmachen?«

Bébhinn antwortete nicht, sondern rührte mit einem hölzernen Stab die Leinentücher in dem großen Kessel. Es stank fürchterlich, denn der Kessel war mit Wasser und Pisse gefüllt. Bevor man Leinenstoffe färben konnte, musste man sie mit Pisse kochen, damit die Farbe haften blieb. Wegen des Gestankes, der dabei entstand, fand der Vorgang meist außerhalb des Dorfes statt. Dass Bébhinn hier in ihrer Hütte färben musste, war besonders demütigend, doch sie hatte beschlossen, diese Demütigung auszuhalten und dem fetten Weib des Schmieds keinen Anlass zur Genugtuung zu geben.

Das Färben würde noch lange dauern – wenn die Stoffe fertig gekocht waren, ging es erst richtig los. In dem zweiten Kessel befand sich ein Gemisch aus heißem Wasser und einem Extrakt aus Hustenmoos, das Bébhinn mit den anderen Frauen über den Sommer gesammelt und getrocknet hatte. Diese braungrünen Flechten, deren verzweigte Triebe an ein Geweih erinnerten und die überall auf dem Eiland wuchsen, besaßen zwei Eigenschaften, die die Dorfbewohner sehr schätzten – sie halfen gegen hartnäckigen, trockenen Husten, an dem so viele in den dunklen Tagen litten, und sie waren, wenn man sie trocknete und abseihte, ein ausgezeichneter Grundstoff für die Farbe Gelb. Gelb war wiederum der Grundstoff für andere Farben, zum Beispiel Grün, das Gràinne heute auf Geheiß Beacáns verlangt hatte. Für Grün brauchte man den Extrakt der Schafgarbe, und auch von dieser Blume hatten die Frauen von Dùn Tìle über den Sommer einen Vorrat gesammelt. Wenn Bébhinn die Tücher also gelb gefärbt hatte, würde sie sie mit kaltem Wasser abspülen, einen weiteren Topf mit dem Extrakt der Schafgarbe aufsetzen und die Tücher anschließend darin kochen. Und das nicht nur einmal – sie würde sie mehrmals grün färben müssen, damit die Farben schön satt wurden, wie der Priester es offenbar wünschte.

»Deine Hütte stinkt wie ein Pissloch, Bébhinn. Machst du nie sauber?« Eilidh, die Gràinne hierher begleitet hatte, grinste dreist. Die überaus hässliche Schwester von Keiran und Kane, deren unvorteilhaftes Äußeres nur von ihrem Mundwerk übertroffen wurde, saß neben der Frau des Schmieds auf der Bank gegenüber dem Feuer und streckte genüsslich ihre klobigen Füße aus. Seit Brude sie vor einiger Zeit mit derben Stockhieben für ihre Lügen und ihre spitze Zunge hatte bestrafen lassen, war ihr früherer Übermut geschwunden, obwohl ihre Brüder an Einfluss gewonnen hatten. Aber aufgrund ihrer Bemerkung folgerte Bébhinn, dass sie langsam wieder die Alte wurde.

»Wahrscheinlich ist sie sich zu vornehm dafür.« Gràinne grinste ebenfalls.

Bébhinn kniff die Lippen zusammen und zwang sich, den Mund zu halten. Es würde nichts bringen aufzubegehren, dazu hatte das Weib des Schmieds zu viel Einfluss. Früher hätte sie so etwas nicht gewagt. Bébhinns Gemahl Gaeth war einer der Gardekrieger, und sie war angesehen gewesen. Doch jetzt war Gaeth nicht da, niemand war da, auch keine Söhne, die sie beschützen konnten. Sie hatte vor langer Zeit in kurzer Folge zwei tote Kinder auf die Welt gebracht, und das letzte Mal war mit solchen Schmerzen verbunden gewesen, dass sie instinktiv gefühlt hatte, dass sie keine Kinder mehr bekommen konnte. Und so war es auch geschehen.

Sie blickte Gràinne verstohlen an. Sie wusste nicht, warum diese gerade sie als Opfer auserkoren hatte. Weder war sie die vornehmste noch die schönste Frau im Dorf, auch wenn ihr Mann Gaeth etwas anderes sagte und nie genug von ihr zu bekommen schien. Vor dem Weggang der Neunundvierzig und der Verbannung Brudes hatte sie Gràinne nicht sonderlich beachtet, sie aber andererseits auch niemals beleidigt. Gaeth hatte wie sein Freund Unen nicht viel mit dem neuen Glauben anfangen können, es jedoch im Gegensatz zu dem riesenhaften Krieger nicht offen ausgesprochen. Warum also dieses offensichtliche Vergnügen Gràinnes, sie zu demütigen? Oder war sie einfach nur ein beispielhaftes Ziel für eine Frau, die ihren neuen Einfluss auskosten wollte und sich über allen anderen Frauen des Dorfes sah, vor allem über denen der Gardekrieger?

Warte nur, wenn die Neunundvierzig zurückkommen. Dein Gemahl wird dich durch das Dorf prügeln, wenn er hört, was du während seiner Abwesenheit treibst.

»Weißt du, was Grün im einzig wahren Glauben bedeutet?« Gràinnes Stimme war nachdenklich. »Es steht für Hoffnung und das Paradies. Damit *du* da hineinkommst, müsstest du deine ganze Hütte und dich selbst allerdings ein Jahr lang in Pisse und grünen Kräutern kochen.« Die beiden Frauen lachten.

»Wenigstens vögle ich keine Priester.« Die Worte rutschten Bébhinn einfach so heraus.

Schlagartig war es still in der Hütte. Nur das Blubbern im Kessel und der Regen, der draußen niederprasselte, waren zu hören.

Gràinne wurde tiefrot im Gesicht, stand auf. »Was hast du gesagt?«

Bébhinn wusste, dass sie einen Fehler gemacht hatte, aber die Worte waren wie von selbst gekommen; offenbar konnte auch sie auch nur ein gewisses Maß an Spott und Geringschätzung ertragen. Das Gerücht, das unter manchen Frauen des Dorfes die Runde machte, war da gerade recht gekommen. Es war bösartig und wahrscheinlich haltlos, doch es hörte sich einfach zu schön an, um es nicht weiterzuflüstern.

»Es war nichts. Nur ein dummes ...«

»Ist es das, was ihr über mich denkt?« Gràinne ging zu Bébhinn, packte sie am Arm. »Dass meine Hingabe – oh, ihr Sünder!« Das letzte Wort kreischte sie in einem schrillen Ton, der Bébhinn in den Ohren wehtat. Sie versuchte, die Hand abzuschütteln, aber der Griff war eisern.

Und es war seltsam – Bébhinn hätte schwören können, dass sie neben der grenzenlosen Wut noch etwas anderes in Gràinnes Gesicht sah.

Etwas wie Scham.

Konnte es sein, dass die Gerüchte stimmten, dass ...

Doch sie konnte den Gedanken nicht mehr zu Ende denken. Gràinne packte sie am Genick, drehte sie herum und drückte sie tief in den Kessel mit der Pisse. Bébhinn wand sich vergebens und schrie, als sie den kochend heißen Gestank einatmen musste.

Auf einmal wurde Gràinne zurückgerissen. »Nicht dass sie es nicht verdient hätte – aber das wird nicht in seinem Sinne sein. Er will schöne grüne Tücher und keine toten Weiber.« Eilidhs Stimme klang amüsiert, aber sie meinte es sichtlich ernst.

Die Frau des Schmieds zögerte, bevor sie Bébhinn schließlich losließ. Die fiel zu Boden, würgte mehrmals und übergab sich.

»Das Grün muss im Dunkeln leuchten, so oft wirst du es färben.« Gràinnes Stimme zitterte immer noch vor Erregung. »Wenn nicht, komme ich wieder, und dann wird niemand da sein, der dich rettet.«

Sie stürmte aus der Hütte. Eilidh verharrte kurz, schenkte Bébhinn ein bösartiges Lächeln und ging ebenfalls hinaus.

Bébhinn stand langsam auf. Ihr Gesicht brannte, ihr Bauch tat ihr weh, ihr Atem war keuchend und unregelmäßig. Ihr Blick irrte von dem Kessel zu dem Häufchen mit Erbrochenem. Sie roch den bestialischen Gestank, fühlte die Demütigung und mit ihr eine immer stärker werdende Hoffnungslosigkeit.

Wird das ab jetzt unser Leben sein, wenn die Neunundvierzig nicht zurückkommen? Mit einem Mann an der Spitze, für den es nur seinen Gott gibt, einem Mann, der nur Gebet und keine Freude, keine Feste, nichts, was das

Leben erst lebenswert macht, zulässt? Und der ein bösartiges Weib an seiner Seite hat, das alle seine Rachegelüste ungestraft ausleben kann?

Mit einem Mal erschien Bébhinn das kommende Leben wie die Hölle auf Erden, endlose, freudlose Dunkelheit, bis zur Erlösung durch einen gnädigen Tod.

Als sie sich wieder dem Kessel mit den Leinentüchern zuwandte, strömten Tränen über ihre Wangen.

»Wartet, ihr Narren!« Ailean war am Ende ihrer Kräfte. Sie war Kineth, Flòraidh und den Breemally-Schwestern so schnell sie konnte hinterhergerannt, da diese sich bereits auf dem Rückweg befanden, wenn auch nicht im Laufschritt.

Die vier blieben stehen und warteten, bis die Kriegerin sie erreicht hatte. Erwartungsvoll sahen sie Ailean an, die danach trachtete, wieder zu Atem zu kommen.

Schließlich richtete sie sich auf und gab Kineth eine Ohrfeige. »Die ist dafür, dass du nicht auf mich gehört hast.« Dann schlug sie Moirrey ins Gesicht, etwas fester. »Und die für die starrköpfige Ziege.«

Einen Augenblick später packte Moirrey die Kriegerin an den Haaren, wollte mit der Faust zurückschlagen. Doch Bree ging dazwischen und trennte die beiden Frauen.

»Schluss jetzt!«, rief sie und wandte sich an Ailean. »Bist du zurückgekommen, um dich zu schlagen? Oder hast du uns etwas mitzuteilen? Und ich hoffe, es ist diesmal nicht nur irgendein Gefühl, auf das du hörst.«

»Ihr wollt wissen, was ich gesehen habe? Dann kommt mit und seht es mit eigenen Augen.«

Die fünf lagen auf der Anhöhe und blickten in die Bucht, sahen, was Ailean gerade erst entdeckt hatte – das Areal war mit Hunderten kleiner, flackernder Lichter übersät. Es wirkte, als hätten sich unzählige Leuchtkäfer versammelt.

»Was zur ...« Flòraidh fehlten die Worte.

»Das ... das ist doch kein Dorf, oder?«, stammelte Moirrey.

»Nein. Das müssen Dutzende und Aberdutzende Feuer am Strand sein. Wenn man nur zwei Mann pro Feuer zählt, dann ist das ein kleines Heer«, sagte Ailean triumphierend.

Kineth strich sich über die Wange, auf die Ailean ihn geschlagen hatte. »Ich frage mich nur, was dieses Heer hier macht, sofern es eines ist. Der Krieg soll ja weiter im Süden und nicht auf dieser kleinen Insel stattfinden.« Er warf Ailean einen entschuldigenden Blick zu. »Vielleicht habe ich wirklich vorschnell geurteilt.«

Ailean erwiderte missmutig den Blick, schwieg aber.

Vielleicht?

Warum konnte ihr Stiefbruder nicht einfach sagen, dass er falschgelegen hatte?

Warum kannst du nicht über die Nacht mit ihm sprechen?

»Ich schätze, wir sollten jetzt umkehren«, sagte sie betont beiläufig, »damit wir noch *genügend Schlaf* bekommen.«

»Den Teufel werden wir tun.« Bree war nicht zum

Scherzen zumute. »Aber eines muss uns klar sein – wenn man uns erwischt, sind nicht nur wir, sondern auch die anderen am Strand so gut wie tot.«

Moirrey sprang auf und lief los. »Dann lassen wir uns eben nicht erwischen.«

Nach einem kurzen Zögern erhoben sich die anderen und hasteten Moirrey hinterher.

Je näher die fünf Krieger der Bucht kamen, desto vorsichtiger wurde ihr Schritt. Kineth blieb vor einem Strauch stehen, der einen guten Sichtschutz bot.

»Ich nehme an«, flüsterte er, »wer immer dort auch lagert, fürchtet nicht, aus dem Landesinneren angegriffen zu werden. Sonst wären wir schon längst auf einen Vorposten gestoßen. Links und rechts der Bucht beginnen zwei Hügel, von dort hätten wir einen guten Überblick.«

»Den hat derjenige, der dort oben vielleicht Wache steht, aber auch«, meinte Flòraidh.

Kineth nickte, dann wandte er sich Ailean zu. »Was meinst du – wo würdest du Posten aufstellen?«

»Vom linken Hügel aus sieht man nicht nur in die Bucht, man sieht auch Richtung Süden aufs Meer hinaus. Wenn du recht hast und der Krieg wirklich im Süden in einem anderen Land ausgetragen wird, dann kommt auch eine mögliche Bedrohung von dort. Aus dem Norden, von wo wir kamen, war nichts von einer Gefahr zu bemerken. Ich würde also auf dem linken Hügel mehr Wachen aufstellen.«

Die anderen vier schienen Aileans Einschätzung zu teilen.

»Also versuchen wir uns auf den rechten Hügel zu schleichen?« Es war jedoch keine wirkliche Frage, denn Ailean hatte ihre Entscheidung bereits getroffen. Als sie keine Einwände hörte, lief sie los.

Zwei Wachposten hatte Ailean gegen den Sternenhimmel ausmachen können und in gebückter Haltung einen weiten Bogen um sie gemacht. Das Gras war hier höher als am Fuße des Hügels, weshalb es einen einigermaßen guten Schutz für die fünf Krieger bot. Auf der Kuppe des Hügels, die sie nun sehen konnten, waren keine Wachen auszumachen, weshalb Ailean den anderen bedeutete, auf dem Bauch darauf zuzukriechen.

Für eine gefühlte Ewigkeit hatte die Kriegerin nichts anderes als struppige Grashalme vor Augen, doch schließlich ging es wieder bergab. Nun konnte sie nicht nur die gesamte Bucht mit ihren unzähligen Lagerfeuern überblicken, sondern auch etwas, das ihr Herz beinahe zum Stehen gebracht hätte.

»Sag mir, dass ich träume«, raunte Flòraidh, die gerade neben Ailean gekrochen war. »Dann träumen wir wohl das Gleiche«, flüsterte Ailean zurück. Die Kriegerin streckte den Zeigefinger aus und begann die Schiffe zu zählen, die so eng miteinander vertäut waren, dass man von einem aufs andere steigen konnte – und die so zahlreich waren, dass sie die gesamte Bucht ausfüllten.

»Drei mal zehn Dutzend, oder mehr«, sagte Ailean schließlich. »Wenn die vollbeladen mit Kriegern an Land laufen, könnten sie den Krieg entscheiden.«

»Die Frage ist, auf welche Seite sie sich schlagen werden.«

»Die Umrisse der Schiffe sehen aus wie das unsere. Es könnten Landsleute von Egill sein«, sagte Bree leise, die jetzt neben Flòraidh lag.

»Was hat dieser Máel Coluim noch gesagt?« Ailean überlegte. »*Gemeinsam mit dem nordischen König Olaf Guthfrithsson ziehen wir in den Kampf gegen Æthelstan.* Egill will für Æthelstan kämpfen, das könnten also Olafs Männer oder seine Feinde sein. Und damit unsere.«

»Aber was können wir gegen eine solche Horde schon ausrichten?« Brees Stimme klang unsicher.

»Nichts«, flüsterte Kineth. »Wir haben mehr gesehen, als wir zu hoffen gewagt hatten. Lasst uns umkehren, solange wir noch können.«

Ailean hörte, wie ihre Gefährten von ihr wegkrochen. Alle bis auf Flòraidh. »Gut gemacht«, sagte diese zu Ailean und strich ihr über die Wange.

Plötzlich hörten sie ein rasselndes Husten unweit von ihnen. Es war unverkennbar ein Mann, der jetzt Schleim in den Mund zog und feucht ausspuckte.

Flòraidh wollte sich zurückziehen, doch Ailean packte ihre Hand und drückte sie auf den Boden. Die beiden Kriegerinnen lagen da, die Gesichter zueinander gedreht, und wagten kaum zu atmen.

Schritte näherten sich. Langsam, aber unerbittlich.

Das Rascheln des Grases, als es niedergetreten wurde –

Der Händedruck der beiden Frauen wurde kräftiger.

Erneut ein Husten –

Der Mann musste unmittelbar vor ihnen stehen, dachte Ailean und presste Kopf und Körper so fest sie konnte auf den Boden. Flòraidh tat es ihr gleich.

Wieder Schritte, die jedoch abrupt haltmachten.

Ailean starrte ihrer Gefährtin in die Augen. Beide wussten, dass sie den Wachposten besiegen konnten. Aber kaum alle anderen Krieger, die durch den Kampf alarmiert würden.

Zwei Schritte auf sie zu, ein erneutes Anhalten. Das schwere Atmen des Mannes...

Ailean schloss für einen Moment die Augen, als könnte sie sich damit unsichtbar machen.

Ein weiteres Ausspucken. Dann Schritte, die sich entfernten, weiter und weiter, bis nichts mehr zu hören war.

Ailean öffnete die Augen, sah, dass Flòraidh mit entgeistertem Blick auf den Speichel des Mannes starrte, der zwischen ihnen von einem Grashalm tropfte. Den beiden Frauen kam ein lautloses Lachen aus, dann robbten sie rücklings den Hügel hinunter.

»Um ein Haar hätte er mir ins Gesicht gespuckt«, erzählte Flòraidh angeekelt den Kriegern im Lager, die sich um die Rückkehrer versammelt hatten.

»Sei froh, dass er nicht...« Elpin machte mit seiner Hand eine eindeutige Vor- und Rückwärtsbewegung auf Höhe seines Beckens. Die Runde lachte schallend auf.

Moirrey schlug Elpin auf den Hinterkopf. »Dann hätte er sich genauso leichtsinnig in Lebensgefahr begeben wie du, du Dummkopf. Ich sage nur ›Witwenfels‹.«

Erneutes Gelächter erklang.

Ailean und Kineth standen abseits, genossen aber sichtlich die Ausgelassenheit ihrer Leute. Alle fünf waren auf dem Rückweg ins Lager übereingekommen, dass sie Stillschweigen über die wahre Zahl der Schiffe bewahren und nur von einer Handvoll berichten würden. Bevor sie nicht genau wussten, für wen die Flotte in die Schlacht zog, war es besser, ihre Größe zu verheimlichen.

»Broichan hat jedoch ein Recht, es zu erfahren«, sagte Kineth schließlich.

»Ich traue Broichan nicht.« Aileans Gesichtsausdruck ließ keinen Zweifel aufkommen, wie sie über den Anführer dachte.

»Ich traue ihm auch nicht. Aber er kämpft an unserer Seite.«

»Behauptet er zumindest.«

»Soll er erst dafür sterben, dass du ihm glaubst?«

Ailean verzog schelmisch den Mund. »Das wäre ein Anfang.« Sie schwieg für einen Moment, sah zu den Kriegern, hörte ihr Gelächter. Dann wandte sie sich wieder ab und blickte Kineth in die Augen. »Vertraue mir. Teile mit Broichan nicht, was wir heute entdeckt haben.«

Kineth seufzte. »Wie du willst.«

Ailean war erleichtert. Sie griff den Arm ihres Stiefbruders. »Was wird der heutige Tag bringen?«

»Was immer es ist«, sagte der Krieger gedankenverloren, »ich habe das Gefühl, dass die friedvollen Tage endgültig hinter uns liegen.«

»Das glaube ich auch«, meinte Ailean und lehnte den Kopf an seine Schulter.

So blieben die beiden Krieger schweigend am Strand stehen und blickten aufs Meer hinaus, während die Morgenröte die Nacht vertrieb.

Die Sonne hatte den Zenit erreicht, als Caitt dem Alten auf den Rücken klopfte. »Hier steige ich ab.«

Wihtgils blickte um sich, sah aber nur vereinzelte Bäume und den Weg vor ihnen.

»Ich habe es gestern Nacht ernst gemeint«, erklärte der Krieger. »Macht Euch auf den Weg zurück.«

Ein Lächeln huschte dem alten Mann über die Lippen, bevor er die Augen zusammenkniff. »Da vorne scheint eine Kreuzung zu sein. Dort ist es recht.«

Der Esel zog den Karren, bis der Weg einen anderen kreuzte. Dann machte das Tier halt, als würde es wissen, was zu tun war.

Caitt sprang vom Karren, packte den Sack und hob ihn herunter.

»Ich weiß zwar nicht, was Ihr sucht, Krieger aus dem Norden, aber ich hoffe, Ihr werdet es ...« Der Alte brach ab, erstarrte.

Das Getrampel von Hufen, das schnell lauter wurde.

Bevor der Krieger und der alte Mann reagieren konnten, kamen auch schon knapp zwei Dutzend Reiter hinter einer Biegung hervorgepresscht. Ihre Lanzen ragten in den Himmel, die weiß bemalten Rundschilde ließen die Reiter wie die Glieder einer Kette in der Sonne blitzen.

Caitt leerte hektisch die Rüstungsteile aus dem Sack auf die Erde. Er zog sich Helm und Handschuhe an, packte sein Schwert und stellte sich schützend vor den Karren, auch wenn er wusste, dass er keine Chance hatte.

Tod im Feuer. So sei es.

Die Reiter zügelten ihre Pferde, positionierten sich in einem weiten Kreis um den alten Mann und den fremden Krieger. Über einem gepolsterten Wams trugen alle Reiter Ringbrünnen, die teilweise starken Rost angesetzt hatten. Manche hatten noch einen weiteren Schutz wie einen Ledermantel oder einen Schuppenpanzer darüber gezogen. In ihren Gürteln steckten Dolche und Wurfbeile, Schwerter hingen in Lederschlaufen daran, einige trugen einen Brillenhelm.

Der Mann, der den Trupp anführte, stieg beschwerlich von seinem Ross. An seinem Gürtel hing neben den anderen Waffen noch zusätzlich eine Keule mit einem Stiel aus Rosenholz. Er nahm seinen Helm ab und steckte ihn auf den Sattel, seine Lanze pflanzte er mit einer wuchtigen Handbewegung in den Boden. Dann wandte er sich Caitt und Wihtgils zu.

Sein verschwitztes Gesicht war von Narben durchschnitten, seine rasierten Schläfen voller in die Haut gemalter Tiere. Der kantig gestutzte Vollbart ließ seinen Kopf noch wuchtiger wirken. Sein wachsamer Blick schnellte zwischen dem Alten und seinem Gegenüber hin und her, bis er schließlich Caitt fixierte.

»Ein tapferer Krieger, der mir gegenübersteht«, sagte er mit tiefer Stimme und einem fremdartigen Akzent. »Für wen mag er wohl kämpfen?«

»Ich kämpfe für mich«, rief Caitt energisch.

»Und wer ist *ich*?«

»Ich bin Caitt, Sohn des Brude, und ...«

»Nie von ihm gehört«, unterbrach ihn der Nordmann. »Aber ich kann ja auch nicht jedes verkrätzte Fürstlein in diesem Drecksland kennen. Gerne erwidere ich jedoch die Höflichkeit. Ich bin Ivar der Gütige. Meine Nordmänner und mich kennt man als die *Finngaill*.«

Caitt rang sich ein kurzes Lächeln ab, sah sich dabei jedoch hastig um, da er jeden Moment damit rechnete, dass einer der Reiter ihn hinterrücks angreifen würde.

»Und du bist ein Niemand im Nirgendwo«, setzte Ivar erneut an. »Aber wohin will dieser Niemand?«

Caitt wusste, dass er das Spiel des Mannes mitspielen musste, wenn er zumindest den Funken einer Chance haben wollte, am Leben zu bleiben. »Ich will nach Süden.«

»Na, wenn das kein Zufall ist«, meinte der Nordmann in gedehnten Worten und begann in einem Bogen um Caitt zu schreiten. »Dort wollen wir auch hin. Zu König Æthelstan, richtig?«

Jetzt stand Ivar direkt vor Caitt und sah ihm in die Augen.

»Nein«, sagte Caitt ruhig. »Zu Æthelstan will ich nicht. Ich komme, um meine Dienste König Konstantin anzubieten.«

Ein Raunen ging durch den Kreis der Reiter.

»Jetzt tritt mich einer in den Arsch! Auch wir werden für Konstantin kämpfen.« Ivar legte Caitt den Arm um die Schulter. »Man könnte also sagen, dass wir Waffenbrüder sind. Was meinst du, Caitt, Sohn des Brude?«

Der schwieg.

In einer schnellen Bewegung drehte sich der Nordmann und schlug Caitt mit der Faust in den Magen. Der fiel auf die Knie, rang nach Luft.

»Nur dass wir eben keine Waffenbrüder sind.« Ivar grinste, erfreute sich am Gelächter seiner Kameraden.

Dann blickte er von einem zum anderen. »Was meint ihr, was sollen wir mit dieser Jammergestalt tun?«

Einer der Reiter ohne Helm, der zwar weniger Narben im Gesicht hatte als Ivar, aber mindestens ebenso grimmig wirkte, fuhr sich mit der Hand die Kehle entlang. Ivar trat einen Schritt zurück und deutete eine zuvorkommende Geste an. »Ofeigr.«

Der Mann stieg von seinem Pferd. Er legte Schild und Speer auf die Erde und schritt auf Caitt zu, der noch immer nach Atem rang.

»Haltet doch ein, in Gottes Namen!«, entfuhr es Wihtgils, der bis zu diesem Augenblick den Blick gen Boden gesenkt hatte.

Einen Moment lang herrschte Stille, dann lachten die Reiter dröhnend los, als hätte der Alte einen besonders lustigen Witz zum Besten gegeben. Ivar gebot seinen Männern mit einer Handbewegung zu schweigen und zwinkerte Wihtgils zu. »Keine Sorge, Großväterchen, wir kümmern uns gleich um dich.« Dann nickte der Anführer Ofeigr zu, der direkt vor Caitt stand.

Als dieser jedoch sein Schwert zog, sprang Caitt auf und rammte dem Nordmann die gestreckte Hand ins Gesicht. Der stolperte zurück, während ihm Blut aus der Nase und Tränen aus den Augen schossen.

»Lasst mich zumindest kämpfend sterben!«, rief Caitt und zog sein Schwert. »Lasst mich verdammt noch mal kämpfen!«

Ivars Blick ging zwischen dem unerwartet widerspenstigen Fremden und seinem Kameraden hin und her. Er hörte das ungeduldige Murmeln seiner Männer. »Nun gut«, meinte er schließlich mit betont gelangweilter

Stimme und lehnte sich an sein Pferd. »Du meinst also, du bist eines Söldners würdig?«

»Das bin ich!«

»Du meinst, du kannst einfach so einen der Finngaill schlagen?«

»Fang endlich an.« Caitt bedeutete dem Anführer, gegen ihn anzutreten. Doch der grinste nur noch breiter. »Doch nicht gegen mich. Du hast dir deinen Gegner bereits ausgesucht.«

Er deutete auf Ofeigr, der sich einmal über die blutende Nase wischte und wütend seine Kampfposition einnahm.

Caitt musterte den Nordmann Dieser trug über die Ringbrünne einen Schuppenpanzer aus Eisenplatten. Er war gut einen halben Kopf größer war. Seine Augen funkelten so wild wie die eines Bären, kurz bevor dieser sich auf seine Beute stürzte.

Caitt wusste, dass er nur eine einzige Chance hatte. Er musste ...

In dem Moment fuhr bereits das Schwert seines Gegners auf ihn herab. Caitt wich geschickt aus, setzte mit dem Schwert nach. Doch die Klinge prallte am Panzer seines Gegners ab, ohne diesen auch nur zu beschädigen. Ofeigr holte aus, erneut sauste die Klinge auf Caitt herab. Dieser riss die Hand hoch, um mit seiner Waffe den wuchtigen Hieb zu parieren. Als die beiden Klingen aufeinanderprallten, war ihm, als würde jeder einzelne Knochen seines Armes splittern.

Der Nordmann wirbelte herum, zog sein Schwert auf Höhe des Wamses seines Gegners mit vollem Schwung durch. Caitt sprang zurück, stolperte und fiel auf den

Rücken. Ofeigr erkannte dies aus dem Augenwinkel, machte zwei schnelle Schritte auf Caitt zu und trat ihm mit dem Stiefel gegen den Kopf.

Caitt wurde zur Seite geschleudert. Sein Helm sprang ihm vom Haupt und kullerte zu einem der umstehenden Pferde.

Die Reiter johlten auf. Der Nordmann suhlte sich in der Zustimmung, genoss den Ausdruck in den Gesichtern seiner Kameraden.

Durch den Tritt nahm Caitt alles um ihn herum wie durch einen Schleier wahr – das Gelächter der Reiter ... das Schnauben der Pferde ... Wihtgils und wie er sein Gesicht in den Händen vergrub.

Sein Ende, kam Caitt in den Sinn, würde nicht mehr als ein Witz unter Nordmännern sein.

Das Pferd vor Caitt trat unwirsch aus, schubste ihm den Helm vor die Füße. Der Krieger raffte sich auf, stand nun schwankend vor dem Mann, der ihm in wenigen Augenblicken den Schädel spalten würde. Ofeigr besann sich wieder, fixierte seinen Gegner. Er stieß einen Schrei aus und stürzte auf Caitt zu.

Der stand einen Moment lang wie versteinert da – dann kickte er den Helm mit dem rechten Fuß, sodass dieser in Richtung des Nordmannes geschleudert wurde. Der riss instinktiv die Hände zum Schutz vor das Gesicht. Caitt machte einen Schritt nach vorn, zog mit der Linken seinen Dolch aus dem Gürtel und stieß mit aller Kraft zu – dorthin, wo der Panzer keinen Schutz bot. Die Ringbrünne splitterte, der Dolch steckte tief in der Achsel seines Kontrahenten.

Ofeigr schrie auf, ließ sein Schwert fallen und ging in

die Knie. Caitt packte den Griff seines Dolchs fester und drehte ihn in der Wunde. Blind vor Schmerz griff der Nordmann zu seinem Sax[13], versuchte panisch, das Hiebmesser aus der Lederscheide zu ziehen. Aber Caitt kam ihm zuvor – ruckartig riss er seine Waffe aus Ofeigrs Leib, wirbelte herum und schlug dem Hünen in einer fließenden Bewegung mit dem Schwert den Kopf ab.

Das abgetrennte Haupt, das auf der Erde aufschlug, stoppte Caitt mit dem Fuß und durchstieß es mit dem Schwert.

Tod im Feuer. Noch nicht.

Dann blickte er keuchend zu Ivar, der ihn entgeistert anstarrte.

»Bin ich es nun wert oder nicht, verdammt noch mal?«

Ivar fasste sich und setzte ein hintergründiges Lächeln auf. »Du scheinst es zumindest wert, von König Óláfr Guðrøðarson angehört zu werden.«

Caitt atmete tief durch. Es kam ihm vor, als wüsste sein Körper nicht recht, welchem Schmerz er den Vorzug geben wollte – dem Dröhnen in seinem Kopf, dem Pulsieren in seiner Schwerthand oder den Krämpfen in seinem Bauch. Doch all das war ihm im Moment einerlei, es zählte nur, dass er sich bewährt hatte. Vorausgesetzt, der Nordmann hielt sein Wort.

Caitt bemerkte, wie Wihtgils ihn unsicher anblickte. »Was ist mit dem Alten?«

»Was soll mit ihm sein?«, entgegnete Ivar unwirsch. »Tu, was du für rechtens hältst.«

---

13 Einschneidige, im Mittelalter sehr verbreitete Hiebwaffe in verschiedenen Ausführungen.

Caitt zog sein Schwert aus dem abgetrennten Kopf, wischte die blutige Klinge an der Hose des Toten sauber und ging auf Wihtgils zu. Er zog den Lederhandschuh aus, spuckte sich in die Handfläche und streckte sie dem Alten entgegen. »Auf dass Ihr und Eure Kinder in Ruhe und Frieden leben könnt.«

Wihtgils lächelte demütig. »Auf dass Ihr erreicht, wonach Ihr in Eurem Herzen strebt«, sagte er und entgegnete den Gruß. Dann ließ er die Zügel schnalzen, worauf sich der Esel langsam in Bewegung setzte und zwischen den Reitern davontrabte. »Beannachd leat.«[14]

»Wer war das«, fragte Ivar. »Dein Vater?«

»Nein.« Caitt strich sich über seinen geflochtenen Ziegenbart, während er dem Karren nachsah. »Er war besser.«

Das graue Meer donnerte an die Küste. Wolken zogen über den Himmel, es regnete in Strömen.

Da wäre mir Schnee noch lieber, dachte Tyree.

Seit Tagen schon regnete es unablässig, sodass Mensch und Tier sich verkrochen und danach trachteten, nur für die nötigsten Dinge ins Freie zu gehen. Trotzdem hatte Gràinne Brion und Tyree an diesem Morgen befohlen, Treibholz für das Dorf zu suchen, vor allem für die Feuerstelle der Halle. Der Augenblick, an dem zum ersten

---

14 Gälisch: »Auf Wiedersehen.«

Mal eine Messe darin stattfinden würde, war nicht mehr fern.

Das Suchen nach Holz war Gràinnes Rache für Tyrees Respektlosigkeit gegenüber Beacán. Die beiden Brüder hatten erneut erkennen müssen, wie sehr sich ihre Mutter von ihnen entfernt hatte. Die Frau, die sie mit kalter Stimme in den Regen hinausgeschickt hatte, war wie eine Fremde und nicht die Mutter, die ihnen einst so viel Liebe entgegengebracht hatte. Die sie umarmt und ihnen die glühende Stirn gekühlt hatte, wenn sie sich als Kinder im Fieber wälzten.

Doch diese Tage waren lange vorbei, und Gràinnes Söhne gaben die Hoffnung langsam auf, dass es je wieder anders werden würde.

Brion zog die Schultern hoch und streckte sich. Das Wasser war ihm längst durch die Kleider gedrungen, er war bis auf die Knochen durchgefroren. Sie waren schon seit Stunden hier am Strand und an den Klippen, hatten aber bis auf einige verfaulte Äste nichts gefunden.

»Was meinst du, sollen wir wieder zurück?«, rief er Tyree zu.

Dieser nickte. Er langte unter seinen nassen Umhang, zog ein Stück getrocknetes Fleisch heraus und schlang es hastig hinunter. Er hoffte, dass ihre Ausbeute ausreichen würde, um ihre Mutter zu besänftigen. Er hatte keine Lust, die kommenden Tage hier am Strand zu verbringen. Lieber würde er mit Brion und den anderen Männern wieder auf die Jagd gehen und so weit wie möglich von ihrem Dorf weg sein. Von ihrem Dorf und dem, der es beherrschte.

Mit hastigen Bewegungen luden er und sein Bruder

das Holz auf den Karren. Dann zogen sie ihn von der Küste fort, hinein in das trostlose, schlammige Land, das immer mehr von Dunkelheit überschattet wurde.

Die Räder des Karrens knirschten, als die beiden Brüder ihn über den Pfad zogen. Keiner von ihnen verlor ein Wort, sie hingen ihren Gedanken nach, während der Regen unvermindert auf sie herunterprasselte.

Plötzlich geriet eines der Räder in ein Schlammloch. Der Karren kippte auf die Seite, einige der Hölzer fielen heraus. Brion beugte sich hinunter und packte sie keuchend wieder auf den Wagen. Das letzte Stück hielt er etwas länger in der Hand, starrte es an. Es war zugespitzt. Wahrscheinlich war das zufällig geschehen, als es durch die Klippen getrieben wurde. Nach einem kurzen Augenblick schleuderte Brion das Holz mit voller Wucht in den Boden, wo es zitternd stecken blieb.

Er atmete schwer, fühlte auf einmal die Hand seines Bruders auf seiner Schulter. »Lass mich raten – du wünschst dir, dass der Priester da am Boden liegt, durchbohrt von diesem Keil?«

Brion nickte grimmig. »Und Keiran und Kane. Und alle, die zugelassen haben, dass unser Herrscher in die Verbannung musste.«

»Dafür brauchst du aber eine Menge Holz«, antwortete Tyree.

Die beiden verharrten einen Moment, dann brachen sie in schallendes Gelächter aus. Es tat gut, wieder einmal zu lachen, denn es war ein Laut, der in ihrem Leben selten geworden war.

Das Heulen von Wölfen erklang.

Das Lachen der Brüder brach schlagartig ab. Brion sah sich unbehaglich um, aber es war nichts zu erkennen, Land und Himmel verschwammen im Regen. »Wir sollten sehen, dass wir ins Dorf kommen«, sagte Tyree, zog das Holzstück aus dem Boden und warf es zu den anderen.

Die beiden nahmen den Karren und zogen ihn weiter, schneller als zuvor. Sie waren jung und stark, hatten jeder eine Axt zum Zerkleinern des Holzes und einen Dolch am Gürtel stecken. Aber gegen ein Rudel Wölfe waren sie machtlos. Tyree fiel ein, wie sie auf der Jagd keine Beute ausmachen konnten und Cesan schließlich den Verdacht geäußert hatte, dass irgendetwas alle anderen Tiere erschreckt haben musste und diese sich daher versteckten. Balloch hatte ihm väterlich auf die Schulter geklopft und ihm geraten, sich seine Schauermärchen für die Kinder von Dùn Tìle aufzusparen.

Aber hier, auf diesem schlammigen, düsteren Weg, entfernt vom Dorf, klang es nicht mehr wie ein Märchen.

»Wölfe oder Beacán. Ich weiß nicht, was schlimmer ist.« Brions Scherz klang gezwungen.

Tyree lächelte schwach und wollte gerade etwas erwidern, als das Heulen erneut erklang, diesmal sehr nahe.

Zu nahe.

Die Brüder blieben stehen. Sie bemühten sich, in der Dämmerung und im strömenden Regen etwas zu erkennen ...

Da.

Grauweiße Umrisse. Viele davon, und sie wurden rasch größer.

Brion und Tyree zogen ihre Äxte und stellten sich

nebeneinander mit dem Rücken zu dem Karren. Sie warfen sich einen letzten Blick zu, es gab nichts mehr zu sagen – jede Flucht war zwecklos, das hier war Kampf oder Tod.

Jetzt gab der Regen das Rudel frei. Es mochten an die zehn Tiere sein, die auf sie zustürzten. Es waren Schneewölfe, aber sie wirkten wie Dämonen aus einer anderen Welt.

Die Brüder hoben die Äxte, stießen einen Kampfschrei aus. Nur Augenblicke später stürzten sich die Tiere auf sie. Brion und Tyree hieben mit dem Mut der Verzweiflung auf die Wölfe ein, während die Welt um sie nur mehr aus Knurren und Winseln, aus dem Reißen der Kleider und rotem Schmerz bestand.

Ihre erbitterte Gegenwehr zeigte jedoch Wirkung. Die Wölfe zogen sich plötzlich zurück, bildeten einen Kreis und griffen immer wieder einzeln an. Offenbar versuchten sie, ihre Beute zu schwächen.

Schon bald blutete Brion aus unzähligen Wunden. Gerade als er fühlte, wie seine Kraft schwand, verbiss sich ein Wolf in seinem Arm. Er verlor die Axt, ging zu Boden, zog aber sogleich seinen Dolch und stach verbissen nach dem Angreifer.

Tyree hatte seinen Bruder fallen sehen. Er wollte ihm helfen, als er auf einmal ein bösartiges Knurren vor sich hörte, das alles andere übertönte. Sein Herz blieb scheinbar stehen, denn er erkannte, dass ein riesiger Wolf auf ihn zukam. Er war größer als die anderen Tiere des Rudels, es musste der Leitwolf sein, die Lefzen zu einem schiefen Grinsen verzogen. Tyrees Hand mit der Axt hob sich, als das Raubtier auch schon blitzschnell auf ihn zuschnellte. Der Junge sah sich unter dem riesigen Tier zu Boden gehen, die Zähne des Wolfs in seiner Kehle –

Ein Sirren, dicht neben Tyrees Ohr. Etwas schoss an ihm vorbei und bohrte sich in das geöffnete Maul des Wolfs, durchdrang es und trat am Hinterkopf wieder aus. Das Raubtier schien für einen Moment in der Luft zu verharren, um gleich darauf wie ein Stein zur Erde zu fallen. Blut floss dampfend aus der klaffenden Schnauze, die noch unmerklich zuckte und aus der nun ein Speer ragte.

Die anderen Wölfe ließen augenblicklich von Brion und Tyree ab, schienen verwirrt zu sein. Mit einem Furcht einflößenden Kampfschrei sprang eine Gestalt zwischen sie, ließ die Klinge eines Schwerts niedersausen und spaltete dem Raubtier, das am nächsten war, den Schädel.

Brion sah erschrocken auf, traute seinen Augen nicht, als er die Gestalt erkannte – es war Brude, lebendig und wahrhaftig!

Trotz des Todes ihres Leittieres wollte das Rudel nicht aufgeben. Die Tiere fletschten die Zähne, sprangen immer wieder kurz nach vorn, um sich gleich darauf wieder zurückzuziehen. Brude schien für derlei Drohgebärden allerdings nichts übrig zu haben. Er machte einen Schritt vor, hieb einen weiteren Wolf nieder und verharrte, die Waffe auf das Rudel gerichtet. Die Tiere erstarrten für einen Augenblick. Dann drehten sie sich um und verschwanden im Regen – so geisterhaft, wie sie aufgetaucht waren.

Brude riss den Speer aus dem Maul des Leitwolfs und betrachtete zufrieden die Spitze. Ob in der Höhle, bei den

Rentieren oder gegen ein Wolfsrudel, die Waffe schien sein Schicksal zu sein.

Wir wollen sehen, für wen sie noch bestimmt ist.

Jetzt stieß auch Iona, die auf Brudes Befehl hin in sicherer Entfernung geblieben war, zu ihm und den beiden Jungen. Sie umarmte ihren Gemahl kurz und innig, dann sah sie zu Brion und Tyree. »Seid ihr schlimm verletzt?«

»Nein.« Tyree winkte ab und stieß dabei unwillkürlich einen Schmerzensschrei aus. Während des Kampfes hatte sich einer der Wölfe in seinem Bein, ein anderer in seiner Schulter verbissen. Aber das schienen die einzigen schweren Wunden zu sein, die anderen Bisse und Kratzer waren eher oberflächlich und würden rasch heilen.

Auch Brion hatte zahlreiche Wunden und einen tiefen Biss in seinen rechten Arm davongetragen.

»Nach ›nein‹ sieht das aber nicht aus.« Brude war trotz der Verwundungen der Brüder amüsiert – offenbar gerieten die Jungen ganz nach ihrem Ziehvater Dànaidh. Mit solchen Kämpfern konnte er die Welt erobern, dachte er, und wenn nicht die Welt, dann zumindest das Eiland.

»Wir lassen uns im Dorf verbinden.« Tyree zog seinen Umhang fester um seine verletzte Schulter.

»Macht das. Lass dir Moos auflegen, bevor noch Wundbrand einsetzt.« Ionas Stimme klang ernst. »Du willst doch nicht deinen Schwertarm verlieren, oder?«, sagte sie zu Brion.

Der schüttelte den Kopf, öffnete den Mund, schloss ihn wieder. Er hatte noch nicht gesprochen, seit das Rudel über sie hergefallen war, zu sehr war er noch im Bann des

Kampfes, zu sehr noch übermannt von dem Anblick Brudes, als der wie ein Geist aufgetaucht war und die Wölfe das Fürchten gelehrt hatte. Aber jetzt nahm sich der Junge zusammen, schluckte und sah Iona direkt an. »Ihr – ihr seid zurückgekommen?«

Iona lächelte. »Und wir werden bleiben.«

»Aber Keiran und Kane sind hinter euch her«, sagte Brion. »Oder etwa nicht?«

Brude musterte den Jungen durchdringend. Er war sich zwar im Großen und Ganzen sicher, dass Dànaidhs Söhne auf seiner Seite waren, doch man konnte nie wissen. Andererseits – was hatten er und Iona für eine Wahl? Wenn die beiden sie verrieten, konnte er auch nichts dagegen tun, außer er tötete sie hier auf der Stelle.

»Um Keiran und Kane brauchst du dir keine Sorgen mehr zu machen«, sagte Brude. Befriedigt sah er, wie die Gesichter der beiden aufleuchteten. Wie auch immer sie zu ihm stehen mochten, sie waren zumindest keine großen Anhänger des Priesters. »Und um ihren Herrn und Meister schon bald auch nicht mehr, wenn die Götter uns gewogen sind. Was ...«

»Er will ein Haus Gottes aus unserer Halle machen«, unterbrach ihn Brion. »Aus *unserer* Halle! Aber du wirst ihn daran hindern, nicht wahr?«

Brude betrachtete nachdenklich den Speer in seiner Hand, dann die toten Wölfe. »Beacáns Gott wird keine Freude mit meiner Halle haben, das verspreche ich euch.« Er hob den Speer und rammte ihn in den Boden. »Ihr müsst jetzt ins Dorf zurück, sonst werden sie misstrauisch. Lasst eure Wunden versorgen, und kein Wort, dass ihr uns getroffen habt. Nehmt diesen Wolf mit« – er deutete auf eins der toten Raubtiere, »und sagt, dass es nur ein kleines Rudel war, damit sie euch glauben. Ich werde die anderen verstecken.«

Der Herrscher sah in den regnerischen Himmel hinauf. »Wir werden uns im Schutze der Nacht in die Hütte schleichen, in der ich während meiner Krankheit untergebracht war. Sie liegt abseits, und wenn ich mich nicht täusche, steht sie leer, oder?«

Tyree, dem sofort der Spitzname der Hütte – das Seuchenloch – einfiel, nickte.

»Gut. Ihr kommt dann heute Nacht zu uns. Lasst euch nicht erwischen, und bringt uns etwas zu essen mit. Unsere Vorräte sind seit zwei Tagen aufgebraucht.« Brude legte den beiden Jungen die Hände auf die Köpfe, sah sie durchdringend an. »Kann ich mich auf euch verlassen?«

Es war Brion, der für beide antwortete. »Bis zum Tode.«

»Na, so weit wollen wir es nicht kommen lassen«, grinste Brude. »Und jetzt fort mit euch.«

Trotz seines Alters glitt Broichans Schiff so ruhig über die Wellenkämme, als würde es sie kaum berühren. Das Ziel war die Küste Albas, die sich schemenhaft am dunstigen Horizont abzeichnete.

Das Rahsegel, auf dem vereinzelte Lederstreifen aufgenäht waren, war voll gebläht, die Krieger saßen ruhig auf ihren Bänken. Broichan stand mit seiner Frau am Vordersteven. Die salzige Brise, die ihm ins Gesicht schlug, an seinem buschigen Schnurrbart zerrte und an seinen kahl rasierten Schläfen vorbeizog, rang ihm ein grimmiges Lächeln ab, kündete von der Bewährungsprobe, die er erwartete – und die er zu bestehen gedachte.

»Ob Kineths Schiff heute trocken bleibt?«, meinte Síle gedankenverloren.

»Ich hoffe es«, entgegnete Broichan gelassen. »Noch einen Tag warten wir nicht auf ihn.«

Síle legte ihre Hand auf die ihres Gemahls. »Du hast ihm aber die Treue geschworen.«

»Ich habe dem Nachfahren unseres großen Volkes die Treue geschworen, und das ist weder Kineth, noch ist es seine Stiefschwester Ailean. Ihrem Vater, Brude, Sohn des Wredech, habe ich die Treue geschworen.«

»Und unsere Rache?«

»Unsere Rache wird in seinem Namen geschehen.«

Síle sah ihm tief in die Augen. »Komme, was wolle?«

»Komme, was wolle«, wiederholte Broichan und gab seiner Frau einen Kuss auf die Stirn.

Sie schmunzelte. »Das wollte ich hören.«

»Boot voraus!« Die Stimme des Mannes, der auf die Rah geklettert war, um einen besseren Ausblick zu haben, schallte lautstark herab.

Broichan suchte eilig das Wasser ab, dann sah er es – ein kleines Fischerboot mit dreieckigem Segel, das zwischen den Wellen tanzte und auf dem zwei Männer hastig ein Netz einholten. Broichan blickte zum Steuermann, doch der hatte bereits Kurs auf das Fischerboot genommen.

Je näher Broichans Schiff kam, desto hektischer wurden die Bewegungen der beiden Fischer. Dann schrammte das Schiff an der Seite des Fischerbootes vorbei, ließ dessen Reling splittern. Gleich darauf wurde es mit Haken und Tauen an das über dreimal so große Schiff aus Hilta gebunden.

Wenig später hatte man die beiden Fischer an Deck geholt. Der eine hatte tiefe Falten in der gegerbten Haut, ein wirrer Vollbart umwucherte seinen beinahe zahnlosen Mund. Der andere war jung und sichtlich bemüht, sich einen Bart wachsen zu lassen. Die beiden waren unverkennbar Vater und Sohn, und beide wirkten zutiefst verängstigt.

Erst jetzt verließ Broichan den Vordersteven, schritt auf die beiden Männer zu, die Zähne zu einem herzlichen Willkommensgruß gebleckt. »Seid gewarnt, doch fürchtet euch nicht«, sagte er vollmundig. »Sofern ihr mich versteht?« Er sah dem Alten in die Augen.

Der nickte zögerlich. »Ein wenig«, entgegnete er in einem seltsam singenden Dialekt.

Broichan gab sich übertrieben überrascht, dann deutete er auf sich selbst. »Broichan.«

»Hibald«, entgegnete der Alte und deutete ebenfalls auf sich.

»Antworte mir aufrichtig, Hibald«, fuhr Broichan langsam fort, »dann könnt ihr beide unversehrt wieder zu euren Fischen.«

Der Alte nickte, doch sein Blick schnellte zwischen dem Mann vor ihm und seinem Sohn hin und her. Plötzlich packte Broichan Hibalds Bart, zog dessen Kopf zu sich und sah ihm in die Augen. »Hör auf, deinen Sohn anzustarren! *Ich* rede mit dir!«

Hibald brach der Schweiß auf der Stirn aus.

Broichan ließ den Bart des Alten wieder los, gab ihm

einen Klaps auf den Hinterkopf und fuhr freundlich fort. »Was weißt du von der großen Schlacht, die bald stattfinden soll?«

Der Fischer zögerte erneut, dann nickte er eifrig. »Eine große Schlacht, viele Krieger.«

»Und wo?«

Hibald deutete die Küste entlang Richtung Süden. »Nicht weit. Weniger als ein Tag, großes Lager.«

Broichan warf Síle einen ermutigenden Blick zu und wandte sich wieder an den Fischer. »Ich danke dir, Hibald. Eine letzte Frage, wenn du erlaubst?« Der Alte nickte eingeschüchtert. »Wie heißt dein König?«

Hibald schien die Frage zu verwirren. Er brachte erst nicht mehr als ein Stammeln hervor, dann sagte er: »Ja.«

Broichans Lächeln verschwand.

»Ja«, sagte Hibald erneut, diesmal zögerlicher.

Broichan sah den Fischer scharf an. Gefährlich leise wiederholte er seine Frage. »Wie – heißt – dein – König?«

Hibald blickte zu seinem Sohn.

Broichan ballte die Fäuste, schritt auf den jungen Fischer zu, packte ihn an den Haaren und zwang ihn in die Knie. »Ist das dein König?«, brüllte er. »Sieht die Rotznase aus wie dein verdammter König? Und wenn du jetzt ›ja‹ sagst, dann schwöre ich, dass ich ...«

»König Eòghann«, stieß Hibald hervor. »Wir sind gnädige Untertanen von König Eòghann!«

Broichan ließ den Jungen los. Dieser sank mit Tränen in den Augen aufs Deck, ein Fleck erschien in seinem Schritt, der rasch größer wurde. Die Männer an Bord grinsten.

»Na, das war nun nicht so schwer, oder?« Broichan wandte sich wieder Hibald zu. Der schüttelte den Kopf.

»Du hast nicht zufällig gehört, wo dein König sein Lager aufgeschlagen hat?«

Der Fischer zeigte nach Südosten. »Dort. Sehr groß.«

Broichan klatschte in die Hände. »Mehr wollte ich gar nicht wissen. Ich danke dir vielmals!«

Hibald rang sich ein Lächeln ab.

»Wie ich dir versprochen habe – ab mit euch zu euren Fischen.« Broichan packte den Alten und warf ihn über Bord. Den Jungen warf er hinterher. Augenblicke später waren Vater und Sohn in den dunklen Fluten versunken.

Als sich der Anführer umdrehte und die ungläubigen Blicke seiner Krieger sah, runzelte er die Stirn. »Was schaut ihr mich so an? Ich habe mein Versprechen gehalten. Außerdem hätten uns der Alte und sein Sohn verraten können, ich habe also in unser aller Wohlergehen gehandelt.«

Die Krieger, so schien es Broichan zumindest, verstanden, nur seine Frau kam mit einem seltsamen Ausdruck in den Augen auf ihn zu. Wollte sie ihm tatsächlich vor versammelter Mannschaft widersprechen?

Síle drückte sich fest an ihn, legte ihre Lippen an sein Ohr.

»So habe ich dich noch nie erlebt. Listenreich, kraftvoll. Ein wahrer Anführer.« Sie griff ihm zwischen die Beine. »Davon will ich mehr.«

»Und das sollst du bekommen.«

Wenig später hatte Kineths Schiff das von Broichan erreicht. Die beiden Schiffe wurden aneinandergetäut, sodass Kineth mit einem Satz hinüberspringen konnte.

»Ist euer Boot doch nicht abgesoffen?«, sagte der

Mann aus Hilta und streckte Kineth den Arm hin. Der erwiderte die Begrüßung und sah sich um.

»Wo sind die beiden Männer?«

»Unter uns«, antwortete Broichan und deutete auf die Planken zu seinen Füßen.

Kineth verstand. »Hast du sie bezüglich des Lagers gefragt?«

Broichan nickte und wies in die Richtung, in die auch der alte Fischer gezeigt hatte. »Es soll dort liegen, nicht einmal eine Tagesreise von hier.«

»Das Lager von König Æthelstan ist dort? Woher wusste der Fischer das?«

»Was weiß ich. Von einem Händler, einem Vögelchen, spielt doch keine Rolle.« Broichan gab Kineth einen unsanften Rempler. »Das Einzige, was zählt, ist, dass wir uns dort dem anschließen können, der gegen die Nachfahren derer kämpft, die unser Volk so schmählich verraten haben.«

Kineth sah in die Ferne. Natürlich gefiel ihm die Vorstellung, dem Ziel so nahe zu sein. Aber er musste auch daran denken, dass Ailean dem Herrscher von Hilta nicht traute.

Dann hat sie sich eben geirrt.

Oder wollte Kineth nur, dass es so war? Es gab nur einen Weg, dies herauszufinden. »Dann lass uns noch vor Mittag an Land gehen und die Lage auskundschaften.«

Broichan grinste. »Du sagst es, Bruder.«

Nachdem Kineth wieder zurückgekehrt war, ließen sich die vier Schiffe vom Wind die Küste entlang Richtung Süden treiben.

Elpin saß neben einer Truhe am Heck und spielte mit seinem Dolch. »Scheint, als wären wir bald dort, wo wir hinwollen«, sagte er zu Moirrey, die ihm entgegenkam, und gähnte lautstark.

»Du kannst es wohl nicht mehr erwarten, wieder ein Schwert zu führen, was?«, erwiderte sie und setzte sich zu ihm.

»Was glaubst du, erwartet uns dort?«

»Ehre, Ruhm«, sagte Moirrey schnell. Dann fügte sie gedämpft hinzu: »Der Tod.«

»Dem hab ich schon auf der Klippe ins Auge gesehen«, meinte Elpin. »Hat mich nicht gewollt.«

»Du warst aber knapp davor, das Zeitliche zu segnen. Weil du überall deinen Schwanz hineinstecken musst.«

Moirrey und Elpin sahen sich an, dann lachten beide los.

Schließlich legte sie ihren Kopf auf seinen Arm. »Zumindest fast überall.«

Elpin seufzte. »Du bist mir eben zu wild.«

»Und du mir zu hässlich.« Nach einer Weile fügte sie hinzu: »Trotzdem bin ich froh, dass du nicht von den Klippen gestürzt bist.«

Gerade als Elpin über Moirreys feine, hellblonde Haare streichen wollte, kam Bree, setzte sich auf die Truhe und warf ihm einen warnenden Blick zu. Der zog die Hand wieder zurück.

»Manch einer handelt und bereut es sogleich. Hab ich recht, Elpin?«

»Und manch anderer redet, ohne gefragt zu werden«, murmelte Elpin vor sich hin und sah nicht das Grinsen, das sich auf Moirreys Gesicht ausbreitete.

»Kineth und Ailean scheinen sich ihrer Sache sicher zu sein«, sagte die junge Kriegerin und blickte zu ihrer älteren Schwester hoch.

Die nickte abwägend. »Es scheint so. Ich frage mich nur, wie man jemanden einschätzen kann, den man nicht kennt. Wir wissen nichts über diesen König Æthelstan, außer dass er gegen drei andere Könige in den Krieg zieht, unter ihnen der König von Alba. Woher wollen wir wissen, dass er uns nicht ebenso abschlachtet, wie er es mit seinen anderen Widersachern vorhat?«

»Wenn du das fürchtest, wirst du nie die Bekanntschaft eines Fremden machen«, warf Elpin ein.

Bree spuckte über die Schilde, die außen an der Bordwand befestigt waren. »Warum sollte ich auch? Dieses Land scheint voll von Halsabschneidern und Leuten zu sein, die das eine sagen und das andere denken. Zu Hause mussten wir wenigstens nur mit Beacán und seinen wirren Reden fertigwerden.«

Moirrey pfiff durch die Zähne. »Irgendwie vermisse ich den alten Stotterer.«

»Ich – äh – vermisse ihn – äh – auch«, äffte Elpin Beacán nach und teilte mit den beiden Schwestern ein herzhaftes Lachen.

»Wie habt ihr das überlebt?«
  »Ein Wunder?«
  »Nein, ein Zeichen des Herrn!«

So sprachen die Bewohner von Dùn Tìle durcheinander, umkreisten aufgeregt die Brüder sowie den Wagen mit dem Holz und dem toten Wolf. Die Fackeln, die im Regen zischten, warfen flackerndes Licht auf das Raubtier und dessen geöffnete Schnauze mit den spitzen, gelben Zähnen.

Immer wieder betasteten die Dorfbewohner die Kleider von Brion und Tyree, als ob sie sich davon überzeugen wollten, dass Menschen vor ihnen standen und nicht die Geister der Toten. Jetzt stießen auch Beacán und Gràinne zu ihnen, die anderen verstummten und machten Platz.

Gràinne umarmte ihre Söhne, aber ihr Gesicht blieb seltsam ungerührt. »Der Herr war mit euch auf eurem Weg und hat euch beschützt.« Sie bekreuzigte sich, der Priester tat es ihr gleich. Auch die anderen machten ein Kreuzzeichen.

Beacán betrachtete den toten Wolf, dann blickte er Brion an. »Ihr scheint tapfer gekämpft zu haben.«

»Es waren nicht viele, und sie waren feige. Nachdem wir einen getötet hatten, sind die anderen geflohen.« Brion bemühte sich, seiner Stimme einen festen Klang zu verleihen.

»Aus dem Fell könnt ihr euch feine Umhänge anfertigen lassen wie echte Krieger«, sagte Beacán und klopfte Tyree auf die verletzte Schulter. Dann nahm er den Wolf und dessen durchbohrten Schädel genauer in Betracht. »Ein großes Tier. Gut, dass ihr eure Äxte dabeihattet.«

»Ohne sie wären wir verloren gewesen«, antwortete Tyree an Brions Stelle.

Beacáns Blick glitt von dem Wolf zu Tyree, danach zu

Brion. Schließlich lächelte er. »Lasst euch verbinden und esst. Ihr anderen – bringt das Holz zum Trocknen in die Halle. Morgen Abend werden wir darin die erste Messe abhalten.« Er wandte sich Brion zu. »Ich möchte mich mit dir noch etwas unterhalten. Komm morgen vor der Messe in die Halle.« Seine Stimme machte klar, dass er keinen Widerspruch dulden würde.

Brion schluckte, dann nickte er.

»Broichan hat Kurs auf die Küste genommen«, sagte Ailean, ohne den Blick von dem Schiff abzuwenden, das in einiger Entfernung vor ihr segelte.

»Der Strand dort ist flach, das Land dahinter ebenso. Dichte Wälder, keine Berge wie in Alba, keine erkennbaren Siedlungen ...« Kineth kniff die Augen zusammen. »Ist das in der Ferne Rauch?«

»Schwer zu sagen«, meinte Ailean. »Könnte auch Nebel sein.«

Kineth schaute sie zweifelnd an, schwieg aber.

»Was werden wir tun, wenn wir an Land sind?« Ailean hoffte zu hören, dass Kineth Broichan fürs Erste außen vor lassen würde. Dass sie ohne die Krieger von Hilta –

»Wir werden mit Broichan und seinen Leuten einen kleinen Trupp zusammenstellen«, sagte ihr Stiefbruder bestimmt. »Ich weiß, dass dir das nicht gefällt. Aber wir sind nur mehr neunundzwanzig Mann. Broichan hat mehr als dreimal so viele. Wir brauchen sie.«

Ailean seufzte, weil sie wusste, dass ihr Stiefbruder

recht hatte. Allein würden sie es nicht schaffen, und solange Broichan und sein Weib die Krieger aus Hilta anführten, mussten sie zusammenarbeiten.

»Ich weiß«, sagte Ailean. »Wir brauchen sie.«

»Und ich brauche dich.« Kineth neigte den Kopf, sah zu ihr herab. »Kämpfe nicht gegen mich, kämpfe an meiner Seite.«

Ailean lächelte knapp. »Das habe ich doch schon immer getan.«

Kineth wollte ihr spontan einen Kuss auf die Wange geben, besann sich jedoch anders. »Bereit machen zum Anlanden!«

»Wir haben es geschafft!«, schmetterte Broichan Kineth entgegen, während er auf ihn zuging. »Der erste Schritt in der alten Heimat, der erste Schritt zum Sieg!«

Die Luft war erfüllt vom Geruch nach fauligen Algen und brackigem Wasser. Die Füße der Krieger versanken im morastigen Untergrund, während Möwen kreischend ihre Bahnen zogen.

»Also, wie sieht dein Plan aus?« Broichan blickte Kineth herausfordernd in die Augen.

»Zunächst einmal müssen wir herausfinden, ob der Fischer die Wahrheit gesagt hat und sich hier wirklich das Lager von König Æthelstan befindet.«

Broichan zog die Brauen zusammen. »Du hast nicht den Ausdruck in seinen Augen gesehen. Der Mann hat die Wahrheit gesprochen, so wahr ich vor dir stehe.« Er wandte sich an Ailean. »Oder glaubst du etwa, dass ich lüge?«

Bevor Ailean antworten konnte, ergriff Kineth Broichans Schulter. »Niemand zweifelt an deinen Worten.« Er machte eine Pause, gab Ailean Zeit zu reagieren. Die nickte schließlich. »Aber wir kennen dieses Land nicht, deshalb werden wir behutsam vorgehen. Wir werden nicht mit allen Mann auf einmal losmarschieren, sondern einen Stoßtrupp bilden.«

Ein Grinsen machte sich unter Broichans Schnurrbart breit. »Ah, ich mag diesen Kerl«, sagte er zu seinen Leuten, während er unablässig auf Kineth deutete. »Zielstrebig, aber mit Verstand!«

Kineth winkte ab, wie um den übertriebenen Eifer seines Gegenübers einzudämmen. »Ich habe an zwanzig, höchstens fünfundzwanzig Mann gedacht. Bree, Mally, Unen, Flòraidh, Elpin, Odhrán, Tòmas, Goraidh und Ailean wären von uns dabei.«

Broichan sah in die Runde, als wollte er die Rechtschaffenheit der genannten Krieger prüfen. »So sei es. Acht meiner Krieger werden uns begleiten, und ebenso Síle. Was sollen die anderen in der Zwischenzeit tun?«

»Unweit der Küste vor Anker gehen. So sind sie gegen einen Angriff von Land aus geschützt, können zur Not auch die Segel setzen«, sagte Kineth, ohne zu zögern. »Wir werden bei Anbruch der Nacht wieder hier sein. Dann kann uns jemand mit dem Fischerboot holen und zurück auf die Schiffe bringen.«

»Ihr habt den Mann gehört!«, rief Broichan. »Ans Werk!«

Manche der Krieger waren mit Waffen und Rüstungsteilen ausgestattet, die sie in Torridun erbeutet hatten, auch wenn sie unter der ungewohnten Last der Brünnen und

Helme ächzten. Die Küste hatten sie hinter sich gelassen, waren Richtung Osten in die dichten Wälder hineinmarschiert, ohne seither eine Siedlung, einen Bauern oder einen feindlichen Krieger angetroffen zu haben. Alles um sie herum war ruhig, die Luft angenehm kühl. Nur das Knacken des Unterholzes durchbrach die Stille, das Gezwitscher der Vögel und das gelegentliche Rascheln des Windes, wenn er durch das dichte Blattwerk fuhr.

Doch nun kamen die Breemally-Schwestern, die die Vorhut gebildet hatten, wild gestikulierend auf den zwanzig Mann starken Trupp zugelaufen, wichen hektisch einzelnen Baumstämmen aus.

Kineth zog instinktiv sein Schwert.

»Vor uns in einer Mulde liegt ein Dorf«, sagte Bree keuchend, nachdem sie die anderen erreicht hatte. »Die angrenzenden Felder sind abgeerntet, aber es ist keine Menschenseele zu sehen. Auch kein Vieh. Die Mauern der Hütten sind verkohlt, die Dächer eingestürzt.«

»Der Krieg war also schon hier«, meinte Ailean.

Kineth nickte nachdenklich. »Scheint zumindest so. Wie nah wart ihr dort?«

»Bis auf wenige Hundert Schritte, wir standen auf einer Anhöhe«, antwortete Moirrey.

»Habt ihr das Umland abgesucht?«

»Alles flach. Weit im Osten beginnen wieder Wälder«, fuhr die Kriegerin fort. »Auch brennt kein Feuer mehr. Der Überfall muss also schon einige Tage zurückliegen.«

»Ich sage, wir sehen uns das Dorf genauer an.« Broichans Augen blitzen vor Aufregung. Er reckte sein Schwert in die Höhe, als wollte er seine Krieger aufpeitschen.

»Ja, das werden wir«, sagte Kineth bewusst ruhig und wandte sich Bree zu. »Zeig uns den Weg.«

Das Dorf war genau so, wie die Breemally-Schwestern es beschrieben hatten. Die strohgedeckten Dächer waren größtenteils verbrannt, die Balken verkohlt und eingestürzt, die Mauern voll Ruß. Das Vieh war fort, ebenso waren keine Karren oder Wagen zu sehen, keine Fässer, keine Truhen. In einer der Hütten mit den schwärzesten Mauern lagen die verkohlten Überreste von gut einem Dutzend Menschen wie Brennholz nach einem Scheiterhaufen.

Wer immer hier gewütet hatte, dachte Kineth, hatte bewusst keinen Stein auf dem anderen gelassen.

»Kineth!« Aileans Stimme hallte durch die Ruinen.

Der Krieger lief zu seiner Stiefschwester, die vor einer halb eingestürzten Scheune stand und sich die Hand vor Mund und Nase hielt. Er blieb hinter ihr stehen, sah, weshalb sie ihn gerufen hatte. In der Scheune lagen gut fünfzehn Frauen, manche mit zerrissenen Kleidern, manche nackt, vom Mädchen bis zur Greisin. Der Boden unter ihren geschändeten Leibern war dunkel verfärbt, unzählige Fliegen hatten jede Körperöffnung in Besitz genommen.

»Das ist so ... abscheulich«, sagte Ailean stockend.

Kineth nickte stumm. Ihm wurde in diesem Moment bewusst, dass dieser Krieg offenbar nicht nur ehrenvoll auf dem Schlachtfeld ausgetragen wurde, sondern auch ehrlos auf dem Rücken Unschuldiger.

Broichan kam zu ihnen, deutete hinter sich und stieß einen anerkennenden Pfiff aus. »Da hat jemand ganze

Arbeit geleistet. Ich hoffe, dass dieser Jemand auf unserer Seite kämpft.«

Ailean warf ihm einen vernichtenden Blick zu und entfernte sich mit schnellen Schritten. Broichan machte eine unschuldige Miene. »Hab ich was Falsches gesagt?«

Kineth zuckte mit den Schultern. Er wollte keinen Streit vom Zaun brechen. Der Mann aus Hilta erblickte nun ebenfalls die Toten in der Scheune. »Ach so«, sagte er kleinlaut. Dann stieß er ein kurzes Lachen aus und schaute Kineth an. »Weiber, hab ich recht?«

Ja, dachte Kineth grimmig, und auch wieder nicht.

Das Licht der untergehenden Sonne verlieh den Ruinen einen warmen, fast freundlichen Anstrich, der völlig im Gegensatz dazu stand, was hier geschehen war. Ailean inspizierte die letzte Hütte, die etwas weiter außerhalb lag, aber genauso verkohlt war wie die anderen. Immer noch hatte sie das Bedürfnis, Broichan ins Gesicht zu schlagen. Doch sie wusste, dass dies nur ihrer eigenen Erleichterung dienen würde. Für Kineth würde es alles nur schwieriger machen.

Und wenn schon. Gib diesem gefühllosen Hund, was er verdient.

Die Kriegerin ballte die Faust. Sie hatte sich entschieden, für Kineth und nicht gegen ihn zu kämpfen, und daran hatte sie sich auch zu halten. Komme, was wolle. Aus den Augenwinkeln sah sie, dass sich die anderen in der Mitte der Siedlung versammelten. Sie riss sich aus ihren Gedanken, ging auf die Gruppe zu.

»Grauenhaft, nicht wahr?« Es war Síle, die sich an Aileans Seite gesellte.

»Nicht in den Augen aller.«

»Der Mensch ist ein Raubtier«, meinte Síle. »Und Männer wollen die größten Raubtiere von allen sein. Deshalb ziehen wir schließlich die Kinder auf. Auch wenn sich der Mann damit brüstet, einen starken Sohn zu haben – wer hat ihn wohl zur Welt gebracht?«

Ailean schmunzelte. Es war das erste Mal, dass sie alleine mit Broichans Frau war, und es gefiel ihr nicht schlecht, was diese zu sagen hatte.

»Aber so groß das Raubtier sich auch glaubt, es hat eine große Schwäche.«

Ailean zog eine Augenbraue in die Höhe.

»Uns«, fuhr Síle unbeirrt fort. »Ein Mann kann noch so laut unter seinesgleichen brüllen. Zeig deine Brüste her, und die Aufmerksamkeit gehört dir.«

Die beiden Frauen teilten ein Lächeln.

»Das Geheimnis liegt einzig darin, den Mann glauben zu lassen, dass er die Oberhand hat.«

»Und die Einfälle«, ergänzte Ailean.

»Genau. Dumm ist nur das Weib, das sich dessen nicht gewiss ist. Von deinen Kriegerinnen macht jedoch keine einen solchen Eindruck. Das gefällt mir.«

»Ja, wir sind schon ein besonderer Haufen.«

»Weißt du ... ich mag dich«, sagte Síle unvermittelt. »Ich wollte nur, dass du das weißt.«

Ailean verstand nicht, aber die beiden Frauen hatten mittlerweile die anderen Krieger erreicht. Der vertraute Moment war verflogen.

»Wir haben keine Banner oder Ähnliches gefunden«, erklärte Flòraidh. »Nichts, was uns zeigt, wer dieses Dorf überfallen hat.« Die Kriegerin blickte auf die kleine Anhöhe, über der die Sonne wie ein roter Feuerball stand. »Wir können aber annehmen, dass derjenige, der dies –« Sie hielt inne, kniff die Augen zusammen.

Die Krieger schauten Flòraidh abwartend an.

»Hat es dir die Sprache verschlagen, Weib?« Broichan machte einen Schritt auf die Kriegerin zu. »Ich kann dir ...«

Zur Überraschung aller brachte Flòraidh den Anführer aus Hilta mit dem Heben ihrer Hand zum Schweigen. Nun folgte auch er ihrem Blick. »Was zur Hölle ist das?«

Aus dem flimmernden Licht der Abendsonne schälten sich hochgewachsene Figuren, die schnell näher kamen, und mit ihnen erklang das Donnern von Hufen.

»Angriff!«, schrie Flòraidh.

Blitzschnell bildeten die Krieger einen Kreis, zogen ihre Waffen und erwarteten den Feind, der jeden Moment auf sie treffen musste.

Ich hasse dieses Land, dachte Ailean, fasste ihre beiden Gladii fester und machte sich für den Kampf bereit.

Ich hasse es aus ganzem Herzen.

»Wer seid ihr?« Die Stimme des Reiterführers klang befehlsgewohnt, seine Miene bezeugte, dass er es ernst meinte.

Kineth blickte ihn mit ebenso großem Ernst an. »Ich bin Kineth, Sohn des Brude. Wir sind Krieger aus Dùn Tìle, und wir ...«

»Für wen kämpft ihr?«, unterbrach ihn der Mann.

»Wir kämpfen für uns.« Kineth sagte es sehr bestimmt, um keine Zweifel an seiner Aufrichtigkeit aufkommen zu lassen.

»Na, sieh mal einer an«, fuhr der Reiterführer fort. »Die Sache ist nur die: Wenn ihr nicht für unseren König kämpft, dann kämpft ihr gegen ihn.«

»Wir kämpfen nicht gegen euren König«, beharrte Kineth, »im Gegenteil, wir wollen ihm etwas anbieten.« Der Krieger erkannte, dass die fremde Reiterei, die aus einem guten Dutzend mit Lanzen und Schwertern bewaffneter Männer bestand, ihnen grundsätzlich nicht feindlich gesinnt war. Sie wollten, genauso wie Kineth, nur wissen, wer da vor ihnen stand.

Der Reiterführer neigte belustigt den Kopf. »Was kannst du schon anbieten, du bemalter Mann mit seltsamer Aussprache?«

»Das ist nur für deinen König bestimmt. Führe uns zu ihm, dann soll es dein Schaden nicht sein. Kämpfe gegen uns, und dein Kopf wird als erster rollen.«

Der Reiterführer stutzte für einen Moment, bevor er grinsend zu seinen Männern sah. Die grinsten zurück. »Eier hast du, das muss ich dir lassen. Aber was nutzen einem Eier, wenn man hilflos verbrennt?« Er deutete auf die Hütte, in der die verkohlten Überreste lagen. »Frag die Bauern dort.«

»Ihr wart das?« Ailean funkelte den Reiterführer an. Der zwinkerte ihr schelmisch zu.

»Was sollen wir tun?«, zischte Moirrey zu Unen.

»Bleib ruhig«, brummte dieser, »aber sei auf alles gefasst. Wenn sie angreifen, stürme ich auf sie zu, das werden sie nicht erwarten.«

Moirrey nickte knapp. »Mein Bogen ist bereit.«

Die Männer zu Pferde und die Krieger zu Fuße starrten sich an, niemand sprach ein Wort.

Alle schienen zu warten, dass der andere den ersten Schritt tat.

Broichan warf seiner Frau einen aufmunternden Blick zu, dann fasste er sein Schwert mit beiden Händen. Flòraidh fixierte Ailean, um ihr notfalls zu Hilfe eilen zu können. Elpin versuchte zu erraten, in welche Richtung die Pferde losstürmen würden und hinter welcher Hütte er sich in Sicherheit bringen könnte. Goraidh gedachte der lustvollen Stunden, die er in der Höhle verbracht hatte. Kineth starrte auf den Reiterführer, der den Blick regungslos erwiderte.

Die Pferde begannen zu scharren. Manche schnaubten, als würden sie wissen, was nun folgte.

»Haltet ein, in Gottes Namen!«, rief auf einmal der Reiterführer und lehnte sich im Sattel zurück. »Es muss ja nicht immer Schwert auf Fleisch treffen. Morgen ist sicher auch noch ein guter Tag zum Sterben.«

Kineth sah den Mann verdutzt an.

»Ihr wollt den König treffen«, sagte der Reiterführer. »Nun, so bunt bemalt, wie ihr ausseht, kann ich mir vorstellen, dass auch er das will.«

Er bedeutete seinen Reitern, ihre Waffen zu senken, was diese auch befolgten. »Aber das Wichtigste ist, dass ich nichts dabei zu verlieren habe. Ich bringe euch ins Lager, wenn es das ist, was ihr wollt. Dort werden andere entscheiden, wie euch geschehen soll.«

Kineth und die anderen ließen nun ebenfalls ihre Waffen sinken.

»Ich habe kein gutes Gefühl bei der Sache«, raunte Unen zu Kineth.

»Ich auch nicht. Aber es ist unsere einzige Möglichkeit.«

»Diesmal werden wir uns aber nicht befreien können«, flüsterte Unen. »Wenn es stimmt, was der Bote gesagt hat, dann lagern hier so viele Mann, dass wir verloren sind, wenn sie sich gegen uns wenden.«

Kineth nickte. »Ich weiß, mein Freund, ich weiß.«

»Fünf von euch kommen mit«, verkündete der Reiterführer.

Kineth trat vor, dann wandte er sich zu Ailean. Sie seufzte, stellte sich jedoch neben ihren Stiefbruder. Broichan und Síle taten es ihr gleich.

»Nun schau nicht so verzagt«, sagte der Mann aus Hilta zu Ailean. »Ich hab doch gesagt, ich stehe zu meinem Wort.«

Ohne auf ein Kommando zu warten, drängte sich Unen durch die Krieger und postierte sich mit verschränkten Armen neben Kineth. »Brude würde mir nie verzeihen, wenn ich euch beide alleine ziehen ließe.«

Dieser klopfte dem Hünen auf die Schulter. »Ich danke dir, Mathan.«

»Wir rücken ab!« Der Reiterführer zog an den Zügeln, sein Pferd setzte sich in Trab. »Gebt acht, dass ihr nicht verloren geht«, rief er der kleinen Gruppe zu.

Kineth winkte Elpin zu sich, der gelaufen kam. »Bleibt auf den Schiffen, unweit der Küste. Wenn ihr bis Neumond nichts von uns hört, segelt nach Hilta zurück.«

»Aber ...«

»Hast du verstanden?«

Elpin nickte, aber seine Augen verrieten seine Besorgnis.

»Flòraidh, du führst den Haufen!« Die Kriegerin hielt als Antwort ihr Schwert in die Höhe. »Und sei ja nicht zimperlich!« Bei diesen Worten konnte sich Kineth ein Schmunzeln nicht verkneifen.

Dann folgten er, Ailean, Unen, Broichan und Síle den Reitern in jene Richtung, aus der dicke Rauchsäulen in den abendlichen Himmel stiegen.

Die Hütte war finster und leer bis auf eine Truhe, eine eingestürzte Bettstatt und eine Feuerstelle, die mit Asche gefüllt war. Brude und Iona saßen auf dem Boden, ihre Waffen lagen griffbereit neben ihnen.

Der Regen wurde schwächer, der Mond kam hinter den Wolken hervor. Sein Licht fiel durch den Eingang, der mit einer halb heruntergerissenen Seelöwenhaut verhängt war.

Brude stand auf und lugte vorsichtig ins Freie. Es war still im Dorf, niemand war zu sehen. Wo blieben die Jungen? Leise fluchend setzte er sich wieder.

Der Herrscher und sein Weib waren zu Tode erschöpft, aber gleichzeitig zu unruhig, um zu schlafen. Es war einfach unmöglich, denn unzählige Gedanken irrten durch ihre Köpfe.

Während ihres langen Marsches nach Dùn Tìle hatte allein das Vorhaben, es noch vor dem großen Schnee zu schaffen, sie beherrscht. Mit den Vorräten, dem Schutz durch die dicke Kleidung und den Lederhäuten, die sie während der wenigen Stunden, die sie sich als Nachtruhe gönnten, als Dach zwischen den Felsen spannten, war der Rückweg kein Vergleich zu den ersten Tagen der Verbannung. Trotzdem war alles sehr kräfteraubend gewesen, denn der Schnee war im Inneren des Eilands reichlicher gefallen als an der Küste. Beharrlich hatten sich Brude und Iona ihren Weg gebahnt, waren immer wieder in verborgene Mulden eingebrochen. Das Knirschen ihrer Schritte war der einzige Laut unter dem grauen Himmel gewesen, denn die beiden hatten nicht viel gesprochen, wollten nur vorwärtskommen.

Als sie dann endlich die vertraute Umgebung des Dorfes und seine Küste erreicht hatten, war ebenfalls keine Zeit gewesen nachzudenken. Die Wölfe, Brion und Tyree, der heimliche Weg in die Hütte – erst jetzt, in diesem ersten Moment der Ruhe, kamen die Bilder und die Erinnerungen.

Die Erinnerungen an das Leben, das sie sich zurückholen wollten.

Und mit diesen Erinnerungen kamen die Zweifel, vor allem bei Iona. Gab es überhaupt einen Weg, das Vertrauen des Volkes wiederzugewinnen? Brude war davon überzeugt, er hatte ihr von seinem Plan erzählt. Doch ihr schien das Ganze sehr gefährlich, denn wie –

Auf einmal ein Flüstern, beim Eingang.

»Brion und Tyree.«

»Herein mit euch«, erwiderte Brude ebenso leise, die Hand am Griff seines Schwertes.

Die beiden Brüder schlüpften in die Hütte. Ihre Wunden waren verbunden, und sie wirkten bereits sehr viel ruhiger als nach dem Angriff. Vielleicht gab ihnen die Rückkehr ihres Herrschers Kraft, aber eher lag es an ihrer Jugend, die alles überwand, dachte Brude. Und er würde sich diese Jugend zunutze machen.

Brion und Tyree hatten Brot und Fleisch und etwas Ql bei sich. Brude und Iona aßen und tranken mit großem Appetit. Als sie fertig waren, erzählten sie den Brüdern alles, was sie seit ihrer Verbannung erlebt hatten, denn jetzt waren sie sich endgültig sicher, dass sie ihnen trauen konnten. Wenn beide oder auch nur einer der beiden Böses im Sinn gehabt hätte, wäre er nicht mit Nahrung, sondern mit dem Priester und denen, die ihm hörig waren, in die Hütte gekommen.

Brion und Tyree hingen gebannt an Brudes Lippen, immer und immer wieder musste der Herrscher den Kampf in der Eishöhle schildern. Iona lächelte, es war wie früher auf dem Hügel unter der Stele, wenn Brude vor den Kindern gesprochen hatte.

Danach erzählten die Brüder ihrerseits, was im Dorf vorgefallen war.

»Morgen findet die erste Abendmesse in der Halle statt. Davor will Beacán mich sprechen«, endete Brion. Sein Gesicht war düster, soweit das im spärlichen Licht des Mondes zu erkennen war.

Tyree legte ihm die Hand auf die Schulter. »Mach dir keine Sorgen, du wirst es durchstehen. Verrate nichts, denn er kann dich zu nichts mehr zwingen. Keiran und Kane sind tot, die Zeit des Priesters läuft ab.«

Plötzlich hob Iona die Hand an die Lippen. Alle sahen sie erstaunt an, sie deutete nach draußen. Brude verstand, erhob sich lautlos und stellte sich neben den Eingang. Er zog seinen Dolch, verharrte kurz, dann sprang er hinaus.

Die anderen hörten Keuchen, gefolgt von einem gedämpften Schlag.

»Brude?«, flüsterte Iona.

Nichts.

Die drei rührten sich nicht. Langsam wurde die Seelöwenhaut zur Seite geschoben, und Brude trat ein, einen jungen Mann hinter sich her schleppend, der bewusstlos war. Er ließ ihn in der Mitte der Hütte zu Boden fallen.

»Und wen haben wir hier?«

»Das ist Peadair.« Tyrees Stimme klang traurig. »Er war mein Freund, aber er hat sich wie unsere Mutter von uns abgewandt und vertraut nur mehr dem Priester.«

»Dann ahnt Beacán etwas. Wahrscheinlich hat er euch nicht geglaubt, dass ihr allein mit den Wölfen fertiggeworden seid, und ihn hier angestiftet, euch zu beobachten.« Brude stieß den Bewusstlosen mit dem Fuß an, aber der blieb regungslos liegen.

»Das mag sein. Aber sicher ist er sich nicht, denn sonst hätte er mehr Männer und nicht nur diesen Jungen geschickt«, meinte Iona.

»Du hast recht«, erwiderte Brude. »Aber es spielt keine Rolle mehr. Wir werden Peadair fesseln, knebeln und hier in der Hütte lassen. Nach morgen hat er keinen Herrn mehr.«

»Morgen schon? Sollen wir nicht erst abwarten und uns mit allem vertraut machen?« Iona klang besorgt.

Brude schüttelte den Kopf, berührte mit der Hand das Bündel aus Lederhaut, das neben den Waffen lag. »Diese Messe ist die beste Gelegenheit, mein Vorhaben in die

Tat umzusetzen.« Er wandte sich wieder den Brüdern zu. »Ich möchte, dass ihr mir noch heute Nacht etwas bringt, etwas sehr Wichtiges. Danach wartet den morgigen Tag ab, bis ihr mein Zeichen seht.« Mehr wollte er den Jungen nicht sagen. Zu groß war die Gefahr, dass sie sich verraten würden, auch wenn sie ihm rückhaltlos ergeben waren. Wenn die beiden weg waren, würde er sein Vorhaben Iona darlegen. Er hoffte inständig, dass sie einverstanden war, denn sie spielte dabei eine wichtige Rolle.

»Was ist das für ein Zeichen?«, fragte Brion.

»Ihr werdet es nicht übersehen, seid versichert«, sprach Brude, Sohn des Wredech, grimmig. »Niemand wird es übersehen.«

Der raue Sack aus Leinen, der Ailean über den Kopf gezogen worden war, bevor sie das Lager erreichten, kratzte an Stirn und Nase. Ihr Atem, der stockend und unregelmäßig ging, dröhnte der Kriegerin in den Ohren. Erkennen konnte sie durch das grobe Gewebe nichts, ihre Hände hatte sie auf die Schultern von Síle gelegt, die vor ihr ging und der man wie den anderen einen Sack über den Kopf gestülpt hatte.

Dabei musste Ailean aufpassen, wohin sie trat, denn der Weg war matschig geworden, ihre Schritte verursachten schmatzende Geräusche. Die Stille des Waldes war ebenfalls einem Durcheinander aus Lauten gewichen: aufgebrachte Stimmen, das Wiehern von Pferden, das Hämmern von Metall. Die Kriegerin vermutete, dass sie das Lager bereits erreicht hatten und nun zu ihrem eigentlichen Ziel gebracht wurden, und sie betete insgeheim, dass es sich um Æthelstan handelte, auf den Kineth ihr aller Überleben setzte.

Ein brandiger Geruch von Feuer vermischte sich mit dem Gestank nach Tierexkrementen und Pisse. Nur der gelegentliche Duft nach Essen sorgte dafür, dass es Ailean nicht andauernd würgte.

Die Stimmen wurden immer lauter. Es waren unverständliche Worte, aber angesichts der Tonlage und des dreckigen Lachens, das zumeist darauf folgte, nahm Ailean an, dass man sich über sie und die anderen vier lustig machte.

Den gelegentlichen Klaps auf ihren Hintern nahm die Kriegerin hin, denn sie wusste, dass sie den Fremden hilflos ausgeliefert waren – und zu welchen Untaten diese imstande waren, hatte sie soeben in dem niedergebrannten Dorf erkennen müssen.

Ailean kam es wie eine Ewigkeit vor, bis der Trupp schließlich haltmachte. Da sie nichts sehen konnte, versuchte sie umso mehr zu hören, was vor sich ging.

Reiter sprangen von ihren Pferden ab.

Leichte Schritte, vielleicht von Stalljungen, die angelaufen kamen und die Pferde wegführten.

Befehle wurden geschmettert. Leder knirschte, Metall schrammte an Metall vorbei.

Noch mehr Befehle, dann eine unerwartete Ruhe. Scheinbar hatten sich die Menschen rund um sie entfernt.

Ailean hob den Kopf, versuchte, einen Blick aus dem Sack heraus zu erhaschen – und wurde mit einem Schlag auf den Hinterkopf daran erinnert, dies tunlichst zu unterlassen.

Dann näherten sich die schweren Schritte von mehreren Männern.

Eine Hand wurde auf Aileans Schulter gelegt, eine weitere Hand drückte die ihre von Síles Schulter weg. Jemand tastete ihren Körper sorgfältig ab, strich über Schultern, Achseln und Hüfte, zwischen ihre Beine und diese nach unten entlang bis zu ihren Schuhen. Schließlich wurden ihr alle Waffen, Messer und Dolche abgenommen, die sie im Gürtel stecken hatte.

Danach wurde die Kriegerin vorwärtsgestoßen, auf Bretter, die auf der matschigen Erde lagen, weiter an Hunden vorbei, die Furcht einflößend bellten und geiferten, bis zu einer Stelle, an dem der Lärm etwas gedämpfter klang und wo ihr jemand mit einem Schlag auf die Schulter klarmachte, dass sie stehen zu bleiben hatte. Ein weiterer Schlag, diesmal in die Kniekehlen. Ailean sank zu Boden.

Ein Husten neben ihr ließ die Kriegerin erkennen, dass sie neben Kineth kniete. Sie senkte den Kopf, bemühte sich, alle Gedanken und Ängste zu verdrängen, nicht daran zu denken, was man ihnen nun antun würde, sondern daran, was sie erreichen könnten.

Auf einmal ließen lautstarke Befehle Ailean hochschrecken. Jemand griff ihr unter den linken Arm, riss sie nach oben. Sie stand auf, spürte, wie ihre Knie schmerzten.

Weitere Befehle, sie wurde wieder vorwärtsgestoßen.

Der Boden aus Brettern, auf dem sie ging, knarrte immer weniger, es duftete nach harzigen Kräutern.

Erneut musste sie anhalten, dann wurde ihr ruckartig der Sack vom Kopf gezogen. Farben und Schatten überwältigten ihre an die Dunkelheit gewöhnten Augen, formten sich erst nach und nach zu einem Bild: Sie und ihre vier Gefährten standen in einer Reihe auf einem roten, lang gezogenen Teppich in der Mitte eines großen Zelts. Breite dunkle Stoffbahnen mit feinen goldenen Stickereien hingen bogenförmig von der Decke, waren ineinander verschachtelt und erzeugten so den Eindruck von großer Tiefe. Im ganzen Raum waren schmiedeeiserne Ständer mit Kerzen und Öllampen verteilt. Zehn Schritte vor ihr bildeten ein halbes Dutzend Wachen, mit großen, spitz zulaufenden Drachenschilden, Lanzen, Ringbrünnen und Helmen bewaffnet, eine Barriere.

Hinter den Wachposten war ein Podest errichtet, das mit einer Vielzahl von braunen Bärenfellen bedeckt war. Darauf standen drei prachtvoll verzierte Throne aus dunklem Holz. Hinter jedem von ihnen hing ein Banner, dessen Motiv jeweils an ein Tier erinnerte, das Ailean aber nicht kannte. Auf den Thronen saßen drei Männer in prunkvolle, fließende Kleidung gehüllt und mit einer goldenen Krone auf dem Kopf.

Der König zu ihrer Linken beäugte Ailean mit hochnäsigem Blick, zupfte sich dabei an seinem dichten, aber gepflegten roten Bart. Sein gewelltes Haar fiel ihm schulterlang herab.

Der König zu ihrer Rechten war ein Bär von einem Mann, sein vor Kraft strotzender Körper schien den Thron regelrecht zerreißen zu wollen. Sein langes hellblondes Haar fiel auf ein Wolfsfell, das um seine Schultern hing, und ging nahtlos in seinen Bart über, in den eine Vielzahl von kleinen Zöpfen eingeflochten war. Der Blick seiner grünblauen Augen war undurchdringlich, die vielen Narben auf seiner Stirn bekundeten, dass er ein Mann des Kampfes war.

Der König in der Mitte, dessen Thron ein kleines Stück näher am Podestabgang stand als die beiden anderen, machte durch seine glatte Rasur und seine braunen, gelockten Haare einen beinahe kindlichen Eindruck, auch wenn er augenscheinlich der Älteste der drei war.

Keiner der Könige sagte ein Wort. Die anderen Würdenträger, die sich um das Podest scharten und mit einer Mischung aus Neugierde und Verachtung zu den fünf Kriegern starrten, schwiegen ebenfalls. Schließlich griff der König in der Mitte in eine Schüssel mit frischem Obst, nahm einen roten Apfel und biss herzhaft hinein. Als wäre es ein Kommando gewesen, trat hinter seinem Thron ein junger Mann hervor, der mit seinen ebenfalls braun gelockten Haaren die Ähnlichkeit zu dem König nicht verleugnen konnte, und stellte sich vor die Wachen.

»So höret«, rief er mit, wie Ailean empfand, unnötig lauter Stimme aus. »Ihr habt die Ehre, vor drei Königen sprechen zu dürfen! Kniet nieder und sagt, was euer Begehr! Zu eurer Linken ...«

Ohne zu zögern, kniete sich Kineth mit dem rechten Knie auf den Teppich. »König Æthelstan«, unterbrach er den Ankünder und blickte zu den Königen, »es ist mir und den Meinen eine große Ehre ...«

Weiter kam er nicht, denn die Anwesenden brachen in schallendes Gelächter aus. Selbst die drei Könige auf ihren Thronen mussten lachen. Ailean beobachtete, wie Kineth sich verwirrt umsah.

Der König in der Mitte hob schließlich den rechten Arm, womit das Gelächter schnell verstummte. Dann nickte er dem Ankünder zu.

»So lasset mich fortfahren und redet erst, wenn ich euch das Wort erteile. Der Mann zu eurer Linken ist Olaf Guthfrithsson, Sohn von Gofraid ua Ímair und König von Dubh Linn. Zu eurer Rechten Eòghann, Sohn des Dòmhnall, König von Strathclyde. Und direkt vor euch –« Der Ankünder machte eine kurze Pause. »Mein Vater, Konstantin, der Sohn des Áed, der König von Alba!«

Ailean war, als hätte man ihr einen Dolch ins Herz gestoßen – warum sprachen sie bei jenem König vor, gegen den sie kämpfen wollten? Beim Nachfahren von Cinead, Sohn des Alpin, jenes ruchlosen Herrschers, der ihr Volk beinahe vollständig ausgelöscht hatte ... was zur Hölle hatte sie hierhergebracht?

Die Frage ist doch: Wer *hat uns hierhergebracht?*

Ailean wandte den Kopf zu Broichan, der den Blick gesenkt hielt. Und doch konnte sie ein schmales Lächeln in seinem Gesicht erkennen. Er war es, der behauptet hatte, dass Æthelstans Lager hier war. Was auch immer mit ihnen nun geschehen mochte, eines wusste Ailean in diesem Moment – sie würde Broichan bei nächster Gelegenheit töten!

»Die Bemalungen auf eurer Haut«, sagte Konstantin mit heller Stimme. »Sie deuten auf jene hin, die plötzlich im Nebel der Zeit verschwunden waren, jene Völker, die dem Norden Britanniens seinen Ruf als das uneinnehmbare Land der Wilden eingebracht hatten.« Der König blickte zu Olaf, danach zu Eòghann, der die Nase rümpfte, dann wieder zu Kineth. Er biss von seinem Apfel ab, bevor er mit vollem Mund fortfuhr. »Ich habe meinem Neffen kaum Glauben schenken können, als er mir berichtet hat, dass die Toten aus der Vergangenheit wiedergekehrt waren. Und dass sie ihn und die Festung Torridun angegriffen hätten. Ist das wahr?«

Kineth zögerte einen Augenblick, dann nickte er. »Ja, das haben wir. Aber nicht nur angegriffen, wir haben sie auch eingenommen.«

Konstantin war sichtlich beeindruckt. »Mein lieber Máel, bitte!«, rief er, ohne den Eindruck aufkommen zu lassen, dass es sich um eine Bitte handelte.

Ein Mann trat hervor, die braunen Haare kurz geschnitten, den Vollbart sorgfältig gestutzt – es war Máel Coluim, der Kineth und die anderen in Torridun in den Kerker hatte werfen lassen. »Das ist der Mann, von dem ich Euch erzählt habe, Hoheit.«

»Was ist mit diesem einäugigen Sohn einer Schwachsinnigen geschehen, dem selbstverliebten Herrn der Festung, diesem ...«, Konstantin ließ die Hand kreisen, »... Parthalán?«

»Er ist tot«, sagte Kineth trocken.

»Wohl denn. Wenn ihr es nicht getan hättet, dann wäre er es eben jetzt.«

»Ihr hattet einen Boten zu ihm geschickt. Einen gewissen Harold.«

Der König nickte unverbindlich, aber es war offensichtlich, dass ihm der Mann etwas bedeutete. »Ist er auch ...«

Kineth schüttelte den Kopf. »Ein guter Mann. Wir haben ihn am Leben gelassen.«

Konstantin zog überrascht die Brauen nach oben. »So,

so. Dann sagt mir, wie sind die Namen von dir und deinen Gefährten?« Erneut biss er in den knackigen Apfel.

Kineth schaute zu seinen Kameraden. Broichan und Síle hatten noch immer die Blicke gesenkt. Er deutete zu seiner Linken. »Das ist Unen, Sohn des Gest. Neben ihm steht Ailean, meine Stiefschwester. Ich heiße Kineth, Sohn des Brude und rechtmäßiger Erbfolger von Uuen, der ...«

Konstantin machte eine abwiegelnde Handbewegung. »Ich kenne eure Geschichte. Mein Neffe hat sie mir schon berichtet. Ein Ring, ein Stück Papier und ein größenwahnsinniger Anspruch auf Land.« Der König musste schmunzeln, die anderen beiden Herrscher taten es ihm gleich.

Kineth ließ sich nicht provozieren. »Und das sind Broichan, Herrscher über Hilta, und sein Weib Síle«, fügte er unbeirrt hinzu.

»Du stehst also für dein Volk ein, während dieser«, der König deutete auf Broichan, »für das seine einsteht?«

»Wir sind *ein* Volk«, sagte Broichan mit lauter Stimme, »und auf deinem Thron sollte einer von uns sitzen!«

Konstantin schien der aggressive Ton zu überraschen.

Kineth sah aus dem Augenwinkel, wie Síle und Broichan sich mit lautlosen Lippenbewegungen verständigten, dann griff sich der Herrscher aus Hilta in die Hose. Im selben Moment trat Síle hervor und rief, während sie sich ihr Hemd aufriss, sodass jeder ihren prallen Busen sehen konnte: »Wer von euch will mich als Erster nehmen?«

Alle Blicke im Raum richteten sich schlagartig auf die Frau mit dem entblößten Oberkörper, während ihr Gemahl einen dünnen Dolch hervorzog und blitzschnell auf das Podest zuzulaufen begann.

Geschickt wich er den Wachen aus, die nicht wussten, wie ihnen geschah, schlängelte sich im Eiltempo das Podest hinauf, hechtete auf den mittleren Thron zu, setzte zum Stoß an – und rutschte auf dem Bärenfell aus, wodurch er seinen Dolch nicht in Konstantins Hals rammte, sondern nur dessen Mantel an der Schulter ritzte. Einen Augenblick später wurde Broichan von hinten gepackt und hochgehoben. Wie einen jungen Hund, den man lehrte, dass er einen Fehler gemacht hatte, schleuderte König Olaf den Anführer von Hilta durch den Raum.

Die Wachen kamen nun ebenfalls zur Besinnung, bildeten einen schützenden Kreis um das Podest, die Lanzen im Anschlag.

Broichan schlug hart am Boden auf. Síle stieß einen entsetzten Schrei aus und stürmte zu ihrem Mann.

Kineth und Unen stellten sich vor Ailean.

»Das ist also der Dank, dass ich euch anhöre?«, schrie Konstantin und sprang auf. Er blickte die fünf nacheinander mit blitzenden Augen an.

»Dieser«, er deutete auf Broichan, »wird morgen dafür bezahlen, was er heute anrichten wollte. Und sein Weib soll bekommen, wonach sie so lautstark verlangt hat! Die anderen drei werden eingekerkert, bis ich entschieden habe, ob sie mir noch nützlich sein können!«

Konstantin biss ein letztes Mal in den Apfel und schleuderte den Rest auf Broichan, der von vier Wachen geschlagen wurde.

»Warum hat uns das Dreckschwein verraten?« Unen sprach aus, was auch Kineth und Ailean beschäftigte, seit man sie unter Schlägen und Tritten aus dem Zelt der Könige gezerrt und eingesperrt hatte.

»Ich habe ihm nie ganz vertraut«, sagte Kineth tonlos, roch dabei seinen schlechten Atem unter dem Sack, den man ihm und den anderen wieder übergezogen hatte. »Aber ich hätte mir nicht träumen lassen, dass er uns dermaßen hintergeht.«

Die folgende Stille wurde von Síles Schreien unterbrochen, die seit dem Angriff auf Konstantin immer wieder zu den drei Gefangenen drangen und ihnen durch Mark und Bein gingen.

Kineth hörte, wie Ailean zu weinen begann, doch er konnte nicht zu ihr – die Eisen an seinen Händen waren mit einer Kette an dem Gitter des Menschenkäfigs befestigt.

Als die Schreie verklangen, beruhigte sich Ailean allmählich. »Ich kann nicht glauben, dass ich das sage, doch ich denke nicht, dass Broichan der Ansicht war, uns verraten zu haben«, erklärte sie mit matter Stimme. »Ich glaube, er wollte sich für unser Volk opfern, und Síle hat ihm dabei zur Seite gestanden.«

»Das Opfer wird er morgen bringen, wenn sie ihm die Kehle durchschneiden«, brummte Unen, »aber damit hat er niemandem geholfen. Er wollte Rache, nicht Gerechtigkeit, und wir waren dabei sein Mittel zum Zweck.«

»Warum war ich die Einzige, die ihm von Anfang an misstraut hat?« Ailean verbarg ihren Zorn nicht.

»Ich weiß es nicht«, antwortete Kineth. »Vielleicht wollte ich einfach zu sehr, dass wir eine echte Chance hatten, eine letzte Möglichkeit, unser Volk zu retten.«

»Es ist nicht deine Schuld«, meinte Unen.

»Doch, mein Freund, das ist es«, sagte Kineth leise. »Das ist es.«

Irgendwann später in der Nacht wurde die schwere Eisentür des Käfigs quietschend aufgeschoben. Zwei Gestalten lösten rasselnd eine Kette, packten Kineth, der noch immer einen Sack über dem Kopf hatte, und zerrten ihn nach draußen.

Kineth spürte Kälte, den leichten Wind, der an seiner Kleidung und dem Sack über seinem Kopf zerrte. Die beiden Gestalten entfernten sich wieder von ihm. Es wurde still, nur manchmal schepperte Metall, wieherte ein Pferd oder kläffte ein Hund.

Was würde nun mit ihm geschehen? Mit ihnen allen?

Du weißt, was geschehen wird. Insgeheim hast du es immer gewusst. Es war von Anfang an eine Reise in den Tod.

Kineth hatte das Gefühl, jeden Moment einen Schlag, einen Hieb oder einen Tritt zu bekommen. Schlichen sich bereits Krieger an, die ihren Unmut an dem auslassen wollten, der ihrer Meinung nach für das verantwortlich zeichnete, was heute geschehen war? Oder war er allein?

Wenn sie nur Ailean verschonen!

Kineth fragte sich, ob seiner Stiefschwester auch widerfahren würde, was Síle gerade erdulden musste. Er schwor sich, das zu verhindern, und wenn es das Letzte war, was er in diesem verdammten Land tat, er –

»Im Dunkel der Nacht wirkt jedermann, als wäre er ein Freund.«

Die plötzliche Stimme neben ihm jagte Kineth einen gehörigen Schrecken ein. Aber er kannte sie, war das etwa –

»Ich kann schon lange nicht mehr gut schlafen«, fuhr die Stimme fort. »Der tiefe Schlaf eines Bauern nach getanem Tagwerk ... beneidenswert. Der arglose Schlaf eines Priesters, der mit der Gewissheit schlummert, Gottes Werk zu verbreiten ... noch beneidenswerter. Krieger, sogar Mormaer ... sie alle schlafen so ruhig wie Kinder. Aber als König findet man keinen Schlaf.«

Konstantin, kam es Kineth in den Sinn. Der König musste links hinter ihm stehen.

»Und weißt du, warum ich nicht mehr schlafen kann?«

Kineth zögerte, dann schüttelte er den Kopf.

»Weil ich noch vor dem Hahnenschrei bis tief in die Nacht Entscheidungen zu treffen habe, die nicht nur für mich folgenschwer sind, sondern für alle unter mir, für mein gesamtes Volk. Denn was wäre ein König ohne sein Volk? Doch nur ein einsamer Mann. Und trotz meines Volkes bin ich ...«

»Ein einsamer Mann?«

Konstantin schnaubte durch die Nase. »Ein wenig hast du doch verstanden, du Toter aus der Vergangenheit. Und ein einsamer Mann wird niemals ruhig schlafen. Weißt du vielleicht, was mich die letzten Stunden gequält hat?«

»Die Schreie von Síle?«, sagte Kineth leise.

»Von – dem Weib?« Konstantin stieß einen verhaltenen Lacher aus. »Nicht doch, sie hat mit einem Königsmörder konspiriert und bekommen, was sie verdient hat. Nein, ich habe mich gefragt, was *du* wohl König Æthelstan anbieten wolltest. Du warst doch der Überzeugung, dass du vor Æthelstan stehen würdest, oder etwa nicht?«

Kineth schwieg.

»Was wolltest du in die Waagschale werfen, das ihn davon überzeugt, dir ein Stück Land zu geben?«

Kineth schwieg weiterhin.

»Mein Neffe hat mir alles berichtet. Ich weiß also, wer du und deine Krieger seid und was ihr begehrt. Nun?«

Kineth rang mit sich, aber was hatte es schon für einen Sinn zu schweigen? Vermutlich würde man zuerst ihn foltern und danach vor seinen Augen Ailean. Und dann würde er reden, da war er sich sicher, nur um sie zu schützen. Es war also die Zeit gekommen, alles zu berichten.

Zumindest fast alles.

»Ich kann Euch das gleiche Angebot machen wie Máel Coluim«, sagte Kineth. »Wir kämpfen für Euch, wir werden für Euch obsiegen, und im Gegenzug erhalten wir von Euch das verbriefte Recht, uns in einem kleinen Teil Eures großen Landes anzusiedeln. Und zwar alle, die noch von unserem Volk übrig geblieben sind.«

Kineth erwartete eine Antwort, erntete jedoch tiefes Schweigen. Stand der König noch hinter ihm?

»Ich verstehe«, sagte Konstantin schließlich. »Lass mich sagen, dass dies grundsätzlich nach einem Handel klingt, der für beide Parteien von Nutzen sein könnte.

Die Frage, die sich mir jedoch aufdrängt ...« Der König machte eine gedehnte Pause, bevor er fortfuhr: »Wie viele Krieger stehen unter deinem Kommando, dass du so etwas anbieten kannst?«

Kineth seufzte. Er hatte befürchtet, dass es nur auf Zahlen hinauslaufen würde. »Knapp einhundertundfünfzig«, sagte er schließlich und wusste, dass die leichte Übertreibung nicht ins Gewicht fallen würde.

»So, so, einhundertundfünfzig.« Der König tippte mit dem Schuh mehrere Male auf den Bretterboden. »Dann lass mich dir die wenigen Männer zeigen, die unter meinem Befehl stehen.«

Der Sack über Kineths Kopf wurde weggezogen. Zuerst sah der Krieger nur eine Handvoll verschwommener Lichter, dann erkannte er es.

Es war nicht nur eine Handvoll Feuer oder ein Dutzend.

Es war deren Vielzahl.

So viele, dass selbst die Hunderte von Feuern in der Bucht vor zwei Tagen wie eine klägliche Anhäufung wirkten. Zu Kineths Füßen begann ein Zeltlager, das scheinbar bis an den Horizont reichte und im fahlen Licht des Mondes auf den Krieger wirkte, als verberge es alle Menschen der Welt unter seinen Planen.

Er vernahm ein verhaltenes Lachen hinter ihm. »Das habe ich mir gedacht, Kineth, Sohn des Brude. Was du zu deinen Füßen siehst, ist die Zukunft des Landes – die Allianz des Nordens. Alba, Strathclyde und Dubh Linn.« Konstantin ballte die rechte Hand zu einer Faust. »Das größte Heer, das Britannien je gesehen hat. Und es wird jeden zermalmen, der sich ihm in den Weg stellt. Die alten Völker des Nordens jedoch, die von den Römern Picti genannt wurden, dein Volk – sie müssen wir nicht mehr zermalmen, denn sie alle wurden bereits vor über einhundert Jahren in Alba besiegt.«

»Wir wurden verraten«, widersprach Kineth trotzig.

»Verraten, besiegt ... Sie waren einfach unterlegen. Auch der stärkste Leitwolf ist, wenn er verwundet wurde, einem anderen Wolf unterlegen. Er würde das Rudel nur aufhalten, könnte es nicht verteidigen, würde das Schicksal aller besiegeln. Also muss er das Rudel verlassen oder sterben. Doch deine Vorfahren sind feige geflohen, weil sie nicht anerkennen wollten, dass sie besiegt waren. Und nun kommst du in mein Reich marschiert und glaubst, dass sich seit über hundert Jahren nichts verändert hat?«

Kineth schwieg, während Konstantin laut lachte. »Domnall, Eochaid, Áed und viele mehr. Sie alle waren Herrscher über Alba, sie alle sind gekommen und wieder gegangen. Aber sie haben mir etwas hinterlassen – ein immer stärker geeintes Alba. Trotz Hunger, trotz Feinden, trotz Krankheit und Tod sind wir stärker geworden, sind wir mehr geworden, und wir haben gelernt, dass wir unter einer gerechten, gottesfürchtigen Herrschaft ein besseres Leben führen können, als wenn sich wie früher alle Clans befehden und sich gegenseitig die Schädel einschlagen.«

»Ihr führt hier also keinen Krieg?«

»Wir vergelten Unrecht mit Recht«, ereiferte sich Konstantin. »Denn es war Æthelstan, der vor drei Jahren völlig grundlos in mein Königreich eingefallen ist! Es war Æthelstan, der brandschatzend durch meine Lande zog und erst vor der Festung Dùn Fhoithear[15] haltmachte. Seine Schiffe haben sogar noch weiter nördlich Tod und Verderben über Fischer und Bauern gebracht! Also maße dir nicht an, über Dinge zu urteilen, von denen du keine Ahnung hast!« Der König war jetzt sichtlich aufgebracht. »Ja, ich führe Krieg, aber aus der Überzeugung heraus, dass nur ein geeintes Britannien den Frieden sichert.«

»Ein friedliches Britannien, mit einem friedlichen Alba – in dem es wohl keinen Platz für mein Volk gibt, habe ich recht?« Kineth' Worte klangen verbittert.

Konstantin klopfte Kineth auf die Schulter, zog seine Hand aber sofort wieder zurück, als er sich der schmutzigen Kleidung des Kriegers bewusst wurde. »Jetzt hast du es begriffen, Toter aus der Vergangenheit. Du hättest in dem Loch bleiben sollen, in das sich dein Volk die letzten hundert Jahre verkrochen hat. Denn in meiner Welt könnt ihr nicht überleben.«

Der König drehte sich um und ging. Kineth sah noch, wie zwei Männer zu ihm traten, dann zog man ihm erneut den Sack über den Kopf und zerrte ihn hinfort.

In meiner Welt könnt ihr nicht überleben.

So ernst und endgültig die Worte König Konstantins auch waren, so waren sie doch gleichzeitig der Funke, der in Kineth das Feuer neu entfachte und ihm jene Leidenschaft wiedergab, die er in den letzten Stunden verloren geglaubt hatte – glühenden Zorn und das unbändige Verlangen nach Rache.

---

15 An der Stelle der heutigen Burgruine Dunnottar Castle in Aberdeenshire, Schottland.

Den ganzen Tag lang waren die Finngaill der Straße Richtung Süden gefolgt. Sie machten nicht einmal Rast, um zu essen. Wer sich erleichtern wollte, konnte dies tun, musste jedoch von allein wieder zur Gruppe aufschließen.

Caitt war als Letzter im Bunde geritten. Keiner der Söldner hatte ihn eines Blickes gewürdigt, geschweige denn ein Wort mit ihm gewechselt. Ihren Respekt hatte er sich erkämpft, davon war Caitt überzeugt. Aber er wusste auch, dass er sich ihre Kameradschaft erst verdienen musste.

Als die Abendröte langsam verglomm, gab Ivar schließlich ein Zeichen. Die Reiter setzten ab, führten die Pferde an den Zügeln in einen nahe gelegenen Wald und schlugen dort auf einer kleinen Lichtung ihr Nachtquartier auf.

Caitt war bemüht, sich möglichst lange um sein Pferd zu kümmern, um die Gepflogenheiten der Männer zu beobachten, aber auch hier schien jeder für sich allein verantwortlich zu sein. Einzig das Holzholen und Feuermachen teilten sich zwei der Söldner in stiller Übereinkunft.

Schließlich saßen die Krieger rund ums Feuer, die Trinkschläuche neben sich. Manche kauten Trockenfleisch, andere aßen Obst oder ruhten sich einfach im Schein des Feuers aus.

»Wo ist nun unser frisch gefangener Mitstreiter?«, tönte Ivars Stimme launig.

Caitt wusste, dass dies keine Frage, sondern ein Befehl war. Mit langsamen Schritten näherte er sich der Gruppe.

»Nimm Platz«, sagte der Anführer und wies auf einen freien Fleck auf der anderen Seite des Feuers. »Nimm Platz und erzähl uns von dir.«

Caitt setzte sich und gab vor, den argwöhnischen Blicken der Krieger keine Bedeutung beizumessen – und auch nicht, dass jegliches Gespräch schlagartig verstummte. »Wie ich schon sagte, ich ziehe nach Süden, um für König Konstantin zu kämpfen.«

Ivar zog die Brauen nach oben. »Wohl, um reich belohnt zu werden?«

»Nein«, entgegnete Caitt. »Reichtum erwirbt man nicht durch Kampf. Reichtum erwirbt man, wenn man andere für sich kämpfen lässt.«

Der Anführer der Finngaill stutzte, dann pfiff er durch die Zähne. »Na sieh mal einer an! Geübt mit Schwert *und* Wort. Welch seltene Verbindung!«

Die Männer am Feuer verzogen belustigt ihre Gesichter.

Caitt zeigte keine Reaktion. »Ich kämpfe, um zu siegen. Ein Leben für den Kampf.«

Ivar gab sich beeindruckt. »Du sprichst wie ein Nordmann. Ein Nordmann, der keiner ist, aber aussieht, als wäre er aus Alba, und der doch nicht von hier stammt ...«

Caitts Blick fiel unwillkürlich auf die Bemalungen auf seinen beiden Armen.

»Ganz recht, ich kenne die Zeichen auf deiner Haut«, fuhr Ivar fort. »Man sieht sie an jenen alten Steinen, die wie Grabplatten vereinzelt in der Landschaft stehen. Woher genau stammt deine Familie?«

»Meine Familie ist tot«, sagte Caitt schneller, als er wollte.

Ist sie das wirklich?

»Zumindest für mich«, bekräftigte der Krieger, als wollte er seine innere Stimme übertönen.

»Ein Mann ohne Familie ist wie ein Baum ohne Wurzeln.« Der Anführer der Finngaill biss von einem Stück Trockenfleisch ab und kaute schmatzend. »Wir hingegen haben alle noch Familie.« Er sah in die Gesichter seiner Männer. »Wir *sind* Familie.« Ivar klopfte dem Mann neben sich auf die Schulter und fixierte Caitt mit durchdringendem Blick. »Verstehst du das, Caitt, Sohn des Brude?«

Caitt nickte, auch wenn er eigentlich nicht verstand, was ihm sein Gegenüber damit sagen wollte. Sollte er in ihren Kreis aufgenommen werden? Oder wollte der Anführer ihm nur zeigen, wie allein er in Wirklichkeit war?

»Du wirst schon sehen«, fuhr Ivar fort. »Wenn du erst vor König Óláfr stehst ...«

»Ihr seid also die Garde von König Óláfr?«

Die Augen des Anführers blitzten auf. »Seine Garde?« Er spuckte aus. »Seine Garde kann uns doch nicht das Wasser reichen! Nein, die Finngaill sind die Ersten am Schlachtfeld und die Letzten, die ins Lager zurückkehren. Die Finngaill lassen keinen Kameraden zurück, es sei denn, er wurde bereits von den Walküren erwählt. Wir, mein Junge, sind die, die man ruft, wenn die Lage aussichtslos erscheint.«

Caitt gab sich beeindruckt.

»Hast du Hunger?« Ivar nahm ein weiteres Stück getrocknetes Fleisch und streckte es Caitt entgegen. »In unserer Familie braucht niemand Hunger zu leiden.«

Caitt lächelte knapp und streckte ebenfalls die Hand aus.

Ivar warf ihm das Stück Fleisch zu, allerdings mit so wenig Schwung, dass es im Schmutz landete.

»Aber du gehörst nicht zu unserer Familie«, setzte der Anführer nach. Seine Männer lachten.

Caitt zögerte. Dann stand er auf, hob das Stück Fleisch von der Erde auf und biss trotzig davon ab.

Der Anführer pfiff erneut durch die Zähne. »Aber was nicht ist, kann ja noch werden. Du kannst deinen Groll beherrschen, und das ist gut.« Er grinste breit. »Ich bin ja schon ein Hitzkopf, da brauch ich keinen weiteren unter meinen Männern. Aber bis du uns ebenbürtig bist, sitzt du gefälligst nicht mehr am gleichen Feuer, hast du das auch verstanden?«

Caitt spürte, wie das Verlangen in ihm immer stärker wurde, dem Mann, der sich »der Gütige« nannte, das feiste Grinsen aus dem Gesicht zu prügeln. Doch stattdessen nickte der Krieger, wenn auch mit zusammengebissenen Zähnen.

Ivar deutete in den Wald. »Und du wirst auch nicht am Feuer schlafen. Lass deine Waffen hier und leg dich dort drüben irgendwo hin. Und mein Essen will ich auch wiederhaben.« Er streckte die Hand aus.

Caitt schnallte sich den Gürtel ab, der mit all den Waffen, die darin steckten, zu Boden fiel, und gab dem Anführer das vor Speichel triefende Fleisch zurück. Ivar nahm es und biss, ohne zu zögern, davon ab. Dann sah er den Krieger mit einer Mischung aus Zufriedenheit und Bösartigkeit an.

Caitt machte auf der Stelle kehrt, ließ die Männer und

das wärmende Feuer hinter sich. Während er sich an jenen Baum setzte, an den er sein Pferd gebunden hatte, konnte er an nichts anderes denken als daran, ob seine Entscheidung, sich diesen Männern anzuschließen, die beste oder schlechteste seines Lebens gewesen war.

Denn dazwischen gab es nichts, so viel stand fest.

Bevor ihn der Schlaf übermannte, war sich Caitt jedoch in einem sicher: Wenn man ihn nicht in der Nacht abstach und er am nächsten Morgen unversehrt aufwachte, war dies bereits ein gutes Zeichen.

Beim ersten Morgengrauen wurde Broichan mit Tritten geweckt, obwohl er kein Auge zugetan hatte. Man hatte ihn abseits der anderen angekettet, ihm jedoch bewusst keinen Sack über den Kopf gestülpt, damit er die Schreie seiner Frau in aller Deutlichkeit hören konnte.

Seiner Frau, an der sich unzählige Krieger lautstark und mit höhnischer Freude vergingen.

Je länger ihre Tortur andauerte, desto mehr hatte es sein Herz zerrissen, bis er völlig leer und bar jeden Empfindens war, nur noch von der Hoffnung getrieben, dass alles bald vorüber sein würde. Erst Stunden später war Síle schließlich verstummt, doch ob man von ihr abgelassen hatte, konnte Broichan nicht sagen.

Auch wenn der Herrscher von Hilta sich nur mehr als leere Hülle fühlte, gab es doch einen Moment, den er andauernd vor Augen hatte – als er auf dem glatten Fell ausgerutscht war. Er versuchte, die Erinnerung zu verändern, das Messer so anzusetzen, dass es den König ins Herz treffen würde, in den Hals oder sonst wohin. Hauptsache, es war ein tödlicher Stoß. Um anschließend durch den ausbrechenden Trubel mit Síle davonzustürmen, im Dunkel der Nacht zu entkommen und so auf ewig diejenigen zu sein, die ihrem Volk Gerechtigkeit hatten widerfahren lassen.

Wie oft hatte er mit seinem Weib den Sternenhimmel über ihrer Heimat bewundert, mit ihr Pläne geschmiedet, was sie tun würden, wenn sie ihre Vorfahren rächen könnten. Wie kleine Kinder hatten sie sich gefühlt, die davon träumten, wie Vögel irgendwann durch die Lüfte fliegen zu können, das Unmögliche möglich zu machen, obwohl sie insgeheim wussten, dass es nie dazu kommen würde ...

Bis zu jenem Tag, als die Fremden aufgetaucht waren. Ein Haufen Wagemutiger von ihrem Schlag, die ebenfalls vollbringen wollten, wonach es sie dürstete, wenn auch mit anderen Mitteln.

»Seien wir schlau«, hatte Síle gesagt, »nutzen wir doch, was sich uns bietet. Wir müssen vielleicht mutiger als die anderen sein, müssen mehr erdulden. Aber wir würden bestehen, und dafür wird man über *uns* Lieder singen.«

Broichan musste jetzt, im Morgengrauen im Lager des Feindes, bitter lachen. Niemand sang Lieder darüber, dass man etwas versucht hatte und dabei gescheitert war, dachte er.

Niemand wird sich daran erinnern, was wir gewagt und welch hohen Preis wir dafür bezahlt haben.

Als er in die grimmigen Gesichter der drei Männer blickte, die ihn hochrissen, wurde ihm schlagartig bewusst, dass er noch gar keine Vorstellung davon hatte, wie hoch der Preis wirklich war.

In dem Oval aus Steinen gloste Feuerholz. Darüber war ein Rost aus Eisen mit einer dicken Querstange befestigt, um einen Ochsen oder ähnlich großes Getier zu schmoren. Rundherum standen unzählige Krieger, die johlten, grölten und lautstark Lieder sangen.

Broichan wurde vor den Rost gestoßen, ein Schlag mit einem Stück Holz zwang ihn schmerzhaft in die Knie.

Ein Mann mit den scharfen Gesichtszügen eines Raubvogels trat aus der Menge, in eine schwarze Robe gekleidet. Er hob die Hand, die Menge beruhigte sich. Broichan nahm an, dass es sich um den Scharfrichter handelte.

»Dem hier anwesenden Delinquent wird vorgeworfen«, verkündete der Mann lautstark, »unserem geliebten König, Konstantin, Sohn des Áed, heimtückisch und mit gemeinem Vorsatz nach dem Leben getrachtet und diese Übeltat nicht nur geplant, sondern höchstpersönlich ausgeübt zu haben!«

Die Schmährufe der Umstehenden brandeten schon mit den letzten Worten des Scharfrichters auf, unterstützt durch herabwürdigende Gesten. Manche bespuckten Broichan oder warfen Steine auf ihn.

»Nur der Güte unseres allmächtigen Herrn und seines Sohnes, Jesus Christus, ist es zu verdanken, dass die schändliche Tat misslang und unser König ganz und gar unversehrt geblieben ist.« Der Scharfrichter bekreuzigte sich. Die Anwesenden verstummten, taten es ihm gleich. Dann johlten sie weiter.

Einige der Gefolgsleute machten wie auf Befehl Platz,

bildeten eine Schneise in der Menge. Kineth, Unen und Ailean wurden hergeführt, ihre Eisen an einem Pfahl am Fußende des Rosts festgemacht. Dann wurden ihnen die Säcke von den Köpfen gezogen.

Zwei weitere Männer schleiften daraufhin eine nackte, regungslose Frau auf den Platz. Sie banden sie mit einer langen Kette an einen Pfahl, der am Kopfende der Feuerstelle stand, und zogen sie an den Haaren, sodass ihr geschundenes Gesicht Broichan anstarrte.

»Síle«, entfuhr es diesem entsetzt, als er seine Frau erkannte. Eines ihrer Augen war so zugeschwollen, dass sie damit nicht sehen konnte. Das andere hatte sie nur halb geöffnet, es blickte starr, als wäre Síle in Trance.

Bevor sich die Reihen wieder schlossen, kamen drei Männer, die sich aufgrund ihres edlen Gewandes und ihres gepflegten Äußeren deutlich vom Rest der Menge unterschieden.

Broichan erkannte einen der drei wieder, es war der Ankünder aus dem Zelt.

Der Scharfrichter erhob seine Stimme. »Unter den bezeugenden Augen der drei Söhne unseres Königs, Kenneth, Cellach und Indulf, wird nun das Urteil vollstreckt. So soll er durch das Feuer vom Leben zum Tod hingerichtet werden. Einen Akt der Gnade wird es nicht geben. Hast du noch etwas zu sagen, du Hund?«

Broichan zögerte. Alle blickten ihn erwartungsvoll an.

Er sah die reglose Síle, musste seine Tränen zurückhalten. Dann stimmte er ein uraltes Lied an, das er ihr auch in jener Nacht gesungen hatte, als sie sein Weib geworden war. Der Herrscher aus Hilta sang und hoffte sogleich, ein Lebenszeichen seiner Frau zu erhaschen, eine

Regung, irgendetwas – aber sie hing weiterhin nur bewegungslos in ihren Ketten, den Blick erstarrt.

Nachdem die letzten Worte verklungen waren, senkte Broichan den Kopf auf seine Brust.

Der Scharfrichter machte mit einer Handbewegung deutlich, dass es an der Zeit war, und trat einige Schritte zurück. Ein grobschlächtiger Kerl ging auf Broichan zu, stellte sich hinter ihn und zückte ein Messer.

Broichan schloss die Augen.

So sei es denn, möge –

Überrascht merkte er, dass der Mann ihm nicht die Kehle durchschnitt, sondern den Kopf schor. »Damit du nicht gleich verbrennst, sondern langsam schmorst«, erklärte er mit einer feinen Fistelstimme, die nicht zu seinem Aussehen passte.

Broichan spürte, wie sich die Klinge immer wieder in seine Kopfhaut schnitt, wie einzelne Blutströme warm über seinen kahlen Kopf rannen, aber eigentlich spürte er gar nichts. Außer der Sehnsucht, seine Frau noch ein letztes Mal umarmen zu wollen und sie dann ins Totenreich zu begleiten. Doch Síle wirkte, als hätte sie das Leben bereits verlassen. Nackt und blutverschmiert stierte sie regungslos vor sich hin.

Der Mann hinter Broichan steckte sein Messer weg, dann riss er ihm die Kleidung vom Leib, sodass der Herrscher von Hilta wie sein Weib nackt vor der Menge war, die sogleich losjubelte.

Broichan zwang sich, in die Gesichter von Konstantins Söhnen zu blicken. Ihre Mienen waren ernst und bestimmt – Kenneth, der Erstgenannte und damit wohl Älteste, hatte ein sonderbares Lächeln in den Mundwinkeln. Cellach, der Ankünder, musste immer wieder zu Síle blicken, doch es waren keine begehrlichen Blicke, sondern seltsam melancholische. Indulf war nicht nur der augenscheinlich Jüngste von ihnen, er war auch derjenige, der am aufgeregtesten schien.

Nun wurde Broichan hochgerissen. Die Querstange aus Eisen wurde mit Schellen an seinen am Rücken gefesselten Armen und seinen Füßen befestigt. Anschließend griffen vier Mann die Stange und hoben sie mitsamt dem Todgeweihten auf den Rost, sodass dieser über der Glut hing.

Das Gelächter der Schaulustigen wurde lauter.

Broichan spürte, wie ihm die Hitze Knie und Brust versengte, wie sich von unten ein unbeschreiblicher Schmerz am ganzen Körper auszubreiten begann. Hektisch blickte er um sich, hoffte, dass jemand Holzscheite oder Äste nachlegen würde, dann hätte die Qual bald ein Ende. Aber nichts dergleichen geschah ...

Die Söhne Konstantins zeigten keinerlei Mitleid.

Der Herrscher aus Hilta sah zu jenen drei, die er geopfert hatte, damit sein Plan gelingen konnte. Doch auch sie schienen weder Mitleid noch Verständnis zu zeigen.

Ein schreckliches Schnauben, gefolgt von einem Hitzeschwall, stieg mit einem Male zu ihm herauf – jemand hatte den Blasebalg eines Schmieds geholt, feuerte die Glut unter seinem Gesicht an. Broichan roch den Gestank, als sein Bart verbrannte, hörte das Knistern der versengten Haare ohrenbetäubend laut.

Als er sein verkohltes Fleisch riechen konnte, schrie er auf. Sein Blick irrte wild umher, suchte etwas, das ihn erlösen würde.

Und fand Síle, die ihn anschaute. Voller Güte, voller Liebe, voller Verständnis.

Er spürte nicht mehr, wie sein Körper krampfhaft zuckte, wie er sich vor der sengenden Hitze in Sicherheit bringen wollte.

Sah nur mehr, wie Ailean plötzlich einen Satz nach vorn machte und in die Erde trat –

Er sah, wie ein spitzes Stück Eisen durch die Luft flog –

Sah, wie Síle das Eisen ergriff, als wäre es ein Rettungsanker –

Wie Síle aufsprang, trotz der schweren Eisenkette zu ihm hinhastete –

Ihren Mund an den seinen presste –

Und ihm in den Hals stach.

Ein roter Blitz. Erleichterung.

Sie zog den Dorn heraus, blickte ihm in die Augen. Dann stach sie sich selbst ins Herz, fiel starr neben ihn, während er sie ins Totenreich begleitete ...

»Ivar Starkadsson, du hast es also doch noch geschafft!«, brüllte König Olaf, als ein über sechs Fuß großer Hüne mit zahlreichen Narben im Gesicht das Zelt betrat.

»Óláfr«, rief dieser in der Sprache der Nordmänner und breitete die Arme aus. Die beiden Männer umarmten sich und klopften sich auf den Rücken. Es war, als würden zwei Bären miteinander ringen.

Nachdem der König die Umarmung beendet hatte, warf er einen Blick über seine Schulter. Schon kam ein

Knabe herbeigeeilt und brachte zwei mit Met gefüllte Trinkhörner.

Ivar und Olaf griffen danach.

»Drekk eg til þín«[16]«, sagte Olaf.

»Drekk eg til þín«, erwiderte Ivar.

Die beiden Männer tranken ihre Hörner so gierig leer, dass ihnen das Gebräu aus den Mundwinkeln und über die Bärte lief. Olaf wischte sich mit dem Ärmel ab, dann sah er Ivar in die Augen.

»Wie ist es meinen Finngaill ergangen?«

»Wir sind rechtzeitig zum Kampfe hier. Das ist, was zählt.«

»Seid ihr auf Widerstand gestoßen?«

»Keinen nennenswerten«, antwortete Ivar und grinste schief. »Die Bevölkerung ist freundlich und überaus großzügig, wenn man sie mit dem Schwert um etwas bittet.«

»So sind die Leute hier, wahrlich.«

»Wobei – Ofeigr starb im Zweikampf.«

Der König stutzte, dann zog er die buschigen Brauen hoch. »Ofeigr, tatsächlich? Wer hat diesen Berg von einem Mann denn besiegt?«

Ivar schnaubte verächtlich aus. »Einer, den man aufgrund seiner Statur zu unterschätzen vermag. Er will sich uns anschließen.«

Olaf verzog misstrauisch das Gesicht. »Er will sich den Finngaill anschließen?«

Ivar nickte.

Der König schien Für und Wider abzuwägen. »Ist er denn einer von uns?«

---

16 Ich trinke dir zu.

»Ein Ostmann?«[17] Ivar lachte auf. »Nein, er ist kein Ostmann. Aber er kämpft wie einer. Caitt nennt er sich.«

Olaf brummte widerwillig.

»Caitt, Sohn des Brude.«

Beim letzten Wort erstarrte der König. »Sohn des Brude?« Er packte Ivar an der Ringbrünne und riss ihn zu sich. »Was weißt du darüber, was diese Nacht hier geschehen ist?« Die Augen des Königs blitzten wild.

Der Krieger machte einen völlig überrumpelten Eindruck. »Nichts weiß ich, Herr, ich – wir sind doch gerade erst ins Lager eingeritten. Wovon sprecht Ihr?«

Olaf sah ihn noch einen Augenblick lang scharf an. Dann ließ er ihn wieder los, setzte ein versöhnliches Grinsen auf. »Nichts, sagst du?«

Ivar nickte.

Der König machte einige Schritte auf und ab, in Gedanken versunken. Schließlich legte er seinem Krieger die Hand auf die Schulter. »Dann wird dich das, was nun folgt, umso mehr erheitern.«

Ungeduldig wie ein Kind wartete Caitt in einigem Abstand zu dem riesigen Zelt, in das, wie er schätzte, gut die Hälfte von Brudes Halle gepasst hätte. Über dem Zelt und davor auf langen Stangen flatterten Banner in einer Vielzahl von Farben, manche mit Tieren bestickt, andere

---

17 Auch: Austmann, altnordisch: Austmaðr. Selbstbezeichnung der nordischen Völker.

mit Zeichen. Eines von ihnen erkannte der Krieger wieder, es war ein grüner Baum mit einem goldenen Schwert über dem Stamm – Egill hatte es ihm erklärt, als sie die Festung Torridun zum ersten Mal gesehen hatten. »Das Familienwappen des Hauses Alpin«, hatte der Nordmann gesagt, »von Konstantin, dem König von Alba.«

Und nun stand er vor dessen Zelt, inmitten dieses unglaublich großen Lagers.

Caitt hatte nicht schlecht gestaunt, als er es an diesem Morgen aus der Ferne gesehen hatte. Durch den Bodennebel waren unzählige Rauchsäulen emporgestiegen, hatten das Lager wie einen riesigen kochenden Kessel wirken lassen. Dann, als sie zu Pferd die Erdwälle und die vereinzelt aufgestellten Palisaden und Wachposten passiert hatten und er einen Überblick gewinnen konnte, wurde dem Krieger bewusst, dass alles um ihn herum Dutzende kleiner Zeltdörfer waren, die man an einem Platz zusammengepfercht hatte. Ein Ort, wo auf engstem Raum geschmiedet, geschlachtet und geschlafen wurde, geübt, gestritten und gelacht, gegessen, gesoffen und gevögelt.

Die einzelnen Zeltreihen, die sich nacheinander in einer Linie ausrichteten, hatten manchmal einen engeren, manchmal einen breiteren Weg zwischen sich. Alle paar Reihen vermischte sich der Geruch nach Essen, Schweiß und Feuer mit dem stechenden Gestank, der wohl von den Abtritten kommen musste, an denen unzählige Männer wie aufgereiht standen oder hockten.

Auch wenn er der letzte Reiter der Finngaill war, hatte Caitt mit Genugtuung vernommen, dass ihm die Krieger zu seinen Füßen eingeschüchterte Blicke zuwarfen.

Irgendwann hatten sie auf einen kleinen Hügel zugehalten, auf dem mehrere Zelte mit einem Meer aus Bannern davorstanden. Nachdem sie angekommen waren, wurden ihre Pferde von Stallburschen entgegengenommen und weggebracht. Er und die anderen Krieger hatten gewartet, als Ivar allein in eins der Zelte gegangen war und nach kurzer Zeit in ein anderes gewechselt hatte.

Caitt atmete tief durch. Nun war er angekommen. Wie würde man ihn wohl aufnehmen?

Wohlwollend. Denn man kennt nur deinen Ruf, nicht, was du getan hast.

Ein neues Leben unter neuen Mitstreitern.

Im Geiste klopfte sich Caitt selbst auf die Schulter. Er empfand es als große Leistung, was er, der so nahe am Abgrund gestanden hatte, erreicht hatte. Schade nur, dass Kineth und die anderen ihn nicht sehen würden, dachte der Krieger und setzte ein schmales, selbstgefälliges Lächeln auf.

Ivar kam mit festem Schritt und ernster Miene auf Caitt zu, blieb knapp vor ihm stehen. Er schwieg, atmete tief und langsam. Dann räusperte er sich kaum wahrnehmbar. »Es ist soweit«, sagte er bedeutend. »Mein Herr ist Óláfr Guðrøðarson, Herrscher über das Königreich Dubh Linn. Hier nennt man ihn aber Olaf Guthfrithsson. Knie nieder und zolle ihm Respekt. Und lass deine Waffen hier.«

Caitt nickte knapp, tat, wie ihm geheißen und schnallte seinen Gürtel ab. Dann gingen die beiden Männer auf das Zelt zu.

Zu Caitts Überraschung saß jedoch nicht nur jener besagte König Olaf in dem Zelt, sondern zwei weitere Männer auf kunstvoll geschnitzten Thronen, einer in der Mitte und einer links von diesem.

»Mein König«, begann Ivar mit lauter Stimme an Olaf gerichtet, »ich darf Euch den neuen Mitstreiter der Finngaill vorstellen! Er hat seinen Mut bewiesen, seine Kampfeskunst unter Beweis gestellt und sich seinen Platz an unserer Seite redlich erkämpft. Sein Wunsch ist es, von Euch in den Stand eines Finngaill aufgenommen zu werden!«

Ivar machte einen Schritt zurück. »Aus dem fernen Innis Bàn, Caitt, Sohn des Brude!«

Die Augen der Anwesenden richteten sich auf den Krieger mit den Bemalungen auf den Armen. Der kniete nieder und senkte sein Haupt.

Konstantin sah zu König Eòghann, der gelangweilt an seinem roten Bart zupfte, ihm schließlich aber zunickte. Daraufhin gab Konstantin Olaf ein kurzes Zeichen mit der Hand.

»Erhebe dich, Caitt«, sagte dieser wohlwollend, »mir wurde bereits Kunde von deiner Tapferkeit zugetragen.«

Caitt stand auf, bemüht, nicht vor Selbstbewusstsein zu strotzen. Nur noch wenige Schritte, dachte er siegesgewiss, und er war dort, wohin er seit jener unsäglichen Nacht in der Schlacht um Torridun hinwollte.

»Ivar meinte, dass du zwar nur leidlich reiten kannst, dafür aber äußerst listenreich im Kampfe seiest.«

Listenreich musste man auch sein, wenn man unterlegen war, kam Caitt in den Sinn. Nur der Dumme versuchte sich an der immer gleich erfolglosen Kampfesweise.

»Und doch«, fuhr der König fort, »ein Finngaill ist kein

Mann, der zögert, kein Mann, dessen unbedingter Gehorsam nicht ausschließlich seinem Anführer und letztlich mir gehört. Ein Leben für den Kampf, für den Sieg, für den Ruhm. Und für nichts anderes.«

König Olaf sah Caitt prüfend an, schien auf etwas zu warten.

»So sprich schon«, warf Eòghann ungeduldig ein.

Caitt holte tief Luft. »Ich bin mir der Ehre und der Größe der Aufgabe bewusst, Herr. Nichts anderes soll mein Schwert führen als Euer Wort.«

Ein breites Lächeln machte sich auf König Olafs Gesicht breit. Er lehnte sich zufrieden in seinem schweren Thron zurück. »Die Worte eines wahren Kriegers, auch wenn du in einem fremdartigen Ton sprichst.«

Caitt wandte den Blick nicht von seinem Gegenüber. Er war nun keinen Schritt mehr von seinem Ziel entfernt, sondern nur noch eine Haaresbreite.

»Dann wollen wir doch sehen, ob du deinen Worten auch Taten folgen lassen willst«, rief Olaf laut.

Bevor Caitt wusste, wie ihm geschah, kamen zwei Männer ins Zelt und schleiften eine Gestalt mit sich. Diese war in ein sauberes Leinenkleid gehüllt und trug einen Sack über dem Kopf.

Die Männer warfen Caitt die Gestalt zu Füßen. Sie richtete sich auf ihren Knien auf, verharrte zitternd vor Caitt. Der sah beunruhigt zu Olaf, verstand nicht, was er tun sollte.

Olaf gab Ivar ein Zeichen. Der zog seine Kampfaxt aus dem Gürtel und reichte sie Caitt mit unbewegtem Gesicht.

Was wurde von ihm verlangt?

Das, wozu du dich gerade verpflichtet hast. Das, wofür du dich entschieden hast. Sie wollen deine Entschlossenheit prüfen.

Caitt nahm die Axt, sah von Eòghann zu Konstantin, aber die beiden schienen nur Zaungäste zu sein. Der König, der hier die Befehle gab, war Olaf.

Der Krieger umfasste die Axt stärker, blickte erneut zwischen Olaf und der Gestalt zu seinen Füßen hin und her, dann hob er die Axt …

»Halt ein!«, rief Olaf in einem seltsam lachenden Tonfall. »Ich hatte ja ganz vergessen, dass noch etwas fehlt.«

Wieder gab der König Ivar ein Zeichen.

Der Anführer der Finngaill schritt zu der Gestalt und zog ihr mit einem festen Ruck den Sack vom Kopf. Dichte dunkelblonde Locken, die über die Schulterblätter fielen, kamen zum Vorschein. Langsam hob die Gestalt den Kopf.

Caitt wich zurück. Er blinzelte, sah gehetzt durch den Raum, wieder zu der Gestalt.

»Worauf wartest du, Bruder?«

Mit Tränen in den Augen wandte Ailean den Blick von Caitt ab und ließ ihren Kopf wieder sinken.

»›Nichts anderes soll mein Schwert führen als Euer Wort.‹ Das war doch dein Schwur?«, fragte König Olaf höhnisch. »Dann befehle ich dir: Schlage dieser Verräterin den Kopf ab!«

Seit er das Zelt der drei Könige betreten hatte, hatte Caitt das Gefühl, sich in einem Traum zu befinden, in dem sich alles fügte, wie er es bezweckte. Mittlerweile war aus dem Traum ein Albtraum geworden. Er starrte auf seine Schwester herab, eine Axt in der Hand, einen Befehl im Ohr.

Wahrhaft ein Albtraum.

Er holte aus, hielt inne, senkte die Arme wieder.

»Nun?« Olafs Stimme wurde zusehends ungeduldiger.

Caitt stand wie erstarrt da. Schließlich ließ er die Axt neben Ailean zu Boden fallen, die dabei zusammenzuckte.

In diesem Augenblick stürmten jene mit Lanzen bewaffneten Wachen herbei, die Broichan so geschickt umgangen hatte, bildeten eine geschlossene Reihe vor dem Podest und legten auf Caitt an.

»Doch kein Finngaill?« Olaf sah den Krieger herausfordernd an.

»Wer von den anderen Finngaill hat auch seine Schwester in Eurem Namen töten müssen?«, spie Caitt hervor, bemüht, das Zittern in seiner Stimme zu unterdrücken.

Olaf setzte eine gespielt verwunderte Miene auf. »Nun, keiner, warum sollten sie? Es trachtete ja auch keine ihrer Schwestern nach dem Leben eines Königs der Allianz des Nordens.«

»Was hast du nur getan?«, presste Caitt hervor, sah voller Abscheu auf Ailean herab.

»Nichts, was du nicht auch versuchen würdest, *Bruder*«, gab diese wütend zurück.

Caitt versuchte, einen klaren Gedanken zu fassen. »Ich

für meinen Teil trachte niemandem von Euch nach dem Leben«, rief er und trat von der Axt weg. »Ich wollte ursprünglich mit diesem da« – Caitt deutete auf Máel Coluim, der hinter Konstantin stand – »ein Übereinkommen erzielen, das ...«

»Halt ein«, unterbrach Konstantin ihn barsch. »Wir alle kennen diese klägliche Geschichte über dein Volk, den Ring und das Stück Papier. Es ist genug!«

Warum zur Hölle wollte niemand ihm Gehör schenken, dachte Caitt und war einen Augenblick lang versucht, die Axt aufzuheben und gegen wen auch immer in diesem Zelt einzusetzen. Dann fiel sein Blick wieder auf Ailean. Er riss sie in die Höhe, stellte sie neben sich, wischte ihr die verklebten Locken aus dem verweinten Gesicht.

»Warum immer alles mit Blut vergelten?«, sagte der Krieger versöhnlich, während er Aileans Kleid zurechtzupfte. »Warum nicht Frieden mit einer Vermählung besiegeln? Einer Eurer Söhne vielleicht?«

Olaf lachte schallend auf. »Erst ein Krieger, nun ein Taktiker! Versucht der Recke da gerade, seine Schwester für ein Stück Land feilzubieten?« Nun mussten auch die anderen beiden Könige lachen, ihnen folgte der Rest der Anwesenden.

Caitt schaute verwirrt um sich. War das, was er gerade vorgeschlagen hatte, wirklich zum Lachen?

»Sie ist ja nicht von unschöner Natur«, sagte Olaf schließlich und wischte sich Tränen aus den Augen. »Aber wenn ich sie will, dann nehme ich sie mir als Thrall[18].«

---

18 Bezeichnung der Nordmänner für Sklaven.

Caitt konnte sich nur zu gut vorstellen, was das Wort bedeutete.

»Genug der Posse«, rief Eòghann und gähnte gelangweilt. »Habt Gnade mit mir und bereitet dem Trauerspiel endlich ein Ende!«

Olaf blickte zu Ivar. Der hob seine Kampfaxt vom Boden auf, warf Caitt einen Blick zu, in dem dieser ein Anzeichen von Bedauern zu erkennen glaubte, und rammte ihm den Stiel mit voller Wucht gegen die Schläfe.

Die Mittagssonne schien vom wolkenlosen Himmel, tauchte die herbstlichen Blätter der Bäume und Sträucher in warmes Orange, strahlendes Gelb und feuriges Rot. In der Sonne stand auch der Menschenkäfig, der nicht hoch genug war, dass man darin stehen konnte, und dessen Gitter so eng angeordnet waren, dass nicht einmal ein kleines Kind sich hätte hindurchzwängen können.

Kineth trank mit vollen Zügen aus dem Eimer, den man ihm gerade erst in den Käfig gestellt hatte, auch wenn das Wasser widerwärtig bitter schmeckte. Danach reichte er den Kübel an Unen weiter. Daran, dass die Gefangenen ihre Säcke abgestreift hatten, schien sich keine der Wachen mehr zu stören, auch schien kein Mensch sie zu beachten.

Warum auch, dachte Kineth verbittert. Die Stäbe des Käfigs waren aus dickem Eisen, die Handfesseln ebenso und zudem mit Ketten verbunden. Dass das Material an manchen Stellen jedoch brüchig war, hatte bisher noch niemand bemerkt.

Niemand außer Kineth, der, seitdem man Ailean aus

dem Käfig gezerrt hatte, mit Unen flüsterte und einen Plan ersann, wie ihnen die Flucht gelingen könnte. Diese Fluchtgedanken lenkten die beiden Männer ab, denn keiner von ihnen wagte sich vorzustellen, was Ailean gerade widerfuhr.

Schreie, wie bei Síle, waren zum Glück bisher nicht zu hören gewesen.

Plötzlich sahen Kineth und Unen, wie Ailean wieder zurück zum Eisenkäfig geführt wurde, diesmal ohne Sack über dem Kopf und scheinbar unversehrt. Und eine zweite Gestalt, die in eine Brünne gewandet war und mit blutender Kopfwunde reglos von zwei Wachen an den Armen über den Boden geschleift wurde.

Kineth kniff die Augen zusammen. Hatten sie noch einen von ihnen gefangen nehmen können?

»Ist das Elpin?«, brummte Unen besorgt und rieb sich die Augen.

Kineth schüttelte instinktiv den Kopf.

»Verdammt noch mal«, sagte er schließlich. »Das ist Caitt.«

Die Tür zum Käfig wurde aufgeschlossen. Ailean kroch ins Innere, ohne ihre beiden Kameraden anzusehen.

Gerade als sie den Eingang frei gemacht hatte, schnellte Kineth dorthin, aber die Kette riss ihn zurück. Der Eisenring jedoch, durch den die Kette lief und der an einen Gitterstab geschmiedet war, verbog sich mit einem schrillen Quietschen. Kineth und Unen tauschten einen kurzen Blick.

Die beiden Männer der Wache, die Caitt gepackt hatten, wollten diesen gerade in den Käfig schieben, da erwachte der Krieger. Verwirrt schaute er um sich, schien nicht zu verstehen, was um ihn herum geschah.

»Ich bin ein Finngaill, ihr verdammten Hunde!« Caitt wand sich im Griff seiner Bewacher. Diese packten stärker zu, was Caitt veranlasste, sich noch vehementer zu wehren. Er rappelte sich auf die Knie, stützte sich mit beiden Füßen ab, drückte sich hoch. Zusammen mit den Wachen fiel er rücklings wie ein Käfer auf den Boden.

»Mathan!« Kineth starrte den Eisenring an. Unen schlug so fest er konnte mit den Bandeisenhälften seiner Handschellen auf den porösen Ring, der mit hellem Klang zersprang. Kineth machte blitzschnell einen Satz nach vorn, war sogleich bis zur Hüfte außerhalb des Käfigs und fiel dann auf die Erde. Mit einem weiteren Satz hatte er sein Gefängnis hinter sich gelassen.

Ein Signalhorn ertönte.

»Wartet und verhaltet euch ruhig«, rief Kineth Unen und Ailean zu. Dann sprang er auf und schlug seine Handschellen mit voller Wucht der Wache ins Gesicht, die gerade auf ihn zugelaufen kam.

Ohne sich um Caitt zu kümmern oder sich noch einmal umzudrehen, hastete der Krieger los. Er stürmte durch die Zelte eines Bogenmachers und eines Sattlers, wo ihn die Handwerker ungläubig anblickten, aber keine Anstalten machten, sich ihm entgegenzustellen.

Er lief weiter, machte hinter einem Stapel Holz halt und versuchte abzuschätzen, wohin er fliehen sollte.

Durch das Signalhorn alarmiert, kamen nun von allen Seiten Wachen zum Käfig gelaufen. Auch wenn sie ihn nicht gleich fassten – jedermann konnte sehen, dass er mit Handschellen gefesselt war und somit nicht auf freien

Fuß gehörte. Der Krieger biss die Zähne zusammen. Er würde es niemals bis außerhalb des Lagers schaffen.

Immer mehr Wachen kamen gelaufen, Befehle wurden gebrüllt, Hunde bellten.

Unweit vor Kineth war das Zelt eines Schildmachers, in dessen hinterem Bereich mehrere fast mannshohe Schilde, bereits mit Leder bezogen und durch Metallbeschläge verstärkt, an einer Holzwand lehnten. Vom Schilderer oder seinen Gesellen fehlte jede Spur.

Ohne einen weiteren Gedanken zu verschwenden, rannte der Krieger dorthin, drückte sich hinter die Schildwand, die Knie angezogen, und wagte kaum zu atmen.

Der Mond war hinter dichten Wolken verschwunden, die vom Wind über den Himmel getrieben wurden. Im Wald, der sich hinter den niedrigen Hügeln aufgetan hatte, war es still.

Der Mann, der eine lange Reise hinter sich hatte, stieg von seinem Pferd. Er tätschelte den schweißnassen Hals des Tieres, das dankbar schnaubte, sich zu Boden beugte und zu fressen begann.

Egill Skallagrimsson sah sich um. Er war der Spur der Zerstörung, die König Konstantin und dessen Verbündete hinterlassen hatte, immer weiter gefolgt und hatte sich nicht weit von hier in einem kleinen Dorf, in dem offenbar nur mehr alte Weiber und Kleinkinder lebten, nach Brunanburh erkundigt. Sie hatten ihn hierher verwiesen. In einen gottverdammten Wald, in dem nicht einmal die üblichen gottverdammten Geräusche von Tieren zu hören waren. Sie mussten da sein, verhielten sich aber ruhig, und das taten sie nur, wenn sie eine Bedrohung spürten.

War er diese Bedrohung? Oder war noch jemand anders –

Der Nordmann fühlte die Gefahr mehr, als er sie sah. Er fuhr herum, aber es war zu spät – drei Männer traten hinter den Bäumen hervor. Zwei zielten mit Pfeilen auf ihn, der dritte, ein Riese von Gestalt, schien unbewaffnet zu sein.

Egill wusste, dass er keine Chance hatte. Also blieb er einfach stehen, hob langsam und ruhig die Hände. Immerhin konnte er erkennen, dass er Nordmänner vor sich hatte. Genaueres konnte er in der Dunkelheit nicht ausmachen, aber die langen Haare, die Bärte und die Felle um die Schultern waren deutliche Hinweise.

Auf beiden Seiten kämpften Nordmänner im Sold der Könige. Mit etwas Glück war er auf Æthelstans Verbündete gestoßen. Wenn nicht, hatte sein Weg zu Thorolf hier ein verfrühtes Ende genommen.

Der Mann zur Linken des Riesen ergriff das Wort. »Nafn?«

Es war die Sprache seiner Heimat, der Eislande. Aber wie Egill wusste, hatten sich nicht wenige Söldner aus seiner Heimat von Konstantin kaufen lassen.

Trotzdem ließ er die Hände sinken. »Ich bin Egill Skallagrimsson.«

Dann erklang die Stimme des Riesen. »Ich kenne nur einen, der diesen Namen trägt. Sein Schwanz ist so klein wie sein Mut, und er ist feige sowohl bei den Weibern als auch im Kampf.«

Egill fühlte, wie ein Grinsen in seinem Gesicht erblühte. »Dann hast du richtig gehört.«

Der Mond trat hinter den Wolken hervor, seine Strahlen fielen auf das Gesicht des Riesen. Das Gesicht seines Freundes Gunnar Thorgilsson, der nun ebenfalls grinste.

»Willkommen zur Schlacht, Egill Skallagrimsson.«

Mit Anbruch der Abenddämmerung waren unzählige Fackeln und Feuer im Lager entzündet worden. Die Aufregung, die seit der Flucht des Gefangenen geherrscht hatte, war langsam abgeklungen, hatte sich jedoch immer noch nicht ganz gelegt.

Kineth hatte es nicht gewagt, auch nur den kleinen Finger aus seinem Versteck hinter den Schilden zu stecken, geschweige denn, einen Blick zu riskieren. Er hatte sich zusammengekauert und auf jedes noch so schwache Geräusch gehört, das darauf hinwies, dass man ihn entdeckt hatte. Aber nichts war geschehen. All seine Gedanken drehten sich dennoch nur um eine Sache: Wie konnte er dem Lager entfliehen?

Aber so sehr er sich auch bemühte, es fiel ihm keine Situation ein, in der er es lebend schaffte.

Hinter der Bretterwand, an der der Krieger hockte, erklangen plötzlich das Getrampel eines schweren Gauls und das Quietschen eines ebenso schwer beladenen Wagens. Kineth hörte einen mürrischen Befehl. Der Krieger lugte durch den Spalt zweier Bretter, sah den Wagen, auf dessen Ladefläche fünf große Fässer standen, den alten

Wagenführer und neben ihm einen jungen Mann. Sogar im Schein der Fackeln konnte Kineth erkennen, dass beide an Händen, Armen und im Gesicht so schmutzig waren, als hätten sie im Schlamm gewühlt.

»Warum halten wir?«, fragte der Jüngere.

Der Alte sprang vom Wagen. »Will mir von der Braunhaarigen noch den Schwanz saugen lassen.«

Nun strömte ein dermaßen beißender, nach Fäkalien riechender Gestank von dem Wagen her, dass Kineth den Atem anhielt und vorsichtig, ohne die Ketten zum Klirren zu bringen, seine Hand vor Mund und Nase presste.

»Dann warte ich hier, Herr«, sagte der Jüngere.

Der Wagenführer hatte bereits ein paar Schritte gemacht, als er wieder stehen blieb und sich umdrehte. »Ach was, komm mit. Den Wagen stiehlt schon keiner. Das Zusehen hat dir das letzte Mal doch gefallen, oder?«

Ohne zu zögern, sprang der Jüngere vom Wagen und lief zu dem Älteren. »Danke, Herr«, sagte er kleinlaut.

Dann stapften die beiden Männer davon.

Kineth war wie erstarrt. Er wusste, was die beiden Männer transportierten – Scheiße, die sie vermutlich zum nächstgelegenen Gerber bringen würden. Ihm war auch klar, dass er sich nicht einfach auf den Wagen setzen und aus dem Lager fahren konnte, da die Wachen ihn mit Sicherheit ansprechen würden. Ein Wort, und er wäre tot.

Es gibt noch eine andere Möglichkeit.

Kineth schnappte sich ein Stück Stoff, das zwischen den Spitzen der Schilde lag, wickelte es um die Kette, die die beiden Handschellen miteinander verband, und wagte sich aus seinem Versteck. Er hoffte, dass er in der Dunkelheit wie jemand aussah, der einen Stoffballen in den

Händen hielt. Hektisch sah er sich um, aber niemand hatte ihn bemerkt.

Er schlich um die Bretterwand herum, ging schnellen Schrittes zum hinteren Ende des Wagens. Hier war der Gestank schier unerträglich.

Unerträglich – und die perfekte Tarnung.

Kineth würgte, besah sich die Fässer genauer. Auch sie waren völlig mit Schmutz überzogen. Aber er könnte sich zwischen sie kauern und hoffen, dass niemand die Ladung genauer kontrollieren würde.

Nütze die Gelegenheit!

Der Krieger sah sich erneut um, doch niemand schien Interesse zu zeigen, sich dem stinkenden Gefährt zu nähern. Er wollte gerade auf die Ladefläche springen, da erinnerte er sich auf einmal, was er vorhin hinter der Bretterwand gesehen hatte.

Ein weiteres Fass mit schief aufliegendem Deckel.

Das dauert zu lange.

Kineth schloss die Augen. Sollte er seiner inneren Stimme folgen und schnell auf den Wagen springen? Irgendetwas in ihm sträubte sich dagegen.

Du hast keine Zeit mehr ...

Nach wenigen schnellen Schritten war der Krieger bei dem Fass, das ihm bis zur Hüfte reichte und nur etwas Wasser in sich trug. Darauf bedacht, keinen Lärm zu machen, kippte Kineth das Fass um, wobei ein Großteil des Wassers auslief. Anschließend rollte er es zum Wagen – und musste erkennen, dass es so schwer war, dass er es alleine nicht auf die Ladefläche heben konnte. Kineth fluchte lautlos, blickte erneut hektisch um sich.

Zwei lose Bretter vor der Wand.

Das dauert alles viel zu lange ...

Er nahm die beiden Bretter, legte sie als Rampe auf die Kante der Ladefläche, rollte das Fass zu ihnen und begann es hinaufzuwuchten. Kineth brach der Schweiß aus. Je mehr er sich anstrengte, desto mehr wurde ihm gewiss, dass er es nicht schaffen würde. Das Fass war einfach zu schwer. Seine Arme und Beine zitterten bereits, gleich würde er –

In diesem Moment packten plötzlich zwei fremde Hände mit an. Ein Mann, der gut einen Kopf größer als Kineth war, stand neben ihm und schob mit einem beherzten Ruck das Fass auf die Ladefläche. Er nickte Kineth zu, der immer noch nicht wusste, wie ihm geschah, dann ging der Fremde seines Weges.

Der Krieger riss sich aus seiner Erstarrung, hob den Fassdeckel auf den Wagen, legte die beiden Bretter zu Boden und sprang auf die Ladefläche. Mit letzter Kraft wuchtete er das Fass auf, kletterte hinein und zog den Deckel über sich zu.

Plötzlich wurde ihm schwindlig. Sein Atem ging schwer, der Schweiß rann ihm in Strömen über das Gesicht, seine Handflächen brannten wie Feuer. Hatte er es tatsächlich geschafft? Er lehnte den Kopf zurück, hob den Deckel ein wenig und sog mit aller Kraft die kühle Luft des Abends ein.

Wenig später hörte Kineth die vertrauten Stimmen des Wagenführers und des Jüngeren, bevor sich der Wagen rumpelnd in Bewegung setzte.

»Halt!« Der bestimmte Befehl eines Mannes mit kehliger Stimme, wohl eine Wache.

Der Wagen wurde langsamer, hielt schließlich. Zusammengekauert im Fass konnte Kineth nichts sehen, doch er hörte, wie in den Fässern neben ihm Scheiße und Pisse hin und her schwappten und nur langsam zur Ruhe kamen.

Die befürchtete Kontrolle war eingetreten. Der Krieger wagte nicht, sich zu bewegen.

»Kennst du mich denn noch immer nicht?«, scherzte der Wagenführer.

»Ich kenne dich, und vor allem rieche ich dich. Aber wir müssen alle Fuhren kontrollieren, die das Lager verlassen.«

Der Wagenführer lachte auf. »Nur zu. Wenn euch der betörende Duft dazu anregt, dürft ihr auch länger verweilen und schnuppern.«

»Halt deine dreckige Schnauze!« Der Wachmann hustete. »Nun mach schon!«

Kineth hörte Schritte, die um den Wagen herumgingen. Fluchen. Husten und Spucken. Jemand, der auf die Ladefläche kletterte und neben Kineths Versteck stehen blieb. Stille. Der Deckel eines Fasses, der auf- und hastig wieder zugeschoben wurde. Wieder Fluchen, wieder Spucken.

»Nur Scheiße drin!« Ein zweiter Wachmann, der auf dem Wagen stehen musste.

»Die anderen auch, verdammt noch mal!«, befahl der Mann mit der kehligen Stimme.

Ein weiterer Deckel wurde auf- und wieder zugeschoben. Fluchen. Dann noch einer.

»Da ist überall…« Weiter kam der zweite Wachmann nicht. Er erbrach sich laut und würgend, bevor er vom

Wagen sprang. »Überall das Gleiche drin«, sagte er schließlich mit dünner Stimme.

»Du hast alle Fässer kontrolliert?«

»Kontrolliert und gespien. Kannst dich gern selbst noch mal davon überzeugen.«

»Dann fahrt endlich weiter, bevor ich auch noch kotzen muss!«

Langsam setzte sich der Wagen wieder in Bewegung.

Auch wenn der Gestank immer noch bestialisch war, für Kineth war es der süße Geruch nach Freiheit.

Das Heereslager, das sich in einiger Entfernung südlich des Waldes befand, in dem Egill auf die drei Nordmänner getroffen war, überbot alles, was er je gesehen hatte. Es war nicht sein erstes Heereslager. Weder waren ihm Erdwälle, Palisaden und Zeltdörfer fremd noch der beißende Gestank von Mensch, Tier und Exkrementen. Aber die schiere Größe war überwältigend. Das Lager mit seinen Hunderten Feuerstellen lag ausgestreckt unter dem dunklen Himmel, wie ein riesiges Tier, das im Augenblick noch ruhte, sich jedoch bald erheben und in Bewegung setzen würde.

Die Schlacht der Schlachten. Du hast recht gehabt, alter Mann.

Gunnar führte Egill durch die Reihen zwischen den Zelten hindurch. Der Wind war stärker geworden. Regen peitschte auf das Lager herab und verwandelte die Wege in Schlamm. Teils waren Bretter ausgelegt, aber nicht überall, und so versanken die vier Nordmänner immer wieder bis zu den Knöcheln im Boden.

Egill hatte schon längst die Orientierung verloren, doch ihm schien, als würden sie bald wieder den Rand des Lagers erreichen. Er teilte Gunnar seine Vermutung mit, der grinsend nickte.

»Æthelstan hat uns einen Platz etwas abseits seines Hauptlagers zugewiesen. Er glaubt, dass sich seine Krieger, die in der Vergangenheit schon so oft gegen Nordmänner gekämpft haben, nicht so schnell damit abfinden, Seite an Seite mit uns in die Schlacht zu ziehen. Oder vielleicht fürchtet er, dass wir ihre braven, christlichen Seelen beflecken.« Er schnalzte mit der Zunge. »Uns ist das nur recht, denn so sind wir niemandem Rechenschaft schuldig. Du hast übrigens großes Glück gehabt, dass du uns und nicht Olafs Männern in die Hände gelaufen bist. Die patrouillieren auch im Wald, um sicherzugehen, dass vor der Schlacht niemand eine Falle vorbereitet.«

Warum sein Freund allein gekommen war, hatte Gunnar nur kurz angesprochen, nachdem sie den Wald verlassen hatten, aber Egill hatte abgewinkt. Gunnar hatte das achselzuckend akzeptiert. Wenn der Herrscher der Eislande über etwas nicht sprechen wollte, stand es niemandem zu, dies in Frage zu stellen. Am ehesten noch Thorolf, den Gunnar ebenfalls seit Kindesbeinen kannte. Aber das mussten die beiden Brüder unter sich selbst ausmachen.

Trotz des Regens tummelten sich im Lager überall Männer, die sich auf dem Weg zurück von den Abtritten befanden, betrunken lachten oder aßen. Ihre Stimmen mischten sich mit dem Schnarchen aus den Zelten. Die meisten Krieger waren einfach gekleidet und trugen keinerlei Ringbrünnen oder ähnlichen Schutz. Wenn Egill und die anderen ihren Weg kreuzten, machten sie ihnen Platz, aber nicht aus Angst. Sie schienen keinerlei Furcht vor den besser bewaffneten Nordmännern zu haben. Gunnar grüßte manche von ihnen. Manche erwiderten den Gruß, andere nicht. Sie spuckten aus und drehten sich provozierend um.

»Fyrd«, sagte Gunnar leise. Egill wusste um die Heere aus Bauern, die nur mit Axt, Schwert oder anderen Werkzeugen von ihren Höfen bewaffnet waren. Und doch bildeten sie mit den Kämpfern der Aldermannen, den Getreuen der Könige von Westseaxe,[19] eine kampferprobte Einheit, die den Nordmännern in Britannien seit über fünfzig Jahren Niederlage auf Niederlage zugefügt hatte.

Jetzt gingen die vier wieder zwischen Reihen von Zelten hindurch. Ein schmaler Streifen Land tat sich vor ihnen auf, auf der anderen Seite lagen Dutzende weitere Zelte. Egill sah das Rabenbanner im Wind flattern.

»Dreihundert Kämpfer aus den Eislanden. Abseits des Lagers, und doch das Herz von Æthelstans Heer.« Gunnars Stimme klang stolz. Egill fühlte ebenfalls Stolz, aber auch einen Anflug von Furcht in seinem Herzen, wie immer, bevor er in die Schlacht zog.

Ich bin da, Rabengott. Und wenn es dein Wille ist, vielleicht sogar bald selbst in deiner Halle.

»Du hast lange gebraucht, Bruder.« Thorolf fuhr sich mit der Hand über den ausrasierten Nacken, dann über den

---

19 Altenglisch für »Wessex«, aus »West-Sachsen«.

Bart, der ebenso rotbraun war wie sein langes Haar. Um die mächtigen Schultern lag ein Bärenfell, unter dem ein Wams und ein breiter Gürtel mit Dolch und Schwert zu erkennen waren.

Die Waffe, für die Thorolf berühmt und gefürchtet war, lehnte an der Rückseite des großen Zeltes, zusammen mit zahlreichen Schilden und Speeren. Es war ein Bryntroll[20], der hölzerne Schaft armdick. Über den beidseitigen Klingen ragte ein spitzer eiserner Dorn heraus. Mit »Hillevi«,[21] wie er sie nannte, hatte Thorolf unzählige Feinde getötet, weit mehr als jeder andere Krieger der Eislande. Es wurde gemunkelt, dass der Name der Axt von einer Frau kam, die Thorolf einst das Herz gebrochen hatte – und die nun als Waffe die Herzen anderer Männer brach. Aber das waren nur Gerüchte, denn Thorolf sprach nie darüber, und es schien angeraten, den riesenhaften Krieger nicht darauf anzusprechen.

Auf der festgestampften Erde lagen Felle, die als Bettstatt dienten. Ein schwerer, grob gezimmerter Tisch aus Holz und ebenso rohe Bänke bildeten die Mitte des Zeltes. Auf dem Tisch standen Trinkhörner und mehrere Platten mit gebratenen Schweinskeulen.

Egill lief unwillkürlich das Wasser im Mund zusammen, als er die Trinkhörner erblickte. »Ich weiß, dass ich lange gebraucht habe. Aber jetzt bin ich da.«

Thorolf grinste und machte einen Schritt auf ihn zu. Egill war ein großer Mann, aber sein Bruder überragte ihn um einen Kopf. Thorolf umarmte ihn, dass Egill die

---

20 Zweischneidige Axt
21 »Gesunde Kriegerin«

Luft wegblieb, und schmetterte ihm mehrmals seine Hände auf den Rücken. Dann griff er eines der Trinkhörner und reichte es Egill. »Nun wollen wir sehen, ob du das Trinken in diesem Land des Christengottes nicht verlernt hast.« Er nahm sich selbst ebenfalls ein Trinkhorn, Gunnar tat es ihm gleich.

Die drei hoben ihre Trinkhörner und sprachen mit einer Stimme. »Wir weihen diesen Met den Asen und Vanen, der heiligen Mutter Erde und unseren Ahnen und denen, die kommen werden!«

Der Met rann Egills Kehle hinab, er leerte das Horn in einem Zug. Das Gesöff schmeckte so sehr nach Heimat, dass der Krieger sich fast wieder in den Eislanden wähnte.

Doch das Gefühl schwand mit Thorolfs nächster Bemerkung. »Trinken kannst du noch. Reden sicher auch. Wo sind deine Männer?«

Der Wind heulte um das Zelt, zerrte daran. Es war das einzige Geräusch, das im Inneren zu hören war, denn die drei Männer, die neben dem Tisch standen, schwiegen.

Schließlich stieß Thorolf einen zornigen Laut aus. »Alle tot?«

»Ja.« Egill hielt dem Blick seines Bruders stand. Er hatte seine Geschichte erzählt, wie er es sich vorgenommen hatte, und war erstaunt, dass Thorolf ruhig geblieben war. Gunnar ließ nicht erkennen, ob er Egill glaubte oder nicht.

»Es war der Wille der Götter, dass ich überlebte und zu dir stieß«, fuhr Egill fort, »und…«

»Dann geben die Götter, dass du hier erfolgreicher bist, Bruder.« Thorolfs Stimme war kalt. »Und wenn wir gesiegt haben, segle ich zu der Insel, in der du in den Hinterhalt geraten bist, und tauche sie eigenhändig in Blut.«

Egill schüttelte den Kopf. »Es ist nicht die Zeit, an das Danach zu denken. Setz mich über das Jetzt ins Bild.«

Thorolf verharrte kurz, zog seinen Dolch und bohrte ihn in die Mitte des schweren Tisches, gegenüber einer der Platten mit den Schweinskeulen.

»Es ist ganz einfach.« Er zeigte auf das Fleisch. »Olaf Guthfrithsson von Dubh Linn, Konstantin von Alba und Eòghann von Strathclyde sind im Norden aufmarschiert.« Sein Finger deutete weiter auf den Dolch. »Wir stehen mit König Æthelstan hier, im Süden.« Dann zeigte er auf den Raum zwischen Fleisch und Dolch. »In der Mitte ist eine weitläufige Heide, westlich von einem Fluss begrenzt, östlich von einem Wald. Auf der Heide werden die Heere des Nordens und des Südens aufeinandertreffen.« Thorolf machte eine kurze Pause. »Der Wald ist übrigens der, in dem du auf Gunnar gestoßen bist und von dem das Schlachtfeld seinen Namen hat.« Er sah Gunnar an. »Hast du ihm die Steine gezeigt?«

Der schüttelte den Kopf. »Er wollte sofort zu dir.«

»Was für Steine?« Egill blickte seinen Bruder fragend an.

»Brunanburh. Eine alte Kultstätte, die sich, wie man sagt, seit Anbeginn der Zeit in diesem Wald befindet. Die Menschen in diesem Land lieben ja solche Erzählungen.« Er zog den Dolch aus dem Tisch, spießte damit ein Stück Fleisch auf und riss ein beachtliches Stück davon mit seinen Zähnen heraus. »Ich habe sie gesehen, für mich sind das nur ein Haufen Felsbrocken, überwachsen und bar jeden Lebens«, sagte er kauend.

Egill grinste. Er merkte erst jetzt, wie gut es tat, Thorolf wiederzusehen. Sein Bruder ließ sich von nichts und niemandem beeindrucken – keinem feindlichen Heer, keinem Glauben und am wenigsten von irgendwelchen Legenden. Mit ihm an seiner Seite fühlte Egill zum ersten Mal, seit er von Torridun aufgebrochen war, wieder Zuversicht im Herzen.

»Die Bewohner aus den umliegenden Dörfern sprechen jedenfalls mit Ehrfurcht von Brunanburh, und wie man hört, ist der Ort von Alba bis Westseaxe bekannt«, meinte Gunnar. »Vielleicht wurde deshalb beschlossen, hier zu kämpfen. Immerhin geht es um die Zukunft Britanniens.«

Thorolf spülte das Fleisch mit einem Schluck Met hinunter und beäugte Gunnar misstrauisch. »Ich glaube, du bist schon zu lange in diesem Land. Es wird Zeit, dass du deinen Kopf aus den Röcken der alten Weiber und ihren Geschichten ziehst und ein Schwert in die Hand nimmst.«

Auch Egill nahm einen Schluck Met und beschloss, das Geplänkel zu beenden. »Auf meinem Weg hierher habe ich die Verwüstungen in Nordumbrien gesehen. Hat Æthelstan dort keine Getreuen, die für ihn gekämpft haben?«

»Er hat ... oder vielmehr, er hatte.« Es war Gunnar, der antwortete. »Seine Aldermannen Alfgeir und Gudrek haben mit ihren Männern tapfer gekämpft, zumindest Gudrek, wie man hört. Aber das Land ist gefallen, und Gudrek mit ihm. Alfgeir hingegen konnte entkommen und wird mit uns in die Schlacht ziehen.« Er stieß einen verächtlichen Laut aus. »Kaum ein Gewinn. Offenbar ist der Mutigere der beiden auf dem Schlachtfeld liegen geblieben.«

»Wer braucht Alfgeir? Unsere dreihundert Mann sind mit der Garde Æthelstans das Herz des Heeres«, fügte Thorolf prahlerisch hinzu und warf die halb abgenagte Keule auf den Tisch. Egill fiel auf, dass sein Bruder fast die gleichen Worte wie Gunnar benutzte, als der ihn zum Zelt geführt hatte.

»Überschätzt uns nicht. Herz allein wird nicht genügen«, erwiderte er. »Wie ist die Mannstärke?«

»Alba und Strathclyde brauchen wir nicht zu fürchten. König Konstantin hat großteils nur leicht bewaffnete Kämpfer ohne Brünne. Athils und Hring, die Befehlshaber von Eòghann, sind ernst zu nehmen, haben es allerdings noch nie mit Nordmännern zu tun gehabt. Olaf hingegen …«

Egill sah seinen Bruder herausfordernd an. Er wusste, was kommen würde.

»Nun, ich muss dir nicht sagen, wie es um Olaf steht. Ein kampfeslustiger Hurensohn mit Tausenden Nordmännern aus Dubh Linn, die danach dürsten, Britanniens Boden mit unserem Blut zu tränken.« Er machte eine Pause. »Die Finngaill stehen wie immer an seiner Seite.«

Egill presste den Mund zusammen. Er hatte gewusst, dass der Tag kommen würde, da er Ivar und seinen Männern noch einmal im Kampf gegenüberstand. Aber diesmal würde er sie nicht so leicht davonkommen lassen.

Diesmal nicht, Ivar Starkadsson.

Er schüttelte den Gedanken ab. »Die Anzahl der Truppen?«

»Gleich. Weit über zwölftausend Mann auf beiden Seiten.« Er machte eine kurze Pause. »Zumindest seit dem gestrigen Tag.«

»Seit gestern?«

Thorolf grinste. »Wir waren anfangs weit weniger, denn Æthelstan war noch damit beschäftigt, aus Westseaxe, Mercien und Ostanglien Männer auszuheben, während der Norden bereits mit voller Stärke aufmarschiert war. Also haben wir Hunderte Zelte aufgestellt, sie aber nicht bemannt und zusätzlich noch unsere Leute dazwischen lagern lassen. So sah es aus, als hätten wir eine solche Vielzahl an Kriegern, dass wir nicht genügend Zelte für alle haben.« Jetzt lachte er laut. »Sie haben es gefressen und nicht gewagt, uns anzugreifen. Und jetzt sind wir gleich stark. Æthelstan ist gestern eingetroffen, der Zeitpunkt der Schlacht ist also nicht mehr fern.«

Egill rieb sich den Nacken. »Ich möchte den König sehen.«

»Morgen, Bruder. Heute werden wir unser Wiedersehen feiern und unserer toten Kameraden gedenken. Übrigens – wusstest du, dass wir im Zeichen des Kreuzes kämpfen werden?« Thorolf lachte wieder, Gunnar stimmte mit ein.

Egill glaubte an einen Scherz. »Im Zeichen des Kreuzes?«

»König Æthelstan ist ein sehr großer Verfechter seines Glaubens, und er verlangt, dass nur Christen in seinem Heer kämpfen. Er wird uns vor der Schlacht segnen lassen. Ich habe ihm zugesagt, denn für das Gold und Silber, das er uns zahlt, würde ich auch im Zeichen eines Schweins kämpfen. Und ich nehme an, dir geht es ebenso.«

Schreie der Lust gellten durch Thorolfs Zelt. Die Brüder Skallagrimsson, Gunnar und noch einige andere Männer vergnügten sich mit Huren, die wie in jedem Heereslager Frauen aus der Umgebung waren. Für sie waren Kriege eine gute Verdienstmöglichkeit, denn Kriege wurden von Männern geführt, und die wollten kämpfen, fressen und ficken. Für all das war in dem Lager gesorgt.

Münder leckten gierig Met von Brüsten, Schwänze wurden massiert und überall dort eingeführt, wo es Lust bereitete. Mochten die Männer der Eislande auf dem Schlachtfeld von Brunanburh im Namen Gottes kämpfen – in ihren Zelten galt die Lust der alten Götter und nicht das Gebot der Zügelung jeglichen körperlichen Vergnügens, das die Nordmänner so verachteten.

Egill nahm einen Schluck Met und wandte sich der Frau zu, die Thorolf ihm für diese Nacht gekauft hatte. Sie war jung, ihre Haare glänzten so schwarz wie ihre Augen. Ihr Körper wies nur wenige Narben auf und war schlank und wohlgeformt, mit großen Brüsten. Der Nordmann und die Hure umarmten sich nackt und lüstern, dann beugte sie sich zwischen seine Beine und begann, hingebungsvoll an seinem Schwanz zu saugen. Egill lehnte sich zurück, berauscht von Met und den gekonnten Bewegungen der jungen Frau. Er stöhnte inbrünstig und sah zu Thorolf, der nicht weit von ihm mit zwei üppigen Weibern zugange war. Sein Bruder hob das Trinkhorn, prostete ihm zu.

»Auf die Eislande! Und den Sieg!«

»Auf den Sieg!«

Egill trank, obwohl sich vor seinen Augen schon langsam alles drehte. Die Frau zwischen seinen Beinen hob den Kopf und lächelte ihn an. »Ist es gut so, Herr?«

»Mach einfach weiter.« Egills Stimme war rau, er wusste nicht, ob vom Trinken oder der Erinnerung, die ihn auf einmal überkommen hatte.

An *sie*.

Ailean.

Fast wütend nahm er noch einen großen Schluck. Das hier war nicht die Zeit für solche Gedanken. Vielleicht würde er schon bald selbst an Odins Tafel sitzen. Dann zumindest nach einem guten Fick und einer blutigen Schlacht und nicht mit einer Sehnsucht im Herzen, die sich wahrscheinlich nie erfüllen würde.

»Stimmt etwas nicht?«

Die Hure sah ihn fragend an. Er beugte sich zu ihr, nahm eine ihrer Brüste in die Hand, knetete sie. Die Dirne stöhnte übertrieben.

»Alles stimmt. Dreh dich um.«

Sie gehorchte willig und streckte ihm ihr Hinterteil entgegen. Egill drang in sie ein und nahm sie mit kräftigen Stößen. Sie wand sich lustvoll, stieß kleine spitze Schreie aus. Der Krieger vergaß Ailean, vergaß alles, es gab nur mehr die Frau vor ihm. Während er sie vögelte, war ihm, als vögelte er Britannien in Grund und Boden, und als er kam, fühlte er sich wie ein Eroberer.

Egill glitt aus ihr heraus, atmete schwer. Sie drehte sich zu ihm um, zwinkerte keck. »Du hast es mir besorgt wie ein König«, gurrte sie. Wieder nahm sie seinen Schwanz in den Mund. Egill trank einen weiteren Schluck Met und fragte sich, wann diese junge Hure schon einmal einen König gevögelt hatte.

Der Regen hatte aufgehört. Mit jeder Stunde, die verstrich, wurde es kälter. Obwohl es erst Nachmittag war, dämmerte es bereits. Die Bewohner von Dùn Tìle bereiteten sich still auf den Abendgottesdienst vor, jeder auf seine Art.

Auf ihrer Bettstatt wand sich Gràinne in ihrer Lust.

In ihrer Kammer stand Eibhlin, den Dolch in der Hand. Sie hob ihn, strich mit der Klinge den Unterarm entlang. Dann ließ sie den Dolch fallen, schlug die Hände vor dem Gesicht zusammen und begann zu schluchzen.

Balloch ging grimmig in seiner Hütte auf und ab.

Und Brion machte sich widerwillig zu der Halle auf, in der Beacán ihn erwartete.

Das Feuer war beinahe heruntergebrannt, es war düster in dem Raum. Der Priester saß auf seinem Thron, nur schattenhaft erhellt von den niedrigen Flammen.

Die knochigen Finger winkten Brion zu. »Tritt näher.«

Brion tat wie ihm geheißen. Er sah, dass die Tafel und die Bänke an die Wand geschoben wurden. Auf der gegenüberliegenden Seite befand sich ein massiver, grob gezimmerter Tisch, der von einem weißen Leinentuch bedeckt war. In der Mitte stand die Truhe mit den Gebeinen des heiligen Drostan, darüber war ein großes Kruzifix an der Wand befestigt, das von mehreren kleineren eingerahmt wurde. Links und rechts der Kreuze hing jeweils ein langes, schmales Tuch, die beide fast wie Banner wirkten. Ihre Farbe war trotz des wenigen Lichts im Raum gut zu erkennen – das Grün war so intensiv, dass es fast zu strahlen schien.

Alles wirkte schlicht, aber trotzdem beeindruckend. Brion war sich sicher, dass dies erst der Anfang war, dass Beacán die Dorfbewohner mit Absicht nicht vor den Kopf stoßen wollte. Doch wenn niemand ihn aufhielt, würde der Priester schon bald die ganze Halle in das Haus seines Gottes verwandelt haben, und jedes Anzeichen von Brudes Herrschaft wäre endgültig getilgt.

Brion erschrak, als er den toten Wolf neben dem Thron erblickte – offenbar wollte Beacán der Sache endgültig auf den Grund gehen. Er dachte an die Worte seines Bruders.

Er kann dich zu nichts mehr zwingen.

Keiran und Kane sind tot, die Zeit des Priesters läuft aus.

»Knie nieder, mein Sohn.«

Die Zeit des Priesters läuft aus.

Brion zögerte, dann sank er auf die Knie.

Der Priester beugte sich zu ihm herab, Güte stand in seinem Gesicht. »Bist du ein glücklicher Junge?«

»Die meiste Zeit, ja.« Brion strich sich eine seiner schwarzen Locken aus dem Gesicht und bemühte sich, seiner Stimme einen festen Klang zu verleihen.

»Vermisst du deinen Vater?«

»Ich denke nicht oft an ihn. Ich denke an das, was im Augenblick geschieht, und ich denke an Gott.«

Beacán zog die Augenbrauen nach oben. »Das ist lobenswert. Deine Mutter tut ebenfalls alles, *Ihm* zu gefallen.«

Brion atmete innerlich auf. Vielleicht würde es ja doch nicht so schlimm werden, der Priester schien alles andere als angriffslustig. Vielleicht hatten die anderen mit ihren Geschichten einfach übertrieben?

»Und Brude – vermisst du ihn auch?«

Sie hatten wohl nicht übertrieben. Brion wusste, dass er noch mehr auf der Hut sein musste als bisher. »Nein. Wie kommt Ihr darauf?«

»Er war ein begnadeter Erzähler, ein großer Kämpfer. Jedes von euch Kindern hat ihn für seine Geschichten geliebt. Ein Kämpfer, wahrlich …«

Brion nickte unbestimmt, sagte aber nichts.

Beacán stieg von seinem Thron, deutete auf den toten Wolf. »Weißt du, dass Brude es schon als junger Mann einmal ganz allein mit einem Rudel Wölfe aufgenommen hat? Nicht jeder vermag das. Ich glaube, dass man schon ein sehr erfahrener Krieger sein muss, um hungrige Wölfe zu besiegen. Meinst du nicht?«

Brion nickte, er spürte die Gefahr fast körperlich, die von dem Priester ausging.

»Würdest du dich als erfahrenen Krieger bezeichnen?«, fragte Beacán weiter.

»N … nein.«

»Aber du hast die Wölfe getötet.«

»Es waren nicht viele, und ich war nicht allein.«

Beacán beugte sich zu dem Wolf hinab, riss ihm das Maul auf. Es knackte widerlich. Der Priester zeigte mit einem Finger auf die Wunde am Hinterkopf des Raubtieres. »Das stammt nicht von einer Axt. Es sieht mir mehr nach einem Schwert aus, oder …«

»Das war Tyree. Mit seinem Dolch.« Brion hasste sich dafür, dass seine Stimme zitterte, doch er konnte nichts dagegen tun.

»Mit seinem Dolch … so, so …«

Beacán ließ den Wolf los, trat jetzt ganz nahe an Brion heran, sodass dieser den säuerlichen Atem des Priesters roch. »Und was immer geschehen ist, der Regen hat alle Spuren im Boden verwaschen, also kann niemand deine Geschichte nachprüfen.«

»Leider.« Brions Augen waren von denen des Priesters wie festgenagelt.

»Ich muss dir wohl einfach glauben, dass du und dein Bruder ohne fremde Hilfe die Wölfe erlegt habt.«

»Das haben wir.«

»Schwörst du, die Wahrheit zu sagen? Bei unserem Herrn, dem einen Gott?«

»Ja.« Brion war erstaunt, wie leicht ihm die Lüge über die Lippen kam.

»Und warum«, fuhr Beacán fort, »sollte ich jemandem glauben, der mich belauscht und Dinge, die nicht für ihn bestimmt sind, verrät, um Unruhe zu säen?«

Brion durchfuhr es siedend heiß. Er wollte etwas sagen, doch sein Mund war wie zugefroren.

Beacán nickte. »Ich habe dich zwar nicht genau erkannt, aber du musst es sein, weil Peadair mir verraten hat, dass du als Einziger vor dem Dorf zu ihnen gestoßen bist. Du bist ein Lügner, und du wirst mir jetzt auf der Stelle verraten, wer euch geholfen hat, die Wölfe zu töten.« Die Finger des Priesters umklammerten Brions

Arm genau da, wo ihn eines der Raubtiere gebissen hatte, und drückten ihn mit brutaler Gewalt zusammen. Brion entfuhr ein Schrei, er wand sich in dem Griff, aber es war zwecklos. Tränen rannen ihm aus den Augen.

Die Zeit des Priesters läuft aus.

»Bitte, ich weiß nichts, es tut mir leid.«

Beacán verstärkte seinen Griff, jetzt war Brion kurz davor, ohnmächtig zu werden. »In wenigen Tagen werden Keiran und Kane wieder da sein. Dann werden sie dich befragen, und ich fürchte, dann kann ich nichts mehr für dich tun, du kleiner Lügner. Sie werden dir die Haut bei lebendigem Leib abziehen, und das wird erst der Anfang sein.«

Mit einem Mal ließ Brion den Nebel des Schmerzes hinter sich, sein Kopf wurde wieder klar. Die Erwähnung der beiden Schergen gab ihm Kraft, denn er wusste, dass der Priester irrte, dass die beiden nie mehr auftauchen würden. Brion presste die Lippen zusammen und schwor sich einmal mehr, nichts zu verraten.

Beacán schüttelte ihn hin und her, seine Geduld war offenbar endgültig am Ende. »Hast du mich nicht verstanden? Sprich endlich!«

»Feuer! Es brennt!«

Es war erst nur ein Ruf, dann drangen immer mehr von draußen in die Halle herein.

Der Priester stutzte, ließ von Brion ab und lief hinaus. Der Junge stöhnte und hielt sich seinen Arm, bevor er seinem Peiniger folgte.

Auch Eibhlin hörte in ihrer Kammer die Rufe. Sie griff sich ihren ledernen Umhang, der am Boden lag, und warf ihn achtlos über. Als sie gerade hinausgehen wollte, zuckte sie zusammen.

Eine Gestalt stand an der Tür. Das Gesicht war im Dunkeln, das flackernde Licht der Tranlampe, die neben der Bettstatt stand, reichte nicht dorthin.

Dann betrat die Gestalt die Kammer, und Eibhlin erkannte, wer es war. Sie öffnete den Mund, brachte aber kein Wort hervor. Langsam wich sie zur Wiege zurück, zum Dolch, den sie dort fallen gelassen hatte ...

Am Dorfplatz hatten sich bereits alle Bewohner versammelt. Es war dunkel geworden, im Licht der Fackeln fiel Schnee in dicken Flocken herab.

»Dort, Priester!« Es war Balloch, der dem herannahenden Beacán ein Zeichen gab, und jeder konnte die kaum verhüllte Genugtuung in seiner Stimme hören.

Auf einem der nahe gelegenen Hügel brannte ein hölzernes Kreuz lichterloh in den Nachthimmel. Es stand genau dort, wo Beacán nach Brudes Verbannung die erste Abendmesse abgehalten hatte.

Alle Blicke richteten sich auf den Priester. Doch der sprach kein Wort, starrte nur reglos zu dem brennenden Kreuz.

Gràinne legte die Stirn in Falten, ihre Augen wanderten unstet. »Was bedeutet das, Herr?«, fragte sie mit zitternder Stimme.

Beacán löste seinen Blick von den Flammen, wandte sich seiner Gemeinde zu. Er schien kurz zu überlegen, dann straffte er sich. »Wir werden diesem Frevel ein schnelles Ende bereiten. Bewaffnet euch und folgt mir!«

Stumm standen der Priester und die Dorfbewohner vor dem brennenden Kreuz. Sie konnten nichts tun, um dem Feuer Einhalt zu gebieten, mussten machtlos mit ansehen, wie die Flammen immer mehr von dem Holz und damit dem Symbol ihres Gottes verzehrten.

Die Stele neben dem Kreuz wurde von dem flackernden Licht erhellt. Ungerührt ragte sie in den Himmel, wie sie es seit hundert Jahren getan hatte.

Beacán drehte sich zu den Bewohnern um. »Wer war das?« Seine Stimme war ruhig, sein Atem eine kleine Wolke, die sich in dem dichten Schneegestöber sofort auflöste. »Wer hat das Zeichen unseres Herrn geschändet?«

Niemand antwortete.

Erst war ein Knarren zu hören, gefolgt von berstendem Holz. Mit einem Krachen neigte sich das Kreuz nach vorne und stürzte zu Boden. Die brennenden Balken zischten, als sie mit dem Schnee in Berührung kamen. Ein Raunen ging durch die Männer und Frauen, viele von ihnen bekreuzigten sich. Erst leise, dann immer lauter begannen Fragen aufzukeimen, wer wohl für eine solche Tat verantwortlich war und was sie zu bedeuten hatte.

Ohnmächtige Wut erfüllte den Priester, aber er wusste, dass er im Augenblick nichts tun konnte. Er musste erst für Ruhe sorgen und diesem Frevel so schnell wie möglich auf den Grund gehen. Er zweifelte nicht, dass ihm dies gelingen würde. Und wenn er den Schuldigen erst gefunden hatte, würde er an ihm ein Exempel statuieren. Ein Exempel, über das sein Volk noch lange sprechen werde. Danach würde es niemand mehr wagen, sich gegen den Allmächtigen aufzulehnen.

Beacán hob die Hände. »Ich schwöre euch beim Namen des Herrn, dass ich herausfinden werde, wer für diese gotteslästerliche Tat verantwortlich ist. Und dann werden wir ihn jener Strafe zuführen, die Gott dafür bestimmt hat.« Er ließ die Hände wieder sinken. »Aber nicht heute. Heute werden wir in uns gehen und beten und morgen Abend mit frischem Mut und Glauben die Messe in der Halle feiern.«

Seine Blicke wanderten zwischen den Bewohnern hin und her, die meisten von ihnen nickten zustimmend. Im Gegensatz zu Balloch, Brion und Tyree, doch das hatte er erwartet. Mit ihnen würde er sich am nächsten Morgen als Erstes unterhalten. Mit einem Male fiel Beacán auf, dass Eibhlin fehlte. War ihr etwas zugestoßen? Der Priester verwarf den Gedanken, es galt, sich um Wichtigeres zu kümmern.

»So lasst uns in unsere Häuser zurückkehren und den Herrn um Beistand anflehen, auf dass er uns dieses ruchlose Verbrechen verzeihe, das jemand aus unserer Mitte begangen hat.« Beacán beugte sich zu den glosenden Holzbalken und schlug ein Kreuzzeichen darüber. »Herr, vergib uns unsere Schuld.« Er richtete sich wieder auf und blickte seine Gemeinde auffordernd an.

Nun trat Gràinne vor, beugte ebenfalls ihr Haupt vor dem Kreuz. »Herr, vergib uns unsere Schuld.« Die anderen Bewohner taten es ihr gleich, einer nach dem anderen, und gingen langsam ins Dorf zurück.

Beacán begab sich mit Gràinne in die düstere Halle. Das Feuer, das während Brions Befragung gebrannt hatte, war nur noch am Glimmen. Ohne Aufforderung legte Gràinne einige kleinere und größere Scheite nach. Daraufhin wandte sie sich dem Priester zu, schien zu zögern.
»Herr, die Messe morgen ...«
»Ja?« Beacáns Stimme war unwirsch. Er ließ sich auf dem Thron nieder, immer noch von Zorn erfüllt über die heimtückische Tat. Von Zorn und von Enttäuschung, dass der Abend, der dem Allmächtigen hätte gewidmet werden sollen, zerstört worden war.
»Ich bin überzeugt, dass die Messe wundervoll wird.« Gràinne ging zum Altar, ihre Finger glitten sanft, fast liebkosend über die grünen Stoffbahnen, über das große Kreuz in der Mitte. »Und nichts wird daran etwas ändern. Auch nicht dieser Frevel, den irgendeiner dieser gottlosen Hunde, die es im Dorf noch geben mag, begangen hat.«
Irgendetwas an der Art der Frau, an ihrer bedingungslosen Hingabe an Gott und an ihn, ihren Priester, ließ Beacán ruhiger werden. Mit der Zeit würden die meisten im Dorf so empfinden, vor allem wenn die Halle endlich zum Haus Gottes geworden war, und dann würde sein Werk auf diesem Eiland endlich von Erfolg gekrönt sein. Und der Allmächtige würde das Wirken Seines Dieners mit Wohlgefallen sehen und ihn irgendwann, nach einem erfüllten Leben, zu sich in die himmlischen Gefilde rufen.

Doch bis dahin war noch viel zu tun. Am besten fing er sofort damit an.

Nachdenklich beobachtete er Gràinne. »Ist dir aufgefallen, dass Eibhlin nicht bei uns war?«

»Natürlich.«

Sie war immer noch dem Altar zugewandt, sodass Beacán ihr Gesicht nicht sehen konnte, aber die Gehässigkeit in ihrer Stimme war unverkennbar. Er gab jedoch nicht viel darauf. Frauen waren schwach, und dass sie sich untereinander mit Feindschaft begegneten und Intrigen spannen, war ihm nicht fremd.

»Sie wird noch heute zu mir kommen«, fuhr der Priester fort, »und mir Rede und Antwort stehen.«

»Zuerst wirst du *mir* Rede und Antwort stehen.«

Beacán erschrak bis ins Mark, als er die donnernde Stimme aus der Dunkelheit hörte. Gràinne stieß einen spitzen Schrei aus. Dann trat jemand aus den Schatten der Halle hervor.

Der Priester und seine Dienerin erkannten mit Entsetzen, wer vor ihnen stand: Es war Brude, den Oberkörper entblößt, einen Speer in der Hand, die Augen voll Zorn. Und auf seiner Brust das Piktische Tier, das sich im Licht des Feuers zornig aufzubäumen schien.

Die Wege im Dorf waren verschneit und menschenleer, denn alle Bewohner hielten sich in ihren warmen Hütten auf.

Die Nacht war still, bis auf den Wind, der leise über die Hügel strich.

Plötzlich das Knirschen von Schritten im Schnee. Schritte, die sich verstohlen der Halle von Dùn Tìle näherten ...

»Ich hätte mir denken können, dass du es gewesen bist, Brude, Sohn des Wredech. Du hast das Kreuz doch angezündet, habe ich recht?« Beacán hatte sich nach dem überraschenden Auftauchen von Brude wieder gefangen, ebenso Gràinne, die den verbannten Herrscher mit einem Blick maß, wie man ihn sonst lästigem Ungeziefer vorbehielt.

Ein Grinsen erschien auf Brudes Gesicht. »Ich dachte, ich sollte meine Rückkehr gebührend ankündigen.«

Der Priester setzte ein mitleidiges Lächeln auf. »Und wenn du auf einem Streitwagen einmarschiert wärst, gezogen von Eisbären und gefolgt von Wölfen, so würde es dir nichts nützen. Du weißt doch, dass es dir bei Strafe verboten ist, das Landesinnere zu verlassen. Ich hatte mich diesbezüglich ganz klar geäußert. Und genau dahin wirst du auf der Stelle wieder verschwinden. Solltest du dich widersetzen, wirst du schnell merken, dass ganz Dùn Tìle hinter mir steht.«

»Weiß ganz Dùn Tìle auch, dass sein Priester ein Mörder ist?« Brudes Stimme blieb ruhig.

»Wovon sprichst du?« Beacán konnte seine Überraschung nicht verbergen. »Ich habe noch nie in meinem Leben getötet, und ich werde das eherne Gesetz meines Herrn auch nie brechen.«

»Nein?« Brude griff hinter sich und warf etwas vor den

Priester hin. Gràinne zuckte zusammen, der Priester erhob sich von seinem Thron.

Die Köpfe von Keiran und Kane rollten auf Beacán zu, landeten direkt vor seinen Füßen. Die Schädel waren von getrocknetem Blut überzogen, die Augen schwarze Höhlen, die Münder weit aufgerissen.

Brude zeigte mit dem Speer auf die Köpfe. »Du hast ihnen aufgetragen, mich und mein Weib zu töten.« Seine Stimme begann zu beben. »Iona starb dabei, ich konnte sie nicht …, aber deine Schergen habe ich niedergekämpft und sie ihrer gerechten Strafe zukommen lassen. Und jetzt bin ich hier, um dasselbe mit dir zu tun.« Er machte eine kurze Pause. »Du sagtest, du hättest noch nie getötet. Aber ein Befehl zu einem Mord ist so gut wie ein Mord selbst.«

»Das ist eine Verleumdung, nichts weiter«, winkte Beacán ab. »Wahrscheinlich hast du Keiran und Kane hinterrücks aufgelauert und sie getötet, so wie du mich nun hinterrücks töten willst.«

Brude zog seinen Speer zurück. »Es war ein offener Kampf. Die Götter standen mir bei, weil sie wollten, dass ich zurückkomme.« Wieder machte er eine kurze Pause. »Weil sie wollen, dass wieder Gerechtigkeit in Dùn Tìle herrscht. Daher setze dich wieder auf meinen Thron, denn ich bin nicht gekommen, um dich zu töten.«

Beacán zögerte, dann folgte er der Aufforderung.

»Gerechtigkeit wird erst dann herrschen, wenn du tot bist, Brude, denn der Herr ist auf unserer Seite!« Gràinne sah ihn mit hasserfüllten Augen an.

Brude lächelte besänftigend. »Denk doch nach, Weib. Ein von Krankheit geschwächter Mann wie ich besiegt die besten Kämpfer, die das Dorf noch aufzubieten hat. Das spricht nicht gerade dafür, dass dein Gott auf deiner Seite ist.«

Gràinne öffnete den Mund, aber Beacán gab ihr mit einem Wink zu verstehen, dass sie schweigen sollte. »Du kannst erzählen, was du willst, Sohn des Wredech. Sogar dass all deine Götter herabfuhren, um mit dir Seite an Seite zu kämpfen. Was sagt das schon? Dein Wort steht gegen das meine.« Seine Augen bohrten sich in Brudes. »Und wem wird unser frommes Volk wohl eher Glauben schenken? Einem Mann Gottes oder einem Herrscher, der einst einen Jungen nur hinrichten ließ, weil dieser dessen Tochter begehrte?« Er wandte sich Gràinne zu. »Hol die anderen, vor allem die Jäger. Sie sollen bewaffnet in die Halle kommen.«

Die Frau des Schmieds nickte, warf Brude, der keinerlei Anstalten machte, sie an ihrem Weggehen zu hindern, einen bösartigen Blick zu und eilte hinaus.

Der Priester musterte Brude fast erstaunt. »Du musst dir deiner Sache sehr sicher sein, wenn du sie einfach so gehen lässt.«

»Warum sollte ich sie daran hindern? Jeder soll sehen, was du getan hast. Die Köpfe deiner Schergen sind Beweis genug.«

»Beweis?« Beacán lachte. »Was denn für ein Beweis? Doch nur, dass du zwei Männer getötet hast. Zwei Unschuldige, die darauf achten sollten, dass der rechtmäßige Beschluss des Dorfes, dich zu verbannen, eingehalten wird!«

Brude starrte den Priester an, wirkte zum ersten Mal verunsichert. »Aber ...«

»Du hast nichts gegen mich in der Hand«, fuhr Beacán triumphierend fort. »Ich sage es gern ein weiteres Mal – du hast Drest auf dem Gewissen, das hast du selbst zugegeben. *Du* bist schuldig, während mir keinerlei Unrecht bewiesen werden kann.«

Brude überlegte eine Weile. »Also gut«, meinte er schließlich, legte den Speer zu seinen Füßen und breitete die Arme aus. »Ich weiß, in wenigen Augenblicken werden hier Männer hereinstürmen, für die deine Worte Befehl sind.« Brude hielt inne, merkte, dass der Priester nicht widersprach. »Dann sag es zumindest mir: Hast du Keiran und Kane geschickt, um mich und Iona zu töten, oder nicht?«

Beacán schien abzuwägen, mit sich zu hadern.

»Oder hast du etwa Angst vor deinem Gott?« Der Spott in Brudes Stimme war nicht zu überhören.

»Ich habe nichts Unrechtes getan«, entgegnete Beacán nun lautstark. »Und ich fürchte den Herrn nicht, denn Er weiß ob meiner Verfehlungen. Aber Keiran und Kane loszuschicken, um dich und dein verdammtes Weib zu töten, war keine davon!«

Brude grinste verschmitzt. »Bist du dir sicher?«

Er warf einen Blick über die Schulter des Priesters. Der drehte sich um – und erstarrte.

Eibhlin betrat die Halle durch eine kleine Tür, gefolgt von Iona, Tyree und Brion. Als Letzter kam Balloch, der Gràinne fest mit einer Hand gepackt hatte, mit der anderen hielt er ihr den Mund zu. Sie wehrte sich, aber vergebens. Dann gab der Alte Gràinne einen Stoß, und sie stolperte auf Beacán zu.

»Verzeiht mir, Herr, sie waren da draußen, ich konnte

nicht ...« Sie brach ab, als sie erkannte, dass der Priester sie nicht beachtete, sondern Eibhlin und die anderen anstarrte, als wären sie Geister.

Brion fühlte einen Kloß im Hals. Es war ein erhebender Anblick: der Sohn des Wredech in seiner Halle, das Piktische Tier auf der Brust. Es war, als ob die alten Herrscher mit ihren Göttern wieder da waren, um alles niederzureißen und ein letztes Königreich zu errichten.

»Ihr habt alle gehört, was dieser Priester zugegeben hat.« Brude sah seine Schwester an. »Du hast es doch auch gehört, Eibhlin?«

Sie musterte Beacán mit kaltem Blick, schließlich nickte sie widerwillig. »Als diese da«, sie deutete auf Iona, »zu mir in die Kammer kam, wollte ich ihr erst nicht glauben. Aber jetzt glaube ich ihr.« Eibhlins Gesicht war immer noch blass wie der Schnee, der draußen vom Himmel fiel, aber ihre Stimme war so kräftig wie schon lange nicht mehr. »Beacán ... Wie konntest du nur?«

»Ihr – äh – ihr werdet doch nicht ...« Entsetzt hielt der Priester inne, als er bemerkte, dass er wieder zu stottern begann. Er versuchte sich zu beherrschen, sah Eibhlin beschwörend an. »Es war nur eine List, um Brude in Sicherheit zu wiegen, bis Gràinne Hilfe geholt hatte.«

Die anderen schwiegen.

»Und was Keiran und Kane betrifft ... Ich habe nur getan, was für alle das Beste war. Im Namen des Herrn.«

»Im Namen meines Gottes bestimmt nicht«, zischte Eibhlin.

Die Augen des Priesters irrten zwischen ihr und den anderen hin und her. »Aber auch seine – äh – seine Schuld bleibt.«

»Ich bestreite es nicht.« Brude erhob seine Stimme. »Ich habe Drest zu Unrecht hinrichten lassen, und das werde ich büßen. Wenn die Neunundvierzig zurück sind, werde ich meine Kinder herrschen lassen. Und wenn ihr vorher von mir verlangt, wieder in Verbannung zu gehen, werde ich dies ebenfalls widerstandslos tun. Aber Iona trifft keine Schuld, sie hat Nechtan niemals ein Leid zugefügt.« Er wandte sich an Eibhlin. »Ich schwöre es dir bei meinem Leben, beim Leben meiner Kinder und aller Götter. Mein Weib ist keine Mörderin.«

»Und die Kräuter?« Eibhlin ließ ihren Bruder nicht aus den Augen.

»Eine Falle. Für die derselbe verantwortlich ist wie für Mòrags Tod.« Brude wusste, dass er ein waghalsiges Spiel spielte. Die Gelegenheit war da, den Tod des Kindes und der alten Frau ein für alle Mal zu klären. Denn wenn nicht offenbar wurde, wer dafür verantwortlich war, würde es immer Gerüchte im Dorf geben. Ob in Bezug auf Iona oder sonst jemand, war einerlei, diese Gerüchte würden wie Nebelschwaden hängen bleiben und die Stimmung in Dùn Tìle vergiften. Deshalb musste der Nebel zerrissen werden, bevor er dichter wurde, und das musste hier und jetzt geschehen, in dieser Halle.

Brude atmete tief durch. In *seiner* Halle.

Er zeigte auf die abgeschlagenen Köpfe. »Bevor Keiran und Kane uns stellten, verrieten sie, dass Beacán ihnen befohlen hatte, mich und Iona zu töten. Ihr wisst, dass das wahr ist.« Er hielt inne. »Und sie sprachen darüber, dass er Mòrag und Nechtan umgebracht hat.«

»Lüge! Verrat!« Beacán war außer sich. »Ich – äh – ich würde nie ...« Seine Stimme versagte.

»Eine schwere Anschuldigung, für die du keine Beweise hast, Bruder«, sagte Eibhlin herausfordernd.

»Zweifelt ihr immer noch, dass ich es ehrlich meine?« Brude zeigte auf den Speer zu seinen Füßen. »Ich bin zurückgekommen, weil ich euch nicht unter einem wie *ihm* leben lassen will. Und ich habe euch heute bewiesen, dass er zwei Männer dazu angestiftet hat, mich und mein Weib zu töten. Trotzdem er uns verbannt hat, weil er das Dorf beherrschen wollte.« Brude blickte Beacán in die Augen. »Euer Mann Gottes hat alle beseitigt, die ihm hätten gefährlich werden können. Den Herrscher und sein Weib. Die unschuldige Seherin, die für die alten Götter und somit gegen seinen Glauben stand.« Seine Stimme war so eindringlich, dass sie alle in ihren Bann schlug. »Das unschuldige Kind, das einst den Thron besteigen würde.«

Eibhlin und die anderen starrten den Priester an. Eine stumme Anklage lag in ihren Augen, er wich zurück, hob abwehrend die Hände.

»Das – äh – das ist ni..., das ist nicht...« Speichel tropfte ihm aus dem Mund, »nicht...«

»Es ist nicht *wahr*!«

Die Stimme einer Frau gellte durch den Raum. Es war die Stimme von Gràinne.

»Nichts hat er getan. *Ich* war es!« Sie warf sich dem Priester vor die Füße, umklammerte zitternd seine Knöchel. »Ich habe das alles nur für dich getan. Die alte Ketzerin habe ich umgebracht, weil sie gegen den einen Gott war. Und als der Kleine auf natürlichem Wege starb, brachte ich dir die Kräuter und Ionas Tuch, das ich von ihr gestohlen hatte. Ich habe es in gutem Glauben getan. Aber ich würde nie zulassen, dass dir etwas geschieht!«

Es war so still in der Halle, dass man einen Grashalm hätte fallen hören können. Alle Blicke waren auf jene Frau gerichtet, die soeben gestanden hatte, eine Mörderin zu sein – Gràinne, die treueste Anhängerin des einen Gottes.

Eibhlin fasste sich als Erste, wandte sich verwundert an Brude. »Hast du nicht behauptet, dass Beacán die beiden getötet hat?«

Brude nickte knapp. »Das war jedoch nur eine List, um diejenige, die ich im Verdacht hatte, dazu zu bringen, sich zu verraten. Diejenige, die ihrem Priester so treu ergeben war, dass sie für ihn töten, ja, sich sogar für ihn opfern würde. Und wie es scheint, war meine List erfolgreich.« Er deutete auf Beacán und die Frau, die ihm zu Füßen lag. »Damit steht fest, dass mein Weib zu Unrecht verbannt wurde. Diese beiden sind für alles Böse verantwortlich, das seit der Abreise der Neunundvierzig geschehen ist.«

Der Priester öffnete den Mund, schloss ihn wieder. Seine Lippen zitterten, er schien außerstande zu sprechen.

Brion und Tyree war, als wären sie innerlich zu Eis gefroren. Alles hatten sie erwartet, aber nicht, dass ihre eigene Mutter eine Mörderin war. Tyree legte die Hand um die Schulter seines Bruders, der wischte sich über die Augen.

Bis auf das Schluchzen der verzweifelten Frau herrschte wieder Stille in der Halle.

In diesem Moment hob Gràinne den Kopf, blickte Beacán flehend an. Ein Ruck schien durch den Priester zu gehen, er schüttelte ihre Hände ab, trat angeekelt einen

Schritt zurück. »Du hast unermessliche Schuld auf dich geladen, Weib. Der Herr wird dir diese Schuld niemals vergeben. Und ich...« Er hielt inne, sah in ihre verweinten Augen, die voll Hoffnung waren. »Ich werde sie dir auch nicht vergeben. Brenne in der Hölle für das, was du getan hast.«

»In der... Hölle?« Gràinne stand auf, die Augen weit aufgerissen. »*Du* sprichst von der Hölle? *Du*, der du selbst Blut an den Händen hast?« Sie versuchte eine Regung in Beacáns Gesicht zu erkennen, irgendeine Art von Verständnis, von Billigung für ihre Taten.

Aber das Gesicht ihres Priesters war wie aus Stein.

Da wich ihre Überraschung der Erkenntnis, die Erkenntnis dem Hass. Blitzschnell zog sie einen Dolch unter ihrem Umhang hervor und sprang auf Beacán zu. »*Du*!« Ihr Kreischen war ohrenbetäubend. Der Priester taumelte mit weit aufgerissenen Augen nach hinten.

Brude hob den Speer auf, doch er wusste, dass er zu spät kommen würde, um die Tobende aufzuhalten, sie würde...

Etwas krachte gegen Gràinnes Schläfe, ließ sie bewusstlos zu Boden gehen. Alle starrten Eibhlin an, die das Schwert in der Hand hielt, das sie Balloch in Windeseile aus dem Gürtel gezogen hatte.

»Noch nicht.« Ihre Stimme war kalt wie Eis. »Und nicht so leicht.«

Sie ließ das Schwert fallen, blickte Beacán an. »Du hast uns alle in die Irre geführt. Du hast mich dazu gebracht, meinen Bruder zu verraten, hast Angst und Verderben über dieses Dorf gebracht. Und die, die am meisten an dich glauben...«, sie deutete auf die abgeschlagenen

Köpfe und die am Boden liegende Gràinne, »bringst du dazu, zu lügen und zu morden. Das kann niemals im Sinne eines Gottes sein. Nicht des einen und nicht der alten Götter. Deshalb sage ich, dass du auf ewig das Recht verwirkt hast, Dùn Tile vorzustehen, und so wahr mir Gott helfe, so wird es sein!«

Sie wandte sich Brude zu, senkte das Haupt. »Dich bitte ich um Verzeihung, mein Bruder.«

»Wir bitten dich um Verzeihung«, sagte Balloch nach kurzem Zögern.

Einer nach dem anderen beugte den Kopf vor seinem Herrscher. Niemand beachtete mehr den Priester, der über Gràinne stand, die Augen weit aufgerissen, die Hände gefaltet, die Lippen im lautlosen Gebet.

Brude ging zu seiner Schwester, umarmte sie. »Ich kann dir gar nicht sagen, wie leid mir Nechtans Tod tut. Er wäre ein ebenso starker Herrscher geworden wie ich, aber in allen anderen Belangen ein besserer.«

Eibhlin drückte ihren Bruder an sich, dann löste sie sich von ihm, wischte sich eine Träne aus dem Auge. »Willkommen zu Hause, Brude.«

Dunkle Regenwolken hingen über dem Lager, schienen es noch tiefer in den Schlamm zu drücken. Der Rauch von Hunderten Feuern stieg in den Himmel auf und wurde von ihm verschluckt.

Ein Kolkrabe flog langsam durch die Luft. Er verharrte kurz, dann stieß er herab und ließ sich auf der Spitze des großen Zeltes nieder, das in der Mitte stand. Aufmerksam blickten seine schwarzen Augen in alle Richtungen, als wollte er das Zelt und diejenigen bewachen, die sich darin aufhielten.

Egill war gegen seinen Willen beeindruckt von dem Mann, der angetreten war, Herrscher über ganz Britannien zu werden. König Æthelstan zählte knapp über vierzig Lenze, hatte Augen, aus denen Kraft und Intelligenz blitzten, und trug einen gepflegten, dunkelblonden Bart und ebensolche Locken. Er war schlank, mittelgroß und sah nicht wie ein Kämpfer aus, doch jeder spürte die Ausstrahlung, die von ihm ausging. Sie rührte nicht von der Kleidung her; der Mantel war zwar aus purpurrotem Samt gefertigt, aber einfach gehalten und nicht, wie sonst bei Königen üblich, mit einem kostbaren Pelz gefüttert. Als einzigen Schmuck trug Æthelstan ein silbernes Kreuz um den Hals, und nur die Krone auf seinem Haupt zeugte von seinem Rang. Die Krone und der wuchtige Thron in der Mitte des Zeltes, auf dem der König saß und die Brüder Skallagrimsson aufmerksam musterte.

Das Zelt war fast doppelt so groß wie das von Thorolf, aber auch hier hielt der König sich mit allzu viel Prunk zurück. Der Thron, über dem Æthelstans Banner mit dem goldenen Drachen hing, war an beiden Seiten mit einem eingravierten, von Dornen umrankten Kruzifix verziert. Dahinter ragte ein aus Eisen geschmiedetes Kreuz in die Höhe. Der Boden wurde von einem blutroten Teppich bedeckt, von derselben Farbe wie das Banner des Königs.

Die gepanzerten Wachen standen in Reih und Glied

nicht weit vom Thron, bewaffnet mit Schild und Schwert, um ihren König vor jeder möglichen Gefahr zu schützen. Einen König, diesen Eindruck hatte Egill, der tief und innig glaubte und der entschlossen war, zu führen und zu siegen – so wie sein Großvater, der legendäre Alfred der Große, der sich aus den nebligen Mooren von Westseaxe herausgekämpft hatte und mit seinen Siegen über die Nordmänner den Grundstein für den Aufstieg des Drachenbanners gelegt hatte.

Thorolf, der sichtbar unter den Ausschweifungen der letzten Nacht litt – Egill war irgendwann berauscht umgefallen, doch da war sein Bruder offenbar erst so richtig in Fahrt gekommen –, hatte auf dem Weg zu Æthelstans Zelt brummend dargelegt, wer auf sie warten würde: der König, dessen Bruder Edmund, dazu Oda, der Bischof von Ramsbury, und Alfgeir, der glücklose Verteidiger Nordumbriens.

Genau diese Männer standen jetzt vor dem Thron. Edmund zählte erst sechzehn Lenze, war seinem Bruder wie aus dem Gesicht geschnitten und trug ein dunkles, ebenfalls aus Samt geschneidertes Gewand. Bischof Oda war ungefähr im gleichen Alter wie König Æthelstan, aber hochgewachsen, das Gesicht hager und streng, das Haar bereits weiß. In sein Gewand waren seinem Stand entsprechend religiöse Insignien gestickt. Alfgeir, der einen mürrischen Ausdruck in seinem aufgedunsenen, roten Gesicht trug, war bullig und untersetzt. Schwert, Umhang und die Weste über der Brünne machten einen mitgenommenen Eindruck.

Wie ihr König blickten die drei Männer Egill und Thorolf abwartend an.

Von draußen trommelte der Regen auf das Zelt. Das Krächzen eines Raben war zu hören.

Thorolf beugte kurz das Haupt, Egill tat es ihm gleich. »Mein König ...«, seine Stimme war rau wie ein Schleifstein, »dies ist mein Bruder, der zu uns gestoßen ist und die Männer der Eislande anführen wird.«

Nun stand Æthelstan auf und ging auf die beiden Brüder zu. Er lächelte und wandte sich an Egill. »Ich freue mich, dich an meiner Seite zu wähnen, Egill Skallagrimsson. Wenn du von gleichem Schlag wie Thorolf bist, habe ich große Zuversicht, diese Schlacht siegreich zu führen. Zum Ruhme Britanniens und des Herrn.« Seine Stimme war warm, wie sein Lächeln, doch die eiserne Entschlossenheit dahinter war deutlich zu hören.

»Mein König, zusammen werden wir den Norden schlagen.« Egill hoffte, dass er selbstsicherer klang, als er sich fühlte. Es ging ihm weit besser als Thorolf, aber der Met, den er bei dem Fest in sich hineingeschüttet hatte, schien immer noch in seinem Magen und Schädel hin und her zu schwappen und ihn mit Schwindel zu erfüllen.

»Große Worte.« Alfgeir verzog das Gesicht.

»Von einem großen Krieger, wie man sagt.« Æthelstan drehte sich zu Oda. »Was meint Ihr?«

Der Bischof von Ramsbury sah Egill durchdringend an. Der Nordmann gab den Blick ungerührt zurück. Dann blühte auf Odas hagerem Gesicht ein überraschendes Lächeln auf. »Ich erkenne einen Kämpfer, wenn ich ihn vor mir habe. Der hier ist zweifellos einer.«

Æthelstan wandte sich wieder Egill zu, der den Bischof skeptisch musterte. »Ich vertraue Oda mehr als jedem anderen, denn er kämpft nicht nur mit Worten, sondern auch mit dem Schwert. Er hat mich noch auf jedem Schlachtfeld begleitet.«

Egill dachte an den letzten Mann Gottes zurück, den er gesehen hatte. Es war der Mönch gewesen, der wie ein ausgeweideter Vogel am Bug des Drachenbootes hing, das ihn und Kineths Krieger in der Nähe der Orkneyjars angegriffen hatte. Der Nordmann war noch nie einem Geistlichen begegnet, der den Mut gehabt hatte, seinen Glauben mit der Waffe zu verteidigen. Doch dieses Land steckte voller Überraschungen, vielleicht war dies eine weitere.

Der Bischof nickte. »Bedenkt, mein König, dass nicht nur ich Euch begleite, sondern auch der Allmächtige.«

Der König lächelte erneut. »Ganz recht, auch Gott. Doch es scheint, dass wir bei dieser Schlacht noch mehr Hilfe brauchen, oder besser gesagt jede, die wir bekommen können. Nordmänner werden meine Fyrd anführen – das hat es in der Geschichte von Westseaxe noch nie gegeben.«

»Bauern mit Axt und Schwert«, brummte Thorolf fast unhörbar. Egill warf ihm einen unwilligen Blick zu, aber Æthelstan winkte ab.

»Lass nur. Es ist ein Segen, dass diese ›Bauern‹ immer wieder unterschätzt werden. Und immer wieder wird vergessen, dass sie unter mir fast jede Schlacht gewonnen haben.«

»Mit Verlaub, mein König ... ohne die besser bewaffneten und im Kampf geübten Krieger eurer Aldermannen wären die Fyrd nur Futter für Odins Raben. Oder die Hölle, wie immer ihr den Ort auch nennt, wohin die Besiegten gehen.« Thorolf klang belustigt.

Egill sah, dass das Lächeln von Æthelstans Gesicht verschwand. »Ich bitte Euch um Verzeihung«, warf er hastig ein. »Mein Bruder ist einer der tapfersten Kämpfer der Eislande, und er wird sich mit seiner ganzen Kraft und seinem Mut für Euch schlagen. Leider ist sein Mundwerk ebenso groß wie seine Kampfeskunst, und er weiß nie, wann es genug ist.«

Für einen Moment herrschte Stille im Zelt. Dann entspannten sich die Züge des Königs wieder. Egill atmete innerlich auf.

»Es sind sonderbare Zeiten und sonderbare Allianzen, die Männer im Kampf vereinen, die verschiedener nicht sein könnten, mein König.« In Odas Stimme war ein belustigter Klang zu hören. »Der Segen unseres Herrn wird unseren neuen Kampfgefährten den rechten Weg weisen und sie uns näherbringen.«

Thorolf grinste, entgegnete diesmal aber nichts mehr.

»Und wenn nicht der Segen, dann das Silber, das ich euch zahle.« Æthelstan blickte die Brüder Skallagrimsson nachdenklich an. »Ich bin mir bewusst, dass für euch weder mein Glaube noch meine Idee eines geeinten Britanniens zählt. Aber wenn ihr schon nicht dafür kämpft, so erwarte ich, dass euch eure Belohnung im selben Maße anspornt wie der Glaube mich und meine Männer.«

»Das wird sie, mein König.« Egill lächelte. »Wir sind …«

In diesem Moment trat ein Wachposten ein und blieb in einiger Entfernung vor dem Thron stehen. Æthelstan blickte ihn unwillig an. »Was gibt es?«

»Verzeiht, Herr«, dem Wachposten war sichtlich unwohl zumute, »aber wir haben einen Mann bei den äußeren Palisaden aufgegriffen, der Euch sprechen will. Er behauptet, er habe eine wichtige Mitteilung über Konstantin und die Schlacht.«

Egill traute seinen Augen nicht, als er den Mann erkannte, der mit gefesselten Händen in Æthelstans Zelt geführt wurde. Er war über und über mit Schmutz beschmiert und verbreitete einen durchdringen Gestank nach Exkrementen. Wo das Gewand zerfetzt und die Schmutzschicht dünner war, stachen blaue Bemalungen auf der Haut deutlich hervor. Es gab also keinen Zweifel – vor ihm stand Kineth!

Da dieser sich jedoch nichts anmerken ließ, beschloss Egill, es ihm gleichzutun, bis er wusste, was der Krieger aus Innis Bàn vorhatte.

Je zwei Wachposten traten links und rechts nach vorn und bildeten eine Phalanx vor dem Thron, auf dem der König saß. Jene Wache, die Kineth hereingeführt hatte, blieb neben diesem stehen und beobachtete ihn mit Argusaugen, in seiner rechten Hand einen Dolch, den er Kineth in die Seite drückte.

Einige im Zelt blickten den Neuankömmling mit Erstaunen an, manche mit Abscheu. Alfgeir rümpfte ob des bestialischen Gestanks vernehmlich die Nase.

»Nun, was hast du mir mitzuteilen?« Æthelstan musterte Kineth von oben bis unten, wobei vor allem die blauen Zeichnungen auf der Haut des Kriegers seine Aufmerksamkeit zu wecken schienen.

Kineth beugte kurz sein Haupt und hob es wieder.

»Mein König, ich bin Kineth, Sohn des Brude.« Seine Stimme war fest. »Ich weiß von der Schlacht, die bevorsteht, ich weiß von Euren Gegnern.«

»Dann sind wir schon zwei, Sohn des Brude«, erwiderte Æthelstan trocken.

Alfgeir stieß ein gekünsteltes Lachen aus, das Egill missfiel, wie auch der ganze Mann, seit er ihn das erste Mal gesehen hatte.

»Und doch weiß ich mehr als Ihr«, fuhr Kineth fort. »Dieses Wissen wird die Schlacht entscheiden. Ich bin bereit, dieses Wissen mit Euch zu teilen, aber …«

»Aber dafür willst du etwas haben, nehme ich an?« Die Stimme des Königs wurde hart. »Weiber? Gold? Einen Titel?«

»Oder alles zusammen?«, warf Alfgeir spöttisch ein. Die Wachen im Zelt konnten sich ein Grinsen nicht verkneifen.

Kineth ließ sich nicht beirren. »Ihr habt recht, mein König. Dafür will ich etwas haben. Aber nicht, was Ihr denkt.«

Egill brannte es auf der Zunge, Kineth zur Rede zu stellen, auch wenn er wusste, dass dies unmöglich war. Warum war Kineth hier, warum war er allein? Wo waren die anderen? Wo verdammt noch mal war Ailean?

»So teile mir mit, was du weißt, und ich verspreche, danach zu entscheiden, wie viel es denn wert ist. Aber sprich nun und vergeude nicht unser aller Zeit.« Es war nicht zu überhören, dass Æthelstans Geduld mit dem Fremden schon jetzt an ihre Grenzen gestoßen war.

Egill fühlte Sorge in sich aufsteigen. Er selbst wusste, wie man Königen begegnete, wusste, wie leicht deren

Wohlwollen in Zorn umschlagen konnte. Der Krieger aus Innis Bàn war diesen Umgang nicht gewohnt, zumal nicht mit einem der mächtigsten Herrscher, die Britannien je gesehen hatte.

Ein Lächeln blitzte in Kineths Gesicht auf. »Verzeiht, aber wenn ich es Euch jetzt sage, bin ich Euch nicht mehr von Nutzen. Ich bitte Euch deshalb vorher um Euer Wort, dass Ihr mir das, was ich fordere, geben werdet. Natürlich nur, wenn mein Wissen von Wert für Euch ist.«

»Du forderst?«, schnaubte Alfgeir. »Zeig gefälligst mehr Respekt, Bursche, du stehst vor einem König!« Er wandte sich an Æthelstan. »Herr, lasst uns dieses erbarmungswürdige Schauspiel beenden. Meine Männer werden diesen Wichtigtuer, der nur auf ein paar Pennys aus ist, schneller aufknüpfen, als Bischof Oda ›Vater unser‹ sagen kann.«

»Wer hier wen aufknüpft, entscheide immer noch ich. Und frevle den Herrn nicht!« Æthelstan hob drohend den Zeigefinger. Er schien ebenso wenig von seinem Aldermann zu halten wie Egill, was diesen in seiner wohlwollenden Meinung über den Herrscher bestätigte.

Des Königs Gesicht war finster. »Ich soll also dir, Sohn des Brude, mein Wort geben? Ohne zu wissen, was du mir vorenthältst, und ohne zu wissen, was du forderst?«

Der Krieger hielt des Königs Blick stand. »Ich kann Euch nur noch einmal bei meiner Ehre versichern, dass das, was ich weiß, über Sieg oder Niederlage auf dem Schlachtfeld entscheiden wird. Euren Sieg oder Eure Niederlage.«

Æthelstan schwieg, schien Kineth mit seinem Blick zu durchbohren. Dann erhob er sich, gab dem Wachposten neben Kineth ein Zeichen. Der packte den Krieger mit eisernem Griff am Arm. »Schafft mir diesen Halsabschneider aus den Augen und kerkert ihn ein. Über seine Strafe werde ich nach der Schlacht entscheiden.«

Kineth wand sich im Griff der Wache. »Bitte, mein König...«

»Fürwahr, dein *König*!« Æthelstans Stimme wurde laut. »Und ein König handelt für sein Volk und badet nicht jeden dahergelaufenen Betrüger willig in Gold! Vergehst du dich an mir, vergehst du dich an Britannien selbst und hast damit dein Leben verwirkt.«

»Verdammt, ich verlange kein Gold!« Verzweiflung war in Kineths Stimme zu hören. »Bitte, Ihr müsst mir glauben!«

»Hinfort mit ihm!« Die Handbewegung des Königs war endgültig.

Eine zweite Wache packte Kineth am Arm, und sie schleiften den Krieger aus dem Zelt.

Egill spürte, wie ein nicht fassbares Gefühl der Hilflosigkeit in ihm aufstieg und sich seiner Sinne bemächtigte. Kineths Vorgehen war, als wollte man mit einem Weidenast ein Holzschild spalten. Hätte sich der Krieger aus Innis Bàn die Mühe gemacht, den Ast nach und nach mit Schichten aus Eisen zu ummanteln und erst dann zuzuschlagen, wäre ihm wohl gelungen, worauf er aus war. Doch so wirkte es nur wie ein hehres Unterfangen, von vornherein zum Scheitern verurteilt.

Es gab nur noch einen, der Kineth und den Seinen helfen konnte, das wusste Egill Skallagrimsson auf einmal mit überdeutlicher Sicherheit.

Er trat vor.

»Mein König, erlaubt mir zu sagen: Ich kenne diesen Mann.«

»Du kennst diesen nach Scheiße stinkenden Dummkopf?« Thorolf hatte sich als Erster gefasst, starrte seinen Bruder ungläubig an.

Egill beachtete ihn nicht, blickte Æthelstan in die Augen. »Kineth ist weder ein Betrüger noch ein Halsabschneider. Er ist ein Mann von Ehre. Und wenn er behauptet, dass er Kenntnis von etwas hat, das kriegsentscheidend ist, dann glaube ich ihm.« Er zögerte, dann fasste er sich ein Herz und beugte das Knie vor Æthelstan. »Als Herrscher der Eislande verbürge ich mich für diesen Krieger.« Er ballte seine rechte Hand zur Faust und schlug sie sich an die Brust.

Der König schien überrascht zu sein, überlegte. »Ich danke dir, Egill Skallagrimsson«, sagte er schließlich. Ohne ein weiteres Wort ging er um seinen Thron herum und verließ das Zelt durch einen Eingang auf der Rückseite. Bischof Oda, Alfgeir sowie Edmund, Æthelstans jüngerer Bruder, folgten ihm ungefragt.

Egill wusste nicht, was er von Æthelstan halten sollte. Irgendwie fühlte er sich wie ein Junge, der ob seines ungebührlichen Verhaltens einen Schlag ins Gesicht erhalten hatte. Er erhob sich von seinen Knien und verließ ebenfalls das Zelt, wenn auch durch den Vordereingang.

Die Männer eilten zwischen den Zeltreihen hindurch. So wütend war ihr Blick, so weit ausholend ihre Schritte, dass alle, die ihnen begegneten, zur Seite wichen.

Athils und Hring, die Befehlshaber des Heeres von Strathclyde und Sieger über die Aldermannen von Nordumbrien, konnten ihren Zorn nicht verbergen. Es war deshalb besser, sich ihnen nicht in den Weg zu stellen.

Sie trugen keine Rüstungen, nur Umhänge und Lederwesten. Trotzdem wirkten sie, als ob sie jeden zerreißen würden, der so töricht war, sie aufzuhalten. Athils fuhr sich mit der Hand immer wieder über das kurz geschnittene schwarze Haar. Sein Vetter, der eine Glatze und einen sauber gestutzten Bart trug, mahlte mit den Zähnen.

Beide wurden von nur einem Gedanken beherrscht.

Haben sie uns wirklich so getäuscht?

Vor ihnen verbreitete sich der Weg, das Zelt der Könige des Nordens kam in Sicht. Athils erkannte Ivar, der mit einigen seiner Finngaill unweit des Eingangs stand. Der Befehlshaber von Strathclyde hatte nichts für die Männer mit ihren heruntergekommenen Brünnen und struppigen Bärten übrig. Zwar waren sie gefürchtet im Kampf, doch es hieß auch, dass sie mit Inbrunst jeden töteten, der es wagte, auch nur im Flüsterton anderer Meinung als Olaf zu sein. Warum der König von Dubh Linn so große Stücke auf sie hielt, war Athils unbegreiflich. Andererseits ... war ein Mann nicht immer ein Abbild derer, mit denen er sich umgab?

Ivar blickte den beiden entgegen, grinste schief und sagte etwas zu seinen Männern, das Athils nicht verstand. Die Finngaill lachten. Athils presste die Lippen zusammen, dass sein Mund so schmal wie eine Messerklinge wurde.

Lacht nur, ihr Bastarde. Heute stellt ihr euch uns besser nicht in den Weg.

Aber natürlich geschah genau das.

»Na sieh mal einer an. Zwei hübsche Mäuschen, die herumstromern. Wohin des Weges?« Ivar hatte sich genau vor den Eingang gestellt. Die gezeichneten Tiere auf seinen rasierten Schläfen traten deutlich hervor, schienen die beiden Männer aus Strathclyde anzuspringen.

»Geh mir aus dem Weg, Finngaill«, erwiderte Athils grob. »Ich muss zum König. Zu *meinem* König.«

Ivar rückte keinen Handbreit vom Eingang weg. »In welcher Angelegenheit?«

»In einer Angelegenheit von allerhöchster Dringlichkeit.« Athils hielt kurz inne. »Es wäre also besser, wenn du zur Seite trittst.«

Neben ihm stand Hring den anderen Finngaill gegenüber. Er wirkte ruhig. Doch Athils wusste, dass sein Vetter von einem Augenblick auf den anderen die Männer, ohne zu zögern, angreifen würde, wenn er ihm das entsprechende Zeichen gab.

»Wenn es so wichtig ist, dann sag es mir, und ich teile es unserem König mit.« Ivar stank aus dem Mund, dass es Athils fast umwarf. Es war ein fauliger Geruch, als ob irgendetwas Lebendiges erst in Wein getaucht und anschließend in dem Mann verreckt wäre.

Mit einem Mal wurde der Befehlshaber von Strathclyde das Spiel leid. Er wusste, dass der Finngaill gar nicht vorhatte, irgendetwas in der Art zu tun. Er wollte ihn einzig und allein provozieren, weil er, wie so viele im Lager, des Wartens auf die Schlacht überdrüssig war und unter schierer Langeweile litt. Nun, dem konnte abgeholfen werden, aber dazu musste er zu den Königen im Zelt vor ihm.

»Ich teile es ihm selbst mit.« Athils machte einen Schritt zurück. »Und wenn du etwas dagegen hast, klären wir das am besten hier und jetzt. Mann gegen Mann.«

Der Anführer der Finngaill starrte ihn abwägend an, die Hand auf dem Griff der Keule aus Rosenholz, die wie immer an seinem Gürtel hing. Dann grinste Ivar, trat zur Seite und hob die Hände. »Fiepende Mäuse darf man ruhig einmal durchlassen, wenn sie sich so mutig auf die Hinterbeinchen stellen. Also geh, Mäuschen. Aber sieh dich vor, wenn du das nächste Mal in der Nacht scheißen gehst. Die Dunkelheit verbirgt vieles.«

Es lag Athils auf der Zunge zu sagen, dass es keine Dunkelheit gab, die den Finngaill verbergen konnte – sogar ein alter Jagdhund mit abgeschnittener Nase würde ihn wittern. Doch er verbiss sich die Worte und trat mit seinem Vetter in das Zelt der Könige ein.

»Sie haben *was*?«

König Olafs kraftvoller Körper bebte, die langen Haare und das Wolfsfell schienen sich zornig zu sträuben. Konstantin und Eòghann blieben äußerlich ruhig, auch wenn ihre Augen und ihre Hände, die sich um die Armlehne ihres Throns klammerten, verrieten, welche Wut sie erfüllte. Konstantins Söhne Kenneth und Cellach hielten sich etwas abseits des Podestes und verfolgten das Geschehen gespannt.

Athils blickte die drei Herrscher des Nordens an. »Sie haben uns getäuscht. Als wir hier in voller Kampfstärke unser Lager aufgeschlagen haben, war die Anzahl ihrer Krieger nur halb so groß. Offenbar hatte Thorolf Skallagrimsson, der mit den Männern der Eislande für König Æthelstan kämpft, den Einfall mit den Zelten und den Kriegern, die im Freien übernachteten. So haben sie uns glauben gemacht, dass sie gleich viele Männer haben wie wir, und Æthelstan konnte in aller Ruhe seine restlichen Krieger sammeln.« Er holte tief Luft. »Wir hätten die Schlacht am ersten Tag schlagen und für uns entscheiden können. Jetzt ist es zu spät.«

»Bist du dir sicher?« Eòghann sah seinen Befehlshaber durchdringend an.

»So sicher, wie ich hier stehe. Zwei von Æthelstans Fyrd, die die Nordmänner hassen und ihrem König nicht verzeihen können, dass er Krieger aus den Eislanden an ihrer Seite kämpfen lässt, sind geflohen und haben es mir mitgeteilt.«

»Für eine reiche Belohnung, selbstverständlich.«

»Selbstverständlich.«

»Und wo sind diese Männer?«, warf Konstantin ein.

»Tot, selbstverständlich.« Athils zuckte mit den Achseln. »Man lässt keinen Verräter auch nur einen Augenblick länger am Leben, als man sie braucht.«

»Dieser verdammte, von einer Hündin ausgeschissene Thorolf wird sich noch wünschen, uns nicht genarrt zu haben.« Olafs Stimme bebte vor Zorn.

»Sein Bruder Egill, der Herrscher der Eislande, ist übrigens ebenfalls hier. Er wurde im Lager gesehen.« Athils wandte sich jetzt an Eòghann. »Mein König, wir dürfen diese Schmach nicht auf uns sitzen lassen. Wir müssen handeln.«

»Oh, das werden wir«, sagte dieser und blickte Konstantin an.

Der König von Alba nickte und erhob sich von seinem Thron. »Æthelstan hat uns getäuscht. Ich fühle mich daher an keine Abmachung mehr gebunden. Er spricht von Ehre und erwartet, dass wir uns auf dem Schlachtfeld treffen? Wir werden uns treffen, aber anders, als er es sich vorgestellt hat. Ihr, Athils, setzt Euch sofort in Bewegung und überfallt morgen bei Anbruch des Tages das feindliche Lager mit einer Vorhut. Nehmt zweitausend Mann aus unseren Reihen und richtet so viel Tod und Zerstörung an, wie Ihr könnt, vor allem unter den Kriegern der Eislande. Dann zieht Euch zurück. Wir rüsten das Hauptheer, setzen uns am Tag darauf in Bewegung und vernichten sie bis auf den letzten Mann.«

»Ein wohlfeiler Plan.« Olaf strich sich über den üppigen Bart. »Ich werde meine Finngaill mit Euch schicken, damit sie sich diese hinterlistigen Bastarde vorknöpfen können.«

»Ich bin mir sicher, dass Ivar und seine Männer Thorolf das Fürchten lehren werden.« Konstantins Stimme war voller Respekt. »Aber mir wäre es lieb, wenn Eure Krieger in all ihrer Stärke am zweiten Tag auf unserer Seite sind, wenn wir Æthelstan gegenüberstehen. Auch wenn er durch den Überraschungsangriff geschwächt und verunsichert sein wird, brauchen wir jeden Mann.« Der Ausdruck seiner Augen war unergründlich, als er den König von Dubh Linn musterte.

Olaf überlegte kurz, dann nickte er knapp.

Konstantin wandte sich an Athils. »Geht und sammelt Eure Männer.«

Der beugte das Haupt und verließ mit Hring in schnellem Schritt das Zelt.

König Konstantin nahm einen Apfel von einem Silberteller. »Ich denke, es ist Zeit, dass Ihr die Flotte benachrichtigt.«

»Ivar!«, brüllte Olaf anstatt einer Antwort, dass das Zelt zu erbeben schien. Einen Augenblick später trat der Finngaill ein.

»Ja, mein König?«

»Schick den Botenfalken und die vorbereitete Nachricht los. Er muss die Flotte noch heute erreichen.«

»Dann ist es endlich so weit.« Ivars Augen glänzten.

»Ja. Aber kein Wort zu den Männern. Wir werden unseren Feinden morgen eine Überraschung bereiten.«

»Die Finngaill stehen bereit, Herr.«

König Olaf winkte ab. »Euch brauche ich für den zweiten Tag. Und dann, bei Odin, werden wir diesen Hundesöhnen aus den Eislanden eigenhändig die Haut abziehen.« Er schlug sich die Faust in die Handfläche, dass es klatschte.

Konstantin biss in den Apfel. »Weiß der Befehlshaber Eurer Flotte Bescheid?«

Olaf nickte grimmig. »Wulfgar hat den Befehl, sofort hierherzusegeln, wenn der Falke ihn erreicht. Der Landeplatz für die Flotte ist etwas weiter südlich gelegen, sodass die Männer unbemerkt von Bord gehen und Æthelstan in den Rücken fallen können. Wir werden sie in die Zange nehmen und ein Blutbad anrichten, wie es niemand auf dieser Welt je gesehen hat.«

Konstantin nahm einen weiteren Bissen von dem Apfel, kaute hastig und schluckte. »So wird es geschehen. Möge der Tag auf ewig in die Chroniken eingebrannt sein. Der Tag, an dem die Erde von Brunanburh nicht mehr ausreichte, um das Blut unserer gefallenen Feinde aufzunehmen.«

Die Karte, die erst vor Kurzem gezeichnet worden war, zeigte eine rechteckige Landzunge, die links und rechts von Flüssen begrenzt wurde, oben vom offenen Meer. Im Norden standen drei Figuren aus rotem Kirschholz, die an Könige eines Schachspiels erinnerten, umgeben von einer Handvoll kleinerer Figuren, Krieger mit Helm und Schild.

Im Süden standen ebenfalls Figuren, wenn auch aus hellem Birkenholz – ein König, ein Bischof sowie ebenfalls eine Handvoll Krieger. Und ein Kreuz, das die Figuren überragte.

Im Westen der Karte war ein Waldgebiet eingezeichnet, in dessen Zentrum eine kunstvoll geschnitzte Figur stand, ein Monolith, überzogen von kreisrunden Linien. Zu ihrem Fuß war der Name »Brunanburh« mit roter Tinte geschrieben.

Über die Karte gebeugt stand König Æthelstan, die Brauen zu einer sorgenvollen Miene gezogen, die Hände hinter dem Rücken verschränkt. Rund um den Tisch, auf dem die Karte lag, standen schweigend Bischof Oda, Alfgeir und Edmund.

Nach einer schieren Ewigkeit richtete sich Æthelstan schließlich auf, blickte durch den Raum. Das Innere des kleinen Zeltes war mit roten Stoffbahnen ausgekleidet und wirkte, als befände man sich wieder im Bauch der Mutter – in völliger Ruhe, in Sicherheit. Licht spendeten Talgkerzen, die in Kandelabern brannten. Wachen, Boten oder Diener waren keine anwesend, nur der König und seine engsten Berater.

»Was bereitet Euch ein solches Kopfzerbrechen?« Es war der Bischof, der die Stille brach. »Es ist der fremde Krieger, nicht wahr?«

Æthelstan nickte bedächtig. »Ich frage mich, was einen Mann dazu bewegt, mir dermaßen dreist entgegenzutreten.«

»Wie Ihr gesagt habt, Herr«, versuchte sich Alfgeir in einer Antwort. »Ein Betrüger, der höchstwahrscheinlich von Konstantin oder Olaf entsandt worden ist.«

»Höchstwahrscheinlich«, stimmte der König ihm zu. »Doch versetzen wir uns in die Lage des Betrügers. Sein Plan müsste doch sein, uns falsche Hinweise zu liefern, damit Konstantin daraus einen strategischen Vorteil schlagen kann.«

»So ist es.« Alfgeir fühlte sich bestärkt.

»Man kann jedoch keinen strategischen Vorteil aus etwas schlagen, wenn man seinen Gegner nicht in die Irre führt. Und noch hat der Kerl nicht verraten, was er denn weiß.«

»Vielleicht ist er nicht ganz richtig im Kopf?«, mutmaßte Edmund leise.

»Würdest du jemanden mit so einer Aufgabe zu deinem Feind schicken, der nicht ganz richtig im Kopf ist?«

Æthelstan schaute seinen Bruder durchdringend an. Dieser senkte den Kopf.

»Nein«, fuhr der König fort. »Ich glaube, das dringlichste Ansinnen des Mannes ist nicht, uns die Nachricht zu offenbaren. Er will tatsächlich das, was ich ihm dafür verspreche. Seine Belohnung.«

Bischof Oda beobachtete stumm das Gespräch, das Alfgeir nun wieder an sich zu reißen versuchte. »Er will Gold wie jeder Verräter. Lasst mich ihm die Haut abziehen, dann wird er uns alles verraten.«

»Ein Mann, der nichts mehr zu verlieren hat, wird sich hüten, seinen einzigen Trumpf auszuspielen. Und ein Mann mit Ehre würde eher sein Geheimnis mit in den Tod nehmen.« Æthelstan schritt nun auf und ab.

»Ja, ein Mann mit *Ehre*«, spottete Alfgeir.

»Egill Skallagrimsson meinte, er sei ein solcher«, überlegte der König laut und tauschte einen kurzen Blick mit seinem Bischof, der ihm unmerklich zunickte. »So holt mir den Nordmann.«

»Aber Herr«, eiferte sich Alfgeir. »Dem Heiden ist nicht zu trauen. Als Euer Berater muss ich …« Æthelstans Blick ließ den Aldermann verstummen. Er stieß ein verächtliches Grunzen aus, dann verließ er das Zelt.

»Nun sprich«, sagte Æthelstan betont ruhig zu Egill, der von Alfgeir soeben hereingeführt worden war. »Warum verbürgt sich der Herrscher der Eislande für diesen Mann?«

Egill wusste, dass Kineths Schicksal – und vielleicht das von ihnen allen – von dem abhing, was er als Nächstes sagte. Er konnte nur hoffen, dass sich der Herrscher überzeugen ließ. »Mein König, ich traf diesen Mann und die Seinen, nicht lange nachdem ich von den Eislanden aufgebrochen war. Ich habe sie im Kampf erlebt, und ich habe sie als Krieger von Ehre erlebt. Sie werden nichts tun, um Euch zu gefährden.«

»Der Mann war doch allein«, meinte Edmund.

»Nicht, als ich ihn getroffen habe. Da waren es um die vierzig Krieger.«

»Vierzig Mann? Lächerlich.« Alfgeir unterstrich seine Einschätzung mit einer verächtlichen Handbewegung.

»Diese Zeichnungen …« Æthelstans Stimme war nachdenklich. »Man erzählt sich, dass auch die einstigen Völker im Norden Britanniens solche auf der Haut trugen.«

Egill nickte. »Kineth und seine Krieger stammen von jenen ab, die vor langer Zeit Alba beherrschten. Sie haben auf einer abgelegenen Insel im Norden überlebt.«

»Wenn er bis jetzt auf einer Insel lebte, was will er dann in unserem Lager?«, warf Edmund ein.

Egill zuckte mit den Achseln, auch wenn er ahnte, was Kineth vorhatte.

»Und was, glaubst du, wird geschehen, wenn sich herumspricht, dass jeder dahergelaufene Wicht zu König Æthelstan kommen und Forderungen stellen kann?« Alfgeir blickte Egill finster an.

»Mein Aldermann hat recht.« Æthelstan stimmte Alfgeir zu, wenn auch offensichtlich widerwillig. »Ich handle nach dem Willen des Allmächtigen, und Sein Wille ist, dass ich Britannien eine, dass ich Seinen Glauben im Land verankere.« Er hielt kurz inne. »Man eint kein Land, indem man Schwäche zeigt.«

Egill straffte sich. »Mein König, Ihr habt nach mir verlangt, und ich kann Euch natürlich nur etwas raten, was ich hiermit tue: Glaubt Kineth und gebt ihm Euer Wort. Wenn Euch das, was er zu sagen hat, als nichtig erscheint ...« Der Nordmann machte eine gleichgültige Geste. »Dann habt Ihr nichts verloren. Aber wenn es von Bedeutung ist, habt Ihr womöglich mehr gewonnen, als wir alle im Augenblick erahnen können.« Egill verstummte. Er wusste, dass er nun alles in seiner Macht Stehende getan hatte. Der Rest hing allein vom König ab.

Der zog die Brauen nach oben. »Egill Skallagrimsson hat mir also einen Rat erteilt.« Er wandte sich an die anderen. »Was sagen meine Berater?«

»Ich bleibe dabei: Der Mann ist ein Lügner und ein Täuscher«, sprach Alfgeir entschieden. »Ich glaube, dass er vom Norden geschickt wurde, uns in die Irre zu führen.«

Edmund nickte selbstsicher. »Ich stimme Eurem Aldermann zu, mein König. Das Ganze stinkt nach einer Falle, so wie der ganze Kerl stinkt.«

Æthelstan blickte zu Bischof Oda, der dem Disput aufmerksam gelauscht, aber sonst geschwiegen hatte. »Und Ihr?«

Der Bischof überlegte. »Er stinkt vielleicht wie ein Lump, fürwahr, aber sieht er auch wie einer aus? Wer vermag schon das wahre Bestreben am Äußeren eines Mannes zu erkennen?«

»Ein Mann ist so, wie er auftritt«, sagte Alfgeir barsch. »Ein König trägt ja auch eine Krone und keine Mistgabel.«

Oda schmunzelte. »Dann hätte Jesus Christus für Euch wohl bei der Bergpredigt wie der Sohn Gottes ausgesehen, mit Schweiß und Blut gepeinigt unter Pontius Pilatus, aber wie ein Betrüger?«

Alfgeir wurde rot vor Zorn. Doch als er sah, dass sein König keine Anzeichen machte, den Bischof zurechtzuweisen, beherrschte er sich.

»Es erfordert schon eine Menge Mut«, fuhr Oda fort, »ganz allein hierherzukommen und so vor Euch zu sprechen, mein König. Und unser tapferer Kampfgefährte hier«, kleine Lachfalten bildeten sich unter seinen Augen, als er auf Egill deutete, »hat sich sehr überzeugend für den Mann eingesetzt.«

»Heute ist Egill Skallagrimsson unser Kampfgefährte. Gestern noch hat er mit den Seinen unsere Klöster und Dörfer niedergebrannt«, erwiderte Alfgeir zornig. »Der Tag, an dem ich einem Nordmann vertraue, ist der Tag, an dem die Sonne erlischt.«

»Und ich vertraue nicht auf das Wort eines Mannes, der auf dem Schlachtfeld den Schwanz einzieht wie ein räudiger Hund.« Egill wurde nun ebenfalls wütend.

»Was willst du damit sagen?« Alfgeir ging drohend auf ihn zu. »Ich habe nie…«

»Schweigt!«

Ein Wort, und nicht einmal laut. Aber es genügte, dass alle erstarrten. Denn es war das Wort des Königs.

»Wie sollen wir gegen den Norden bestehen, wenn wir uns gegenseitig an die Kehle gehen?« Æthelstan sah Alfgeir und Egill mit blitzenden Augen an. »Ihr werdet noch genug Gelegenheit haben, euren Mut und eure Fertigkeit im Kampf zu beweisen. Aber nicht hier, und nicht gegeneinander. Sondern auf dem Schlachtfeld und miteinander. Habt ihr mich verstanden?«

Alfgeir beugte sein Haupt. »Ich habe verstanden, mein König.«

Egill beugte ebenfalls seinen Kopf. »Ihr habt recht. Auf dem Schlachtfeld werden wir uns beweisen.« Seiner Stimme war nicht zu entnehmen, wie er seine Bemerkung meinte.

Æthelstan runzelte die Stirn und wollte etwas sagen, als Oda erneut das Wort ergriff.

»Mein König, was den fremden Krieger betrifft ... Was habt Ihr schon zu verlieren? Hören wir uns an, was sein Begehr ist, gehen wir diesen kleinen Schritt auf ihn zu. Hier, in diesem kleinen Kreis. Womöglich ist er von Nutzen. Wenn nicht, könnt Ihr ihn immer noch zum Richtblock führen lassen.«

Egills Respekt für den Bischof wuchs. Der Mann schien genau zu wissen, was in jedem Augenblick das Richtige war. Und in diesem Augenblick ging es nicht um innere Streitigkeiten, es ging um eine Entscheidung, von der vielleicht der Ausgang der Schlacht abhing.

Æthelstan antwortete nicht. Sein Blick glitt über die Männer vor ihm, fiel auf die Karte und die Figuren, die sich gegenüberstanden. Seine Finger trommelten rhythmisch auf den Tisch, das Geräusch schien in Egills Ohren überlaut.

Die Spannung im Zelt war fast greifbar – wie würde der König entscheiden?

Das Trommeln der Finger hörte abrupt auf.

»Ich vertraue meinen treuen Beratern, und ich vertraue dir, Egill Skallagrimsson«, sprach der König, ohne den Blick von der Karte abzuwenden. »Der Fremde soll sprechen.«

»Ich danke Euch, mein König.« Der Nordmann beugte abermals sein Haupt.

»Danke mir nicht zu früh. Wenn er mich täuschen will, wirst du meinen Zorn zu spüren bekommen.« Æthelstan gab Alfgeir einen Wink. »Hol den Mann wieder herein! Aber gib ihm vorher die Gelegenheit, sich zu waschen. Sollte ich meine Meinung nicht ändern, stirbt er wenigstens sauber.«

Erneut stand Kineth vor den Männern, erneut in Fesseln, wenn auch gewaschen und mit einem frischen Leinenhemd bekleidet.

»Ich mache keinen Hehl daraus, dass ich dich nur anhöre, weil Egill Skallagrimsson für dich einsteht.« Æthelstans Stimme blieb ruhig, er beäugte den Fremden mit einer Mischung aus Zorn und Neugier. »Und …« Der König setzte ab, als hätte er eine schwere Last zu tragen. Schließlich fuhr er fort. »Und du hast mein Wort, dass ich dir das gebe, was du forderst – natürlich nur, wenn es im Bereich meiner Macht liegt. Und natürlich nur, wenn es meiner Macht nicht schadet.«

»Ich danke Euch, mein König. Und dir, Egill.« Kineth beugte sein Haupt.

»So erzähl mir nun, was du weißt, Sohn des Brude.«

Alle hielten unwillkürlich den Atem an, um nur ja jedes Wort zu verstehen, das der Fremde von sich geben würde. Denn es war das erste Mal, dass ein König sich zu solch einem Abkommen herabgelassen hatte – das, was nun erzählt werden würde, musste wahrlich außergewöhnlich sein, um dieses Abkommen zu rechtfertigen.

»Ich und meine Krieger waren auf dem Weg zu Euch, als unser Schiff leckschlug und wir an einer Insel anlanden mussten. Ein kleiner Spähtrupp hat die Umgebung erkundet, während wir die notwendigen Ausbesserungen vornahmen.«

Alfgeir schnaubte betont gelangweilt, doch niemand schien ihm Aufmerksamkeit zu schenken.

Kineth berichtete unbeirrt weiter. »Auf der anderen Seite dieser Insel entdeckten wir sie.« Der Krieger hielt kurz inne. »Eine riesige Flotte aus Drachenbooten, bereit, jederzeit auszulaufen.«

»Wie riesig kann diese Flotte wohl sein?«, fragte Alfgeir und scheute nicht den höhnischen Unterton.

»Mehrere hundert Schiffe«, antwortete Kineth gleichmütig, als meinte er ein Dutzend. Nun blieb auch Alfgeir stumm.

»Und wo soll diese riesige Flotte ungesehen vor Anker liegen?« Æthelstan blickte Kineth mit einigem Unglauben an, wie auch die anderen im Zelt.

»Nicht weit von hier.«

Der König zog die Augenbrauen nach oben. »Nicht weit von hier? Das ist alles? Du scheinst mir nicht zu trauen. Oder hast du Angst, dass ich mich deiner entledige, sobald ich weiß, wo diese Flotte sich befindet?«

Kineth sagte nichts. Auch die anderen schwiegen.

Æthelstan lief auf und ab, nicht ohne den Fremden aus den Augen zu lassen. »Wenn es diese Flotte tatsächlich gibt, stellt sie in der Tat eine erhebliche Gefahr dar.« Er ging auf Kineth zu, bis er ihm ganz nah gegenüberstand. Alfgeir und Edmund wollten näher kommen, aber ein Wink des Königs ließ sie innehalten. »Ich habe dir mein Wort gegeben. Nun ist es an dir, auch mir zu vertrauen. Ich frage ein letztes Mal: Wo liegt diese Flotte?«

Die beiden Männer starrten sich an.

Nach einer gefühlten Ewigkeit drangen die Worte von Kineth durch die Stille. »Nördlich von hier, in einer dem Süden abgewandten Bucht. Mit einem schnellen Schiff erreicht man sie innerhalb eines Tages.«

»Ellan Vannin«,[22] flüsterte Bischof Oda.

Æthelstan musterte Kineth noch einen Augenblick, dann nickte er zufrieden. »Ich danke dir, Sohn des Brude.« Er kehrte zu dem Tisch mit der Karte zurück, starrte darauf. »Ich nehme an, dass die Flotte zu Olaf gehört und dass er sie aus dem Hinterhalt gegen mich verwenden will.« Er fuhr mit dem Finger auf der Karte die Westseite der Landzunge entlang, verharrte schließlich unter den hellen Figuren und dem Kreuz. »Er will uns in den Rücken fallen und in die Zange nehmen.«

»Das würde zu dem alten Hundesohn passen«, meinte Egill.

»Auch wenn du recht haben magst«, Æthelstan klang amüsiert, »ersuche ich dich, mehr Respekt zu zeigen. Immerhin ist es ein König, über den wir sprechen.«

Egill neigte ironisch den Kopf. »Verzeiht. *König* Hundesohn.«

Alle grinsten, sogar Alfgeir.

»Wenn Ihr mir ein Schiff und Männer gebt«, sagte

---

22 Heute: die britische Insel »Isle of Man«

Kineth, »werde ich dafür sorgen, dass es nicht zu einem Hinterhalt kommen wird.«

»Natürlich wirst du das.« Æthelstan war wieder ernst geworden. »Du willst ja auch etwas dafür. So sage mir jetzt, was es ist, das du begehrst.«

Kineth räusperte sich. »Ich nehme an, Egill hat Euch erzählt, woher ich und die Meinen kommen?«

»Er sagte, dass ihr Nachfahren derer seid, die früher in Alba lebten.«

»Das stimmt.« Kineth holte tief Luft. »Und deshalb will ich für mein Volk nichts anderes als einen Ort in Alba, in unserer alten Heimat, wo wir in Ruhe leben können.«

Æthelstan schüttelte den Kopf. »Sogar wenn wir siegen – Konstantin und seine Sippe verschwinden nicht vom Antlitz dieser Erde, auch Eòghann nicht. Glaubst du wirklich, dass die beiden damit einverstanden sind, irgendwelche Eindringlinge auf ihrem Grund und Boden hausen zu lassen?«

»Mein König, wir sind keine Eindringlinge. Wir haben ein *Recht* darauf, in Alba zu leben.« Kineths Stimme wurde beschwörend. »Ihr werdet siegreich aus der Schlacht hervorgehen, und es sind die Sieger, die gebieten. Konstantin und Eòghann werden sich Euch beugen, wenn Ihr ihnen befehlt, uns dort oben leben zu lassen. Wir sind nicht viele, und wir haben friedliebende Absichten. Und wir sind Euch treu ergeben. Wäre es nicht von Vorteil, im Norden zumindest einen Verbündeten zu wähnen?«

Æthelstan überlegte. »Du hast recht ... es scheint, dass wir beide von einem solchen Abkommen profitieren.« Der König blickte Kineth durchdringend an. »So sei es.

Wie viele Schiffe, denkst du, wirst du brauchen, um diese Flotte zu vernichten? Ich kann vielleicht ...«

»Eines«, unterbrach ihn Kineth.

Alfgeir und Edmund starrten erst sich, dann den Fremden ungläubig an.

»Ein Schiff?« Auch Æthelstan schien irritiert.

»Ein sehr schnelles Schiff, einen höllisch guten Steuermann und jede Menge Pech. Das ist alles, was ich brauche.«

Der König überlegte noch einen Moment, bevor er Alfgeir einen Wink gab. »So sei es.«

Alfgeir verzog das Gesicht zu einer finsteren Grimasse. Er schien etwas sagen zu wollen, verbiss es sich aber und fügte sich. »Komm mit!« Er rempelte Kineth an und verließ mit ihm das Zelt. Edmund und Egill folgten ihnen.

Nur Bischof Oda blieb. »Ein Schiff?« Er klang besorgt.

Æthelstan zuckte mit den Schultern. »Dann kann ich auch nur ein Schiff verlieren. Bei einer solchen Flotte hätte ich sowieso nicht genügend Schiffe, um mich ihrer zu erwehren. Wir werden Vorkehrungen an Land treffen.«

»Und seine Forderung?« Oda strich sich über das Kinn.

»Er will einen Flecken Land in Alba. Den soll er bekommen.«

»Er wird ihn auf Dauer nicht halten können. Nicht ohne Eure Truppen«, meinte der Bischof ernst.

Æthelstan bemühte sich, ein Lächeln zu verbergen. »Dann hätte er eben Truppen fordern müssen.« Er legte Oda die Hand auf die Schulter. »Hat er aber nicht.«

In Thorolfs Zelt fiel Kineth wie ein Wolf über das Essen her. Zuvor hatte er von Egill ein neues Gewand und Waffen bekommen. Seit er die schmutzverkrustete, stinkende Kleidung losgeworden war, fühlte er sich beinahe wie neugeboren.

König Æthelstan ließ im Augenblick eine Eskorte zusammenstellen, die Kineth zu dem Späherschiff bringen würde. Aber das interessierte den Krieger gerade wenig. Ihn interessierten nur der Braten, das Brot mit der frischen Kruste und der Met.

Die beiden Brüder aus den Eislanden sahen ihm eine Weile zu, bis Thorolf sich nicht mehr beherrschen konnte.

»Hör auf zu fressen und erzähl mir endlich, woher mein Bruder dich kennt, wenn er es schon nicht tun will!«

»Lass ihn, Thorolf.« Egill sah ein, dass er seinem Bruder eine Erklärung schuldig war. Und wenn schon nicht die Wahrheit, dann zumindest einen Teil davon. »Wenn du es genau wissen willst – Kineth befand sich mit den Seinen ebenfalls auf der Insel, auf der ich in den Hinterhalt des Herrschers geriet. Gemeinsam haben wir uns freigekämpft.« Egill hoffte, dass Kineth erkannte, welchen Teil der Geschichte sein Bruder nicht erfahren sollte.

»Auch auf der Insel… so, so…« Voller Misstrauen blickte Thorolf erst zu Egill, dann zu Kineth. »Und was wollten du und deine Krieger dort? Erzähl mir nicht, dass euch ein Sturm dorthin verschlagen hat. Das ist *seine* Geschichte«, er deutete auf Egill.

Kineth nahm noch einen Schluck Met. Er wischte sich mit der Hand über den Mund, stellte den Trinkbecher ab und sah Thorolf direkt in die Augen. »Unser Schiff war beschädigt. Wir mussten es ausbessern, dazu brauchten wir Hilfe. Comgall, der Herrscher der Insel, versprach uns diese. Doch seine wahre Absicht war, uns gefangen zu nehmen und zu versklaven. Wir haben dieses Vorhaben vereitelt und ihn getötet. Nicht mehr und nicht weniger.«

Thorolf starrte ihn an. »Das soll die Wahrheit sein?«

»Das ist die Wahrheit.« Kineths Stimme war ruhig.

»Und warum, Bruder«, Thorolf wandte sich drohend Egill zu, »hast du mir davon nichts erzählt?«

»Was sollte ich dir erzählen? Dass ich auf fremde Krieger von einer unbekannten Insel im Norden getroffen bin, die mir, dem Herrscher der Eislande, geholfen haben? Du hättest mir nicht geglaubt, und wenn du ehrlich bist, ist es auch nicht von Bedeutung. Von Bedeutung ist nur, dass ich hier bin und dass wir zusammen kämpfen, wie wir es geschworen haben.« Egill nahm zwei Trinkhörner aus dem eisernen Gestänge auf der Tafel und gab eines davon Thorolf. »Oder irre ich mich?«

Thorolf zögerte, bevor er einen großen Schluck nahm. »Du hast dich zwar schon oft geirrt, aber hier hast du recht.«

Er leerte das Trinkhorn mit einem weiteren gewaltigen Schluck, rülpste und stellte es auf dem Tisch ab. »Die Insel, auf der ihr beide auf so wundersame Weise aufeinandergetroffen seid, werde ich trotzdem schleifen, wenn die Schlacht vorbei ist.«

Egill dachte an Hjaltland, an Giric und dessen Sohn. Wie er die beiden an den Gräbern ihrer Familie zurückgelassen hatte, auf den grünen Hügeln, wo das Gras im Wind wogte. Er konnte nur hoffen, dass sein Bruder sein Vorhaben vergessen würde.

»Wenn dieser Mann die Flotte nicht vernichtet, wirst du nichts und niemanden mehr schleifen, Bruder, denn dann wird niemand von uns die Schlacht überleben.« Egill sah Kineth an. »Geben die Asen, dass du dein Vorhaben durchführen kannst. Und dass wir die Deinen befreien können, die noch im Lager des Feindes sind. Wie seid ihr überhaupt dorthin gelangt?«

»Wir waren auf dem Weg hierher, gerieten aber durch Verrat in das Lager von König Konstantin.« Kineth biss sich auf die Lippen. »Ich war der Einzige, der fliehen konnte.«

»Du wolltest also zu König Æthelstan«, meinte Thorolf, »und bist dabei versehentlich in die Hände seiner Feinde gefallen? Und diese haben dich nicht nur verschont, sondern so lange am Leben gelassen, dass du dich befreien konntest? Aus einem riesigen Lager, das vor Wachposten wimmelt?« Er hielt kurz inne. »Und du erwartest wirklich, dass ich dir das glaube?«

»Glaub, was du willst. Aber so ist es geschehen.«

»Von einem solchen Mann hängt vielleicht unser aller Schicksal ab. Die Asen seien mit uns.« Thorolf schüttelte den Kopf.

»Wer von den Deinen ist noch in Konstantins Lager gefangen?«, fragte Egill.

»Ailean, Unen und Caitt«, antwortete Kineth knapp. »Die anderen verbergen sich etwas weiter nördlich.«

Egill durchfuhr es eiskalt, als er ihren Namen hörte. Aber er durfte sich vor Thorolf nichts anmerken lassen, sonst würde sein Bruder erkennen, dass Egill viel mehr mit den fremden Kriegern verband, als er erzählt hatte.

»Wenn du deine Krieger nicht hierher geführt hättest, wären sie nicht in Gefangenschaft«, sagte der Nordmann jetzt fast barsch.

»Du hast doch im Zelt gehört, was ich für unser Volk will. Und es gibt nun einmal nur einen Mann, der es uns geben kann, und das ist König Æthelstan.« Kineth stand auf.

Thorolf lachte verächtlich. »Dein heißgeliebter Æthelstan wird euch nur so lange helfen, wie ihr von Nutzen seid. Dann wird er euch wie eine lästige Fliege zerdrücken.«

»Er hat mir sein Wort gegeben. Ich glaube, dass er ein Mann von Ehre ist.«

»Die Ehre eines Königs!« Thorolf lachte noch lauter. »Man merkt, dass du bisher nur auf einer abgelegenen Insel gelebt hast.«

Kineth nahm im Stehen einen letzten Bissen Brot und Fleisch und spülte es mit dem Met hinunter. »*Ich* glaube Æthelstan. Obendrein ist es zu spät, an seinen Absichten zu zweifeln. Die Schlacht beginnt bald, und ich muss weg, bevor die Flotte aus ihrem Hinterhalt aufbricht.« Er überlegte kurz. »Bevor ich floh, erwähnte Caitt jemanden namens ›Finngaill‹. Sagt euch das etwas?«

Egills Gesicht wurde finster. »Es wundert mich nicht, dass sich diese Hurensöhne hier herumtreiben.«

»Wer sind sie?«

»Eine Bande von Mördern, die für Olaf reiten.« Egills Augen zogen sich zu Schlitzen zusammen. »Sie kämpfen zwar auch auf den Schlachtfeldern, aber noch lieber sorgen sie hinter den feindlichen Linien für Ruhe und Ordnung. Für sie heißt das, dass sie jeden töten, der es auch nur wagt, etwas Schlechtes gegen Olaf zu furzen. Auch wenn es das frisch geschlüpfte Kind einer Magd ist.«

Kineth betrachtete ihn aufmerksam. »Das klingt, als würdest du sie gut kennen.«

»O ja.« Egill nickte. »Ich kenne sie und ihren Anführer.«

Thorolf wollte etwas sagen, aber sein Bruder gab ihm mit einer scharfen Geste zu verstehen, dass er schweigen sollte.

Plötzlich wurde die Zeltbahn am Eingang zur Seite geschoben. Gunnar trat ein, gefolgt von Bischof Oda, wie die drei Männer überrascht sahen. Neben dem Eingang bauten sich zwei von Æthelstans Wachen auf.

Oda hob grüßend die Hand. »Die Eskorte ist bereit, Sohn des Brude. Auf Æthelstans Wunsch soll ich dir den Segen des Allmächtigen erteilen, damit dein Vorhaben von Erfolg gekrönt sein wird.«

Kineth verschränkte die Arme vor der Brust, sein Gesichtsausdruck sprach Bände.

Der Bischof ließ seine Hand sinken. »Du zweifelst am Schutze des Herrn?«

Kineth dachte an den stotternden Beacán auf Innis Bàn, an die knabenliebenden Mönche beim Loch Ruthven und an den stinkenden Priester, der aus einer Truhe in Torridun gekrochen war. Er zögerte, dann sprach er frei heraus. »Mit Verlaub – die Männer des einen Gottes, die ich bisher getroffen habe, waren nicht gerade danach geraten, mir Respekt einzuflößen.«

Oda runzelte die Stirn. »Nun, du solltest uns nicht an schlechten Beispielen messen. Wie überall gibt es auch in unseren Reihen schwarze Schafe. Das ist doch auch bei euch so, ihr habt unter euren Kriegern hervorragende, gute und schlechte Männer.«

»Mit dem Unterschied«, Thorolfs Stimme troff vor Verachtung, »dass wir nicht von Tugend predigen und dann anders handeln.« Wie zufällig nahm er seine Axt in die Hand.

»Ah, die Tugend …« Oda lächelte und blickte Kineth an. »Ich kann dir nur eines versichern: Ich und die Meinen leben nach dem, was wir predigen. Ob im täglichen Leben, vor dem Altar oder im Kampf.«

»Was versteht Ihr denn vom Kampf?« Thorolf ließ Hillevi durch die Luft sausen. Die Waffe war schwer, doch der Nordmann hielt sie in der Hand, als wäre sie eine Rute.

»Oh, so einiges.«

»Ach ja?« Mit einem Mal drehte Thorolf die Axt und ließ sie spielerisch auf das Haupt des Bischofs herabschnellen. Oda duckte sich blitzschnell, war im Bruchteil eines Augenblicks hinter dem riesigen Nordmann und bohrte ihm die Hand in den Rücken.

Die Hand mit einer Rinderkeule, die er so schnell von der Platte genommen hatte, dass niemand es mitbekommen hatte.

»Ja, Thorolf Skallagrimsson.«

Der verharrte kurz, grinste und ließ die Waffe sinken. »Ihr seid ein wendiger Bursche, Bischof.«

Egill und Kineth betrachteten den Mann Gottes, der die Keule wieder auf den Tisch legte, mit neuem Respekt.

»Die Zeiten erfordern wendige Männer. Auf jeder Seite.« Der Bischof baute sich vor Kineth auf. »Ich mache nicht viele Worte, denn die benötigst du nicht.« Er schlug ein Kreuz über dem Krieger. »Ich segne dich, Kineth, auf dass du im Namen Gottes, des allmächtigen Herrn, kämpfst, im Namen seines Sohnes und des Heiligen Geistes. Amen.«

Ohne eine Antwort von Kineth abzuwarten, drehte er sich um und verließ das Zelt so plötzlich, wie er gekommen war.

Thorolf kratzte sich am Kopf. »Kämpferische Priester. Was für ein Land...«

Jetzt grinste Kineth. »Wenn die Christen mehr Männer wie ihn in ihren Reihen hätten, würde sich dieser Glaube auf der ganzen Welt ausbreiten.«

Egill nickte. »Da magst du recht haben. Aber das wird nie geschehen.«

Sie schwieg, wie sie seit der Nacht in der Halle geschwiegen hatte. Niemand hatte sie zum Reden bringen können, nicht ihre Söhne, nicht ihr Herrscher, nicht ihr Priester.

Stumm kniete sie auf dem Dorfplatz vor der Stele, die wieder allein über diesen Ort herrschte. Das Kreuz war niedergerissen worden wie auch alle anderen, die seit Brudes Verbannung errichtet worden waren.

Die Einwohner von Dùn Tìle bildeten einen weiten Kreis. Bébhinn war auch unter ihnen, aber sie fühlte keine Genugtuung über das, was gleich geschehen würde, ungeachtet dessen, wie sehr Gràinne sie beim Tuchfärben auch drangsaliert hatte. Sie war einzig von Mitleid mit Tyree erfüllt, der in einigem Abstand zu ihr und den anderen Dorfbewohnern stand und seinen Blick nicht von der Frau am Richtplatz abwandte.

Jetzt trat Peadair zu Tyree. Er hatte seinen Freund, den er so schmählich hintergangen hatte, nach jener schicksalhaften Nacht um Verzeihung gebeten. Tyree hatte sie ihm nach kurzem Zögern gewährt.

»Du musst das nicht sehen. Geh zu deinem Bruder, er braucht dich«, flüsterte Peadair.

Tyree schüttelte stumm den Kopf. Er musste hierbleiben, musste sichergehen, dass alles endete, dass dieser böse Traum in den nächsten Augenblicken ein für alle Mal vorbei war. Sein einziger Trost war, dass da vorne nicht seine Mutter kniete; seine Mutter war vor langer Zeit gegangen, da war er sich sicher. Das da vorne war nur eine Hülle, angefüllt mit einem mörderischen, giftigen Glauben, der sie in den Untergang geführt hatte. Der Tod würde eine Gnade für sie sein.

Brude trat hinter Gràinne, das Schwert in der Hand.

Brion saß in der Halle. Die Glut in der Feuerstelle knisterte leise, ansonsten war es still. Das Murmeln am Dorfplatz war verstummt.

Brion wusste, dass seine Mutter bald tot sein würde. Es

war recht, und doch herrschte tiefe Trauer in ihm. Trauer und Hass auf den Mann, der sie zu einer Mörderin hatte werden lassen.

Er blickte auf den Thron, auf dem ab jetzt wieder der rechtmäßige Herrscher von Innis Bàn sitzen würde. Jener Herrscher, der wahrscheinlich gerade sein Schwert hob und …

Ein dumpfes Geräusch von draußen.

Brion ließ den Kopf sinken und begann zu weinen.

Der Wind blies schneidend von der See herein. Der Strand war mit hartem Schnee bedeckt, von dem die Flut immer wieder ein Stückchen fraß.

Der Priester stand mit dem Rücken zum Meer. Er blickte Brude, Iona, Brion und Tyree ruhig an. Die anderen Bewohner von Dùn Tìle hatten sich auf einem der Hügel versammelt und sahen auf sie hinab. Eibhlin war die Vorderste, ihr Haar flatterte um ihr Gesicht.

»Ihr versündigt euch am Herrn.« Beacáns Stimme war gefasst, das Stottern war wieder verschwunden.

»Wenn dein Herr so ist, wie du immer gepredigt hast, hast du dich ihm gegenüber zutiefst versündigt«, erwiderte Brude.

Der Priester nickte. »Gleichwohl ist es nicht recht zu töten, am wenigsten einen Diener Gottes.«

»Wir besudeln die Klingen unserer Schwerter nicht mit deinem Blut, sondern werden dich der Gnade deines Gottes ausliefern. *Der Herr verlässt die Seinen nicht. Nur die, die nicht bereuen.* Das hast du zu mir an dem Tag gesagt, an dem du mich und mein Weib in die Verbannung geschickt hast.« Brude nahm seinen Speer und gab ihn Brion. Der packte die Waffe entschlossen, sie überragte ihn um zwei Haupteslängen.

»Du hast uns in das Innere des Eilands verbannt«, fuhr der Herrscher von Innis Bàn fort. »Ich verbanne dich in das Meer, von dem wir einst gekommen sind. Dann werden wir sehen, wie gnädig dein Herr tatsächlich ist.« Er lächelte bitter. »War es nicht Sein Sohn, der einst über das Wasser gewandelt ist? Heute kannst du es ihm gleichtun.«

Brude gab Brion ein Zeichen. Dieser senkte den Speer und deutete damit auf den Priester, der zurückwich. Jetzt stand Angst in seinen Augen, aber er presste den Mund zusammen, öffnete seine knochigen Finger und schloss sie wieder zur Faust. »Ich werde gehen, und ich werde euch nicht die Freude gönnen, mich verzweifelt zu sehen. Ich habe in *Seinem* Sinne gehandelt, und *Er* wird mich erretten.«

»Dann hast du ja nichts zu befürchten«, meinte Brude ernst. »Geh und kehre nicht wieder. Es sind Pfeile auf dich gerichtet, die dich durchdringen werden, wenn du es dir anders überlegst.«

Der Priester hob seine Hand. »Ich komme zurück, verlass dich darauf. Und das Jüngste Gericht wird mit mir kommen.«

»Bring mit, wen du willst. Aber geh.« Brude gab Brion ein Zeichen, der einen Schritt nach vorne machte und dem Priester die Spitze des Speeres auf der Höhe des Brustkorbs sacht, aber eindeutig in die Kutte bohrte.

Beacán sah die vier, die vor ihm standen, noch einmal an, schien sich jede Einzelheit einprägen zu wollen. Dann drehte er abrupt um und ging auf das Meer zu. Brion folgte ihm, den Speer auf seinen Rücken gerichtet.

Raubmöwen und Seeadler kreisten am düsteren Himmel, als der einstige Priester und Herrscher des Eilands in die grauen Fluten schritt. Er taumelte in den Wellen, die ihn vor und zurück rissen, aber er ging weiter, ein Gebet auf den Lippen, das vom Wind fortgetragen wurde.

Brude, Iona und Tyree betrachteten die beiden Gestalten: die eine, die immer tiefer ins Wasser schritt, die andere, den Speer in die Fluten gerichtet, starr wie eine Statue.

Die vordere Gestalt wurde kleiner, verschmolz mit den Wellen. Ein Krächzen am Himmel, und sie war verschwunden.

Die Menschen von Innis Bàn verharrten noch einen Augenblick, dann verließen sie die Küste.

Nach einer Weile schulterte auch Brion, Sohn der Gràinne und des Dànaidh, den Speer und ging langsamen Schrittes den schmalen Pfad entlang, der zum Dorf zurückführte ...

Die Wolken hatten sich verzogen, der Regen hatte aufgehört. Kalter Wind blies über das Ufer des Flusses, dessen braunes, schlammiges Wasser träge dahinfloss. Das kleine Späherschiff, dessen Segel äußerst groß war und das deshalb hohe Schnelligkeit erreichte, lag angetäut da, war aber bereit zum Auslaufen.

»Nun mach schon, wir wollen das Tageslicht nutzen! Ein junger Mann winkte Kineth zu, der mit Egill am Ufer stand. »Du darfst an Bord des Schiffes des besten Steuermannes von Westseaxe gehen – mir! Trygil ist mein Name!« Trotz seines Alters strotzte er vor Selbstbewusstsein, und der Schalk blitzte ihm aus den blauen Augen. Kineth mochte ihn auf Anhieb, auch wenn er vorsichtig blieb, was die Fähigkeiten des »besten Steuermannes« betraf. Davon musste er sich erst überzeugen.

Der Krieger sah Egill an, der ihn mit einer Eskorte hierher begleitet hatte. »Ich werde dir meine Leute schicken, auf dass sie dir im Kampf beistehen. Flòraidh führt sie an.«

»Wenn sie rechtzeitig das Lager erreichen, sollen sie zum Rabenbanner kommen. Ich sage meinen Männern Bescheid.«

»So sei es.« Kineth verharrte kurz, reichte dem Nordmann die Hand. Der erwiderte die Geste, sie umarmten sich. Dann trat Kineth zurück. »Kämpfe und siege, Egill Skallagrimsson. Und wenn ich nicht zurückkomme, bitte ich dich, alles zu tun, um Ailean und Unen zu befreien.« Kurz dachte er daran, wie er und seine Stiefschwester sich geliebt hatten, und schämte sich fast ein wenig, weil er genau wusste, wie Egill für Ailean empfand. Aber darüber würde zu reden sein, wenn die Schlacht vorbei war.

»Ich und die Deinen werden frei sein, und wenn ich allein Konstantins Lager stürmen muss.« Egills Stimme war entschlossen. »Ich wünsche dir Glück, Kineth, Sohn des Brude. Vernichte den Feind und kehre zu uns zurück. Auf dass du und dein Volk endlich das findet, was ihr euch am meisten ersehnt.«

Kineth nickte wortlos und begab sich an Bord des Schiffes. Wenige Augenblicke später legte es ab.

Das Segel blähte sich im Wind und trug das Schiff schnell davon.

Kineth stand am Heck, grinste und winkte Egill kurz zu. Der grüßte zurück und blickte dem Schiff und dem Krieger mit den blauen Bemalungen nach – dem Krieger, der in seinem Leben und in Britannien wie ein Geist aus einer längst vergangenen Zeit aufgetaucht war.

Ein Krieger, das spürte Egill auf einmal tief und fest, der den Lauf dieser Schlacht und das Schicksal der Menschen Britanniens entscheidend verändern würde.

Die Asen seien mit dir, Kineth von Innis Bàn. Und auch jeder andere, der dir helfen kann, deinen Kampf zu gewinnen.

Der Fuchs schlich sich geschmeidig zwischen den Bäumen hindurch. Seine Pfoten trugen ihn geräuschlos über weiches Moos, bunte Blätter und herabgefallene Zweige. Er war auf der Suche nach Beute, doch es schien, als ob ihm heute kein Glück beschert war – keine Maus, kein Vogel, kein Hase kreuzte seinen Weg, sie schienen sich alle vor dem Jäger zu verstecken.

Den einen Ort, in der Mitte des Waldes, mied der Fuchs und umrundete ihn in gebührendem Abstand, so wie es alle Tiere taten.

Bald hatte er den Rand des Waldes erreicht. Seine schwarzen Augen huschten über die riesige Heide, die sich unter ihm auftat. Der Jäger schnupperte, konnte aber kein Lebenszeichen wahrnehmen.

Dann hörte er das Zwitschern eines Vogels hinter sich. Er wandte sich um und verschwand wieder im Wald.

Die Heide lag da, wie sie es schon immer getan hatte. Das herbstliche Gras zog sich schier unendlich dahin, in unregelmäßigen Abständen ragten Büsche daraus hervor. Ihre Blüten sahen wie Wunden aus, hoben sich blutrot gegen den stahlblauen Himmel ab.

Brunanburh

Trotz der schweren Ladung – mehrere dickbauchige, kniehohe Fässer und einige Truhen – glitt das Späherschiff schneller über die Wellen, als jedes Kriegsschiff der Nordmänner es je tun würde, wie Trygil mit voller Überzeugung versicherte.

Um Richtung Norden zu kommen, kreuzte der Steuermann durch stetiges Wenden die Windrichtung – eine Art zu segeln, die Kineth völlig unbekannt war und die er genau beobachtete. Als der Krieger das Gefühl hatte, verstanden zu haben, wie man das Schiff gegen den Wind steuern konnte, schritt er zum Vordersteven und hielt sich mit der linken Hand fest, während er fieberhaft versuchte, an der Küste die Schiffe seines Volkes zu entdecken. Aber so sehr er sich auch bemühte, seine Gedanken kreisten einzig um Ailean.

Broichan hat Kurs auf die Küste genommen.

Das hatte sie damals gerufen – es war der Beginn des Verrats des Herrschers von Hilta gewesen.

Ein flacher Strand, erinnerte sich Kineth, dahinter ebenes Land mit dichten Wäldern. Und davor vier Langschiffe, sofern sie noch dort ankerten. Der Krieger drehte sich zu Trygil um, bedeutete ihm, in welche Richtung er steuern sollte, und wandte den Blick wieder nach vorn.

Vielleicht sind sie bereits aufgebrochen und auf dem Weg nach Hilta.

Kineth wollte nicht daran glauben, aber verübeln

konnte er es den Männern und Frauen nicht. Auch wenn sie keine Ahnung davon hatten, was über sie hereinbrechen würde, ahnten sie vielleicht, wie das bittere Gericht des Krieges schmecken könnte.

Es dämmerte bereits, als sich langsam eine Bucht auftat, die sich ostwärts ins Land schnitt. Vier Schiffe lagen dort vor Anker, die Masten aufgerichtet, die Segel eingezogen. Mit ausgestrecktem Arm signalisierte Kineth dem Steuermann, den Kurs dorthin zu ändern. Was ihn jedoch stutzig machte, war, dass er keine Menschenseele an Bord der Schiffe oder in der Bucht sehen konnte.

»Flòraidh! Elpin!« Der Krieger hielt sich die Hände kreisförmig vor den Mund, rief mit aller Kraft, als sie näher kamen.

Nichts regte sich.

Die nun riesig wirkenden Langschiffe schaukelten auf den flachen Wellen, als wären sie verlassen worden.

Trygil befahl, das Rahsegel einzuholen, die Fahrt verlangsamte sich.

»Flòraidh! Elpin!« Besorgt blickte Kineth von einem Schiff zum nächsten. Was zur Hölle –

Plötzlich stoben hinter den Schildreihen an der Reling jedes Schiffes Dutzende Krieger hervor. Viele waren mit Pfeil und Bogen bewaffnet, andere hielten Speere wurfbereit in den Händen. Ein falscher Befehl, wurde sich Kineth bewusst, und sie hätten keine Chance. Denn neben ihm und Trygil waren nur vier weitere Männer auf dem Späherschiff.

»Verdammt noch mal, ich bin es, Kineth! Flòraidh, lasst die Waffen sinken!«

»Wer sind die Männer an Bord?« Die Stimme der Kriegerin klang forsch.

Kineth schnaufte missgelaunt, obwohl er Flòraidhs Zweifel gegenüber Neuankömmlingen an sich begrüßte. »Unterstützung von König Æthelstan!«

»Wo sind Ailean und Unen, Broichan und Síle?«

»Das ...« Kineth hatte genug. »Das erkläre ich euch, wenn wir an Bord sind. Und jetzt lasst die Waffen sinken. Oder hast du Angst, dass sechs Mann vier Schiffe kapern?«

Flòraidh zögerte einen Moment, bevor sie ein Zeichen mit der Hand gab. Die Krieger ließen ihre Waffen sinken.

»Ihr kommt auf mein Schiff«, befahl Flòraidh scharf. »Kineth zuerst, verstanden?«

»Dieses Weib versteht es, einen Mann willkommen zu heißen. Gefällt mir«, sagte Trygil trocken.

Kineth warf ihm einen herausfordernden Blick zu und grinste. »Nur zu, ich stehe dir nicht im Weg.«

Nachdem Kineth an Bord geklettert war und Flòraidh umarmt hatte, beruhigte sich die Kriegerin allmählich. Trygil würdigte sie jedoch keines Blickes. Kineth trommelte seine Gefolgsleute zusammen, stand wenig später im Kreise von Elpin, den Breemally-Schwestern und den anderen Kriegern.

»Bevor ich euch erzähle, was passiert ist, erkläre ich euch meinen Plan.« Er sah seinen Kameraden in die Augen, wusste, dass er stark sein musste, auch wenn er am liebsten den Befehl zur vermeintlichen Befreiung von Ailean und Unen gegeben hätte. »Ihr erinnert euch an die Schiffe, die Ailean vor wenigen Tagen in der Bucht entdeckt hat?«

Bree und Moirrey warfen sich einen vielsagenden Blick zu, Flòraidh nickte wissend.

»Wenn wir nicht auch noch das wenige verlieren wollen, das uns geblieben ist, müssen wir diese Schiffe davon abhalten, nach Britannien zu segeln.«

»Was können schon eine Handvoll Boote ausmachen?« Elpin sah verwirrt aus.

Moirrey gab ihm einen Schlag auf den Hinterkopf. »Es sind eben ein bisschen mehr, Dummkopf.«

»Moirrey hat recht. Aus Angst, das Wissen über die wahre Anzahl an Schiffen könnte in falsche Hände geraten, haben wir nicht alles erzählt.« Kineth strich sich den Bart entlang. »Es sind mehrere Hundert.«

Ungläubiges Schweigen machte sich breit.

»Wie«, begann Bree stockend, »wollen wir all diese Schiffe am Auslaufen hindern?«

»Mein Plan ist es«, fuhr Kineth fort, »morgen zu der Bucht zu segeln, mit dem kleinen Späherschiff im Schutze der Nacht so nahe wie möglich an die äußeren Schiffe heranzukommen, die in einem Halbkreis um die anderen ankern, diese mit der klebrigen schwarzen Flüssigkeit zu bestreichen, die wir in den Fässern mitgenommen haben, und die Schiffe dann in Brand zu stecken. Das Feuer wird rasend schnell auf die anderen Schiffe übergreifen, da sie eng miteinander vertäut sind, und sich bis zur Bucht durchfressen. Kaum eines wird seetüchtig bleiben.«

»Allein«, erwiderte Flòraidh, »die Wachposten auf den südlichen Hügeln werden wahrscheinlich selbst in der Nacht das Späherschiff entdecken.«

»Das Risiko müssen wir eingehen«, entgegnete Kineth, wusste aber, dass die Kriegerin recht hatte.

»Dann bauen wir ein Floß.« Alle Augen richteten sich auf Trygil.

»Was soll das denn sein?«, fragte Moirrey und verschränkte die Arme vor der Brust.

Trygil schmunzelte. »Im Wald dort«, er zeigte auf die Küste, »fällen wir fünf oder sechs Bäume, binden die Stämme mit Tauen zusammen. Darauf stellen wir die Fässer und Truhen.«

»Und das soll schwimmen?« Moirrey war nicht überzeugt.

»Nicht nur das, es kann auch nicht kentern. Und wenn wir die Küste entlangtreiben, wird es beinahe lautlos über die Wellen gleiten. Wir setzen uns darauf, vier Mann mit Riemen könnten uns so wahrscheinlich ungesehen und ungehört ans Ziel paddeln. Die letzte Strecke gehen wir selbst ins Wasser, halten uns an den Tauen fest und treiben das Floß auf die ersten Schiffe zu.«

Auch wenn Kineth es nicht vor allen zeigen wollte, die Idee des Mannes aus Westseaxe gefiel ihm.

»Ein paar deiner Leute können doch schwimmen, oder?«

Kineth nickte.

»Etwas habt ihr dabei vergessen«, sagte Moirrey. Alle Augen richteten sich auf sie. »Eine Ablenkung. Ohne eine Ablenkung werdet ihr es nicht schaffen.«

Trygil warf ihr einen skeptischen Blick zu.

»Angenommen, dein Floß schwimmt«, sagte sie zu dem Steuermann, »und ihr kommt wirklich in die Bucht hinein – wäre es dann nicht hilfreich, wenn wir bei den Lagern einige Büsche in Brand setzen würden?« Sie blickte zu Bree. »Du weißt, wie nahe wir herangekommen sind. Wir machen Feuer und laufen zurück zum Strand, an dem wir vor einigen Tagen unser Schiff abgedichtet haben. Nicht nur werden die Wachen auf den Hügeln landeinwärts blicken, um Feinde auszumachen, es wird auch einige Krieger aus dem Lager dorthin locken.«

»Die Kleine hat recht. Das ist ein hervorragender Plan.« Trygil zwinkerte Moirrey zu, Diese gab vor, es nicht zu bemerken.

Bree legte ihren Arm um die Schulter ihrer jüngeren Schwester und drückte sie an sich. Kineth spürte, wie stolz er auf seine Kameraden war, und wusste mit einem Male, worin ihre Stärke lag: Sie wurden andauernd unterschätzt. Und das gab ihnen die Möglichkeit, Dinge zu erreichen, die für andere unmöglich schienen.

»So machen wir es«, sagte der Krieger schließlich. »Trygil, du nimmst dir so viele Männer wie nötig und sorgst dafür, dass sie dein Floß bauen.«

Der Steuermann nickte.

»Mally, du sprichst dich mit Bree und Flòraidh ab. Ich kann euch einen Eimer voll Pech geben, teilt es auf. Geht in jener Bucht vor Anker, in der wir die Schafe gebraten haben, und wartet. Wenn der Mond seinen Höchststand erreicht hat, stiftet Verwirrung, indem ihr ein paar Büsche entzündet. Und dann segelt so rasch ihr könnt Richtung Süden zu König Æthelstan.«

Moirrey nickte ebenfalls und stellte sich dabei unwillkürlich auf die Zehenspitzen.

»Flòraidh und die anderen segeln gleich morgen ebenfalls zu König Æthelstan, Trygils Männer werden euch geleiten. Egill Skallagrimsson ist auch dort. Aber seid gewarnt – wenn ihr dort ankommt, könnte die Schlacht vielleicht schon in vollem Gange sein.« Kineth machte eine Pause, spürte, dass seine Kehle eng wurde. »Zuerst erzähle ich euch jedoch, warum ich ohne Ailean und die anderen zurückgekommen bin.«

Athils ging in seinem Zelt auf und ab. Der Tag der Schlacht, dem er entgegengefiebert hatte, war nahe – wenn auch anders, als er es sich vorgestellt hatte. Aber er war stolz, dass er und Hring den Überraschungsangriff befehligen würden.

Die Order war ausgegeben, Befehlshaber stellten das Heer für den Angriff zusammen. Es würde wie von König Konstantin befohlen aus ausgewählten Kriegern Albas und Strathclydes bestehen, worüber Athils froh war, denn er traute den Nordmännern aus Dubh Linn nicht. Und wenn er es sich genau überlegte, schien es dem König von Alba genauso zu gehen, sonst hätte er Olaf nicht gebeten, von einer Teilnahme an dieser so wichtigen Attacke, die den Feind bis ins Mark erschüttern würde, abzusehen.

Aber wer wusste schon, was Könige dachten?

Athils nahm einen Becher Wein, der auf dem Tisch stand. Natürlich war es ein Segen, dass die Nordmänner in der Schlacht kämpfen würden, allein aufgrund ihrer schieren Anzahl. Doch Olaf und die Finngaill, allesamt rohe Heiden, waren ihm zuwider, zumal er von ihrer viel gepriesenen Kampfeskunst noch nicht viel gesehen hatte. Immerhin waren er und Hring es gewesen, die Æthelstans Aldermannen in Nordumbrien besiegt hatten.

Der Befehlshaber von Strathclyde trank einen großen Schluck. Der zweite Tag der Schlacht würde zeigen, was es mit dem sagenumwobenen Mut der Nordmänner auf sich hatte. Er hoffte, dass er dann noch am Leben war, um davon Zeuge zu werden.

Gleichzeitig spürte er die Furcht, die wie vor jeder Schlacht in seinen Eingeweiden wütete, nahm einen weiteren großen Schluck. Und doch war es diese Furcht, die ihn lebendig hielt, da war er sich sicher. Furcht hieß Achtung vor der Schlacht, und wer einer Sache mit Achtung begegnete, unterschätzte sie nicht. Dies war immer noch die beste Voraussetzung, lebend aus ihr herauszukommen. Achtung – und natürlich ein gutes Schwert sowie treue Männer an seiner Seite, die bis in den Tod für Strathclyde kämpfen würden.

Der Becher war leer. Vielleicht würde es guttun, die Furcht noch ein wenig mehr abzubauen? Vielleicht fand er danach etwas Schlaf?

Athils drehte sich zu der Bettstatt um, auf der eine junge Frau lag, mit Fellen zugedeckt. »Bist du wach?«

Die Frau richtete sich auf, die Felle glitten auf beiden Seiten zu Boden. Das Licht der Kerzen fiel auf ihren nackten Körper.

Der Befehlshaber von Strathclyde fühlte, wie die Furcht in seinem Innern von Begierde verdrängt wurde. Er verschlang die Frau mit seinen Augen, ihren schlanken, wohlgeformten Körper, der ihm in den letzten Tagen so viele Wonnen bereitet hatte, ihre makellosen, großen

Brüste. Doch sie war nicht nur eine Meisterin in der Kunst der Liebe – bei ihr fühlte er sich geborgen, ihr konnte er alles erzählen.

Ihre großen, dunklen Augen, umrahmt von rabenschwarzen Haaren, blickten Athils schelmisch an. Dann zwinkerte sie ihm zu. »Komm und sieh, wie wach ich bin...«

Einige Zeit später wurde der Vorhang von Athils Zelt zur Seite geschoben. Die junge Frau glitt lautlos hinaus. Hinter ihr war Schnarchen zu hören.

Ohne sich umzusehen, verschwand die Frau lautlos zwischen den anderen Zelten.

Ein dicker Strahl spritzte auf die drei Gefangenen herab. Sie fluchten, konnten ihm aber nicht ausweichen, dazu war das Erdloch zu eng.

»Du dreckiger Hurensohn!«, schrie Caitt. Er reckte seine Faust nach oben.

»Halt's Maul, Verräter. Sei doch froh, dass ich nur auf euch pisse.« Der fette Wachposten lachte, packte seinen Schwanz wieder ein und war gleich darauf verschwunden.

Wütend schlug Caitt mit seiner Handfläche gegen die Wand des Erdlochs. Es war drei Mann tief und gerade breit genug, dass er, Ailean und Unen sitzend darin Platz fanden. Die Öffnung über ihnen war mit einem Eisengitter verschlossen, von dem nun die Notdurft der Wache tropfte.

Nach Kineths Flucht waren sie hierher verfrachtet worden, weil man den Menschenkäfig nicht mehr für sicher hielt. Eine Flucht aus dem Loch war unmöglich – die Wände waren steinhart, das Gitter über ihnen kaum zu stemmen. Hier unten war alles zu Ende.

Ailean, die neben Caitt stand, wischte sich angeekelt mit ihrem Kittel das Gesicht trocken. Ihr gegenüber stand Unen, stoisch und stumm. Nur seine Augen verrieten, dass er, wenn er hier herausgekonnt hätte, wohl das ganze Lager im Alleingang dem Erdboden gleichmachen würde.

Die Kriegerin atmete tief durch, dann nahm ihr Gesicht wieder jenen gleichgültigen Ausdruck an, der sie seit dem Morgen nicht mehr losließ. Ein Ausdruck, als wäre alles in ihr abgestorben. Sie starrte in die Dunkelheit, denn es war finster in ihrem Gefängnis. Ab und zu fiel Mondlicht herein, um gleich darauf wieder hinter Wolken zu verschwinden.

»Dieser dreckige Hurensohn«, wiederholte Caitt und schlug erneut gegen die kalte Erde der Wand.

»Halt doch dein Maul«, sagte Ailean tonlos. »Das hast du dir alles selbst eingebrockt. Du hast Egill verraten. Du hast Dànaidh getötet. Du hast uns alle verraten.«

»Wegen mir sitzt ihr beide jedenfalls nicht in diesem verpissten Drecksloch. Das habt ihr allein Kineth zu verdanken.«

»Was weißt du schon?« Aileans Stimme wurde zornig. »Es war Broichan, der uns alle getäuscht hat, nicht Kineth.«

»Meine liebe Schwester. Immer treu hinter Kineth.« Die Gehässigkeit in Caitts Stimme war unüberhörbar.

»Oder ist es Kineth, der treu hinter dir steht? Hat er dich wirklich so gut gevögelt, dass du ihm alles nachsiehst?«

Mit einem Mal schien die Luft in dem Erdloch zum Schneiden dick. Ailean zitterte, Unen ballte unwillkürlich die Fäuste.

Caitt schnaubte verächtlich. »Aber das ist eine Sache zwischen euch beiden. Allein – dass ich hier unten hocke, weil ich dein Leben verschont habe, das scheinst du ja schnell vergessen zu haben, Schwester.«

»Hättest du es bloß nicht getan.« Aileans Stimme wurde wieder gleichgültig. »Du hast doch keine Ahnung, was sie mir antun werden. Was sie Síle angetan haben. Du hast mein Leben nicht verschont.« Sie holte tief Luft. »Du hast nur mein Leiden verlängert.«

Caitt wollte etwas entgegnen, seine Schwester anschreien, was sie denn von Leiden wisse ... sie, über die ihr Vater immer die behütende Hand gehalten hatte. Sie, die sich nicht jeden gottverdammten Tag hatte beweisen müssen, vor Brude, vor dem Dorf.

Vor Kineth.

Doch der Krieger schwieg. Er drehte sich abrupt um, sodass er mit dem Gesicht zum Erdreich stand, versuchte, seinen Zorn zu unterdrücken und seine Gedanken zu ordnen.

War er nicht erst vor Kurzem in einem ähnlichen Loch gelandet? War ihm dort nicht auch, als wäre die ganze Welt gegen ihn?

Nein. Du warst gegen die ganze Welt.

Hatte er nicht erst eine Entscheidung getroffen, was er in seinem Leben erreichen wollte?

Und wenn es die falsche Entscheidung gewesen ist?

Caitt spürte, wie sein Herz zu rasen begann.

Erneut die falsche Entscheidung?

Wie im Wald, als er sich die Knöchel blutig geschlagen hatte. Wie in Torridun, als er sich an Kineth rächen wollte, für all das –

– *was er nicht zu verantworten hatte.*

Wie in dem Gasthaus –

Was du zu verantworten hattest.

Caitt fasste sich an den Hals. Ihm war, als würde ihm eine unsichtbare Macht die Kehle zudrücken, langsam und unerbittlich. Was machte er sich denn vor? Dass die Finngaill ihn als einen der ihren angenommen hätten? Nur weil er mit Geschick einen Zweikampf gewonnen hatte? Was war er für ein hoffnungsloser Narr ...

Eine Erkenntnis stieg ihn ihm auf, bitter, wahrhaftig, endgültig. Es war die Erkenntnis, dass er auf der Suche nach Zugehörigkeit all jene zerstörte, die ihn so genommen hätten, wie er war.

Und dass es wahrscheinlich zu spät war, auf manche von ihnen wieder zuzugehen.

War es das?

»Es tut mir leid.« Leise Worte, kaum hörbar.

Keine Antwort.

»Ailean. Es tut mir leid.« Dieselben Worte, diesmal etwas lauter.

Erneut keine Antwort. Dafür ein Zittern im Atem der Kriegerin, ein leises Weinen.

Caitt ballte die Hände zu Fäusten. Dann fuhr er herum, griff Ailean und drückte sie an sich, so fest er konnte. »Es tut mir alles so leid.«

Wieder keine Antwort, dann ein zaghaftes Nicken.

»Ich meine es, wie ich es sage«, sagte er gepresst.

Als er seine Schwester im Arm hielt, übermannten den Krieger die Gefühle. Tränen liefen ihm über das schmutzige Gesicht, aber er schämte sich nicht. Zögerlich spürte er, wie Ailean ebenfalls die Arme um ihn legte, ihn an sich drückte. In diesem Augenblick verschwand alles rund um ihn. Unen, das Erdloch, das Lager … es gab nur ihn, Ailean und wie sie beide über einem bodenlosen Abgrund standen, in den alle Sorgen, Ängste und Anschuldigungen, Enttäuschungen und Verletzungen fielen, die er so lange mit sich herumgeschleppt hatte. Er fühlte, wie sein Geist immer leichter wurde, sein Verstand klarer, sein Blick schärfer.

Wie lange sie so dastanden, wusste Caitt nicht. Doch als er sich endlich von seiner Schwester löste und in ihre Augen sah, da wusste er, dass sie ihm verziehen hatte. Er wischte sich Tränen und Rotz ab, sah zu Unen, der seinen Blick erwiderte – und der ihm eindeutig nicht verziehen hatte. Und wenn schon, dachte Caitt. Mathan gegenüber halfen keine Gefühle, es galt sich zu beweisen. Und das würde er, sollte er die Gelegenheit dazu bekommen, das schwor er sich.

Caitt griff an seinen Gürtel und riss den kleinen Lederbeutel ab. Er zögerte einen Moment lang, dann gab er ihn Ailean. »Nimm.«

Neugierig nahm die Kriegerin den Beutel, öffnete ihn und sah vier Goldringe darin.

»Für unser Volk.«

Ailean sah ihn zweifelnd an. »Du willst dich freikaufen?«

Caitt schüttelte den Kopf. »Aber vielleicht kannst du es.«

Die Morgendämmerung hatte gerade erst eingesetzt, das Heer wälzte sich nach Süden. Ein Großteil der zweitausend Mann war zu Fuß unterwegs, mit Helmen, Brünnen und Schilden geschützt, mit Schwertern, Äxten und Speeren bewaffnet. Einige von ihnen trugen dazu noch Pfeil und Bogen.

Befehlshaber wie Athils und Hring waren beritten, aber sie bildeten die Ausnahme. Athils hatte davon gehört, dass Pferde auf dem Festland immer mehr auch in Schlachten eingesetzt wurden. Hier in Britannien hatte sich diese Kampfesweise noch nicht durchgesetzt. Hier, wo sich auf dem Schlachtfeld die Schildwälle gegenüberstanden und es nach deren Zusammenbrechen zu Nahkämpfen Mann gegen Mann kam, hatten Pferde keinen Platz, zumal sie von den langen Speeren, die gelegentlich bei den Wällen benutzt wurden, mühelos durchbohrt werden konnten.[23]

Athils tätschelte den Hals seines schwarzen Hengstes, der ihn schon seit vielen Jahren treu zu jeder Schlacht brachte. Vielleicht würde er den Tag noch erleben, an dem er an vorderster Front den Feind mit einem Streitross niederreiten würde. Vielleicht auch nicht. Das lag jetzt nur mehr in den Händen des Allmächtigen.

---

23 139 Jahre nach Brunanburh war es Wilhelm der Eroberer, der bei der Schlacht von Hastings erstmals Kavallerie auf britannischen Boden brachte – und mit ihr prompt siegte.

Schweigend zogen die Krieger aus Alba und Strathclyde den Weg nach Brunanburh hinab, die Banner in den dämmrigen Himmel gereckt. Sie waren bereit für das Vorhaben, das ihnen ihre Befehlshaber eingebläut hatten: das Lager überrennen, so viele Feinde wie möglich töten und sich schnellstmöglich wieder zurückziehen. Und dann, am nächsten Tag, die glorreiche Endschlacht führen und mithilfe von König Olafs Nordmännern siegen.

Schon bald erreichten sie die riesige Heide, die sie rasch zu überqueren gedachten. Es war kühl, der Himmel war klar. Das Rot der Dämmerung spiegelte sich im Morgentau, der auf dem Gras und den niedrigen Büschen lag.

Und es spiegelte sich auf den Schilden und Waffen derer, die auf der gegenüberliegenden Seite der Heide standen.

Athils fühlte, wie ihm das Blut in den Adern gefror. Er zügelte sein Pferd und hob die Hand, neben ihm tat Hring das Gleiche. Die Bannerträger blieben stehen. Befehle wurden gebrüllt, Signale ertönten. Langsam breitete sich der Haltebefehl nach hinten aus, bis auch der letzte Krieger stillstand und der Dinge harrte, die nun kamen.

»Unseren Überraschungsangriff können wir uns wohl in den Arsch schieben«, sagte Hring gleichmütig. Athils antwortete nicht, versuchte abzuschätzen, wie viele Männer auf der anderen Seite standen. Es waren nicht so viele wie sie, aber nichtsdestotrotz handelte es sich um ein Heer, das da zwischen ihnen und dem Lager von Æthelstan aufmarschiert war.

Und wenn er sich nicht täuschte, bauschte sich im Osten der Heide, wo diese leicht anstieg und in einen dichten Wald mündete, das Rabenbanner in der Luft. Athils presste die Lippen zusammen.

»Was meinst du, Bruder, ob ihm unser Aufmarsch schmeckt?« Thorolf, der neben dem Bannerträger stand, grinste über das ganze Gesicht. Er trug Brünne und Brillenhelm, in der einen Hand hielt er seine Axt, in der anderen den buntbemalten Rundschild.

»Ganz sicher«, antwortete Egill. Er war wie Thorolf gerüstet, aus seiner Hand ragte jedoch ein Schwert anstatt der Axt.

Egill betrachtete beinahe liebevoll die kunstvoll geschmiedete Klinge mit der Blutrinne. Es war Thorolfs Schwert, das ihm dieser für die Schlacht überlassen hatte und das zu den besten der Eislande gehörte. Zwar reichte es dem begehrten fränkischen Stahl, der schwer zu beschaffen war, nicht das Wasser. Aber für diesen Tag konnte Egill sich keine bessere Waffe und keine besseren Männer an seiner Seite vorstellen.

Der Nordmann blickte nach Westen, wo Alfgeir mit seinen Kriegern in Stellung ging. Das große Banner von Nordumbrien ragte trutzig in den Himmel – als Zeichen, dass hier die Hauptstreitmacht wartete. Die Brüder Skallagrimsson führten einen kleineren Trupp an, der aus den Männer der Eislande und einigen der besten Kämpfer von Æthelstans Aldermannen bestand. Zwischen Alfgeir im Westen und den Skallagrimssons im Osten klaffte eine Bresche mit der Breite von wenigen Hundert Mann, was beabsichtigt war – so sollte die feindliche Übermacht dazu gezwungen werden, sich aufzuteilen.

Es war ein hastig zusammengewürfelter Haufen, der

die Angreifer aus dem Norden aufhalten sollte, während Æthelstan den ganzen Tag über das Hauptheer sammeln lassen würde, wie es seine Gegenspieler ebenfalls taten. Der König hatte Egill und Thorolf hierhergeschickt, weil er ihnen zutraute, auch mit einer Übermacht fertigzuwerden. Alfgeir und seine Männer hingegen erhielten die Chance, ihre Niederlage in Nordumbrien wiedergutzumachen.

»Ich rette seinen Arsch nicht.« Thorolf spuckte zur Seite, in Richtung des Banners von Nordumbrien.

»Sieh lieber zu, dass du deinen eigenen Arsch rettest, Bruder. Nocheinmal wird uns keine britannische Hure warnen.«

Egills Gedanken schweiften zurück, an den Abend zuvor, als die junge Frau überraschend in sein Zelt geführt worden war. Er hatte sie sofort wiedererkannt; es war jene Hure, mit der er sich vergnügt hatte, als er und Thorolf ihr Wiedersehen gefeiert hatten. Überraschender noch als ihr Erscheinen war das, was sie ihm erzählte: Der Norden würde angreifen, und das schon in wenigen Stunden! Aus irgendeinem Grund, den er nicht näher hatte erklären können, glaubte er ihr – aber nicht so sehr, dass er es nicht erst überprüfen ließ. Gunnar hatte sofort Späher losgeschickt, die alsbald wieder zurückkehrten und in der Tat berichteten, dass das feindliche Heereslager offenbar Vorbereitungen für einen Angriff traf.

Egill hatte der Frau das Gold bezahlt, das sie verlangt hatte, und sie gefragt, warum sie zu ihm gekommen war. Ihre Antwort hatte er noch klar in den Ohren.

Ich liebe den Krieg und die Männer, die ihn führen,

denn sie bezahlen mich gut. Aber ich bin eine Frau aus Britanniens Schoß, und wenn ich verhindern kann, dass dieser Schoß geschändet wird, dann tue ich das.

Dann hatte sie ihn geküsst.

Kämpfe wohl, Rabenkrieger. Auf dass wir uns vielleicht im nächsten Krieg wiedersehen.

Als sie ging, hatte Egill ihr voll Respekt nachgeblickt. Wehrhafte Priester und Huren, deren Herz für ihre Heimat schlug. Was für ein Land, in der Tat.

Auf der anderen Seite der Heide blickte Athils Hring an. »Nun, Vetter? Was gedenkst du zu tun?«

Der zuckte mit den Achseln. »Sie haben die Schlacht gesucht, sie werden sie bekommen. Ich nehme die Nordmänner.« Er zog das Schwert. »Für Strathclyde.«

Athils zog ebenfalls sein Schwert. »Für Strathclyde.« Er drehte sich zu seinen Männern um, holte tief Luft. »Für Strathclyde! Folgt mir!«

Ein vielstimmiger Schrei antwortete ihm, dann setzte sich das Heer des Nordens in Bewegung.

Der Nordmann neben Egill reckte das Rabenbanner in den Himmel. Nicht weit vor ihnen teilten sich die Angreifer, stürmten auf Egills und Alfgeirs Männer zu.

»Für die Eislande!«, brüllte Egill und machte den ersten Schritt nach vorn.

»Los, ihr Hunde! Zeigt es ihnen!«, schrie auch Thorolf mit mächtiger Stimme und setzte Egill nach. Die Männer brüllten begeistert und folgten den Brüdern Skallagrimsson.

Hörner erklangen, Kampfschreie aus Tausenden Kehlen stiegen in den Himmel, während die Krieger aufeinander zustürmten.

Die Schlacht von Brunanburh hatte begonnen.

Die Bogenschützen beider Seiten ließen einen Pfeilregen auf die vorrückenden gegnerischen Krieger niedergehen. Diese knieten sich hin und rissen Schilde vor ihre Leiber, die nachfolgenden Männer hielten die Schilde über ihre Köpfe. Der Schildwall, der so entstand, schützte die Kämpfer vor dem Pfeilregen, zumindest die meisten von ihnen. Nachdem der todbringende Regen abgeklungen war, weil die Schützen ihre Köcher nachfüllen mussten, bewegte sich der Wall weiter.

Trotz dieses Schutzes wurden immer wieder Männer getroffen, fielen verwundet zu Boden. Andere rückten nach, füllten die Lücken.

Die Krieger bewegten sich unaufhaltsam aufeinander zu. Athils und seine Männer drangen gegen Alfgeir vor, Hring gegen Egills und Thorolfs Nordmänner.

Dann prallten die Schildwälle aufeinander.

Das Krachen war ohrenbetäubend. Egill fühlte den überwältigenden Aufprall, der jeden Knochen in seinem Körper erschütterte, spürte den nachfolgenden Druck, der ihn umzureißen drohte. Aber er stemmte sich eisern mit seinem Schild gegen die Angreifer, die Füße fest am Boden.

»Haltet stand, Männer!«, brüllte er, während die Klingen von feindlichen Schwertern und Speeren links und rechts von ihm zwischen den Schilden hindurchdrangen, auf der blinden Suche nach dem Leib der Gegner. Nur knapp konnte der Nordmann ihnen ausweichen, war froh, dass zu der Gefahr von vorne wenigstens keine mehr von oben kam. Denn die Bogenschützen hatten aufgehört zu schießen, weil sie ab dem Zeitpunkt, da die Wälle aufeinandertrafen, Gefahr liefen, ihre eigenen Kameraden zu treffen.

Jetzt schoss eine breite Schwertklinge auf Egill zu, er zuckte zurück. Die Klinge schnitt ihm über die Stirn, Blut rann ihm in die Augen. Alles verschwamm in einem roten Nebel.

Er schüttelte Blut und Nebel ab. »Haltet stand!«, brüllte er noch einmal.

Die Krieger der Eislande antworteten mit Kampfschreien und stemmten sich wie ihr Anführer gegen den Wall.

Sie hielten stand – vorerst noch.

Im Westen der Heide waren die riesigen Schildwälle, zwei auf jeder Seite, ebenfalls noch intakt. Auch hier trugen die Männer aus Strathclyde den Angriff nach vorne und hieben und stachen mit Macht auf die Gegner aus Nordumbrien ein. Alfgeir, der wusste, dass dies seine letzte Möglichkeit war, die Schmach der Niederlage hinter sich zu lassen, feuerte seine Krieger unablässig an, auch wenn er sich nicht in der ersten Reihe der Schlachtordnung aufhielt.

Athils, der im Gegensatz zu Alfgeir seine Männer ganz vorne anführte, hatte schon zu Beginn der Schlacht mit

Wonne erkannt, dass sein Gegner der bullige Aldermann aus Nordumbrien war, den er schon einmal besiegt hatte. Er würde es auch ein zweites Mal tun.

Doch so einfach schien der Aldermann es ihm diesmal nicht zu machen. Grimmig ließ Athils seinen Blick auf die Schilde vor ihm gleiten, an denen er und seine Kämpfer sich die Zähne ausbissen.

Es wurde Zeit, das zu ändern.

Oben beim Wald zeigte die Übermacht der Krieger aus Strathclyde langsam, aber unerbittlich Wirkung. Doch gerade als der Druck auf den Schildwall der Nordmänner schier unermesslich wurde, gerade als ein Zurückweichen unausweichlich zu werden schien, beschloss ein Mann, den Kampf herumzureißen.

»Lasst uns diesen Knabenliebhabern aus dem Norden zeigen, wie die Männer der Eislande kämpfen!«, schrie Thorolf, trat einen Schritt aus dem Wall zurück und schwang seine Axt. Mit ungeheurer Wucht donnerte Hillevi auf den Schild des gegenüberliegenden Kriegers nieder, spaltete ihn und den Schädel des Mannes dahinter. Dieser ging zu Boden, worauf Thorolf den nachfolgenden Krieger mit dem eisernen Dorn am Ende der Axt durchbohrte.

Egill erkannte aus dem Augenwinkel, dass Thorolf sich mit seinem Angriff, wie todesmutig er auch war, großer Gefahr aussetzte. Aber er wusste auch, was sein Bruder damit bezweckte.

Thorolf stieß einen gewaltigen Kampfschrei aus. Dann schwang er seine Axt abwechselnd nach links und nach rechts, als würde er Weizen mähen – nur dass es nicht

Getreide war, das fiel, sondern Männer. Flankiert von seinen Kameraden, schlug Thorolf eine Bresche in die Gegner – eine Bresche, die allmählich immer größer wurde.

Was anschließend geschah, sah die eine Seite mit Erschrecken, die andere mit Triumph – der Wall des Nordens brach auf.

»Auf, ihr Hunde! Mir nach!«

Thorolf warf sich mit einer Kraft und Grausamkeit, die schon die Asen beflügelt haben musste, auf den Feind, Egill und Gunnar taten es ihm gleich. Mit mächtigen Hieben fällten die Männer der Eislande Angreifer um Angreifer.

Egill duckte sich, wehrte ab, stach zu, verwundete und tötete, ein ums andere Mal, wieder und wieder. Die Todesschreie, das ohrenbetäubende Klirren, wenn Stahl auf Schild und Brünne traf, das grauenvolle Knacken, wenn Knochen splitterten, untermalt von Befehlen, die durcheinandergebrüllt wurden – all das verschwamm und wurde zu einem Rausch, dem sich der Herrscher der Eislande willig hingab.

Alfgeir war zufrieden. Seine Schildwälle hielten, und damit hatten die Hunde aus Strathclyde offenbar nicht gerechnet. Schon bald würden sie seinen Gegenangriff zu spüren bekommen.

Er blickte Richtung Wald, wo die Nordmänner verbissen gegen ihre Gegner kämpften. Er würde den Feind hier unten vertreiben und danach den aufgeblasenen Brüdern Skallagrimsson die Haut retten. Æthelstan würde ihn reich belohnen und vielleicht sogar zum Oberbefehlshaber machen.

Mit einem Mal fühlte er einen Triumph in sich, der all die Demütigung, die seit seiner Niederlage über ihm gelegen hatte, wie eine Woge fortspülte.

»Los, Männer! Auf sie!«, brüllte er. Die Krieger gehorchten ihrem Aldermann und hieben aus der Deckung ihrer Schilde weiter auf den Feind ein.

Auf der anderen Seite gab Athils einem seiner Befehlshaber das verabredete Zeichen. Kurze Zeit später wurden Speere, die eigens für die Schlacht angefertigt worden waren, unsichtbar für den Feind knapp oberhalb des Bodens nach vorne gereicht. Diese hatten die Länge von zwei Männern, waren aber aus leichtem Holz angefertigt, sodass ein Krieger allein die Waffe handhaben konnte. Die beidseitigen Klingen am Ende des Schafts waren so oft geschärft worden, dass sie Fleisch wie Butter durchdrangen.

Athils nahm einen Speer in die Hand. Dann brüllte er einen Befehl.

Ein Hornstoß ertönte.

Die vorderste Reihe der Männer aus Strathclyde schob die Schilde ein wenig zur Seite. Dazwischen schnellten die langen Speere hervor und bohrten sich in die Beine und Unterleiber der Angreifer. Schwerverletzt fielen Dutzende von ihnen zu Boden. Die nachfolgenden Krieger blieben einen Augenblick lang verwirrt stehen. Zu lange – weitere Speere fuhren ihnen in die Brust und brachten Schmerz und Tod über sie.

Alfgeir verharrte, sah unzählige seiner Männer fallen, hörte ihre Todesschreie. Mit Schrecken erkannte er, dass er in eine Falle gelockt worden war, dass die Krieger aus Strathclyde mit Kampfschreien zum Gegenangriff übergingen und sich auf breiter Front auf ihn und die Seinen stürzten.

Es war zu spät, die Schildwälle wiederaufzubauen. Es war alles zu spät.

Die Kehle wurde Alfgeir eng, Panik überkam ihn. Vor allem als er den Befehlshaber von Strathclyde erblickte, den blutigen Speer in der Hand, der mit einem grimmigen Lächeln auf ihn zuhielt.

Um Alfgeir herum waren seine Männer in verbissene Nahkämpfe verstrickt, wehrten sich tapfer und starben doch. Er schaute auf das Schwert in seiner Hand, es fühlte sich wie ein nutzloser, fremder Gegenstand an.

Drauf geschissen.

Er warf Schwert und Schild zu Boden und floh Hals über Kopf zu der Stelle, wo sein Pferd neben dem Bannerträger stand. Mit einer für einen bulligen Mann erstaunlichen Wendigkeit schwang sich Alfgeir von Nordumbrien in den Sattel und jagte nach Süden davon.

Freund wie Feind sahen die Flucht, die einen mit Schrecken, die anderen mit Genugtuung. Langsam, aber unbarmherzig bewegte sich das Banner von Nordumbrien und alle, die unter ihm kämpften, immer weiter zurück.

»Ich wusste es ja!«, brüllte Thorolf, der zusammen mit Egill trotz des Kampfgetümmels, das um sie herum wogte, Alfgeirs schmähliche Flucht beobachtet hatte.

»Ich gehe zu ihnen«, schrie Egill zurück. »Die Männer brauchen uns!«

Thorolf hieb einen der Angreifer mit seiner Axt fast entzwei, zog die Waffe aus dem zuckenden Leib heraus. »Dann geh. Aber beeil dich!«

Egill gab zwei seiner Krieger ein Zeichen und hetzte mit ihnen zu den Fliehenden hinab, während Thorolf sich mit seinen Männern dem Feind entgegenwarf. Der glatzköpfige Befehlshaber aus Strathclyde war zäh, wie Thorolf festgestellt hatte. Trotz des Vorwärtsdrängens der Kämpfer aus den Eislanden hatte er seine Männer im Griff, und sie hielten stand. Mehr noch, sie gingen langsam wieder zum Vorstoß über. Ihre Überzahl kam ihnen zugute, sie konnten ihre Verluste dadurch besser wettmachen als Thorolf.

Unten auf der Heide traf Egill auf Alfgeirs zurückweichende Krieger. Sein Herzschlag trommelte in seinen Ohren, sein Atem ging keuchend, er blutete aus zahlreichen Schnitt- und Stichwunden, die er davongetragen hatte. Aber er beachtete all dies nicht. Nur eines war wichtig – der Sieg, und für den brauchte er die Männer aus Nordumbrien.

Schon war er bei dem Bannerträger, der den Rückzug anführte. Egill riss ihm das Banner aus der Hand, gab dem Mann einen Tritt, dass dieser zu Boden stürzte. Dann reckte der Nordmann das Banner in die Höhe, schwenkte es hin und her.

»Zurück, Männer von Nordumbrien! Kämpft mit mir, für euer Banner, für euer Land!«

Als die Krieger den Nordmann sahen, der gekommen war, mit ihnen zu kämpfen, der nicht wich und ihr Banner in seinen Händen hielt, fühlten sie neuen Mut. Sie machten halt, sammelten sich in Windeseile und kehrten um. Mit erhobenem Schild und Schwert stellten sie sich den Männern von Strathclyde entgegen, die kurz darauf wie eine Sturmflut auf sie brandeten.

Athils war wütend. Der Sieg über die Männer Nordumbriens war ihm so gut wie sicher gewesen, bis der verdammte Nordmann gekommen war. Es musste einer der Brüder Skallagrimsson sein, wahrscheinlich Egill, denn von Thorolf hatte er gehört, dass er ein Riese mit einer Doppelaxt war. Zorn erfüllte ihn, machte ihn stark. Er schwang sein Schwert und ließ es mit einem Kampfschrei auf den Lippen auf seine Feinde niedersausen. Seine Männer taten es ihm gleich.

Ich kriege dich, Nordmann. Und dann wirst du für eure List mit den Zelten bezahlen.

Egill, der das Banner wieder einem der Befehlshaber übergeben hatte, konnte sich der Angreifer, die von allen Seiten auf ihn zustürmten, nur mit Mühe erwehren. Zwar hatte er den Rückzug aufhalten können, aber der Feind schien zu stark, sein Vorwärtsdrang unaufhaltbar.

Das Schwert des Nordmannes hob sich und fuhr mit Gewalt wieder herab, wehrte Hiebe ab, durchschlug Deckungen, Brünnen und Knochen, brachte Tod und Verderben über seine Gegner.

Und doch – nach und nach fielen neben Egill immer mehr Männer aus Nordumbrien. Obwohl sie verbissen kämpften, mussten sie sich langsam zurückziehen. Egill sah es mit Schrecken, konnte jedoch nichts dagegen tun.

Ihr Asen, helft!

Über ihm, am Himmel, war das Krächzen eines Raben zu hören.

Thorolf sah, dass sein Bruder in Bedrängnis geraten war. Wenn Egill fiel, würde der Feind ihn in die Zange nehmen. Dann war die Schlacht für die Krieger der Eislande und wahrscheinlich auch für Æthelstan zu Ende.

Seine Gedanken rasten, wie von selbst wehrte er auf ihn einprasselnde Hiebe ab und stieß zu, während seine Augen hin und her irrten. Was sollte er tun?

Plötzlich bemerkte er, dass sich der Befehlshaber von Strathclyde nicht weit vor ihm befand. Und wusste blitzschnell, dass das vielleicht die einzige Möglichkeit war, diesem Kampf die Wende zu geben.

Er packte Hillevi fester, warf den Schild weg.

So sei es. Für Egill, für die Eislande!

Mit einem Brüllen stürzte er auf den gegnerischen Befehlshaber zu.

Hring sah den riesenhaften Nordmann auf sich zukommen. Er zögerte kurz, dann stürmte er ebenfalls los, das Schwert erhoben.

Für den Sieg, für Strathclyde!

Unaufhaltsam streckte Thorolf alle Männer nieder, die sich zwischen ihm und seinem Gegner befanden. Dann standen sich die beiden gegenüber. Der Befehlshaber warf sich, ohne zu zögern, auf den Nordmann, holte zu einem mächtigen Hieb aus. Thorolf blockte den Hieb ab, holte selbst aus und trennte Hring mit seiner Axt den Schwertarm ab. Der Verwundete schrie auf, Blut spritzte aus der Wunde hervor.

Hring starrte verständnislos dahin, wo eben noch sein Arm gewesen war. Dann sah er zu Boden, wo sein Arm lag das Schwert immer noch in der Hand. Und überall war Blut, das aus ihm heraussprudelte. Er spürte einen überwältigenden Schmerz, vor allem aber die Kälte, die sich in seinem Körper ausbreitete. Alles verschwamm vor seinen Augen.

Thorolf ließ die Axt fallen, griff sich einen Speer, der neben ihm am Boden lag, durchbohrte den glatzköpfigen Befehlshaber aus Strathclyde mit einem wuchtigen Stoß. Er hob den Schreienden auf und streckte ihn in die Luft. Dann rammte er den Speer mit dem Stiel voraus in den Boden, sodass dieser aufrecht stecken blieb.

Hring röchelte Blut, zappelte schwächlich.

Zappelte und starb.

Thorolf stieß einen Triumphschrei aus, der so laut war, dass er über das Schlachtfeld dröhnte und Freund wie Feind verharren ließ.

Als die Männer ihren Befehlshaber verenden sahen wie ein Tier, daneben den Nordmann, stockte ihnen der Atem. Thorolf glich mehr einem Dämon aus einer anderen Welt, unbesiegbar, wahrhaftig. Gegen einen solchen Dämon konnte man nichts ausrichten, und wohl auch nicht gegen die, die er anführte.

Langsam wichen die Krieger aus Strathclyde zurück, verfolgt von den Männern aus den Eislanden.

Auf der Heide sah Athils seinen aufgespießten Vetter und den Rückzug von dessen Männern. Er fühlte Wut über Hrings Tod, noch mehr aber den bitteren Geschmack der Niederlage. Denn er wusste, dass der Kampf verloren war, dass er seine Männer ins Lager zurückführen musste, bevor Thorolf und Egill von zwei Seiten über ihn herfallen würden.

Resigniert ließ er das Zeichen zum Rückzug geben.

Thorolf blickte auf die Heide hinab, die mit den Körpern der Gefallenen bedeckt war. Manche von ihnen zuckten noch, andere stöhnten, wieder andere waren bis zur Unkenntlichkeit zerstückelt oder zertreten. Unter ihnen hatten sich Lachen aus Blut gebildet, die das Erdreich erst nach und nach schlucken konnte. Zwischen den Leichnamen waren Büsche zu sehen, deren rote Blüten mit den Wunden der Toten zu verschmelzen schienen.

Der Blick des Nordmanns glitt weiter nach Süden, wohin Alfgeir mit seinem Pferd geflohen war. »Ich habe doch gesagt, ich rette seinen Arsch nicht.«

»Wenn er es wagt, sich im Lager blicken zu lassen, wird Æthelstan mit ihm das Gleiche machen wie du mit dem hier.« Egill, das blutige Schwert in der Hand, sah zu dem aufgespießten Mann aus Strathclyde und ließ sich neben seinem Bruder zu Boden fallen.

Seite an Seite beobachteten sie, wie ihre Gegner sich weiter zurückzogen und schließlich am Horizont verschwanden.

»Was der morgige Tag wohl bringen mag?« Thorolfs Hand fuhr über die verkrustete Klinge der Axt, die neben ihm im Gras lag.

Egill blickte düster. »Morgen, Bruder, marschieren hier Heere auf, wie es die Welt noch nicht gesehen hat.« Er nahm sein Schwert und rammte es neben sich in den Boden. »Morgen geleiten die Walküren uns und alle anderen Einherjer[24] vielleicht schon nach Walhall.«

Stille herrschte im Lager der Allianz des Nordens. Es war die Stille der Besiegten, denn Sieger trugen ihre Verwundeten vom Schlachtfeld und brachten sie zu den Heilern. So hallte ein siegreiches Lager alsbald von den Schreien der Schwerverwundeten und den Flüchen der Leichtverwundeten wider.

Verlierer hingegen waren durch ihren Rückzug dazu gezwungen, ihre Verwundeten auf dem Schlachtfeld liegen zu lassen, und jeder wusste, was für ein Schicksal den Zurückgelassenen bestimmt war. Der Feind hielt sich nicht damit auf, sie gefangen zu nehmen oder gar gesund zu pflegen. Der Feind tat das, was jeder Sieger mit seinem Gegner machte – er tötete ihn an Ort und Stelle.

Deshalb war die Stille im Lager allgegenwärtig, fast ge-

---

24 In der nordischen Mythologie »ehrenvoll Gefallene«

spenstisch. Die Krieger des Nordens, egal, ob aus Dubh Linn oder Alba, schärften schweigend ihre Waffen, richteten ihre Brünnen und Schilde. Nicht wenige von ihnen fühlten ein Bangen im Herzen, denn was ein Tag des Triumphs hätte werden sollen, war zur schmählichen Niederlage geworden. Was würde der morgige Tag bringen?

Auch im Zelt der Könige war es still.

Athils hatte vom Verlauf der Schlacht und der Niederlage berichtet. Jetzt hielt er den Kopf gesenkt, bereit, das Urteil anzunehmen. Er war überzeugt davon, seinen Rang als Befehlshaber verwirkt zu haben. Es war einerlei, dass es Hring gewesen war, der mit seinem Tod den Rückzug ausgelöst hatte – Strathclyde hatte versagt, nur das zählte. Der Überraschungsangriff war fehlgeschlagen, der Feind wusste nicht nur Bescheid, sondern war durch seinen Sieg sicherlich mit größter Zuversicht erfüllt, auch die nächste, alles entscheidende Schlacht für sich gewinnen zu können.

Was man von den eigenen Männern nicht sagen konnte. Das wusste Athils, das wusste jeder im Zelt.

Noch immer sprach keiner der Könige ein Wort.

Athils hob zaghaft den Kopf.

Stumm sahen sie ihn an. Sogar der sonst so heißblütige Olaf tobte nicht, und irgendwie war sein Schweigen sogar schlimmer. Der Herrscher von Dubh Linn saß auf seinem Thron, seine Augen glommen im Licht der Kerzen. Er sah aus wie ein Raubtier, das kurz davor war, sich auf sein Opfer zu stürzen.

Schließlich war es König Konstantin, der das Schweigen brach. »Egill und Thorolf. Ob mit List oder auf dem

Schlachtfeld, die beiden stellen eine ernsthafte Bedrohung dar.«

»Herr, ich hatte...«

»Schweig, Athils.« Konstantin winkte ab. »Du bist nicht der erste und sicherlich nicht der letzte Befehlshaber, der eine Schlacht verliert, und du wirst Gelegenheit erhalten, deine Niederlage wiedergutzumachen.«

Athils fühlte Erleichterung in sich aufsteigen. Das klang zumindest nicht so, als würde er seines Ranges enthoben werden und der kommenden Schlacht fernbleiben müssen.

»Es ist eine Sache«, fuhr Konstantin fort, »dass wir verloren haben. Das ist bedauerlich, aber nicht unabänderlich. Wir werden dennoch siegen.« Er machte eine Pause. »Die viel wichtigere Frage ist: Woher wussten sie Bescheid?«

Olaf machte eine geringschätzige Handbewegung. »Tausende Mann im Lager, aus allen Teilen Albas und Dubh Linns. Schwätzer gibt es überall, und unter ihnen auch Verräter.«

»Da habt Ihr recht.« Konstantin rieb sich mit der Hand nachdenklich über das glatt rasierte Kinn. »Aber niemand wird leichtfertig zum Verräter, weil jeder weiß, dass Verräter schnell den Weg aller Verräter gehen. Ich glaube, dass es jemand anders war.« Seine Stimme wurde gefährlich leise. »Kein einfacher Bauer oder Krieger, sondern jemand, der genau Bescheid wusste.«

Sein Blick glitt beiläufig über die Männer im Zelt, über Athils, seine Söhne Cellach und Kenneth, seinen Cousin Máel Coluim und Ivar, den Anführer der Finngaill, der neben dem Eingang stand.

König Eòghann schüttelte den Kopf. »Jemand, der Bescheid wusste? Das scheint mir weit hergeholt. Ich bin eher geneigt, mich König Olafs Meinung anzuschließen. Irgendwer schnappt immer etwas auf und ist begierig, dieses Wissen in Gold umzusetzen, ungeachtet der Folgen.«

»Es ist Euer gutes Recht, so zu denken.« Konstantin war äußerst ruhig, äußerst kalt. »Wir haben heute allerdings gesehen, wie Strathclyde denkt – und kämpft.«

Eòghann sah aus, als ob er einen Schlag ins Gesicht bekommen hätte, doch er beherrschte sich sichtlich. »Ich bleibe bei meiner Meinung. Und Athils wird unsere Schmach mehr als tilgen.« Der Blick, den er seinem Befehlshaber zuwarf, war eindeutig.

Athils straffte sich. »Das werde ich, mein König. Mit all meiner Kraft.«

»Davon bin ich überzeugt. Sonst würdet Ihr morgen nicht kämpfen, sondern unseren Gefangenen in der Grube Gesellschaft leisten.« Leichte Verachtung schwang in Konstantins Stimme mit. »Aber lasst uns nicht abschweifen – jemand hat uns verraten, und ich will wissen, wer.«

Athils hatte sich auf dem Rückzug die gleiche Frage wie Konstantin gestellt. Er war ebenfalls der Ansicht, dass es ein Befehlshaber gewesen sein musste, oder zumindest jemand, der einen solchen kannte. Doch wer...

Plötzlich hörte er eine Stimme, wie aus weiter Ferne.

Komm und sieh, wie wach ich bin ...

Große Augen, rabenschwarze Haare, ein wollüstiger Körper, der unendliche Lust bereitete.

Ein Körper, der nicht mehr da gewesen war, als Athils in der Nacht vor der Schlacht aufgewacht war und auf der Bettstatt neben sich gegriffen hatte.

War sie es gewesen?

Der Mann aus Strathclyde fühlte, wie sein Mund trocken wurde. Konnte es sein, dass er einer Verräterin in die Falle gegangen war? Denn warum sonst wäre sie auf einmal so plötzlich verschwunden, genau in dieser Nacht? In den Tagen zuvor war sie immer wieder gekommen und länger bei ihm geblieben, wofür er sie auch reichlich entlohnt hatte.

Dann hatte sie erfahren, dass er am nächsten Tag noch vor dem Morgengrauen in die Schlacht ziehen würde.

Hatte es erfahren und war gegangen.

Und heute hatte ein Heer ihn und seine Männer auf der Heide erwartet.

Athils schluckte unwillkürlich. Einerseits über seine Dummheit, andererseits über das Schicksal, das ihm blühte, wenn die Sache offenbar wurde. Wenn erst einmal genauer nachgefragt wurde, konnte ein schlauer Mann durchaus seine Schlüsse ziehen ... der Befehlshaber von Strathclyde ... seine Hure, die in der Nacht vor dem Kampf gesehen wurde, wie sie eilig das Lager verließ ...

Sogar wenn es nicht stimmte, konnte ihn eine solche Anschuldigung den Kopf kosten. Sündenböcke waren eine willkommene Gelegenheit für einen König, ein Exempel zu statuieren. So konnte jeder Widerstand, jeder Gedanke an Verrat bereits im Keim erstickt werden.

Damit es nicht so weit kam, musste Athils versuchen, die Sache herunterzuspielen oder wenigstens davon abzulenken. Nach einer gewonnenen Schlacht, das hoffte er zumindest, würde seine Unachtsamkeit keine große Rolle mehr spielen. Denn König Konstantin sah nicht aus wie jemand, der leichtfertig vergaß.

Athils räusperte sich, darum bemüht, seiner Stimme einen festen Klang zu geben. »Wenn ich mir das Wort erlauben darf...«

Die Könige wandten sich ihm zu, erteilten ihm das Wort.

»Es muss wohl einen Verräter gegeben haben, aber ich fürchte, wir werden ihn am heutigen Tage nicht mehr finden. Nach unserem Sieg werde ich alles in meiner Macht Stehende tun, um herauszufinden, wer es gewesen ist.«

»Und meine Finngaill werden dir gerne dabei zur Hand gehen, falls du dabei zu zurückhaltend bist.« Olaf verzog keine Miene.

Athils biss die Zähne zusammen. Wieder ein Hieb, weil er die Schlacht verloren hatte. Er wusste, dass nur ein Sieg diese Scharte wieder auswetzen würde. Doch zunächst galt es der Gefahr einer Entlarvung vorzubeugen.

»Mein König – ich werde siegen, und ich werde den Verräter finden. Das schwöre ich Euch!«

»Mutige Worte eines mutigen Mannes.« Konstantins Blick schien den Mann aus Strathclyde zu durchdringen. »Ich hoffe, dass du noch öfter Gelegenheit haben wirst, dich zu beweisen. Es würde mir leidtun, wenn dein König dich morgen Abend wegen einer erneuten Niederlage hinrichten lassen müsste...«

»Was ich sicherlich tun würde«, beeilte sich Eòghann einzuwerfen.

»So sei es.« Konstantin stand auf. »Wenn der Tag anbricht, werden wir uns zum Abmarsch sammeln. Nach der Messe brechen wir auf.«

»Ihr verzeiht, wenn ich und meine Männer nicht daran teilnehmen?«, erwiderte Olaf trocken.

»Natürlich«, meinte Konstantin. »Ich weiß von Eurem – Eurem Brauch«, das Wort kam ihm nicht leicht über die Lippen. »Meine Tochter hat mir davon erzählt.«

Jedem im Zelt war bekannt, dass Konstantin seine Tochter Murron nur deshalb mit Olaf vermählt hatte, um das Band zwischen Alba und Dubh Linn zu stärken. Erstaunlicherweise war Murron, die immer eine eher blasse, unauffällige junge Frau gewesen war, am Hofe des »Heiden«, wie er in Alba verächtlich genannt wurde, richtiggehend aufgeblüht. Sie beherrschte den Hofstaat mit eiserner Hand und erwartete bereits ihr zweites Kind.

Konstantin wandte sich an Cellach. »Du wirst mein Heer morgen an der Seite meiner Befehlshaber in die Schlacht führen.«

Cellach neigte begeistert den Kopf, dass seine braunen Locken flogen. »Das werde ich, Vater. Ich danke dir!«

Jetzt sah Konstantin Kenneth an. »Du wirst das Lager beaufsichtigen.«

»Wie du befiehlst, Vater.« Auch Kenneth beugte das Haupt, sein Blick war unergründlich.

»Und du wirst meine Männer anführen«, sagte König Eòghann mit scharfer Stimme zu Athils, »und gemeinsam mit den Kriegern Albas die Schande ungeschehen machen, die uns widerfahren ist. Ich will, dass ihr die Skallagrimssons besiegt und mir ihre Köpfe bringt.«

»Das werde ich, Herr.« Athils verneigte sich. »Ich danke Euch für Euer Vertrauen.«

Der nickte nur unbestimmt. »Dann erweise dich auch würdig. Eine weitere Gelegenheit wird es nicht geben.«

Olaf lehnte sich in seinem Thron zurück. »Meine

Männer werden Æthelstan gegenübertreten und ihn zermalmen. Und die Finngaill werden sie anführen.«

Ivar schlug sich die Faust vor die Brust. »Wir werden sie bis nach Westseaxe zurückjagen, mein König.«

»Es genügt, wenn ihr sie aus Brunanburh vertreibt.« Konstantin machte eine herrische Geste. »So geht nun alle und sagt euren Männern Bescheid.«

Seine Söhne, Athils, Máel Coluim und Ivar verließen das Zelt.

Die Audienz, die letzte vor der Schlacht, war zu Ende.

Olaf nahm ein Trinkhorn vom Tisch und wandte sich an Konstantin. »Dies ist die erste Schlacht für Eure Söhne. Warum führt nicht Kenneth, Euer Ältester, Eure Männer?« Er trank einen Schluck.

Zum ersten Mal war auf Konstantins Gesicht so etwas wie Unsicherheit zu erkennen. Doch als er antwortete, war seine Stimme fest. »Cellach zeigt trotz seiner Jugend die besseren Fertigkeiten im Kampf. Aber auch Kenneth ist ein tapferer Krieger, der seinen Weg finden wird.«

Gedanken stiegen in ihm auf, ungeordnet, verblassten wieder.

Der braunhaarige Cellach, so voll Zuversicht und Mut, trotz seiner Jugend... wie er als kleiner Junge lachend mit einem Holzschwert kämpfte... wie er als junger Mann sein Schwert mit der Entschlossenheit und Sicherheit führte, wie es manch anderer erst nach vielen Kämpfen und Schlachten erlernte.

Und Kenneth... Kenneth, der blond gelockte Engel mit dem ausdruckslosen Gesicht, ein Engel, um den sich seit seiner Kindheit seltsame Gerüchte rankten...

Er schüttelte den Gedanken ab. Was nicht sein durfte, durfte eben nicht sein. »Ich vertraue meinen Söhnen, sie werden ihre Aufgaben gewissenhaft erfüllen.«

Olaf nahm einen weiteren Schluck. »Nun, Ihr werdet schon wissen, was Ihr tut.«

»Das weiß ich, Olaf Guthfrithsson. Das weiß ich in der Tat.«

Kenneth kochte vor Zorn, auch wenn es ihm niemand ansah. Das Gesicht unter den blonden Locken war leer, wie seit jeher. Diese Mauer half ihm, seine wahren Gefühle zu verbergen.

Hatte sich dieser innere Drang in seiner Kindheit dahingehend geäußert, dass er ihn an Tieren ausließ, war er danach stets gewachsen – und mit ihm seine Opfer. Niedere Knappen, Bettler, Tagelöhner, Huren ... Mit den Jahren erfüllte ihn eine regelrechte Mordlust, die er kaum noch stillen konnte. Es reichte ihm nicht mehr, diese Lust in unregelmäßigen Abständen zu befriedigen, er wollte im Blut seiner Feinde baden, wollte ihr noch warmes Fleisch zerfetzen, ihren Herzschlag verklingen hören, wollte ein Leben nach dem anderen, *unzählige*, nehmen.

Er wollte in eine Schlacht.

Und jetzt, wo die Gelegenheit endlich da war, verwehrte ihm sein Vater die Teilnahme, verbannte ihn stattdessen in dieses Drecklager, als gemeine Wache.

Sammle die Truppen. Du wirst sie morgen an der Seite meiner Befehlshaber in die Schlacht führen.

Das werde ich, Vater. Ich danke dir.

Cellach. Immer nur Cellach.

Aber nicht mehr lange.

Der älteste Sohn Konstantins ging mit entschlossenen Schritten die Zeltreihen entlang, während sich über ihm am Abendhimmel Wolken zusammenballten und die Sterne verschlangen.

Im Lager gellten Schreie. Die Sieger hatten ihre eigenen Verwundeten geborgen und die Verwundeten des Gegners getötet. Es hatte ihnen das Herz geblutet, als sie ihre Toten auf dem Schlachtfeld zurückließen, aber es blieb keine Zeit für Bestattungen. Die Schlacht war noch nicht vorbei. Erst nach dem morgigen Tag würden sie darangehen, alle ihre Toten der Erde zu übergeben.

Und so wuschen Æthelstans Heiler die zahlreichen Wunden, schmierten Salben mit heilenden Kräutern darauf, legten Verbände an und zersägten Gliedmaßen, die oft nur mehr an einzelnen Sehnen hingen. Wo die Verwundungen zu schwer waren, spendeten Priester Trost und geleiteten die Krieger auf die andere Seite.

Die anderen aßen, tranken und erzählten denen, die nicht an der Schlacht teilgenommen hatten, immer wieder von dem Tag. Die Legenden steigerten sich ins Unermessliche: Alfgeirs feige Flucht wurde immer feiger, während Egills Griff nach Nordumbriens Banner und Thorolfs Tötung des Anführers aus Strathclyde schon fast mythische Züge annahmen.

Ale und Wein flossen in Strömen, Worte ebenso. Das Lager schien vor Geschäftigkeit und Zuversicht zu beben.

In Æthelstans Zelt herrschte ebenfalls Hochstimmung, wenn auch deutlich gedämpfter. Für den einfachen Kämpfer zählte, dass der erste Tag siegreich beendet worden war. Für einen König zählte nur die gesamte Schlacht.

»Wir haben ihren Plan zunichtegemacht, und das ist allein euer Verdienst. Ich danke euch, Egill und Thorolf Skallagrimsson.« Der König lächelte die Brüder an, die vor seinem Thron standen. »Und gleichzeitig entschuldige ich mich für die Feigheit meines Aldermannes.« Das Lächeln verschwand. »Sollte ich Alfgeirs habhaft werden, wird die Strafe seiner Tat entsprechen. Ich bin mir sicher, dass er danach für lange Zeit der Letzte meiner Getreuen gewesen ist, der seinen König so schmählich im Stich gelassen hat.«

»Davon bin ich überzeugt, mein König. Ich hoffe, dass er gefangen wird.« Egill merkte erst jetzt, wie entkräftet er war. Sogar Thorolf machte einen abgekämpften Eindruck. Zuvor war keine Zeit für Erschöpfung gewesen, denn nach der Schlacht waren er und Thorolf mit ihren Männern gegangen und hatten nach Verwundeten gesucht. Das waren sie den Kriegern schuldig, die ihnen aus den Eislanden hierher gefolgt waren.

»Unser Sieg ändert nichts daran«, fuhr Æthelstan fort, »dass die größte Herausforderung noch auf uns wartet. Der Norden hat immer noch ein großes Heer, und mögen unsere Feinde heute ihre Wunden lecken – morgen werden sie nach Rache dürsten.« Er machte eine Pause. »Und sie haben vermutlich eine Flotte, so sie der Sohn des Brude nicht vernichtet.«

»Kineth wird seine Aufgabe erfüllen, mein König, davon bin ich überzeugt.« Egill zwang sich, seiner Stimme mehr Sicherheit zu verleihen, als er empfand. Auch wenn er Kineth vertraute, sprachen die Gegebenheiten für sich: ein kleiner Trupp gegen eine mächtige Flotte – der Krieger aus Innis Bàn würde mehr als Glück brauchen, um den Auftrag heil zu überstehen.

Æthelstan neigte den Kopf. »Möge der Allmächtige deine Worte wahr werden lassen.« Er bekreuzigte sich, Bischof Oda neben ihm ebenso.

Der König wandte sich an Edmund. »Morgen, Bruder, wenn wir aufbrechen, wirst du Späher ausschicken, wie ich es befohlen habe. Sie sollen während des Kampfes unseren Rücken im Auge behalten.«

»Ja, mein König.« Edmund zögerte. »Was geschieht, wenn die Späher tatsächlich die anrückende Flotte entdecken?«

»Dann muss ich Männer vom Schlachtfeld abziehen und sie diesen Kriegern entgegenschicken. Bogenschützen mit Brandpfeilen, um sie zu dezimieren, bis sie an Land gehen, und dann Kämpfer mit Schild und Schwert.«

»Mit Verlaub, Bruder – dann sind wir auf dem Feld in der Unterzahl.«

»Glaubst du, das weiß ich nicht?« Æthelstan klang gereizt. »Aber ich hoffe, dass es nicht dazu kommt.«

»Ihr werdet jeden Mann auf dem Schlachtfeld belassen können.« Wieder klang Egill bestimmter, als er sich fühlte, aber er wusste, dass er Kineth in dessen Abwesenheit den Rücken stärken musste. Zweifel war gefährlich und durfte gar nicht erst aufkeimen. Denn wenn er stärker wurde, konnte er das Abkommen zwischen dem König und dem Mann aus Innis Bàn vielleicht doch noch gefährden.

Æthelstan zog die Augenbrauen nach oben. »Wohl dem, der so viel Zuversicht in das Herz eines anderen pflanzen kann. Dein Freund muss ein besonderer Mann sein.«

Egill rang sich ein zuversichtliches Lächeln ab, sagte jedoch nichts.

Konstantin stand auf, ging zum Tisch und holte zwei Becher mit Wein, reichte sie Egill und Thorolf. Dann nahm er selbst einen Becher.

»Auf euch, meine Freunde. Und den Allmächtigen, der heute auf eurer Seite war.«

Sie tranken. Egill entsann sich, dass er auf dem Schlachtfeld nicht viel von der Anwesenheit eines Allmächtigen gespürt hatte. Wohl aber hatte er den Schrei des Raben vernommen, in höchster Bedrängnis. Und wenig später hatte Thorolf den Befehlshaber von Strathclyde auf dem Speer verenden lassen und die Schlacht damit herumgerissen.

Ich danke dir, Odin. Dir und den Asen, die unsere Schwerter führen, zum Ruhme der Eislande.

Der König stellte den Becher ab. »Und auch morgen werden wir kämpfen und siegen. Diesmal ist es jedoch kein überhasteter Aufmarsch, sodass Bischof Oda für unser gesamtes Heer die Messe lesen kann.«

»Es wird mir eine Freude sein.« Der Bischof beugte sein Haupt, bevor er die Brüder schmunzelnd anblickte. »Und ich hoffe, dass alle den Schutz des Herrn annehmen werden.«

Thorolf lachte. »Keine Angst, Bischof, ich wehre mich nicht. Ihr könnt die Rinderkeule auf dem Tisch lassen.«

Æthelstan machte ein verständnisloses Gesicht. Oda

winkte lächelnd ab. »Ein kleiner Scherz des Nordmanns, mein König.«

»Ich bin erfreut, dass ihr euch so gut versteht. Umso stärker werdet ihr morgen, im Zeichen des Allmächtigen, in die Schlacht reiten.« Der König wandte sich Egill zu. »Und dich möchte ich dabei an meiner Seite haben. Du wirst die Kämpfer Nordumbriens, die du heute so vorzüglich geführt hast und die dir vertrauen, gemeinsam mit meinen Fyrd anführen. Dein Bruder wird die Männer der Eislande und einige meiner Krieger unter seinem Befehl haben.«

Egill wechselte einen kurzen Blick mit Thorolf. Das Gesicht seines Bruders sprach Bände, aber er sagte nichts.

»Mein König«, großer Respekt klang aus der Stimme des Nordmanns, »ich bin mir sicher, dass Ihr genau wisst, wie Ihr Eure Männer einzusetzen habt. Und doch würde ich es für klüger halten, mit meinem Bruder Seite an Seite zu kämpfen, wie wir es gewohnt sind.«

Æthelstan schüttelte den Kopf. »Die Gewohnheit hat hier keinen Platz. Du, Egill, bist für Nordumbrien eingetreten, das verschafft dir bei seinen Kriegern und auch bei meinen Leuten Respekt. Sie werden dir daher nicht nur folgen, sie werden für dich mit aller Kraft kämpfen. Und du, Thorolf«, der König lächelte, »über dich brauche ich nichts zu sagen. Deine Männer gehen mit dir, wohin du sie auch führst. So werden wir auf zwei Seiten siegestrunkene Krieger unter jedem Banner haben, die den Feind zerschmettern werden.«

Wieder wechselten die Brüder Skallagrimsson einen kurzen Blick. Sie wussten, dass jeder Widerspruch zwecklos war. Wenn ein König gesprochen hatte, war sein Wort Gesetz. Und niemand, auch nicht die Nordmänner aus den Eislanden, konnte dieses Gesetz brechen.

Thorolf ging zur Tafel und füllte sich Wein nach. »Wir werden handeln, wie Ihr befohlen habt.« Er nahm einen kräftigen Schluck. »Ich habe einen Befehlshaber des Nordens aufgespießt und werde es mit jedem weiteren tun, den sie aufbieten.«

Egill spürte auf einmal eine eigentümliche Kälte, die sich in ihm breitmachte. Er hatte das überwältigende Gefühl, als ob etwas unwiderruflich zu Ende war. Hatten die Nornen sein Schicksal in eine neue, dunkle Richtung gesponnen?

Er wusste es nicht. Er wusste nur, dass er keine Wahl hatte.

Sein Bruder hob erneut den Becher und prostete ihm mit grimmigem Gesicht zu.

Ragnar Erlendsson traute seinen Augen nicht, als er die Frau sah, die durch die Abenddämmerung auf ihn zukam. Ein Mann aus Westseaxe mit einer Fackel in den Händen begleitete sie. In ihrem Licht erkannte Ragnar, dass die Frau groß war, mit blonden Haaren und blauen Zeichnungen auf Schläfe und Hals.

Hinter den beiden marschierten an die hundert Krieger. Alle waren bewaffnet, manche trugen Schuppenpanzer.

Einar, der mit Ragnar Wache schob, grinste. »Die Huren in diesem Land gefallen mir immer besser.«

»Stell dich hinten an. Das hübsche Kind werde ich mir vornehmen«, lachte Ragnar.

Das Lachen verging ihm, als die blonde Kriegerin nach Egill Skallagrimsson fragte.

»Ihr also seid die Krieger, von denen Kineth sprach. Wusste gar nicht, wie schlecht es um euch bestellt ist, dass Weiber in euren Reihen kämpfen. Gibt es nicht genügend Männer bei euch?« Thorolf grinste, Gunnar ebenso.

»Nein, und bei euch?« Flòraidh nahm sich ein Stück Brot von der Tafel in Thorolfs Zelt. Sie biss hinein, kaute aufreizend.

Jetzt konnte sich auch Egill ein Grinsen nicht verkneifen. Als man Flòraidh ins Lager gebracht hatte, hatte er sie mit Freude empfangen. Und sie war noch genau so, wie er sie in Erinnerung hatte. Sein Bruder würde sich an ihr die Zähne ausbeißen, wenn er sie weiter unterschätzte, nur weil sie eine Frau war.

Thorolfs Gesicht hatte sich ob der frechen Entgegnung schlagartig verfinstert, aber Egill hielt ihn mit einer Handbewegung im Zaum. »Lass es, Bruder. Du hast sie herausgefordert.« Er wandte sich der Kriegerin zu. »Erzähl. Wann habt ihr Kineth getroffen?«

»Er stieß heute zu uns.« Flòraidh griff sich eines der Trinkhörner, das mit Met gefüllt war, nahm einen Schluck und verzog das Gesicht. »Habt ihr kein Ql?«

»Was soll das sein?« Thorolf runzelte die Stirn.

»Ql. Bier.«

»Met ist besser.« Der riesige Krieger starrte sie spöttisch an. »Wenn du ihn verträgst.«

»Dieses süße Gesöff? Schmeckt wie etwas, das die Mütter bei uns den Kindern geben.«

Thorolf sperrte den Mund auf. »Das Weib ist von Sinnen. Kommt herein, beleidigt erst mich, dann meinen Met...«

Egill verdrehte die Augen. »Es ist genug. Einigen wir uns darauf, allesamt tapfere Krieger zu sein, einerlei ob Mann oder Weib. Und reden endlich über wichtige Dinge. Einverstanden?«

Thorolf musterte Flòraidh, die seinen Blick unbeeindruckt erwiderte. »Einverstanden, Bruder. Wenn du es wünschst...« Er setzte sich an die Tafel, fuhr sich durch die verfilzten langen Haare. »Ich sag dir trotzdem: Ich mag dieses Land nicht. Es wird wahrlich Zeit, diese Schlacht hinter uns zu bringen und in die Eislande zurückzukehren.«

»Was hat Kineth zu euch gesagt?«, fragte Egill.

»Dass wir hierherkommen und mit euch kämpfen sollen«, antwortete Flòraidh.

Thorolf lachte kurz, sagte aber nichts.

Flòraidh drehte bewusst langsam den Kopf zu ihm. »Hast du mir etwas mitzuteilen?«

Der Nordmann grinste schief. »Und ob. Wie wollt ihr denn mit uns kämpfen? Ihr kommt ja angeblich von einer abgelegenen Insel, habt sicher nie mit mehr als zehn Feinden auf einmal zu tun gehabt.«

Jetzt wurde die Kriegerin sichtlich wütend. »Das ist nicht wahr, wir haben große Fertigkeiten im Kampf und uns schon mehrmals bewiesen.«

Thorolf stand auf, ging ganz nahe an Flòraidh heran. »Ist das dein Ernst, Weib? Was sollen das für Fertigkeiten sein, die meine kampferprobten Krieger nicht haben?«

»Es hat jedenfalls zweimal gereicht, um mit kampferprobten *Nordmännern* fertigzuwerden.« Flòraidh wich nicht zurück, starrte zu dem riesenhaften Krieger hinauf, der sie bei Weitem überragte. »Ob auf unserer Insel oder gegen deinen Bruder.«

Egill erstarrte. Nun war geschehen, was er seit seiner Ankunft im Lager zu verhindern versucht hatte. Seine Gedanken wirbelten durcheinander, schnell machte er einen Schritt auf seinen Bruder zu. »Thorolf...«

»Nein, nein, Bruder«, Thorolf hielt Egill mit ausgestrecktem Arm auf Abstand, »lass diese Kriegerin nur weitersprechen.« Seine Stimme nahm einen harmlosen Klang an. »Ihr habt also gegen *Egill* gekämpft?«

Ein verwirrter Ausdruck huschte über Flòraidhs Gesicht. »Ja. Wir haben ihn und seine Krieger beim Broch auf Hjaltland besiegt, sind dann aber von Comgall verraten worden.«

»Und wo sind die Krieger meines Bruders jetzt?«

Wieder war Flòraidh verwirrt. »Comgall hat sie in seinem Kerker töten lassen.«

»In einem Kerker also...«, sagte Thorolf nachdenklich. »Einem Kerker, in dem sie nie gelandet wären, wenn ihr sie nicht besiegt hättet. Ist das so?«

Egill öffnete den Mund. »Thorolf, denk doch nach...«

»Nein, Bruder, du schweigst nun!« Der Nordmann blickte finster auf die Kriegerin hinab. »Habe ich recht? Ohne euch wären sie noch am Leben?«

Flòraidh schien zu merken, dass sie einen Fehler gemacht hatte. Ihr Blick ging zwischen den Brüdern hin und her. »Du hast recht, aber niemand konnte wissen...«

Weiter kam sie nicht, denn Thorolf stieß einen Wutschrei aus und riss sie brutal an sich. »*Niemand konnte wissen?* Bei Odin, ich weiß nur eines – ich werde dich und deine gesamte Brut auslöschen, hier und jetzt, in diesem Lager.«

»Gar nichts wirst du.« Die Kriegerin war vollkommen ruhig. »Es sei denn, du hast keine Verwendung mehr für deinen Schwanz.«

Thorolf stutzte, sah an sich hinab. Flòraidh hatte unbemerkt seinen Dolch aus dem Gürtel gezogen und hielt ihn dem Nordmann in den Schritt.

Gunnar wollte auf die beiden zutreten, doch Egill gab ihm zu verstehen, abzuwarten. Die Hand am Griff seines Schwertes, betrachtete Gunnar den Nordmann und die Kriegerin mit besorgtem Blick.

Die beiden rührten sich nicht, bis Thorolf Flòraidh schließlich mit einem Grunzen von sich wegstieß. »Meinen Dolch.«

Flòraidh zögerte.

»Meinen Dolch, Weib. Und ich frage kein weiteres Mal.«

Egill nickte Flòraidh zu, die ihrem Gegenüber widerwillig die Waffe zuwarf. Thorolf fing sie geschickt und steckte sie in den Gürtel. »Wohlan denn, Bruder – es scheint, dass du mir eine Erklärung schuldig bist.«

»Es ist, wie sie gesagt hat«, Egill kapitulierte. »Sie trifft keine Schuld. Wir haben gegen sie gekämpft und verloren. Und wurden doch beide betrogen. Dass meine Männer nicht mehr am Leben sind, kannst du nicht Kineth und den Seinen vorwerfen, denn sie haben ehrenhaft gekämpft. Es war Comgall, der Herrscher von Hjaltland, der unsere Krieger heimtückisch hinrichten ließ. Eine von Kineths Kriegerinnen hat ihn schließlich getötet, damit ist der Schuldige bestraft.« Er holte tief Luft. »Bruder – unsere Männer sind in Walhall, daran kann niemand mehr etwas ändern. Und wenn wir uns jetzt nicht auf die Schlacht besinnen, werden wir ihnen schneller folgen, als uns lieb ist.«

Thorolf dachte nach, stieß schließlich ein Grollen aus. »Du hast recht. Nur die Schlacht zählt.« Er wandte sich Flòraidh zu. »Dich und die Deinen werde ich am Leben lassen – vorerst.«

Flòraidhs Stimme nahm einen ironischen Klang an. »Du erwartest wohl so etwas wie einen Dank von mir?«

»Ja, Weib, denn normalerweise bin ich nicht so geduldig.« Er trank einen weiteren Becher Met. »Aber steck dir deinen Dank in deinen Arsch. Es genügt, wenn du mir während der Schlacht nicht in die Quere kommst.«

»Keine Sorge, das werden wir nicht.« Flòraidh überlegte. »Denn es gibt etwas, das wir auf unserer Insel gelernt haben.«

Der riesige Nordmann blickte sie herausfordernd an. »Und das wäre?«

Der Mond trat aus den Wolken heraus, erhellte die Heide und die vier Gestalten, die an ihrem Rand entlangmarschierten.

Thorolf und Gunnar gingen voraus, Egill und Flòraidh folgten ihnen. Als sie zum Wald hinaufstiegen und bemüht waren, nicht über die Gefallenen zu stolpern, sah die blonde Kriegerin etwas, das sie bis ins Mark erschrecken ließ.

Weiter unten, in der Ebene, schien sich der Boden zu bewegen.

»Was ist das?« Flòraidhs Stimme schwankte ein wenig. Sie war an sich schon aufgewühlt, weil der Anblick der vielen Toten auf dem Schlachtfeld schrecklicher war, als sie es sich nach Egills Erzählungen hatte vorstellen können. Die vielen Hundert Leiber, die klaffenden Wunden, die unzähligen Münder und Augen, weit aufgerissen …

Und jetzt noch diese geisterhaften Bewegungen.

»Leichenfledderer«, sagte Egill grimmig. »Leute von nahen Höfen und Dörfern, die die Toten durchsuchen und alles von Wert stehlen.«

Flòraidh erkannte, dass der Nordmann recht hatte. Einzelne Schatten erhoben sich und bückten sich wieder, nahmen die Gestalt von Menschen an.

»Warum habt ihr eure toten Gefährten nicht mitgenommen?«, fragte die Kriegerin.

»Dazu hätten wir zu lange gebraucht. Die Toten werden nach der Schlacht verbrannt, und diese ist noch nicht geschlagen«, antwortete Thorolf schroff. »Wir sind im Krieg, da können wir uns nicht an die feinen Sitten halten, die auf eurer Insel wahrscheinlich herrschen.«

Flòraidh murmelte etwas Unhörbares vor sich hin.

Dann erreichten sie den Wald. Thorolf und Gunnar betraten das Unterholz, die beiden anderen gingen ihnen hinterher, bemüht, sie nicht aus den Augen zu verlieren.

Schon nach kurzer Zeit blieben Thorolf und Gunnar stehen. Flòraidh und Egill traten an ihre Seite.

Vor ihnen, auf einer kleinen Lichtung, tat sich ein Kreis aus weißen, rechteckigen Steinen auf. Es mochten über ein Dutzend sein, manche von ihnen waren umgefallen und von Sträuchern und Dornen überwachsen, andere standen noch. Teils erreichten sie die Höhe von vier Mann und waren an die zwei Armeslängen dick. In der Mitte des Kreises lag ein großer, flacher Stein, der wie eine riesige Tafel wirkte.

»Was ist das hier?« Flòraidhs Stimme ließ erkennen, wie überrascht sie war.

»Das«, Thorolf machte eine Pause, »ist Brunanburh. Hier haben die Britannier ihre Götter angebetet und ihnen auf dem Altar«, er deutete auf den Stein in der Mitte, »Opfer dargebracht. So hat man es uns jedenfalls erzählt.« Er spuckte aus.

Egill und Flòraidh gingen zwischen den Steinen hindurch, ließen ihre Finger über die mondbeschienenen, rauen Oberflächen gleiten. Der Nordmann dachte an Clagh Dúibh, an das Moor und das, was sie darin gefunden hatten. Auch dort hatten Steine einen Kreis gebildet, allerdings nicht um einen Altar wie hier in Brunanburh, sondern um den legendären Schwarzen Stein, dessen Inschrift den entscheidenden Hinweis verraten hatte, wo das Grab des Letzten Königs lag.

Aber eine Gemeinsamkeit gab es – in Clagh Dúibh wie in Brunanburh war der Boden innerhalb des Steinkreises verdorben, war nur mehr eine unfruchtbare Fläche aus verdorrtem Gras. Fast schien es so, als ob hier Dinge geschehen waren, die jedes Leben auf ewig verbannten.

Und noch etwas fiel Egill auf. Wie in dem Moor gab auch hier kein Tier einen Laut, schienen alle Lebewesen außer den vier nächtlichen Besuchern den Ort zu meiden.

Der Nordmann schüttelte die Gedanken ab. Es war nicht die Zeit für Aberglaube, es war die Zeit für einen Plan. Er sah Flòraidh an. »Was sagst du?«

Sie ließ ihren Blick noch einmal über den Steinkreis schweifen, dann über den Wald, der sich zum Rand der Heide erstreckte.

»Es könnte klappen.«

»Könnte oder wird?« Thorolf spuckte noch einmal aus.

»Wer weiß schon mit Gewissheit, was geschehen wird?« Flòraidh wurde zornig. »Ich kann dir nur versichern, dass wir mit all unserem Mut und unserer Kraft für euch kämpfen werden. Das muss genügen. Wenn du Gewissheit willst, fahr in die Eislande zurück und versteck dich hinter dem Kittel deiner Weiber, dann bist du gewiss bis an dein Lebensende sicher.«

Thorolf stutzte, bevor er Gunnar zuzwinkerte. »Das Weib könnte mir womöglich doch noch gefallen. Wie ist es mir dir?«

Gunnar zuckte mit den Achsen, sagte nichts.

Flòraidh lachte leise. »Aber du wirst mir nicht gefallen, Nordmann.«

»Warte ab, du hast noch nie meinen Schwanz in dir gehabt. Der hat noch jedes Weib überzeugt.«

Die Kriegerin zog die Augenbrauen hoch. »Als ich den Dolch an ihn gedrückt habe, habe ich nicht viel von deinem Schwanz bemerkt.«

Jetzt zwinkerte Gunnar Thorolf zu. »Du kannst sie gerne haben.«

»Niemand wird irgendwen haben«, fuhr Egill genervt dazwischen. »Und jetzt hört zu. Wir machen es wie geplant: Du, Thorolf, wirst morgen das Heer beim Wald anführen. Ich bin mir sicher, dass dir wieder die Männer aus Strathclyde gegenüberstehen werden, um Rache für ihre Niederlage zu nehmen.«

»Rachedurstige Männer sind unvorsichtige Männer«, meinte Thorolf beifällig. »Das wird uns helfen.«

»Trotzdem werdet ihr euch zum Schein hierher in den Wald abdrängen lassen«, fuhr Egill fort und wandte sich an Flòraidh. »Du hast uns gesagt, dass eure Fähigkeit, mit der Umgebung zu verschmelzen, so gekonnt ist, dass euch niemand bemerken wird?«

»Sie werden uns erst sehen, wenn unsere Klingen an ihrer Kehle sind.« Die Kriegerin sprach fest und ohne Zweifel.

»Gut. Zusammen mit Thorolf tötet ihr so viele Feinde wie möglich. Dann verlasst ihr den Wald, vertreibt das Heer und nehmt die anderen in die Zange.«

»Und was tust du?« Flòraidh ließ Egill nicht aus dem Augen.

»Ich werde mit Æthelstan so lange gegen Olaf standhalten, bis ihr mit Strathclyde fertig seid. Also verliert keine Zeit – wir brauchen euch da unten so schnell wie möglich!«

Im Schutze der untergehenden Sonne hatten Kineth, Elpin, Trygil und Goraidh mit dem Späherschiff den südlichen Ausläufer der Insel umsegelt, dessen steile Felsküste aussah, als hätte man von einem trockenen Stück Brot einen Teil herausgerissen. In einer schmalen Bucht waren sie schließlich vor Anker gegangen. Kineth hatte ein verkohltes Stück Holz herumgereicht und befohlen, dass sich jeder mit Ruß die Hände, das Gesicht und alle anderen Körperstellen, wo die Haut zu sehen war, schwärzen musste. Wie sein weißes Fell einen Schneehasen mit den eisigen Weiten von Innis Bàn verschmelzen ließ, dachte der Krieger, so würde sie diese Bemalung in der Dunkelheit tarnen.

Anschließend hatten sie die Fässer mit Pech auf das Floß umgeladen, das sie im Schlepptau hatten, und warteten nun, dass die Nacht ihr schützendes Kleid über sie legen würde.

Moirrey hatte versprochen zu warten, bis der Mond seinen Höchststand erreicht hatte, erst dann würde sie die Feuer entzünden. Das, so war Kineth überzeugt, würde ihnen genügend Zeit geben, sich mit aller Vorsicht zu nähern.

»Ich denke, es ist so weit«, sagte Trygil leise.

Kineth warf noch einen prüfenden Blick nach Westen, aber der Horizont war bis auf die Sterne rabenschwarz. Der Krieger löste das Tau, das sie mit dem Schiff verband, worauf sie sanft mit den Riemen zu paddeln begannen.

Auch wenn das Gebilde, das Trygil aus sechs knapp zehn Fuß langen Baumstämmen und Tauen hatte anfertigen lassen, zunächst völlig ungeeignet wirkte, so lag es doch erstaunlich ruhig auf den Wellen. Die Fässer hatten sie vorsorglich mit dem Floß vertäut. Wenn die See ruhig blieb, rückte ihr Ziel in greifbare Nähe. Und sie blieb ruhig.

Während die vier langsam die Küstenlinie entlangpaddelten, blickte Kineth sich um – keine Wolken, die von Unwettern kündeten, keine weißen Schaumkronen auf den Wellenkämmen, die die Vorboten von Sturmfluten waren. Ihm schien, als wären diesmal alle Götter auf seiner Seite.

Moirrey lief entlang der weitläufigen Bucht, die sie erst Tage zuvor passiert hatten. Sie hatte sich den Weg eingeprägt, und wie damals war auch nun keine Menschenseele weit und breit zu sehen. Die beiden sanften Hügel, in deren Mitte die Bucht lag, kamen langsam näher, und mit ihnen auch die Anspannung, die die junge Kriegerin spürte. Immerhin war die Ablenkung ihre Idee gewesen, um Kineth und den anderen mehr Zeit zu geben und die Aufmerksamkeit von ihnen zu lenken. Und wenn etwas schiefging, so hatte sie sich geschworen, wäre es allein ihre Schuld. Eine Schuld, mit der nur sie leben würde, so wie sie seit Heulfryns Tod alleine mit der Trauer über seinen Verlust lebte. Auch wenn diese Trauer manchmal weniger zu werden oder gar zu verfliegen schien, so kam sie umso mächtiger wieder, gleich Sturmböen, die manchmal stärker, manchmal weniger stark an einem Baum zerrten.

Doch auch ein weiteres Bild wollte ihr nicht aus dem Sinn gehen: das angeberische Zuzwinkern des Steuermannes, der mit Kineth gekommen war. Eine gewisse Ähnlichkeit zu Heulfryn war ihm nicht abzusprechen, dachte Moirrey, während sie darauf achtete, ihre Laufschritte nicht zu verlangsamen. Auch wenn Trygil keine so schönen Bemalungen auf der Haut trug.

Die Kriegerin drehte sich um, sah Bree, Odhrán und Tòmas hinter sich. Flòraidh bildete die Nachhut. Die Dämmerung hatte bereits eingesetzt, sie würden also rechtzeitig an ihrem Ziel sein.

Kineth' Schilderung der Ereignisse hatte sie alle gleichermaßen erschüttert. Schließlich waren sie bei ihrer Trennung doch der Überzeugung gewesen, dass sich nun alles zum Guten wenden würde. Broichans Verrat erachteten sie als abscheulich, seinen Tod und den seines Weibes jedoch ebenso. Die Vorstellung, dass Unen und Ailean ihren Feinden hilflos ausgeliefert waren, empfand Moirrey als schier unerträglich. Caitt hingegen hatte für seinen Verrat bekommen, was er verdiente, und sollte er ihr je wieder vor die Augen treten, wusste die Kriegerin, was sie tun würde.

»Mally!« Die Stimme ihrer Schwester. Moirrey blieb stehen und wartete, bis die anderen sie erreicht hatten.

»Ab hier sollten wir vorsichtiger sein«, sagte Bree außer Atem. »Die Nacht ist sternenklar, wir werden also im Licht des Mondes genug sehen können. Unsere Feinde jedoch auch.«

Moirrey nickte. »Hat noch jeder seinen Trinkschlauch?«

Die Krieger prüften die Lederbeutel, die an ihren Gürteln hingen, in die sie jedoch kein Wasser oder Ale gefüllt hatten, sondern das Pech.

»Wir teilen uns auf«, sagte Moirrey mit zufriedener Stimme und sah zu den beiden Hügeln. »Wir müssen nicht sehr nahe an sie herankommen, lieber halten wir mehr Abstand als zu wenig und werden dafür nicht entdeckt.« Die anderen nickten. »Jeder sucht sich einen oder zwei große Sträucher. Sammelt so viel trockenes Gras und Blätter, wie ihr finden könnt, und legt sie unter den Strauch. Dann gießt ihr das Pech darüber, legt die Trinkschläuche auch noch dazu. Wenn ihr mein Feuer seht, entzündet ihr auch eure Sträucher.«

»Und dann nichts wie weg«, fügte Bree hinzu.

»Was denn sonst«, gab Moirrey gereizt zurück. »Wir treffen uns beim Schiff. Wenn jemand zurückfällt, ist er auf sich allein gestellt, verstanden?«

»Wird aber nicht geschehen«, meinte Flòraidh und blickte ernst in die Runde.

Wieder ein Nicken.

»Dann los!«

Sie hatten mit den Riemen das Floß vorangetrieben, bis die Bucht in Sichtweite kam, und mit ihr die unglaubliche Anzahl an Langschiffen, deren Masten wie Bäume eines vertrockneten Waldes emporragten.

Kineth gab ein Zeichen, worauf alle vier in die kalten Fluten glitten. Der Krieger tauchte mit dem Kopf unter Wasser, als er vom Floß rutschte. Für einen Augenblick kam es ihm vor, als wäre er wieder in der Quelle der Nolwenn, würde den mit Wasser gefluteten Tunnel durchschwimmen in der Hoffnung, auf der anderen Seite den Ring König Uuens zu finden. Doch dann durchstieß er die Wasseroberfläche, hielt sich an einem Tau fest, das einen der Baumstämme umwickelte, und besann sich der Aufgabe, die vor ihnen lag. Vom Floß aus wirkten die

Wellen klein und harmlos, aber Kineth hatte Mühe, seinen Kopf über Wasser zu halten.

Die Männer begannen in Richtung Bucht zu schwimmen. Doch so sehr sie sich auch anstrengten, das Floß wollte sich nicht in das geschützte Gewässer treiben lassen.

»Wir sind zu früh ins Wasser!«, rief Trygil gepresst und spuckte aus. »Hier gibt es noch eine starke Strömung.«

»Auf dem Floß würde man uns sehen«, gab Kineth zurück, während sich eine Welle über seinem Kopf brach. »Unsere Köpfe im Wasser werden niemand auffallen.« Wieder eine Welle. »Strengt euch an!«

Die vier Krieger gaben alles. Kineth fixierte das Dunkel eines Felsspalts an der Küste, der ihm zu erkennen half, ob sie tatsächlich vorwärtskamen oder trotz aller Anstrengungen aufs offene Meer getrieben wurden.

Langsam, sehr langsam trieben sie das Floß in die Bucht.

Kineth hörte, wie die Männer nach Luft rangen, wie sie sich am salzigen Wasser verschluckten und so laut husteten, dass der Krieger fürchtete, die gesamte Insel würde auf sie aufmerksam werden. Auch spürte er, wie seine Beine allmählich taub wurden, die Kälte sich in die Muskeln bohrte und in die Knochen kroch. Wie die Finsternis unter ihm ihn zu verschlingen drohte.

Nach einer schieren Ewigkeit riss die Strömung mit einem Male ab, als wäre sie nie da gewesen. Ohne die kleinste Welle zu brechen, glitt das Floß nun lautlos auf die Schiffsflotte zu. Kineth, Goraidh, Trygil und Elpin klammerten sich an den Tauen fest, ließen sich mittreiben und versuchten, wieder zu Atem und vor allen Dingen zu Kräften zu kommen.

Mit einem unmerklichen Ruck stieß das Floß an den Rumpf des Schiffes, das mit nur siebzehn weiteren jenen Halbkreis bildete, der die anderen Schiffe in der Bucht sicher umschloss. Kineth verharrte regungslos, bis er sicher war, dass sie niemand entdeckt hatte. Da diese Langschiffe eine ähnliche Größe hatten wie jenes, auf dem er Dùn Tìle verlassen hatte, hielt der Krieger es für sehr wahrscheinlich, dass man ihn selbst von Deck aus nicht sehen würde, solange er nur gebückt auf dem Floß stand.

Kineth nickte den anderen zu, dann kletterten die Krieger aus dem Wasser.

Mit vor Kälte zitternden Händen schob Kineth den Deckel des ersten Fasses auf, griff sich einen Streifen Leinen und tauchte ihn in die zähflüssige schwarze Masse. Dann zog er ihn wieder heraus und drückte ihn gegen die Planken der Bordwand des Langschiffs, wo dieser haften blieb.

Auch die anderen gingen fieberhaft ans Werk. Am Anfang und Ende des Floßes postierten sich Trygil und Elpin, die dafür sorgten, dass ihr schwimmender Untersatz langsam, aber stetig an den Langschiffen entlangglitt, während Kineth und Goraidh eine in Pech getränkte Stoffbahn nach der anderen an die Planken klebten.

»Mit etwas Glück können wir das Floß wieder zurücktreiben«, flüsterte Kineth, als sie unentdeckt das andere Ende des Halbkreises erreicht hatten. »Dann müssen wir nicht so weit schwimmen.«

Mit einem Fetzen wischte er sich das klebrige Pech von den Händen, dann sah er zum Himmel, überzeugt davon, dass der Mond noch nicht seinen Höchststand erreicht hatte – da gellte ein Ruf durch die Nacht, gefolgt von einem Signal aus einem Horn. Dem folgten mehrere Hornsignale.

Elpin lugte durch einen Spalt zwischen zwei Schiffsrümpfen, versuchte angestrengt, etwas zu erkennen. Seine Miene erhellte sich. »Mally hat das Feuer entfacht.«

Kineth fluchte lautlos, da es ein wenig zu früh kam. Er hörte, wie sich über ihm Schritte hastig entfernten und Männer von einem Schiff zum anderen kletterten. Moirreys Plan war aufgegangen.

»Wir haben keine Zeit mehr«, sagte Elpin. »Wollen wir den Nordmännern einheizen?«

Als Antwort öffnete Kineth ein Tongefäß, nahm einen Markasitstein zwischen Daumen und Zeigefinger und klemmte den Zunder darunter. Dann schlug er mit einem Feuerstahl gegen den Stein.

Einmal, zweimal. Nichts geschah.

Zwar sprangen kleine Funken, doch der Zunder wollte nicht zu glosen beginnen. »Das kann doch nicht wahr sein«, knurrte der Krieger, während seine Bewegungen immer angespannter wurden.

Trygil griff ein Tongefäß und begann ebenfalls, Funken springen zu lassen. »Vielleicht ist der verdammte Zunder nass geworden?«

»He!«

Die raue Stimme eines Mannes über ihnen ließ alle auf dem Floß innehalten.

Langsam schauten die Krieger nach oben, erkannten

einen Wachposten, der sich mit einer Fackel in der Hand über die Reling beugte und ungläubig zu ihnen heruntersah.

Einen Atemzug lang schien die Zeit stillzustehen, schien die Welt und alles auf ihr plötzlich erstarrt zu sein.

Der Wachposten brüllte los, wollte seine Kameraden alarmieren.

Jetzt ist alles aus.

Weitere Gedanken kamen Kineth nicht mehr in den Sinn, denn Elpin hatte einen Speer gepackt und dem Mann blitzschnell ins Brustbein gerammt. Die Wache stieß einen röchelnden Schrei aus, fasste mit der einen Hand den Speer. Seine andere Hand ließ die Fackel fallen.

Elpin hastete nach vorn, fing die Fackel nur wenige Handbreit über der Wasseroberfläche mit der bloßen Hand – die voller Pech war. Sofort brannte Elpins Arm lichterloh, gleich darauf sein Haar. Er schrie auf, ließ die Fackel ins Wasser fallen, die mit einem Zischen unterging, und stand wie gelähmt da, während sich das Feuer an ihm nährte.

»Ins Wasser mit dir!«, rief Kineth ihm zu.

Elpin blickte zuerst ihn, dann das Schiff neben sich an, riss sich aus seiner Erstarrung und presste seine brennende Hand gegen den pechgetränkten Stoffstreifen, der an der Bordwand klebte – und diesen in Brand setzte. Erst danach hechtete er ins Meer.

Einen Augenblick später schoss eine Stichflamme in den Himmel und verbrannte den verwundeten Wachposten, der schreiend zurücktaumelte.

Mit einem Tritt stieß Kineth das Floß von dem brennenden Schiff weg und suchte die Wasseroberfläche fieberhaft nach Elpin ab, der nur Sekunden später neben ihnen auftauchte. Kineth und Trygil packten ihn und zerrten ihn aufs Floß. Die Flammen hatten ihn grausam entstellt und seine Haut zu verkohlten Fetzen werden lassen. Elpin lag da und krümmte sich, ohne aber einen Laut von sich zu geben.

Kineth fuhr ein Stich durchs Herz. Doch er wusste, dass er hier nichts für seinen Freund tun konnte.

Ungläubig beobachteten sie, wie sich das Feuer in Windeseile von einem Schiff zum nächsten fraß – wo noch vor wenigen Augenblicken eine Kette aus Schiffen sanft in der Brandung schaukelte, loderte nun eine gleißende Wand aus Feuer in den gestirnten Himmel. Schreie gellten über die brennenden Langboote.

»Weg hier!« Kineth packte einen der Riemen und begann zu paddeln. Die anderen taten es ihm gleich.

»Sie werden es losmachen und eine Schneise haben, aus der sie entkommen können!«, schrie Trygil, um den Lärm der lodernden Flammen zu übertrumpfen, und deutete auf das erste Schiff, das sie mit Pech bestrichen hatten. An Deck herrscht hastiges Treiben, da es noch nicht Feuer gefangen hatte.

»Wir sollten ...«

Ein Pfeil bohrte sich in Elpins Oberarm – man hatte sie entdeckt.

»Ins Meer mit euch, wir treffen uns beim Schiff!« Der Ton in Kineth' Stimme ließ keinen Widerspruch zu. Trygil und Goraidh sprangen vom Floß.

Kineth beugte sich zu dem Verwundeten. »Runter mit dir, du schaffst es.«

Elpin schüttelte den Kopf, das verkohlte Gesicht zu einem bitteren Lächeln verzerrt. »Ich weiß, was du vorhast. Lass mich.«

Kineth zögerte, aber er verstand.

»Für Brude und die Heimat«, sagte Elpin keuchend.

Die beiden Krieger umarmten sich ein letztes Mal. Dann sprang auch Kineth ins Wasser und tauchte unter, als zwei Pfeile genau dort einschlugen, wo er gerade noch gekniet hatte.

Elpin packte einen Riemen, begann, das Floß mit wütenden Schlägen auf das Schiff zuzusteuern, das die Nordmänner losmachen wollten.

Kineth blieb so lange unter Wasser, wie es sein angehaltener Atem zuließ. Erst als es ihm den Brustkorb zu zerreißen drohte, tauchte er auf, riss den Kopf herum, um zu sehen, wo er war. Er hatte beinahe jenen Punkt erreicht, an dem sie bei ihrer Ankunft zu paddeln aufgehört und zu schwimmen begonnen hatten. Dann sah er das Floß, das Elpin gerade in Brand gesteckt hatte.

Elpin reckte die Arme in die Höhe, während ein Pfeilhagel auf ihn herabregnete, eine schwarze Silhouette vor einem Meer aus Flammen.

Sekunden später rammte das Floß das erste Schiff. Eine riesige Stichflamme schoss in den Himmel, verschlang alles und jeden. Das Feuer fraß sich nun von einer Seite der Bucht zur anderen – der Feuersturm war entfacht.

»Cellach?«

»Ja, bitte?« Der Gerufene stellte den Becher Wein auf die Tafel, drehte sich um.

Kenneth trat in das Zelt seines Bruders ein, baute sich vor ihm auf. Cellach runzelte unwillig die Stirn. Er konnte keine Störung gebrauchen, er musste sich auf seine erste Schlacht – o Herr, wie er davon geträumt hatte – vorbereiten. Die anderen mochten sich zerstreuen oder versuchen zu ruhen. Er selbst war hellwach, mit einer Mischung aus Furcht und Hochgefühl in seinem Bauch, die ihn ohnehin nicht schlafen lassen würde.

»Die Gefangenen wollen dich sehen, Bruder.« Das Gesicht von Kenneth war wie immer undurchdringlich. Cellach dachte kurz daran, dass sein Bruder für ihn, obwohl sie zusammen aufgewachsen waren, immer ein Fremder geblieben war. Er hatte versucht, ihm näherzukommen, vor allem als Kind, aber Kenneth hatte keinen seiner Versuche je erwidert. Irgendwann war es Cellach leid gewesen, diese gefühllose Person, die sein Bruder war, zu hofieren, und er hatte sich seinen Freunden zugewandt. Kenneth hatte nie erkennen lassen, ob ihn das in irgendeiner Weise berührte. Es war absolut unmöglich, in sein Inneres zu blicken – nicht einmal ihre Mutter hatte das geschafft, auch ihr war Kenneth bis zu ihrem frühen Tod ein Rätsel geblieben.

»Mich wollen die Gefangenen sehen? Warum?« Cellach stand auf.

»Ich weiß es nicht. Nachdem Vater mir die Verantwortung für das Lager übertragen hat, habe ich natürlich auch nach ihnen gesehen. Sie wissen offenbar etwas von großer Wichtigkeit und versuchen wohl, ihr Leben damit zu retten.« Er setzte eine verärgerte Miene auf. »Sie wollen es nur dir berichten.«

»Bring sie lieber zu Vater.« Cellach hatte bereits das Interesse verloren.

»Das möchten sie nicht. Nicht nach dem, was dem Letzten von ihnen geschehen ist, der vor Vater gestanden hat. Was ich sogar ein wenig verstehen kann.« Ein kurzes Lächeln huschte über Kenneths Gesicht. »Sie waren offenbar von dir beeindruckt, weil du Vater im Zelt vorgestellt hast und auch bei dem Urteil gegen den Verräter und dessen Weib dabei warst.«

Cellach fühlte gegen seinen Willen Stolz in sich aufsteigen. Er war jung, er war der Zweitgeborene, aber sogar Fremde sahen in ihm bereits einen Mann mit Befehlsgewalt und respektierten ihn. Das ließ Gutes erhoffen. Für die Schlacht und alles, was danach kommen würde.

Entschlossen nahm er seinen Umhang, warf ihn über. »Dann lass uns gehen, Bruder.«

Kenneth schritt voran, sodass Cellach sein unverhohlenes Grinsen nicht sah. Wie leicht sein Bruder doch zu beeinflussen war. Ein wenig Schmeichelei, und schon trabte er los wie ein Hündchen.

Immer los, Hündchen. Dahin, wo ich dich haben will.

Wortlos gingen sie zwischen den Zelten hindurch, wo ein durchdringender Gestank herrschte. Dieser rührte von den Abtritten her, denn bei dem Gedanken an die Schlacht mussten viele Krieger sich ständig erleichtern, vor allem die jungen. Aber auch ältere, erfahrene Kämpfer schissen oder übergaben sich die halbe Nacht. Kenneth rümpfte die Nase, er hatte für derlei Schwächen kein Verständnis.

Sie näherten sich der Grube, die weit hinten lag, nahe einer der letzten Zeltreihen. Ein wahrer Fettsack von Wachposten stand daneben, sichtlich gelangweilt. Als er die beiden Brüder sah, straffte er sich, soweit es ihm bei seiner Wampe möglich war.

Kenneth gab ihm einen Wink. »Wir wollen allein mit den Gefangenen sprechen. Hol dir einen Becher Wein und etwas zu essen.«

»Jawohl, Herr.« Die Schweinsäuglein im aufgedunsenen Gesicht leuchteten auf, der Wachposten entfernte sich mit watschelnden Schritten.

Kenneth sah dem Mann nach, der rasch zwischen den Zelten verschwand, dann blickte er um sich.

Niemand war in der Nähe.

Wenn Kenneth an Gott geglaubt hätte, wäre es ihm wahrscheinlich vorgekommen, als ob der Allmächtige eine schützende Hand über ihn und sein Vorhaben hielt. Aber er glaubte nicht, und so freute er sich allein über sein Glück. Tausende Mann im Lager, doch hier, bei der Grube, waren nur er und Cellach.

Komm, Hündchen, komm.

Von unten sahen die drei Gefangenen eine Gestalt, die sich über das Gitter beugte. Doch sie konnten nicht erkennen, wer es war.

»Nun? Ihr habt mich rufen lassen, also sagt, was ihr zu sagen habt!«

Ailean reckte den Kopf in die Höhe. »Was meint Ihr?«

Kenneth trat hinter seinen Bruder, der über das Gitter gebeugt dastand.

Ailean wusste immer noch nicht, wer da zu ihnen sprach. Sie sah nur, dass die Gestalt auf einmal zu zucken begann, hörte einen gedämpften, gurgelnden Schrei, der endlos zu dauern schien.

Einen Augenblick später ergoss sich ein warmer Blutschwall auf die drei Gefangenen, bevor die Gestalt auf das Gitter fiel.

Braves Hündchen.

Kenneth wischte das Messer, mit dem er seinen Bruder fast enthauptet hätte, mehrmals über dessen ledernen Umhang.

Totes Hündchen.

Schritte, hinter ihm.

Er drehte sich langsam um. Der Wachposten näherte sich, sah Cellach, der auf dem Bauch lag. Seine Augen weiteten sich, der Becher mit Wein glitt ihm aus der Hand.

»Herr, was ist...«

Er brach ab, als Kenneth ihm die Klinge tief ins Herz trieb.

»Was zur Hölle ist da oben los?« Unen fuhr sich über Stirn und Wange, angewidert vom Blut.

Kenneth sah sich um. Immer noch hatte niemand etwas bemerkt. Ein Krieger lugte schwankend zwischen den Zelten hervor, war offenbar jedoch zu betrunken, um Verdacht zu schöpfen. Es war geradezu unglaublich. Kenneth wurde von einem wahren Hochgefühl erfasst – einem Hochgefühl über sein Glück, aber auch über seinen brillanten Plan, der reibungslos ablief.

Er nahm dem toten Wachposten den Spangenhelm ab, zog die beiden Körper zur Seite. Mit dem Wachposten hatte er weit mehr Mühe als mit seinem Bruder, aber schließlich war es geschafft, das Gitter lag wieder frei. Ein kurzer Blick, und er hatte die Metallstange entdeckt, die als Hebel diente, um das Gitter hochwuchten zu können.

Die drei Gefangenen sahen, wie das Gitter zur Seite gedrückt wurde. Gleich darauf wurde eine hölzerne Leiter heruntergelassen.

Sie hörten eine Stimme. »Hoch mit euch. Ich bin hier, um euch zu retten.«

Die Krieger zögerten. Dann zuckte Unen mit den Achseln. »Was haben wir schon zu verlieren?« Er setzte seinen Fuß auf die Leiter, stieg hastig nach oben. Ailean und Caitt folgten ihm.

Stumm sahen die drei dabei zu, wie der Mann, der sie soeben befreit hatte, zwei leblose Körper in die Grube stieß. Sein Gesicht war in der Dunkelheit nicht genau zu erkennen. Es wurde von einem Spangenhelm verdeckt, unter dem einige blonde Haarsträhnen hervorstanden.

»Wer waren die beiden?«, fragte Caitt.

»Nur Wachposten. Kümmert euch nicht darum.« Die Stimme des Mannes war bar jeden Gefühls.

Ailean sah sich angsterfüllt um. »Warum hilfst du uns?«

Der Mann blickte sie an, die Augen dunkle Höhlen zwischen dem Metall des Helms. »Auch das hat euch nicht zu kümmern. Ich bringe euch hinaus, dann seid ihr auf euch allein gestellt.«

Auf einmal waren Schritte zu hören, weiter vorne zwischen den Zelten. Ailean und die anderen erstarrten.

»Wenn ihr wollt, könnt ihr gerne hierbleiben«, stieß der Mann hastig hervor. »Ihr habt ja gesehen, was mit euresgleichen in diesem Lager geschieht.«

Die Schritte verklangen wieder, Ailean atmete auf. Gleichzeitig wurde das Gefühl, ihrem Befreier nicht zu trauen, immer stärker, schrie sie richtiggehend an. Doch er hatte sie aus ihrem Gefängnis geholt, und nichts anderes zählte im Moment.

»Ihr wollt zu König Æthelstan, nehme ich an?«

Ailean nickte wortlos. Sie hoffte, dass Kineth es bereits zum König geschafft hatte, und vor allem, dass Egill ebenfalls dort war. Dann würde er bei Æthelstan für sie alle sprechen können.

»Haltet euch südlich. Wenn ihr zu einem Wald kommt, verbergt euch an seinem Rand. Geht nicht hinein, es sind Wachposten von beiden Seiten unterwegs. Wartet bis zur Schlacht, dann gibt es keine Wachposten mehr, weil alle mit ihren Heeren kämpfen. Durchquert den Wald, südlich davon lagern Æthelstan und seine Männer.«

Der Mann drehte sich um. »Und jetzt folgt mir, oder wir liegen bald zu fünft in dieser Grube.«

Mit geblähtem Rahsegel verließen sie die Steilküste der Insel, den grellen Schein des Feuers im Rücken. Kineth, Goraidh und Trygil nahmen Kurs auf Südost, und wann immer sich einer der Männer an Bord umdrehte, war ihm, als würde der Schein nicht schwächer, sondern noch stärker werden.

Elpin hatte sein Leben für sie gegeben. Kineth spürte, wie ihm jetzt schon die unbekümmerte Art, das Flachsen und das dreiste Grinsen seines Freundes fehlte. Des Freundes, der sie alle gerettet hatte.

Stille war ihr Begleiter. Trygil und den anderen stand der Triumph in die Gesichter geschrieben, doch auch die Demut vor Elpins Opfer.

Sie hatten es geschafft. Das dachten sie zumindest, bis hinter ihnen mehrere Hörner schallten, tief und Unheil verkündend.

Die Männer fuhren herum, aber so sehr sich Kineth auch bemühte, er konnte nichts erkennen. Einerseits waren Wolken vor den Mond gezogen, andererseits wurden sie vom Feuer geblendet. Es schien, als würde ihnen ein unsichtbares Seeungeheuer im Nacken sitzen und zum Angriff blasen. Oder der Teufel persönlich.

Dann stieß der Mond aus den Wolken hervor, und sie sahen es: ein Schiff mit Drachenkopf am Vordersteven, der Rumpf schlank und schnell, das Segel ungewöhnlich groß.

»Ein Späherschiff der Nordmänner«, stellte Trygil ohne jede Regung fest. »Unser Schiff ist schnell, sogar schneller als die Drachenboote, die wir in Flammen haben aufgehen lassen. Aber diesem ...« Der Steuermann schüttelte den Kopf. »Diesem werden wir nicht entkommen.«

»Diesen beiden!«, rief Goraidh schrill und deutete Richtung Heck.

Jetzt sah Kineth es auch – hinter dem ersten Drachenboot stieß ein zweites hervor, das Segel ebenfalls voll gebläht.

»Heilige Maria«, entfuhr es Trygil.

Die Finger glitten sanft über das Gesicht des Toten.

»Mein lieber Junge ...«

Niemand sprach, alle schwiegen respektvoll, als König Konstantin sich über seinen toten Sohn beugte, den man auf das Podest vor den Thron gelegt hatte. Das Gesicht des Königs war starr, im Gegensatz zu Ingulf, dem jüngsten der Brüder, der offen Trauer zeigte. Er war Cellach sehr zugetan gewesen.

Der König strich dem Toten noch einmal über die Haare, küsste ihn auf die Stirn, bevor er aufstand und sich den Anwesenden zuwandte.

»Das werden sie büßen.« Seine Augen waren hasserfüllt.

»Das werden sie, Vater.« Kenneth, der neben der Leiche seines Bruders stand, klang ebenso entschlossen wie Konstantin.

Der König blickte von seinem toten zu seinem lebenden Sohn. Und wieder zurück. Das Gesicht von Kenneth war ausdruckslos, sogar jetzt, angesichts dessen, was geschehen war. Es unterschied sich kaum von dem Gesicht des toten Cellach.

Ganz kurz blitzte ein ungeheuerlicher Verdacht in Konstantin auf, den er sofort wieder tief ihn sich begrub. Was nicht sein sollte, konnte nicht sein, *durfte* nicht sein.

Er legte Kenneth die Hand auf die Schulter. »Ich will, dass du alles tust, damit die Mörder deines Bruders gefasst werden.«

»Sie können noch nicht weit sein. Ich werde sie kriegen, Vater.« Kenneth hob das Kinn. »Das schwöre ich dir.«

Konstantin ließ seinen Sohn wieder los. »Es freut mich, dass du deinen Bruder über die Schlacht stellst. Zumal ich weiß, wie sehr du dich danach sehnst, in den Kampf zu ziehen.«

»Cellach steht für mich über meinen eigenen Wünschen, Vater.«

Konstantin hielt ihm kurz die Hand an die Wange. Jetzt schämte er sich für seinen Verdacht. Wie hatte er an Kenneth zweifeln können? Vielleicht hatte er sich überhaupt schon zu lange in ihm getäuscht? In diesem Augenblick beschloss der König, seinem ältesten Sohn die Verantwortung zu geben, die diesem zustand.

»Aber dein Platz ist in der Schlacht, nicht auf der Jagd nach diesen Mördern.« Konstantins Miene wurde bestimmend. »Du wirst unser Heer morgen anführen.«

»Vater, ich – ich weiß nicht, was ich sagen soll.« Kenneths Stimme bebte leicht. »Ich werde unsere Männer zum Sieg führen und dir Ehre bereiten. Dir und Cellach.«

»Davon bin ich überzeugt, mein Sohn.« Der König blickte Kenneth noch einmal nachdrücklich an, dann machte er einen Schritt zurück. »Nach der Messe ziehen wir in die Schlacht! Geh jetzt und gib unseren Befehlshabern Bescheid.«

»Ja, Vater.«

Kenneth hatte alle Mühe, sich das Lachen zu verbeißen, als er zu seinem Zelt ging. Es war derart leicht gewesen. Jeder handelte so, wie er es geplant hatte. Sein Bruder, der ihm im Weg gestanden hatte, war tot. Diejenigen, die dafür verantwortlich gemacht wurden, flohen genau dahin, wo Kenneth sie haben wollte. Sie würden das Lager des Feindes erreichen und waren damit keine Bedrohung mehr für ihn. Mit etwas Glück würden sie in der Schlacht sterben, und damit wären alle Mitwisser beseitigt, die ihm gefährlich werden konnten. Wenn sie die Schlacht allerdings überlebten, würde Kenneth sie jagen und dafür sorgen, dass sie nie mehr redeten.

Doch erst der Kampf.

Endlich.

Er erschauerte bei dem Gedanken an das Blutbad, in das er mit gezogenem Schwert eintauchen würde. Es war ein aufregendes, wohliges Erschauern, dem er sich nur ungern wieder entzog. Aber er musste einen klaren Kopf behalten, musste kämpfen, siegen und weitere Pläne schmieden.

So wie er es auch als König machen würde.

Kenneth hatte sein Zelt erreicht, trat ein. Jetzt blühte die Genugtuung, die er auf dem Weg hierher in sich verborgen hatte, offen in seinem Gesicht auf. Wenn es schon so leicht gewesen war, sich seines Bruders zu entledigen, war es vielleicht wirklich an der Zeit, größere Pläne zu schmieden.

Als König.

König Olaf und sein treuester Krieger standen sich nahe dem Königszelt gegenüber. Die Morgendämmerung war nicht mehr weit, die Schlacht stand bevor.

»Sag unseren Männern, sie sollen sich vorbereiten. Und, Ivar...«

Der Finngaill, der schon im Weggehen begriffen war, verharrte.

»Kenneth verfügt über keinerlei Erfahrung. Es kann sein, dass ich euch an seine Seite schicken muss.«

»Mit Verlaub, mein König – ich werde anderes zu tun haben, als auf diesen Welpen achtzugeben.«

»Dieser Welpe, wie du ihn nennst, hat es erstaunlich schnell zum Anführer des Heeres von Alba gebracht, vergiss das nicht«, erwiderte Olaf mit scharfer Stimme.

Ivar zog die Stirn in Falten. »Ihr meint doch nicht –«

Der König winkte ab. »Ich meine gar nichts. Nur dass Konstantin blind vor Trauer ist und es mir obliegt, die Dinge in ihrer Gesamtsicht zu beurteilen.« Seine Augen zogen sich zu Schlitzen zusammen. »Niemand hat die Frage gestellt, warum Cellach überhaupt bei der Grube war. Und wie die Gefangenen ihn töten konnten. Ich jedoch werde diese Fragen nach der Schlacht stellen, Ivar Starkadsson. Und ich werde Antworten bekommen, auch wenn sie dem König von Alba vielleicht nicht gefallen werden.«

Langsam ging die Morgensonne auf.

Auf der Heide lagen die Leiber der Gefallenen, gefleddert von gierigen Händen und gemartert von den spitzen Schnäbeln der Krähen. Auch Schmeißfliegen hatten sich bereits an ihr Werk gemacht, legten Eier in totes Fleisch.

In Brunanburh brach der zweite, entscheidende Tag der Schlacht an.

Oda blickte von der Anhöhe, die sich etwas außerhalb des Lagers befand, auf das Heer herab.

Tausende und Abertausende Männer standen unter ihm, gerüstet und bewaffnet. Helme und Schuppenpanzer waren ausgedengelt und instandgesetzt, Brünnen in Fässern voll Sand gereinigt worden, um sie vom Rost zu befreien, den die Witterung hineingefressen hatte. Schilde waren ausgebessert und frisch bemalt, Bogen neu bespannt und unzählige Pfeile angefertigt worden. Und schließlich war jede Klinge, ob Schwert oder Speer, ob Axt oder Dolch, geschliffen und wieder geschliffen worden, um alles zu durchdringen, was sich einem in den Weg stellte.

So verharrten die Männer unter ihren Bannern, die im Wind flatterten. Nordmänner, die Kämpfer der Aldermannen, die Fyrd – alle waren sie vereint, um dem Norden die Stirn zu bieten.

Wie immer stachen zwei Banner heraus, schienen den dämmrigen Himmel zu beherrschen. Es waren der goldene Drache Æthelstans und das Rabenbanner der Brüder Skallagrimsson.

König Æthelstan, Edmund, Egill und Thorolf standen vor dem Heer, blickten zu dem Bischof hinauf. Der Mann Gottes trug eine weiße Tunika, auf deren Vorderseite ein großes Kreuz eingestickt war. Das Kreuz war blutrot, von derselben Farbe wie das Banner des Königs.

Oda hob die Hände, bekreuzigte sich. »Im Namen des Vaters, des Sohnes und des Heiligen Geistes.«

»*Amen*«, rollte das Wort aus den Mündern der Tausenden, die sich ebenfalls bekreuzigten.

Die Nordmänner taten nichts dergleichen, beugten aber ihre Köpfe.

Im Lager des Nordens wurde für das Heer Albas und Strathclydes ebenfalls die letzte Messe vor der Schlacht abgehalten.

König Olaf und seine Männer waren jedoch nicht dabei. Sie hatten sich auf der anderen Seite des Lagers versammelt, um ihre eigene Art der Vorbereitung zu feiern.

Der König von Dubh Linn stand auf einem niedrigen Podest, das Wolfsfell über den breiten Schultern. Die Augen des toten Raubtiers starrten auf die Tausenden von Nordmännern herab, die mit Olaf übergesetzt hatten, um den Boden Britanniens mit Blut zu tränken.

Die Krieger standen in Reihen, große Kessel befanden sich in regelmäßigen Abständen zwischen ihnen.

Bischof Oda faltete die Hände.

»Wir loben Dich, wir preisen Dich, wir beten Dich an...«

Das gesamte Heer faltete die Hände und sprach die Worte salbungsvoll nach. Thorolf warf Egill einen gelangweilten Blick zu und verdrehte die Augen.

Ivar stieg auf das Podest und reichte König Olaf einen Becher aus Zinn, in den Wolf und Rabe eingraviert waren. Dies war der Odinsbecher, der nach altem Glauben jedem König, der ihn benutzte, den Sieg brachte.

Der König tauchte die Hand hinein, in das noch warme Blut der Rinder, die nur für diesen Augenblick zu Dutzenden geschlachtet worden waren. Das Fleisch der Tiere wurde gebraten und würde auf die Nordmänner warten, wenn diese siegreich vom Feld zurückkehrten. Ihr Blut wurde schon jetzt gebraucht.

Olaf zog die Hand aus dem Becher, schmierte sich einen breiten Streifen quer über sein Gesicht.

Unter ihm gingen jetzt Männer zwischen den Reihen hindurch, tauchten Wedel aus gebundenen Buchenzweigen in die Kessel und besprengten die Krieger damit. Ein Regen aus warmen Blutstropfen ging auf die Nordmänner aus Dubh Linn nieder.

»Erfüllt sind Himmel und Erde von Deiner Herrlichkeit.« Der Bischof nahm das gesäuerte Brot, das ihm ein hagerer Mönch reichte.

Das Heer ging in die Knie. Nur die Nordmänner blieben stehen, sahen sich verdutzt an, blickten zu Egill und Thorolf, die im ersten Moment auch nicht wussten, wie sie reagieren sollten.

Oda sah auf sie herab, machte eine energische Handbewegung.

Thorolf zuckte mit den Achseln. »Odin wird heute viel zu lachen haben.« Er kniete sich gemächlich hin, die anderen taten es ihm gleich.

Der König von Dubh Linn ballte die blutige Hand zur Faust und reckte sie in den Himmel, seine Männer ebenso.

»Im Namen von Odin, Baldur, Freyr und Thor«, dröhnte seine Stimme zu den Kriegern hinab.

»*Im Namen von Odin, Baldur, Freyr und Thor*«, brüllten die Männer zurück.

»Mögen die Asen uns gewogen sein und uns zum Sieg führen!«

»*Zum Sieg*!« Begeistert antworteten sie ihm, und jeder Zweifel, der sich nach der gestrigen Niederlage noch in ihren Herzen verkrochen hatte, war gewichen.

»Für Dubh Linn!«

»*Für Dubh Linn*!«

»Erfülle uns mit Deinem Geist. Darum bitten wir durch Christus, unseren Herrn.«

»*Amen.*«

Bischof Oda schlug ein Kreuzzeichen über die Krieger unter ihm.

Die Männer bekreuzigten sich und erhoben sich von ihren Knien.

Im Norden wie im Süden setzten sich alsbald die riesigen Heere in Bewegung. Die Könige und ihre Befehlshaber ritten Achtung gebietend zu Pferde voran, die Krieger folgten zu Fuß.

Der Boden erbebte, als Tausende und Abertausende Männer darüber schritten. Die Banner flatterten im Wind, über ihnen ballten sich dunkle Wolken am Himmel zusammen.

Der Kampf um Britannien hatte begonnen.

Die drei hatten sich am Rand des Waldes verborgen, wie es ihnen ihr geheimnisvoller Retter geraten hatte. Sie kauerten in einer Senke zwischen zwei niedergestürzten Eichen, die gute Deckung bot. Nachdem der Morgen nun angebrochen war, würden sie sich bald aufmachen und mit Glück auf Æthelstan und dessen Männer treffen. Mit noch mehr Glück auf Kineth und Egill.

»Ich frage mich immer noch, warum uns dieser Bursche befreit hat«, sagte Unen.

»Und warum er zwei seiner eigenen Männer dafür getötet hat.« Caitt nahm einen Zweig vom Boden und begann gedankenverloren damit, die Blätter abzureißen.

»Mir geht es wie euch«, meinte Ailean. »Aber wir hatten keine Wahl. Also ist es müßig, darüber zu reden.«

»Da magst du recht haben.« Unen lächelte kurz. »Wahrscheinlich ist es nur der Hunger, der in mir solche Gedanken aufbringt. Ich könnte ein ganzes Rind fressen.«

»Wenn wir Æthelstans Lager erreichen, kannst du eine ganze Herde fressen.« Caitt warf den Zweig weg, fühlte den Schmerz in seinem Bauch. Seit sie in die Grube geworfen worden waren, hatten sie nichts mehr zu essen gehabt.

Aus der Ferne war ein leichtes Grollen zu hören.

Die drei hoben ihre Köpfe.

Flòraidh und die Krieger aus Innis Bàn hatten nicht an der Messe teilgenommen. Sie waren noch vor der Dämmerung aufgebrochen, um die Kultstätte rechtzeitig zu erreichen.

Als sie an ihr Ziel gelangt waren, hatten sie sich umgehend ans Werk gemacht. Sie hatten sich gegenseitig Zweige und Moos umgebunden, Erde in ihre Gesichter geschmiert und jede Bodensenke in der unmittelbaren Umgebung der Stätte ausgekundschaftet, in der man sich verbergen konnte. Jene Seite des Kreises, die in den Wald zeigte, hatten sie nicht mit einbezogen, denn von dort würde sich der Feind kaum nähern.

Der Feind würde aus Richtung der Heide kommen, und so würden sie ihn erwarten.

Wenn alles gut ging, würden ihre Gegner das gleiche Schicksal wie die Nordmänner auf Innis Bàn erleiden. Denen war Hören und Sehen vergangen, als Pfeile wie aus dem Nichts auf sie niedergesaust und immer wieder Krieger aufgetaucht waren. Geistern gleich hatten sie blitzschnell getötet und waren ebenso schnell wieder verschwunden.

Jetzt warteten Flòraidh und die Ihren, von Furcht und Spannung erfüllt, ob der Plan aufging. Oder ob der Feind zu stark war und sie hier bei den uralten Steinen zu den Ahnen schickte.

Erst leise, dann immer lauter hörten sie ein Stampfen. Es kam näher, unrhythmisch, gewaltig, ließ den Boden erzittern.

»Sind sie das?«, wandte sich der Krieger neben ihr an sie.

»Ja, das sind sie.« Flòraidh nickte grimmig. »Auf eure Posten.«

»Ich nehme an, das ist unser Signal.« Unen hatte das Stampfen ebenfalls gehört. Er stand auf, die anderen beiden taten es ihm gleich. »Lasst uns gehen.«

Sie querten den Wald, näherten sich mit jedem Schritt dem dröhnenden Geräusch. Schon bald wurde das Unterholz vor Unen lichter, und dahinter –

Er blieb abrupt stehen.

»Was zum...«

Caitt und Ailean traten neben ihn. Erstaunt sahen die drei Krieger die großen weißen Steine, die sich erhaben aus dem Boden reckten. Manche von ihnen schienen von Dornen und Büschen überwachsen zu schlafen.

»Erneut ein Steinkreis?« Unen blickte sich misstrauisch um. »Beim letzten sind wir in einen Hinterhalt geraten.«

Flòraidh hob verwirrt den Kopf. Die Stimmen, die sie plötzlich hörte, klangen vertraut. Waren das etwa –

Sie wagte einen Blick aus ihrer Deckung, sah drei Gestalten am Rande der Lichtung stehen. Das konnten doch nicht –

Die Kriegerin lauschte, ob sie noch andere Geräusche als die Stimmen der drei hörte, aber das Getöse des Krieges war noch etwas entfernt. Langsam lief sie zu einem der Steine, der sie gänzlich verdeckte. Horchte erneut. Dann streckte sie den Kopf vor, pfiff dreimal einen Vogellockruf und hoffte, dass sie keinen folgenschweren Fehler begangen hatte.

Auf der Heide waren die Heere aufmarschiert. Im Osten, in der Nähe des Waldes, standen die Krieger Albas und

Strathclydes denen von Thorolf gegenüber. Im Westen der Heide würden König Æthelstan und Egill den Nordmännern um König Olaf die Stirn bieten.

Egill hatte noch nie so viele Krieger auf einem Schlachtfeld gesehen, es war ein schier atemberaubender Anblick. Weit über zwölftausend Mann auf jeder Seite.

Die Schlacht der Schlachten. Wie recht du gehabt hast, alter Mann.

Thorolf ließ Hillevi mehrmals ungeduldig durch die Luft zischen.

Neben ihm schwang Gunnar sein Schwert ebenfalls durch die Luft, um sich aufzulockern. »Dies wird ein anderer Kampf als gestern«, sagte er.

»Gewäsch.« Thorolf schlug mit dem Schaft der Axt auf seinen Rundschild. »Nichts hat sich geändert. Es sind nur mehr zu töten.«

Die beiden Nordmänner blickten zu ihrem Gegner, sahen das Banner von Strathclyde.

Athils stand unter dem Banner, packte Schild und Schwert fester. Dass Kenneth das Heer von Alba anführte und damit an Athils Seite stehen würde, hatte diesen zunächst mit Besorgnis erfüllt. Er hätte sich einen erfahreneren Mann gewünscht, aber König Konstantin hatte es so befohlen, und dagegen konnte niemand etwas tun.

Doch jetzt, wo er das Rabenbanner auf der anderen Seite sah, war Kenneth nicht mehr von Bedeutung.

Heute, Nordmänner, werde ich Rache nehmen. Für Hring, für die Schmach meiner Niederlage.

Kenneth, der seine Männer neben denen von Athils gruppiert hatte, leckte sich über den trockenen Gaumen. Neben ihm wankten manche der Männer, noch immer trunken von Ale und Wein. Andere zitterten wie Espenlaub, hatten Mühe, ihre Waffen zu halten, oder spien alles aus, was ihr Magen herzugeben vermochte. Wieder andere waren wie erstarrt, unfähig, auch nur den Kopf zu drehen. Bei vielen bildete sich eine Pfütze zu ihren Füßen.

Der Sohn des Konstantin verspürte jedoch keine Furcht, nur das überwältigende Bedürfnis, endlich loszuschlagen.

Loszuschlagen und einzutauchen in das, was er seit Jahren herbeigesehnt hatte.

Die Banner flatterten im Wind, der die Wolken am Himmel zusammenballte und wieder auseinanderriss. Er strich über die Heere hinweg, kühlte die vom Marsch erhitzten Gesichter der Männer.

Die Lippen der Krieger waren zusammengepresst, die Waffen fest umklammert, die Schilde an den Leib geschmiegt wie ein Weib, das man liebte.

Für einen Augenblick schien alles erstarrt. Dann ertönten die Schlachthörner.

Die Erstarrung fiel von den Heeren ab. Sie begannen, mit ihren Waffen auf die mit eisernen Buckeln beschlagenen Schilde zu schlagen, sodass ein ohrenbetäubender Donner entstand.

Gleichzeitig marschierten sie aufeinander zu.

Während sich die Krieger einander näherten, wurden auf beiden Seiten Bögen gespannt und wieder losgelassen. Tausende Pfeile stiegen in den Himmel, verdunkelten ihn förmlich für einen Moment.

Prasselten herab und brachten Tod über die vorrückenden Schildwälle.

Egill führte Æthelstans Aldermannen und die Fyrd gegen König Olafs Männer. Während der König, dessen Bruder Edmund und Bischof Oda auf ihren Pferden zurückblieben, stieß der Nordmann mit den Kriegern nach vorne.

Näher und näher kamen sich die beiden Heere, Kampfschreie gellten über die Heide, untermalt von den Schlachthörnern. Auch Egill schrie, während die Pfeile von oben wie Hagelkörner auf seinen Schild trommelten.

Jetzt, Rabengott. Jetzt wird sich zeigen, ob du mich umsonst hierher geführt hast.

Fast gleichzeitig prallten die Schildwälle aufeinander. Egill war, als würde ihm jeder Knochen im Leib brechen, als würde es ihm das Trommelfell zerreißen. Gestern war der Aufprall dröhnend gewesen. Heute war er markerschütternd.

Wieder hatte er die Füße in die Erde gestampft, wieder hielt er den Schild nach vorne, stemmte sich gegen den übermächtigen Druck. Wieder wich er Klingen aus, die zwischen den Schilden hervorstießen und bereits ihre ersten Opfer forderten.

»Haltet stand, Männer aus Nordumbrien!«, brüllte er aus voller Kehle. Seine Männer antworteten mit Kampfgeschrei und gehorchten ihrem Anführer. Was sonst hätten sie auch machen sollen?

Olaf rutschte ungeduldig auf seinem Sattel hin und her. »Diese Hunde werden wir bald im Sack haben. Und dann werden wir sie in ihrem eigenen Blut ersäufen.«

Konstantin und Eòghann, die neben ihm auf ihren Pferden saßen, sahen den König von Dubh Linn zweifelnd an. Solch großes Vertrauen, zumal schon jetzt, schien ihnen dann doch zu viel. Auch Máel Coluim, der hinter Konstantin ausharrte, runzelte die Stirn.

»Eure Zuversicht in allen Ehren, aber noch sieht es so aus, als ob keine der beiden Seiten einen Vorteil hat.« Konstantins Pferd bäumte sich kurz auf, als mehrere Hornstöße ertönten, doch er hatte es gleich wieder in seiner Gewalt.

Sie blickten von der kleinen Anhöhe im Norden auf das gigantische, stählerne Band des Schildwalls hinab, das sich erst aus-, dann wieder zurückdehnte und von dem das Klirren der Schwerter und das Brüllen der Männer heraufdröhnte.

»Noch nicht. Aber niemand hält den Männern aus Dubh Linn lange stand. Wir werden sie überrennen, seid gewiss. Und sobald der Wall gebrochen ist, werden meine Finngaill Tod und Verderben über den Feind bringen.« Olaf ballte instinktiv die Faust, die immer noch blutverschmiert war ebenso wie sein Gesicht. Unter ihm, am

Fuße der Anhöhe, saßen Ivar und dessen Männer auf ihren Pferden, mit ihren Speeren und den weißen Rundschilden bewaffnet, und warteten.

»Davon bin ich überzeugt«, meinte Konstantin trocken. »Ich würde es dennoch begrüßen, wenn Eure Flotte alsbald auftauchte.«

Beim Wald waren die Schildwälle bereits kurz nach dem Aufprall aufgebrochen und die Krieger beider Seiten in blutige Nahkämpfe verwickelt. Auf breiter Front hieben und stachen Tausende Männer aufeinander ein, rissen Äxte Schilde entzwei, bohrten Schwerter und Dolche sich in Brünne und Fleisch. Kampfes- und Todesschreie vermischten sich, wurden eins. Ein unaufhörlicher, auf- und abschwellender Schrei der Agonie.

Doch während Athils mit seiner ganzen Kraft kämpfte, die Männer aus Strathclyde unablässig nach vorne peitschte und die Umsicht eines Befehlshabers zeigte, war Kenneth an seinen Männern völlig uninteressiert. Der Sohn des Konstantin tötete nur für sich, und immer wenn er das letzte Zucken desjenigen spürte, den er gerade mit seinem Schwert durchbohrt hatte, wenn er die Klinge herauszog und ein Blutstrahl aus dem Sterbenden quoll, durchlief ihn Wollust von den Haarwurzeln bis in die Zehen hinab.

Er hatte es geschafft. Er war dort angekommen, wo er hingehörte.

Auf der anderen Seite stritten Thorolf und Gunnar nebeneinander, holten aus, blockten, stießen zu, der eine mit seiner Axt, der andere mit seinem Schwert. Unaufhaltsam schienen sie, und unaufhaltsam führten sie ihre Männer nach vorne.

Allmählich forderte der Kampf unter den Kriegern von Alba und Strathclyde einen hohen Blutzoll, und sie begannen zurückzuweichen. Als Thorolf dies bemerkte, stieg Hoffnung in seinem Herzen auf. Vielleicht brauchten sie die Krieger im Wald gar nicht, vielleicht konnten sie alles gleich hier und jetzt entscheiden. Mit einem Brüllen warf er sich weiter vor, ließ Hillevi mit furchtbarer Gewalt auf den Feind niedergehen.

Für die Eislande!

Auf der Heide, wo sich die Heere Æthelstans und Olafs gegenüberstanden, hielt der Schildwall den gegenseitigen Angriffen stand. Wie ein riesiger Wurm aus Holz und Metall wälzte sich der Wall vor und zurück, bog und begradigte sich erneut, ohne ein erkennbares Zeichen dafür, dass er irgendwo einzureißen drohte. Jede Bresche wurde sofort wieder geschlossen.

Die Könige des Nordens sahen die Situation mit zunehmendem Unmut, als plötzlich ein Bote zu ihnen preschte. Er zügelte sein Pferd vor Konstantin. »Mein König – es steht schlecht oben am Wald. Die Nordmänner drängen uns zurück!«

»Und Kenneth?« Die Stimme des Königs von Alba war ruhig.

»Er ist im Kampfgetümmel verschwunden. Athils von Strathclyde hat den Befehl übernommen.«

Für einen Augenblick schwiegen die Männer.

»Nun, ich denke, es ist Zeit für mich, Eurem Sohn meine Finngaill zur Seite zu stellen.« König Olafs Stimme klang geradezu aufreizend gelassen.

Konstantin fühlte Zorn in sich aufsteigen über die Unfähigkeit seines Sohnes, über die Frechheit Olafs. Aber er nickte nur wortlos.

»Ivar!«, brüllte Olaf.

Von unten blickte der Finngaill zu seinem König herauf.

Beim Wald versuchte Athils verzweifelt, die Männer aus Strathclyde und Alba anzutreiben. Doch es schien zwecklos. Zu groß war der Druck von Thorolf und seinen Kriegern, die unaufhaltsam vorrückten.

Plötzlich hörte er Hufgetrappel hinter sich.

Thorolf, der gerade seine Axt gegen einen feindlichen Krieger erhoben hatte, hörte das Hufgetrappel ebenfalls. Er verharrte, wie auch der Mann vor ihm.

Beide sahen die Männer mit den weißen Schilden, die auf sie zupreschten.

»Diese Hundesöhne«, fluchte Thorolf.

Der Mann vor ihm lächelte siegessicher. Einen Augenblick später fuhr Hillevi herab und bereitete ihm ein schnelles Ende.

Ivar sprang vom Pferd, zog Schwert und Keule. »Auf, ihr Finngaill! Für Dubh Linn!« Mit einem mächtigen Hieb fällte er den ersten Mann aus den Eislanden, der sich ihm entgegenstellte. Seine Männer stießen Kampfschreie aus, die wie einer klangen, dann folgten sie ihrem Anführer.

Der Angriff der Finngaill leitete eine Wende ein. Waren die Krieger aus Strathclyde und Alba bisher zurückgewichen, so fassten sie jetzt neuen Mut und drängten wieder nach vorne.

Voller Zorn erkannte Thorolf, dass er nun doch auf den Plan mit dem Steinkreis zurückgreifen musste. Er konnte nicht abschätzen, ob Flòraidh hielt, was sie versprach, oder ob sie einfach nur mit ihren Fertigkeiten geprahlt hatte. Aber so wie es aussah, hatte er keine große Wahl mehr.

Das Geschrei eines Kriegers, der mit gezogenem Schwert auf ihn zustürmte, riss ihn aus seinen Gedanken. Er holte aus, rammte dem Mann die langschäftige Axt in die Brust, als würde er Feuerholz spalten. Dann setzte der Krieger aus den Eislanden seinen Fuß auf den noch zuckenden Leib und zog seine Axt aus dem gesplitterten Brustkorb.

»Gunnar!«, brüllte der Nordmann jetzt zu seinem Kameraden, der nicht weit von ihm in einen Zweikampf verwickelt war. Der durchstieß seinen Gegner mit seinem Schwert, drehte sich um.

»Was?«

Thorolf deutete in den Wald. »Es ist so weit!«

Ivar sah, wie Thorolf mit einem Dutzend Mann auf den Wald zugetrieben wurde und plötzlich darin verschwand.

»Die Hunde fliehen«, brüllte er wütend und zeigte mit dem Schwert auf das Unterholz. »Ihnen nach!«

Auch Athils hatte die Flucht von Thorolf bemerkt. »Ich komme mit dir!«

»Nein, du nicht. Bleib hier und führ den Kampf weiter.

Nicht dass uns jemand in den Rücken fällt.« Ivar blickte sich kurz nach allen Seiten um. »Hast du den Sohn von König Konstantin gesehen?«

Athils schüttelte den Kopf. »Schon seit dem Ausbruch der Schlacht nicht mehr.«

»Man hätte diesem Jungen nie den Befehl übertragen dürfen«, stieß der Finngaill verächtlich hervor. »Kämpfe hier draußen weiter. Es scheint, dass du doch etwas vom Kriegführen verstehst.«

Ein Lächeln erschien auf Athils blutverschmiertem Gesicht. »Ohne euren Angriff hätten sie uns schon zurückgedrängt.«

Mit widerwilligem Respekt füreinander trennten sich die beiden Krieger. Ivar führte seine Finngaill in den Wald, während Athils sich wieder den Männern des Rabenbanners entgegenstürzte.

»Sie kommen!«

Der Krieger stieß zu Flòraidh, die sich immer noch aufgeregt mit Ailean, Caitt und Unen austauschte und nicht fassen konnte, welches Schicksal die drei hierher verschlagen hatte.

»Nordmänner«, fuhr der Krieger keuchend fort, »verfolgt von Männern mit weißen Schilden.«

»Finngaill.« Caitts Gesicht verdüsterte sich schlagartig. »Die haben uns noch gefehlt.«

Thorolf blickte über die Schulter zurück, sah die Finngaill immer näher kommen. Mit einem Mal fühlte der riesenhafte Krieger etwas, das er bisher noch nicht oft gefühlt hatte – Furcht. Er verfluchte sich dafür, verdrängte sie sofort wieder. »Weiter, Männer!«

»Auf sie!« Ivar und seine Männer hetzten Thorolf nach, der mit seinen Kriegern zum Greifen nahe schien und dann doch immer wieder im Unterholz verschwand. Eine feige Sau auf der Flucht, kam dem Anführer der Finngaill in den Sinn. Eine feige Sau, die reif zur Schlachtung ist.

Ich werde dich kriegen, Skallagrimsson. Dich und deinen verfluchten Bruder.

Thorolfs Herz schlug so heftig in seiner Brust, dass er das Gefühl hatte, es würde bersten. Gleichzeitig wusste er, dass er nicht innehalten durfte, sonst hätte er keine Chance mehr gegen seine Verfolger, die ihm bereits im Nacken saßen.

Wo ist der verdammte –

Plötzlich sah er den Steinkreis zwischen den Baumstämmen aufblitzen.

Nur noch wenige Schritte. Jetzt, Kriegerin. Jetzt zeig, was du kannst.

Die Finngaill hatten ihre Beute erreicht, so schien es ihnen zumindest. Thorolf und seine Nordmänner hatten in der Mitte des Steinkreises angehalten, sich verteilt und sahen schwer atmend ihren Verfolgern entgegen. Ivar wusste, dass der Mann aus den Eislanden damit seine zahlenmäßige Unterlegenheit wettmachen wollte, denn die Finngaill mussten sich nun aufteilen, um den Steinkreis zu betreten. Doch das war ihm einerlei. Er ließ sein Schwert durch die Luft sausen, während er mit seinen Männern, einem Wolfsrudel gleich, in den Kreis eindrang.

»Jetzt, Thorolf Skallagrimsson. Jetzt rechnen wir ab!«

Einen Augenblick später brach die Hölle los.

Wie Geister des Waldes hatten sich plötzlich Gestalten, aus denen Zweige und Blattwerk zu wachsen schienen, hinter den Finngaill aus Erde und Unterholz erhoben, hatten Kehlen durchgeschnitten, ihnen Schwerter und Dolche in die Leiber getrieben. Wenn Ivar Starkadsson abergläubisch gewesen wäre, hätte er den Eindruck gewinnen können, dass das alte Britannien sich erhoben hatte, um dagegen einzuschreiten, dass dieser heilige Platz entweiht wurde.

Aber es war nicht das alte Britannien. Ivar erkannte schlagartig, dass es Männer – und Weiber – waren, die da von allen Seiten gegen ihn und seine Krieger vordrangen.

Der Anführer der Finngaill stieß ein Brüllen aus und warf sich mit Keule und Schwert in den Kampf. Auf die blonde Kriegerin, die ihm am nächsten stand.

Unen, der sich mit Ailean und Caitt hinter einem der Steine verborgen hatte, beschloss ebenfalls, in den Kampf einzugreifen – denn nur aus dem Lager der Könige des Nordens zu fliehen, war ihm zu minder. Er sprang aus seiner Deckung hervor, schlug mit einem Stein in der Hand einen Finngaill zu Boden und schnappte sich dessen Schwert.

Ailean hechtete zu dem niedergeschlagenen Krieger, riss dessen Sax aus dem Schwertgürtel und stach dem Mann damit blitzschnell in den Hals. Dann hielt sie es vor ihren Körper. Bereit, jeden zu töten, der sie angriff.

Flòraidh wehrte sich verzweifelt gegen den hünenhaften Finngaill, der abwechselnd seine Keule und sein Schwert auf sie niedergehen ließ und dabei wirkte, als würde er mit ihr spielen. So hatte sie sich den Kampf nicht vorgestellt, hatte nicht geahnt, wie geschickt ihre Gegner sein würden. Denn obwohl die Finngaill in der Unterzahl waren, hatten sie den Überraschungsangriff bereits weggesteckt und gingen nun in Formation gegen ihre Kontrahenten vor.

Mühsam blockte die Kriegerin die gewaltigen Schläge ab, machte einen Schritt nach dem anderen nach hinten – und stolperte. Sie schlug mit dem Rücken auf dem mit Moos überzogenen Erdreich auf, ein Tritt schleuderte ihr Schwert hinfort. Panisch sah sie auf, sah den Krieger über sich, der mit seinem vernarbten Gesicht und dem mächtigen Bart wie ein Dämon aus einer anderen Welt wirkte.

»Weiber auf dem Schlachtfeld«, raunte Ivar, während er Flòraidh mit dem rechten Fuß das Gesicht in die Erde drückte. »Immer das Gleiche.«

Für einen Moment lang schien er zu überlegen, mit welcher Waffe er zuschlagen sollte, dann packte er die Keule...

Und wurde mit Wucht zur Seite gestoßen.

Thorolf stand da, die Axt in der Hand, das Gesicht schweißgebadet.

»Miss dich mit deinesgleichen!«

Einen Herzschlag später fielen die beiden Männer übereinander her.

Ailean wurde von einem der Angreifer zurückgedrängt, duckte sich und stieß das Sax gegen dessen Schuppenpanzer. Doch der Dolch prallte ab. Der Mann holte erneut mit seinem Schwert aus, aber diesmal stieß Ailean ihm das Sax von unten zwischen die Beine. Der Krieger schrie wie ein abgestochenes Schwein, presste sich die Hände auf die Wunde in seinem Schritt, als könnte er sie damit ungeschehen machen.

Aileans Blick irrte über das blutige Treiben – sie sah Unen und Caitt, in Kämpfe verwickelt, sah die Finngaill, die unbezwingbar schienen.

Ivar und Thorolf trieben sich gegenseitig mit wuchtigen Hieben über den Waldboden. Keiner der beiden schien stärker oder schwächer zu sein. Es war, als wüssten sie, dass derjenige sterben würde, den die Kraft zuerst verließ.

In der Mitte des Steinkreises warf Ivar sein Schwert weg, schwang nur die Keule. Sein Blick fixierte den Mann aus den Eislanden. »Eine Waffe, Mann zu Mann, Skallagrimsson. Wie es Brauch ist unter den Jarls.[25]«

Thorolf zögerte, schien abzuwägen, ob er seinem Gegenüber standhalten könnte. Dann warf er entschlossen seinen Schild weg. »Wie du willst.« Der hünenhafte Krie-

---

25 In den nordischen Ländern ein Fürstentitel, entspricht dem deutschen Grafen

ger sprang auf den Altar und stürzte sich mit erhobener Axt wie ein Raubtier auf den Finngaill.

Mann und Waffe schienen eins zu sein, schienen durch die Luft zu schweben.

In diesem Moment bückte sich Ivar. Von hinten flog ein Speer über ihn hinweg –

Flog über ihn hinweg und durchbohrte mit gewaltiger Wucht den Mann aus den Eislanden noch in der Luft.

Thorolf wurde neben dem Altar zu Boden gerissen, fühlte den glühenden Schmerz, der durch seinen Körper raste. Er konnte nicht glauben, was gerade geschehen war. »Mann zu Mann«, so hatte es Ivar gefordert. Doch gehandelt hatte er voll Niedertracht.

Ivar nickte dem Finngaill zu, der den Speer geworfen hatte, dann beugte er sich über Thorolf.

»Mann zu Mann«, stieß dieser hervor, hustete Blut. Seine Hände umklammerten den Speer. Mit einem Stöhnen riss er ihn sich aus dem Bauch.

»Glaubst du wirklich, ich wäre noch am Leben, wenn ich immer nach den Regeln der Ehre gekämpft hätte?« Ivar setzte eine mitleidige Miene auf. »Ich bin erstaunt über deine Einfältigkeit.«

»Geh und besorg es Hel[26] von hinten.« Thorolfs Stimme wurde schwach.

»Du zuerst.« Der Anführer der Finngaill packte den verwundeten Nordmann und wuchtete ihn auf die Steinplatte des Altars. »Aber sei unbesorgt – man nennt mich nicht umsonst Ivar den Gütigen. Niemand muss mehr

---

26 Göttin der Unterwelt

Leid ertragen, als ihm gebührt.« Ivar blickte dem Sterbenden noch kurz in die Augen, dann wirbelte er herum und schlug ihm den Kopf ab.

Zwischen Haupt und Körper des riesigen Mannes aus den Eislanden breitete sich eine Blutlache aus.

Entsetzt hatte Gunnar, der in einen Kampf gegen zwei Finngaill gleichzeitig verwickelt war, seinen Freund sterben sehen. Ohnmächtige Wut durchströmte ihn, aber er wusste, dass er nichts mehr tun konnte. Und dass sie sich zurückziehen mussten. Der Gegner war zu stark, hier hatten sie keine Chance. Sie mussten aus dem Wald, zu ihren Männern.

»Los, zurück!«, schrie er Flòraidh und den anderen zu.

Sie gehorchten und traten den Rückzug an.

Längst schon hatten sie alles über Bord geworfen, was sie nicht unmittelbar zum Erreichen der Küste benötigten, sogar die Speere. Nur Schwert und Messer durfte jeder Mann am Leib tragen, und das Banner König Æthelstans blieb ebenfalls verschont. Doch noch immer waren die beiden Schiffe hinter Kineth und seinen Männern her, kamen unerbittlich näher.

»Was können wir noch tun?« Goraidhs Stimme klang dünn.

»Betet zum Herrn«, gab Trygil als Antwort.

Ja, dachte Kineth bitter, das hat schließlich bisher immer geholfen.

Plötzlich drehte der Wind, kam von der Seite und ließ das Rahsegel hin und her schlagen.

Trygil atmete auf, als wäre ihm eine schwere Last von der Seele gefallen. Er zog am Steuerruder, so fest er konnte.

Das Schiff begann sich nach Backbord zu neigen und ächzte dabei, als würde es jeden Moment auseinanderbersten. Das Segel flatterte noch einmal, bevor der Wind mit voller Kraft hineinfuhr.

Kineth sah zu ihren Verfolgern, doch trotz ihrer großen Segel schienen sie schwerer im Wasser zu liegen und langsamer zu wenden. Aber nur für wenige Augenblicke, dann hefteten sie sich Kineth und den anderen wieder an die Fersen.

»Ich kann die Küste schon sehen«, rief Goraidh.

»Ich kann die Küste auch sehen«, bekräftigte Kineth. »Aber noch haben wir sie nicht erreicht.« Er sah gehetzt zu Trygil.

Die Augen des Steuermannes waren jedoch nicht auf das Ziel, sondern auf das lang gezogene dreieckige Banner gerichtet, das an der Mastspitze wehte und die Windrichtung anzeigte. Trygil wirkte, als würde er versuchen, mit dem Banner eins zu werden – in dessen Rhythmus drückte oder zog er am Steuerruder, schien jeder noch so kleinen Flaute vorauskommen zu wollen.

»Ich dachte, ich hätte den besten Steuermann von ganz Westseaxe an Bord«, rief Kineth. »Beweise, dass du der beste Steuermann auf der ganzen Welt bist!«

Trygil antwortete, ohne den Blick vom Banner abzuwenden. »Aye!«

Trotz der Navigationsfähigkeiten seines Steuermannes wusste Kineth, dass sie – sollten sie dem Pfeilhagel ihrer Verfolger auf offener See entkommen – spätestens am Strand durch deren Schwerter sterben würden.

Aber noch ist es nicht so weit, dachte er und schaute hartnäckig zur Küste, die beinahe zum Greifen nah schien.

»Halte auf den Strand zu!«, befahl er Trygil, der verstehend nickte. Denn nun konnten sie nur noch mit voller Wucht auf das Meeresufer auflaufen und hoffen, dass zumindest einer von ihnen durchkam.

Kineth packte das Banner des Königs, das am Heck lag, lief zu Trygil, entriss ihm das Steuerruder und drückte ihm das Banner in die Hand.

»Damit läufst du landeinwärts, so schnell dich deine Füße tragen, hast du mich verstanden?«

Trygil zögerte. Kineth legte ihm die Hand auf die Schulter. »Elpins Opfer darf nicht umsonst gewesen sein. Æthelstan muss erfahren, dass wir heute Nacht erfolgreich waren, hast du mich verstanden?«

Trygil nickte knapp.

»Für Brude und die Heimat, das waren Elpins letzte Worte.«

»Für Brude und die Heimat«, murmelte Trygil gedankenverloren.

»Festhalten!« Kineth' Befehl kam keinen Moment zu früh – einen Augenblick später schrammte das Schiff mit furchtbarem Ächzen auf den Strand, zermalmte die kleinen Steine unter sich, während die großen die Planken zerrissen. Kineth wurde nach vorn geschleudert, schlug sich den Kopf an einem Decksbalken auf. Sofort rappelte er sich wieder hoch, packte Trygil unter dem Arm und stieß ihn von Bord.

»Lauf!«

Dann sprang er hinterher. Er zog sein Schwert, wischte sich das Blut von der Stirn und lief ebenfalls den Strand hinauf, bis er einen Felsbrocken erreichte, der die Größe einer Hütte hatte und gute Rückendeckung bot.

»Hierher!«

Goraidh sprang gerade von Bord, als sich hinter ihm das erste der beiden Verfolgerschiffe wie eine riesige Welle aufbaute, um gleich danach mit ohrenbetäubendem Getöse den steinigen Untergrund zu zerteilen. Während Steine wie Geschosse um ihn herum durch die Luft schnellten, lief er zu Kineth, zückte ebenfalls sein Schwert und sah mit Entsetzen, dass über fünfzehn Mann das erste Schiff verließen, während das zweite gerade ebenfalls anlandete.

Kineth nahm seine Kampfhaltung ein, sein Kamerad ebenso.

Auch wenn der Kampf kurz werden würde und sie ihn mit dem Leben bezahlten, grübelte der Krieger, so hatten sie doch schon gesiegt.

Die Nordmänner zückten nun ihrerseits die Schwerter und wollten gerade den Strand hinauflaufen, als ein Schatten sie in den morgendlichen Himmel blicken ließ. Urplötzlich bohrten sich Dutzende Pfeile in ihre Körper.

Ein zweiter Schwall ließ auch die letzte Regung jedes Nordmannes erstarren.

Die Besatzung des zweiten Schiffs, die gerade von Bord gegangen war, starrte ungläubig auf ihre toten Kameraden, nur um gleich darauf deren Schicksal zu teilen.

Goraidh traute seinen Augen nicht. Bis auf die Möwen, die kreischend ihre Kreise zogen, und das Meer, das sich in der Brandung verlief, regte sich nichts mehr zwischen den beiden Schiffen der Nordmänner.

»Kineth!« Trygils Stimme.

Der Gerufene schritt von dem Felsbrocken weg, blickte auf die Düne hinter sich, auf der der Steuermann stand und begeistert die Fahne Æthelstans schwenkte. Und neben dem drei Dutzend Bogenschützen hervortraten, die Æthelstan für den Fall einer Landung feindlicher Schiffe hierherbefohlen haben musste. Hinter den Schützen waren Moirrey, Bree und die anderen zu sehen.

»Für Elpin! Für Brude und die Heimat!«, brüllte Trygil so laut, dass Kineth den Eindruck hatte, dass ihn ganz Britannien hören musste.

Ja, dachte der Krieger wehmütig, zumindest in diesem Moment galt es – für Elpin, für Brude und die Heimat.

Auf der Heide, eingezwängt in den tödlichen Wall, in einem Meer aus Klingen und Speeren, überkam Egill Skallagrimsson wieder dasselbe Gefühl wie in Æthelstans Zelt. Die gleiche Kälte, die gleiche Gewissheit, dass etwas endete.

Und dieses Gefühl zwang ihn, zum Wald zu blicken.

Wo plötzlich Ivar stand. In der Hand einen Speer, auf dem Speer einen Kopf.

Thorolfs Kopf, der Kopf seines Bruders.

Egill bekam keine Luft mehr. Das schreckliche Bild dort oben schien zu erstarren. Dann fiel der Krieger in eine alles umfassende Dunkelheit. Eine Dunkelheit, in der es keine Gegner gab, in der kein Schlachtenlärm erklang, in der nur verheißungsvolle Stille herrschte.

Worte stiegen aus der Dunkelheit herauf, umfingen den Nordmann, hüllten ihn ein, durchdrangen ihn.

Worte, so süß wie Met und so kalt wie die Klinge eines Schwertes.

Worte, die das uralte Lied bildeten.

> *Es brüllten die Berserker,*
> *der Kampf war im Gang,*
> *es heulten die Ulfhednar[27],*
> *und schüttelten die Waffen.*

Die Dunkelheit riss auf, wurde blutrot. Egill Skallagrimsson stieß einen markerschütternden Kampfschrei aus, löste sich aus dem Schildwall und stürmte den Hang hinauf.

Weiter hinauf! – Schneller. Laufe, rase. – Das Schwert in meiner Rechten. Der Schild in meiner Linken. – Hinauf, immer weiter hinauf!

Der erste Schlag. Mit dem Schild geblockt. – Ducken!

---

27 Altnordisch für »Wolfspelze«. Hier sind Krieger gemeint, die mit den Fellen bekleidet in die Schlacht ziehen.

Nachsetzen. – Ein zweiter Schlag. – Die Klinge aus dem Leib ziehen... weiter.

Durch Blut und Eingeweide, nicht ausrutschen. Zwei Kriegern ausweichen. Bin gleich da.

Nicht über die Toten stolpern, die wie gefällte Bäume – Bin endlich oben. – Wer ist das? Gunnar? Einerlei, wo ist –

Er! Da steht er, inmitten seiner Männer, mit dem Speer in der Hand. Mit dem Kopf auf dem Speer. Thorolf. Ich muss zu ihm, bei Tyr[28]!

Parieren, stechen. – Ausweichen. Zustoßen. Herumdrehen. – Zustoßen. Ein Tritt. – Es werden mehr. – Ein Stoß in die Brust. Deckung unter meinem Schild. Ein wuchtiger Aufprall. – Mit dem Schild zustoßen, mit dem Schwert nachstechen. – Es werden immer mehr...

Sie werden alle fallen.

Ein Schlag auf den Helm. Nach links. – Durch das Auge. Drehung. – Ein Tritt in die Eier. Ducken. Ein Hieb in die Seite. – Wieder ein Tritt. – Rechts ausweichen. – Mit dem Ellbogen die Nase gebrochen. Mit dem Schild pariert. – Mit dem Knauf die Schläfe zertrümmert.

Schneller.

Ein paar Finger abgeschnitten.

Noch schneller.

Den Schädel gespalten. Eine Fontäne. Vollgespritzt mit Blut. Abwischen. – Ducken. Den Bauch aufgeschlitzt.

Schneller, immer schneller, bis sie tot sind.

Bis sie alle tot sind, bei Tyr!

---

28 Der nordische Gott des Krieges

Die Männer aus Strathclyde und Alba wussten nicht, wie ihnen geschah, als der Herrscher der Eislande zwischen sie stürmte. Niemand konnte Egill Einhalt gebieten. Es war, als ob alte, furchtbare Götter in Gestalt des Nordmannes auf das Schlachtfeld von Brunanburh herabgestiegen waren, um sich ihre Opfergaben zu holen.

Egill Skallagrimsson rannte, wütete, tötete.

Und trug den Angriff nach vorne.

»Folgt ihm!«, brüllte Gunnar, der mit Unen verbissen gegen den Feind kämpfte. Auf den Ruf des Nordmannes stürmten die Männer der Eislande wieder geschlossen nach vorne.

Schließlich hatte Egill Ivar erreicht. Der Finngaill sah den Nordmann, der unaufhaltsam auf ihn zurannte, hob die Keule.

»Folge dem Schicksal deines Bruders, Skallagrimsson!«

Der Mann aus den Eislanden und der Finngaill prallten aufeinander. So schnell wechselten Hieb und Deckung, dass es fast unmöglich schien, den Schlägen zu folgen. Und so gewaltig war der Kampf dieser Krieger, dass niemand es wagte einzugreifen. Jeder sah, dass hier zwei Titanen stritten, dass dies allein ihr Kampf war.

Wieder zischte Ivars Keule durch die Luft, aber diesmal blockte Egill nicht mit dem Schild ab. Diesmal ließ er seinen Schild fallen, rollte sich blitzschnell unter dem Hieb hindurch, kam hinter Ivar zu stehen. Er wirbelte in der Hocke herum, zog mit seinem Schwert einen Kreis und durchtrennte dem Anführer der Finngaill die Sehnen in den Kniekehlen.

Der Finngaill sackte zu Boden, unfähig, sich zu wehren, und brüllte auf vor Schmerz. Hinter ihm erhob sich der Mann aus den Eislanden wie ein dunkler Rachegott, holte mit seinem Schwert aus – und schlug Ivar Starkadsson in einer einzigen Bewegung den Kopf ab.

König Æthelstan und Bischof Oda verfolgten den Verlauf der Schlacht mit Sorge.

»Wie konnte Egill nur den Schildwall verlassen?« Wut durchtränkte die Stimme des Königs.

Wie Egill hatte der Bischof gesehen, dass Ivar beim Wald aufgetaucht war. »Sein Bruder ...«, begann Oda.

»Unwichtig«, unterbrach Æthelstan ihn zornig. »Nur mein Sieg ist wichtig.«

Mit aller Kraft bemühten sich die Krieger des Königs, vorne die Lücke zu schließen, die Egill hinterlassen hatte. Doch wie sehr sie auch kämpften, es gelang nicht. Die Nordmänner aus Dubh Linn schwangen ihre Waffen und schlugen auf ihre Gegner ein, vergrößerten die Bresche. Ihre Äxte und Schwerter fuhren mit schrecklicher Gewalt auf Æthelstans Männer herab, die reihenweise fielen.

Und schließlich brach der Wall.

Der Nahkampf begann. Schnell stellte sich heraus, dass der Druck der Männer aus Dubh Linn schier übermächtig war. Schon bald wich Æthelstans Heer langsam zurück, was dieser mit Verzweiflung sah.

»Noch ist nicht alles verloren«, stieß der König hervor. »Aber wenn diese Flotte auftaucht, dann ... Gnade uns Gott, wenn der Sohn des Brude versagt.«

Neben ihm bekreuzigte sich Oda.

König Olaf war mehr als zufrieden. Der Wall war aufgebrochen. Er hatte auch gesehen, dass Thorolf tot war und Egill nach oben zu den Finngaill stürmte. Das war gut – jetzt hatte er Æthelstan und seinen knechtsgottanbetenden Bischof ganz für sich.

Der König aus Dubh Linn setzte das Grinsen einer Katze auf, die mit einer Maus ihr grausames Spiel spielte.

Vielleicht wird auch schon bald euer Kopf auf meinen Lanzen stecken.

Æthelstan sah, wie seine Männer immer mehr zurückwichen. Er faltete die Hände.

Allmächtiger, schenk uns Deine Gnade. Hilf uns!

Auf einmal erklang ein mächtiger Hornstoß. Kurz darauf stimmte ein weiteres Horn mit ein, dann noch eins, bis alle Signalhörner Æthelstans den Schlachtenlärm übertönten. Beide Seiten verharrten, ließen erschöpft die Waffen sinken.

Im Westen tauchten Reiter auf. Es waren Æthelstans Reiter und vorneweg ein Mann. Dieser hatte einen Speer in der Hand, von dessen Spitze eine Trophäe baumelte, die nicht zu übersehen war …

König Olaf lief es kalt den Rücken hinunter.

Es war der abgeschlagene Kopf eines Drachenbootes.

Eines Drachenbootes, das ohne Zweifel zur Flotte aus Dubh Linn gehört hatte – und die nie ihr Ziel erreichen würde.

Alle Befehlshaber wussten, was dies zu bedeuten hatte.

Und während Æthelstan neue Hoffnung schöpfte, schlich sich Angst in die Herzen der Könige des Nordens.

Die Reiter hielten am Rande der Heide. Kineth übergab dem Mann neben sich den Speer mit dem Drachenkopf. »Bring das zu deinem König.«

Der Reiter nickte knapp, dann ritt er los, als wäre der Teufel persönlich hinter ihm her.

»Und jetzt?« Es war Moirrey, die neben Kineth auftauchte, gefolgt von ihrer Schwester Bree. Alle drei blickten auf das Schlachtfeld hinab, das ihnen wegen der schieren Größe den Atem raubte und sie mit einer Mischung aus Furcht und Ekstase erfüllte.

»Jetzt tun wir, wofür wir gekommen sind. Wir kämpfen für unsere neue Heimat.« Kineth zog sein Schwert, sprang vom Pferd und stürmte in den Kampf.

Die Schwestern tauschten einen letzten Blick, dann taten sie es ihm gleich.

»Vorwärts, Männer!« So sehr war Æthelstan von Kineths Auftauchen beflügelt, dass er sich nun selbst nach vorne warf, den Kriegern aus Dubh Linn entgegen.

Seine Fyrd und die Kämpfer der Aldermannen fassten neuen Mut. Mit Kampfschreien folgten sie ihrem König.

Gunnar konnte Egill im Schlachtengetümmel nirgends entdecken. Dafür erblickte er Athils, den Befehlshaber von Strathclyde, nicht weit vor ihm.

Er gab Unen, der an seiner Seite war, ein Zeichen. Wie auf einen stummen Befehl hin stürmten sie nach vorn, schlugen nach links und rechts, mähten ihre Feinde nieder.

Bis sie den Mann aus Strathclyde erreicht hatten und ihm schwer atmend gegenüberstanden.

Athils schaute um sich, aber niemand war da, um ihm beizustehen. Alle waren in ihre eigenen Kämpfe verwickelt. Es gab nur ihn und die beiden, die gekommen waren, ihn zu töten.

Dann sei es so. Für Hring, für Strathclyde.

Mit dem ganzen Mut seiner Familie, die dem Land seit Jahrhunderten treu gedient hatte, warf sich Athils seinen Widersachern entgegen.

Warf sich ihnen entgegen und starb in den beiden Klingen.

Mit dem Ableben ihres Anführers verlosch auch der Kampfgeist der Krieger von Alba und Strathclyde. Denn als sich die Kunde vom Tod des Befehlshabers verbreitete, traten seine Männer den Rückzug an.

Kenneth erwachte wie aus einem Rausch. Über und über mit Blut bedeckt, bemerkte er erst jetzt, wie seine Männer um ihn herum zurückströmten.

Er reckte das Schwert empor. »Feiglinge, elende. Ich lasse euch alle hinrichten!«

Sein Blick irrte umher, fiel auf eine Frau, die er nur allzu gut kannte. Und die er abschlachten würde wie alle, die ihm im Weg gestanden hatten.

Ailean sah den blutüberströmten Mann mit dem Spangenhelm, der zielstrebig auf sie zulief. Sie konnte sein

Gesicht nicht genau erkennen, aber das wenige blonde Haar, das noch nicht mit Blut besudelt war und unter dem Helm herausstand, beseitigte jeden Zweifel. Der Mann hatte sie erreicht. Erst konnte sie seine Schwertstreiche noch abwehren, aber die Erschöpfung des andauernden Kampfes forderte ihren Tribut. Sie merkte, wie ihre Arme zu brennen und ihre Knie zu zittern begannen. Wie schwer ihr Herz schlug und ihr Kopf pochte, als würde jemand darauf einschlagen ...

Sie spürte schlicht, wie sie schwächer wurde.

Dann fuhr die Klinge des Schwertes in ihren rechten Oberarm. Sie schrie auf und ließ ihre Waffen fallen, ohnmächtig, sich dagegen zu wehren.

Kenneth hielt sein Schwert auf die Frau gerichtet. »Ich werde dich ausweiden wie ein Vieh.« Blitzschnell stach er zu.

Aber er traf nicht die Frau. Er traf einen Mann, der sich im letzten Augenblick dazwischengeworfen hatte. Der Mann taumelte, stieß im Fallen ein letztes Mal zu – mit Erfolg.

Gegenseitig durchbohrt, gingen die zwei Krieger zu Boden, die Blicke ungläubig aufeinander gerichtet, bis sie auf die Knie gesunken waren. Jeder versuchte etwas zu sagen, vergeblich.

Kenneth spürte, wie das Leben und damit der Rausch der Lust, den er im Kampf empfunden hatte, aus ihm herausströmte. Trotzdem fühlte er keine Trauer. Mochte er diese Welt zu früh verlassen, so hatte er doch erreicht, was er sich immer erträumt hatte – im Blut der Schlacht zu baden.

Dann wurde der Blick des blondgelockten Kriegers starr, sein Kopf klappte auf seine Brust. Kenneth von Alba war tot.

Ailean stürzte zu den beiden Männern, die das Schwert des anderen durch die Leibesmitte getrieben hatten. Sie trennte sie, die beiden Körper fielen zu Boden. Ailean kniete sich über den Mann, der sie gerettet hatte.

Ihren Bruder.

»Für dich.« Caitt rang sich ein schmerzverzerrtes Lächeln ab, während sein Körper unkontrolliert zuckte. »Für unser Volk.« Er schloss die Augen. Dann wurde er ganz ruhig.

Ailean schossen die Tränen in die Augen.

Warum so spät, Bruder? Warum nur so spät?

Auf der Heide teilte Æthelstan wütende Hiebe aus. Nichts und niemand schien ihn aufhalten zu können, bis er durch einen überraschenden Schlag eines Gegners aus dem Gleichgewicht kam. Er stürzte zu Boden, verlor sein Schwert.

Der Mann stand über ihm. Er war sichtlich aufgeregt, konnte sein Glück, den König zu Fall gebracht zu haben, offenbar kaum fassen. Triumphierend hob er das Schwert.

Ohne Waffe in der Hand lag Æthelstan da, blickte zu dem Mann hinauf, der wie ein einfacher Bauer aussah. Er erkannte mit Schrecken, dass sich sein Schicksal erfüllen würde, hier auf dem Schlachtfeld. Sein Schicksal und das Britanniens, das nun niemals geeint sein würde.

Der Mann besann sich und ließ seine Waffe niedersausen. Ein Klirren ertönte – sowohl der Bauer als auch Æthelstan sahen mit Verblüffung das Schwert, das den Hieb abgeblockt hatte. Ein Schwert, gehalten von Bischof Oda.

»Für Euch, mein König. Und den Herrn.«

Oda versetzte dem Mann einen Tritt, der daraufhin einige Schritte zurücktaumelte, und warf seinem König das Schwert zu. Æthelstan fing es auf, schoss in die Höhe und stieß es nach vorn. Ungläubig starrte der Bauer nun auf das Schwert des Königs, das sein Brustbein durchschlagen hatte und tief in ihm steckte.

Mit einem Male war Æthelstan, als ob unbändige Kraft ihn durchströmte, die Kraft seines Großvaters Alfred. Er zog das Schwert aus dem Bauern, richtete es nach vorn.

»Mir nach, Männer! Jetzt gibt es kein Zurück!«, brüllte er und stürmte los.

Seine Getreuen folgten ihm, gemeinsam brachten sie den Tod über die Krieger aus Dubh Linn.

Auch Kineth und die Breemally-Schwestern ließen sich von dem Angriff mitreißen. Doch während der Sohn des Brude sich alleine einen Krieger nach dem anderen vornahm, kämpften Bree und Moirrey Rücken an Rücken. Geschickt warteten sie, bis ihre Gegner auf sie zustürmten, stießen zu, blockten gemeinsam, wirbelten herum und machten alsbald den Eindruck, als könnte jedes noch so große Heer gegen sie anstürmen, sie würden es trotzdem bezwingen.

Nahe dem Wald kniete Egill neben Ivars kopflosem Leichnam. Um ihn herum wogte das Kampfgetümmel, aber er nahm nichts davon wahr. Immer noch war er von den uralten Worten, ihrem eisigen und tödlichen Klang erfüllt. Doch sie trieben ihn nicht weiter, schienen ihn stattdessen neben seinem toten Bruder festzuhalten, ihn zu lähmen.

Auf einmal nahm er eine Gestalt vor ihm wahr. Er hörte ihre Stimme, gedämpft, als ob er sich unter Wasser befand.

Egill. Egill. EGILL!

Der Nordmann fühlte die Hand, die an seiner Schulter rüttelte. Jetzt sah er sie.

Ailean?

Er spürte ihre Hand an seiner Wange, so kühl, so vertraut.

»Egill. Komm zu dir.«

Je länger die Schlacht dauerte, desto klarer wurde jedem der Krieger, dass sie für den Norden verloren war.

Irgendwann war es so weit – der Feind gab jeden Widerstand auf und floh Hals über Kopf. Außer Atem starrte König Æthelstan auf seine Gegner, die ihm nun den Rücken zuwandten und davonliefen. Mit letzter Kraft reckte der König von Britannien sein blutbeflecktes Schwert in die Höhe. »Sieg! Wir haben gesiegt!«

Moirrey hörte den Ruf des Königs, beachtete ihn jedoch nicht. Sie wirbelte weiter wie besessen im Kreis herum, auch als schon keine Feinde mehr auf sie zustürmten.

»Ich glaube, wir haben sie geschlagen.«

Moirrey hielt einen Moment lang inne, dann wiederholte sie. »Bree, wir haben es überstanden.«

Erneut keine Antwort. Moirrey fuhr herum, aber hinter ihr stand nicht ihre Schwester, die ihr den Rücken freihielt. Hinter ihr stand niemand mehr. Nur das Feld der Gefallenen lag da, so weit das Auge reichte. Hörner ertönten, verkündeten die endgültige Niederlage des Nordens. Moirrey schaute sich immer hektischer um, doch sie konnte Bree nirgends entdecken.

»Bree!«

Verzweiflung stieg in der Kriegerin hoch. Sie sah über das Schlachtfeld, von einem toten Körper zum nächsten, senkte langsam den Blick. Verharrte schließlich bei ihren Füßen.

»Bree?«

Lange feuerrote Haare, die unter einem leblosen Krieger hervorleuchteten. Moirrey packte den Toten, zerrte ihn weg.

Ihre Lippen zitterten. Tränen rannen ihr die schmutzigen Wangen hinab. Dann fiel sie auf die Knie, nahm die Hand der Frau, zu der die roten Haare gehörten.

»Breeeeee...«

Die Könige des Nordens ritten in rasendem Galopp davon.

Späher und zurückweichende Krieger hatten ihnen die schlimme Kunde mitgeteilt: Die Finngaill waren vernichtet, ebenso waren Kenneth und Athils getötet worden. Die Niederlage war so verheerend, dass keiner der Könige ein

Wort sprach, als sie zum Lager preschten. Jeder rang mit seiner eigenen Schmach, seiner eigenen Enttäuschung.

Der König von Dubh Linn hatte Ivar und Tausende Mann seines Heeres verloren, sowie einen Großteil seiner Schiffe.

Der König von Alba hatte seine beiden ältesten Söhne Cellach und Kenneth verloren und einen Großteil seines Heeres.

Der König von Strathclyde hatte Athils, seinen besten Befehlshaber, verloren, von seinem Heer war fast nichts übrig geblieben.

Alle drei wussten, was ihr Scheitern bedeutete. Æthelstan war nun tatsächlich »Rex totius Britanniae«, der unumschränkte Herrscher von Britannien. Es würde Jahre dauern, bis die Könige des Nordens sich von ihrer Niederlage erholt hatten.

»Wir werden uns sammeln, und dann werden wir uns wieder erheben! Das letzte Wort ist noch nicht gesprochen«, stieß Olaf schließlich wütend hervor.

»Ach, haltet das Maul.« Konstantins Stimme war unwirsch. »Ihr wisst selbst, dass wir gebrochen sind.«

Der König aus Dubh Linn ballte unwillkürlich die Fäuste. »Wir werden sehen.«

Dann ritt er weiter, zu den letzten seiner Schiffe, die auf ihn warteten und ihn wieder auf seine Insel zurückbringen würden.

Wir werden sehen, Herrscher von Alba.

»Bree, o Gott, Bree...«

Moirrey war über dem toten Körper ihrer Schwester zusammengesunken, schluchzte heftig.

Neben Bree lag Caitt. Die Krieger aus Innis Bàn hatten ihre Gefallenen an den Rand der Heide gebracht. Schon bald würden sie mit Karren zum Lager transportiert werden.

Kineth legte Ailean den Arm um die Schulter. Sie weinte ebenfalls, starrte auf ihren toten Bruder hinab.

»Er ist einen weiten Weg gegangen«, flüsterte sie mit zitternder Stimme. »Er ist immer wieder abgebogen, auf die falschen Pfade, die großes Unheil über uns alle gebracht haben. Erst im letzten Augenblick hat er erkannt, wer er war...« Sie brach ab.

Kineth drückte sie an sich. »Er war einer von uns. Ich bin gewiss, dass er jetzt wieder mit unseren Freunden vereint ist, die dort liegen. Und dass sie ihn so sehen, wie er in seinem Herzen war.«

Jetzt trat Bischof Oda zu ihnen, ebenso vom Kampf gezeichnet wie alle anderen auch. Er blickte stumm auf die Toten hinab, schlug ein Kreuzzeichen. Dann sah er auf die Heide hinaus, wo die Krähen, die auf das Schlachtfeld niedergingen, den Himmel verdunkelten. Sein Gesicht war düster.

Unen konnte nicht anders. »So ernst? Ihr und Euer Gott habt doch gesiegt?« In seiner Stimme war Herausforderung zu hören.

Der Bischof sah ihn ungläubig an. »Siehst du nicht, was geschehen ist?« Er deutete auf das Schlachtfeld. »Ja, dort drüben liegen unsere Feinde, unter ihnen die Nordmänner aus Dubh Linn. Doch auch Egill und Thorolf sind Nordmänner, und sie sind«, er hielt kurz inne, »oder besser *waren* gute Männer. Wer weiß, ob die, die heute gegen uns kämpften, unter anderen Umständen nicht unsere Freunde hätten sein können.« Er schüttelte den Kopf. »Ja, der Herr hat uns zum Sieg geführt, aber es ist genug. Ich sehne mich nach Frieden.«

»Ich verstehe Euch. Auch ich dürste nach Frieden.« Unen fühlte Respekt für den Mann Gottes, der so aufrechte Ansichten vertrat und sich nicht scheute, sie auch kundzutun.

»Dann bitte den Herrn darum, oder an wen immer du glaubst, und zwar jeden Tag deines Lebens. Auf dass der Menschheit ein weiteres Blutvergießen wie dieses erspart bleiben wird.«

Vor den Augen des Bischofs und des Kriegers ging die Schlacht nun in ihren letzten, gnadenlosen Abschnitt. Denn die Sieger waren auf die Heide zurückgekehrt, bargen ihre Toten und Verletzten und töteten alle Gegner, die zurückgelassen worden waren.

Stundenlang gellten Todesschreie über die Heide, bis der Spruch König Konstantins sich bewahrheitet hatte: Die Erde konnte das Blut der getöteten Männer nicht mehr aufnehmen.

Es war bereits dunkel, als das Heer ins Lager zurückkehrte. Die Verletzten wurden versorgt, die Krieger sanken müde zu Boden, zu müde sogar zum Essen oder Trinken. Auch die Krieger aus Innis Bàn und die Männer der Eislande versuchten, zur Ruhe zu kommen, als ihre Wunden verbunden waren. Doch immer noch schien die Schlacht durch ihre Körper zu wallen, hörten sie das Krachen der

Schilde, das Einschlagen der Pfeile, das Klirren der Schwertklingen. Spürten die Wucht der Hiebe, schmeckten das Blut. Zitterten vor Angst.

Mit offenen Augen lagen die Sieger von Brunanburh da, bis der Schlaf sie schließlich doch noch übermannte und in gnädiges Vergessen führte.

Das Meer wogte sanft in die kleine Bucht und zog sich ebenso sanft wieder aus ihr zurück. Entlang ihrer Küste brannten Dutzende Scheiterhaufen, auf denen die gefallenen Krieger aus den Eislanden, aus Hilta und aus Innis Bàn ihre letzte Reise antraten. Rund um sie waren diejenigen in stiller Andacht versammelt, die das Schlachten überlebt hatten.

Der Himmel strahlte eisblau, ein leichter Wind wehte. In der kalten Luft war der Atem der Krieger zu sehen, der sich mit dem Rauch der Feuer mischte und sich gemeinsam mit ihm auflöste.

Vor einem der Haufen standen Flòraidh und Moirrey und starrten in die Flammen.

Schließlich nahm Moirrey einen Trinkschlauch von ihrem Gürtel, öffnete ihn und nahm einen großen Schluck. Dann hielt sie den Schlauch in Richtung des Feuers.

»Für Bree, Tochter des Arlen.« In ihren Augen standen Tränen, aber ihre Stimme war fest.

Für dich, Schwester. Für dich, die du immer auf mich achtgegeben hast. Ich werde unseren Namen in Ehre hal-

ten, und ich sehne schon jetzt den Tag herbei, an dem ich dich auf der anderen Seite treffe.

Sie reichte Flòraidh den Schlauch, die einen mindestens ebenso großen Schluck nahm.

»Für Bree. Du bist dort, wo unsere Herzen sind.«

Die Brandung ließ das kleine Boot, das am Strand vertäut war, hin und her schaukeln.

Einige der Krieger aus Innis Bàn standen davor, neben ihnen Egill und gut zwei Dutzend Männer der Eislande. Niemand sprach ein Wort. Ein Feuer prasselte in ihrer Mitte.

Auf ein Zeichen von Kineth und Egill gingen Gunnar und Ragnar zum Boot, lösten das Tau und stießen es ab. Der Wind fuhr in das Segel, trieb das Boot und die zwei Krieger, die ihr Leben für ihre Kameraden geopfert hatten, auf das Meer hinaus ...

Ailean machte einen Schritt nach vorne. In der einen Hand hielt sie einen Bogen, in der anderen einen Pfeil, um dessen Spitze ein in Pech getauchter Stofffetzen gewickelt war. Sie hielt den Pfeil in das Feuer, das vor ihnen brannte, der Stoff entzündete sich sofort.

»Für Caitt, Sohn des Brude«, sprach sie fest entschlossen.

Augenblicke später zog ein Feuerpfeil seine Bahn durch die klare Luft, traf das Boot. Langsam begannen Flammen zu züngeln.

Anschließend trat Kineth vor, entzündete ebenfalls einen Pfeil.

»Für Caitt, meinen Bruder. Auf dass alles, was zwischen uns ungesagt geblieben ist, nicht ungehört war.«

Der Pfeil flog und traf, fachte das Feuer weiter an. Mit ihm schienen Erinnerungen in den Köpfen von Kineth und Ailean aufzukeimen, von Caitt... als Spielgefährte, mit Holzschwertern... als Erwachsener, mit allen Konflikten und Fehlern, die er gemacht hatte... und doch war es *ein* Bild, das jetzt alle anderen überschattete – das des Kriegers, der sein Leben für Ailean, für die Seinen geopfert hatte.

Als Letzter spannte Egill den Bogen.

»Für Thorolf, Sohn des Skallagrímur Kveldúlfsson.«

Der einsame Pfeil zischte durch die Luft, gesellte sich zu den anderen beiden auf dem Boot.

Für dich, Bruder. Möge dein Lachen und deine Lust, ob bei Met oder Weib, Odins Halle erschüttern.

Die Krieger blickten auf das Meer hinaus, wo das Boot herunterbrannte und die beiden Gefallenen in die Ewigkeit mitnahm.

König Æthelstan stand neben seinem Pferd, der größte Teil seines Heeres hatte das Lager verlassen. Neben ihm verharrten sein Bruder Edmund und Bischof Oda sowie die Eskorte, die Æthelstan nach Westseaxe geleiten würde.

Aus dunklen Wolken fiel Nieselregen herab, während der König sich feierlich Kineth, Ailean und Egill zuwandte. Die anderen Krieger aus Innis Bàn und die Männer der Eislande standen in gebührendem Abstand.

»Du hast dein Wort gehalten, ich werde nun auch mein Wort halten.« Der König gab Edmund ein Zeichen. Der streckte ihm eine Schatulle entgegen, deren Deckel ein Drache zierte. Æthelstan nahm die Schatulle, wandte sich Kineth zu und öffnete den Deckel. Das Innere der Schatulle war mit einem reich bestickten roten Stoff ausgekleidet, darin lag eine Urkunde, die mit dem Drachensiegel verschlossen war.

»Diese Urkunde verleiht dir, Kineth, und den Deinen, das unverbrüchliche Recht, in Forteviot zu leben. Dieser Ort liegt im Osten von Alba, wo sich auch die Überreste einer alten Festung eures Volkes befinden.« Er machte eine Pause. »Wer immer dieses Recht bricht, bricht mein Gesetz und hat damit sein Leben verwirkt, ob es sich um gemeine Krieger oder Könige wie Konstantin und Eòghann handelt.« Ein grimmiges Lächeln zog sich über sein Gesicht. »Da Olaf mit seinen wenigen Getreuen, die überlebt haben, nach Dubh Linn geflohen ist, werden sie es nicht wagen, sich mir zu widersetzen.«

Der König schloss den Deckel und überreichte Kineth die Schatulle.

»Mein Volk dankt Euch. Ich danke Euch.« Kineth beugte sein Haupt.

»Ich danke dir, Kineth, Sohn des Brude. Ohne dich und die Deinen hätte diese Schlacht wohl einen anderen Verlauf genommen.«

Kineth atmete tief durch. »Mein König, wenn Ihr wahrlich dieser Ansicht seid, so bitte ich Euch, einen Wunsch äußern zu dürfen.«

»Sprich.«

»Ich denke, es bedarf in der ersten Zeit des Schutzes durch einige Eurer Männer, wenn wir dort oben unser Dorf errichten. Für den Fall, dass Konstantin auf unredliche Gedanken kommt.«

Ein unmerkliches Lächeln zog sich über das Gesicht des Königs. »Wie sehr habe ich dich doch unterschätzt ... es sei. Ich werde euch über den Winter einige meiner Männer als Schutz bereitstellen.«

Æthelstan wandte sich Egill zu. »Auch dir spreche ich meinen tief empfundenen Dank aus, Egill Skallagrimsson. Ohne dich und deinen Bruder«, er bekreuzigte sich, »hätten wir die Schlacht bereits am gestrigen Tage verloren.«

»Er ist ehrenhaft gestorben.« Egills Stimme klang fremd in seinen Ohren. Er hatte das Gold bekommen – mehr noch, als sie vereinbart hatten. Aber angesichts Thorolfs Tod hatte die Belohnung einen schalen Beigeschmack.

»Ich hoffe doch nicht nur für Gold? Aber so schätze ich weder ihn noch dich ein. Es ist seltsam – oft bedarf es erst eines Krieges, um Männer oder Völker in einem anderen Licht zu sehen.« Er trat zurück. »Und es ist einerlei, ob sie von einer Insel namens Innis Bàn oder den Eislanden kommen, ob sie Pikten oder Nordmänner heißen. Es war mir eine Ehre, euch an meiner Seite gewusst zu haben.«

»Es war uns ebenfalls eine Ehre, mit dem König Britanniens gekämpft zu haben.« Egill neigte wie Kineth sein Haupt.

Der König schwang sich auf sein Pferd, ohne den Knappen zu beachten, der ihm hatte helfen wollen.

»Lebt wohl, und wacht dort oben für mich. Ich werde immer ein offenes Ohr für eure Anliegen haben.«

Dann ritt er davon, gefolgt von Edmund und der Eskorte.

Bischof Oda, sein Pferd am Zügel, trat an Kineth und die anderen heran. »Ich danke euch ebenfalls, im Namen des Herrn. Ihr habt mitgeholfen, Seine Stärke in diesem Land zu verankern.« Er zwinkerte Kineth zu. »Und ich hoffe, dass ich deine Meinung über die Männer unseres Glaubens etwas verbessern konnte.«

Kineth lächelte. »Ich habe eine sehr hohe Meinung von Euch. Ihr seid ein starker Mann, ob im Glauben oder mit dem Schwert. Die anderen eurer Glaubensbrüder müssen mich erst überzeugen.«

»Das ist immerhin ein Anfang.« Oda schwang sich ebenfalls auf sein Pferd, machte noch einmal das Kreuzzeichen und ritt davon.

»Was für ein König, was für ein Mann Gottes.« Egill legte den Arm um Ailean, zog sie an sich. »Wahrlich ein Land voller Überraschungen.«

Sie legte den Kopf an seine Schulter. »Voller Überraschungen – und voller Hoffnung.«

Er sah zu ihr. »Kannst du dich noch daran erinnern? An unseren Abschied in Torridun, unseren«, er zögerte kurz, »unseren Kuss?«

Sie hob den Kopf, sah ihn mit ihren grünen Augen irritiert an. »Ein Kuss? Nein...« Dann konnte sie sich das Grinsen nicht mehr verkneifen. »Natürlich habe ich ihn nicht vergessen, Egill Skallagrimsson. So wie ich dich nicht vergessen habe.«

Der Nordmann nahm die Tochter des Brude in die

Arme und küsste sie, und sie erwiderte seinen Kuss tief und innig.

Der Wind fegte kalt über die Hügel hinweg. Das Gras war schon bräunlich, doch es schien Kineth, als hätte er niemals einen schöneren Ort gesehen. Er schaute zu den Wäldern, die sich auf der linken Seite des Flüsschens erstreckten, und danach zur rechten Seite, wo sich auf der höchsten Erhebung die Überreste der Festung Forteviot trotzig in die Höhe reckten. Graue, eingefallene Steinmauern waren alles, was vom einst mächtigen Herzen der alten Heimat übrig geblieben war.

Ein Herz, das wieder zu schlagen beginnen wird.

Unten am Flüsschen ankerten Drachenboote. Es waren Egills Männer. Sie hatten die Krieger aus Innis Bàn, ihre Vorräte, Werkzeuge und die Zelte hierher verschifft. Die Zelte, die ihnen Æthelstan geschenkt hatte, würden als Unterschlupf dienen, bis die ersten Hütten gebaut waren. Sie mussten es noch vor dem Winter schaffen, aber das würden sie. Dieser Ort bot alles – Holz aus den Wäldern, fruchtbare Erde, Wasser, Wild, das man jagen konnte. Es beflügelte die Krieger aus Innis Bàn, ihn so schnell wie möglich zu besiedeln. Zu besiedeln und zu besitzen.

Hinter sich vernahm Kineth aus einiger Entfernung das geschäftige Werken der Seinen, die darangingen, Palisaden und Schutzwälle um die Zeltstatt zu errichten.

Er sah Unen, der mit seiner Axt Holzpfähle zuspitzte.

Er sah Flòraidh, die mit Pfeil und Bogen bewaffnet auf die Jagd ging.

Und er sah Moirrey, die mit zwei Eimern Wasser holte, Trygil neben sich, im lautstarken Lachen vereint.

Gleich würde auch Kineth ihnen helfen, aber zuerst musste er eine Sache hinter sich bringen.

Er hörte die Schritte, die sich ihm näherten.

Es galt Abschied zu nehmen.

»Ist es soweit?«, fragte er, als Ailean und Egill neben ihn traten.

Ailean küsste ihn auf die Wange. »Ja, das ist es.«

Kineth versetzte es einen Stich, auch wenn er die Entscheidung seiner Schwester verstand. Egill war ein Herrscher, der für sein Land verantwortlich war und es niemals im Stich lassen würde. Ailean hingegen war frei. Die Ihren würden ohne sie leben können, die Eislande brauchten ihren Herrscher.

Er drehte sich zu Ailean, sah, dass ihre Augen feucht waren. »Ich wünsche dir und deinem Nordmann alles Glück, das diese Welt euch bieten kann.«

»Das wünsche ich dir auch, Bruder.« Sie umarmte ihn. »Und bestelle Vater, wie sehr ich ihn liebe.«

»Ich werde ihm erzählen, wie tapfer du gekämpft hast.«

»Erzähl ihm lieber von denen, die tapferer waren – und hier in dieser Erde geblieben sind.«

»Das werde ich.«

Ailean drückte ihm den Lederbeutel mit den vier Goldringen, den Caitt ihr in der Grube gegeben hatte, in die Hand. »Caitts Geschenk an unser Volk. Handle weise damit.«

Kineth nahm ihn an sich. »Auch davon werde ich Vater berichten.«

Dann wandte der Krieger sich Egill zu. »Gib gut auf meine Schwester acht.«

»Als ob sie das nicht selbst könnte.«

Sie packten sich am Arm, umarmten sich brüderlich und traten voneinander zurück. Der Nordmann grinste. »Unsere Wege werden sich wieder kreuzen, da bin ich mir sicher.«

»Das bin ich mir auch, Egill Skallagrimsson.«

Kineth sah ihnen nach, wie sie den Weg zum Flüsschen hinunterschritten. Freute sich mit schwerem Herzen für seine Stiefschwester.

Unwillkürlich rieb er sich die Finger der rechten Hand, spürte, dass sein Ringfinger fehlte. Auch wenn die Wunde gut verheilt war, so würde doch für immer diese Lücke bleiben.

Tief sog Kineth die frische, kalte Luft ein.

Nach dem Winter würde er nach Innis Bàn zurücksegeln und seinen Vater und die anderen holen. Würden sie ihnen glauben, was sie alles erlebt hatten? Er konnte es ja selbst kaum glauben, wenn er darüber nachdachte, welche Gefahren sie seit ihrem Aufbruch hinter sich gebracht hatten. Und doch war es geschehen, und Brude würde hier an diesem Ort Geschichten darüber erzählen. Wie auf dem Eiland würde er auch hier Kinderaugen zum Leuchten bringen, wenn seine kleinen Zuhörer neben einem prasselnden Feuer saßen und atemlos an seinen Lippen hingen.

Wenn er von den Abenteuern der Neunundvierzig erzählte. Und wie sie ihr letztes Königreich gefunden hatten.

Kineth, Sohn des Brude, drehte sich um und ging zu den Seinen, um eine neue Geschichte seines Volkes zu beginnen.

Epilog

Sie wand sich unter ihm, ihre Finger bohrten sich in seinen schweißgebadeten Rücken. Er stöhnte, bewegte sich immer schneller. Schließlich kam der erlösende Schrei von ihren Lippen, und er sank auf ihr zusammen. Sein Atem ging schwer, er wälzte sich zur Seite.

Iona stützte sich auf ihren Ellbogen und betrachtete Brude liebevoll. Das Feuer knisterte, die Bettstatt voller Felle war warm von ihrem Liebesspiel.

»Wie ich es dir geschworen habe, Weib. Bettstatt und Feuer.« Brude hatte die Augen geschlossen.

»Und wie immer hast du dein Versprechen gehalten.«

Der Herrscher und sein Weib hingen ihren Gedanken nach. An das, was geschehen war, und an das, was noch geschehen würde.

»Ich bete so sehr, dass sie es schaffen«, sagte Iona nach einer Weile leise.

Brude öffnete die Augen. Er drehte sich zu ihr, küsste sie sanft auf den Mund. »Ab jetzt keine Zweifel. Nur Hoffnung. Du selbst hast das gesagt, also halte dich daran.«

»Ich weiß, was ich gesagt habe. Aber seit wir wieder

hier sind, denke ich jeden Augenblick an sie.« Tränen schimmerten in Ionas Augen auf.

Brude küsste sie erneut. »Das Letzte Königreich wird Wirklichkeit werden. Ich verspreche es dir.«

Iona wischte sich die Tränen aus den Augen und zog ihren Gemahl an sich. »Dann bete ich, dass auch dieses Versprechen eintritt.«

Sie liebten sich ein weiteres Mal, während draußen der Schnee fiel und das Dorf immer mehr unter einer weißen Decke verschwand. Während sich unten an der Küste das Meer an den Klippen brach und in der Ferne, am Horizont, ein Segel auftauchte…